Zu diesem Buch

Vor Helena, einer jungen englischen Lady des 17. Jahrhunderts, scheint ein sorgloses und glückliches Leben zu liegen, als sie im Mai 1641 die Frau James Golbrookes wird. Nicht nur mit ihrem Charme und ihrer Schönheit beeindruckt sie die Menschen ihrer Umgebung, sondern auch mit ihrer Selbstdisziplin und ihrer Fähigkeit zur Anpassung an unvorhergesehene und schwierige Situationen, Eigenschaften, die sie in den kommenden Jahren bitter nötig haben wird, denn Krieg und Revolution überziehen das Land, Helena ist gezwungen, sich und ihre Familie in Not und Chaos am Leben zu erhalten, ihr ein Heim zu geben. Mit bewundernswerter Zähigkeit zwingt sie sich immer wieder, nicht aufzugeben, obwohl nichts in ihrer Erziehung sie auf ein Leben in erbärmlicher Not, auf eine Existenz am Rande des Untergangs vorbereitet hatte.

Der Krieg nimmt ihr zwei Männer, einer davon die große Liebe ihres Lebens. Sie muß mit ihren Kindern nach Frankreich fliehen und bittere Jahre im Exil verbringen, bevor sie dort an der Seite eines reichen Mannes wieder etwas Ruhe und Zufriedenheit gewinnt. Als auch dieser Mann stirbt, kehrt sie zurück nach England in der Hoffnung, dort wieder an das frühere Leben anknüpfen zu können. Aber natürlich, nichts ist so wie es war, und ruhelos besucht sie die Stätten vergangener Jahre. Ein glücklicher Zufall läßt sie dabei auf Thomas Connor treffen, einen Jugendfreund. Beide haben ein schweres Schicksal erlitten, ohne daran zu zerbrechen. Noch einmal erhält Helena mit Thomas eine Chance zum Glück.

Charlotte Link, 1963 geboren, studiert heute Jura an der Universität Frankfurt. Zusammen mit mindestens einem Dutzend Katzen lebt sie bei ihren Eltern in Usingen. Ihren ersten hier vorliegenden Roman begann sie mit sechzehn Jahren zu schreiben und stellte ihn im Laufe von drei Jahren fertig. Während dieser Zeit informierte sie sich intensiv über Sitten und Gebräuche der damaligen Zeit und entwarf das abenteuerliche Leben der schönen Lady Helena vor diesem Hintergrund.

Charlotte Link

Die schöne Helena

Roman

rororo

Rowohlt

15.–24. Tausend April 1985

Originalausgabe
Veröffentlicht im Rowohlt Taschenbuch Verlag GmbH,
Reinbek bei Hamburg, Februar 1985
Redaktion: Doris Brohn

Umschlaggestaltung Hanno Rink & Rita Mühlbauer
Satz Garamond (Linotron 202)
Gesamtherstellung Clausen & Bosse, Leck
Printed in Germany
980-ISBN 3 499 15490 0

Erstes Buch

Prolog

Am späten Nachmittag hatte es zu schneien begonnen. Sehr langsam und sacht zunächst, stetig und gleichmäßig waren die Schneeflocken vom eisgrauen Dezemberhimmel herabgeschwebt, als empfänden sie Scheu vor dem Neuen, Fremden, das sie dort unten erwartete und das so drohend aussah mit den kahlen schwarzen Bäumen, die auf den toten Feldern standen und deren verästeltes Gerippe erschreckend scharf und klar gegen den verhangenen Himmel abstach. Vielleicht hatten sie auch Angst vor den alten, schweigenden Eichen, deren schwere Zweige sich mit ergebener Gebärde neigten, oder vor dem grauen, vom Wind niedergedrückten Gras, aus dem alles Leben gewichen schien. Vor den Klippen, die noch ebenso stark und unerschütterlich, so rissig und zerklüftet wie vor tausend Jahren dem rauhen Meer trotzten, das heute noch ebenso wie vor undenklichen Zeiten seine hohen, stolzen Wogen zum Ufer trug, wo sie sich erhoben, aufbäumten und zerschellten, ohne daß sie das ruhende Gestein je besiegen konnten.

Nur langsam hatte sich die Schneedecke über das weite Yorkshire gebreitet, hatte Bäume und Gras in ihren weißen Mantel gehüllt und sogar die Klippen mit einer feinen Schicht überzogen, gegen die die hochspritzende Gischt nicht mehr ankam. Auch der Wind war stärker geworden, er kam von Norden, und nachdem er vorher über die eisigen Hochflächen Schottlands gestrichen war, stürmte er nun mit kalter, grausamer Gewalt nach England, fegte über Yorkshire hinweg, bog die Bäume hinab und jagte durch die geballten Wolken hindurch, die tief und drohend über der Erde hingen. Er wirbelte die Schneeflocken herum, ließ sie hüpfen und tanzen, wie es ihm Spaß machte, und diese kamen plötzlich schneller und dichter herab, als feste, harte Eiskristalle, die schwer auf den Boden fielen.

Nahe der Küste, in einem kleinen Waldstück, das etwas Schutz bot, spielten vier Kinder. Es waren drei etwa zwölfjährige Jungen und ein jüngeres Mädchen. Sie alle sahen erhitzt, zerzaust und ein wenig schuldbewußt aus.

«Wir hätten nicht weglaufen dürfen», sagte das kleine Mädchen. Sie war sehr schmal, hatte lange dunkelbraune Zöpfe und blaue Augen. Ihr spitzes Gesicht mit den kältegeröteten Wangen wirkte ängstlich.

Die Jungen sahen sie herablassend und überlegen an.

«Pah, wer wird sich schon vor den Kinderfrauen fürchten», meinte der größte von ihnen, ein hübscher, hochgewachsener Kerl mit blonden Haaren, «sie sind wie kleine Hunde, die laut bellen, aber nicht beißen.» Den Satz hatte er neulich in einem Abenteuerroman gelesen, und er schien ihm hier sehr passend. Die anderen waren beeindruckt.

«Jimmy hat recht», sagte einer, «wir müssen uns nicht aufregen. Man merkt doch, daß Helena ein Mädchen ist!»

Helenas Augen blitzten wütend. «So, Thomas Connor, so redest du also!» rief sie. «Und wie war es beim letztenmal, als wir auf das Dach des Pferdestalls geklettert waren und Jimmy sich die Nase blutig geschlagen hat? Da mußte ich als erste zu den Kinderfrauen gehen, weil ihr euch alle nicht getraut habt!»

Thomas errötete. «Es ist doch klar», sagte er, «daß in einem solchen Fall ein kleines Mädchen viel besänftigender wirkt, besonders wenn es so laut heulen kann wie du, Helena!»

Helena sah aus, als werde sie abermals zornig, aber der dritte der Jungen mischte sich rasch ein.

«Laßt doch den Streit», sagte er, «wir erzählen nachher, wir hätten in der Nähe des Hauses bleiben wollen, uns aber aus Versehen etwas entfernt und das zu spät bemerkt.»

Die anderen waren einverstanden. Es wäre auch zu schade gewesen, die kostbare Zeit zu verschwenden.

«Was wollen wir spielen?» fragte Jimmy. «Alan, schlag etwas vor!»

Der Junge, der den aufkommenden Streit geschlichtet hatte, überlegte kurz. «Wir spielen Pirat», sagte er dann, «wir sind drei feindliche Seeräuber, und Helena ist die schöne Prinzessin, die immerzu geraubt wird.»

«O ja, das ist eine gute Idee!» rief Thomas. «Aber ich bin mit Helena verheiratet!»

«Mit dir will ich nicht verheiratet sein», sagte Helena, die ihm noch immer grollte.

«Gut, dann wird sie meine Frau», entschied Alan, aber Jimmy widersprach ihm sofort:

«Das geht nicht, sie ist deine Cousine!»

«Na und? Was macht das schon?»

«Wir sind nur ihre Freunde. Sie muß einen von uns wählen!»

«Ich werde es mir selber aussuchen», sagte Helena. Sie sah alle der Reihe nach an. Thomas kam nicht in Frage, nachdem er sie so gemein behandelt hatte, und er sollte schon merken, was er davon hatte. Alan, ihren Cousin, liebte sie heiß, aber es war nicht sehr aufregend, den eigenen Cousin zu heiraten. Da blieb nur noch Jimmy, den sie zutiefst verehrte, denn er war der Schönste von allen.

«Ich heirate Jimmy!» erklärte sie.

Unweit der Stelle, an der die Kinder spielten, in der geräumigen Bibliothek des großen Gutes Woodlark Park, saßen um dieselbe Zeit zwei Herren einander gegenüber. Beide waren nicht mehr ganz jung, aber stattliche Erscheinungen, vornehm gekleidet in teure Stoffe. Sie gingen sehr befreundet miteinander um und waren äußerst guter Laune.

«Mein lieber Charles», sagte der eine von ihnen, «dein Vorschlag ist einer der besten, die ich in der letzten Zeit gehört habe! Genauso etwas habe ich mir auch schon überlegt. Mein Jimmy und eine deiner Töchter einmal verheiratet!»

Der Angeredete, Lord Charles Ryan, Herr über Woodlark Park, lächelte zufrieden. «Ich freue mich, daß du einverstanden bist, Henry», sagte er, «man sollte diese Dinge frühzeitig planen.»

«Das ist auch meine Meinung», erwiderte Lord Henry Golbrooke, «nun, an welches der Mädchen hast du gedacht? Emerald oder Elizabeth?»

Lord Ryan zögerte kurz. «Um die Wahrheit zu sagen», meinte er, «an keines von beiden. Sondern an meine Nichte Helena. Helena Calvy.»

«Helena?»

«Ja. Das Kind der verstorbenen Schwester meiner Frau.»

«Helena Calvy», wiederholte Lord Golbrooke, «nun, Charles, ich bin erstaunt, aber ich habe überhaupt nichts dagegen. Ich kannte Lord und Lady Calvy, Helenas Eltern, und sie waren die vornehmsten Menschen, die ich je getroffen habe. Außerdem ist Helena ein entzückendes Mädchen. Nur dachte ich, daß du zuerst für deine eigenen Kinder sorgen würdest!»

Charles Ryan griff nach dem Brandy, der auf dem Tisch stand, und schenkte seinem Gast und sich nach.

«Weißt du, Henry», sagte er langsam, «Helena ist uns wie ein eigenes Kind. Wir lieben sie, und ich glaube nicht, daß sie bei uns etwas vermißt. Aber man ist doch unsicher und will alles vermeiden, was ihr ein Gefühl der ... Vernachlässigung geben könnte. Deshalb will ich sie zuerst bedenken.»

Sein Freund lächelte. «Das sind völlig überflüssige Bedenken», sagte er, «Helena käme nie auf die Idee, hier in den Hintergrund geschoben zu werden. Aber dennoch, ich bin glücklich über deine Entscheidung. Wie alt ist die Kleine jetzt?»

«Sechs Jahre.»

«Gut, gut. Jimmy ist dreizehn. Ein gewisser Altersunterschied ist von Vorteil.»

«Was denkst du, wann sollen sie heiraten?» fragte Lord Ryan.

«Ach, das hat keine Eile», antwortete Golbrooke, «wir sollten keinen bestimmten Zeitpunkt festsetzen. Jimmy soll noch ein wenig von der Welt sehen, Reisen machen. Ich denke, wenn Helena sechzehn oder siebzehn ist, reicht es. Jimmy ist dann vierundzwanzig.»

«In Ordnung. Dann wollen wir den Vertrag aufsetzen.»

Papier und Feder wurden geholt und zwei Schriftstücke angefertigt, in denen die spätere Heirat zwischen Helena Calvy und James Golbrooke beschlossen und versprochen wurde.

«Am 16. Dezember, A. D. 1630, Woodlark Park, Yorkshire», schrieb Lord Ryan. «So, Henry», sagte er dann, «deine Unterschrift!»

Beide Herren unterschrieben mit schwungvollen Zügen, die Papiere wurden gerollt und mit heißem Lack versiegelt. Lord Ryan hob sein Glas.

«Auf dein Wohl, Henry!»

«Auf das der Kinder», entgegnete Golbrooke.

1

Woodlark Park lag in friedlicher Morgendämmerung. Die Vögel zwitscherten in den Ästen der Bäume, farbenprächtige Blumen öffneten ihre Blüten, sanft strich der Wind durch rötliche und goldfarbene Blätter. Hell und glänzend stieg die Sonne über dem östlichen Horizont auf, in einen wolkenlosen blauen Himmel hinein. Der Sommer des Jahres 1640 war heiß und trocken gewesen, und er ging über in diesen warmen, klaren September.

Vom Hof her krähte der Hahn, Pferde schnaubten, man hörte das Klappern von Holzschuhen und die Stimmen der Knechte. Frauenlachen mischte sich mit dem wütenden Gebell eines Hundes, mit dem Scheppern von Milchkannen und dem dröhnenden Hämmern des Schmiedes.

Das Herrenhaus lag ein wenig abseits der Stallgebäude, und nur gedämpft drangen die Laute herüber. Es war ein bezaubernd schönes Haus, über hundert Jahre alt, mit geraden klassischen Linien, streng, aber von vollendeter Harmonie, gemildert durch die vielen hohen Bäume, die es wie wahllos hingestreut umstanden. Man konnte unter ihnen auf breiten Kieswegen entlangspazieren, sich auf geschwungenen Rasenflächen sonnen oder die bunten Fische in künstlich angelegten kleinen, glitzernden Seen bewundern. Woodlark Park galt als das reichste Anwesen der ganzen Gegend, besonders seit vor acht Jahren Blueberry Hill, das Gut der Golbrookes, bis auf die Grundmauern abgebrannt war.

Helena Calvy erwachte an diesem sonnigen Morgen schon sehr früh. Ihr Zimmer lag im zweiten Stock nach Südosten hin, und das helle Licht fiel bis auf ihr Bett. Sie kam nur langsam zu sich, denn sie hatte einen lebendigen Traum gehabt, der sie kaum losließ. Es waren eine Menge fremde Menschen darin vorgekommen, die zuerst recht freundlich schienen, schließlich aber immer lauter wurden und zu streiten begannen. Ihre Gesichter waren ganz nah, aber verschwommen gewesen.

Helena runzelte die Stirn. Zu seltsam, um darüber nachzudenken, entschied sie. Sie warf einen Blick zum Fenster und sah den tiefblauen Himmel und die rötlichen Sonnenstrahlen. Ach, es war zu herrlich, wie lange der Sommer diesmal dauerte. Ein Tag nach dem andern in Wärme und Duft, mit blühenden Rosen und goldflimmernden Blättern. Es war so schön, leichte bunte Kleider zu tragen, zarte Sonnenschirmchen in der Hand zu halten und Blüten ins Haar zu stecken. So einfach war das Leben, so heiter und unbeschwert. Man konnte zu Gartenfesten gehen oder Picknicks veranstalten, man konnte auf einem Pferd über die Wiesen galoppieren oder einfach einen Spaziergang über die Hügel machen. All dies machte Spaß, vor allem wenn sich noch ein junger Herr einfand, der sich bezaubern ließ.

Helena dehnte sich wohlig und glitt streichelnd mit ihren Füßen über das kühle Bettlaken. Sie schwebte in dem ganz und gar ergötzlichen Gefühl eines Menschen, der einen Tag, ganze Wochen auf sich zukommen sieht, ohne etwas zu fürchten, endlose Stunden ausgelassener Freude und ungetrübter Sorglosigkeit.

Draußen auf dem Gang regte sich etwas. Helena konnte die flüsternde Stimme ihrer Tante, Lady Catherine Ryan, erkennen. Tante Catherine stand oft schon vor der übrigen Familie auf, weil sie es liebte, in aller Frühe auszureiten. Helena begleitete sie hin und wieder, aber heute war sie zu faul, um sich aus ihrem Bett zu erheben. Sie zog sich gerade die Decke über den Kopf, als sich die Tür öffnete und ein junges Mädchen hereinsah.

«Helena, bist du wach?» wisperte es.

Helena hob ihren verstrubbelten Kopf. «Ach, du bist es, Emerald», sagte sie, «komm nur herein.»

Ihre Cousine schloß die Tür und schlüpfte in Helenas Bett. «Ich langweilte mich so», erklärte sie, «und da dachte ich, ich komme zu dir.»

«Hm», machte Helena. Sie stritt sehr oft mit Emerald, denn diese war verwöhnt und launisch und wollte immer recht behalten. Sie war wie Helena sechzehn Jahre alt, ein außerordentlich schönes Geschöpf mit hellblonden Haaren und tiefgrünen, schmalen Augen. Ihrem Gesicht waren Eigensinn und Trotz nur allzusehr anzusehen, und sie unterschied sich darin völlig von ihrer zwei Jahre älteren Schwester Elizabeth, die durch und durch gut, sanft und verständnisvoll war. Allerdings konnte man mit Elizabeth über gewisse Dinge nicht reden, und so suchten Helena und Emerald einander immer wieder, trotz allen Streits.

«Rate einmal», sagte Emerald, während sie sich behaglich zurechtlegte und Helena an die Wand drückte, «wer mich heute abend besuchen wird?»

«Keine Ahnung.»

«Rate doch!»

«Nun – Peter Parson vielleicht?»

«Woher weißt du das?» fragte Emerald entrüstet.

«Jeder weiß es», entgegnete Helena gähnend.

«Ach, er ist einfach himmlisch», sagte Emerald schwärmerisch, «weißt du, es sollte mich nicht wundern, wenn wir einmal heiraten.»

«Ich kann mir etwas Besseres vorstellen als Peter Parson», meinte Helena, «ich finde ihn zum Sterben langweilig!»

«Nicht halb so langweilig wie Thomas Connor.»

«Wie kommst du denn auf Thomas Connor?» fragte Helena scharf.

Emerald kicherte. «Tu nicht so», sagte sie, «ihr liebt euch doch! Jeden Nachmittag besucht er dich, und bei allen Bällen tanzt ihr zusammen. Werdet ihr heiraten?»

«Würdest du mir ein bißchen mehr Platz machen?»

Emerald rutschte ein Stück. «Ja oder nein? Heiratet ihr?»

Helena seufzte. «Welch ein Unsinn», sagte sie, «außerdem bin ich James Golbrooke versprochen.»

«Was tut das? James Golbrooke war seit Jahren nicht mehr hier. Vater würde dir erlauben, Thomas Connor zu heiraten, wenn du unbedingt wolltest. Außerdem hast du noch viele andere Verehrer.»

Das war richtig. Nachdem Blueberry Hill niedergebrannt war, zogen die Golbrookes weit fort von Yorkshire, auf ihr anderes Gut nach Cornwall. Dort starb bald darauf Lord Henry. Die meisten wußten, daß sein Sohn, der junge Lord James Golbrooke, und Helena Calvy einander versprochen waren, aber das hinderte niemanden, sich ebenfalls um sie zu bemühen. Besonders mit Thomas Connor, ihrem Spielgefährten aus früher Kindheit, verband sie eine oberflächliche Liebelei, für beide eher ein reizvolles Flirten als sonst etwas, und ganz gewiß hatte Helena nie daran gedacht, ihn zu heiraten. Es war schon früh beschlossen worden, daß sie einmal James Golbrookes Frau werden sollte und es gab in dieser Beziehung für sie keine Zweifel.

«Weißt du», fuhr Emerald fort, «ich finde es merkwürdig, daß Vater ausgerechnet für dich einen Vertrag gefertigt hat. Eigentlich hätte er es für mich tun sollen!»

«Hast du Angst, daß du auf eine andere Weise keinen Ehemann finden wirst?» fragte Helena boshaft.

Emerald sah sie zornig an. «Hüte deine Zunge, Helena!» warnte sie. «Und warte es nur ab! Ich werde einst den größten und herrlichsten Mann der Welt heiraten, das schwöre ich dir!»

«Dann mußt du aber etwas Besseres finden als Peter Parson!»

«Darauf kannst du dich verlassen. Und du wirst dir mit Jimmy Golbrooke geradezu jämmerlich vorkommen.»

«Ich möchte mich jetzt anziehen», sagte Helena, «du kannst dir deine atemberaubenden Zukunftspläne allein ausmalen.»

Emerald zuckte gekränkt die Schultern und verließ das Zimmer. Helena sprang aus dem Bett, tappte über den kalten Fußboden zum Fenster und öffnete es weit. Ein herrlicher Morgen war es. Weit, grün und einladend breiteten sich die taubenetzten Wiesen aus, leise rauschten die Baumkronen, sanfter Wind fächelte Blumenduft herbei. Es war so wunderbar, in Yorkshire zu sein. Helena verliebte sich jedesmal, wenn sie dort war, von neuem in das Land. Große Teile des Jahres verbrachte die Familie in ihrem Londoner Stadthaus, und so schön und aufregend London immer war, Helena empfand ständig ein wenig Sehnsucht nach Woodlark Park.

Sie schloß das Fenster wieder und läutete nach ihrer Zofe, die gleich darauf erschien. Sie war nur wenige Jahre älter als Helena, hatte ein sympathisches, breites Gesicht und intelligente Augen.

«Guten Morgen, Miss», grüßte sie.

«Oh, guten Morgen, Prudence. Hilf mir bitte beim Ankleiden. Das braune Reitkleid!»

«Sie wollen ausreiten, Miss? Es ist heute aber auch ein wunderschöner Tag. Warm wie im Sommer.»

Eifrig schwatzend eilte sie hin und her, brachte Wäsche, Bänder und Unterröcke. Sie mochte Helena, und diese Zuneigung wurde ebenso erwidert. Die beiden waren beinahe wie Freundinnen, vertrauten einander viele Geheimnisse an und besprachen ihre Sorgen und Freuden. So berichtete Prudence auch jetzt wieder von dem neuesten Klatsch, den sie gehört hatte, nämlich von der Zofe Lady Brownburghs, die ihr mitgeteilt hatte, daß der Sohn ihrer Herrin seine junge Frau im Stich gelassen habe und mit einer anderen davongelaufen sei.

«Nicht möglich», sagte Helena entrüstet, «arme Louise Brownburgh. Gerade hat sie ihn erst geheiratet. Ist das wirklich wahr?»

«Natürlich! Ach ja, das arme Ding. Ich habe von Anfang an gesagt, er ist ein Taugenichts!»

Während sie sprach, kämmte Prudence mit geschickten Händen Helenas Haare und steckte sie auf.

«So, Miss, nun können Sie zum Frühstück gehen», sagte sie, «die anderen sind alle schon da.»

Rasch lief Helena aus dem Zimmer und durch das eichenholzgetäfelte Treppenhaus. Aus dem Eßzimmer drangen Stimmen. Helena öffnete die Tür und trat ein.

«Guten Morgen», sagte sie lächelnd.

Die Familie saß um den großen Tisch und war in eine heftige Unterhaltung vertieft. Offenbar ging es um die jüngsten Auseinandersetzungen des Königs mit den Parlamentsführern. Alle Ryans waren überzeugte und treue Royalisten, bis auf den achtzehnjährigen David, der dem König kritisch gegenüberstand und dies immer wieder laut werden ließ, was ihn jedesmal mit seinem Vater in Streit brachte. Als jedoch nun Helena eintrat, brachen sie ihr Gespräch ab und sahen zu ihr hin.

Am Kopfende des Tischs saß Lord Charles Ryan, ein weißhaariger, rundlicher Herr, dessen Gesicht sonst Gutmütigkeit ausdrückte, das nun aber ärgerlich gerötet war. Er war sichtlich erregt und beruhigte sich nur langsam, als seine Frau beschwichtigend ihre Hand auf seinen Arm legte. Lady Catherine war eine zarte blonde Frau mit schmalem, gütigem Gesicht, das noch heute viel von ihrer früheren Schönheit verriet. Sie war der Mittelpunkt ihrer Familie, Vermittlerin im Streit, Vertraute in jeder Angelegenheit. Und sie verfügte über mehr Kraft und Energie, als jeder ihr zutrauen würde.

Neben ihr saßen ihre Kinder, der älteste Sohn Alan und die Töchter Elizabeth und Emerald, alle drei blond und grünäugig wie die Mutter. Davids Platz war gegenüber von seinen Geschwistern, und diese räumliche Trennung stand wie ein Symbol für ihr Verhältnis. David, als einziger der vier Kinder schwarzhaarig und blauäugig wie sein Vater, war der Rebell der Familie. Während sich Alan und Elizabeth durch Sanftmut und Zuverlässigkeit auszeichneten und Emerald mit launischem, aber sehr berechnendem Trotz auffiel, war David ungestüm und aufbrausend, freundlich und liebenswürdig zugleich. Er war sehr attraktiv, konnte reiten, fechten und – so behaupteten einige Mädchen hinter vorgehaltenen Fächern – küssen wie kein anderer. Über seine Liebschaften gab er niemals eine genaue Auskunft, aber jeder wußte, daß er die schönsten und begehrtesten Mädchen der ganzen Grafschaft in den Armen gehalten hatte.

«Liebling, hast du gut geschlafen?» fragte Catherine, als sie Helena erblickte.

Helena nickte. Sie küßte ihre Tante und ihren Onkel auf die Stirn und nahm dann neben David Platz.

«Es tut mir leid, daß ich so spät komme», entschuldigte sie sich.

David grinste. «Du konntest zu keinem besseren Moment kommen», meinte er, «Vater und ich waren mitten in einem herrlichen Streit!»

Auf Lord Ryans Stirn erschienen abermals Zornesfalten. «Dieser Streit ist noch lange nicht beendet», sagte er heftig, «nicht eher, als bis du deine unreife, unüberlegte Ansicht änderst!»

«Vater, warum können Sie meine Meinung nicht akzeptieren?» fragte David. «Es ist zwecklos, mich belehren zu wollen. Der Absolutismus dieses Königs ...»

«Bitte, David», unterbrach Lady Catherine, «nicht schon wieder derselbe Streit und nicht bei diesem Frühstück!»

Wie üblich fügten sich alle ihrer leisen Stimme.

«Helena, möchtest du uns heute morgen begleiten?» fragte Elizabeth. Sie war ein wunderschönes, zartes Geschöpf, und beinahe jeder junge Mann, der sie kannte, liebte sie, ohne es richtig zu wagen, sie zu umwerben. In allem, was sie sagte und tat, lag abgeklärte Ruhe und sanftes Verständnis. Nichts konnte sie erschüttern und immer fand sie Trost und Rat für jeden, der Kummer hatte.

«Wohin geht ihr denn?» erkundigte sich Helena, während sie sich ein Stück Kuchen in den Mund schob.

«Elizabeth und Emerald besuchen nach dem Frühstück mit mir Lady Fentworth», erklärte Catherine, «sie kann seit ihrem Unfall im vergangenen Jahr das Haus nicht mehr verlassen und freut sich über eine Abwechslung.»

«Auf mich könnt ihr doch verzichten?» fragte Charles hoffnungsvoll. «Ich möchte zu einer geschäftlichen Verhandlung.»

«Natürlich brauchst du nicht mitzukommen», sagte seine Frau lächelnd, «und wie ist es mit dir, Helena?»

«Wenn Sie nichts dagegen haben, würde ich lieber mit David und Alan ausreiten.»

«Gut, wir müssen ja nicht gleich zu viert kommen. Emerald, Elizabeth, beeilt euch ein wenig mit dem Essen!»

Trotz dieser Mahnung ließen sich alle Zeit und frühstückten ausgiebig. Helena liebte diese gemeinsamen Mahlzeiten und die Unterhaltungen, die immer sehr lebhaft und meistens lustig waren. Am liebsten neckte sie sich mit David, mit dem sie seit ihrer Kinderzeit in enger Kameradschaft lebte, während Alan für sie immer die Rolle eines großen, weisen Bruders gespielt hatte.

Als alle fertig waren, brach man auf.

«Daß ihr nur nicht zu wild reitet!» mahnte Catherine. «Alan und David, ihr achtet auf Helena!»

«Natürlich, Mutter», beruhigte Alan, «aber Helena reitet genauso gut wie wir beide.»

«Kommen Sie alle zum Essen?» erkundigte sich die Köchin.

«Ich denke schon», meinte Catherine. Sie zog sich die eleganten Lederhandschuhe an und strich Helena über die Haare.

«Sei vorsichtig», mahnte sie zärtlich.

Dann verließ sie, gefolgt von ihren Töchtern, das Haus. Im Hof warteten bereits eine Kutsche und drei gesattelte Pferde. David half Helena auf ihre lebhafte Fuchsstute hinauf, er und Alan schwangen sich auf ihre eigenen Pferde und schon trabten sie über die Wege zum Tor und hinaus auf die Wiesen. Die Pferde schnaubten, warfen ihre Köpfe herum und galoppierten an, ohne daß sie getrieben wurden. Helena lehnte sich weit nach vorne und ließ ihrer Stute die Zügel. Es war so wunderbar zu reiten, so schnell, daß einem scharfer Wind ins Gesicht blies, daß man die Hufe laut donnern hörte, daß der grüne Boden davonflog. Sie bemerkte, daß sie schneller war als die anderen, und dies beflügelte sie noch mehr. Wie berauscht jagte sie dahin und wurde erst langsamer, als ihr Pferd zu schnaufen begann. Sie hielt es an, wandte sich um und sah David und Alan herankommen.

«Seid ihr eingeschlafen unterwegs?» rief sie lachend.

«Sei nicht so frech, Hexe», erwiderte David, «du hast das bessere Pferd, das ist alles!»

«Ich bin die beste Reiterin», meinte Helena, «mein Gott, war das schön!»

Alle drei atmeten laut, hatten zerzauste Haare und gerötete Wangen. Sie ließen die Pferde noch eine Weile traben, dann beschlossen David und Alan schwimmen zu gehen. Helena machte ein gekränktes Gesicht. «Ihr seid gemein», maulte sie, «ihr wißt genau, daß ich nicht mit kann!»

«Warum nicht? Begleite uns doch einfach!»

«Nein, eine Dame badet nicht im Meer», erklärte Helena würdevoll, «und schon gar nicht in Begleitung zweier Herren.»

«Es wäre doch zu lustig», sagte David, «komm mit, Helena!»

«David!» wies Alan ihn zurecht. Er wandte sich an seine Cousine. «Bist du böse, Helena?» fragte er. «Weißt du, das Wetter ist so herrlich.»

«Badet ihr nur! Ich reite nach Hause und suche mir bessere Gesellschaft!»

«Vielleicht ist das zufällig Thomas Connor?» fragte David anzüglich. «Sicher wartet er schon seit Stunden auf dich!»

«Nun, er würde mich jedenfalls niemals so im Stich lassen wie ihr das tut», entgegnete Helena, «viel Spaß wünsche ich euch!»

Sie wendete ihre Stute und galoppierte davon. Zu Hause sprang sie vom Pferd, übergab einem Diener die Zügel und lief in die Eingangshalle. Kühl und schattig war es hier nach der Hitze draußen. Helena blieb vor einem Spiegel stehen und ordnete ihre dunklen Haare. Sicher war noch niemand von der Familie zurück, aber eigentlich machte das nichts. Sie würde sich umziehen und sich dann mit einem Buch und etwas Kühlem zu trinken in den Garten setzen und den Tag in seligem, verschlafenem Faulsein verbringen. Zuvor könnte sie aber immerhin noch rasch zu Catherines kleinem Salon gehen und nachsehen, ob ihre Tante vielleicht doch da war. Leise vor sich hin summend öffnete sie die Tür und blieb dann völlig überrascht auf der Schwelle stehen. Sie hatte niemanden erwartet, aber bei ihrem Eintritt erhob sich aus einem der brokatbezogenen Sessel ein junger Mann. Er war recht groß, vornehm in dunkelgrünen Samt und glänzende Lederstiefel gekleidet, in der Hand einen hohen Hut haltend. Sein Gesicht kam Helena bekannt vor, doch konnte sie sich im Moment nicht besinnen.

Der Fremde machte eine tiefe Verbeugung. «Ihr Diener, Miss», sagte er lächelnd, «darf ich mich vorstellen? Lord James Golbrooke.»

Helena konnte einen überraschten Ausruf nicht unterdrücken. Dieser junge Gentleman war Jimmy Golbrooke. Sie hatte ihn als halbwüchsigen Jungen in Erinnerung, aber er hatte sich völlig verändert. Sie hätte ihn niemals wiedererkannt.

«Lord James Golbrooke», sagte sie erfreut, nachdem sie sich gefaßt hatte, «ich bin Helena Calvy!»

Nun war er es, der sie erstaunt ansah, denn in seiner Vorstellung existierte Helena nur als kleines, dünnes Mädchen, das ein guter Spielkamerad war wie jeder andere. Natürlich wußte er, daß sie erwachsen geworden sein mußte, aber es war dennoch merkwürdig, sie nun zu sehen. Im übrigen war für beide diese Situation äußerst unangenehm. Es war schwierig genug, sich als ehemalige Freunde aus der Kindheit nach vielen Jahren gegenüberzustehen, noch hemmender wirkte es, zu wissen, daß sie innerhalb des nächsten Jahres wahrscheinlich schon miteinander verheiratet sein würden.

Helena nahm auf einem Sessel Platz. «Setzen Sie sich doch, Lord Golbrooke», bat sie. Sie hätte am liebsten den Raum verlassen, aber sie durfte einen Gast nicht allein herumsitzen lassen, sondern mußte ihre Tante in deren Abwesenheit vertreten. Außerdem sollte Jimmy sie nicht für ein ungewandtes Mädchen vom Land halten. Aber es ist wirklich entsetzlich schwierig, dachte sie bei sich.

Jimmy hatte sich ihr gegenüber niedergelassen. «Ich glaube, ich bin zu einem recht ungünstigen Zeitpunkt gekommen», sagte er, «ich wollte auch sofort wieder gehen, als ich niemanden antraf, aber der Diener sagte mir, Alan müsse jeden Moment zurückkehren.»

«Zu Alan wollten Sie?»

«Nun», Jimmy lächelte, «ich kann nicht behaupten, daß es mir so weniger gefällt!»

Helena errötete leicht und schlug die Augen nieder, aber sie fühlte sich sehr geschmeichelt.

«Sie kommen direkt aus Cornwall?» erkundigte sie sich.

Jimmy schüttelte den Kopf. «Oh, nein, ich war seit zwei Jahren nicht mehr dort. Ich komme aus Paris.»

«Aus Paris?» Helenas erwachendes Interesse war ungekünstelt. «Ach, dort möchte ich schrecklich gern einmal hin. Es muß eine wunderbare Stadt sein!»

«Das ist sie», gab Jimmy zu, «laut und bunt wie London, dabei aber aufregender und auch sittenloser. Die allgemeine Moral ist nicht allzu strengen Regeln unterworfen.»

«Wirklich? Wenn ich doch auch einmal dorthin käme!»

«Aber Miss Calvy!»

Helena errötete abermals. «So war es natürlich nicht gemeint», verteidigte sie sich. «Nur – stellen Sie sich vor, ich war noch niemals außerhalb von England!»

«Den Anfang sollten Sie nicht gerade in Paris machen. Die Stadt ist gefährlich für junge Mädchen!»

Er ist recht selbstbewußt, dachte Helena und, wirklich, er flirtet mit jedem Blick!

Jimmy selbst gab dem Gespräch nun eine Wendung. Er berichtete von Frankreich und von Cornwall, wo seine Familie und er seit 1632 lebten. Beide waren während der Unterhaltung damit beschäftigt, ihr Gegenüber unauffällig, aber sehr genau zu mustern.

Jimmy hatte sich in den letzten Jahren doch nicht so sehr verändert, wie Helena zunächst geglaubt hatte, vielmehr war sie bei seinem Abschied zu klein gewesen, als daß sie ein klares Bild zurückbehalten hätte, und so kam er ihr nun einfach sehr fremd vor. Er war 23 Jahre alt, hatte eine schlanke, kräftige Gestalt und elegante Bewegungen. In seinem gutgeformten Gesicht mit der geraden Nase und den schmalen Lippen verband sich offene Freundlichkeit mit dem Ausdruck eines gewissen Leichtsinns, einer charmanten Unbekümmertheit. In dieser Art ähnelte er Thomas Connor, doch schien er weniger zynisch als dieser, sondern weicher und mitfühlender. Seine Haare, die in leichten Wellen über den breiten Spitzenkragen auf seine Schultern fielen, waren dunkler geworden. Am aufregendsten fand Helena aber seine Augen, denn sie waren wie reinster Bernstein, und sie hatte so etwas noch nie gesehen. Er sieht wunderbar aus, dachte sie.

Jimmy hatte eine ähnliche Empfindung, als er Helena betrachtete. Er hatte viele Frauen kennengelernt, besonders zuletzt in Frankreich, und er war verwöhnt, aber er fand dieses Mädchen hinreißend. Sie war groß geworden, größer als er je geglaubt hatte, doch sehr zierlich und schmal gebaut. Ihre Haut war hell, jetzt aber hatten sich ihre Wangen vom Reiten gerötet. Das einst spitze Gesicht war runder geworden, die Lippen weicher. Ihre Haare trug sie in modischen Korkzieherlocken an den Schläfen herabhängend, hinten aufgesteckt und mit Bändern verziert. Dunkelbraun und glänzend schimmerten sie in der Sonne, an einzelnen Stellen rötlich wie Kupfer. Aus irgendeinem Grund hatte Jimmy geglaubt, sie habe braune Augen, nun stellte er fest, daß sie blau waren, lebhaft und zugleich ein wenig unruhig dreinblickten.

Sie hatten schon eine ganze Weile geplaudert, als Helena draußen die Stimmen ihrer Tante und ihrer Cousinen hörte. Sie sprang auf. «Meine Tante», sagte sie, «kommen Sie, ich stelle Sie ihr vor!»

«Ich glaube, ich habe Sie viel zu lange aufgehalten, Miss Calvy», meinte Jimmy betreten, «ich habe gar nicht bemerkt, daß es schon Mittag ist.»

«Ich würde mich freuen, wenn Sie zum Essen blieben, und meine Tante sicher auch.» Helena öffnete die Tür. «Tante Catherine», sagte sie, «darf ich Ihnen unseren Besuch vorstellen? Lord James Golbrooke!»

Jimmy Golbrooke hatte vorgehabt, den ganzen Winter in Yorkshire zu verbringen, denn der Earl of Fallingham, ein enger Freund der Golbrookes, hatte ihn eingeladen, so lange er wollte bei ihm zu wohnen. Doch schon drei Wochen nach seiner Ankunft erreichte ihn die Nachricht eines Freundes, daß seine Anwesenheit in London aus geschäftlichen Gründen dringend notwendig sei. So reiste er wieder ab, nicht aber ohne zuvor mit Lord Ryan zu verabreden, sich im Mai des nächsten Jahres wieder mit der Familie seiner Braut in London zu treffen.

«Im Mai wird meine Nichte siebzehn Jahre alt», sagte Lord Ryan, «ihr Geburtstag wäre ein schöner Anlaß für die Hochzeitsfeierlichkeiten.»

In der kurzen Zeit, in der Jimmy noch in Yorkshire war, trafen er und Helena einander häufig. In diesen warmen Septembertagen folgte ein Fest dem andern, fanden Tanzabende, Soupers, Theatervorstellungen statt. Kutschfahrten und Ausritte wurden veranstaltet, und jedesmal waren Helena und Jimmy unter den Gästen. Sie saßen nebeneinander, tanzten zusammen und unterhielten sich. Jimmy erzählte viel von Cornwall, von seinem Gut Charity Hill in der lieblichen südöstlichen Landschaft. Helena konnte nicht genug davon hören. Oft besuchte er sie nachmittags, und sie saßen stundenlang auf der Veranda und redeten. Sie fand ihn so wunderschön, wenn er vor ihr stand, und sie selbst fühlte sich so glücklich und sicher, daß sie gern auf ihn zugelaufen wäre und sich von ihm in die Arme hätte nehmen lassen. Sie tat es nicht, denn es wäre äußerst unschicklich gewesen, und womöglich hätte man sie beobachtet. Aber sie verliebte sich jeden Tag mehr.

Schwierig war ihr Verhältnis zu Thomas Connor geworden, mit dem sie bisher die meiste Zeit verbracht hatte. Er und Jimmy waren alte Freunde und trafen einander oft, aber die Rivalität zwischen ihnen war spürbar.

«Nun wirst du Jimmy Golbrooke bald heiraten», sagte Thomas eines Tages zu Helena, «wie gefällt es dir, eine Lady zu werden?»

«Du weißt, daß unsere Hochzeit schon immer beschlossen war», sagte Helena.

«Ich weiß. Aber ich glaube, du findest ihn tatsächlich ungeheuer anziehend!»

«Ich liebe ihn!»

«Na, na», Thomas lachte, «du bist vielleicht ein bißchen voreilig, Helena!»

«Und du bist eifersüchtig», entgegnete Helena, erbost darüber, daß er sie und ihre herrlichen Gefühle nicht ernst nahm.

«Nein, ich bin nicht so eifersüchtig wie du glaubst», erwiderte Thomas, «und ich wünsche dir sogar, daß du glücklich wirst.»

Es wäre Helena lieber gewesen, er hätte ein wenig mehr Kummer oder Zorn gezeigt, aber immerhin nahm er diese Angelegenheit nicht ganz ungerührt, und das schmeichelte ihrer Eitelkeit.

Der Winter war kalt und eisklirrend, für Helena aber verging er schnell. Sie und ihre Tante waren mit der Fertigstellung ihrer Aussteuer von früh bis spät beschäftigt, und zwischendurch trafen immer wieder Briefe von Jimmy ein, die von Helena heiß ersehnt und ein dutzendmal gelesen wurden. Er schrieb lustig und zärtlich und voll Freude von der Zeit, wenn sie zusammen leben würden.

Es wurde Frühling, der Schnee schmolz und erste Blätter und Knospen sahen aus Bäumen und Sträuchern hervor. Die Ryans nahmen Abschied von Woodlark Park. Für Helena würde es diesmal eine lange Trennung werden, auf unbestimmte Zeit, denn nun ging sie ganz in den Süden Englands. Ihre freudige Aufgeregtheit aber ließ weder Trauer noch Wehmut zu. Sie lief durch Haus und Park, um alles noch einmal zu sehen, und war dabei im Geist schon weit fort. Schließlich, im April 1641, brachen sie auf und reisten nach London.

2

LONDON bot in diesem warmen Frühjahr ein buntes, bewegtes Bild. Die Straßen wurden belebt von Hunderten von Menschen, die sich nach einem harten Winter an den wärmenden Sonnenstrahlen freuten. Auf allen größeren Plätzen tummelten sich die Leute, Straßenhändler, Bettler, vornehme Damen mit seidenen Sonnenschirmen, Herren mit lockigen Perücken und eleganten Kleidern, Kinder, die um die Brunnen herum Fangen spielten. Ein Gewirr von Kutschen herrschte, sauber und glänzend in der Sonne, mit lebhaften, schnaubenden Pferden davor, die übermütig tänzelten vor Glück, nicht mehr durch grimmige Kälte und eisigen Schnee traben zu müssen. Überall standen junge Mädchen in einfachen Kleidern und boten den Vorübereilenden dicke Blumensträuße an. Ein selig betrunkener Mann taumelte von einer Hauswand zur andern, schwenkte eine leere Flasche und schrie: «Freut euch des Lebens, Brüder!»

Die wenigsten zeigten sich darüber schockiert, sondern ließen sich von seiner guten Laune anstecken und lachten.

Aber es gab auch die andere Seite. In den Hauseingängen saßen die Bettler, in zerlumpten Kleidern. Zum Teil waren es Krüppel, Einbeinige oder Einarmige oder Blinde, die flehend die knochigen Hände ausstreckten und mit dünner Stimme baten: «Nur ein Stück Brot, Freunde, habt Mitleid!»

Einige von ihnen bekamen etwas, die meisten aber wurden unbarmherzig zur Seite gestoßen und getreten, wenn sie sich an den

Gewändern der Reichen festkrallten und verzweifelt um Geld flehten. Ein alter Mann, dem die Tränen über das runzlige Gesicht liefen, hatte die Beherrschung verloren. Mit verzerrter Miene schrie er: «Der König hat mir alles genommen, was ich besitze! Seht mich an, ich war ein armer Bauer, ich hatte nicht viel, aber es reichte für mich, mein Weib und meine Kinder. Aber der König hat es mir weggenommen, alles, alles! Wofür? Ich frage euch, wofür? Für seinen Palast, für seine großen Feste, für den katholischen Hofstaat der Königin, um zu fressen, während das Volk hungert! Oh, Gott verdamme und verfluche die Stuarts alle!» Der Mann weinte haltlos. Sofort eilten zwei Wachen auf ihn zu, packten und verhafteten ihn, ohne auf sein Geschrei zu achten.

London war eine Stadt, in der sich Arm und Reich mischte, eine dreckige, schmutzige Stadt mit überfüllten, schmalen Gassen, mit holprigem Pflaster und schiefen Häusern. Sie war voll lärmender Menschen, voll Geschrei und Gestank, und doch war es eine schöne Stadt, weil sie mit Zuversicht und Freude gefüllt war, weil sie von ihren Bewohnern geliebt wurde. Sie war voll pulsierender Lebendigkeit und bot die Voraussetzung für jeden, der die Absicht hatte, sich mit überschäumender Kraft ins Leben zu stürzen.

Auch Helena liebte London. Sie liebte auch das große, vornehme Haus in der Drury Lane, das die Familie in London bewohnte. Es gab ihr ein starkes Gefühl der Sicherheit und Geborgenheit, denn es war alt und heimelig, kleiner als das große Herrenhaus von Woodlark Park.

An den warmen Frühlingsabenden stand Helena gern lange am geöffneten Fenster ihres Zimmers und träumte in die herandämmernde Dunkelheit hinein. Ihre Hände streiften leicht die Zweige des Kirschbaums, der vor ihrem Fenster stand und bereits blühte. Alle Äste waren mit zarten weißen Blüten besetzt, die im Frühlingswind schaukelten wie ein schaumiges weißes Meer, wie ein Schleier aus schwerer Seide.

Dann kam der 16. Mai, Helenas siebzehnter Geburtstag. Sie hatte sich auf diesen Geburtstag mehr gefreut als auf alle anderen zuvor und hatte es fast nicht erwarten können. Sie wußte, daß sie wenige Wochen später heiraten, mit Jimmy zusammen leben und Herrin über eines der größten Güter Cornwalls sein würde. Ein großer Ball war für diesen Tag geplant, und alle Freunde Helenas und der Familie waren schon seit Wochen eingeladen. Doch dann sah es plötzlich so aus, als könne die Feierlichkeit nicht stattfinden.

Denn am 12. Mai geschah etwas, das das Land erschütterte. Die

Feinde des Königs triumphierten, seine Freunde waren entsetzt. Der engste Vertraute Seiner Majestät, seine wichtigste Stütze, sein niemals schwankender Halt, Thomas Wentworth Earl Strafford, wurde auf Drängen des Parlaments von seinem eigenen Herrn dem Henker überantwortet. Dies war ein Höhepunkt in dem schon lange andauernden Streit, zugleich eine Tat der Schwäche und des Verrats, und niemand, selbst unerschütterliche Royalisten nicht, konnte dies gutheißen.

Angefangen hatte es damit, daß König Charles I., nachdem er jahrelang allein regiert hatte, gezwungen gewesen war, das Parlament wieder einzuberufen, weil er Geld für seinen Kampf gegen die Schotten brauchte. Das wurde ihm jedoch nicht bewilligt. Im Gegenteil, das Parlament beschloß: Kein Geld, keine Waffen für den König, es sei denn, die Krone erkenne Beschlüsse des Parlaments an. Auf diese Forderung hin hatte sich Earl Strafford, der von Parlamentsanhängern meistgehaßte Mann Englands, mit einer Vollmacht ausstatten lassen, die ihn berechtigte, die Hauptwortführer des Parlaments, die Herren Pym, Ireton und Hampden, festzunehmen. Dazu war es jedoch nicht gekommen. Es gab Unruhen und Aufruhr, und schließlich forderte ein Mann, ein gewisser Oliver Cromwell aus Ely: «Stellt Earl Strafford unter Anklage des Hochverrats an der englischen Nation!» Der Vorschlag wurde mit Jubel begrüßt und der König aufgefordert, das Todesurteil zu unterzeichnen. Ganz London hielt den Atem an.

Und dann unterschrieb Charles tatsächlich!

Für seine Anhänger war das ein Schock. Nicht unbedingt aus Mitleid für Strafford, obwohl alle wußten, daß sie mit ihm ihren besten Mann verloren, nein, der König hatte sich von einer kleinen Bande radikaler Extremisten zu einem Schritt zwingen lassen, den er allein unter keinen Umständen getan hätte. Es war nicht verwunderlich, daß viele an ihm zweifelten; selbst Lord Ryan, dessen Loyalität für Charles felsenfest und nahezu unerschütterlich war, kritisierte im stillen den König.

Earl Strafford wurde am 12. Mai 1641 öffentlich enthauptet, und das Volk jubelte, als der Henker den blutigen Kopf durch die Luft schwenkte. Strafford war ein Symbol gewesen für die Macht des Königs, ein guter, aber harter Mann. Nun war er tot, verraten von seinem Herrn.

Lord Ryan hätte es lieber gesehen, wenn die geplante große Geburtstagsfeier seiner Nichte, nur vier Tage nach der Hinrichtung, ausgefallen wäre, aber Helena, uneinsichtig, daß die Politik auf diese Weise in ihr Leben eingreifen sollte, bettelte und bat, und so brachte es Charles Ryan nicht fertig, ihre wochenlange Vorfreude zu enttäuschen.

Und wer wußte denn, ob es nicht der letzte friedliche Geburtstag war, den sie feierte, ob nicht im nächsten Jahr die Unruhen schon überhand nehmen würden?

Am Vormittag dieses 16. Mai fuhr Helena mit Alan in die Stadt, um bei ihrer Schneiderin Madame Liniér ihr neues Ballkleid abzuholen. Sie hatte es schon öfter anprobiert, aber noch nicht ganz fertig gesehen und war nun sehr gespannt. Sie mußte an diesem Abend einfach wunderbar aussehen, denn Jimmy würde kommen, und er sollte sie schön und strahlend erleben wie niemals zuvor.

Alan, der noch einige geschäftliche Dinge zu erledigen hatte, ließ Helena vor dem Salon aussteigen und versprach, sie später wieder abzuholen.

Madame Liniér war über Helenas Besuch außerordentlich erfreut. So schnell die Fülle ihrer Gestalt sie dazu befähigte, eilte sie auf sie zu, reichte ihr beide Hände und zwitscherte mit stark französischem Akzent: «Oh, meine Liebe, wie habe ich mich eben gefreut, als ich Sie kommen sah! Darf ich Ihnen zu Ihrem Geburtstag gratulieren und alles Gute wünschen? Ach, ich hoffe, daß Ihnen das Kleid gefällt und ...» Sie machte eine Pause, um Luft zu holen und um zu überlegen, was sie noch sagen könnte, und Helena nutzte diese Gelegenheit.

«Vielen Dank, Madame», sagte sie rasch und lächelte, «ich bin überzeugt, das Kleid ist entzückend!»

Madame Liniér strahlte und klatschte in die Hände. «Thérèse! Chantal!» rief sie. «Bringt das Kleid! Wir werden es jetzt anprobieren!»

Zwei kichernde, sommersprossige Mädchen stürzten herbei, die dafür, daß sie angeblich Französinnen waren, einen reichlich schlampigen englischen Dialekt sprachen.

Madame Liniér wandte sich an Helena: «Kommen Sie doch bitte mit hinter den Vorhang.» Helena folgte ihr und zog ihren Mantel und ihr Kleid aus. Als sie dann ihr neues Gewand übergestreift bekam, stieß sie fast einen leisen Schrei aus, so bezaubernd fand sie es. Es war aus leuchtend blauer Seide mit tiefem, rundem Ausschnitt und enger Taille. Über den weiten, bauschigen Rock fiel ein Netz aus glänzenden Goldfäden und an den weißseidenen Arm- und Halskrausen rankten sich zarte Stickereien. Madame Liniér strich den Rock glatt, zupfte hier und da etwas zurecht und gab kurze Anweisungen.

«Chantal, stecke die Taille etwas enger, Madame wird ja immer dünner. Thérèse, hier solltest du den Haken fester nähen!» Sie ging um Helena herum. «Also, wirklich», meinte sie zufrieden, «ich muß sagen, schöner könnte auch die Königin nicht aussehen.»

«Es ist wunderschön. Es ist das schönste, was ich je besessen habe», sagte Helena. Sie drehte sich vorsichtig hin und her und schenkte ihrem Spiegelbild ein kurzes Lächeln, das ihre Augen ganz schmal werden ließ. Sie sah so fremd aus in diesem eleganten Kleid, in dem ihre Haare rötlich schimmerten und ihre Haut wie weißer Marmor schien. Tante Catherine mußte ihr natürlich ihre Saphire leihen, und sie konnte Goldpuder auf ihre Augenlider legen. Ach, es war zu herrlich, jung und hübsch zu sein und außerdem genug Geld zu haben, um sich kaufen zu können, was man wollte.

Thérèse und Chantal halfen ihr, das neue Kleid aus- und das andere wieder anzuziehen. Es fiel Helena schwer, sich von der blauen Seide zu trennen, aber sie dachte voller Stolz daran, daß sie sie heute abend tragen würde. Madame Liniér verpackte das Kleid in eine große Schachtel und reichte sie ihr.

Helena spähte aus dem Fenster hinaus. Alan, der sie mit der Kutsche wieder abholen wollte, war noch nicht zurück.

«Ach, Madame Liniér», sagte sie, «dürfte ich hier drinnen warten, bis meine Kutsche kommt?» Sie wollte sich nicht auf die Straße stellen und warten, es schickte sich einfach nicht.

«Selbstverständlich können Sie hier warten», sagte Madame Liniér. «Setzen Sie sich, wo es Ihnen gefällt.»

Dankbar nahm Helena auf einem der vergoldeten Stühle Platz und beobachtete die Damen, die in den Salon drängten. Es waren ausnahmslos vornehme Frauen aus reichen Familien; Frauen in glänzenden Seidenkleidern, mit schön frisiertem Haar, mit kleinen Samtmasken vor dem Gesicht und klirrendem Schmuck an Hals und Armen. Beinahe alle wurden von ihren Dienstmädchen begleitet, die ihnen in respektvollem Abstand folgten.

Plötzlich richtete sich Helenas Aufmerksamkeit auf eine junge Dame, die soeben den Laden betreten hatte. Das Mädchen war sehr schön, hatte dunkelblaue Augen und silberblonde Haare.

«Sarah!» rief Helena. «Sarah Mallory!»

Die Gerufene drehte sich um, und ein erfreutes Lächeln breitete sich über ihr Gesicht.

«Helena!» Sie umarmte die Freundin. «Alles Gute für dein neues Lebensjahr, meine Liebste! Was machst du hier?»

«Sicher dasselbe wie du», entgegnete Helena, «ich habe das Kleid für heute abend abgeholt.»

«Dann tust du tatsächlich dasselbe wie ich», bestätigte Sarah. Sie wandte sich an Thérèse, die näher gekommen und abwartend stehengeblieben war. «Guten Morgen. Ich möchte mein Kleid abholen.»

«Jawohl, Madame», sagte Thérèse eifrig, «wollen Sie noch einmal anprobieren?»

«Nein, danke schön. Ich will es gleich mitnehmen. Es ist ein traumhaftes Kleid», sagte sie wieder zu Helena, «und sehr teuer. Ich habe meinem Vater vorsichtshalber noch gar nichts von dem Preis gesagt.»

«Er wird doch einsehen, daß mein Geburtstag ein so würdiger Anlaß ist, daß er ruhig ein wenig Geld ausgeben kann», meinte Helena.

Beide lachten.

«Jetzt sind wir wieder gleichaltrig», stellte Sarah fest, «ich finde, siebzehn ist ein besonderes Alter.»

«Ja, das Gefühl hatte ich heute früh auch. Ich wußte immer, daß irgend etwas Besonderes geschehen würde, wenn ich einmal siebzehn bin, und nun wird dies meine Hochzeit sein.»

«Wenn es nur nicht außerdem noch ein Bürgerkrieg ist», sagte Sarah sorgenvoll, «seit Straffords Tod spricht mein Vater von nichts anderem mehr.»

«Ach, nein!» Helena wischte diese Gedanken mit einer einzigen Handbewegung beiseite, «jeder, auch das Parlament, wird klug genug sein, es nicht so weit kommen zu lassen. Und wenn es wirklich geschieht, wird der König gewinnen, denn er hat das Recht auf seiner Seite und ...» Sie brach ab.

Soeben war Thérèse mit dem verpackten Kleid zu ihnen getreten, und auf ihrem Gesicht las Helena solch eine Mischung aus Wut und Ärger, daß es sie erstarren ließ. Sie ärgerte sich über sich selbst, daß sie sich von einem kleinen Ladenmädchen so verwirren ließ, nur weil dieses offenbar eine andere Meinung hatte als sie, aber sie konnte nichts dagegen tun. Auch Sarah schien verlegen. Sie ergriff den Karton mit ihrem Kleid, und dann verließen beide Mädchen den Laden, verfolgt von Thérèses brennendem, haßerfülltem Blick.

Draußen blieben sie aufatmend stehen.

«Puh», machte Helena, «hast du ihr Gesicht gesehen? Ich glaube, sie hätte uns am liebsten ermordet!»

«Ja, sie muß gehört haben, was du gesagt hast», stimmte Sarah zu, «sieh mal, dort kommt eure Kutsche!»

Die Kutsche hielt und Alan sprang heraus.

«Oh, die beiden schönsten Mädchen von London!» rief er gutgelaunt. «Habe ich dich warten lassen, Helena?»

«Nicht lange. Außerdem habe ich ja Sarah getroffen.»

«Gut. Ich habe noch jemanden dabei, den du gerne magst!»

«Jimmy?» entfuhr es Helena.

Alan lächelte und schon sprang Jimmy aus dem Wagen.

«Ja, ich bin es», bestätigte er. Er beugte sich über Helenas Hand. «Darf ich mir erlauben, Ihnen zu gratulieren und alles Gute zu wünschen?» fragte er.

«Vielen Dank.» Helena strahlte ihn an.

«Ich glaube, ihr kennt einander noch nicht», sagte Alan zu Sarah und Jimmy, «Lord James Golbrooke, Sarah Mallory.»

Sarah wirkte ungeheuer beeindruckt. Sie hatte von Helena schon oft vernommen, Jimmy sähe überwältigend aus, aber sie hatte es für verliebte Übertreibungen gehalten. Nun lächelte sie ihn kokett an und war ebenso gefesselt wie viele Frauen vor ihr.

«Kommen Sie heute abend zu Helenas Ball?» fragte sie.

Jimmy nickte. «Ich habe eine Einladung erhalten», erwiderte er, «und ich komme sehr gerne.»

Sie unterhielten sich noch eine Weile über das wunderschöne sonnige Wetter und verabredeten schließlich, am nächsten Tag alle im St. James Park spazierenzufahren.

«Das wird sicher ein großer Spaß», meinte Sarah, «aber ich muß nun leider gehen. Meine Familie sorgt sich sonst.» Sie küßte Helena. «Auf Wiedersehen. Ich freue mich schon auf heute abend.»

«Wo ist deine Kutsche, Sarah?» fragte Alan.

«Ach, ich weiß es nicht. Der Kutscher hatte noch Besorgungen zu machen und wollte mich dann abholen, aber er ist noch nicht da. Ich werde zu Fuß gehen, dazu habe ich heute auch Lust.»

«Warten Sie», mischte sich Jimmy ein, «ich werde Sie begleiten. Wenn Sie es erlauben», setzte er hinzu.

«Ja, gern! Das ist wirklich nett von Ihnen!» Sarah lächelte strahlend.

Jimmy verabschiedete sich von Helena und Alan, nahm Sarah die Schachtel mit dem Kleid aus der Hand und schritt neben ihr her, wobei er offenbar interessiert darauf lauschte, was sie ihm erzählte.

Helena sah hinter ihnen her und verspürte mit einemmal ein heftiges Gefühl der Eifersucht, wie sie es in diesem Maße Sarah gegenüber noch niemals empfunden hatte. Jimmy, der schönste Mann in ganz England, gehörte ihr und niemandem sonst.

Alan, der ihr Gesicht beobachtet hatte, lächelte verstehend. «Er gefällt jeder», sagte er augenzwinkernd, «er sieht einfach zu gut aus, nicht?»

«Nun ja.» Helena beschloß das Thema zu wechseln. Sie brauchte das jedoch nicht zu tun, denn soeben trat ein schmutziger Straßenjunge auf sie zu und hielt ihnen ein Papier hin, das er von einem dicken Stapel genommen hatte.

«Wollen die Herrschaften das lesen?» fragte er grinsend.

Helena warf einen Blick auf das Blatt: «Ballade vom Leben und Tod des Herrn Thomas Wentworth», las sie. Es folgte ein sechsstrophiges Gedicht, das mit den hämischen Zeilen schloß:

So traurig End', Ihr Leute,
find't stets, wer Hochmuts Beute!

«Na, was ist?» fragte der Straßenjunge.

«Danke», sagte Alan, «aber den Unfug kannst du meinetwegen in die Themse werfen.»

Der Junge starrte ihn an. «Tyrannenfreund», sagte er und machte sich dann schleunigst aus dem Staub.

Alan sah ihm kopfschüttelnd nach.

«Das hat Earl Strafford nicht verdient», meinte er. Er wandte sich wieder zu Helena. «Mußt du noch etwas einkaufen?» fragte er.

Helena verneinte. Alan half ihr in den Wagen, und während der Heimfahrt erzählte sie ihm von Thérèse und ihrer Wut. Alan lächelte, aber gleichzeitig bemerkte sie eine steile weiße Falte auf seiner Stirn, die er immer bekam, wenn er sich wegen irgend etwas Sorgen machte.

Dank Catherines Umsicht und Geschick hatte sich der große, würdige Salon ihres Hauses bis zum Abend in einen strahlenden Festsaal verwandelt. Die Vorhänge waren geschlossen worden, und so kamen die vielen brennenden Kerzen an den drei schweren Kronleuchtern wunderbar zur Geltung. Ihr Schein warf ein flimmerndes Licht über die zarten Seidenbänder, die sich malerisch an den Wänden entlangrankten. Einige fielen bis zum Fußboden hinab, von dem die Teppiche entfernt worden waren, um ihn ganz als Tanzfläche nutzen zu können. Überall standen silberne Vasen mit blühenden Kirschzweigen, mit dunkelblauen Glockenblumen, mit Veilchen und Azaleen. Sie spiegelten sich in den hohen, blitzenden Spiegeln und ließen den Eindruck eines unendlichen Blumenmeers entstehen. Am Ende des

Saals waren mehrere Tische aufgebaut, mit seidenen Tischdecken verhüllt, und darauf lagen die herrlichsten Sachen. Es gab große Schüsseln, üppig beladen mit Obst, daneben gebratene Enten, Schinken, große Käseplatten, verschiedene Sorten cremige Puddings, feines Gebäck, teilweise noch heiß und triefend von Fett. Dazwischen standen zahlreiche Weine, auch Sekt und Champagner. Und über der Tafel hing ein Gemälde des Königs, verschwenderisch mit blaßroten Rhododendren geschmückt.

Der Saal war voller Menschen, fast nur junge Leute, die sich unterhielten, lachten und die gefüllten Weingläser klirren ließen. Alle trugen schöne Kleider, die Herren samtene Anzüge und hohe Stiefel und die Damen anmutige Seidengewänder und bunte Blumen im Haar. Die hier Versammelten waren ausnahmslos reiche Leute, die Luxus und Eleganz liebten, die Freude an Geselligkeit und allen Vergnügungen hatten und die kaum einen Gedanken an die verschwendeten, die in Armut und Elend dahinvegetierten. Diese Gedankenlosigkeit war keine Bosheit, sondern mangelndes Vorstellungsvermögen. Sie waren in ihrem Leben zu sehr von den Armen getrennt und bemerkten sie einfach nicht.

Helena mit ihrem tiefen Gefühl für alles Schöne und Elegante genoß den Abend. Sie wußte, daß sie hinreißend aussah in ihrem neuen Kleid und mit den frischen Blüten im Haar, und sie registrierte stolz, daß die meisten Herren ihr bewundernde Blicke nachsandten. Sie fühlte sich leicht und beschwingt, wozu aber auch der Sekt beigetragen haben mochte, von dem sie an diesem Abend schon recht viel getrunken hatte. Eine gewisse Beunruhigung lag auch über ihr, und sie wußte genau, weshalb: Jimmy war noch nicht gekommen, und auf ihn wartete sie heute am meisten. Für ihn nur fand dieses glanzvolle Fest statt, für ihn nur trug sie ihr neues Kleid. Zudem – aber dies gab sie vor sich selber nicht ganz zu – hätte sie es gern gehabt, wenn er ihren Triumph miterlebt hätte, denn an diesem Abend konnte sie jeden Mann im ganzen Saal in ihren Bann ziehen. Beim Tanzen war sie von einem Arm in den anderen gewechselt, ohne nur eine Sekunde stillzustehen. Jetzt, in der Tanzpause, lief sie herum, um zu sehen, ob sich auch alle amüsierten; in Wahrheit aber spähte sie nur nach Jimmy. Dann hörte sie plötzlich ihren Namen und drehte sich erwartungsvoll um, aber es war nur Peter Parson, der sie rief. Er stand mit drei jungen Männern – John Crawford, Thomas Connor und Edmund Hunter – zusammen und winkte ihr zu.

«Helena», sagte er, «wir brauchen eine unparteiische Persönlichkeit, die Zeuge einer feierlichen Zeremonie ist. Willst du das machen?»

«Worum geht es?» fragte Helena neugierig.

«Paß auf: meine Freunde», Edmund wies auf John und Peter, «sind der Meinung, der König werde das Parlament noch vor Jahresende außer Kraft setzen. Thomas und ich hingegen glauben, daß er das nicht tun wird. Wir haben eine Wette abgeschlossen.»

«Und worum habt ihr gewettet?»

Die vier sahen sich verlegen an. Schließlich sagte John: «Weißt du ... sei uns nicht böse, ja? Wir haben nämlich beschlossen, daß die Gewinner dich küssen dürfen. Natürlich nur, wenn du einverstanden bist.»

Helena lachte. Sie hatte für Dinge dieser Art viel übrig, besonders wenn es sich um so nette Leute wie Edmund, Peter, Thomas und John handelte, Männer, die sie seit ihrer Kindheit kannte.

«Gut», sagte sie, «und was ist, wenn der König das Parlament auflösen lassen will, aber dieses sich nicht darum schert?»

«Dann haben selbstverständlich wir gewonnen», rief Edmund, «denn wir haben gewettet, es werde nicht außer Kraft gesetzt!»

«Soweit wird es kommen», meinte Thomas, «der König wird jeden Einfluß auf die Staatsgewalt verlieren.»

«Welch ein Unsinn», fuhr John auf, «der König ist immer noch der König. Und der verfluchte Pym – entschuldige, Helena – wird das einsehen müssen.»

«Thomas hat gar nicht so unrecht», sagte Edmund, «ich habe gehört, daß ein paar Parlamentsabgeordnete heute bei Seiner Majestät waren.»

«Und?»

«Sie fordern eine konstitutionelle Monarchie. Alle drei Jahre soll der König ein neues Parlament berufen, er darf kein Parlament auflösen, das nicht wenigstens 50 Tage regiert hat, und er darf das Parlament nicht gegen dessen Willen auflösen.»

«Nicht möglich», sagte John entrüstet, «es ist einfach nicht zu fassen. Und das, nachdem er ihnen schon Straffords Kopf gegeben hat!»

«Das, mein Lieber», sagte Thomas, «war sein entscheidender Fehler. Er hat Strafford benutzt, um sich loszukaufen, und hoffte, man werde ihn dann in Ruhe lassen. Doch damit hat er sich verrechnet. Sie werden immer mehr fordern.»

«Blutsauger!» schimpfte John. Er sah aus, als wolle er vor Wut auf den Boden spucken, aber er beherrschte sich im letzten Moment.

«Ich möchte den ehrenwerten Herren Pym, Ireton und Hampdon die fetten Hälse umdrehen!»

«Du hast einen vergessen», sagte Thomas, «da gibt es noch einen, der ständig Ärger macht: jener Mr. Cromwell, von dem der Vorschlag zu Straffords Hinrichtung stammte.»

«Oliver Cromwell?» sagte John gleichgültig. «Oh, der, ein dummer Puritaner! Der soll auf seinen Hof zurückkehren und Schafe hüten. Vor dem haben wir nichts zu befürchten!»

«Sag das nicht», meinte Edmund, «ich glaube, daß ...»

Helena unterbrach ihn. «Müssen wir ausgerechnet an meinem Geburtstag über das dumme Parlament reden?» fragte sie. «Edmund, sieh mal, dort ist Elizabeth.» Sie wies auf ihre Cousine, die am Fenster stand und den Vorhang ein kleines Stück beiseite geschoben hatte. Sie blickte hinaus, und ihr schönes, ruhiges Gesicht wurde von dem silbrigen Mond beleuchtet.

Jeder wußte, daß Edmund eine Schwäche für Elizabeth Ryan hatte. Er stellte sein Weinglas auf einen Tisch, verbeugte sich kurz vor Helena und ging, eine Entschuldigung murmelnd, zu Elizabeth. Peter lachte.

«Der gute Edmund», sagte er, «ich bin sicher, eines Tages heiratet er Elizabeth. Fändest du das gut, Helena?»

«Natürlich. Aber bitte, entschuldigt mich jetzt. Ich muß zwei neue Gäste begrüßen.» Sie hatte soeben Jimmy und Sarah erblickt, die nebeneinander den Raum betraten und sich suchend umsahen. Helena eilte so schnell sie konnte auf sie zu.

«Sarah! Lord Golbrooke!» rief sie. Ihrer Stimme war keine Eifersucht anzumerken, aber in Wirklichkeit überkam sie dieses bisher kaum gekannte Gefühl abermals. Jimmy sah so wunderbar aus! Er trug einen Anzug aus schwarzem Samt, in dem seine hochgewachsene, schlanke Gestalt sehr gut zur Geltung kam. Seine schmalen Augen verwirrten Helena zutiefst. Als sie ihm die Hand reichte, zitterte sie, und an seinem Lächeln sah sie, daß er es bemerkt hatte.

«Es tut mir leid, daß ich so spät komme», entschuldigte er sich.

«Das macht doch nichts.» Helena lächelte.

Sie standen einander etwas verlegen gegenüber und so war Helena froh, als die Musik einsetzte und Jimmy sie fragte, ob sie tanzen wolle. Die Musiker spielten eine Courante, einen flotten Gesellschaftstanz aus Frankreich, der von allen jubelnd begrüßt wurde. Die Paare formierten sich rasch, dann standen sich Damen und Herren in zwei langen Reihen gegenüber. Die Männer verbeugten sich, die Frauen versanken in einen tiefen Knicks.

Helena strahlte Jimmy an. Sie bedauerte es, daß beim Tanzen die Partner ständig gewechselt wurden, immerhin würde sie aber einige Male mit ihm zusammenkommen.

«Nun, Miss Calvy», sagte er, während die ersten Tanzschritte begannen, «wissen Sie schon, wann unsere Hochzeit sein wird?»

«Ich denke Anfang Juni», erwiderte Helena, «so wollte es jedenfalls meine Tante.»

«Noch zwei oder drei Wochen! Ich werde es kaum aushalten!»

«Nun, Sie können sich ja in der Zwischenzeit mit anderen Damen trösten», sagte Helena spitz.

Jimmy lachte. «Miss Calvy, was reden Sie denn?»

«Ist das kein guter Vorschlag?»

«Nein. Denn ich habe in all der Zeit in ganz London noch kein Mädchen getroffen, das Sie ersetzen könnte.» Er hatte ernst gesprochen, nun setzte er lächelnd hinzu: «Auch nicht Miss Sarah Mallory!»

Ehe Helena etwas erwidern konnte, wechselten die Partner, und Jimmy verschwand aus ihrem Blickfeld. Sie mußte jedoch weiter an ihn denken und war so unaufmerksam, daß David besorgt fragte:

«Bist du müde, Helena? Du bist so still.»

«Oh, nein, ich bin ganz und gar nicht müde!» Ihre Stimme klang sehr lebhaft.

David sah sie schärfer an. «Du hast ganz glänzende Augen, vielleicht ...» Er brach ab, in plötzlichem Verstehen. «Ich weiß, du bist verliebt. Hoffentlich in deinen zukünftigen Gatten!»

Helena kam wieder einmal nicht dazu, zu antworten, denn nach zwei raschen Drehungen befand sie sich abermals an Jimmys Seite.

«Sie sind jedesmal hübscher, wenn Sie mir begegnen», sagte er galant.

Helenas Augen blitzten stolz, denn sie hatte genügend Sekt getrunken, um keine Bescheidenheit mehr zu heucheln. Sie bemerkte, daß Thomas Connor sie beobachtete, und dies steigerte noch ihre Zufriedenheit.

Es folgten nur noch wenige Schritte, dann war der Tanz zu Ende. Die Musik begann zwar sofort von neuem, aber Helena und Jimmy verließen die Tanzfläche und holten sich Gläser mit Wein. Helena trank rasch und fühlte sich gleich darauf ein wenig schwindlig. Die Lichter, die Musik, Stimmen und Menschen verschwammen in einem sanften, behaglichen Nebel.

«Es ist sehr warm hier drinnen», sagte Jimmy, «wollen Sie mit hinaus auf die Veranda kommen?»

Helena hatte sofort das Gefühl, daß eine junge Dame so etwas nicht tat, aber sie empfand nicht den geringsten Wunsch, sich seiner lockenden Stimme zu widersetzen. So folgte sie ihm hinaus.

Die Nacht war warm und mild. Räderrollen und Menschenstimmen auf den Straßen waren verebbt, von ferne war nur noch der Nachtwächter zu vernehmen, der mit einer Laterne durch die Gassen ging und die Zeit ausrief. Irgendwo lachte leise eine Frau, eine Katze miaute im Gras. Der schale alte Geruch der Stadt mischte sich mit feuchtem Erdduft, mit der Frische des Frühlings.

Helena blieb neben dem Kirschbaum stehen, sie griff in die Zweige und streifte einige Blüten ab. Ihr Herz hämmerte schnell und hart, zugleich fühlte sie tiefste, erregende Freude an der Situation, in der sie sich befand. Sie spürte, wie Jimmy näher kam, wie er plötzlich neben ihr stand und nach ihren Händen griff.

«Helena.» Seine Stimme klang zärtlicher und tiefer als sie sie jemals zuvor vernommen hatte. «Helena, du bist schöner als jede Frau, die ich je gesehen habe. Ich liebe dich.»

Helena wandte ihm ihr Gesicht zu. Das Beben ihres Körpers verstärkte sich. Sie konnte Jimmy im Dunkeln nur schattenhaft erkennen, aber sie sah seine glänzenden Augen, die schmale Linie seines Mundes, dessen Lippen nur leicht aufeinander lagen. Sie war die ganze Zeit darauf vorbereitet gewesen, aber als er sich nun herabbeugte und sie küßte, da schien es ihr wie ein unwirklicher, rasender Wirbel, ein Gefühl der Schwerelosigkeit überkam sie, Himmel und Erde drehten sich umeinander, und es gab keinen Halt mehr außer seinen Armen und seinen Lippen, an die sie sich ganz verlieren konnte.

Es war nicht das erste Mal, daß Helena geküßt wurde. Einige Male schon hatte sie dies mit Thomas Connor getan, aber es war rascher, flüchtiger, fast ein wenig schuldbewußt geschehen. Nun aber war sie nicht mehr das Kind, das heimlich etwas Verbotenes ausprobierte, nein, in fast triumphierendem Glück sah sie sich als erwachsene Frau, die ebenso liebt wie besitzt.

«Jimmy», seufzte sie leise.

Jimmy nahm seine Arme von ihr, trat einen Schritt zurück. Er griff nach ihren Händen, zog sie an seine Lippen und küßte sie. «Meine Helena», sagte er, «ich bin so glücklich, daß wir nun ein Leben lang zusammen sein können.»

«Ich liebe dich so sehr, Jimmy», flüsterte Helena, «vom ersten Moment an, da ich dich wieder sah, liebte ich dich. Und ich glaube, auch schon, als wir Kinder waren.»

Jimmy lächelte und strich ihr über die Wangen. «Die schönste Frau der Welt», sagte er, «du trägst ihren Namen, Helena. Deine Eltern hatten recht, dich so zu taufen.»

«Meine Mutter wollte es. Meine Tante hat mir erzählt, daß sie die antike Sagenwelt liebte und auch Griechenland. Sie wäre so gern einmal dorthin gereist.»

«Wir werden Griechenland sehen. Wir haben soviel Zeit.» Jimmys Stimme klang sehr ernst. Er war immer ein wenig leichtfertig gewesen, aber in diesem Moment spürte er ein tiefes und wahres Gefühl. Er hatte schon viele Jahre gewußt, daß er einmal Helena Calvy heiraten sollte, aber er hatte sich innerlich nie sehr mit dieser Tatsache beschäftigt. Es war beschlossen, und wie jeder andere hatte er sich darin zu fügen, doch es konnte sein Leben nicht einschneidend ändern. Helena würde seine Frau scin und ihm – so Gott wollte – einen Erben schenken, und natürlich würde er sie immer anständig behandeln. Das schloß nicht aus, daß er wie bisher auf seinen Reisen andere Frauen traf.

Aber nun, in dieser warmen Frühlingsnacht, als er sie vor sich stehen sah, so jung und liebreizend, mit einer Mischung aus Verwirrung und Glück auf dem Gesicht, da glaubte er zu wissen, daß er sie gewählt hätte auch ohne den Wunsch seines Vaters. Zum erstenmal in seinem Leben hatte er die Empfindung, wirklich zu lieben. Er nahm abermals ihre Hände.

«Ich habe niemals ein Mädchen wie dich gekannt», sagte er, «ich wünschte, wir ...» Er sprach nicht weiter, denn soeben trat Alan auf die Veranda, gefolgt von Thomas. Die beiden blieben überrascht stehen und sahen vom einen zum andern.

«Oh», murmelte Alan verlegen, «ich wollte nicht stören.»

Helena zog errötend ihre Hände aus denen Jimmys.

Thomas grinste. «Welch ewigen Zauber doch eine Mainacht besitzt!» rief er pathetisch. «Silbriges Mondlicht und Rosenduft ... nun ja, Rosenduft noch nicht, aber ...»

Helenas Blick ließ ihn verstummen.

«Verzeih bitte», sagte er mit einer leichten Verbeugung, «ich wollte diesen innigen Augenblick nicht zerstören!»

Helena ärgerte sich über seine Reden, zugleich glaubte sie aber auch Eifersucht in seinem Verhalten zu bemerken, und das stimmte sie gnädiger.

«Was ist denn los, Alan?» fragte sie.

«Ich hörte Stimmen. Ich wollte euch nur holen, weil Vater jetzt eine Ansprache hält. Auf den König.»

«Ja, wir kommen.» Helena raffte ihre Röcke und trat, gefolgt von den drei Herren, in den Salon.

Hier waren schon alle versammelt, und Prudence und der Diener Ben waren dabei, die Sektgläser neu zu füllen. Lord Ryan stand vorne, direkt unter König Charles' Bild, ernst und aufrecht, ein vollendeter englischer Patriot.

Helena, Jimmy, Alan und Thomas ergriffen ihre Gläser, dann verstummte das Stimmengewirr und alle Blicke richteten sich nach vorne.

«Meine verehrten, lieben Gäste», sagte Lord Ryan mit seiner tiefen, kräftigen Stimme, «nachdem wir hier nun einige angenehme Stunden verbracht haben, sollten wir in einer kurzen ernsten Pause auch einmal des Mannes gedenken, dem wir, dem England seinen Reichtum und sein Glück zu verdanken hat. Ich spreche von dem Mann, dessen Bild Sie hier sehen. Ich spreche von Seiner Glorreichen Majestät, König Charles I.!» Er machte eine Pause. «Wir alle wissen», fuhr er fort, «daß der König in der letzten Zeit einen sehr schweren Stand hat. Fanatische Parlamentarier und Volksfeinde versuchen, die Nation gegen ihn aufzuhetzen. Es ist ihnen dabei gleichgültig, daß sie haarsträubende Lügen erfinden, solange sie nur Unruhe und Unfrieden stiften können. Dennoch bin ich sicher, daß Seine Majestät in diesen wie auch in künftigen Auseinandersetzungen die Oberhand behalten wird. Laßt uns daher auf das ewige Wohl unseres großen Königs, auf ...»

Er brach ab. Soeben hatte David mit lautem Klirren sein Glas abgestellt und schickte sich an, den Raum zu verlassen. Alle wandten sich ihm zu.

«David!» rief Lord Ryan.

«Ja?» David wandte sich langsam um.

«Wo willst du hin? Willst du nicht auf das Wohl deines Königs trinken?»

«Es tut mir leid. Aber ich kann nicht.»

«So? Und warum nicht?» Lord Ryans Stimme klang gefährlich. Der ganze Saal hielt den Atem an.

«Sie kennen meine Einstellung. Ich kann nicht Sympathie für den König heucheln, wenn ich keine empfinde.»

«Du erklärst also offen, daß du auf der Seite des Parlaments stehst?»

«Ja», sagte David schlicht.

Lord Ryan sah auf einmal sehr blaß und zornig aus. «Dies alles», sagte er laut, «ist nicht mehr mit jugendlicher Unvernunft zu erklären. Weil heute Helenas Geburtstag ist, werde ich keinen Streit beginnen, aber du kannst ganz sicher sein, daß wir uns über alle diese Dinge noch unterhalten werden!»

«Und Sie, Sir, können ganz sicher sein, daß ich zu meiner Meinung stehen werde», erwiderte David zornig, «ganz gleich ...»

«Bitte, gehe hinaus!»

«Ganz gleich, was geschieht!»

Lord Ryans Stimme klang mit einemmal wieder leise. Es schien, als habe er die atemlos lauschenden Gäste vergessen.

«Und wenn es zu einem Bürgerkrieg kommen wird?»

«Ich werde auf der Seite des Parlaments kämpfen!» sagte David leidenschaftlich.

«Dann», sagte Lord Ryan langsam, «dann hoffe ich, daß es nie einen Krieg geben wird.»

«Das hoffe ich auch, ich hoffe es aus ganzem Herzen!» David lächelte. Dann verließ er den Saal.

Lord Ryan sah ihm nach. Er hob das Glas und sagte: «Trinken wir nun also auf das Wohl Seiner Majestät, König Charles, und auf das der Stuarts, der rechtmäßigen Herrscher auf Englands Thron!»

3

Wenn Helena später an die nun folgenden Wochen mit James Golbrooke zurückdachte, so hatte sie daran keine genauen Erinnerungen mehr, sondern nur das unbestimmte Empfinden, daß es die heiterste, unbeschwerteste Zeit ihres Lebens gewesen war. Sie waren ständig zusammen in diesen sonnigen Maitagen, von morgens bis abends, ohne ein Gefühl für Zeit und Dauer. Sie lebten von einer Minute zur andern und taten alles, was ihnen gefiel. Helena stellte mit Entzücken fest, daß Jimmy ihr in vielen Dingen so ähnlich war, daß es nahezu nie zu einer Meinungsverschiedenheit kam. Er teilte ihre Freude an allem Schönen, Fröhlichen, er genoß wie sie das Leben und war bereit, alles auszukosten, was es bot. Sie fuhren zusammen mit Alan, David, Thomas und Sarah, oft auch mit Elizabeth und Emerald, durch den Hyde Park, bummelten durch die Stadt und besuchten Theateraufführungen. Sie gingen am Strand spazieren und aßen in den reizenden Gasthäusern von

Charing Cross zu Mittag. Sie waren so ausgelassen wie niemals zuvor, lachten und alberten, als sei die Welt und das Leben nur ein heiteres Spiel. Helena dachte keine Sekunde darüber nach, daß dies der Abschied von ihrer ganz und gar sorglosen Jugend sein könnte. Auch wenn sie sich selbst nicht veränderte, mit dem Tag ihrer Hochzeit erwartete man von ihr, daß sie erwachsen war und sich auch so verhielt.

Doch nun genoß sie die herrliche Zeit. Am liebsten ging sie im St. James Park spazieren, denn hier traf man Bekannte und es herrschte eine leichte, heitere Stimmung. Im Freundeskreis der Ryans hatte es sich längst herumgesprochen, daß Helena den jungen Lord Golbrooke aus Cornwall heiraten würde. So standen die beiden bei jeder Begegnung mit Bekannten sofort im Mittelpunkt.

Darunter gab es auch Neider, junge Mädchen, die selber gern geheiratet hätten, und Mütter, die sich auch solch einen Schwiegersohn wünschten. Sie fanden übereinstimmend, daß Helena sich doch ein wenig stolz gebärde und so tat, als sei ihre Hochzeit das größte Ereignis dieses Jahrhunderts.

«Sie ist ihm seit ihrer Kindheit versprochen», meinten manche, «wer weiß, wen er sonst gewählt hätte!» Und zu Helena sagten sie: «Wie schön, daß Sie heiraten, meine Liebe, aber wird Ihnen das Leben auf dem Land nicht schrecklich eintönig vorkommen? Nur Wiesen, Meer und Kühe ... Und die einzige größere Veranstaltung ist wahrscheinlich der wöchentliche Markttag!»

«Charity Hill ist das größte Anwesen in der ganzen Gegend», erwiderte Helena aufreizend freundlich und heiter, «und natürlich der Mittelpunkt des regen gesellschaftlichen Lebens um Fowey herum. Beinahe jeden Abend sind dort die Barone und Grafen der benachbarten Schlösser zu Gast!»

Die Damen schwiegen, und Jimmy lächelte amüsiert.

«Hoffentlich wird es dich wirklich nicht langweilen», sagte er später einmal zu ihr, als sie auf der Veranda des Hauses in der Drury Lane saßen, «es ist dort einsamer und glanzloser als hier.»

«Aber Jimmy!» rief Helena. «Ich kenne doch das Leben auf dem Land von Woodlark Park her. Ich liebe es wie nichts sonst auf der Welt. Alles ist dort so frei und weit und ... unkompliziert. Es ist herrlich, morgens aufzuwachen und die Hühner zu hören, zum Fenster zu laufen und Wiesen und Wälder zu sehen. Und immer kann man reiten, endlos weit, und man trifft niemanden, der einem empört nachstarrt, weil man angeblich schneller reitet, als man das als Dame zu tun hat.»

«Aber deine Freunde, Helena? Deine vielen Freunde, die du hier zurückläßt. Wirst du nicht ...?»

Sie kamen nicht weiter, denn Thomas, Sarah, David und Emerald traten heraus und fragten, ob Jimmy und Helena mit auf eine Ausfahrt vor die Tore Londons kommen wollten. Jimmy sprang sofort auf, reichte Helena seine Hand und zog sie ebenfalls hoch. Der kurze Ausdruck von Besorgnis war von seinem Gesicht gewichen, und er sah so fröhlich aus wie immer.

«Komm mit, Helena», sagte er, «du schwärmst doch für weite Wiesen!»

Lachend und redend verließen sie alle den Garten und machten dabei solchen Lärm, daß mancher aus den Nachbarhäusern kopfschüttelnd auf die Straße blickte. Daß die Jugend niemals ernst und bedacht war! England wurde von schweren politischen Unruhen heimgesucht und viele sprachen besorgt von einem drohenden Bürgerkrieg, aber diese jungen Männer und Mädchen taten, als sähen sie nichts außer einem sonnigen Maitag und einer noch sonnigeren Zukunft. Aber sie würden merken, wie die Welt wirklich war, vielleicht schon zu bald.

Der Tag der Hochzeit, der 3. Juni, rückte näher und näher, und alle wurden immer aufgeregter. Catherine verbrachte ihre Zeit nur noch bei Schneiderinnen, Köchinnen, Hausmädchen und Gärtnern. Die Trauung würde in der Kirche stattfinden, danach sollte im Haus in der Drury Lane gefeiert werden, und es mußte in einen Palast, in eine Pracht von Blumen und Kerzen verwandelt werden. Catherine sorgte sich Tag und Nacht darum, daß alles fertig würde und wurde immer nervöser. Glücklicherweise wollten Jimmy und Helena bereits am frühen Nachmittag des Hochzeitstags ihre Reise nach Cornwall antreten, denn Jimmy wurde auf seinem Gut dringend gebraucht, und er wußte, daß sie sich, verweilten sie nur noch einen Tag in London, nicht so rasch würden losreißen können. Ein Dutzend Familien hätten gern Bälle und Feiern zu Ehren des jungvermählten Paares gegeben und würden dies mit beleidigten Mienen durchzusetzen versuchen. Durch dieses Hinwegsetzen über die Konventionen war im Haus immerhin mehr Platz, um Gäste zu beherbergen, aber dennoch, es würde eine Erleichterung sein, wenn dieser Tag erst vorüber war.

Obwohl, dachte Catherine seufzend, ich mich nie daran gewöhnen werde, die kleine Helena nicht mehr bei mir zu haben!

Im Gegensatz zu seiner Frau war Lord Ryan ausgesprochen ruhig und fröhlich. Mehr denn je freute er sich über diese Ehe und war stolz, sie vor vielen Jahren mit sicherem Instinkt gestiftet zu haben. Die letzten Wochen hatten seine Überzeugung gefestigt, daß James Golbrooke wunderbar zu Helena paßte. Außerdem war seine Familie reich und angesehen und sein Großvater war ein wagemutiger Freibeuter unter Elizabeth I. gewesen.

Einzig Emerald war sehr schlecht gelaunt. Sie verspürte heftigen Neid, obwohl sie immer wieder behauptete, sich aus einem Mann wie Jimmy nicht das geringste zu machen. Sie ertrug es kaum, daß Helena im Mittelpunkt stand und nicht sie.

Elizabeth, David und Alan freuten sich über das Glück ihrer Cousine, wenn sie es auch bedauerten, daß sie nun so weit fort ging. Sie waren jedoch sicher, daß sie mit Jimmy den Richtigen gefunden hatte.

Merkwürdigerweise wurde Helena selbst, die immerzu nur vor Glück gestrahlt hatte, in diesen letzten Tagen unruhig und hin und wieder fast ein wenig schwermütig. Die Heirat war für sie ein herrliches Vergnügen gewesen, eine Mischung aus Stolz, Abenteuer und Verliebtsein. Zum erstenmal nun dämmerten ihr leise die Konsequenzen, die sich daraus ergaben. Sie würde Lady Golbrooke sein, und mit diesem Namen verband sich in ihrer Vorstellung eine Person, die Würde, Anmut, Weisheit und Sicherheit verkörperte, Eigenschaften, denen Helena sich nicht gewachsen fühlte. Sie war doch noch so jung, ein verspieltes Kind fast, und sollte doch von einem Tag zum andern zur erwachsenen Frau werden, die eine Familie hatte und Herrin über ein großes Gut war. Und dann mußte sie ja auch fort von London, fort von ihrer Familie und ihren Freunden. Dieser Gedanke, dem Helena bisher ausgewichen war, bedrängte sie mit einemmal immer heftiger. Je lustiger und lebhafter Thomas, Sarah und die anderen scherzten, je fürsorglicher Catherine mit ihr umging, desto stiller wurde Helena. Dabei liebte sie Jimmy, sehnte sich nach ihm und nach dem neuen Leben, aber es war so weit, so fremd und fern.

Brennend wie nie verspürte sie diese Gedanken und diesen Zwiespalt, als sie am Vorabend ihrer Hochzeit in ihrem Zimmer stand. Sie hatte sich zum Essen umgezogen, aber ihr blieben noch einige Minuten Zeit. Jimmy war schon da, er unterhielt sich nun unten mit Alan und David, aber er hatte Helena rasch zuvor einige Rosenknospen in die Hand gedrückt.

«Für dich, Liebste», hatte er geflüstert und dabei gelächelt, sein zärtliches, dabei immer ein wenig leichtsinnig wirkendes Lächeln.

Er war der schönste und verlockendste Mann, den sie je gesehen hatte. Helena preßte die Rosen an ihre Wangen. Es war schon recht spät und ein wenig dämmerig im Zimmer. Draußen hatte es geregnet, aber nun verzogen sich die Wolken und ein blaßblauer Abendhimmel sah hervor, im Westen rötlich gefärbt, wie eine Flamme anzusehen hinter langen schwarzen Wolkenbänken. Laut und jubelnd zwitscherten die Vögel, rein und feucht duftete die Welt, würzig und frisch das tropfnasse Gras. So sanft war der Abend und so klar.

Und hier stand sie, Helena, in dem kleinen Zimmer, das neben Woodlark Park ihr Zuhause gewesen war, ihre ganze Kindheit und Jugend hindurch. Wie sehr liebte sie es, den hölzernen Boden mit dem gewobenen grauen Teppich, die alte schwere Kommode, den wuchtigen Eichenholzschrank, das hohe Bett mit der schneeweißen Decke, die zarten Vorhänge, die sich vor den geöffneten Fenstern bauschten. Aller Frieden, alle Sicherheit ihres bisherigen Lebens lagen hier. Wie oft hatte sie vor dem Spiegel gestanden und sich gekämmt und sorgfältig ihre Kleider gemustert, wie oft hatte sie mit Sarah auf dem Bett gesessen und Stunde um Stunde geredet, über Dinge, die ihnen weltbewegend wichtig erschienen. Helena lächelte wehmütig. Zum letztenmal sah sie diesen Raum im warmen rotgoldenen Abendsonnenschein, blickte auf die schon in dunkle Schatten getauchten spitzen Giebel der Häuser, hörte das sanfte Rauschen des Kirschbaums. Noch eine Nacht schlief sie hier. Morgen abend bereits war sie allein mit Jimmy, als seine Frau, in irgendeinem Gasthof einige Meilen südlich von London, auf dem Weg in ein neues, unbekanntes Leben.

«Aber es wird ein gutes Leben», sagte Helena halblaut zu sich, «ein herrliches Leben!» Sie sah in den Spiegel und lachte über ihr blasses Gesicht. «Das paßt doch nicht zu dir, Helena Calvy», spottete sie, «wo sind deine Abenteuerlust und deine Begeisterung? Pah, jetzt noch Angst kriegen! Ganz London beneidet dich!» Das Mädchen im Spiegel lächelte.

Draußen pochte es an die Tür.

«Miss Helena, das Dinner ist aufgetragen», erklang Prudences Stimme.

«Ich komme!» rief Helena. Rasch öffnete sie eine Kommodenschublade, legte den Blumenstrauß hinein und eilte aus dem Zimmer. Zurück blieb nur der zarte Rosenduft.

Und dann war der 3. Juni, der Hochzeitstag gekommen, mit strahlender Sonne und blauem Himmel, und Helena schritt im silberdurchwebten Seidenkleid am Arm ihres Onkels durch die Kirche, bis zum Altar, wo Jimmy auf sie wartete. Wie durch einen dichten Schleier vernahm sie die Worte des Pfarrers, der sie fragte, ob sie Lord James Golbrooke heiraten, ihn lieben und ehren, ihm dienen und ihm treu sein wolle bis in den Tod, und sie hörte sich deutlich, wenn auch etwas heiser sagen:

«Ja, ich will.»

Sie sah Jimmys lächelndes Gesicht, sie hörte die hellen Stimmen des Chors, der für sie sang, sie erblickte beim Hinausgehen undeutlich die Gesichter der vielen Verwandten und Freunde, die alle gekommen waren, um die Hochzeit von Helena Calvy und Lord James Golbrooke mitzuerleben.

Catherines Augen waren gerötet, sie mußte während der ganzen Zeremonie geweint haben. Charles blickte stolz und würdig drein, Alan und David lächelten kameradschaftlich, Elizabeth sanft und Emerald verkrampft. Sarahs Gesicht zeigte ebenfalls Tränenspuren, während Thomas spöttisch grinste und Peter, Edmund und John sehr benommen aussahen. Keiner von ihnen konnte sich recht vorstellen, daß Helena heute aus ihrer Mitte ging. Auch fanden sie, daß sie fremd aussah, mit einem so ernsten, feierlichen Gesicht, den langen, offenen Haaren und dem Kranz aus Orangenblüten auf dem Kopf. Thomas ertappte sich dabei, daß er innerlich fluchte. Sie gehörte doch ihm, schon immer, und nicht dem Mann, der stolz an ihrer Seite schritt.

Aber alle anderen Gäste mochten Jimmy und bewunderten seine untadeligen Manieren, denn schließlich hatte er den größten Teil seines Lebens auf dem Land verbracht. Er wirkte weltgewandt und sehr selbstbewußt und war von tiefster Zärtlichkeit, wann immer sein Blick den der Braut traf oder er mit ihr sprach.

Zu Catherines Erleichterung verlief alles an diesem Tag so, wie sie es geplant hatte. Das geschmückte Haus rief die Bewunderung aller hervor, das Essen war wunderbar, und alle Anwesenden zeigten sich heiter und zufrieden. Hätte nicht der nahende Abschied seinen Schatten vorausgeworfen, so hätte dieses Fest eines der gelungensten dieser Saison sein können. Doch die Stunden verstrichen, und schließlich mußte Jimmy zum Aufbruch drängen.

Er hatte für die lange Fahrt eine eigene Kutsche gemietet, dazu einen Kutscher, den er mit einem entsetzlich hohen Preis bezahlen mußte. Aber er war froh, überhaupt jemanden gefunden zu haben, denn in dieser Zeit wimmelte es überall von Wegelagerern und Plünderern, und die meisten Kutscher lehnten eine Fahrt über so viele

Meilen ab. Dieser jedoch war ein tapferer, zuverlässig aussehender Mann, der zwar etwas wortkarg und mürrisch, aber keineswegs unfreundlich war.

Im übrigen waren Helena und Jimmy nicht die einzigen Reisenden, denn dies wäre doch recht gefährlich gewesen. Außer von Jimmys Diener Arthur wurden sie von zwei Herren begleitet, einem Mr. Relf und einem Mr. Thompson. Letzterer fuhr fast die gesamte Strecke mit; er lebte in Fowey und war ein guter Bekannter der Familie Golbrooke. Mr. Relf hingegen begleitete sie nur bis Okeham Pains in Devon. Arthur hatte ihn mitgebracht, nachdem er zufällig gehört hatte, wie der Herr sich nach einem günstigen Weg nach Devon erkundigt hatte. Beide waren sympathisch und nett und außerdem, so versicherten sie, konnten sie im Notfall gut mit einer Muskete umgehen.

«Ich hoffe zwar nicht, daß wir angegriffen werden», sagte Jimmy, «aber es ist besser, wenn wir auf alles vorbereitet sind. Wir sind einige Zeit unterwegs, da kann viel geschehen. Allerdings», fügte er rasch hinzu, «ist es wahrscheinlicher, daß alles gutgeht!» Dennoch bewaffnete er sich mit Degen und Pistole und verstaute sein Geld in kleineren Mengen in allen Gepäckstücken.

Arthur hatte bereits die Koffer und Kisten verladen, und die Pferde schnaubten nervös und tänzelten ungeduldig. Peter, Edmund, John und Thomas hatten plötzlich Blumensträuße in der Hand, die sie Helena überreichten.

«Damit du an uns denkst», sagte Edmund, und John rief: «Und an unsere Wette!»

«O ja, die Wette», lachte Helena, «jetzt, wo ich so weit weg bin, wird es etwas schwierig werden!»

«Notfalls laufen wir zu Fuß nach Cornwall», meinte Peter, «aber vorher müssen wir herausfinden, wann dein Gatte nicht zu Hause ist.»

Jimmy zog fragend die Augenbrauen hoch.

«Ich erkläre dir alles später», sagte Helena, «es ist völlig harmlos!»

«Das hoffe ich!»

«Leb wohl, Kleine», sagte Thomas leise, und für einen kurzen Moment war er ganz ernsthaft.

«Leb wohl», erwiderte Helena. Sie wollte ihm einen raschen Kuß geben, aber sie wagte es nicht vor allen Anwesenden. So lächelte sie nur, weich und ein wenig scheu, und wandte sich dann von ihm ab.

«Sarah!» Sie schlang die Arme um ihre Freundin. Sarah

schluchzte haltlos, und Helena, die sich selbst elend fühlte, versuchte sie zu trösten. «Wir werden uns bald wiedersehen», sagte sie, «ganz bald, Sarah! Wir verlieren einander doch nicht.»

Nacheinander verabschiedete sie sich von Alan, David, Elizabeth und Emerald, dann von ihrer Tante.

«Tante Catherine», flüsterte sie und zog sie an sich, «Tante Catherine, ich danke Ihnen – für alles.»

«Schon gut, mein Liebling. Werde glücklich mit ihm, das ist alles, was ich wünsche.» Catherine küßte sie. Warum, dachte sie hilflos, ist es denn so schwer, sie herzugeben!

Der Abschied von Charles fiel sachlicher aus. Helena küßte ihn leicht auf die Wange.

«Onkel Charles», sagte sie, «es war wunderschön bei euch.»

«Du hast uns so viel Freude gemacht», entgegnete Lord Ryan und leiser, nur für sie verständlich, setzte er hinzu: «Vergiß nicht, daß du hier jederzeit wieder willkommen bist.»

Sie sah ihn an. «Ich weiß, Onkel Charles. Danke.»

Besonders schmerzlich war die Trennung von Prudence. Das Mädchen weinte so, daß auch Helena ganz schwach wurde. Sie hätte Prudence gern mitgenommen, aber diese wurde hier gebraucht und außerdem hatte Jimmys Mutter ihr geschrieben, sie habe für sie bereits ein Mädchen eingestellt. So blieb ihr nichts anderes übrig, als ihr tröstend zu versichern, daß sie oft nach London kommen und sie besuchen würde; ein bei dieser Entfernung sehr unwahrscheinliches Vorhaben.

Endlich aber mußte Helena einsteigen, und als die Kutsche anrollte, lehnte sie sich weit zum Fenster hinaus und winkte stürmisch, bis sie die Drury Lane verließen und sie keinen ihrer Freunde mehr sehen konnte. Dann sank sie auf ihrem Sitz zurück und bemühte sich vergeblich, den Tränen, die ihr in die Augen schossen, Einhalt zu gebieten.

«Ach, es ist zu dumm», sagte sie und putzte sich die Nase.

Die Männer, die merkten, wie ihr zumute war, sahen taktvoll weg und unterhielten sich über die Ernteaussichten in diesem Jahr. Nur Jimmy tastete nach ihrer Hand und drückte sie. Sie fühlte sich sofort besser, und nach einer Weile konnte sie sich unbefangen in die Unterhaltung einmischen.

Mr. Relf war, wie sich herausstellte, Besitzer eines großen Gutes in Okeham Paines und außerdem leidenschaftlicher Royalist. Er wetterte lautstark gegen das Parlament, gegen John Pym und gegen die Puritaner, die dem Volk mit Gewalt Schuldgefühle gegenüber

Gott einreden wollten. Er sprach mit Händen und Füßen und gestikulierte so wild, daß mehr als einmal die Gefahr bestand, einen anderen zu verletzen.

Im Gegensatz zu ihm war Mr. Thompson ein sehr ruhiger Mann. Er sprach nicht viel, aber was er sagte klang klug und überlegt. Auch er war ein Anhänger des Königs, aber wesentlich gemäßigter als Mr. Relf. Es gab Dinge, die er an Charles kritisierte, und Helena hielt manchmal den Atem an, wenn wegen einer solchen Mißbilligung, die in Mr. Relfs Augen an Majestätsbeleidigung grenzte, ein Streit zwischen den beiden zu entbrennen drohte. Doch dank Mr. Thompsons kühlem Temperament kam es niemals soweit.

Ansonsten verlief die Fahrt recht angenehm. Sie legten etwa 20 Meilen am Tag zurück, und obwohl die Wege holprig waren und ihr Gefährt entsetzlich schaukelte, fühlte Helena sich sehr wohl. Sie genoß den raschen Wechsel der Landschaft, den Anblick der kleinen Dörfer, die sie durchquerten, und die vielen neuen Leute, die sie kennenlernten. Jeden Abend rasteten sie in einem Gasthof, und sobald man dort erfuhr, daß sie aus London kamen, waren sie sofort umringt und wurden mit Fragen bestürmt. Die Dorfbewohner waren über die Ereignisse in der Hauptstadt nie ganz unterrichtet, sie kannten nur Gerüchte und wollten wissen, ob diese stimmten.

«Sagen Sie», meinte ein Gastwirt in Taunton, einem kleinen Dorf, das sie nach einwöchiger Fahrt erreichten, «stimmt es, daß das Parlament den König zwingen will, für jede seiner Auslandsreisen einen Stellvertreter zu ernennen, der in seiner Abwesenheit auch neue Gesetze bewilligt?»

«Das ist leider wahr», bestätigte Jimmy, «und natürlich will Seine Majestät dem nicht zustimmen. Denn wenn ein König erst einen Stellvertreter hat, das heißt, wenn er ersetzt werden kann, dann ist er überflüssig geworden.»

«Und das ist nicht das einzige, was diese verdammten Kerle im Parlament gefordert haben!» erregte sich Mr. Relf. «Sie haben eine ganze Liste mit neuen Anträgen aufgestellt. Zum Beispiel sollen die Grafschaften von Vertrauenspersonen des Parlaments geführt werden, damit dieses eine genaue Kontrolle über die Miliztruppen und über die Häfen hat. Außerdem wollen sie künftig alle Minister und Beamte selbst wählen. Die Jesuiten und Kapuziner vom Hofstaat Ihrer Majestät haben zu verschwinden!» Er lachte höhnisch. «Was, zum Teufel, gibt ihnen das Recht dazu!»

Heimlich dachte Helena, daß der König doch weit besser getan hätte, nicht ausgerechnet eine katholische Frau zu heiraten, die zudem beinahe ein wenig aufreizend ihren Katholizismus in aller Öffentlichkeit praktizierte. Selbst überzeugte Royalisten störten sich hin und wieder daran, auch wenn sie es nicht laut sagten.

«Und», bohrte der Wirt weiter, «stimmt es, daß die Königin nach Portsmouth fliehen will, um dort die Ankunft französischer Truppen abzuwarten, die eine Intervention in England planen?»

«Das ist auch eine infame Lüge!» rief Mr. Relf. «In Wahrheit wollte der König seine Gemahlin nur nach Portsmouth schicken, weil er in London Angst um sie hatte. John Pym hat dann dieses Gerücht erfunden.»

Die Gespräche gingen noch endlos hin und her, und Helena begann sich zu langweilen. Sie hatte zwar durchaus ein großes Interesse an Politik; jedoch genügte es ihr, zu wissen, was es Neues gab. Die langwierigen Diskussionen der Männer, die immer überlegten, was alles noch geschehen könnte oder möglicherweise geschehen wäre, fand sie überflüssig und ermüdend. So stieß sie Jimmy an und flüsterte: «Kann ich zu Bett gehen? Ich bin furchtbar müde!»

«Natürlich kannst du. Bist du böse, wenn ich noch hierbleibe?» Er sah sie bittend an.

Helena, die wußte, wie sehr sein Herz an einem ausführlichen Gespräch mit den anderen Männern hing, lächelte. «Du meinst wohl, du bist unentbehrlich? Bleib nur hier!»

Sie stand auf, ergriff eine Kerze und verließ den Raum.

Das Treppenhaus war alt und unheimlich, und für einen Moment erschauerte Helena. Vorhin, als ihre Gepäckstücke hochgebracht wurden, war Jimmy da gewesen, und sie hatte sich überhaupt nicht gefürchtet, aber jetzt in der Dunkelheit, die nur von dem schwachen Schein der Kerze erhellt wurde, fühlte sie sich beklommen. Sie raffte ihre Röcke und begann die steilen Stufen zu erklimmen, die schauerlich knarrten und ächzten.

Ich bin feige, spottete sie über sich selbst, eines Tages werde ich noch sein wie die Frauen, die abends ihr Zimmer ableuchten, ob sich irgendwo ein Dieb verborgen hält.

Sie ging weiter, und plötzlich, wie aus dem Nichts, stand er vor ihr, ein großer schwarzhaariger Mann mit schwarzem Oberlippenbart und schwarzen Augen. Alles an ihm war schwarz, auch seine Kleidung, und an der Hüfte baumelte ein riesiger, glänzender Degen.

Helena konnte einen erschreckten Aufschrei kaum unterdrücken. Sie hielt sich krampfhaft am Treppengeländer fest und starrte die unheimliche Gestalt an. Der Fremde zog höflich seinen Hut und verbeugte sich geschmeidig.

«Guten Abend», sagte er lächelnd, «ich hoffe, ich habe Sie nicht zu sehr erschreckt?» Seine Stimme war tief und klang recht vertrauenerweckend.

«Aber nein», entgegnete Helena großspurig, «ich war nur im ersten Moment etwas überrascht, weil ich hier niemanden erwartet habe.»

«Ich erwartete auch niemanden. Daher bin ich doppelt entzückt, Sie hier zu treffen», sagte der Fremde galant.

Helena errötete. «Es war nett, Sie kennenzulernen», sagte sie schnell, «gute Nacht, Mr. ...?»

«Sir Robin Arnothy.»

«Gute Nacht, Sir Robin.» Sie wollte an ihm vorbei, doch er vertrat ihr den Weg.

«Lassen Sie mich vorbei!» fuhr sie ihn wütend an.

«Sofort, Madam.» Er lächelte wieder sein entwaffnendes Lächeln, das die weißen Zähne scharf aus dem braunen Gesicht blitzen ließ. «Aber ich habe mich Ihnen vorgestellt, da können Sie mir nun auch Ihren Namen sagen.»

«Der geht Sie überhaupt nichts an. Und nun lassen Sie mich bitte in mein Zimmer, sonst rufe ich meinen Mann!»

«Oh, Sie sind verheiratet?» Er trat beiseite, und sie rauschte mit hochgereckter Nase an ihm vorüber. Sie war noch nicht ganz oben, da hörte sie wieder seine Stimme.

«Warten Sie, Madam. Sie haben Ihren Fächer verloren!» Er kam zu ihr und reichte ihr den Fächer.

«Danke sehr!» Sie nahm ihn und schickte sich an, ihren Weg fortzusetzen, als plötzlich oben im Flur eine Tür aufgerissen wurde und ein junges Mädchen erschien. Sie war nur sehr mäßig bekleidet, hatte dafür aber ein starkgeschminktes Gesicht und wild wogende blonde Haare, die noch silbriger schimmerten als die Sarahs. Sie sah wütend aus und bewegte sich etwas taumelnd, als sei sie betrunken.

«Robin!» schrie sie. «Robin, wo bleibst du denn? Was tust du da überhaupt?»

Sir Robin fluchte leise. «Verdammtes Weib! Diese Dorfdirnen taugen alle nichts!»

Helena blickte ihn ungläubig an. «Eine ... Dirne?» fragte sie mit leisem Abscheu in der Stimme. «Oh, mein Gott!»

«Ach, fallen Sie nur nicht in Ohnmacht», sagte Sir Robin, «das ist bestimmt nicht die erste, die Sie sehen. Gott weiß, wo ich sie aufgegriffen habe, aber es ist nichts mit ihr anzufangen. Sie hat sich sofort auf meinen Branntwein gestürzt und nun ist sie völlig betrunken.»

Er hob die Stimme. «Clarisse! Zieh dich an und dann geh! Du kriegst dein Geld, aber verschwinde!»

Clarisse starrte zu ihm hinunter. «Verschwinden ... wieso?» lallte sie. «Bin ich dir nicht mehr gut genug? Ich liebe dich doch, Robin, ich liebe dich doch!» Sie hielt einen Moment inne und schien Helena jetzt erst richtig zu sehen. Ihre Augen verengten sich. «Oh, wen haben wir denn da? Ich verstehe. Robin hat eine andere!» Sie betrachtete Helenas vornehme Kleidung. «Eine Adelige, wie? Robin hat sich aber verbessert. Da komme ich natürlich nicht mehr mit!»

«Halt den Mund», sagte Robin rauh, «du bist betrunken. Jetzt geh oder ich werf dich eigenhändig hinaus!»

«Erst will ich den Namen von der anderen wissen!»

«Mein Name ist Lady Golbrooke», sagte Helena kühl, «ich traf Sir Robin zufällig. Und wenn Sie nichts dagegen haben, gehe ich jetzt. Ich bin nämlich müde.»

«Zum Teufel, ich habe aber etwas dagegen!» schrie Clarisse. Sie wankte die Treppe hinunter, und Helena nahm bei ihrem Näherkommen den Geruch billigen Fusels, gemischt mit aufdringlichem Parfum wahr. «Warten Sie, Lady Golbrooke!»

«Sie sind vollkommen betrunken. Gehen Sie mir aus dem Weg!»

«O nein! Erst sagen Sie mir, was Sie von Robin wollten!»

«Sie wollte nichts von mir», mischte sich Robin ein, «und jetzt verschwinde, Clarisse!» Er gab ihr einen Stoß, daß sie die letzten Stufen der Treppe hinunterfiel, und warf ihr ein paar Geldstücke nach.

Helena wartete das Ende der Szene nicht ab. Sie lief hoch in ihr Zimmer und knallte die Tür hinter sich zu. Von der Ferne hörte sie noch Clarisses Wutgebrüll.

Am nächsten Morgen brachen wie wieder in aller Frühe auf. Gegen Mittag überquerten sie die Grenze nach Devon, und Jimmy sagte, es werde nun nicht mehr so lange dauern.

«Wir sind gut vorangekommen», meinte er, «und ohne daß wir ausgeraubt wurden!»

«Beschwören Sie es nicht!» warnte Mr. Relf. «Noch haben wir es nicht geschafft, und es kann noch einiges passieren!»

Jimmy wandte sich an Helena, die zum Fenster hinaussah. Sie, die sonst immer sehr lebhaft plauderte, hatte heute noch fast nichts gesagt. «Du bist so still, Liebling», sagte er besorgt, «fehlt dir etwas?»

Helena versuchte ein Lächeln. «Nein», sagte sie, «ich bin vollkommen gesund. Nur etwas müde.»

«Diese Fahrt ist auch wirklich sehr anstrengend!» stimmte ihr Mr. Thompson zu. «Ich fühle mich ebenfalls nicht besonders wohl!»

«Wenn es nur nicht so heiß wäre», stöhnte Mr. Relf und wischte sich mit seinem Taschentuch über die schweißnasse Stirn, «Gott sei Dank ist es nicht mehr sehr weit bis Okeham Paines!»

Helena sah wieder zum Fenster hinaus und dachte an Robin Arnothy und Clarisse. Sie hatte Jimmy nichts von den beiden erzählt, ohne zu wissen, warum sie es unterließ. Es war das erste Mal in ihrem behüteten Leben, daß sie so rücksichtslos mit der harten Wirklichkeit konfrontiert worden war. Vor ihren Augen erschien immer wieder die halbnackte Clarisse, wie sie die Treppe hinunterwankte und wie Robin Arnothy sie anstieß und ihr das Geld hinterherwarf. In eigenartiger Weise faszinierte sie diese Szene, zugleich erfüllte sie sie mit alptraumhaftem Grauen.

Gebe Gott, dachte sie, daß ich nie so enden werde. So gänzlich würdelos und verkommen. Und wenn ich je im tiefsten Dreck leben müßte, niemals, niemals darf ich innerlich meine Herkunft vergessen.

Der Tag verging quälend langsam. Der Gesprächsstoff war ausgegangen, und zum erstenmal drohte ein Streit zwischen Mr. Relf und Mr. Thompson ernstere Formen anzunehmen. Arthur war während einer Rast von einer Biene gestochen worden und betrachtete trübsinnig seinen geschwollenen Finger, den er kaum bewegen konnte. Jimmy las verbissen in einem Buch, dessen Zeilen ihm wegen des schwankenden Wagens vor den Augen verschwammen. Nur Helena sah weiter zum Fenster hinaus, und so erblickte sie auch als erste das Holzschild am Wegrand:

Tiverton, drei Meilen!

«Nur noch drei Meilen bis Tiverton!» rief sie erfreut. «Nur noch drei Meilen!»

Sofort erwachten alle Lebensgeister. Mr. Relf und Mr. Thompson begruben mit einigen versöhnlichen Worten ihren Streit, Arthur löste sich von seinem Finger, und Jimmy klappte das Buch zu.

«Wenn wir in unserem Gasthaus sind», schwärmte Mr. Relf, «werde ich einen Kübel mit eiskaltem Wasser bringen lassen und mich zwei Stunden hineinsetzen!»

«Um dann als Eisblock wieder herauszusteigen», lachte Helena, «aber ich glaube, ich nehme auch ein Bad, denn wenn ich so verstaubt zu deiner Familie komme, Jimmy, werfen sie mich gleich wieder hinaus!»

«Du könntest in den abgerissensten Fetzen der Welt gehen und sähest immer noch bezaubernd aus», sagte Jimmy liebevoll.

Helena sah ihn dankbar an. Er ist doch ganz anders als dieser Arnothy, dachte sie.

«Ich bin gespannt, ob es in Tiverton gutes Essen gibt», sagte Mr. Relf, «und außerdem könnte ich ein ganzes Faß Bier trinken!»

In diesem Moment blieb die Kutsche urplötzlich stehen. Von draußen waren Pferdegetrappel und scharfe Stimmen zu hören.

«Kommt heraus und werft eure Waffen weg!» rief jemand. «Dies ist ein Überfall!»

Die Wagentür wurde aufgerissen, und Helena erblickte zu ihrer Überraschung – Sir Robin Arnothy!

4

Für einen kurzen Moment trafen sich ihre Augen, und Helena sah in den seinen ein rasches Aufflackern, das wie ein Gruß wirkte; dann wandte er seinen Blick den anderen zu. Seine Stimme klang rauh, aber nicht unfreundlich. «Bitte steigen Sie aus», sagte er, «meine Leute müssen nämlich Ihren Wagen durchsuchen.»

Die Reisenden folgten nacheinander seiner Aufforderung, je nach Naturell ängstlich oder wütend. Helena, die Robin schon kennengelernt hatte, glaubte nicht, daß er gefährlich war, aber dafür war sie mit um so größerem Zorn erfüllt.

«Sie, was denken Sie sich?» zischte sie ihn leise an. «Erst belästigen Sie …»

Er legte den Finger auf die Lippen und lachte leise. «Ich würde Ihrem Gemahl nicht zeigen, daß Sie mich kennen», sagte er, «er könnte falsche Schlüsse daraus ziehen. Womöglich fühlt er sich verpflichtet, mich zum Duell zu fordern, und das wäre sein sicheres Ende.»

«Wollen Sie damit sagen, daß …» Aber wieder unterbrach er sie.

«Pst, meine Liebe. Ihr ehrenwerter Gatte schaut schon ganz irritiert herüber. Übrigens, Sie sind bei Tage noch reizender, als im Dunkeln. Vermutlich wissen Sie das!»

«Ich lege nicht den geringsten Wert darauf, Ihnen zu gefallen!» entgegnete Helena kalt.

«Oh, Pardon!» Er verneigte sich leicht. «Ich vergaß, daß Sie mich ja nicht leiden können!»

«Hoffentlich erinnern Sie sich von nun an daran», sagte Helena. Sie warf ihm einen Blick zu, in den sie alle Verachtung legte, die sie nur aufbringen konnte, und ging zu Jimmy hinüber, der ihre Hand nahm.

«Was wollte er?» fragte er besorgt.

«Ich sagte ihm nur, es sei eine Unverschämtheit, uns zu überfallen.»

«Guter Gott.» Jimmy erblaßte. «Wie kannst du dich mit einem solchen Menschen auch noch anlegen? Versprich mir», seine Stimme wurde eindringlich, «daß du jetzt ganz ruhig bist und nichts mehr sagst, ja?»

Helena nickte. Sie, Jimmy, Mr. Thompson und Mr. Relf beobachteten, wie die Banditen die Kisten mit dem Gepäck aus der Kutsche warfen, sie aufbrachen und durchwühlten, wobei sie alles rücksichtslos auf den schmutzigen Boden schmissen und jeden Wertgegenstand gierig an sich rissen.

Helena war den Tränen nahe, als sie das Abschiedsgeschenk Catherines, ein funkelndes Saphirhalsband, in den dreckigen Händen eines fetten Mannes erblickte. Ohne an ihr Versprechen zu denken, trat sie einen Schritt vor und wandte sich an Sir Robin.

«Sagen Sie diesem Mann dort, er soll mir das Halsband wiedergeben!» verlangte sie. «Es ist ein Geschenk meiner Tante!»

«Ein Geschenk Ihrer Tante!» wiederholte er spöttisch und lehnte sich mit verschränkten Armen an sein Pferd. «Zweifellos ein recht wertvolles Geschenk.»

«Ja, aber nicht nur, weil es sehr teuer ist.»

«Nein?»

«Nein – es ist wertvoll, weil ich es von meiner Tante habe und es außerdem ein Abschiedsgeschenk ist. Aber so etwas verstehen Sie vermutlich nicht.»

«Allerdings nicht. Für mich ist das sentimentaler Unsinn.»

«Helena!» rief Jimmy. «Helena, komm bitte her!»

«Halten Sie den Mund!» befahl Sir Robin. «Im Moment spreche ich mit Ihrer Frau, vielmehr, ich verhandle mit ihr.»

«Helena», sagte Jimmy, «jetzt komm bitte, ich finde ...»

Einer der Banditen stieß ihn heftig mit seiner langen Pistole an. «Sie sollten doch ruhig sein!» schnauzte er. «Haben Sie nicht verstanden?»

Jimmy schwieg, und Helena drehte sich wieder zu Robin um.

«Für mich ist das kein sentimentaler Unsinn», sagte sie heftig, «und ich möchte bitte, daß ...»

«Unsinn, Herzchen», unterbrach Robin sie, «natürlich ist es für Sie ebensolcher Unsinn wie für mich. Sie bemerken es nur nicht. Sehen Sie, Mylady, ich mag ja ein ziemlich verkommener Schurke sein, aber ich bin auch ein hervorragender Menschenkenner. Ich habe Sie sofort durchschaut. Sie sind nicht so ehrbar, wie man zuerst glaubt; Sie sind nur so erzogen worden, aber in Wahrheit sind Sie anders. Das habe ich Ihnen gleich angesehen.»

«So – und wie bin ich Ihrer Ansicht nach?»

«Das ist schwer zu sagen. Ich habe mal gehört, um den wahren Charakter eines Menschen festzustellen, müßte man ihn unter Umständen erleben, die das Äußerste von ihm fordern. Vielleicht kommen Sie mal in eine solche Situation. Dann denken Sie an mich!»

Ehe Helena etwas erwidern konnte, rief einer der Männer: «Sir, wir haben alles! Sollen wir die Kutsche zertrümmern?»

«Nein. Ich will ausnahmsweise einmal großzügig sein.» Er ging zu Jimmy und den anderen. «Gentlemen», sagte er, «wir lassen Ihnen die Kutsche und die Pferde. Ich hoffe, Sie wissen unsere Großzügigkeit zu schätzen. Da wir voraussetzen, daß Sie sich dafür erkenntlich zeigen wollen, haben wir uns gestattet, die Bezahlung im voraus zu nehmen!» Er wies auf die Ansammlung von Geld- und Schmuckstücken, die die Banditen soeben in ihren Satteltaschen verstauten. Dann änderte er den Tonfall seiner Stimme. «Lord Golbrooke», sagte er, «normalerweise machen wir mit Leuten, die wir plündern, kurzen Prozeß. Daß das bei Ihnen nicht der Fall ist, haben Sie nur Ihrer Frau zu verdanken, die ich aus irgendeinem Grund sehr mag. Also seien Sie dankbar!» Er drehte sich um, ging zu seinem Pferd und saß schwungvoll auf. «Wiedersehen, Lady», rief er, «ich werde Ihren Schmuck persönlich an mich nehmen und sehr gut aufbewahren. Schließlich ist es ja ein Abschiedsgeschenk Ihrer Tante!» Er winkte ihr lachend zu, und schon galoppierten alle davon, eine große Staubwolke hinter sich her ziehend.

«Verdammt!» knirschte Jimmy. «Am liebsten würde ich denen ein paar Kugeln nachjagen!»

«Besser nicht», meinte Mr. Thompson, «die kommen zurück und erledigen uns alle.»

«Großer Gott, ich hätte nie gedacht, daß man so wehrlos sein kann», sagte Mr. Relf, «ich – wir hatten ja gar keine Zeit, uns zu verteidigen. Wir wurden vollständig überrumpelt!»

«Warum hat uns denn der Kutscher nicht gewarnt?» fragte Jimmy gereizt. «Er hätte doch rufen können! Wo ist er überhaupt?»

Sie sahen sich suchend um, bis Helena plötzlich einen Schrei ausstieß. «Da hinten liegt er!» Sie rannten den Weg ein Stück zurück, wo der Kutscher im Staub lag. Um seinen Leib hing ein Seil, mit dem er offensichtlich von einem Baum aus von der Kutsche gezerrt worden war. Die Pferde waren dann noch ein Stück weitergaloppiert, bis sie, als sie bemerkten, daß sie nicht mehr gelenkt wurden, schließlich stehenblieben.

«Lebt er noch?» fragte Helena, während sie neben dem Verletzten niederkniete.

«Ja», antwortete Jimmy, «aber die Schlinge hätte ihm auch um den Hals fallen können, und dann wäre er jetzt tot. Diese elenden Verbrecher.»

Sie schleppten den Kutscher in den Wagen und legten ihn auf eine der Bänke. Helena kühlte seine Stirn mit kalten Umschlägen, und Arthur übernahm es, die Pferde zu lenken. So konnten sie die Fahrt fortsetzen. Doch die Stimmung war gedrückt. Jeder hatte eine große Menge Geld verloren, am meisten Helena. Zwar hatte sie nicht ihre ganze Mitgift verloren, denn das Geld war gut versteckt gewesen, aber sie war dennoch um etwa 500 Pfund erleichtert worden, ganz abgesehen von einigen Schmuckstücken, die einen hohen Wert hatten.

«Wenigstens haben sie mir den Schmuck gelassen, den ich gerade trug», sagte sie, «sonst wäre ich nun auch den Ehering los.» Sie lächelte Jimmy an, doch der erwiderte ihr Lächeln nicht.

«Was ist denn?» fragte sie erschreckt.

«Woher kanntest du diesen Mann?» fragte Jimmy zurück.

«Welchen Mann?»

«Nun – diesen Anführer!»

«Den? Den kannte ich überhaupt nicht.»

Jimmy sah sie scharf an. «Du bist keine gute Schauspielerin, Helena!» sagte er. «Du kannst mich nicht belügen! Natürlich kanntest du diesen Mann!»

Helena wußte nicht, warum sie ihre Bekanntschaft mit Sir Robin Arnothy leugnete, aber nachdem sie es einmal unüberlegt getan hatte, konnte sie nicht mehr zurück, sonst weckte sie Jimmys Mißtrauen noch mehr.

«Nun?» unterbrach Jimmy die ungemütliche Stille.

«Was – nun? Ich kenne ihn nicht! Hör bitte auf mit deinen Verdächtigungen!»

Jimmy schwieg, und vielleicht glaubte er ihr auch langsam. Mr. Thompson und Mr. Relf warfen einander vielsagende Blicke zu. Helena war ärgerlich. Was denkt sich denn Jimmy, dachte sie zornig. Warum habe ich ihm bloß nicht gleich alles gesagt.

In sehr gedrückter Stimmung erreichten sie Tiverton, wo sie bei einem entfernten Bekannten Mr. Relfs nächtigten, da sie nur noch sehr wenig Geld besaßen.

«Wenn wir in Okeham Paines sind», tröstete Mr. Relf, «werde ich Ihnen Geld leihen! Ich weiß ja, daß ich es zurückbekommen werde!»

«Es ist mir furchtbar peinlich», murmelte Jimmy düster, «aber offensichtlich gibt es keinen anderen Ausweg! Vielen Dank, Mr. Relf!»

Sie kamen nach Okeham Paines, wo sie sich von ihrem Reisebegleiter trennten, dann fuhren sie über Exeter nach Okehampton; von dort nach Tavistock und schließlich überquerten sie den Tamar, der Devon von Cornwall trennt.

Jimmys Laune hob sich sichtlich, je näher sie der Heimat kamen. «Noch 20 Meilen bis Lostwithiel!» sagte er fröhlich. «Und dann nur noch wenige bis Fowey! Wir sind wirklich bald da!»

Tatsächlich ging nun alles sehr rasch. Sie trafen keine Straßenräuber mehr, waren aber dennoch erleichtert, als sie endlich in Lostwithiel eintrafen. Helena hatte ein winziges Provinznest erwartet und war angenehm überrascht, als sich diese Vermutung als falsch erwies. Natürlich – gegen London wirkte die Stadt wie eine Ameise neben einem Felsbrocken, aber sie war dennoch mit Eifer und Geschäftigkeit erfüllt. Überall wimmelte es von Menschen, und wenn es auch in der Mehrzahl Bauersleute in recht einfachen Kleidern waren, so konnte man doch hier und dort einen eleganten Herrn oder eine schöne Dame sehen, deren Gewänder denen der Londoner Gesellschaft, wie Helena zugeben mußte, in keiner Weise nachstanden.

Am Nachmittag erreichten sie Fowey, wo sich Mr. Thompson von ihnen verabschiedete. Helena sah ein kleines, verschlafenes Dorf, von dem Jimmy jedoch behauptete, daß es dort manchmal sehr geschäftig zuginge.

«Aber heute ist es zu heiß», sagte er, «die meisten Leute bleiben in ihren Häusern.»

«Kann man Charity Hill von hier aus schon sehen?» fragte Helena.

«Nein, es liegt hinter dem Wald, direkt am Meer!»

Helena lehnte sich hinaus und ließ sich den frischen, salzigen Wind um die Nase wehen. In London schwebte immer ein leichter Fäulnisgeruch in der Luft, der aus den jahrhundertealten Häusern und aus den mit Unrat überfüllten Gassen aufstieg, aber hier war die Luft klar und rein. Man konnte das Meer in der Ferne rauschen hören, wie es unablässig an die felsigen Klippen schlug und sich dann müde, mit weißem Schaum bedeckt zurückzog, um sofort wieder gegen das Ufer zu tosen.

Sie fuhren über einen geschwungenen Waldweg, auf den die durch die Bäume fallende Sonne goldene Muster zeichnete.

«Lieber Gott, ist das schön hier», sagte Helena, «ich hatte mir die Landschaft rauh und unwirtlich vorgestellt, aber sie ist sanft und ... und gelassen!»

«Der Osten Cornwalls ist nicht so rauh wie der Westen», erwiderte Jimmy, «obwohl man am Meer manchmal das Gefühl hat, der Wind werde einen fortblasen.»

«Von Charity Hill aus kann man das Meer sehen, oder?»

«O ja! Wir leben sehr dicht am Meer!»

Sie fuhren noch eine Weile, dann traten die Bäume weiter auseinander, das Rauschen der Wellen verstärkte sich. Jimmy ergriff Helenas Arm.

«Wir kommen jetzt aus dem Wald», sagte er voller Vorfreude, «gleich siehst du Charity Hill!»

Helena blickte angestrengt hinaus. Sie passierten die letzten Bäume und befanden sich auf einer weiten Wiese mit sanft geschwungenen Hügeln und alten, schweren Eichen, deren Äste bizarre Schatten auf das sonnenhelle Gras warfen. Zur Rechten verlief dichter dunkler Wald, zur Linken lagen graue, zerklüftete Felsen, zu deren Füßen sich die endlos scheinende Fläche des glitzernden Meeres dehnte – blau, glänzend und rauschend, unvergänglich, mit weißen kreischenden Möwen darüber.

Über die Wiese hinweg schlängelte sich ein Weg, sanft ansteigend die Hügel hinauf bis zu dem höchsten Hügel, auf dem grau und majestätisch Charity Hill lag. Wie eine Festung thronte es dort über dem Meer, trotz der strahlenden Sonne ein wenig drohend und unheimlich.

Helena durchlief ein kleiner Schauer, unwillkürlich tastete sie nach Jimmys Hand und wünschte sich, brennend wie noch nie auf dieser ganzen Reise, daheim in London oder Woodlark Park zu sein.

«Jimmy ...» flüsterte sie.

Er wandte sich lächelnd zu ihr. «Hast du Angst?»

Sie nickte heftig.

«Es wird alles ganz einfach sein», meinte er mit beruhigender Stimme, «meine ganze Familie wird dich sofort mögen!»

Sie fuhren den Hügel hinauf und durch das breite Tor in den inneren Hof. Dort wurden sie bereits erwartet.

5

MITTEN IN DER NACHT wachte Helena auf. Sie war enttäuscht darüber, daß Jimmy so fest schlief, obwohl sie so gern mit ihm über den vergangenen Tag gesprochen hätte.

Für sie hatte schließlich ein neues Leben begonnen. Sie hatte Jimmys Familie kennengelernt, Menschen, mit denen sie von nun an leben mußte, ob sie ihr gefielen oder nicht.

Da war zunächst Lady Golbrooke, Jimmys Mutter.

«Nenne mich einfach Adeline, mein Kind», hatte sie zu ihr gesagt und sie mit ihren kohlschwarzen Augen lange und durchdringend angesehen.

«Vielen Dank, Adeline», hatte Helena gestammelt und war sich klein und unbedeutend vorgekommen.

Die anderen Familienmitglieder, die ihr vorgestellt wurden, waren weniger furchteinflößend, aber das konnte Helena nun nicht mehr richtig beruhigen. Die Atmosphäre wurde von Adelines Anwesenheit überschattet, und Helena fühlte ihre schwarzen Augen beständig auf sich gerichtet.

Sie lernte Randolph kennen, Jimmys neunzehnjährigen Bruder; einen höflichen jungen Mann, der schon sehr erwachsen wirkte. Er schien ein herzliches Verhältnis zu Jimmy zu haben, denn die beiden begrüßten sich mit solch aufrichtiger Freude, daß Helena ganz erstaunt war. Alan und David waren nie so miteinander umgegangen.

Offenbar war diese Herzlichkeit eine Familieneigenschaft der Golbrookes, Adeline ausgenommen, denn als Helena die siebzehnjährige Schwester Jimmys begrüßte, wurde sie von ihr sofort lebhaft umarmt und auf beide Wangen geküßt.

«Ich bin Janet», sagte sie fröhlich, «ich freue mich, daß du hierher gekommen bist!»

Janet, seit zwei Jahren verheiratet, war mit ihrem Mann, Sir William Smalley, aus Plymouth angereist, um die neue Schwägerin zu begrüßen. Helena schloß sie auf Anhieb in ihr Herz. Sie sah Jimmy sehr ähnlich, hatte die gleichen Augen und Haare und strahlte eine ebensolche gewinnende Freundlichkeit und Kameradschaft aus.

«Du wirst sicher müde sein», sagte sie, «du kannst ja morgen früh alles ansehen. Ich werde dir dein Zimmer zeigen!»

Helena folgte ihr dankbar, weniger weil sie müde war, sondern vielmehr, weil sie Adeline entgehen wollte.

Das Zimmer lag im ersten Stock, war groß, hatte tiefe Fensternischen und einen wunderbaren Ausblick weit über das Meer. Die Einrichtung war geschmackvoll: Das Bett war mit schweren Silberplatten verziert und trug einen Baldachin aus dunkelroter Seide. Entlang den getäfelten Wänden standen schwere, bequeme Stühle aus Eiche, mit Samt gepolstert. Im ganzen Raum waren Vasen, Kerzenhalter, Spiegel und gemusterte Teppiche verteilt, was freundlich und anheimelnd wirkte. Der Holzvorrat für den mächtigen Kamin stand in einem zierlichen silbernen Korb bereit.

Helena war über diese Einrichtung sehr erstaunt. Janet bemerkte ihren verwunderten Blick.

«Dies ist das einzige Zimmer, das so luxuriös aussieht», erklärte sie, «Jimmy bat mich schriftlich, es so auszustatten. Er meinte, die Umstellung von London hierher werde dir dann nicht so schwerfallen.»

«Das wäre doch gar nicht nötig gewesen!»

«Es hat mir aber viel Spaß gemacht, die Sachen auszusuchen. Ich habe sie in Truro gekauft.» Janet strich die Bettdecke glatt. «Du siehst erschöpft aus, Helena», meinte sie dann, «lege dich etwas hin. Jimmy kommt sicher bald. Er muß erst noch mit den Gutsverwaltern sprechen.»

«Vielen Dank, Janet. Du bist sehr freundlich zu mir!»

«Ach, ich bin so froh, daß du da bist», entgegnete Janet, «ich bleibe jetzt auch noch eine Weile hier und, weißt du, mir hat immer eine Schwester gefehlt, mit der ich über alles sprechen kann.»

Helena konnte sich gut vorstellen, daß Adeline keine große Vertraute für ihre Tochter war.

«Ich bin auch froh, daß du hergekommen bist», sagte sie mit aufrichtiger Freude in der Stimme. Janet lächelte, dann ging sie hinaus und Helena war allein.

Sie dachte noch einen Moment an Janet, und dabei durchlief sie ein warmes Gefühl der Sicherheit, bis ihr plötzlich einfiel, daß Janet gar nicht hier wohnte. Sie würde in Kürze nach Plymouth zurückkehren.

Helena seufzte und schloß die Augen, um zu schlafen, und tatsächlich gelang es ihr. Jedoch nur für kurze Zeit. Dann wurde sie wieder wach und stellte fest, daß es inzwischen Nacht geworden war und daß Jimmy neben ihr lag. Er mußte sehr leise zu Bett gegangen sein, denn sie hatte nichts davon bemerkt. Ihr war klar, daß sie nicht wieder einschlafen würde, bevor sie nicht mit ihm gesprochen hatte. Sie zögerte noch eine Weile, dann warf sie sich ein paarmal im Bett herum. Sie hatte Erfolg. Jimmy erwachte.

«Was ist denn?» fragte er schlaftrunken. «Kannst du nicht mehr schlafen?»

«Nein.»

Er richtete sich halb auf. «Bist du krank?»

«Nein, es ist nur ... ach, ich fühle mich so unsicher. Und ein wenig verloren!»

«Verloren? Wenn ich bei dir bin?»

«O Jimmy, kannst du es nicht verstehen? So weit fort von zu Hause. Und die vielen fremden Menschen!»

«Gefallen sie dir nicht?»

«Doch. Besonders Janet. Sie ist reizend. Ich finde es nur traurig, daß sie wieder fortgeht.»

«Aber Kleines.» Jimmy lachte. «Man soll nicht nachts wachliegen und in die Dunkelheit starren. Da kommen einem Gedanken von Einsamkeit und Heimweh!»

Helena überhörte dies und fuhr fort: «Weißt du, ich hatte den Eindruck, daß Adeline mich nicht besonders mag!»

«Wie kommst du denn darauf?»

«Ich weiß nicht, ich dachte, daß sie ... ich kann es nicht erklären ... es ist so ein Gefühl ...» Sie spürte durch die Dunkelheit, daß er lächelte.

«Liebes, du bist ja ganz durcheinander», sagte er, «gibt es noch jemanden, von dem du glaubst, er könne dich nicht leiden?»

Sie vernahm die leichte Ironie in seiner Stimme, und obwohl sie diesmal auf ihre Kosten betrieben wurde, war es dieselbe Ironie, die sie an ihm liebte.

«Weißt du», fuhr er fort, «es könnten alle Heerscharen dieser Erde hinter dir her sein, solange ich bei dir bin, wird dir nichts geschehen!»

Das klang so tröstend, so sicher. Helena fühlte, wie sie ruhiger wurde und ihre Angst verblaßte.

«Ich liebe dich, Jimmy», flüsterte sie.

Er neigte sich zu ihr und küßte ihre Stirn. «Ich dich auch, Liebste», murmelte er, «schlaf jetzt. Wir sind müde von der langen Reise und morgen früh wird alles viel besser!»

Kurz darauf waren seine gleichmäßigen Atemzüge zu vernehmen. Helena seufzte, kuschelte sich tiefer in ihre Kissen und schlief bald darauf ebenfalls ein.

Als Helena am nächsten Morgen erwachte, war es schon sehr hell und zu den Fenstern schien die Sonne herein. Sie setzte sich im Bett auf und erblickte Jimmy, der vor dem Spiegel stand.

«Guten Morgen!» rief sie fröhlich.

«Guten Morgen, Liebling.» Er trat an das Bett, küßte sie lange auf den Mund und meinte dann mit einem Augenzwinkern: «Fühlst du dich immer noch fremd?»

«Nein, überhaupt nicht!» Sie dehnte sich wohlig. «Es geht mir ausgezeichnet. Aber ich habe einen fürchterlichen Hunger.»

«Hunger ist immer ein gutes Zeichen.» Jimmy zog seine hohen Stiefel an. «Soll ich dir dein Frühstück heraufbringen lassen, oder willst du unten essen? Dort findest du bestimmt jemanden, der dir Gesellschaft leistet.»

Helena starrte ihn an. «Aber», stotterte sie, «willst du denn nicht ... ich meine, soll ich allein ...?»

«Liebling, ich habe leider keine Zeit. Ich habe länger geschlafen, als ich wollte, weil ich heute nacht von einer jungen Dame beansprucht wurde.» Er lächelte. «Ich werde gleich mit Randolph losreiten und mir die Felder anschauen.»

«Muß das sein?»

«Leider ja. Aber Janet wird sicher mit dir frühstücken und dir anschließend alles zeigen. Sei nicht traurig. Ich bin bald zurück!» Die Tür fiel hinter ihm zu und Helena hörte nur noch seine Schritte auf der Treppe.

Sie hätte so gern den ersten Tag auf Charity Hill gemeinsam mit Jimmy begonnen und fühlte eine leichte Traurigkeit aufkommen.

Trotzdem stieg sie schwungvoll aus dem Bett, tappte zum Fenster und stieß die beiden Flügel weit auf. Sofort strömte der salzige Seegeruch in das Zimmer, ein Geruch nach Morgen und Sommer, nach Sonne und Wasser und Frische.

Helena lachte, und ihr kam zu Bewußtsein, daß sie gar nicht so traurig war, weil Jimmy weg war, sondern daß sie lediglich Angst vor Adeline hatte. Dieses stolze Gesicht! Ein einziger Blick von ihr genügte, um ihr die Fassung zu rauben. Und Jimmy wußte, daß sie sich fürchtete! Er hätte nicht fortgehen dürfen. Diesmal fühlte sie etwas Ärger in sich aufsteigen.

Doch dann schüttelte sie über sich selbst den Kopf. Sie wollte sich an diesem Tag nicht ärgern. Rasch schloß sie das Fenster und begann sich anzukleiden. Dabei fiel ihr ein, daß Adeline geschrieben hatte, sie habe ein Mädchen für sie in Dienst genommen. Zu Hause hatte sie eine Klingel gehabt, um nach Prudence zu läuten, aber hier fand sie keine. Nun, sie kam auch so zurecht. Um keinen Preis wollte sie vor Jimmys Verwandten als verwöhnte Städterin auftreten, die unfähig war, ohne Zofe zu leben. Mit einiger Mühe entwirrte sie ihre langen Haare und frisierte sie, so gut sie es vermochte. Dann reckte sie die Schultern, holte tief Luft und verließ das Zimmer.

Die geschwungene Treppe mit dem breiten Holzgeländer und die Halle waren leer. Aber aus einem der angrenzenden Zimmer erklang eine Stimme. Auf gut Glück öffnete Helena die Tür und trat ein. Sie befand sich im Eßzimmer, einem langen, schmalen Raum, dessen Fenster zum Hof gingen. An den Wänden hingen einige Ölgemälde würdiger Frauen und Männer vergangener Zeiten. In der Mitte des Zimmers stand ein gedeckter Tisch und daran saß Janet mit einem kleinen Mädchen auf dem Schoß, dessen zappelnde Arme und Beine sie kaum festhalten konnte. Sie schien erfreut zu sein, als sie Helena erblickte.

«Guten Morgen», sagte sie, «endlich kommt jemand. Meine Brüder schauten nur kurz herein und waren auch schon wieder fort!»

«Guten Morgen, Janet.» Helena ließ sich gegenüber ihrer Schwägerin nieder. Sie wies auf das Baby. «Ist das dein Kind?»

«Ja, das ist meine Tochter Annabella!»

«Sie sieht reizend aus! Wie alt ist sie denn?»

«Ein Jahr.»

Annabella gab einen leisen krähenden Laut von sich.

«Darf ich sie einmal halten?» fragte Helena.

«Natürlich.» Janet reichte ihr das Baby. «So komme ich endlich dazu zu essen», sagte sie heiter.

«Ich hätte nicht gedacht, daß du schon ein Kind hast», meinte Helena und kitzelte Annabella in den kurzen, weichen Haaren.

«In sieben Monaten werden es sogar zwei sein!» erwiderte Janet.

«Oh – wirklich? Wie herrlich!»

Sie wurden in ihrer Unterhaltung unterbrochen, denn William trat ein.

«Guten Morgen», grüßte er. Er trat zu Janet und küßte sie. «Wie geht es dir, Liebes?» fragte er sanft.

«Wunderbar. Es muß an dem nahen Meer liegen, jedenfalls schlafe ich hier immer so gut wie nirgends sonst!»

«In Plymouth seid ihr aber doch auch nicht weit vom Wasser weg!» warf Helena ein.

«Aber da ist die Stadt dazwischen», sagte Janet, «und sie ist groß und schmutzig!»

William setzte sich neben seine Frau.

«Für dich wäre Plymouth sicher gar keine Stadt, Helena», sagte er, «von London wird man verwöhnt.»

«Das stimmt. London ist eine faszinierende Stadt. Aber sie hat einen Nachteil: Das Meer ist zu weit weg!»

«Liebst du das Meer?» fragte William.

Helena nickte. «Sehr», sagte sie, «eigentlich ist es das Schönste, was es gibt.»

«Das finde ich auch. Ich fühle mich gar nicht wohl, ohne Schiffsplanken unter den Füßen.»

«William ist Kapitän», erklärte Janet.

«Kapitän?» wiederholte Helena ehrfürchtig. «Auf einem eigenen Schiff?»

«Ja, in vier Wochen mache ich wieder eine Reise. Nach Indien, für die Ostindische Kompanie!»

Helena sah ihn an. Auf einmal fand sie, daß William gar nichts anderes sein konnte als Kapitän. Er wirkte so ruhig, so klug, verantwortungsbewußt und zuverlässig.

«Welch ein wunderbares Leben», sagte sie, «monatelang auf See ...» Sie brach ab, als sie Janets Gesicht sah. Für sie war es vermutlich schwer, ihren Mann so lange nicht zu sehen. «Ich meine», fuhr Helena etwas hilflos fort, «für William ist es schön ... aber ...»

«Schon gut», unterbrach Janet sie, «ich habe mich fast daran gewöhnt. Außerdem hätte ich es mir ja vor der Hochzeit überlegen können. William hat mich nicht im unklaren gelassen, was mich erwartet, wenn ich ihn heirate.»

«Janet», sagte William, «bitte ...»

Helena fühlte sich unwohl und überlegte verzweifelt, wie sie schlichten könnte. Dann kam ihr ein Einfall: «Janet, bleib doch einfach hier. Hier bist du nicht allein!»

Ein kurzes Schweigen herrschte am Tisch.

«Hier kann ich nicht bleiben», sagte Janet, «meine Mutter ... nun, ich verstehe mich mit ihr nicht sehr gut. Da ist es immer noch besser, allein in Plymouth zu sein.»

«Ach so», murmelte Helena. Sie wechselte das Thema. «Kannst du mir nicht das Haus und das Gut zeigen?» fragte sie.

«Ja, natürlich.» Janet hatte ihre normale, fröhliche Laune wiedergefunden. Sie stand auf und sagte: «Komm gleich mit. Ich zeige dir alles. Bis später, William!» Sie nickte ihm zu, und beide Frauen verließen das Zimmer, Helena mit der kleinen Annabella auf dem Arm.

«Wir lassen sie am besten bei dem Kindermädchen», meinte Janet mit einem Blick auf das Baby und übergab Annabella einer jungen, etwas rundlichen Frau. Dann hakte sie sich bei Helena unter. «Wir fangen hier im Wohnhaus an», schlug sie vor.

Sie kamen in die große Eingangshalle, die Helena nun erst bewußt betrachtete. Sie war ein wenig düster, mit dunkelbraunem Holz getäfelt und wirkte streng in ihrer Schlichtheit. Graue Steinplatten bedeckten den Fußboden. Die Treppe, die zu den oberen Stockwerken führte, war breit und gerade. An ihr entlang hingen Bilder an der Wand, Ahnen der Golbrookes, nur schwer zu erkennen in dem dämmerigen Licht. Am oberen Ende der Treppe führte eine Galerie rund um die Halle, das Geländer war kunstvoll geschnitzt und verziert.

Schmucklos und dunkel hingegen wirkte der Kamin, der sich gegenüber von der Eingangstür befand. Vor ihm blieb Helena stehen und betrachtete das Gemälde darüber, das Bildnis einer schönen Frau mit blonden Haaren, blauen Augen und sanftem Gesicht.

«Das ist Lady Charity Golbrooke im Jahre 1532», erklärte Janet. «Nach ihren Vorstellungen wurde das Haus gebaut, doch bevor es ganz fertig war, starb sie an der Pest. Lord Golbrooke taufte es daraufhin Charity Hill.» Sie zog Helena mit sich weiter.

Das Schloß war recht übersichtlich gebaut, und so hatte Helena trotz der vielen Räume das Gefühl, sie werde sich bald zurechtfinden können. Alle Zimmer waren vornehm eingerichtet, mit kostbaren Teppichen und Gobelins, geschnitzten Stühlen und großen Gemälden ausgestattet. Beinahe alle lagen nach Osten und man konnte durch die Fenster zum Meer sehen.

«Wie du ja gesehen hast, ist das Gebäude um einen quadratischen Innenhof gebaut», erklärte Janet, «und der Teil, den wir bewohnen, ist der östliche Flügel. In den anderen leben die Dienstboten und Knechte, zum Teil sind dort auch Ställe untergebracht.»

Sie traten hinaus in den Hof. Er war groß genug, daß das Sonnenlicht einfallen konnte, und daher hell und freundlich. Das holprige Kopfsteinpflaster erinnerte Helena an die Londoner Straßen und gab ihr ein vertrautes Gefühl. Das große Tor, durch das sie gestern gekommen waren, führte ins Freie, ein kleineres auf der entgegengesetzten Seite zu den Gärten. Diese waren so bezaubernd angelegt, daß Helena entzückt seufzte.

Vor ihnen, sanft gewellt den Hügel hinab, breitete sich anmutig der große Park. Er war sehr weit, umgeben von einer alten, moosbewachsenen Mauer, aber der eigentliche Grundbesitz der Golbrookes ging, wie Janet erklärte, weit über diese Mauer hinaus. Überall standen kleine, steinerne Gebäude, Ställe und Häuser, bewachsen mit Efeu oder Kletterrosen, umgeben von einer endlos blühenden Blumenpracht. Zwischen den Rasenflächen mit dem kurzen, rauhen Gras wanden sich schmale Wege, stellenweise immer wieder beschattet von hohen Bäumen, unterbrochen von flachen Stufen. Sie schritten Helena und Janet entlang. Der immer wehende Seewind blies in ihre Haare und bauschte ihre Röcke. Die Luft, salzig und rein, ließ den Geschmack des Meeres auf den Lippen zurück, sie erinnerte an Woodlark Park und war doch ganz anders, sanfter und milder.

Während sie so nebeneinander hergingen, erzählte Helena viel von ihrem Leben in London. Janet war zuletzt als kleines Mädchen dort gewesen und war nun begierig, von der Stadt zu hören. Helena fand es herrlich, schwärmen zu können und eine eifrige Zuhörerin zu haben.

Sie berichtete über die Nachmittage im Hyde Park und im St. James Park, die Abende in Whitehall. Whitehall, mit all seinem Glanz, seinem Zauber und seiner Schönheit.

«Es war wie im Märchen», sagte sie, «ganz Whitehall war ein einziges Licht. Überall Kerzen und Spiegel und Musik. Und alle trugen ihre schönsten Kleider und waren so sorglos und frei ...» Sie schwieg und ließ die Bilder der Erinnerung an sich vorüberlaufen. Sie sah London vor sich, mit seinen engen Gassen und dem holprigen Kopfsteinpflaster, über das die Wagen rollten, sie hörte die vielen Stimmen, das Geschrei und Getose, das die Stadt täglich erfüllte. «London ist herrlich!» sagte sie abschließend.

«Hast du Heimweh?» fragte Janet mitfühlend.

«Heimweh – nein! Eher eine ganz leise Sehnsucht. Denn hier ist es auch wundervoll. Das Meer und die Weite und die frische, unverbrauchte Luft. Nein», sie riß sich gewaltsam aus allen Erinnerungen und lächelte Janet strahlend an, «ich bin schrecklich gern hier! Ich liebe Charity Hill schon jetzt, obwohl ich noch gar nicht viel davon gesehen habe.»

«Es freut mich, das zu hören. Und mit Jimmy wirst du sehr glücklich sein. Er ist der liebste und rücksichtsvollste Mensch auf der Welt!»

«Ja, das ist er», sagte Helena weich.

Sie waren auf einer kleinen Erhebung angelangt und sahen über die Klippen auf das blaue, glitzernde Meer. Helena atmete tief. Dies alles war so herrlich und sie selbst fühlte sich fröhlich. In ihr war der tiefste und festeste Wunsch, dieses Leben mit Jimmy in Charity Hill als ein immerwährendes, andauerndes Glück zu bewahren.

6

Der Sommer dauerte in diesem Jahr bis tief in den September hinein. Tag für Tag strahlte die Sonne von einem dunkelblauen, wolkenlosen Himmel auf die Erde herab, wo sich die Bäume bunt färbten und sich die Vögel in dichten Schwärmen für ihre Reise in den Süden rüsteten. Die Abende wurden kürzer, der Wind strich kühler vom Meer herein, aber nur selten einmal kam ein Regenguß nieder.

Helena genoß das schöne Wetter. Sie war fast ständig im Freien, ging am Strand spazieren oder jagte auf einem der Pferde durch die Wiesen und Wälder. Sie dachte manchmal belustigt daran, wie schockiert die Londoner Gesellschaft wäre, könnte sie sie jetzt sehen. Ihre in London so sorgfältig gehütete weiße Haut war nun goldbraun getönt, was ihr aber, wenn es auch ganz und gar nicht Mode war, dennoch gut stand.

«Hättest du keine blauen Augen, könnte man dich mit einer Zigeunerin verwechseln», sagte Adeline einmal boshaft, als Helena nach einem langen Ritt mit wehenden Haaren, glühenden Wangen und verstaubtem Gesicht ins Haus kam.

«Bitte lassen Sie sie doch, sie sieht so schön aus», rief Janet, die noch immer da war. William war schon vor längerer Zeit abgereist, aber da Janet sich sehr mit Helena befreundet hatte, war sie geblieben. Die Atmosphäre zwischen ihr und ihrer Mutter wurde jedoch immer gespannter, so daß Janet nach einer lautstarken Auseinandersetzung endgültig packte und nach Plymouth zurückging.

Helena war ungewollt Zeugin dieses Streits geworden. Sie kam eines Nachmittags von einem Spaziergang zurück und wollte in ihr Zimmer, um sich zum Abendessen umzuziehen. Doch schon auf dem Flur hörte sie aus Janets Raum, der neben dem ihren lag, laute Stimmen. Janet sprach sehr erregt auf ihre Mutter ein.

«Sie kämpfen gegen jeden, der Ihnen etwas von Ihrem Besitz wegnimmt, und dazu zählen in erster Linie Ihre Kinder. Erst war es nur William, jetzt auch noch Helena, die Sie ganz verschreckt haben. Wissen Sie, was Helena mich gleich nach ihrer Ankunft fragte? Sie fragte: ‹Hat Adeline etwas gegen mich?› Ich habe sie getröstet, ihr gesagt, Sie seien nur nervös. Aber inzwischen hat sie wohl gemerkt, daß Sie sie ablehnen, ebenso wie Sie William ablehnen. Und Sie werden auch die Frau nicht mögen, die Randolph einmal heiratet. Weil Sie es nicht ertragen, daß Sie uns verlieren.»

«Du sagst es selber. Ich verliere euch. Warum? Habe ich nicht immer nur ...»

«Ja, Sie verlieren uns», unterbrach Janet, «weil Sie uns immer zu sehr an sich gefesselt haben.»

«Ich wollte euch nur vor falschen Schritten bewahren. Nie habt ihr auf mich gehört. Du siehst, wohin das führt! Deine Ehe ist unglücklich ...»

«Meine Ehe ist nicht unglücklich!» Janets Stimme zitterte.

Kurz danach hörte Helena, wie eine Tür zugeschlagen wurde und irgend jemand begann zu weinen. Einen Tag später reiste Janet ab.

Adeline war von da an noch reizbarer als sonst. Sie fuhr jeden an, der ihr über den Weg lief, tyrannisierte die Dienstboten mit ihren Launen und lästerte über Helena, wann immer sie sie erblickte. Und das geschah nun oft. Denn als ob mit Janet auch die Sonne ginge, wurde es plötzlich kalt und regnerisch und neblig. Es war so trüb und dunkel, daß überall im Haus Kerzen angezündet werden mußten, und in allen Kaminen brannten knisternde Feuer.

Mit dem Regen kam für Helena die Langeweile. Sie konnte nicht mehr hinausgehen, wollte sie nicht sofort durchnäßt sein. Und drinnen gab es für sie nichts zu tun. Denn Adeline war und blieb die Hausherrin, und Helena wurde nicht gebraucht. Voller Sehnsucht dachte sie an die Herbst- und Winternachmittage in London und Woodlark Park, an denen sie sich täglich mit ihren Freunden getroffen hatte, um viele Stunden lang zu plaudern. Es war lustig und lebhaft zugegangen, und manchmal hatten sie sich auch sehr albern benommen. Und dann die Abende mit ihren Festlichkeiten ... Whitehall in seinem Glanz ... Manchmal, wenn Helena die Augen fest schloß, glaubte sie, die vielen Kronleuchter, die schönen Kleider und den funkelnden Schmuck wieder zu sehen, das Stimmengewirr und das leise Gelächter zu vernehmen, und sie hatte den Geruch von teurem Alkohol und duftenden Parfums in der Nase. Kehrte sie dann in die Wirklichkeit zurück, so befand sie sich noch immer in Charity Hill und sah durch eines der großen Fenster auf das graue Meer, das so schwerfällig wie flüssiges Blei an das Ufer schwappte und über das wie eh und je die Möwen ihre Kreise zogen und helle Schreie ausstießen.

«Warum kannst du mich nicht auf deinen Reisen mitnehmen?» fragte sie Jimmy eines Abends, als er ihr mitteilte, er müsse am nächsten Tag geschäftlich nach Truro. «Ich würde gern einmal mitfahren!»

«Liebling, du würdest dich grenzenlos langweilen», sagte Jimmy, «ich bin doch nur geschäftlich dort!»

«Was für Geschäfte?»

«Das verstehst du nicht. Und du brauchst darüber auch nicht nachzudenken!»

«Ach, so ist das», Helena setzte sich im Bett auf, «ich bin zu dumm, um etwas von deinen Geschäften zu verstehen. Oder willst du mich nicht dabei haben, weil es in Truro viele schöne Frauen gibt?»

Jimmy setzte sich nun ebenfalls ruckartig auf und starrte Helena an, eine Mischung aus Erstaunen und Ärger auf dem Gesicht. «Rede doch nicht solchen Unsinn!» fuhr er sie scharf an.

Helena zuckte zusammen, denn so hatte er noch nie zu ihr gesprochen. «Es tut mir leid», sagte sie, «ich hätte das nicht sagen dürfen.»

«Allerdings nicht», bestätigte Jimmy, noch immer verstimmt.

«Ich fühle mich einfach nicht besonders wohl», verteidigte sich Helena, «besonders seit Janet weg ist. Warum versteht sie sich so wenig mit Adeline?»

«Wie kommst du darauf, daß sie sich wenig verstehen?»

«Oh, du lieber Gott, ich bin doch nicht blind und taub! Ich habe es ziemlich schnell bemerkt, und Janet hat es mir auch erzählt. Außerdem hatten sie eine fürchterliche Auseinandersetzung!»

«Woher weißt du von einer Auseinandersetzung? Lauschst du an fremden Türen?»

«An fremden Türen lauschen? Ich soll an fremden Türen lauschen?» Helena, noch verletzt, weil Jimmy sie angefahren hatte, verlor die Beherrschung. «Vielleicht hast du es noch gar nicht bemerkt», schrie sie, «wir haben geheiratet, und somit bin ich die Herrin auf Charity Hill, und es gibt keine fremden Türen. Ganz abgesehen davon habe ich auch nicht gelauscht, sondern deine Mutter hat sich mit Janet so laut unterhalten, daß man es im ganzen Haus hören konnte!»

«Es tut mir leid, ich ...»

«Schon gut, es muß dir nicht leid tun. Und auf deine Geschäftsreise will ich schon gar nicht mit. Gute Nacht!» Helena drehte sich auf die andere Seite, schloß die Augen und tat, als schliefe sie. Doch innerlich war sie voller Aufruhr, und sie hatte sich noch nie so gedemütigt gefühlt wie durch Jimmys Verdacht, sie habe gelauscht.

Der Streit währte nicht lange, da beide sich äußerst unwohl dabei fühlten. Als Jimmy aus Truro zurückkehrte, gab er Helena ein großes Paket und flüsterte gleichzeitig: «Zur Versöhnung!»

Helena löste eilig die Schnüre und jauchzte entzückt auf: In dem Karton lag ein wunderschönes neues Kleid, das nach der letzten Mode gearbeitet war. Es war aus dunkelroter, schimmernder Seide und vorn über einem silberfarbenen Unterrock geschlitzt. Ohne Zweifel war es sehr teuer gewesen. Helena fiel Jimmy um den Hals und bedankte sich überschwenglich.

«Welch ein entzückendes Kleid! Ich danke dir.» Sie lief zum Spiegel, hielt erneut das Kleid an sich, drehte und wendete sich und lächelte. «Sieht es nicht sehr hübsch an mir aus?» fragte sie. «Ach, ich möchte es immerzu tragen!»

Sie sah durch den Spiegel, daß Jimmy näher gekommen war und sie musterte. Sie strahlte ihn an und fühlte gleich darauf seine Hände auf ihren Schultern. Er drehte sie zu sich herum, und zu ihrem Ärger fühlte sie sich auf einmal beklommen.

«Weißt du, ich habe eine gute Idee», plapperte sie hastig, «wir könnten ein Fest hier geben, mit vielen ...»

«Sei bitte still», sagte er sanft, «ruhig, Kleines.»

Sie schwieg. Jimmy legte die Arme fester um sie, zog sie an sich und küßte sie, erst auf die Stirn, dann auf die Nase und schließlich auf den Mund. Helena verspürte den heftigen Wunsch, sich diesen Küssen völlig hinzugeben, so leidenschaftlich zu sein wie früher, und ihm dies auch zu zeigen, aber es gelang ihr nicht. Jimmy schien es zu merken. Er ließ sie los und sagte mit plötzlich erschöpfter Stimme:

«Das Fest ist ein guter Einfall. Aber wir wollen nicht zu viele Leute einladen. Ein guter Freund von mir könnte kommen, Oberst Tate. Es wird ohnehin Zeit, daß du ihn kennenlernst.»

Helena nickte. Sie hätte ihm gern gesagt, daß es ihr leid täte, so kalt und abweisend gewesen zu sein, aber sie brachte kein Wort heraus, sondern zupfte nur stumm an dem neuen Kleid. Er mußte ja glauben, sie sei immer noch böse.

«Es würde mich sehr freuen, Oberst Tate kennenzulernen», murmelte sie.

Jimmy lächelte, sein Gesicht entspannte sich. «Ich werde zu Mutter gehen und sie begrüßen», sagte er, «bis später, Liebste.» Er verließ das Zimmer.

Helena fühlte sich plötzlich sehr elend. Ihr war übel, und sie hatte Kopfschmerzen und außerdem den Wunsch zu weinen. So ließ sie sich auf das Bett niedersinken, stützte den schweren Kopf in die Hände, und gleich darauf stürzten ihr die Tränen aus den Augen, schüttelte sich ihr Körper, und sie weinte und weinte, ohne daß sie genau wußte weshalb, sie weinte einfach; über Jimmy, über Adeline, über Charity Hill und über sich selbst.

Am nächsten Nachmittag traf ein Brief von Catherine ein, und da es die erste Nachricht aus London war, die Helena seit ihrer Hochzeit erhielt, kannte ihre Aufregung keine Grenzen. Sie stürmte in ihr Zimmer, ließ sich in einen Sessel fallen und riß den Brief auf.

Das Schönste, was sie ihm entnahm, war die Nachricht, daß Alan kommen würde. Endlich jemand aus London, jemand von früher! Sie schämte sich fast, daß sie sich so darauf freute. Aber wie sich zeigte, ging es Jimmy ebenso.

«Hoffentlich kommt er bald», sagte er, «ich fände es sehr schön, auch für dich!»

Ende September war sich Helena endlich sicher, schwanger zu sein. Sie geriet fast außer sich vor Freude und erzählte es Jimmy voller Stolz. Wie sie erwartet hatte, war auch er begeistert und schloß sie liebevoll in die Arme.

Er war sehr um Helenas Wohlergehen besorgt, und sie ließ es sich geschmeichelt gefallen. Ein willkommenes Gefühl des Triumphs empfand sie, als Jimmy zum erstenmal öffentlich ihre Partei nahm, als Adeline wie üblich gegen sie stichelte. Obwohl Schadenfreude nicht zu Helenas Hauptcharaktereigenschaften gehörte, fühlte sie eine gewisse Befriedigung, Adeline endlich einmal sprachlos zu sehen. Doch nach der ersten Freude empfand sie die Schwangerschaft so wenig reizvoll wie beinahe nichts sonst auf der Welt. Jeden Morgen war ihr übel, und oft litt sie unter heftigen Kopfschmerzen, die sie fast betäubten. Sie fühlte sich müde und elend, aber sie war bereit, das alles zu ertragen, wenn das Kind nur ein Junge würde. Sie wünschte sich so heftig einen Sohn, so leidenschaftlich, daß sie überzeugt war, ihr Wille müsse sich erfüllen. Sie wußte, daß sich auch Jimmy einen männlichen Nachfolger ersehnte, und vor allem war ihr klar, wie Adeline spotten würde, wenn sie nur ein Mädchen zur Welt brachte. Sie war fest entschlossen, die Natur mit ihrem Willen zu beeinflussen.

Obwohl die Ärzte ihr Ruhe im Haus vorschrieben, meinte Helena, daß es für ihr Wohlbefinden besser wäre, sich im Freien aufzuhalten. Tag für Tag ging sie zum Meer hinunter und schaute über die weite, endlose Fläche, an deren Horizont Wasser und Himmel zu einer Einheit verschmolzen. Sie bekam in solchen Stunden verrückte Gedanken, wünschte sich ein Schiff und die Freiheit fortzugehen, um die Welt zu sehen. Glühender Neid erfüllte sie, wenn sie an William dachte, der jetzt im geheimnisvollen Indien sein durfte, in dem faszinierenden Land, wo die eigenartigen Gewürze und die herrlichen Seidenstoffe herkamen.

Noch nie in ihrem Leben hatte sie sich so danach gesehnt, frei zu sein. Früher waren ihr solche Gedanken fremd gewesen, denn so vieles hatte sie immerzu abgelenkt. Doch hier in Charity Hill, das so unmittelbar von wilder Natur umgeben war, hier kam sie sich vor wie ein gefangener Vogel. Und wenn sie sich auch sagte, daß es ihre Schwangerschaft war, die sie so launisch werden ließ, so kam sie doch kaum an gegen die wachsende Unruhe und Rastlosigkeit.

7

Am 3. November endlich kam Alan nach Charity Hill. Helena, die damit fast nicht mehr gerechnet hatte, erblickte ihn schon von weitem, als sie gerade spazierenging. Sie stieß einen Schrei aus und rannte los, unbekümmert darum, daß ihr Schal fortflog und sich ihre Haare verwirrten. Sie dachte nur daran, daß Alan da war, ihr Alan!

Alan hielt sein Pferd an, sprang herab und fing seine Cousine in den Armen auf. Auch seine Augen leuchteten vor Freude. Hand in Hand gingen sie den Hügel hinauf, dem Haus entgegen.

«Erzähl mir von London, von allem, was geschehen ist, seit ich von euch fort bin», bat Helena.

«Nun, soviel ist gar nicht geschehen», begann Alan, «David studiert jetzt im Middle Temple Rechtskunde und wohnt nicht mehr bei uns. Das ist auch gut so, denn wegen seiner politischen Meinung drohte es ständig, zu einem Zerwürfnis mit Vater zu kommen. Emerald ist wie immer, und Elizabeth hat geheiratet und ist nach Irland gegangen.»

«Tante Catherine hat es mir geschrieben. Sie schien sich ziemlich darüber zu beunruhigen. Wie ist dieser Mr. O'Bowley?»

«Er ist sehr liebenswürdig, gebildet und zuverlässig, aber nicht adelig. Und du weißt ja, wie Mutter manchmal ist!»

Sie warfen sich einen Blick lächelnden Einverständnisses zu wie früher, als sie noch Kinder waren und so manches Mal über Catherines Unnachgiebigkeit und strenge Ansichten geklagt hatten.

«Weißt du», sagte Alan nachdenklich, «vorhin, als du mir entgegenkamst, hatte ich das Gefühl, du hättest dich überhaupt nicht verändert. Aber jetzt, wo du neben mir gehst, kommst du mir anders vor. Vielleicht liegt es daran, daß du dünner geworden bist.»

«Dabei müßte ich eigentlich dicker werden», murmelte Helena.

«Wie? Ach so. O Helena, ich freue mich für dich», sagte Alan. Sie waren mittlerweile im Hof angelangt, und das Schnauben des Pferdes lockte die Dienstmädchen an die Fenster und Adeline hinaus.

Sie begrüßte Alan überraschend liebenswürdig und bat ihn hinein.

Erheitert folgte Helena ihnen ins Haus und ging, da Alan sich von seiner langen Reise frisch machen wollte, in ihr eigenes Zimmer. Sie fühlte sich auf eine seltsame Art viel leichter und beschwingter als noch am Morgen. Der graue Herbsttag konnte ihrer Stimmung nichts mehr anhaben, mochte er auch noch so viel Regen und Wind senden. Alan hatte die Erinnerung an früher geweckt. Sie sah sich und ihn in London und Woodlark Park, als Kinder, als Heranwachsende. Immer zusammen und immer spielend. Ihre enge Freundschaft blieb über alle Jahre hinweg erhalten. Und auch jetzt schien es Helena, als fände sie in seiner Nähe wieder Sicherheit, als könne er ihr helfen, sich in ihren vielen wirren Gefühlen zurechtzufinden.

Später kamen Jimmy und Randolph und zeigten sich über den Besuch sehr erfreut.

«Es ist sehr gut, daß du gerade jetzt kommst», meinte Jimmy, «ich traf heute früh einen guten Freund, Oberst Tate, in Fowey. Er wird uns morgen abend besuchen. Ich habe dann gleich noch Mr. und Mrs. Thompson und ihre beiden Söhne eingeladen. Ich hoffe, es ist dir recht?» wandte er sich fragend an Helena.

«Natürlich», entgegnete diese rasch. Es wäre ihr zwar lieber gewesen, Alan für sich zu haben, andererseits freute sie sich auf ein Wiedersehen mit den Thompsons. Und es würde nett sein, wieder einmal ein kleines Fest zu veranstalten.

Am späteren Nachmittag des nächsten Tages saß Helena vor dem Spiegel ihres Zimmers, um sich für den Abend zurechtzumachen. Sie war etwas aufgeregt, wie ihre glänzenden Augen verrieten. Sie trug ein blaues Kleid, in dem sie sich sehr gefiel. Molly, ihre Zofe, hatte ihre Haare gewaschen und sie mit einem Stück Satin so lange abgerieben, bis sie rötlich schimmerten. Sie waren zu dicken Lokken gekämmt und mit kleinen saphirbesetzten Kämmen geschmückt.

«Mylady, Sie sehen heute abend bezaubernd aus», sagte Molly bewundernd.

Helena stand auf und betrachtete kritisch ihre Figur im Spiegel. «Man sieht das Baby noch nicht», stellte sie fest, «meine Taille ist noch schlank!»

«Dünn ist sie», bestätigte Molly, «Sie sind überhaupt viel zu dünn, Mylady!»

«Nicht mehr lange», seufzte Helena. Sie ergriff ihre Handschuhe, zupfte eine Locke zurecht und eilte hinaus.

Unten in der Halle warteten Jimmy, Randolph, Alan und Adeline.

Helena genoß es zutiefst, zu bemerken, daß die Männer sie bewundernd, Adeline sie neidisch musterten. Es war schön, einmal wieder beachtet zu werden und der Mittelpunkt eines Abends zu sein. Vor allem würde sie heute keine Konkurrentin haben, denn neben Adeline würde nur noch Mrs. Thompson da sein und die war ihr vielleicht an Energie und Temperament überlegen, jedoch auf keinen Fall an Schönheit.

«Ich glaube, ich höre einen Wagen», sagte Jimmy, «es werden die Thompsons sein.»

Es waren die Thompsons. Zu viert traten sie ein und brachten eine

Brise frischer, kalter Novemberluft in ihren Kleidern mit. Mrs. Thompson war ganz schlicht gekleidet und wirkte dadurch würdiger und vornehmer als die aufgeputzte Adeline. Sie stürzte sich mit einem Ausruf der Begeisterung auf Helena.

«Lady Golbrooke! Endlich lerne ich Sie kennen! Haben Sie sich gut eingelebt?»

Die anwesenden Herren lächelten, Adeline zog eine Augenbraue hoch. Sie fand die lauten Umgangsformen Mrs. Thompsons nicht passend. Jeder in der Gegend wußte, daß Mr. Thompson bedauerlicherweise unter seinem Stand geheiratet hatte.

«Wir brauchen nicht hier herumzustehen und zu warten, bis Oberst Tate eintrifft», meinte Jimmy, «wir können schon in den Salon gehen!»

Weil Helena ihren Fächer in ihrem Zimmer vergessen hatte, lief sie noch einmal nach oben, um ihn zu holen. Beim Hinuntergehen hörte sie aus dem Salon lebhafte Stimmen. Einer der Diener öffnete die Tür, das Gespräch brach ab und alle Augen wandten sich ihr zu.

Helena hatte erwartet, nur die Personen anzutreffen, die sie vorhin bereits begrüßt hatte. Statt dessen erblickte sie vor dem Kamin einen weiteren Mann, der sein Weinglas abstellte und sich dann zu ihr umwandte. Er war etwa so groß wie Jimmy, aber kräftiger gebaut, auch schien er bereits an die 40 Jahre alt zu sein. Aus einem ernsten, sehr lebendigen, wachen Gesicht unter dunklen Haaren sahen Helena ein Paar schmale graue Augen an, in denen ebensoviel strenge Zurückhaltung wie warme Freundlichkeit lagen.

«Das ist Oberst Alexander Tate», stellte Jimmy vor, «Alexander, meine Frau, Lady Helena.»

Oberst Tate beugte sich über Helenas Hand und küßte sie. Er sagte irgend etwas, aber Helena verstand es nicht. Sie brachte auch selbst kein Wort hervor, denn ihre Kehle war wie zugeschnürt. Sie konnte nur stumm lächeln.

Wenn Helena sich später fragte, was sie in diesem Moment gefühlt hatte und warum sich die Welt plötzlich vor ihr zu drehen begann, fand sie keine Antwort darauf. Alles, was sie wußte, war, daß sie noch niemals zuvor einen Mann gesehen hatte, dessen Anblick sie in diesem Maße faszinierte, sie so unweigerlich anzog. Er wäre ihr überall aufgefallen, hier in diesem kleinen Raum ebenso wie im dichtesten Londoner Menschengewühl. Sie konnte ihren Blick nicht mehr von ihm wenden, beobachtete gespannt seine Bewegungen, lauschte seinem Lachen, hörte auf jedes Wort, ohne es richtig zu verstehen. Zum erstenmal in ihrem Leben fühlte sie, wenn sie es auch kaum begriff, ein wirkliches Begehren, aufgeflammt von einer Sekunde zur andern. Sie spürte, daß dies eine Gefahr war, aber zu ihrem Schrecken hatte sie nicht die Kraft und den Willen, sich ihr zu widersetzen.

Nach einer kurzen Unterhaltung ging man zu Tisch. Helena saß zwischen Alan und Neville Thompson, gegenüber von Adeline und schräg gegenüber von Alexander Tate. Sie bemerkte, daß er sie ansah, und das Rot schoß ihr in die Wangen, aus Angst, ihr Gesicht habe etwas verraten. Aber da blickte er schon wieder fort und unterhielt sich mit Mrs. Thompson.

Helena begriff, daß sie sich zusammennehmen mußte, wenn sie diesen Abend überstehen wollte. Mit Gewalt konzentrierte sie sich auf Neville, der irgendeinen dummen Witz erzählte, und sie brachte es sogar fertig, zu lachen, dabei tat ihr das Herz weh und ihr Magen zog sich eng zusammen.

«Es ist wirklich schön, wieder einmal eine Einladung zu geben», sagte Jimmy fröhlich, «auch für meine Frau. Sie ist von London verwöhnt.»

Alle sahen zu Helena hin, auch Alexander Tate.

«Sie kommen aus London?» fragte er interessiert. «Dann war die Umstellung hierher sicher etwas schwierig?»

«O nein, eigentlich überhaupt nicht.» Zu Helenas großer Überraschung klang ihre Stimme normal. «Wissen Sie, ich hatte schon immer etwas für das Landleben übrig.»

«Meine Frau reitet sehr gut», erzählte Jimmy, «ein Sport, den ich nicht besonders liebe. Daher begleite ich sie auch selten und sie muß allein bleiben. Wie ist es, Alexander, du bist doch auch ein leidenschaftlicher Reiter. Bleib noch ein paar Tage hier und begleite Helena auf ihren Ausritten!»

Helenas Herz setzte einen Schlag aus, um dann wild loszuhämmern.

Doch Oberst Tate schüttelte den Kopf. «Es tut mir leid», sagte er bedauernd, «aber ich muß morgen nach Truro.»

«Schade», meinte Jimmy, «aber auf dem Rückweg nach London mußt du für einige Zeit unser Gast sein!»

«Mit dem größten Vergnügen», entgegnete Alexander Tate lächelnd.

Helena mußte an sich halten, um sich nicht durch eine zu starke Mimik zu verraten. Alexander Tate würde für ein paar Tage bei ihnen wohnen – sie hätte niemals gewagt, so weit zu hoffen.

Nach dem Essen begaben sich die Herren in ein Zimmer, um über die Politik zu diskutieren, die Damen in ein anderes, um über Dinge zu sprechen, die nur für Frauenohren bestimmt waren. Nachdem Adeline Mrs. Thompson von Helenas Baby berichtet hatte, lag dieses Thema besonders nahe. Helena verging beinahe vor Langeweile und Wut, während sie, falsches Interesse vorheuchelnd, den Geschichten Mrs. Thompsons lauschen mußte. Sie waren ihr im Moment völlig gleichgültig. Ihr Herz zersprang fast, nur wegen der eisgrauen Augen, die sie vorhin angeschaut hatten. Sie zuckte zusammen, als sie bemerkte, daß es neben ihr still wurde und man offensichtlich auf eine Antwort von ihr wartete. Sie hatte keine Ahnung, worum es ging.

«Oh, verzeihen Sie, Mrs. Thompson», stotterte sie, «ich war gerade in Gedanken versunken. Was sagten Sie?»

Mrs. Thompson lächelte verständnisvoll. Natürlich war Lady Golbrooke schon ganz mit ihrem eigenen Kind beschäftigt, wie jede werdende Mutter. Freundlich sagte sie: «Ich fragte, ob Sie das Mittel kennen, wie man ganz sicher einen Jungen bekommt. Nein? Nun, ich habe es von meiner Mutter. Sie müssen jeden Abend ein Stück Eierschale zerkleinern und mit etwas Wasser trinken. Es wirkt ganz bestimmt.»

«Ja, vielen Dank, ich werde es probieren.» Nahm denn dieses Gerede gar kein Ende? Der Abend ging ja vorüber, ohne daß sie noch einmal mit Oberst Tate sprechen konnte. Aber was sollte sie auch zu ihm sagen? «Oberst Tate, es ist völlig verrückt, aber seit ich Sie gesehen habe, bin ich ganz durcheinander. Ihre Augen, Ihr Lächeln ...» Nein, das konnte sie nicht sagen. Er würde glauben, sie sei verwirrt. War sie das nicht auch? Eine junge Frau, seit vier Monaten verheiratet, im zweiten Monat schwanger, und ließ sich vom besten Freund ihres Mannes derart durcheinanderbringen. Sie wußte nicht einmal, ob er verheiratet war. Warum mußte ihr so etwas passieren? Sie krallte die Fingernägel in die Handflächen und ließ den Blick ruhelos durch das Zimmer schweifen. Das knisternde Feuer, die vielen duftenden Kerzen, die sich in den Fensterscheiben spiegelten, gegen die der Novemberregen schlug, das kostbare Geschirr – mit einemmal kam ihr diese Welt klein und eng vor. Dort lagen Oberst Tates Handschuhe auf dem Tisch, große Handschuhe, aber er hatte ja auch kräftige Hände, auf denen er sie forttragen konnte aus der Enge dieses Lebens, fort von den beiden tratschenden Frauen, die wie eine Schildwache rechts und links von ihr saßen ...

Die Handschuhe! Ihre abschweifenden Gedanken kehrten mit einem Schlag in die Wirklichkeit zurück. Ihr kam ein Gedanke, und sie mußte ihn sofort in die Tat umsetzen, bevor ihr Mut sie verließ. Sie stand auf.

«Ich werde den Dienstboten sagen, daß sie die Reste des Dinners essen dürfen», sagte sie, «entschuldigen Sie mich bitte für einen Moment!»

Sie ließ Adeline keine Zeit, Einspruch zu erheben, sondern eilte durch das Zimmer. Direkt neben der Tür auf einem kleinen Tisch lagen die Handschuhe. Sie ergriff sie und ging hinaus.

Die Halle war kalt und völlig leer, nur aus der Bibliothek drangen die Stimmen der Männer. Helena zauderte noch einen Moment, dann stopfte sie die Handschuhe in eine leere, steinerne Vase. Nachher würde der Oberst sie suchen, aber natürlich nicht finden, da es ausgeschlossen war, daß jemand ausgerechnet in einer Blumenvase nachsah. Sobald er draußen war, würde sie, Helena, sie entdecken und sie ihm nachbringen. Wenigstens zwei Minuten war sie dann draußen mit ihm allein. Was in diesen zwei Minuten eigentlich geschehen sollte, wußte sie nicht, und sie beschloß, auch jetzt noch nicht darüber nachzudenken.

Da Oberst Tate am nächsten Tag früh nach Truro aufbrechen mußte, verabschiedete er sich als erster. Natürlich vermißte er seine Handschuhe, aber er wehrte ab, als Jimmy sofort alle Dienstboten zur Suche ausschicken wollte.

«Es ist nicht so wichtig», sagte er, «ich habe noch andere!» Er küßte Helenas Hand. «Ich danke Ihnen für diesen Abend, Mylady!»

«Ich hoffe, daß Sie uns von nun an öfter besuchen, Oberst», lächelte Helena, und sie verabscheute diese höflichen Sätze, die sie überhaupt nicht sagen wollte. Aber vielleicht war es gut, daß diese Formeln so geschliffen und glatt aus ihrem Mund kamen, denn sonst hätte man ihre Unsicherheit bemerkt.

Oberst Tate verabschiedete sich von allen und wurde von Jimmy hinausbegleitet. Die Thompsons gingen in den Salon zurück, ohne zu bemerken, daß Helena in der Halle blieb. Sie angelte nach den Handschuhen und zog sie heraus. Sie hätte sie am liebsten behalten, aber sie mußte ihren Plan durchführen. Sie wartete, bis Jimmy wieder hereinkam, dann eilte sie auf ihn zu.

«O Jimmy, ich bin so dumm!» rief sie. «Ich hatte ganz vergessen, daß ich Oberst Tates Handschuhe vorhin in die Halle gebracht habe. Ich werde ihm schnell nachgehen!»

«Laß mich das machen», bot Jimmy an, «draußen ist es kalt und neblig!»

«Um so besser, dann kann er nur im Schritt reiten und ist noch nicht weit. Jimmy, ich habe diesen Fehler gemacht, ich will das nun auch in Ordnung bringen!»

«Na schön», stimmte Jimmy zögernd zu, «ich gehe zu unseren Gästen.»

Helena stürmte hinaus. Der Nebel schlug ihr dicht und schwer entgegen und man konnte nur ein kleines Stück weit sehen. Sie rannte über den Hof und erschreckte Arthur, der gerade das Tor schließen wollte, fast zu Tode.

«Warten Sie, Arthur! Oberst Tate hat etwas vergessen!»

«Soll ich ... Mylady?»

«Herrgott, warum sind sie alle nur so hilfsbereit», murmelte Helena. Laut sagte sie: «Nein, danke, das mache ich schon selbst!»

Wie sie erwartet hatte, ließ Oberst Tate sein Pferd wegen des Nebels nur sehr langsam gehen. Sie erreichte ihn kurz hinter dem Tor.

«Oberst Tate!» schrie sie.

Er hielt sein Pferd sofort an und wandte es um. Keuchend rannte Helena auf ihn zu.

«Ihre Handschuhe, Sir!» stieß sie etwas atemlos hervor.

Jetzt erst erkannte er sie. «Lady Golbrooke», sagte er erstaunt, «was tun Sie denn hier?»

«Ich habe Ihre Handschuhe gefunden, Sir. Hier sind sie.» Sie reichte sie ihm, und er ergriff sie, noch immer etwas verwundert.

«Und deswegen laufen Sie durch den Nebel», sagte er fast gerührt, «das ist sehr liebenswürdig von Ihnen!»

Weil ich dich noch einmal sehen wollte, nur darum, weil du mich verwirrt hast wie nie ein Mann zuvor, schrie es in Helena, aber sie sprach es nicht aus, sondern fragte: «Ich hoffe, es hat Ihnen bei uns gefallen?»

«Ja, sehr», antwortete er höflich, «es war ein bezaubernder Abend.»

«Das freut mich.» Helena suchte verzweifelt nach irgend etwas, was sie sagen könnte, um ihn festzuhalten, aber ihr Hirn war wie leergebrannt. Sie konnte ihn doch nicht ewig hier stehen lassen, ohne etwas zu sagen, zumal es zu regnen anfing.

«Sie haben ein sehr schönes Pferd», meinte sie schließlich.

«Ja», sagte er, und nun war in seiner Stimme die Verwunderung darüber, daß eine Frau sich in einer Novembernacht in den Regen stellte, um über ein Pferd zu plaudern, nicht mehr zu überhören.

Dennoch fühlte er sich verpflichtet, auf ihre Bemerkung einzugehen. «Wenn ich demnächst wieder hierherkomme», sagte er, «können Sie gern auf ihm reiten.»

«Das wäre sehr nett.» Helena sah ein, daß sie zurück mußte. «Ich gehe jetzt. Gute Nacht, Oberst Tate!»

Er wollte ihr antworten, aber er kam nicht mehr dazu. Wie aus dem Nichts tauchte ein Reiter aus dem Nebel auf, hielt vor den beiden und rutschte von seinem Pferd. Er schien nicht erstaunt darüber, um diese Zeit jemanden hier zu treffen.

Er stolperte auf Helena zu und keuchte: «Lady Golbrooke?»

«Ja, was ist?»

«Sie ... Sie haben doch eine Schwester in Irland?»

«Eine Cousine, ja. Was ist denn mit ihr?»

«Etwas Entsetzliches ist geschehen. Der ... der König hat in Edinburgh eine Nachricht erhalten. Aufstand in Irland. Sie ... sie ermorden die englischen Siedler. Es ... ist ein fürchterliches Blutbad.»

8

In den frühen Morgenstunden des 24. Oktober erreichten die ersten Überlebenden Dublin. Es war eine Schar ausgemergelter Gestalten, fast erfroren und mit vor Entsetzen weit aufgerissenen Augen. Sie hatten alles hergeben müssen, was sie besessen hatten, sie hatten auf dem Weg in die Stadt entsetzliches Leid gesehen, und viele hatten die Menschen, die sie liebten, verloren. Es kamen immer mehr, bis die Stadt schwarz war von Menschen, aber noch immer hörte der Strom nicht auf. 200000 Tote hatte man im ersten Schrecken gesagt, und wenn diese Zahl auch zu hoch gegriffen war, so waren es doch Tausende, die ermordet worden waren. Ihre Leichen trieben in den Seen, lagen in den verbrannten Gebäuden und füllten die Gräben entlang den Wegen. Über dem Land hing der Geruch von Blut und Verwesung.

Helenas Sorge um die Cousine wuchs, als sie davon hörte, denn bis jetzt gab es noch kein Lebenszeichen von Elizabeth.

«Es ist kaum zu glauben», sagte Helena eines Abends zu Jimmy, «aber trotz des Entsetzlichen nutzen die Politiker alles für ihre Zwecke aus. Stell dir vor, der König wollte Soldaten nach Irland schicken, und sofort verurteilte John Pym dies als eine Armeeverschwörung!»

«Da du gerade von Soldaten sprichst», entgegnete Jimmy, «Alexander wird morgen oder übermorgen wieder bei uns sein.»

«Alexander?» Helena erschrak. «Alexander, sagst du?»

«Ja, Liebling. Du weißt doch, daß er uns noch einmal besuchen wollte!» Jimmy ging zum Fenster und sah in den schwarzen Abend hinaus. So bemerkte er nicht, daß seine Frau auf einmal sehr aufgeregt war. Alexander – den hatte sie völlig vergessen. Seit Tagen dachte sie nur über Elizabeth nach, und dabei gab es ja noch jemanden – Alexander Tate! Er würde kommen, hier sein, bei ihr! Helena fühlte, wie ihr Herz schneller schlug.

Jimmy wandte sich um. «Sagtest du etwas?»

«Nein ... es ist nur ... ich kann mich kaum auf seinen Besuch freuen, solange ich nicht weiß, was mit Elizabeth ist!» Sie schämte sich ihrer Falschheit.

Jimmy trat zum Bett, setzte sich neben sie und schlang die Arme um ihren Körper. «Du mußt aufhören, zu grübeln», sagte er zärtlich, «du zerstörst dich damit und erreichst nichts. Es ist gut, daß Alexander kommt. Er wird dich auf andere Gedanken bringen.»

Sicher wird er das, dachte Helena, o Jimmy, merkst du denn gar nichts? Wie blind und taub ein Mann sein kann, der von der Treue seiner Frau felsenfest überzeugt ist.

Sie beschloß, lieber nicht weiter von Alexander zu sprechen, sondern das Thema zu wechseln.

«Ich muß ständig an Elizabeth denken», seufzte sie, «wenn es nur irgendeine Nachricht gäbe!»

«Es wird bald eine geben. Die meisten der Überlebenden wollen sicher nach England zurück und werden mit einem Schiff übersetzen. Und wenn Elizabeth erst einmal in London ist, wird Lady Ryan dir sicher eine Nachricht senden!»

Oberst Tate kam am nächsten Tag. Er brachte aus Truro Nachrichten über Irland mit, aber es waren keine, die Helena nicht schon kannte, und die Freude über das Wiedersehen mit ihm verdrängte auch für kurze Zeit ihr Interesse an diesen Ereignissen.

Am nächsten Morgen lag Reif über den Wiesen, doch die Luft war trocken und klar. Helena fühlte sich wohl und von den Geschehnissen in Irland abgelenkt. Die Aussicht, gleich mit Oberst Tate einen Ausritt zu machen, stimmte sie heiter und ausgeglichen.

«Guten Morgen», begrüßte sie ihn, «ich hätte nicht gedacht, daß Sie schon wach sind, Oberst. Ich glaubte, ich sei sehr früh.»

«Ich bin ein Frühaufsteher, Mylady.»

«Oh, warum haben Sie denn für mich ausgerechnet Diamond genommen? Er ist uralt und langsam!»

«Lord Golbrooke bat mich darum.»

«Zum ...» rutschte es Helena heraus, aber sie brach es noch rechtzeitig ab. «Na schön. Aber aus einem Wettrennen wird dann wohl nichts!»

«Das ist auch besser so», meinte Alexander, «Faith ist ohnehin in den letzten Tagen viel bewegt worden, und ich will sie nicht strapazieren.»

Er half Helena auf ihr Pferd, und für einen kurzen, wundervollen Moment fühlte sie seine Hände um ihre Taille. Dann hatte er sich schon wieder abgewandt und stieg auf sein eigenes Pferd. Nebeneinander ritten sie im Trab aus dem Hof und den Hügel hinunter, aber unten auf der Wiese trieb Helena Diamond zum Galopp an. Es war herrlich. Der Wind blies ihr so scharf ins Gesicht, daß ihr Tränen in die Augen traten. Ihre Haare flogen, ihre Wangen brannten. Eine Möwe kreischte und irgendwo in weiter Ferne rauschte das Meer. Neben ihr schnaubte Faith. Alexander ließ sie nicht voll ausgreifen, so daß sie auf gleicher Höhe blieben. Sie konnte sein Gesicht nicht sehen, weil sie die Augen zusammenkneifen mußte, aber im Augenblick verlangte es sie auch gar nicht danach. Sie gab sich völlig dem Rausch dieser Schnelligkeit hin und alles Denken in ihr war betäubt.

Nach einer Weile wurde Diamond langsam und verfiel in Schritt. Sein Atem ging etwas schwer und das Fell an seinem Hals war feucht.

Auch Helena fühlte sich erschöpft. Sie hielt an und fragte: «Wollen wir rasten?»

«Ja, natürlich.» Alexander sprang von Faith, die noch ebenso frisch war wie vor dem Ritt, und half Helena vom Pferd. Er machte nicht einmal einen Versuch, ihr näher zu kommen, sondern war völlig mit den beiden Pferden beschäftigt, streichelte sie und gab jedem etwas Zucker. Seine Miene war ernst und unbewegt. Helena gab sich einen Ruck.

«Wir können weiterreiten», sagte sie.

Er blickte auf. «Gern.»

«Aber ich möchte Faith haben!»

«Ich weiß nicht ...» entgegnete er zögernd.

«Bitte, Oberst Tate!»

«Ich glaube nicht, daß es Jimmy recht wäre.»

Helena machte ein beleidigtes Gesicht. «Sie trauen mir wohl nicht zu, mit ihr fertig zu werden!» sagte sie herausfordernd.

Alexander biß sich auf die Lippen. «Na schön», meinte er schließlich.»

«Sie können Diamond den Damensattel abnehmen und hier am Baum zurücklassen. Wir holen ihn auf dem Rückweg.»

Es war ein vollkommen neues Gefühl für Helena, auf einem Pferd wie Faith zu reiten. Die Bewegungen der Stute waren unglaublich kraftvoll, dabei aber nicht plump, ihr Hals bog sich in schönster Anmut und die Mähne flatterte wie eine Fahne.

«Wunderbar», sagte Helena begeistert, «so ein Pferd ist ein Geschenk!»

«Ich habe Faith schon seit sie ein Fohlen war», erzählte Alexander, «damals gab ihr kaum jemand eine Überlebenschance, da ihre Mutter bei der Geburt gestorben war. Ich habe sie dann großgezogen und es hat sich gelohnt.»

Wie zum Beweis seiner Worte tänzelte und schnaubte Faith. Helena fühlte sich plötzlich vom Übermut gepackt, vielleicht wollte sie auch Alexander ein wenig beeindrucken.

«Vorwärts!» rief sie, «Galopp!»

Faith jagte sofort los. Sie hatte sich vorhin nicht richtig austoben können und schien nun doppelte Kraft zu besitzen. Sie flog dahin, das Donnern ihrer Hufe übertönte alle anderen Geräusche. Helena bekam Angst.

«Halt, Faith!» schrie sie. «Halt, nicht so schnell!» Von weit her hörte sie Alexanders Stimme.

«Zurücklegen! Zügel anziehen! Zurücklegen!»

Helena lehnte sich zurück und riß so an den Zügeln, daß sie glaubte, Faiths Maul müsse zerspringen. Die Stute blieb unbeeindruckt. Ihre Bewegungen wurden höchstens noch schneller.

Heiliger Jesus, betete Helena, hilf mir! Laß dieses elende Tier anhalten, bitte, bitte! Siedendheiß fiel ihr ein, daß sie genau auf die Klippen zujagten. Wenn es ihr nicht gelang, vorher zu halten, war sie verloren.

«Faith», schluchzte sie, «bitte, Faith, bitte werde langsamer! Ich will nicht sterben, Faith, bitte!»

Mein Kind, dachte sie, mein Kind, wenn ich es verliere! Ich darf nicht stürzen, lieber Gott, ich darf nicht, ich darf nicht!

«Nein!» schrie sie. «Nein! Alexander, hilf mir, Alexander, Jimmy, Alan! Helft mir doch!»

Ihre Kraft erlahmte. Mit letzter Aufbietung aller Energie riß sie am Zügel. Faith wurde langsamer. Die Stute bemerkte endlich, daß Diamond ihr nicht folgte. Alexander war mit ihm stehengeblieben, da dies die einzige Möglichkeit war, Faith zum Umkehren zu bewegen, zumal er sie nie hätte einholen können. Tatsächlich blieb Faith so plötzlich stehen, daß Helena beinahe über ihren Hals geflogen wäre. Sie wandte sich um und jagte in weiten Sprüngen zurück, verfiel in einen langsamen Trab und ließ sich willig von Alexander, der von Diamond abgesprungen war, in die Zügel greifen. Helena machte noch einen schwachen Versuch, ihr Gleichgewicht zu wahren, dann versagte jede Kraft, sie rutschte hinunter und wurde in Alexanders Armen aufgefangen.

«Aber was machen Sie denn?» fragte er sanft. Sie lehnte sich gegen ihn, ihr ganzer Körper bebte und zitterte vor Schluchzen.

«Die Klippen», stammelte sie, «beinahe wäre ich ...» Das Entsetzen ließ ihre Stimme versagen.

«Ruhig, ganz ruhig», tröstete Alexander. Er streichelte über ihren Kopf und hielt sie eng an sich gepreßt. Noch war Helena ihrer Sinne nicht mächtig, dazu war die Todesangst noch zu nahe. Aber gerade dadurch vergaß sie alles, was sie bisher gefangengehalten hatte, jede Hemmung fiel von ihr ab. Sie blickte auf in sein Gesicht, sah seine Augen, dunkel und fremd. Sie öffnete ihre Lippen, bog den Kopf zurück und fühlte gleich darauf seinen Mund auf dem ihren, spürte, wie er sie küßte. Und es war ihr, als sei die Welt ganz fern, als löse sie sich von ihr und versinke zugleich. Es existierte nichts mehr außer Alexander, dem Himmel und dem Meer.

Dann ließ er sie plötzlich los, trat einen Schritt zurück und starrte sie an.

«Was ist?» fragte Helena heiser.

Er antwortete nicht, sondern drehte sich um und ging zu Faith.

Nie mehr in ihrem ganzen Leben würde Helena die Qual in seinem Gesicht und das Entsetzen in seinen Augen vergessen.

9

AM WEIHNACHTSABEND des Jahres 1641 war Helena fast am Höhepunkt ihrer Verzweiflung angelangt. Es schien ihr, als sei ihr Leben am Ende, als gebe es nun kein Glück mehr für sie; sie sah eine endlose Reihe langweiliger, ereignisloser Jahre vor sich, die sie an der Seite eines Mannes verbringen mußte, den sie nicht mehr liebte. Ja, sie liebte Jimmy nicht mehr, und sie wußte nicht, ob sie ihn jemals geliebt hatte. Was immer es gewesen war, was sie so freudig in diese Ehe hatte gehen lassen, ob Stolz, Abenteuerlust, die Freude an Jimmys Charme und seiner Attraktivität – ein wahres Gefühl hatte es nicht gegeben.

Nie war ihr das so klar wie an dem Tag, da sie Alexander Tate küßte. Er war der Mann, den sie begehrte, den sie für sich haben wollte, und nicht Jimmy.

«Liebst du mich?» hatte sie Alexander an jenem verhängnisvollen Novembertag gefragt und war zusammengezuckt, als er abweisend sagte:

«Lady Golbrooke, wir sollten vergessen, was geschehen ist.»

«Aber warum?»

Er sah sie an. «Es geht nicht. Ich bin Jimmys Freund. Verstehen Sie das denn nicht?»

Sie verstand es, aber das änderte nichts daran, daß sie ihn liebte, wie sie noch nie einen Mann geliebt hatte. Und er mußte sie auch lieben, er mußte einfach, davon war sie überzeugt.

Er reiste sehr bald ab und ließ Helena zurück. Sie konnte Jimmy nicht mehr lieben, aber gleichzeitig wußte sie, daß eine Trennung völlig ausgeschlossen war. Sie wäre kaum imstande, eine Erklärung dafür zu finden.

Nein, dies alles war unabänderlich. Sie liebte Jimmy einfach nicht mehr, sie empfand eine völlige Gefühlskälte ihm gegenüber. Er konnte noch so zärtlich sein, nie mehr verspürte sie den wonnigen Schauer der Erregtheit, den sie gefühlt hatte, wenn Alexander sie nur ansah. In Gedanken war sie jede Nacht mit ihm zusammen, erlebte jede Minute mit ihm voller Intensität. Einmal weckte Jimmy sie, weil sie im Schlaf geweint hatte, und von da an wagte sie kaum noch zu schlafen, aus Angst, sie könnte im Traum einmal seinen Namen rufen. Und wie hätte sie das Jimmy erklären sollen?

Immer mehr wurde ihr klar, daß ihre Heirat ein unverzeihliches Versehen gewesen war. Damals, an ihrem siebzehnten Geburtstag – wie lange lag er zurück! –, war sie besessen gewesen von dem Wunsch, irgendeine großartige Veränderung müsse in ihr Leben treten, und die Hochzeit mit Jimmy war die beste Gelegenheit dazu gewesen. Stolz hatte sie sich in Neid und Bewunderung gesonnt und alle auftauchenden Gedanken über die Bedeutung einer Ehe, beiseite geschoben. Zudem hatte sie tatsächlich geglaubt, Jimmy zu lieben.

Ebensogut könnte ich tot sein, dachte sie oft, was habe ich denn noch vom Leben?

Zu allem Überfluß begann sich ihre Schwangerschaft nun auch äußerlich bemerkbar zu machen, und Helena stand oft vor dem Spiegel und musterte verzweifelt ihre anschwellende Figur und ihren fahlen Teint.

«Ich werde eines Tages eine fette alte Frau sein», sagte sie wütend zu Molly, als sie ein sackähnliches Kleid nach dem andern geschneidert bekam, «ich werde zwölf schreiende Bälger zur Welt bringen und meinen Körper nur noch in Mehlsäcke zwängen können!»

«Aber Mylady», begütigte Molly, «alle Frauen bekommen Kinder und regen sich darüber nicht auf!»

«Aber die ...» schrie Helena, brach jedoch ab. Sie hatte sagen wollen: Aber die bekommen ihre Kinder vielleicht von Männern, die sie lieben! Für Alexander würde ich zwei Dutzend auf mich nehmen! Statt dessen murmelte sie: «Ich bin eben nicht wie andere Frauen!»

«Jede Frau glaubt bei der ersten Schwangerschaft, das sei etwas Weltbewegendes», sagte Molly weise, «aber bald werden Sie sich auf jedes Kind freuen und später auf die Enkelkinder ...»

«Oh, verdammt!» schrie Helena und warf ihre Haarbürste mit Wucht auf den Boden. «Genauso soll es bei mir nicht sein! Ich will keine Großmutter von hundert Enkeln werden, ich will ... Ach, es ist ja doch sinnlos!»

Molly verließ erschrocken das Zimmer.

Der Heilige Abend verlief harmonischer, als Helena sich ihn vorgestellt hatte, aber das lag auch daran, daß sie durch ihre unberechenbaren Launen das ganze Haus in einen Zustand wachsamer Vorsicht gebracht hatte, und alle sich Mühe gaben, freundlich zu ihr zu sein. Selbst Adeline gab keine spitzen Bemerkungen von sich. Helena schämte sich etwas und beschloß, sich von nun an etwas mehr zusammenzunehmen.

Am 31. Dezember bekam Helena einen Brief von Catherine, in dem diese ihr mitteilte, Elizabeth habe das Massaker in Irland überlebt und sei in London eingetroffen. Ihren Mann, Daniel O'Bowley, jedoch habe man getötet. Nach kurzem Aufenthalt habe sie sich auf den Weg nach Fowly gemacht. Sie wolle Helena wiedersehen.

Elizabeth lebte! Helena stieß einen tiefen Seufzer aus, dann stürmte sie hinunter in die Bibliothek, in der Jimmy stand und in einem Buch blätterte. Er sah überrascht auf, als seine Frau schwer atmend vor ihm stand und mit einem Papier vor seiner Nase herumwedelte.

«Elizabeth lebt!» rief sie. «Jimmy, stell dir vor, sie lebt! Sie ist auf dem Weg hierher!»

«Gott sei Dank», sagte Jimmy, «das ist wundervoll!» Er legte das Buch fort und blickte Helena an. Sie sah so strahlend und glücklich aus wie schon lange nicht mehr. Was auch immer in der letzten Zeit mit ihr los war, für den Augenblick hatte sie es vergessen. So hatten ihre Augen an jenem Geburtstagsabend im Mai gefunkelt, genau so. «Ich bin so glücklich, Liebling», sagte er sanft und legte die Arme um sie.

Sofort gefror das Lächeln auf ihrem Gesicht, und er spürte, wie sich ihr Körper verkrampfte. Sie wehrte sich nicht, aber sie blieb bewegungslos wie ein Stein. Ärgerlich ließ er sie los.

«Was hast du?» fragte er.

Helena zuckte zusammen. «Ich … ich», stotterte sie, «mir ist nicht gut.»

«Ich glaube es dir nicht. Sag mir endlich, was du wirklich hast!» «Es ist nichts», antwortete Helena ängstlich, «es ist nur … wegen des Kindes.»

«Wegen des Kindes? Ich habe noch nie von einer schwangeren Frau gehört, die ihren Launen in derartigem Maße freien Lauf ließ!»

Sie errötete, weil er so offen sprach, denn gewöhnlich umschrieb er ihren derzeitigen Zustand mit anderen Worten. Er mußte sehr verärgert sein.

«Ich werde noch etwas spazierengehen», sagte sie etwas zu hastig und wollte auf die Tür zugehen.

Doch Jimmy war sofort neben ihr und packte sie am Arm. «Du hast mir meine Frage noch nicht beantwortet», sagte er leise, «was ist los mit dir?»

«Laß mich.» Helena versuchte, sich aus seinem Griff zu befreien, aber er hielt sie fest.

«Sag mir, was los ist», verlangte er, «ich bin es leid, von deinen Launen tyrannisiert zu werden. Du läufst mit einem Gesicht herum, als würdest du täglich beleidigt.»

«Ich … fühle mich einfach nicht wohl!»

«So? Weißt du, was ich glaube?» Er machte eine kurze Pause, die sich für Helena ins Endlose dehnte. «Du liebst einen anderen!»

Tödliche Stille herrschte, die Worte hingen im Raum, füllten ihn aus und drohten Helena zu erdrücken. Sie fühlte, wie ihr das Blut in den Kopf stieg und sie heiß und schwindlig machte.

«Und wer, glaubst du, ist es?» hörte sie sich spöttisch fragen. Wieder eine Pause.

«Nun ... vielleicht Randolph?» sagte Jimmy schließlich langsam.

Helena schnappte nach Luft. Randolph! Er glaubte allen Ernstes, sie habe ein Verhältnis mit seinem jüngeren Bruder. Mit dem scheuen Randolph! Nein, das war zu komisch! Erleichtert, daß er die Wahrheit nicht erkannt hatte, begann sie zu lachen. Sie lachte und lachte und lachte, und da ihre Nerven ohnehin überreizt waren, steigerte sie sich geradezu in ein Hysterie. Randolph! Die Tränen liefen ihr aus den Augen, sie mußte sich an die Tür lehnen, während sie immer mehr lachte. Es tat ihr gut, auf diese Weise ihre Nerven zu entspannen, und so machte sie gar keinen Versuch, ihr sinnloses Lachen zu beenden.

Dann fiel ihr Blick plötzlich auf Jimmys Gesicht, und mit einem Schlag verstummte sie. Noch niemals zuvor hatte sie ihn so gesehen, kalkweiß, mit merkwürdig fremden Augen. Alle Verletztheit, aller Kummer der Welt lagen in diesen Augen, unbedeckt und unverstellt, schutzlos der Qual ausgesetzt, die sie ihm bereitete.

Noch immer blind vor Lachtränen starrte sie ihn an und fühlte zum erstenmal in ihrem Leben den entsetzlichen Schmerz, den eine gequälte Kreatur weckt. Er liebte sie so aufrichtig und bedingungslos wie niemand sonst, und sie trat ihn mit Füßen. Heiße Reue und Scham bemächtigten sich ihrer, und sie hatte nur den einen Wunsch, ihr Lachen ungeschehen zu machen.

«Jimmy», stammelte sie, «o Jimmy!»

«Warum hast du gelacht?» fragte er, noch immer wie betäubt.

«Jimmy, deine Idee mit Randolph ist so abwegig, so furchtbar abwegig! Deswegen, nur deswegen, habe ich gelacht! Und es tut mir so leid, ich wollte das nicht!»

An seinem Gesichtsausdruck bemerkte sie, daß er ihr zu glauben begann. Fast beschämt sah er aus. Dann zog er sie an sich und küßte sie.

«Ach, liebste, süßeste Helena», murmelte er, «wie konnte ich dich verdächtigen! Ich weiß doch, daß du mich so liebst wie ich dich und daß du es im Moment so schwer hast!»

Helena legte ihren Kopf an seine Schulter, erleichtert, daß die Gefahr gebannt war, begreifend, daß er ihr immer glauben würde, und gerade deswegen fühlte sie sich elend und schuldbewußt wie nie zuvor.

An einem klaren, frostklirrenden Januartag saß Helena in ihrem Zimmer und tauchte die Füße in eine große Schüssel mit heißem Wasser. Sie hatte einen langen Spaziergang am Strand gemacht und war halberfroren nach Hause zurückgekehrt, wo sie von Molly schon mißbilligend erwartet wurde.

Sie plätscherte in dem Wasser herum und sah zum Fenster hinaus, in den schon düsteren bleigrauen Himmel. Es hatte schon wieder zu schneien begonnen.

Plötzlich vernahm sie ein Geräusch vom Hof. Es hörte sich an wie ein Stampfen und Rasseln. Eine Kutsche! Helena sprang auf.

«Schnell, meine Schuhe!» rief sie. «Eine Kutsche! Das könnte Elizabeth sein!»

Sie griff nach ihren Schuhen, bevor die überraschte Molly die Lage durchschaute, und schlüpfte hinein, ungeachtet dessen, daß ihre Füße noch naß waren und sie keine Strümpfe trug. Sie machte sich auch nicht die Mühe, die Schnallen zu schließen, sondern stürmte, wie sie war, zur Tür hinaus und die Treppe hinunter. Unten in der Halle stieß sie mit Adeline zusammen, die soeben aus dem Salon geeilt kam. Helena schob sie einfach beiseite und lief in den Hof.

Dort waren schon Jimmy und Randolph. Sie standen vor einer großen, eleganten Kutsche, die von sechs Pferden gezogen wurde und deren Fenster von Vorhängen verhangen waren. Soeben öffnete Jimmy die Tür und streckte die Hand aus, um Elizabeth herauszuhelfen. Helena stand und starrte und glaubte ihren Augen nicht trauen zu können.

Aber, mein Gott, dachte sie und griff sich mit der Hand an den Hals, sie ist ja ganz alt geworden!

Denn die Frau, die dort aus der Kutsche stieg, hatte nichts mehr mit der Elizabeth gemein, von der Helena vor mehr als einem halben Jahr Abschied genommen hatte. Ihre vollen blonden Haare wurden von grauen Strähnen durchzogen, ihre einst gerade Gestalt war gebeugt. Zwei scharfe Falten hatten sich um ihren Mund gegraben, und den Augen sah man an, daß sie viel geweint hatten. Es war das Bild eines zerstörten Menschen, das sich den Anwesenden bot.

«Elizabeth», sagte Helena. Sie ging auf ihre Cousine zu und schlang die Arme um sie, «Elizabeth, ich freue mich so sehr, daß du hier bist!»

«O Helena, ich bin glücklich, daß ich fort bin – aus Irland und aus London», entgegnete Elizabeth, «und ich bin euch sehr dankbar, denn ...»

«Du brauchst doch nicht dankbar zu sein!» Helena gab sich Mühe, heiter und fröhlich zu sprechen, um ihre Betroffenheit über Elizabeths Veränderung zu verbergen. Was mußte sie erlebt haben? Was hatten diese Augen gesehen an Dingen, von denen sie alle nichts wußten? «Ich bringe dich hinauf», bot Helena an. Sie wollte gerne noch mit ihrer Cousine allein sein und mit ihr über alles Geschehene sprechen.

«O ja, Liebes, komm mit», erwiderte Elizabeth freudig, «wir haben uns so lange nicht gesehen.»

Elizabeths Zimmer war seit der Ankunft von Catherines Brief fertig hergerichtet, und die umsichtige Molly hatte inzwischen ein Feuer im Kamin entfacht, das sanfte Wärme in den Raum sandte.

Elizabeth sank in einen Sessel und legte den Kopf zurück. Sie sah unsagbar müde und alt aus, und Helena bemerkte, daß ihre Hände zitterten. Sie wagte nicht, Elizabeth nach ihren Erlebnissen zu fragen, aber ihre Cousine begann schließlich selbst zu sprechen.

«Du bist erschrocken», sagte sie fast lächelnd, «du hast die hübsche junge Elizabeth erwartet und statt dessen erscheint eine alte grauhaarige Frau.»

«Nein», erwiderte Helena unsicher, «du hast dich ... fast nicht verändert!»

Elizabeth winkte ab. «Du brauchst dich nicht zu verstellen. Ich weiß, wie ich aussehe, aber es macht mir nichts aus. Es gibt einen bestimmten Punkt an Leid, wenn man den überschreitet, hören so nichtige Empfindungen wie das Nachdenken über Schönheit einfach auf zu existieren. Ich meine, nach allem was war, muß schon sehr viel passieren, um mich unglücklich zu machen, verstehst du?» Sie stand auf und trat zum Kamin, um sich die Hände über dem Feuer zu wärmen. «Ich möchte hier nicht in Selbstmitleid versinken», fuhr sie fort, «wenn du willst, werde ich dir alles erzählen.» Sie sah Helena abwartend an.

«Ich würde gerne alles hören», sagte diese.

Elizabeth lächelte. «Danke», sagte sie, «ich bin froh, jemandem zu berichten. Mutter war dafür nicht geeignet, es gab zu vieles, was ich verschweigen mußte, um sie zu schonen. Außerdem fühlte ich mich ihr gegenüber gehemmt, weil ich wußte, daß sie Daniel nicht mochte. Das ist auch der Hauptgrund, warum ich nun hier bin. Ich habe es in dieser Atmosphäre nicht länger ausgehalten. Ich fühlte ständig, daß sie und Vater Daniel die Schuld an allem gaben. Dabei konnte er nicht wissen, was geschehen würde. Er war der beste und liebevollste Mann, den ich je kennengelernt habe.»

«Ich bin sicher», entgegnete Helena warm, «daß er mir sehr gefallen hätte!»

«Ja, du würdest ihn gemocht haben. Standesunterschiede zählten nie so stark für dich.» Elizabeth ging zu ihrem Sessel zurück und setzte sich wieder. Mit leiser, monotoner Stimme begann sie zu erzählen, und Helena saß bei ihr, gebannt vor Entsetzen über die Dinge, die ihre Cousine hatte erleiden müssen.

Elizabeth war zuletzt aufgestanden und ruhelos zwischen Fenster und Kamin hin und her gegangen. Nun blieb sie stehen.

«Manchmal wünschte ich», sagte sie, «ich wäre damals gestorben. Ich hätte nur der tiefen Erschöpfung nachgeben und mich zu Boden sinken lassen müssen. Aber ich konnte es nicht. Es ist seltsam – aber der Mensch kämpft wohl immer um sein Leben, um sein armseliges kurzes Leben, das so klein erscheint gegen die Ewigkeit. Und er ist kaum bereit, auch nur eine einzige Sekunde davon zu opfern.»

10

Am 8. Mai des Jahres 1642 brachte Helena ihr Kind zur Welt. Es war, wie sie gewünscht und gebetet hatte, ein Junge, und sie nannte ihn Francis nach dem großen englischen Helden Sir Francis Drake.

Helena war sehr stolz auf Francis. Sie kam sich nun ungeheuer erwachsen vor. Von früh bis spät war sie mit Francis zusammen, und sie wurde so gefangengenommen von dem winzigen Geschöpf, das da vor ihr aufwuchs, daß sie kaum bemerkte, wie dunkle Wolken sich am englischen Horizont ballten.

Obwohl noch keine offizielle Kriegserklärung vorlag, griffen Furcht und Angst immer mehr um sich, und in vielen Familien suchten die Männer schweigend ihre Waffen hervor, um für den Kampf gerüstet zu sein.

An einem wunderschönen friedlichen Augusttag saßen Helena, Elizabeth und Adeline im Garten. Helena hielt den kleinen Francis auf dem Arm und schaukelte ihn leicht hin und her, als vom Hof her rasches Hufgetrappel ertönte, und jemand schrie:

«Lord Golbrooke! Lord Golbrooke!»

«Mein Gott, was ist denn los?» rief Helena erschrocken. Sie legte Francis, der schreiend protestierte, in seinen geflochtenen Korb zurück, und die drei Frauen eilten so rasch sie konnten in den Hof.

Sie kamen gerade zurecht, um den jungen Samuel Thompson von seinem schaumbedeckten Pferd springen und auf Jimmy zulaufen zu sehen.

«Lord Golbrooke!» rief er und packte ihn heftig am Arm. «Krieg! Wir haben Krieg! Seine Majestät hat in Nottingham die königliche Standarte aufgestellt und allen Feinden der Monarchie offiziell den Krieg erklärt!»

«Ist das wahr?» Jimmy wandte sich an seinen Bruder. «Randolph, wir ...»

«Ich habe es gehört», sagte Randolph. Sein sonst so ruhiges Gesicht glühte vor Erregung und seine dunklen Augen funkelten.

«Neville und ich brechen schon morgen früh auf», erklärte Samuel, «wir reiten nach York und begeben uns zur königlichen Kavallerie unter Prinz Rupert. Kommen Sie mit!»

«Natürlich kommen wir mit», sagte Jimmy, «oh, nun werden wir es diesen selbstgerechten Banditen zeigen. Helena», er ging auf sie zu und legte den Arm um sie, «Helena, was sagst du dazu?»

Sie machte sich unwillig los. «Erwartest du im Ernst, daß ich mich freue?» fragte sie.

Er sah sie betroffen an. «Es tut mir leid», sagte er, «ich vergaß, wie schwer es für dich ist!»

«Und ich kann auch nicht behaupten, daß ich begeistert bin», warf Adeline in ihrer kühlen Art ein.

«Meine Mutter wollte es ebenfalls nicht zulassen», berichtete Samuel, «aber sie sah dann ein, daß sie nachgeben mußte!»

«Mutter, Helena», sagte Jimmy beschwörend, «ich muß, das versteht ihr doch? Es geht nicht nur darum, daß ich dem König gegenüber zur Treue verpflichtet bin, nein, ich bin auch von der Sache, für die ich kämpfen werde, überzeugt. Und ich kann doch nicht gegen meine Überzeugung handeln!»

«Nein, das kannst du nicht», gab Helena müde zu. Sie wandte sich an Samuel, der sein Pferd wieder bestiegen hatte, und sagte: «Grüßen Sie bitte Ihre Mutter von mir. Sagen Sie ihr, daß ich mich freuen würde, wenn sie bald einmal käme!»

«Danke, Mylady.» Er lächelte, schwenkte seinen Hut und rief: «Auf den Sieg Seiner glorreichen Majestät!»

«Auf seinen Sieg!» antwortete Jimmy. «Wir treffen uns morgen früh bei Ihrem Haus!»

Er sah dem reitenden jungen Mann nach, dann nahm er Helenas Arm. Hand in Hand gingen sie auf das Haus zu.

Was Helena an der Vorstellung, Jimmy werde ins Feld gehen, am meisten quälte, waren ihre Gewissensbisse. Wenn er nun fiel, war sie schuld. Natürlich wußte sie, daß dieser Gedanke unsinnig war, aber sie konnte sich von dieser abergläubischen Furcht nicht befreien. Wenn sie ihm auch niemals den Tod gewünscht hatte, so war sie doch sämtliche Möglichkeiten einer Trennung durchgegangen, hatte sie also herbeigesehnt. Und nur wegen Alexander Tate, der obendrein sein bester Freund war.

Entsetzliche Vorwürfe quälten sie. Wenn Jimmy starb, konnte sie ihm nie mehr zeigen, wieviel Dankbarkeit und Freundschaft sie für ihn empfand. Er war immer so gut gewesen, und selbst als er einmal Verdacht schöpfte, hatte er sich wieder von ihrer Unschuld überzeugen lassen. Sie war seiner nicht wert.

Ach, dachte sie, während sie sich schlaflos in ihren Kissen herumwarf, lieber Gott, wenn Jimmy den Krieg überlebt, will ich nur noch für ihn da sein, und selbst wenn ich ihn nicht lieben kann, soll er es nie merken!

Am nächsten Morgen war sie sehr blaß, und als sie mit Jimmy an Francis' Wiege stand und er sich zum Abschied zu dem Kleinen herabbeugte, fühlte sie sich elend und hilflos. Wie verändert sah Jimmy in der Soldatenkleidung aus, die breite Brust durch einen Panzer aus Leder geschützt, den glänzenden Eisenhelm auf den goldbraunen Locken und das schwere große Schwert an der Hüfte.

«Jimmy», sagte Helena leise, «ich muß dir etwas sagen.»

Er richtete sich auf. «Was willst du sagen?» fragte er.

Im selben Moment verließ sie ihr Mut schon wieder. Sie hatte ihm alles gestehen wollen, aber sie konnte es nicht.

«Nichts», murmelte sie, «nur ... daß ich dich sehr liebe!»

Er sah sie erstaunt an, denn einen solchen Gefühlsüberschwang hatte er seit der Hochzeit vor über einem Jahr nicht mehr von ihr gehört.

«Bitte», fuhr sie hastig fort, «komm wieder. Ich brauche dich!» Nur um dein Gewissen zu beruhigen, sagte ihr eine innere, unbarmherzige Stimme.

«Natürlich passe ich auf», erwiderte Jimmy, «bald ist der Krieg vorbei, in einem, höchstens zwei Monaten, und ich komme zu dir zurück!» Er lächelte, dann beugte er sich zu ihr herab und küßte sanft ihre Wange. «Ich muß fort, Liebling», sagte er, «sei tapfer und freue dich auf die unendliche Zeit, die uns noch bleibt!»

«Jimmy!» rief Helena und ihre Stimme klang gepreßt. «Geh nicht so. Bitte, küß mich … küß mich richtig!» Sie ging auf ihn zu und umklammerte ihn mit beiden Armen. Er rührte sich zunächst nicht, doch dann fiel plötzlich die Ruhe von ihm ab. Er hielt sie fest und bedeckte ihr Gesicht, ihren Hals mit leidenschaftlichen Küssen, und sie erwiderte sie, und für ein paar Minuten hatte sie sogar Alexander Tate vergessen und die ganze Welt um sich herum. Endlich befreite er sich von ihrer Umarmung, wandte sich um und ging. Sie aber lehnte sich an die rauhe Wand des Hauses und weinte, wie sie noch nie zuvor geweint hatte.

Sechs Tage bevor König Charles in Nottingham den Krieg erklärte, kehrte Sir William Smalley von seiner Reise nach Indien zurück. Große Flauten hatten die Fahrt übermäßig lange hinausgezögert, und er erreichte England nun viel später, als er erwartet hatte. Obwohl er Sehnsucht nach Janet empfand und nach dem Kind, das sie inzwischen geboren haben mußte, fürchtete er sich ein wenig vor der Begegnung. Er kannte ihre Verzweiflung über seinen Beruf, der für sie immer Einsamkeit und endloses Warten bedeutete. Schon bei ihrem letzten Zusammensein in Charity Hill hatte er die Fremdheit zwischen ihnen bemerkt, ihre zunehmende Gereiztheit, aber auch seine eigene Ermüdung über die Streitereien, zu denen sie ihn zwang. Er liebte seinen Beruf zu sehr, um jemals auf ihn verzichten zu können, und er spürte, wie die ewigen Schuldgefühle ihn bereits zu einer inneren Entfernung von Janet trieben, daß er begann sich von ihr abzuwenden, nur um dem ständigen Ärger zu entgehen.

Nachdem er noch das Abladen seines Schiffs überwacht hatte, begab er sich zu dem Platz, wo die Mietskutschen warteten, und nach einer kurzen Fahrt erreichte er sein Haus. Beim Aussteigen schaute er zu den Fenstern hinauf und entdeckte Janet, die auf die Straße sah. Sie hatte wohl kaum mit seinem Kommen gerechnet, doch sie strahlte auf, als sie ihn erkannte und winkte. Während William eilig die Treppen hochlief, überlegte er kurz, wie viele Stunden am Tag seine Frau wohl so am Fenster stand und die Straße beobachtete.

Oben rannte Janet zur Wohnungstür und öffnete sie. Mit klopfendem Herzen blieb sie auf der Schwelle stehen und blickte William entgegen, der die Treppe hinauf auf sie zu kam.

11

Er sah noch genauso aus wie damals, als er vor fast einem Jahr nach Indien aufgebrochen war. Nur seine Haut war dunkler geworden, und man sah ihr an, daß sie Wind und Wetter täglich ausgesetzt war. Seine kräftigen Hände waren mit Blasen und Schwielen bedeckt und das dunkle Haar über dem furchigen Gesicht war durch die Einwirkungen der Sonne heller geworden.

Janet fühlte sich zunächst seltsam befangen. Er war ihr fremd geworden in der langen Zeit; es schien ihr eine Ewigkeit vergangen zu sein, seit sie ihn zum letztenmal gesehen hatte.

Sein Gesichtsausdruck war ernst, nicht unfreundlich zwar, aber er lächelte auch nicht. Von ihm schien eine merkwürdige Kälte auszugehen und irgend etwas in seinen Augen flößte ihr Furcht ein.

«Janet!» sagte er und streckte seine Arme aus. Seine tiefe, vertraute Stimme löste den Bann, der Janet festgehalten hatte; sie stürzte auf ihn zu, fiel ihm um den Hals und küßte ihn.

«William!» stammelte sie. «O William, ich freue mich ja so, daß du wieder da bist!»

Er hielt sie fest umklammert und küßte sanft ihre Stirn.

«Ich habe dich so vermißt», sagte er, «die ganze Zeit habe ich nur an dich gedacht. An dich und ...»

Sie begriff nicht sofort. «An wen?»

«An unser Baby. Ist es ein Junge oder ein Mädchen?»

«Ein kleines Mädchen.» Sie nahm seine Hand und führte ihn zu dem Korb, in dem das Baby friedlich schlummerte.

William beugte sich über sie. «Sie sieht zauberhaft aus», stellte er bewundernd fest, «hast du schon einen Namen für sie?»

«Ich habe sie Carolyn genannt, nach deiner Mutter.»

«Carolyn», wiederholte er. Dann richtete er sich auf. «Es tut mir leid, daß ich nicht da sein konnte.»

«Das macht nichts.» Natürlich macht es etwas, dachte Janet, aber das scheint er nicht zu merken.

Sie war enttäuscht, denn sie hatte etwas mehr Reue erwartet und mehr Bewunderung über das Baby. Sicher, er hatte gesagt, Carolyn sei bezaubernd, aber das hatte wie eine höfliche Floskel und nicht wie etwas Empfundenes geklungen.

«Du mußt auch Annabella begrüßen», sagte sie.

«Oh, richtig.» Er hob die Kleine auf den Arm und küßte sie. «Kennst du mich überhaupt noch?» fragte er.

«Nein!» Annabella sah ihn verschreckt an.

«Aber du bist doch meine kleine Tochter! Und inzwischen bist du eine sehr hübsche junge Dame geworden.»

Annabella strahlte vor Stolz und zupfte verlegen an ihren Haarschleifen.

William setzte sie wieder auf den Boden und wandte sich an Janet. «Ich habe dir ein paar Sachen mitgebracht», sagte er, «Adrian wird die Kisten nachher heraufbringen.»

«Das ist wundervoll. Was hältst du davon, wenn wir jetzt essen? Du bist bestimmt hungrig.»

«Allerdings», gab er zu.

«Gut. Ich werde mich rasch umziehen. Lilian!» rief sie zur Küche hin. «Komm bitte und hilf mir.»

Lilian erschien und folgte ihrer Herrin ins Schlafzimmer. Janet schloß die Tür. Sie schlüpfte aus ihrem Kleid und zog ein anderes aus schneeweißer Seide an. William liebte sie in Weiß. Sie verwandte viel Sorgfalt darauf, ihre blonden Haare zu langen, schimmernden Locken zu kämmen und steckte sie über jedem Ohr mit einer weißen Rosenknospe fest. Zum Schluß malte sie ihre Lippen rot und kniff sich in die Wangen, um sie rosig erscheinen zu lassen. Weswegen William auch immer verstimmt sein mochte, so würde sie seine Laune verbessern.

Als sie ins Eßzimmer kam, war William, der sich ebenfalls gewaschen und umgezogen hatte, schon da. Er erhob sich bei ihrem Eintritt von seinem Sessel, und trotz des Ernstes drückte sein Gesicht Anerkennung für ihre Schönheit aus.

Lilian hatte den Tisch, obwohl sie sich in so großer Eile befunden hatte, wunderschön gedeckt; das Besteck und die Gläser funkelten im Kerzenlicht und ein großer Strauß flammend roter Rosen verbreitete neben seinem Duft eine feierliche Stimmung.

Janet lächelte William an, doch er veränderte seine ernste Miene nicht, sondern rückte nur stumm einen Stuhl für sie zurecht. Dann nahm er ihr gegenüber Platz. Janet zerbrach sich verzweifelt den Kopf, um eine Unterhaltung zu beginnen.

«Du mußt dich in Indien recht seltsam gefühlt haben», sagte sie schließlich, «es herrschen dort doch ganz andere Sitten und Bräuche als hier?»

«Das stimmt. Am Erschütterndsten war für mich die dort herrschende Einteilung in Klassen – Kasten nennen sie sie. Jeder Mensch wird mit einem Farbklecks auf der Stirn gekennzeichnet, und es gibt sein ganzes Leben lang für ihn keine Möglichkeit, in eine höhere Schicht zu gelangen.»

«Oh, wirklich?» Janet überlegte, was sie noch sagen könnte, aber ihr fiel kein anregendes Gesprächsthema ein. Die Unterhaltung schleppte sich mühsam dahin, bis William plötzlich sagte:

«Janet, ich muß etwas mit dir besprechen!»

Janet erschrak. William sah so ernst aus.

«Was willst du mit mir besprechen?» fragte Janet.

William sah sie einen Augenblick lang nachdenklich an. «Ach, Janet», sagte er dann, «du mußt es doch ahnen. Ich war beinahe ein Jahr fort, und nun komme ich zurück und bereits nach den ersten Minuten finden wir nichts mehr, worüber wir reden können. So etwas dürfte gar nicht geschehen.»

Janet ließ sich in einen Sessel sinken. «Und woran, glaubst du, liegt das?» fragte sie. «An mir?»

«Nein, vielleicht an uns beiden.»

«An uns beiden? Hast du einmal überlegt, daß es deine Schuld sein kann? Ich gehe nicht weg von dir, sondern du von mir. Du läßt mich zwölf Monate allein und erwartest, mich unverändert heiter und zärtlich wieder vorzufinden!»

«Hunderte von Männern leben wie ich», erwiderte William heftig, «und ich bin sicher, sie müssen sich nicht ständig rechtfertigen!»

«Ich habe dir heute abend keinen einzigen Vorwurf gemacht!»

«Du hast fast gar nichts gesprochen.»

«Was sollte ich denn sagen? Sollte ich dir erzählen, wie ich Tag für Tag am Fenster sitze und auf die Straße starre und mich mit meinen Kindern unterhalte, die kaum sprechen können?»

William seufzte. «Janet, versteh doch, worum es mir geht», bat er, «ich werde die Seefahrt niemals aufgeben, aber ich kann es auch nicht ertragen, wie du und ich uns immer fremder werden. Wir haben einander einmal so sehr geliebt ...»

«Was willst du denn? Du verlangst zuviel von mir. William, ich kann nicht ständig allein sein. Ich fühle mich einsam, und ich habe Angst. Du sprichst von Liebe und läßt mich nur allein!» Sie brach plötzlich in Tränen aus, weil sie merkte, daß dies eine abschließende Auseinandersetzung war, in der William nicht nachgeben würde.

«Bitte», sagte William, «hör auf zu weinen!» Erschöpft strich er sich über die Haare. «Ich weiß nicht, was wir tun sollen. Erinnerst du dich noch an den letzten Sommer? Entweder wir stritten oder wir sagten gar nichts. Ich kann nicht monatelang auf See sein und in Gedanken nur eine Fremde vor Augen haben, die mich nicht versteht!»

Janet schloß einen Moment lang die Augen, so elend fühlte sie sich. Er verlangte Verständnis und war wohl unfähig, zu begreifen, was sie fühlte. Und sie wußte, daß sie ihn zu sehr liebte, als daß sie fähig gewesen wäre, seine Gefühle für sie durch Härte und Unnachgiebigkeit aufs Spiel zu setzen.

«Natürlich werde ich dich nie verlassen», fuhr William fort, «aber auch nur die Tatsache, daß ein solcher Gedanke mich berührt – mein Gott, Janet, es muß doch einen Weg geben, damit alles wird wie früher!»

Ein einziges Wort war in Janets Geist haftengeblieben.

«Verlassen», wiederholte sie, «William, du wirst mich doch nicht ganz verlassen?»

«Nein, natürlich nicht ...»

«William», Janet stand auf und trat dicht an ihn heran; sie war schneeweiß geworden, «du darfst mich nicht verlassen. Wie immer ich zu dir war, ich liebe dich! Ich habe niemanden außer dir. Vielleicht habe ich manches falsch gemacht. Du hast mir immer gesagt, was dein Schiff dir bedeutet, aber ich glaubte das ändern zu können. William, bleib für einige Wochen hier, und wir werden wieder zueinander finden. Bitte!»

«Ich wünschte, ich könnte bleiben. Aber ich fürchte, es wird Krieg geben. Überall spricht man davon. Wenn das passiert, muß ich zum Heer gehen. Es ist das beste, wenn du dann mit den Kindern nach Charity Hill fährst.»

«Wenn dir etwas geschieht ...»

«Mir geschieht nichts.»

«Wenn der Krieg vorüber ist, dann wirst du nach Charity Hill kommen?»

William legte beide Arme um Janet und zog sie an sich. «Ich werde kommen und dich holen», versprach er, «und es wird alles gut werden.»

Janet begann abermals zu weinen, aus Angst vor dem Krieg, der ihnen die letzte Gelegenheit zu einem neuen Glück nehmen konnte, und im Schrecken um die an diesem Abend erst ganz erkannte Gefahr, in der sie beide geschwebt hatten. Doch die schlimmste Angst war vorüber: Was auch geschehen war, William würde nun doch zuerst zu ihr zurückkommen.

Am nächsten Morgen brach Janet mit Lilian und den beiden Kindern nach Charity Hill auf. Wenige Tage später erklärte König Charles I. in Nottingham offiziell seinen Gegnern den Krieg.

12

Im Oktober 1642 prallten die gegnerischen Heere zum erstenmal in der Schlacht von Edgehill aufeinander. König Charles errang in diesem Kampf einen überragenden Sieg. Triumphierend hielt er in Oxford Einzug, doch seine Hoffnung, auch London wieder in seine Gewalt zu bekommen, schlug fehl. Die Landeshauptstadt blieb weiterhin in den Händen der Opposition.

Diese Tatsache bewog Catherine zu dem Entschluß, London den Rücken zu kehren und nach Cornwall aufzubrechen. Sie fühlte sich einsam, seit sowohl Lord Ryan als auch Alan und David in den Krieg gezogen waren, wobei David sich zum Entsetzen seiner Familie dem Parlamentsheer angeschlossen hatte.

So teilte sie ihrer Tochter Emerald im November mit, sie gedenke nach Charity Hill zu reisen, wo sie sicher bei Helena liebevolle Aufnahme fände. Und, so fügte sie hinzu, Emerald werde sie selbstverständlich begleiten.

Emerald geriet über die Absicht ihrer Mutter außer sich.

Am Abend des ersten Reisetags kamen sie bis Tavistock und begaben sich in das nächste Wirtshaus, das einen recht erfreulichen Eindruck machte. Da es seit dem frühen Morgen ununterbrochen geregnet hatte, hatten die Reisenden kein einziges Mal die Gelegenheit gehabt, die Kutsche zu verlassen, um ihre steifen Glieder zu strekken. Catherine fühlte sich so erschöpft, daß sie ohne etwas zu essen zu Bett ging. Emerald hatte das zunächst auch vor, doch als sie vor dem Spiegel stand und ihr Haar für die Nacht löste, verspürte sie Durst. Es blieb ihr nichts anderes übrig, als noch einmal hinunter in die Gaststube zu gehen und den Wirt um Wasser zu bitten. Auf der dunklen Treppe kam ihr ein Mann entgegen, an dem sie so schnell wie möglich vorbeiwollte. Man konnte ja nicht wissen, welches Gesindel sich hier herumtrieb. Aber sie hatte kein Glück, er versperrte ihr den Weg und musterte neugierig die jetzt tief erschrockene Emerald.

«Darf ich mich vorstellen?» fragte er mit der Andeutung einer Verbeugung. «Sir Robin Arnothy.»

Emerald sah scheinbar gleichmütig auf. «Sehr erfreut», antwortete sie so gemessen wie möglich.

«Es ist sehr ungewöhnlich, daß eine Dame so allein durch diese Gegend reist.»

«Ich bin nicht allein», sagte Emerald hastig, «ich reise mit meiner Mutter und einem Dienstmädchen. Wissen Sie, wir wollen nach Fowey zu meiner Cousine. In London ist die Atmosphäre sehr feindselig, da die meisten auf der Seite des Parlaments stehen. Wir ...» Sie stockte. Hoffentlich war ihr Gegenüber auch königstreu!

Sir Arnothy bemerkte ihr Erschrecken. «Ich kann diesem Krieg nichts abgewinnen», sagte er, «aber wenn mein Arm geheilt ist, werde ich für Charles Stuart kämpfen.»

«Oh», machte Emerald erleichtert, «was haben Sie mit Ihrem Arm gemacht?»

«Ein Sturz vom Pferd», sagte er leichthin, «nicht weiter schlimm.»

«Ich kann mir gar nicht vorstellen, daß ein Mann wie Sie vom Pferd stürzt», meinte Emerald mit bewunderndem Augenaufschlag.

Er lächelte. «Und warum nicht?»

«Weil Sie ... so stark aussehen.»

«Danke», lachte er, «und ich darf wohl sagen, daß Sie die entzückendste Frau sind, die ich seit langem gesehen habe, Mrs. ...?»

«Miss Emerald Ryan.»

«Miss Ryan, darf ich Sie noch zu einem Glas Wein einladen?»

«Ja, gerne.» Emerald hauchte die Worte fast.

Sir Robin winkte dem Wirt. «Bring noch eine Kanne Wein!» rief er.

Der Wirt gähnte verstohlen, er wollte endlich ins Bett, und hoffte, die Gäste würden bald verschwinden. So nahm er einen sehr starken, unverdünnten Wein, denn, so sagte er sich, je eher die beiden betrunken waren, desto eher würden sie gehen.

Es zeigte sich bald, daß er sich nicht verrechnet hatte. Emeralds Bewegungen wurden zusehends fahriger, ihre Zunge schwerer.

«Oh, nicht», protestierte sie kichernd, als Sir Robin ihr zum viertenmal den Becher vollschenken wollte, «ich glaube ... glaube, ich bin ...» Sie suchte angestrengt das richtige Wort.

«Betrunken», half ihr Robin, «Sie sind ein zauberhaftes, betrunkenes kleines Mädchen.»

«Ein zauberhaftes, betrunkenes kleines Mädchen», wiederholte sie zufrieden.

«Und jetzt muß das zauberhafte Mädchen ins Bett», sagte Sir Robin bestimmt. «Kommen Sie, Miss Emerald, ich bringe Sie hinauf.»

«Ja, bring mich ins Bett», murmelte sie, «ich bin ein zauberhaftes, betr ...» Ihre Stimme verlor sich. Sie stützte sich schwer auf Sir Robin und legte den Kopf an seine Schulter. Ihre Lippen summten eine kleine Melodie.

Im Treppenhaus begegneten sie Prudence, die es nun endlich für angebracht hielt, nach ihrer Herrin zu sehen. Natürlich war sie schockiert.

«Miss Emerald!» rief sie. «Was haben Sie denn bloß?»

Sir Robin unterdrückte einen Fluch. «Ich glaube, die junge Dame hat etwas zuviel Rotwein zu sich genommen», erklärte er, «ich wollte sie gerade in ihr Zimmer bringen.»

«Das kann ich mir denken, daß Sie das wollten», schnaubte Prudence böse, «aber nun werde ich das wohl besser tun.» Sie packte Emerald mit ihren kräftigen Händen, schleppte sie in ihr Zimmer und schlug die Tür mit lautem Knall hinter sich zu.

Als Lady Ryan und ihre Tochter am nächsten Morgen hinunterkamen, war Sir Robin schon da. Er erhob sich höflich beim Eintritt der Damen, stellte sich vor und sagte, er habe durch den Wirt erfahren, sie seien unterwegs nach Fowey. Da er denselben Weg habe, halte er es für seine Pflicht, ihnen seine Begleitung anzubieten. Mit keinem Wort erwähnte er das am Abend Vorgefallene, und Emerald, die schon Ängste ausgestanden hatte, atmete erleichtert auf.

«Wir sind über Ihr Angebot sehr erfreut», sagte Catherine würdevoll, «und wir nehmen es dankbar an.»

Sir Robin verneigte sich und zwinkerte Emerald kaum merklich zu. Ein freudiger Schreck durchfuhr sie: Bot er sein Geleit nur ihretwegen an?

Als sie später mit Prudence einen Augenblick allein war, sagte das Mädchen:

«Ich finde das nicht richtig, Miss Emerald. Nach allem, was gestern abend war, sollten Sie mit dem Kontakt zu diesem Sir Robin sehr sparsam umgehen.»

«Was geht dich das denn an?» fuhr sie Emerald wütend an. «Kümmere dich bitte nicht um meine Angelegenheiten!»

Gleich darauf fiel ihr ein, daß Prudence von Dingen wußte, die Catherine niemals erfahren durfte. So setzte sie versöhnlich hinzu: «Ich kann schon auf mich selber aufpassen, Prudence. Aber ich danke dir für deine Sorge.»

Prudence sagte nichts mehr, aber ihre Blicke waren beredt wie hundert Worte.

Nach acht Tagen kamen Catherine und Emerald in Charity Hill an und wurden voller Freude willkommen geheißen. Besonders Helena war über die Anwesenheit ihrer Tante sehr glücklich, denn sie fühlte sich nun nach einer langen Zeit der Angst und Unruhe wieder geborgen.

«Es war sehr gefährlich für euch, eine so weite Reise in diesen Zeiten zu unternehmen», sagte sie mit zärtlicher Sorge.

«Oh, wir hatten Begleitung», entgegnete Catherine, «ein Sir Robin Arnothy reiste mit uns.»

«Sir Robin?» fragte Helena ungläubig. «Den kenne ich doch, kein sehr angenehmer Mensch.»

«Warum?»

«Ach, in vielerlei Hinsicht», antwortete Helena ausweichend. Sie wollte nichts von seiner Straßenräuberei erzählen, um ihre Tante nicht nachträglich in Angst und Schrecken zu versetzen.

«Ich hoffe, er ist nicht mehr in der Gegend?» fragte sie.

«Nein, er ist, glaube ich, zum Heer gegangen.»

Emerald lächelte wissend. Sie war die einzige, die wußte, daß Sir Robin sich in Fowey ein Zimmer genommen hatte, und sie war davon überzeugt, daß das einzig und allein ihretwegen geschehen war. Es war ihr gleichgültig, daß Helena ihn nicht schätzte, sie verstand es sogar. Helena mochte wohl nur sanfte und kultivierte Männer wie ihren Jimmy, Abenteurer wie Robin lagen ihr nicht. Dabei waren das doch gerade die Männer, die das Blut eines Mädchens in Wallung brachten und sein Herz schneller schlagen ließen. Emerald brauchte nur die Augen zu schließen, und sie sah ihn vor sich: die hohe, schlanke Gestalt, seine klaren Gesichtszüge und die beinahe schwarzen Augen. Sie erinnerte sich an seine geschmeidigen Bewegungen und an sein strahlendes Lächeln.

Und so geschah es, daß die sonst streitsüchtige und launische Emerald zur Verwunderung aller mit einem sanften Ausdruck auf dem Gesicht einherzugehen begann, daß sie zu jedermann freundlich war und nur noch mit zuckersüßer Stimme sprach.

«Wenn ihr mich fragt, das Mädchen ist verliebt», sagte Adeline.

«In ihrem Alter wäre das ganz normal», entgegnete Catherine.

Sie mochte Adeline nicht besonders, war aber zu sehr Dame, um ihre Abneigung deutlich zu zeigen. Lieber ging sie ihr aus dem Weg und beschäftigte sich mit Francis. Sie fand den Kleinen entzückend und verwöhnte ihn grenzenlos; mit derselben Liebe hing sie aber auch an Janets Töchtern Annabella und Carolyn.

Trotzdem das Leben auf Charity Hill gleichmäßig dahinlief, war der Krieg immer gegenwärtig. Mrs. Thompson brachte ihnen eine Liste der bei Edgehill Gefallenen, aber zur allgemeinen Erleichterung fand man keinen bekannten Namen darauf.

Der Januar des Jahres 1643 brachte strengen Frost und viel Schnee, und wer nicht unbedingt mußte, setzte keinen Fuß vor die Tür. Die wenigen Knechte, die in Charity Hill geblieben waren, waren fast ständig damit beschäftigt, Holz für die Öfen zu hacken. Obwohl sie ihr Bestes taten, erwies es sich als zu mühsam, so wie in früheren Zeiten sämtliche Räume des großen Hauses zu heizen, und man beschränkte sich auf die Küche und das große Wohnzimmer. Dort saß die Familie zusammen, eine traurige Gruppe von Frauen mit ganz verschiedenen Charakteren.

Oliver Cromwell hatte die Grafschaften Hertford und Huntingdonshire unter Kontrolle gebracht, und die Frage, ob man dies als einen entscheidenden Rückschlag für die Royalisten werten mußte, war häufiger Gesprächsgegenstand. Diejenigen, die die Lage für gefährlich hielten, wurden als mutlose Schwarzseher bezeichnet, die anderen des Leichtsinns beschuldigt.

So wurde die Stimmung auf Charity Hill immer gereizter. Es wunderte niemanden, daß Emerald es vorzog, täglich allein weite Spaziergänge zu machen. Keiner ahnte, daß sie sich in Wirklichkeit zu Sir Robin begab, mit dem sie sehr vergnügliche Stunden in seinem Gasthauszimmer in Fowey verlebte.

Eines Tages, als sie wieder alle im Wohnzimmer saßen, stürzte plötzlich Arthur herein. Er kam aus der Stadt, wo er die schreckliche Nachricht erfahren hatte, daß ein ganzes Regiment der Rebellen in Cornwall eingefallen war und siegreich in die Grafschaft vordrang. Diese Botschaft löste Entsetzen aus. Alle redeten durcheinander.

«Wie furchtbar!» rief Janet totenbleich. «Was sollen wir denn jetzt tun?» «Sie werden das Haus niederbrennen und uns alle töten», jammerte Catherine.

«Hört zu», sagte Helena mit betont ruhiger Stimme. «Ich weiß nicht, ob die feindlichen Truppen rechtzeitig aufgehalten werden, deshalb schlage ich vor, daß wir uns verbarrikadieren.»

Einen Moment lang herrschte entsetztes Schweigen, dann redeten alle auf einmal los:

«Mein Gott, was sollen wir nur tun?»

«Helena, bist du denn ganz sicher?»

«Sie werden uns alle ausrauben und ermorden!»

«Ich habe gewußt, daß so etwas geschehen würde, Helena, sag doch, was du sonst noch weißt!»

«Bitte, seid ruhig», bat Helena, «wir haben schließlich noch etwas Zeit. Charity Hill ist nicht ohne weiteres einzunehmen, und wenn wir alle Tore verriegeln, können sie uns nie plündern.»

«Sie können uns aushungern!» rief Adeline.

«Unsere Vorrats- und Getreidekammern sind bis oben hin gefüllt», entgegnete Helena.

«Aber wir werden sie schrecklich reizen, wenn wir sie nicht einlassen», warf Elizabeth ein.

«Nun, das macht nichts. Aber Charity Hill werden sie nur über meine Leiche plündern», sagte Helena mit entschlossener Stimme. Dann fügte sie hinzu: «Für den Fall, daß sie aber doch hier eindringen können, werden wir jetzt alles, was wertvoll ist, verstecken. Ich gebe den Dienstboten Bescheid.»

Helena ging, äußerlich ruhig und gelassen, hinunter in die Küche. Hier herrschte ein vollkommenes Durcheinander. Offenbar hatte Arthur den Küchenmädchen schon die Schreckensbotschaft gebracht, und diese waren nun überzeugt, der Weltuntergang werde über sie hereinbrechen.

«Ich habe gehört, diese Soldaten vergewaltigen alle Frauen und hängen sie dann auf», schluchzte Nelly, die Tochter der Köchin.

«Unsinn», widersprach Helena, «bitte, Nelly, hör auf zu weinen. Und ihr anderen hört mir jetzt auch zu: ihr verpackt alles Silber in großen Kisten, und dann sollen Arthur und einige Helfer sie im Garten vergraben. Aber die Erde darüber muß so festgestampft und mit Schnee bedeckt werden, daß man nicht erkennt, daß sie aufgewühlt worden ist. Dann bringt ihr die Lebensmittel in den kleinen Raum ganz hinten im Keller und stellt einen Schrank vor die Tür. Ach ja, und die wertvollsten Bücher aus der Bibliothek werden in das Geheimfach hinter dem Gemälde der Lady Charity Golbrooke verstaut.»

Helena ließ keine Zeit mehr für Debatten, sondern stieg die Treppen hinauf zu ihrem Zimmer. Dort war Molly schon dabei, Helenas Kleider und Schmuck aus den Schränken zu räumen.

«Du bist ein Engel, Molly», sagte Helena dankbar, «aber wohin bloß mit all den Sachen?»

«Ich bringe sie in den Keller», erklärte Molly, «es gibt dort einige gute Verstecke.»

Helena war erleichtert über die Hilfe ihrer treuen Dienerin. Sie ging hinunter in die Halle, wo Catherine und Janet soeben dabei waren, einen kostbaren Gobelin von der Wand zu nehmen.

«Wir bringen ihn in Nellys Zimmer», sagte Janet, «und legen ihn dort unter das Bett. Denn wer wird schon auf die Idee kommen, einen wertvollen Wandbehang unter dem Bett eines Dienstmädchens zu suchen?»

Den ganzen Nachmittag verbrachten sie alle damit, neue Verstecke zu ersinnen und Schmuck, Porzellan und Nahrungsmittel dort unterzubringen.

Gegen Abend glich Charity Hill einem verlassenen, ausgeräumten Haus, fast überall waren die Teppiche verschwunden und an den Wänden zeigten sich große Flecken an den Stellen, wo einst Bilder gehangen hatten. Die Ahnenbilder aus der Halle waren jedoch zu schwer gewesen, um entfernt zu werden. «Nun können sie kommen», sagte Helena zufrieden.

«Bist du toll?» rief Janet. «Wenn sie herkommen, sterbe ich vor Angst!»

Obwohl es schon spät war, wollte niemand zu Bett gehen. Jeder erklärte, überhaupt nicht müde zu sein, aber insgeheim fürchteten alle, mitten in der Nacht von einem Soldaten mit barschen Worten geweckt zu werden. Da war es besser, wach zu bleiben und den Tatsachen gefaßt ins Auge zu sehen.

Alle versammelten sich im Wohnzimmer. Es herrschte eine stille, gedrückte Stimmung, aber wenigstens kam kein Streit auf. Die plötzlich unmittelbar vor ihnen stehende Gefahr vereinigte sie alle zu einer Gemeinschaft, die gezwungen war, zusammenzuhalten.

Der Abend verrann zäh und langsam. Draußen war es mittlerweile pechschwarze Nacht geworden, ein eisiger Wind heulte und in der Ferne toste das Meer. Im Haus war es warm, und die lastende Stille wurde nur durch ein gelegentliches Husten oder Seufzen unterbrochen. Einmal sagte Janet: «Ist es nicht seltsam, daß wir hier so friedlich sitzen, und irgendwo, nicht weit von hier, kämpfen Menschen um ihr Leben? Viele Männer sterben, und wir sitzen nur hier.»

Ein unbehagliches Schweigen folgte ihren Worten, weil jeder nun überlegte, was geschehen würde, wenn die Feinde siegten.

Gegen Mitternacht verspürten alle Hunger. Helena ging in die Küche, um etwas zu essen zu holen, denn sie nahm an, die Bediensteten würden schon schlafen. Dabei stellte sie fest, daß auch sämtliche Dienstboten wach waren. Sie saßen um den großen Küchentisch. Als Helena eintrat, sprangen sie auf und riefen wie aus einem Mund: «Sind die Feinde da?»

«Nein», sagte Helena nur. Sie ließ sich von der Köchin einen Teller mit Kuchen geben und ging wieder hinauf. Nie hätte sie geglaubt, daß eine Nacht so endlos sein könne.

In den frühen Morgenstunden nickte Helena ein, und als sie wieder aus dem Schlaf aufschreckte, dämmerte es bereits. Das Feuer im

Kamin brannte nicht mehr, und das Zimmer war eiskalt. Auf dem Sofa lagen Emerald und Elizabeth dicht aneinandergepreßt und schliefen. Adeline in ihrem Sessel gab leise Schnarchlaute von sich. Janets Kopf war auf die Tischplatte gesunken, der von Catherine ruhte auf der Armlehne. Helena erhob sich und unterdrückte mühsam einen Schmerzenslaut: ihr Körper fühlte sich durch die unbequeme Haltung steif und wund an.

Wenn ich nicht sofort ins Bett komme, dachte sie, falle ich tot um.

Taumelnd vor Müdigkeit schlich sie sich aus dem Zimmer und stolperte die Treppe hinauf. Ihr Kopf schmerzte heftig, ihre Augen brannten wie Feuer.

Sie ging in ihr Schlafzimmer, schlüpfte aus ihren Kleidern, die sie einfach auf dem Boden liegen ließ, und sank in ihr Bett.

Als sie zum zweitenmal erwachte, war es schon hell. Draußen auf dem Fensterbrett türmte sich weicher Schnee, im Kamin brannte ein Feuer und das Zimmer war aufgeräumt. Helena fielen sofort die Aufregungen des gestrigen Tages ein. Sie setzte sich im Bett auf und klingelte nach Molly.

Das Mädchen erschien sofort, als habe es schon darauf gewartet, daß ihre Herrin erwachte. Sie strahlte über das ganze Gesicht.

«Wir haben gesiegt, Mylady!» rief sie mit so viel Stolz, als sei sie selbst ein kühner Feldherr. «Bei Braddock Down hat Sir Ralph Hopton gestern die Feinde geschlagen!»

«Meine Güte», sagte Helena, «und wir haben nichts davon geahnt!»

«Ach, Mylady», plapperte Molly, «ich bin ja so erleichtert. Nun ist der Krieg sicher bald vorbei.»

«Na, eine Schlacht ist noch kein ganzer Krieg», gab Helena zu bedenken, «aber wenigstens sind wir vorläufig sicher.»

Sie legte sich wieder in ihre Kissen zurück und atmete tief und erleichtert durch. So schnell würden sich die Feinde nicht wieder nach Cornwall wagen, hoffentlich waren sie jetzt weniger anmaßend. Es lag doch klar auf der Hand, daß der König gewinnen würde, also sollten sie gleich aufhören, bevor noch weitere Männer starben ... bei diesem Gedanken fuhr Helena in die Höhe.

«Molly!» rief sie. «Gibt es schon Verlustlisten?»

«Nein, Mylady, Arthur war heute in Fowey, aber man wußte noch nichts.»

«Dann soll er heute mittag noch einmal fahren.»

Molly lachte: «Mylady, es ist Mittag!»

«Nun, dann soll er am Abend fahren. Ich brauche die Verlustlisten.»

«Ist einer Ihrer Familienangehörigen in Sir Ralphs Regiment?» erkundigte sich Molly neugierig.

«Man könnte es so sagen.» Helena beschloß, das Thema zu wechseln. «Ich werde jetzt aufstehen», verkündete sie. Sie erhob sich, zog sich mit Mollys Hilfe an und ging hinunter.

Am Abend brachte Arthur die Verlustliste. Helena fing ihn schon an der Hintertür ab, um die Liste als erste in die Hände zu bekommen.

«Alexander ist nicht darunter», flüsterte sie, nachdem sie die Liste zweimal gelesen hatte. «Er ist nicht darunter», wiederholte sie, und es klang wie ein Schluchzen.

13

Etwa zur gleichen Zeit befand sich Emerald in dem kleinen Wirtshauszimmer bei Sir Robin. Sie hatte sich fest vorgenommen, ihm heute zu sagen, daß sie ein Kind von ihm erwartete. Obwohl sie davon überzeugt war, daß er sie liebte, ahnte sie Böses.

«Robin», sagte sie halblaut.

«Hm?» Er sah nicht auf.

«Robin, ich ... ich ...»

Endlich sah er hoch. «Was ist denn?»

«Robin – ich bekomme ein Kind», sagte sie kurzentschlossen.

Seine Augen verengten sich. «Ein Kind?» wiederholte er.

«Ja, ich bin mir ganz sicher.» Emerald forschte ängstlich mit den Augen in seinem Gesicht, aber sie konnte hinter der starren Maske weder Freude noch Ärger entdecken. «Es wird wohl im September zur Welt kommen», fügte sie hinzu.

Robin stand auf und ging zum Fenster. «Das ist schön für dich», sagte er ausdruckslos.

In Emerald stieg Angst auf. «Wir werden doch heiraten?» Sie wandte sich um und zwang sich zu einem Lächeln.

Er antwortete nicht.

Mit leichter Panik in der Stimme wiederholte sie ihre Frage: «Robin, du wirst mich doch heiraten?»

Er drehte sich zu ihr um und lächelte. «Nein, mein Herz», sagte er freundlich, «das werde ich nicht tun!»

Emerald starrte ihn fassungslos an, unfähig, den ganzen Sinn seiner Worte zu begreifen. Es konnte nicht wahr sein, was sie eben gehört hatte, er konnte es doch nicht einfach ablehnen, sie zu heiraten! Sie hatte fest damit gerechnet, daß er sie nicht im Stich lassen werde.

Die Vorstellung, ein uneheliches Kind zu bekommen, ließ sie verzweifeln. Zum erstenmal dämmerte ihr, daß Robin womöglich doch nicht so ritterlich war, wie sie bislang angenommen hatte.

«Wie meinst du das?» fragte sie, nachdem sie ihre Sprache wiedergefunden hatte. «Wie meinst du es, wenn du sagst, du willst mich nicht heiraten?»

«Ich meine genau das, was ich gesagt habe», erklärte Robin, «ich hatte und habe nicht die Absicht, dich zu meiner Frau zu machen!»

«Ja – aber», stotterte Emerald, «ich bekomme doch ein Kind!»

«Diese Tatsache ist höchst bedauerlich, vermutlich aber nicht zu ändern. Du hast vorher gewußt, daß so etwas passieren kann.»

Emerald bemerkte, daß sie fröstelte, obwohl es warm war im Zimmer. Eine heftige Übelkeit hatte sich ihrer bemächtigt und ließ sie von innen her frieren. Alle ihre Hoffnungen, Wünsche, Sehnsüchte und Träume waren zerschlagen, zerstört worden von dem raubtierhaften Mann, der vor ihr am Fenster lehnte und dessen weiße Zähne so grausam aus dem gebräunten Gesicht schimmerten. Abgrundtiefe Angst und Verzweiflung überfielen sie.

«Bitte, Robin», hörte sie sich sagen, «bitte stoß mich nicht von dir! Du mußt mich heiraten, ich kann doch keinen ... Bastard zur Welt bringen!»

«Herzchen, wenn ich jede Frau, die ein Kind von mir erwartete, geheiratet hätte, wäre ich längst der Vielweiberei beschuldigt worden», meinte Robin.

Das war das letzte, woran Emerald sich erinnern konnte. Irgendwie mußte sie dann aus diesem Zimmer in eine Kutsche und dann nach Hause gekommen sein. Wie, konnte sie später nicht mehr sagen.

14

Obwohl Catherine vom Geständnis ihrer Tochter schockiert war, ertrug sie es mit der ihr eigenen Kraft und Beherrschung. Sie wußte, daß es keinen Sinn hatte, mit dem Schicksal zu hadern und Emerald mit Vorwürfen zu überschütten. Nun mußte gehandelt werden.

«Wenn dieser Sir Robin sie nicht heiratet», sagte sie zu Helena, der sie das Mißgeschick anvertraut hatte, «dann müssen wir eben einen anderen Mann für sie finden.»

«Aber meine Güte, wo wollen Sie in Kriegszeiten einen passenden Gemahl für Emerald hernehmen?»

Helena war nicht begeistert, in diesen Fall hineingezogen worden zu sein, und die Rolle als Kupplerin behagte ihr schon gar nicht. Ihrer Ansicht nach brauchte Emerald auch nicht zu heiraten.

«Nun», erwiderte Catherine auf ihre Bedenken, «ich dachte auch nicht an einen jungen Mann. Ein älterer, vornehmer Herr wäre das richtige!»

«Für Emerald?» Helena lachte laut auf. «Entschuldigen Sie, Tante Catherine, aber können Sie sich Emerald als Ehefrau eines würdigen alten Herrn vorstellen?»

«Ich fürchte, Emerald wird nicht viel Zeit haben, sich einen genehmen Gatten auszuwählen. Ich habe aber schon eine Idee, die so schnell wie nötig ausgeführt werden kann.»

«Was meinen Sie?» fragte Helena beunruhigt.

«Benedict Linford, Earl of Kensborough. Er lebt auf seinem Gut bei Torrington.»

«Er ist nicht im Krieg?» wunderte sich Helena.

«Nein, er hat die Gicht.»

«Mein Gott», murmelte Helena, «ein gichtiger alter Graf. Meinen Sie nicht, daß das ein Fehler ist?»

«Uns bleibt keine andere Wahl», erklärte Catherine streng, «Emerald muß sofort heiraten, damit sie das Kind als ehelich ausgeben kann. Warten wir auf einen besseren, wird Emerald als schwangere Frau nie einen Mann bekommen, und dann bleibt ihr die Gesellschaft für immer verschlossen. Der Earl of Kensborough ist sehr einsam. Seine Frau, eine gute Freundin von mir, starb vor fünfzehn Jahren. Ich werde ihn hierher einladen.»

Der Earl schien darüber höchst erfreut zu sein, denn er kam der Aufforderung sofort nach. Am 16. Februar erschien er mit einer sechsspännigen Kutsche auf Charity Hill.

«Himmel!» rief Emerald, die gemeinsam mit Helena und Janet die Ankunft von einem der oberen Fenster aus beobachtete. «Schaut ihn euch an. Er scheint vergessen zu haben, wie alt er ist!»

Tatsächlich trug der Earl eine für sein Alter viel zu jugendliche Kleidung. Von Kopf bis Fuß war er in weinroten Brokat gehüllt, an seiner linken Hüfte baumelte ein riesengroßer blitzender Degen und auf dem Kopf hing eine sorgfältig gewellte Perücke. Seine schwarzen Stiefel waren mit Absätzen versehen, denn er maß kaum fünf Fuß. Das kleine Gesicht mit den eng zusammenstehenden Augen war von Pockennarben verunstaltet und an Stelle von Zähnen schauten aus seinem Mund nur schwarze Stümpfe hervor.

Helena drückte Emerald aufmunternd den Arm. «Geh hinunter», sagte sie, «und denk daran, daß man nicht alle Tage die Gelegenheit hat, Gräfin zu werden!»

Als Emerald spät in der Nacht zu Bett ging, wußte sie, daß er ein großes Gut besaß, sehr vermögend war, und sie wußte, daß er der häßlichste Mann war, den sie je gesehen hatte. Nie würde sie ihn auch nur gern haben können.

Vier Tage später machte er ihr einen Antrag und sie sagte zu. Als Emerald zwei Tage nach der Hochzeit mit ihrem Mann aufbrechen mußte, fand sie noch eine kurze Gelegenheit, mit Helena allein zu sprechen.

«Ich war nie sehr nett zu dir», sagte sie hastig, «und ich wollte dich dafür um Verzeihung bitten. Ich habe immer meine Launen an anderen ausgelassen, und nun muß ich dafür bezahlen.»

«O Emerald, bitte sprich nicht so!» rief Helena mit Tränen in den Augen. «Du wirst eine Gräfin und besitzt viel Geld und ein wunderschönes Haus. Du mußt glücklich sein!»

«Ich könnte mich genausogut lebendig begraben lassen», erwiderte Emerald heftig, mit kurz aufflammender Leidenschaft, «sieh, Helena, ich habe immer von einem herrlichen Leben geträumt, ich dachte, mir müßte alles zufliegen, Glück und Liebe. Ich traf Robin und dachte, er könne mir das alles geben, und ich verliebte mich in ihn. Doch dann mußte ich erkennen, wie bitter ich mich getäuscht hatte. Und weil ich nicht warten konnte, weil ich alles zu schnell wollte, bin ich nun am Ende.»

«O Emerald», stieß Helena hervor.

Sie schlang ihren Arm um die Cousine und küßte sie. Emerald lehnte sich an sie, und so blieben sie stehen. Zum erstenmal in ihrem Leben fühlten sie Liebe füreinander, nun, da es zu spät war.

«Ich muß gehen», sagte Emerald leise. «Benedict wartet.» Sie machte sich aus der Umarmung frei, und ohne ein weiteres Wort oder einen Blick ging sie fort.

Helena blieb stehen. Sie bemerkte nicht, daß es zu regnen begonnen hatte, der Schnee unter ihren Füßen taute. Sie sah in die Ferne und fühlte, wie eisige Kälte in ihrem Körper hinaufkroch und sich wie ein Panzer um sie schloß. Sie wußte zunächst nicht, weshalb salzige Tränen über ihre Wangen liefen und tiefe Verzweiflung sich ihrer bemächtigte, doch dann begriff sie, daß es der Tod war, der sie in diese Hoffnungslosigkeit stürzte. Alles um sie herum wankte, kämpfte, zerbrach und starb. Elizabeth, die mit einem seltsamen Gesichtsausdruck Tag und Nacht über ihrer Bibel saß, Emerald, die ihr Glück an einen alten Earl verschenkte, Janet, deren Gedanken nur bei William weilten, und sie selbst, die weder aus noch ein fand in verstrickten, wogenden Gefühlen. Und irgendwo draußen starben die Männer Englands auf kalten Schlachtfeldern, jagten mit gezogenen Schwertern aufeinander los, berauscht vom Kampf und vom Tod, getrieben von den wilden Parolen der Feldherren. Die Herrscher dieser Tage hießen Grausamkeit und Zerstörung, und wer nicht achtsam war, fiel selbst in diesen Strudel der Gewalt, wurde mitgerissen und zerschellte schließlich. Die Angst und Verzweiflung ließen jeden von ihnen jeden Tag ein kleines bißchen sterben.

Helena ballte die Fäuste. «Aber ich werde nicht sterben», murmelte sie, «ich werde diesen Krieg irgendwie überstehen und Jimmy, so Gott will, auch. Wir werden in Charity Hill leben bis an das Ende unserer Tage und nie wieder werde ich an Alexander oder einen anderen Mann denken. Ich darf nicht über Emerald, Janet und Elizabeth nachgrübeln, sie müssen selbst mit ihren Leben fertig werden. Irgendwann, eines Tages wird alles wieder in Ordnung kommen, aber bis dahin muß ich zusehen, daß ich diese Zeit überstehe!»

Helenas kleine Tochter kam im April zu Welt. Sie wurde in einer stürmischen Regennacht geboren, in der sämtliche Urgewalten der Erde sich zu einem Orkan verbündet zu haben schienen. Der Kanonendonner von Edgehill, so erklärte Molly, hätte nicht lauter tönen können als das gegen die Klippen tosende Meer.

Nach mehreren Tagen angestrengten Überlegens beschloß Helena, ihre Tochter Catherine zu nennen. Es war eine Huldigung an ihre Tante, für die sie immer tiefe Zuneigung empfunden hatte, und natürlich zeigte sich diese entzückt. Adeline allerdings, die diese Namensgebung als Zurücksetzung ihrer eigenen Person empfand, lief tagelang mißmutig herum. Die alte Feindschaft zwischen ihr und ihrer Schwiegertochter flammte erneut auf, und sie stichelten wieder wie in den ersten Tagen.

Doch es waren nicht nur Helena und Adeline, deren Stimmung von Tag zu Tag gereizter wurde. Der Krieg zerrte an den Nerven aller. Es war vor allem die ständige Angespanntheit, verbunden mit der Verdammnis zur Untätigkeit, die die Menschen quälte. Es gab nichts zu tun, außer zu sitzen und zu warten, die endlosen Verlustlisten zu lesen und sich wieder und wieder zu versichern, der Krieg müsse bald aus sein und Seine Majestät werde ohne Zweifel gewinnen.

Früher war das Leben lustig und heiter gewesen, die Menschen hatten getanzt, gefeiert und gelacht, doch nun legten sich Furcht und Trauer wie ein eisiger Mantel um sie. Um der Ablenkung willen verging auch jetzt keine Woche, in der es keine Geburtstagsfeier oder eine andere Einladung gegeben hätte, aber es wollte keine Fröhlichkeit aufkommen. Alle waren sich auf eine beklemmende Weise bewußt, daß kaum Männer anwesend waren, und die wenigen, die kamen, waren vom Krieg schon zu Krüppeln gemacht worden, hatten Beine, Arme oder das Augenlicht hergegeben für – ja, wofür? Helena fragte es sich täglich von neuem. Sie konnte dem Krieg keine einzige gute Seite abgewinnen, nichts, wofür es sich gelohnt hätte, so viele Opfer zu bringen. Sie verstand nicht, daß es Menschen gab, die ihn glorreich fanden, denn worin lag das Glorreiche, wenn täglich Tausende auf die Schlachtfelder stürmten und nur wenige zurückkamen? Wo lag ein Reiz, wenn man tötete, nur um nicht selbst getötet zu werden?

In Mrs. Thompsons Wohnzimmer hing ein großes Schild mit der Aufschrift: *Dulce et decorum est pro patria mori!* süß und ruhmvoll ist es, für das Vaterland zu sterben! Helena ärgerte sich über diesen Spruch, den sie für einfältig und fanatisch hielt. Angst, Elend, Leid, Verzweiflung und Tod waren nicht ruhmvoll und süß.

Am 13. Mai, wenige Tage vor Helenas neunzehntem Geburtstag, siegten Truppen Cromwells über eine königliche Kavallerieeinheit bei Grantham. Die Nachricht löste leichte Panik aus, diese wurde jedoch von vielen bald zerstreut. Was war schon Grantham? Was war ein einziger Sieg! Im Süden sah es für die Royalisten doch sehr gut aus. Sir Ralph Hoptons Regiment befand sich von Launceston aus auf dem Vormarsch nach Nord-Devon, und es war jetzt schon klar, daß es auf nicht sehr viel Widerstand stoßen würde. Noch ein paar Kämpfe und der Krieg war aus und Charles I. wieder unumschränkter Herrscher seines Reichs. Doch bis dahin würden noch viele sterben.

Es wurde Sommer, ein warmer, trockener Sommer, der blauen Himmel und strahlenden Sonnenschein mit sich brachte. Die Tage wurden länger, die Bäume trugen dichtes grünes Laub und die Rosen, die sich an den steinernen Mauern von Charity Hill emporrankten, blühten und dufteten. Auf den Feldern wuchs golden das Korn, obwohl die Ernte dieses Jahres nicht mit dem zu vergleichen sein würde, was sonst eingebracht worden war.

Das Rauschen des Meeres vermischte sich wieder mit dem Gezwitscher der Vögel, an den Rändern der staubigen Feldwege wuchsen Löwenzahn und Mohn, Kornblumen und Geißblatt. Auf den Weiden grasten die Kühe, die Hühner flatterten laut gackernd über den Hof, und die Schweine wälzten sich grunzend im Schlamm. Die Welt schien so rein und idyllisch, als gäbe es nirgendwo einen Krieg.

An einem besonders heißen Tag im Juli befanden sich Janet, Helena und Elizabeth auf dem Weg nach Fowey, um Mrs. Thompson zu besuchen. Eigentlich waren auch Catherine und Adeline eingeladen gewesen, doch beide hatten erklärt, es sei ihnen zu warm und sie würden lieber daheim bleiben und auf die Kinder aufpassen. Nur Francis, der mittlerweile über ein Jahr alt war, begleitete sie, denn Mrs. Thompson war so entzückt von dem kleinen Kerl, daß sie enttäuscht gewesen wäre, wäre er nicht mitgekommen.

Die Fahrt durch den sommerlichen Wald erinnerte Helena an ihre erste Ankunft in Charity Hill.

«Genauso sah es damals aus», erzählte sie, «ich war von der Natur tief beeindruckt, aber ich kam nicht recht dazu, sie genau zu betrachten, da ich entsetzlich ängstlich war!»

«Und jetzt bist du schon zwei Jahre hier», ergänzte Janet, «du hast zwar zwei Kinder, aber es ist Krieg, Jimmy und William sind fort – es ist sicher ganz anders gekommen, als du es dir damals vorgestellt hast!»

«Ja, wirklich, an so etwas dachte ich nicht. Natürlich redete man damals schon vom Bürgerkrieg, aber ich glaubte nicht daran.»

«Das hat wohl niemand getan. Krieg ist immer etwas so Unvorstellbares, daß man ihn erst begreift, wenn er da ist.»

«Gott wird diesen Krieg bald beenden», mischte sich Elizabeth ein. Im Gegensatz zu den beiden anderen war sie, wie immer, grau gekleidet. Die Hände lagen ruhig auf ihrem Schoß gefaltet und das Gesicht trug den Ausdruck sanfter Abgeklärtheit.

«Wenn Gott den Krieg beenden kann, warum läßt er ihn dann erst anfangen?» fragte Helena. «Ich finde das nicht besonders gnädig.»

«Aber Helena!» rief Elizabeth erschrocken. «Wie kannst du so etwas sagen! Der Wille Gottes ist unerforschlich, kein Mensch darf so hochmütig sein, das Tun Gottes zu beurteilen!»

«Unerforschlich ist sein Wille in der Tat», erwiderte Helena, «ich kann den Sinn eines Krieges nicht begreifen.»

«Aber es gibt einen Sinn, nur wir verstehen ihn noch nicht», beharrte Elizabeth.

«Es ist ja auch im Augenblick unerheblich», unterbrach Janet, die einen Streit befürchtete.

«Ich bin besonders gespannt, wer noch sonst eingeladen ist», meinte Helena, «sie sagte, es wären Soldaten da. Sicher sind sie verletzt.»

«Wenn ich sie sehe, werde ich immer traurig und muß an William denken. Andererseits ist es gut, daß Mrs. Thompson sie einlädt, sonst wären sie völlig verlassen.»

Helena drückte Janets Arm und flüsterte: «William wird nichts geschehen, das weiß ich genau.»

Janet lächelte dankbar.

Als sie bei Mrs. Thompson ankamen, standen schon einige Kutschen und Pferde vor dem Tor.

Helena, Elizabeth und Janet traten in den kleinen Raum, der mit Menschen angefüllt war. Sie saßen alle um einen runden Tisch, plauderten und lachten. Beim Eintritt der drei Neuankömmlinge verstummte die Unterhaltung und alle Blicke wechselten zu ihnen hinüber. Die anwesenden Herren erhoben sich höflich, während die Damen die Augen zusammenkniffen und eingehende Musterungen anstellten. Mrs. Thompson lief auf sie zu.

«Oh, meine Lieben!» rief sie mit überschwenglicher Begeisterung. «Wie schön, daß Sie endlich kommen!» Sie spähte in den Gang. «Ihre Schwiegermutter und Lady Ryan sind nicht da?» fragte sie Helena, die ihr am nächsten stand. «Nun ja, dafür haben Sie meinen Goldjungen ja mitgebracht! Francis, kennst du mich noch?»

Francis verzog weinerlich den Mund. Die vielen Menschen flößten ihm Angst ein.

«Meine Tante und meine Schwiegermutter bedauern es sehr, nicht kommen zu können», erwiderte Helena, «aber sie fühlen sich nicht ganz wohl.»

«Ja, ja, die Hitze ist entsetzlich», meinte Mrs. Thompson mitfühlend, «kommen Sie, ich stelle Sie vor.» Sie wandte sich an ihre übrigen Gäste. «Hier sind drei sehr liebe Freundinnen», sagte sie, «Mrs.

O'Bowley, Lady Smalley und Lady Golbrooke mit ihrem Sohn Francis!» Helena, die sich kurz zu Francis hinabgebeugt hatte, um ihn am Weinen zu hindern, sah hoch. Sie wollte freundlich lächeln, doch im selben Moment gefror ihr Lächeln, ihre Augen weiteten sich ungläubig.

Um den Tisch herum standen viele Soldaten – und einer von ihnen war Alexander Tate! Er stand direkt vor ihr, und als er bemerkte, daß sie ihn erkannt hatte, lächelte er kaum merklich.

Unterdessen zählte Mrs. Thompson die Namen der Gäste auf, ohne zu wissen, daß Helena nahe daran war, in Ohnmacht zu fallen.

«Oberst Tate», «Major Evans, Lady Nolan ...»

Helena hörte kaum hin. Sie war noch immer unfähig, sich zu bewegen oder auch nur einen klaren Gedanken zu fassen. In ihrem Kopf wirbelte es. Alexander war hier, er stand leibhaftig in diesem Raum. Obwohl sie ihn zum letztenmal vor fast zwei Jahren gesehen hatte, hatte sie ihn sofort erkannt.

«So, nun setzen Sie sich», forderte Mrs. Thompson auf, «Francis Liebling kommt natürlich zu mir!»

Sie zog ihn auf ihren Schoß und schob ihm ein Stück Kuchen in den Mund.

Dann beugte sie sich vor: «Lady Golbrooke, Sie kennen doch Oberst Tate, nicht wahr?» fragte sie. «Ich erinnere mich, daß er vor längerer Zeit bei Ihnen eingeladen war. Im November ...»

Im November, als Rauhreif über den Wiesen lag, der Himmel grau war und den galoppierenden Pferden weiße Atemwolken aus den roten Nüstern quollen.

«Ja, natürlich kennen wir uns», sagte Alexander, «nur haben wir uns durch den Krieg lange nicht gesehen.»

«Wissen Sie», erzählte Mrs. Thompson, «Oberst Tate ist in einem geheimen Auftrag hier, natürlich hat er mir nicht erzählt, was es ist, aber ich wüßte es schrecklich gern.»

«Wie aufregend!» meinte Lady Nolan, eine beleibte Dame im rosa Seidenkleid. «Sie kommen von der Front, Oberst?»

«Ja, bis vor zwei Tagen war ich in Nord-Devon. Wir haben Bideford und Torrington eingenommen und Barnstable hat sich freiwillig ergeben. Es waren sehr leichte Siege.»

«Torrington?» fragte Elizabeth aufmerksam. «Meine Schwester lebt dort. Vielleicht kennen Sie sie. Sie ist mit dem Earl of Kensborough verheiratet. Ich hoffe, es wurde nicht allzu heftig in dieser Gegend gekämpft?»

«O nein», beruhigte sie Alexander, «wie gesagt, es ging im Handumdrehen.»

«Jetzt bleibt dem Parlament hier unten nur noch Plymouth», bemerkte Bridget, ein einfältiges Mädchen, das neben Helena saß, «bestimmt hat Ihr Auftrag etwas damit zu tun. Sie sollen als Spion in die Stadt eindringen!» Sie kicherte und schenkte ihm einen vertraulichen Blick.

Alexander blieb ruhig. «Ich darf leider keine Auskunft geben», sagte er.

Bridget stieß Helena an. «Ist er nicht hinreißend?» flüsterte sie. «Wie es wohl ist, wenn er einen küßt?»

«Probieren Sie's doch», sagte Helena kalt.

Das eingebildete Frauenzimmer, merkte sie nicht, daß sie selbst Qualen ausstand und in Ruhe gelassen werden wollte?

«Probieren Sie's doch», kicherte Bridget. «Herrje, Sie sind aber eine Schlimme!»

«Warum haben Sie Cathy nicht mitgebracht?» fragte Mrs. Thompson. «Ich hätte sie zu gerne einmal gesehen.»

«Sie ist erst drei Monate alt. Ich weiß nicht, ob so eine Fahrt gut für sie wäre.»

«Nein, bestimmt nicht.» Mrs. Thompson wandte sich an die übrigen Gäste: «Wissen Sie, Lady Golbrooke hat ein süßes kleines Mädchen, und stellen Sie sich vor, die Kleine kennt ihren Vater überhaupt noch nicht!»

Helena ließ ihren Blick über die Reihe der Gäste schweifen. Alexander war der einzige gesunde Soldat, alle anderen waren schwerverletzt. Einige von ihnen hatte sie gesehen, bevor sie in den Krieg gegangen waren, doch sie waren kaum wiederzuerkennen. Damals waren sie jung und stark gewesen, mit langen Locken und blitzenden Augen, begeisterungsfähig und voller Optimismus. Jetzt hatten sie müde, stumpfe Gesichter und schienen um Jahre gealtert.

Mrs. Thompsons Gäste redeten noch eine Weile, bis es draußen zu dämmern begann und Elizabeth zum Aufbruch mahnte. Auch die übrigen Anwesenden erhoben sich.

«Es war wirklich schön, meine Liebe», verabschiedete sich Lady Nolan, und Major Evans fügte hinzu:

«Ich habe für ein paar Stunden beinahe den Krieg vergessen!»

Mrs. Thompson strahlte. «Kommen Sie, ich begleite Sie hinunter», sagte sie, und zu Alexander gewandt: «Sie bleiben ja noch hier, Oberst.»

«Er bleibt hier?» fragte Lady Nolan erstaunt.

«Ja, wissen Sie, er trifft sich hier nämlich mit jemandem. Es ist ganz geheim, und ein Gasthaus wäre zu gefährlich.»

Mrs. Thompson schien fast platzen zu wollen vor Stolz, während Alexander ebenso offensichtlich bedauerte, ausgerechnet Mrs. Thompson zu seiner Verbündeten gemacht zu haben.

«Leben Sie wohl, Oberst Tate», sagte Helena und reichte ihm ihre Hand. Sie spürte den Druck seiner Finger und sah das ernste Lächeln auf seinem Gesicht.

«Auf Wiedersehen, Lady Golbrooke», sagte er.

Helena drehte sich um und verließ das Zimmer. Vorher ließ sie unauffällig ihren Fächer auf den Tisch gleiten.

Die Abschiedszeremonie dauerte wie üblich sehr lange. Sämtliche Damen umarmten und küßten sich etliche Male, die Herren standen recht ungeduldig daneben und gestatteten sich ab und zu die Bemerkung, daß es recht spät sei.

«Ich glaube, ich habe meinen Fächer vergessen», sagte Helena zu Mrs. Thompson, «ich werde ihn holen.»

«Oh, wie ärgerlich. Soll ich Amy schicken?»

«Nein, das ist nicht nötig. Wer weiß, wo ich ihn hingelegt habe!»

«Bitte, beeil dich», sagte Elizabeth.

«Ja, natürlich!» Helena raffte ihre Röcke und lief so schnell sie konnte die Treppe wieder hinauf. Ihr Herz klopfte in wilder Erregung, und als sie an einem Spiegel vorbeikam, sah sie, daß ihr Gesicht seltsam bleich war und ihre Augen funkelten. Gleich war sie mit ihm allein.

Sie blieb vor dem Zimmer stehen, schluckte noch einmal, öffnete die Tür und trat ein.

Es war schon düster im Zimmer und sie konnte sein Gesicht nur schattenhaft sehen. Er stand am Fenster und hielt ein Glas in der Hand, mit der anderen umklammerte er den Griff seines Schwertes.

«Alexander!» flüsterte sie leise.

Er wandte sich zu ihr um. «Was ist?» fragte er.

Sie schloß die Tür hinter sich.

«Ich ... ich mußte dich noch einmal sehen», sagte sie.

Ihre Augen hatten sich inzwischen an die Dunkelheit gewöhnt, und sie erkannte, daß sich sein Ausdruck verfinsterte.

«Was ist denn?»

Sie lächelte und trat näher an ihn heran. «Weißt du denn nichts mehr?» fragte sie. «Damals im November, als Faith mit mir durchging!»

«Wir wollten es doch vergessen.»

«Aber ich kann es nicht vergessen, Alexander, niemals. Ich habe immer daran gedacht, anderthalb Jahre lang.» Helena stand nun neben dem Tisch, auf den sie ihren Fächer hatte fallen lassen. Sie nahm ihn hoch. Ihre Stimme klang hastig.

«Alexander, ich muß sofort wieder hinunter, sonst werden sie mißtrauisch. Bitte sag, wann wir uns morgen treffen können.»

«Helena, bitte!»

«Bitte.»

Alexander wandte sich zu ihr um. Im schattenhaften Licht sah er müde und gequält aus.

«Wir können uns nicht treffen», sagte er, «es tut mir leid.»

Er wollte an ihr vorbei das Zimmer verlassen, doch sie war schneller. Sie lehnte sich mit dem Rücken gegen die Tür und vertrat ihm den Weg.

«Ich werde am späten Nachmittag am Strand südlich von Charity Hill sein», sagte sie entschlossen, «überleg dir, ob du kommen willst.»

«Helena, du wirst vergeblich warten. Ich kann es nicht tun.»

«Doch, du wirst kommen.» Helena sah ihm fest in die Augen. Ich muß ihn mit meinem Willen beeinflussen, dachte sie verzweifelt, er darf keine andere Wahl haben, als zu kommen.

Langsam öffnete sie die Tür und trat, den Blick noch immer auf ihn gerichtet, hinaus. Sie hastete den Gang entlang und lehnte sich heftig atmend an das Treppengeländer, den Fächer gegen die Brust gepreßt.

Wenn er morgen nicht da ist, gebe ich ihn auf, schwor sie sich, aber lieber Gott, gib, daß er kommt!

Er war schon da, als Helena am nächsten Tag zum Strand kam. Sie ritt auf einem Pferd und sah ihn schon von weitem an einer Klippe lehnen. Sein Gesicht trug denselben gespannten Ausdruck, den sie an ihm kannte, sein Blick war auf das Meer gerichtet, das heute blau war wie der Himmel über ihm, in kleinen glitzernden Wellen zum Ufer kam und als weißer Schaum über den Sand floß.

Er sah auf, als er die Schritte ihres Pferdes hörte, und kam ihr entgegen.

Sie hielt an und sagte ohne Triumph in der Stimme: «Du bist gekommen.»

«Ja», entgegnete er einfach.

Er streckte die Arme aus, um ihr vom Pferd zu helfen, und für einen Moment war es ebenso wie damals. Helena kam weich im Sand auf, und während er seine Hände wieder von ihr fortzog, verspürte sie kurz den Wunsch, sich fallen zu lassen, um ihn zu zwingen, sie festzuhalten.

«Hat dich jemand gesehen?» fragte Alexander.

«Nein, ich habe gesagt, ich mache einen Ausritt, und da ich das fast jeden Tag tue, fiel niemandem etwas auf.»

Sie ging ein paar Schritte weiter zu einem flachen Felsen und ließ sich darauf nieder. Alexander, der ihr Pferd am Zügel führte, blieb vor ihr stehen. Sie sah hoch.

«Ich ... ich hoffte so sehr, daß du da sein würdest», sagte sie.

Er nickte. «Ich wollte nicht kommen», sagte er, während er sich neben sie setzte, «aber ich konnte nicht anders, es ging einfach nicht.»

«War es Mitleid?»

Er zögerte. «Nein», sagte er aufrichtig, «ich konnte dich nicht vergessen.»

Helena atmete tief. «Du konntest mich nicht vergessen», sagte sie, «du hast immer an mich gedacht. O Alexander, warum machst du es dir so schwer?»

Alexander hob einen kleinen Zweig auf und begann ihn in kleine Stücke zu zerbrechen.

«Helena, du wirst mich vielleicht nicht verstehen», begann er, «aber Jimmy und ich – wir sind mehr als nur Freunde. Wir sind beinahe wie Brüder. Wir verstehen und achten einander, ich weiß, daß ich mich ganz und gar auf ihn verlassen kann. Er würde mich niemals im Stich lassen, selbst wenn es ihn sein Leben kosten würde. Es ist selten, daß man das mit einer solchen Gewißheit von einem Menschen sagen kann, wie ich es jetzt tue.» Er warf den zerbrochenen Ast weg und sah Helena an. «Ich weiß nicht, ob du das, was ich dir eben gesagt habe, nachempfinden kannst.»

«Alexander, glaube nicht, daß ich dich nicht verstehe. Aber – meinst du nicht, daß in diesem Fall deine persönlichen Gefühle vor deinen Verpflichtungen Jimmy gegenüber stehen müssen? Du kannst ihm doch nicht dein Glück opfern, doch genau das willst du tun. Aber du liebst ...» Sie hielt plötzlich inne, und ihre Augen wurden dunkel. Sie bemerkte, mit welch unglaublichem Selbstverständnis sie bisher davon ausgegangen war, daß er sie liebte, dabei hatte er es ihr noch nie gesagt. Doch sie hatte in keinem einzigen ihrer vielen Träume geglaubt, daß er ihre Gefühle nicht erwidern könnte.

Alexander bemerkte ihr Schweigen. «Was ist?» fragte er.

Helena sah ihn an. «Ich ... ich ... o Alexander, liebst du mich denn überhaupt?» fragte sie leise.

Er schwieg eine Weile, dann ergriff er ihre Hand. «Natürlich», sagte er mit rauher Stimme, «hast du denn daran gezweifelt?»

«Sag: ich liebe dich.»

«Ich liebe dich.»

«O Alexander, dann ist ja alles gut!» rief Helena. Sie umklammerte seinen Arm mit wilder Heftigkeit. «Laß uns fortgehen, einfach fortgehen, irgendwohin. Die Welt ist so groß, und wenn wir zusammen sind, ist es gleich, an welchem Ort wir uns befinden. Ich lasse alles zurück, was ich besitze, denn ich brauche es nicht. Ich brauche nur dich.»

«Das geht nicht. Was mich betrifft wäre das einfach Desertation, und selbst wenn kein Krieg wäre – man kann doch nicht ohne weiteres davonlaufen. Auch wenn du keine Skrupel hast, Jimmy zu verlassen, so mußt du doch an deine Kinder denken.»

«Ach, meine Kinder!»

Helena war aufgesprungen und warf mit Schwung ihre langen Haare zurück. Ihr Herz hämmerte wild, in ihren Augen war ein Funkeln, wie er es noch nie gesehen hatte. Alle Farbe schien aus ihrem Gesicht gewichen, sie war völlig verändert, während sie sprach. Da war keine Ähnlichkeit mit der ruhigen, etwas melancholischen Frau, die er vor sich zu haben geglaubt hatte; von dieser Person war jede falsche Schicht abgebröckelt und nur noch das Ursprüngliche, Echte war zurückgeblieben. Zitternd und bebend stand sie vor dem Hintergrund des rauschenden Meeres, auf das die untergehende Sonne ihr rötliches Licht warf, ihre heftige Strahlenkraft verlor und Wasser und Himmel eine sanfte graublaue Farbe annehmen ließ.

«Oh, laß doch meine Kinder! Ich will fort mit dir, irgendwohin in diese große wunderbare Welt! Sieh doch, das Meer, hinter ihm kommen noch unendlich viele Länder, riesige, weite Gebiete, die noch kein Mensch betreten hat. Laß uns dort hingehen – irgendwohin, aber fort von hier!»

«Du weißt nicht, was du sagst.» Auch Alexander war jetzt aufgestanden. Seine Stimme klang beruhigend. «Du bist außer dir, bitte versteh doch, daß Weglaufen keine Lösung ist.»

«Aber warum denn nicht?»

An Stelle einer Antwort fragte er zurück: «Könntest du Jimmy so etwas antun?»

Helena senkte den Kopf. Schließlich sagte sie: «Ich habe darüber die ganze Zeit nachgedacht, seit wir uns das erste Mal gesehen haben. Stunden-, tagelang habe ich mir diese Frage gestellt, und jetzt glaube ich, daß ich es könnte.»

Er schwieg eine Weile, dann sagte er: «Es tut mir leid, Helena, aber ich kann es nicht.»

Helena starrte ihn an. Langsam stieg Wut in ihr hoch. «Du kannst nicht?» fragte sie. «Du machst es dir so furchtbar leicht. Du versteckst dich hinter deinem schönen Gerede von Freundschaft, Ehre und Verpflichtungen – doch ganz von mir losreißen kannst du dich auch nicht, sonst wärst du heute nicht gekommen. Was willst du eigentlich? Ich nehme an, du weißt es selber nicht! Du ...»

«Helena!» unterbrach er sie, doch sie ließ ihn nicht ausreden.

«Du spielst sie gerne, die Rolle des großen, edlen Alexander Tate, nicht wahr?» schrie sie. «Es ist ja so einfach zu sagen: Helena, ich liebe dich, aber meine Treue hindert mich daran, mit dir fortzugehen! Dein Gewissen bleibt ganz sauber dabei. Hast du aber ein einziges Mal an mich gedacht? Ich habe nie etwas verheimlicht und, bei Gott, es war nicht leicht für mich. Mein Gewissen ließ mir keine Ruhe. Tag und Nacht wurde ich von ihm verfolgt, nur weil ich vor mir selbst zugab, dich und nicht Jimmy zu lieben.» Ihre Stimme war nun wieder leise. «Du bist ein Feigling, Alexander», sagte sie unbarmherzig, «ich bezweifle nicht, daß du auf dem Schlachtfeld einer der ersten bist, doch du hast nicht den Mut zur Aufrichtigkeit dem gegenüber, wo es dir und allen Menschen am schwersten fällt: Dir selbst gegenüber!»

Helena wollte sich umdrehen und auf ihr Pferd steigen, doch Alexander, der mit unbeweglichem Gesicht zugehört hatte, griff ihren Arm und hielt sie fest.

«Das waren ziemlich harte Vorwürfe, Helena», meint er, «und du solltest mir die Gelegenheit geben, dir darauf etwas zu erwidern. Du unterstellst mir Feigheit – gut, ich werde es vermutlich nicht ändern können. Aber ebensogut kann ich dir auch etwas unterstellen: Wankelmut und vorschnelles Handeln. Du hast einst geglaubt, Jimmy zu lieben, du hast zwei Kinder von ihm, und er hat dir, soviel ich weiß, nie einen Grund gegeben, deine Gefühle für ihn zu ändern. Doch plötzlich verliebst du dich in einen anderen Mann und bist sogar bereit, ihm deine Kinder zu opfern, du willst wie ein junges, unreifes Mädchen mit ihm durchbrennen. Helena, wie soll ich wissen, ob nicht irgendwann ein anderer Mann auftaucht, für den du Leidenschaft zu spüren glaubst, und für den du mich dann verläßt?»

«Aber ich liebe dich doch», sagte Helena leise, «glaub mir bitte, daß ich dich mehr liebe als alles andere!»

«Und wie oft hast du wohl dasselbe zu Jimmy gesagt?» fragte er ruhig.

Beide schwiegen. Es war dunkler geworden, die Wellen des Meeres kamen schneller und höher zum Strand, der Himmel trug sanfte Farben, ließ die Melancholie der Nacht ahnen. Die Sonne neigte sich dem fernen Horizont zu, schien untergehen zu wollen und flammte dann wieder auf, als ob sie, die zum Weichen vor der Nacht verurteilt war, noch einmal ihre ganze Kraft offenbaren wollte. Ihre Strahlen warfen einen tiefen Glanz über Meer und Strand, ließen die Schaumkronen auf den Wellen glühen und funkeln. Wasser, Sand und Himmel schienen seltsam übergangslos miteinander verbunden zu sein in diesem schimmernden Licht.

Der Schein lag auch auf Helenas Gesicht, ließ sie jung und hilflos wirken. Alexander wurde sich mit einemmal bewußt, wie sehr er sie liebte und wie heftig er sich nach ihr sehnte.

Er sah ihre langen dunklen Haare, die im Wind flatterten, die großen, von dichten Wimpern überschatteten Augen, den weichen Mund und die schmale Gestalt. Er hatte sie nie als so schön empfunden. Im normalen Tageslicht oder in einem von Kerzen beleuchteten Raum schien sie hübsch und reizend, hier, in diesem Moment vor dem Meer und der glühenden Sonne, so bleich und verzweifelt, erweckte sie den Eindruck unmittelbarer Leidenschaft und Sinnlichkeit.

Er begehrte sie, wie er noch nie eine Frau begehrt hatte, und als er sie jetzt küßte, spürte er das heftige Pochen ihres Herzens, sah das Glitzern in ihren Augen und hörte nur noch von fern das Rauschen des Wassers.

Die Sonne war schon untergegangen, als er sie aus seinen Armen losließ. Ein schmaler blaßrosafarbener Streifen erhellte noch den Horizont über den schwarzen Klippen. Drohend und dunkel glänzte das Meer.

«Du mußt nach Hause, Helena», sagte Alexander, «sie werden sich schon Sorgen um dich machen.»

«Ich wünschte, wir könnten immer hierbleiben», flüsterte Helena, «aber ich weiß, daß ich zurück muß.»

Sie ging langsam zu ihrem Pferd, das noch immer geduldig neben ihr stand. Alexander half ihr in den Sattel.

«Ich werde wiederkommen», versprach er, «aber bitte tu bis dahin nichts Unvernünftiges.»

«Nein, ich verspreche es, aber, Alexander, es ist so schrecklich, daß wir uns trennen müssen.»

«Ich werde an dich denken, die ganze Zeit.»

Alexander reichte ihr die Zügel. Ohne ihn noch einmal anzusehen, wendete Helena ihr Pferd und ritt fort über den dunklen, schweigenden Strand, an dessen Ufer das Meer brauste.

15

Schon zwei Tage später kehrte Alexander zu seinem Regiment zurück, ohne daß sich vorher noch eine Gelegenheit geboten hätte, mit Helena allein zu sein. Das letzte Mal sahen sie sich auf der Hochzeit von Bridget mit einem blinden Soldaten, und da wurde er von der Braut in solch aufdringlicher Weise mit Beschlag belegt, daß sie außer «Guten Tag» und «Auf Wiedersehen» kaum ein Wort miteinander wechseln konnten.

«Er ist so wundervoll kühl», sagte Bridget später schwärmerisch zu Helena, «und er sieht so melancholisch aus. Ich wette, er ist heimlich verliebt!»

«Ja, vermutlich in Sie!» erwiderte Helena spöttisch, doch Bridget bemerkte es nicht. Sie begann nur albern zu kichern.

«Wie aufregend!» sagte sie. «Stellen Sie sich vor, ich bin verheiratet und habe ein Verhältnis mit einem anderen! Später duellieren sie sich dann, mein Gott, wäre das nicht wunderbar?»

Helena hielt es für ziemlich ausgeschlossen, daß zwei Männer sich wegen Bridget duellieren würden, doch sie sagte nichts. Sie war von ihrem Erlebnis mit Alexander noch viel zu gefangen, als daß sie ihre Umwelt richtig wahrgenommen hätte. Sie verbrachte ganze Tage in halbem Traumzustand, wobei sie immer nur das eine dachte: Er liebt mich, er hat gesagt, wie sehr er mich liebt. Einerlei, was alles passiert, das kann mir niemand mehr nehmen! Sie hatte das Gefühl, daß alle Strapazen und Kümmernisse ihres bisherigen Lebens aufgewogen würden durch diesen Abend am Strand. Selbst wenn sie nur noch Unglück und Leid erfahren sollte, allein für diesen Augenblick hatte es sich gelohnt, zu leben.

Als sie Ende Juli hörte, die Rebellen hätten unter Cromwell Gainsborough erobert, erschütterte sie diese Nachricht überhaupt nicht. Der Bürgerkrieg war in so weite Ferne gerückt – ja, beinahe hätte sie ihn ganz vergessen. Die Welt bestand nur noch aus Alexander. Was waren dagegen die unverständlichen Streitereien zweier politischer Gegner?

Doch langsam mußte auch Helena in die Wirklichkeit zurückkehren. Oliver Cromwell, Lord Manchester und Lord Willoughby brachten im Frühherbst Lincolnshire wieder unter ihre Kontrolle, am 13. Oktober wurden die Royalisten bei Winceby geschlagen. In diesem Kampf fiel Mrs. Thompsons Sohn Neville. Helena erfuhr nie, was ihre Freundin bei der entsetzlichen Nachricht empfunden hatte, doch als sie sie drei Tage später besuchte, war das Schild mit der Aufschrift: «Süß und ruhmvoll ist es, für das Vaterland zu sterben» aus ihrer Wohnung verschwunden, und statt der runden, gemütvollen Frau stand ein eingefallenes, hohlwangiges Geschöpf vor Helena, das das Zittern seiner Hände kaum unterdrücken konnte.

Der Krieg hatte Helena wieder eingeholt, und sie begann auf die Gespräche der Leute zu achten, sich selbst an den Gesprächen zu Hause zu beteiligen. Die Sache stand nicht schlecht für den König, doch auch nicht so gut, wie es nach über einem Jahr Krieg hätte sein sollen. Am Ende des Jahres 1643 war der gesamte Westen und Südwesten bis Plymouth fest in seinen Händen, doch es war ihm nicht gelungen, den harten Widerstand im Osten zu brechen. Selbst die Sorglosesten begannen daran zu zweifeln, daß der Kampf nun bald entschieden würde.

«1644 muß Friede sein», sagte Adeline an Weihnachten.

Sie saßen alle um den Kamin herum, tranken Wein und aßen Plätzchen und gedachten früherer Weihnachtsabende, an denen sie getanzt, gelacht und gefeiert hatten. Das Leben war so schön und leicht gewesen ohne die bedrückenden Gedanken an die Männer draußen im Feld, die bei bitterer Kälte fern von zu Hause den Heiligen Abend feiern mußten.

«Wißt ihr noch, im letzten Jahr?» fragte Janet. «Da glaubten wir, der Krieg sei nach wenigen Wochen vorüber.»

«Und dieses Jahr glauben wir nichts mehr», murmelte Helena, «wir sitzen hier allein und könnten uns ebensogut begraben lassen.»

«Du darfst so nicht reden», meinte Elizabeth, «wir haben es noch gut, wir haben unsere Heimat, Essen, Wärme: wer weiß, wie es nächstes Jahr aussieht?»

Eine Weile hingen alle ihren trüben Gedanken nach und lauschten auf den zarten Klang der Kirchenglocken von Fowey, die durch die klare Winternacht zu ihnen drangen.

Dann stand Catherine auf. «Ich gehe zu Bett», sagte sie, «und vorher werde ich darum beten, daß dieser Krieg endlich aufhört und daß alle, die wir kennen und lieben, überleben werden.»

Das Jahr 1644 schien bereits von Anfang an nur Niederlagen für die Royalisten bereitzuhalten. Der Wortführer des Parlaments, John Pym, war gestorben, nicht aber ohne zuvor einen Vertrag mit den Schotten zu schließen, in dem diese dem Parlament Waffen und Soldaten versprachen. Zudem waren königliche Truppen im belagerten York eingeschlossen und warteten verzweifelt auf ihre Befreiung. Es gelang Prinz Rupert mit seiner Kavallerie im Sommer die Belagerung aufzuheben, doch er begnügte sich nicht damit, sondern verfolgte die Belagerungsarmee, bis er sie bei Marston Moor stellte. Und hier nun kam es am 2. Juli 1644 zu der entscheidendsten Schlacht des Bürgerkriegs, zu seinem blutigsten Gemetzel und schließlich nach endlosem Kampf zur bittersten Niederlage der Royalisten.

Die Nachricht vom Sieg des Parlaments bei Marston Moor rief im ganzen Land Bestürzung hervor. Jeder ahnte, daß diese Schlacht ein Wendepunkt sein könnte in dem bisher eher zugunsten des Königs verlaufenen Krieges. Prinz Rupert war unter den Leuten ein Held gewesen, der große Trumpf Seiner Majestät, und nun war er besiegt, besiegt von diesem Emporkömmling Oliver Cromwell, der sich plötzlich als ungeahnt geschickter Kavallerieführer erwiesen hatte. Auch dem letzten war nun entgültig klar, daß dieser Krieg nicht so schnell beendet sein würde, wie viele zunächst geglaubt hatten.

In Charity Hill erfuhren sie die Hiobsbotschaft an einem sehr warmen Nachmittag, zwei Tage nach der Niederlage.

Helena saß in ihrem Zimmer auf dem Fußboden und spielte mit Francis, der nun zwei Jahre alt war. Francis und Cathy entwickelten sich, der unglücklichen Zeit, in die sie hineingeboren worden waren zum Trotz, sehr gut. Francis war ein kräftiges, intelligentes Kerlchen, und seine einjährige Schwester besaß ein so zartes, süßes Gesicht, daß sie von sämtlichen Bewohnern des Hauses mehr verwöhnt wurde, als ihr guttat. Sie war schon jetzt sehr eigenwillig und oftmals zänkisch und launisch.

Es machte Helena großen Spaß, mit ihren Kindern zusammen zu sein. Sie waren ein Teil von Jimmy, in jedem von ihnen war so viel von ihm, und wenn sie besonders zärtlich zu ihnen war, meinte sie, dieselbe Liebe käme auch Jimmy zugute.

Ihr schlechtes Gewissen plagte sie noch immer, obwohl bereits ein Jahr seit jenem Abend am Meer vergangen war.

An diesem 4. Juli nun wurde die nachmittägliche Ruhe durch Molly gestört, die plötzlich ins Zimmer kam. «Entschuldigen Sie, Mylady», sagte sie, «aber unten ist eine Dame, die Sie sprechen möchte.»

«Mrs. Thompson?» fragte Helena und machte Anstalten, aufzustehen.

«Nein, Mylady, Mrs. Cash!» erklärte Molly.

Helena ließ sich wieder zu Boden fallen.

«Bridget!» stöhnte sie. «O nein, das ertrage ich nicht!»

Bridget kam beinahe jede Woche zu einem endlosen Besuch, der Helena alle Kraft kostete.

«Sag ihr, daß ich Kopfschmerzen habe und sie leider nicht empfangen kann», sagte sie.

«Das habe ich schon letzte Woche gesagt», erwiderte Molly, «ich glaube, Mylady, Sie müssen hinuntergehen!»

Helena murmelte etwas sehr Undamenhaftes, stand auf und verließ das Zimmer.

Bridget, die unten in der Halle gewartet hatte, stieß einen Schrei aus, als sie Helena erblickte, und stürzte auf sie zu.

«O meine Liebe!» rief sie. «Ich mußte sofort herkommen, als ich das Entsetzliche vernahm. Ich dachte mir, daß Sie nun einer treuen Freundin bedürfen.»

«Was ist denn passiert?» fragte Helena betroffen.

Bridget warf ihr einen vorwurfsvollen Blick zu. «Sie wissen es noch nicht?» Sie seufzte theatralisch. «Nun fällt mir die Aufgabe zu, es Ihnen mitzuteilen.»

«Herrgott, so reden Sie doch!» Helena verspürte den heftigen Wunsch, Bridget an den Schultern zu packen und sie wie einen Mehlsack zu schütteln. Doch dann würde sie wohl gar nichts mehr von ihr erfahren. So zwang sie sich zu Geduld.

«Die Sache ist nämlich so», begann Bridget, aufreizend langsam, «daß die Royalisten ... nun, sie sind bei Marston Moor völlig besiegt worden.»

«Wie?»

«Oh, armes Kind. Es war die Kavallerie unter Prinz Rupert ... Viertausend Tote ...»

Zu ihrem eigenen Erstaunen bemerkte Helena keine Veränderung in ihrem Körper. Ihr Herz schlug gleichmäßig weiter, ihre Hände lagen ruhig und kühl auf dem Geländer, kein Kälte- oder Hitzeschauer durchjagte sie. Nur ein eigentümlicher, ganz leichter Schmerz bohrte sich in ihre Schläfen, kaum spürbar und fast sanft.

«Viertausend Tote», wiederholte sie.

«Ach, ich hätte es Ihnen schonender beibringen müssen», jammerte Bridget, «Sie sehen so sonderbar aus. Aber ich dachte, Sie müßten es wissen, weil Seine Lordschaft doch bei Prinz Rupert ist, und der Gatte Ihrer Schwägerin auch, nicht wahr?»

«Es ist schon gut, danke Bridget.»

«Ich bin sicher, Lord Golbrooke ist nicht unter den Toten. Ich spüre es ... hier!» Sie wies auf die Stelle, wo ihr Herz saß. Gleichzeitig flogen ihre Augen, die sonst träge und unbeweglich waren, über Helena hinweg, als wolle sie sich keine ihrer Reaktionen entgehen lassen. Sie schien geradezu darauf zu lauern, daß irgend etwas geschah. Es wäre ein solcher Genuß, es den anderen Damen in der Stadt zu erzählen.

Doch Helena sagte nur ganz ruhig: «Ich danke Ihnen, Bridget, daß Sie es mir gesagt haben. Bitte, haben Sie Verständnis, wenn ich mich nun zurückziehe.»

«Natürlich», antwortete Bridget enttäuscht, «Sie sagen doch Lady Smalley Bescheid?»

«Nicht nötig», ließ sich eine Stimme vom oberen Ende der Treppe vernehmen, «ich habe alles gehört.»

Helena wandte sich um und gewahrte Janet, die mit kalkweißem Gesicht hinunterstarrte.

Das Warten war das Schlimmste.

Zum zweitenmal seit Beginn des Krieges machte Helena diese Feststellung. Zum erstenmal hatte sie so vor anderthalb Jahren empfunden, als sie hier in Charity Hill auf die feindlichen Truppen warteten. Damals hatte sie geglaubt, das sei etwas Entsetzliches, Unzumutbares. Nun wußte sie, daß dies nichts gewesen war im Vergleich zu dem, was sie jetzt durchstehen mußte.

Die Verlustlisten, die wenigen, die es gab, waren unvollständig und führten nur etwa 1500 Tote auf, einen Bruchteil also der wirklich Gefallenen. Niemand wußte, was dort oben geschah, was mit den Gefangenen passierte, ob man die Toten im Norden einfach liegen ließ und – die immer wiederkehrende Frage – wer die Toten waren!

Janet war fest davon überzeugt, daß William gefallen war. Sie sprach es nie aus, aber Helena spürte es an ihren durchdringenden Blicken, ihrem versunkenen Schweigen, daran, wie sie oft stundenlang aus dem Fenster starrte. Sie bewegte sich wie in einem entrückten Zustand, schien sich in einer anderen Welt zu befinden.

Merkwürdigerweise stieg mit Janets Hoffnungslosigkeit eine schwache Zuversicht in Helena auf. Es war immer eine einzige, geradlinige Überlegung, die in ihrem Kopf ablief: Gott wird nicht beide nehmen, dachte sie, sondern nur einen. Wenn William derjenige ist, dann ist es nicht Jimmy.

Jedesmal, wenn sie so dachte, schämte sie sich ihrer Niederträchtigkeit und schwor sich, diese Gedanken aus ihrem Gehirn zu verbannen. Aber sie kehrten immer wieder zurück, wie eine Stütze, an die sie sich klammerte und mit der sie sich trösten konnte.

Am 24. Juli feierte Elizabeth ihren 22. Geburtstag. Es war ein warmer, klarer Tag, dazu angetan, Kummer und Sorgen vergessen zu lassen. Zwischen duftenden Rosen, die in Farben vom zarten Weiß bis zum flammenden Rot vertreten waren, saß Elizabeth, deren Augen einen tiefen Glanz hatten, beinahe wie früher. Wären nicht die eisgrauen Haare und die tiefen Falten im Gesicht gewesen, so hätte Helena geglaubt, sie sei wieder die alte Elizabeth, mit dem schönen Lächeln und dem sanften Ausdruck in den Augen.

Während die Geburtstagsgäste in dem bezaubernden Blumengarten von Charity Hill saßen, ließ Helena ihren Blick über all die Menschen schweifen, die sich dort versammelt hatten, und ein eigentümlicher, heftiger Schmerz überkam sie, ein nicht zu erklärendes Gefühl der Trauer. Vielleicht waren es Elizabeths gealtertes Gesicht, die ungeheuere Verzweiflung in Mrs. Thompsons Augen, Catherines versunkener Blick und der bittere Zug um Janets Mund, der sie plötzlich erschauern ließ. Alle sahen so erschöpft aus, so krank und so einsam. Wo Schönheit und Jugend gewesen waren, lagen nun Kummer und Ergebenheit, Augen, die unbeschwert gestrahlt hatten, waren nun trüb und wie der Welt abgewandt.

Sie sind alle tot, dachte Helena plötzlich, voller Schrecken, sie sind so starr und leblos, als seien sie tot! Sie sind noch hier, und sie bewegen sich, sie reden und lachen – warum sind sie so anders als früher? Warum hat der Krieg und der Verlust eines geliebten Menschen sie zu Schatten werden lassen? Wer hat diese Gewalt gesandt, die Menschen so zu zerstören vermag?

O Gott, warum tust du das? Warum setzt du uns hier in diese Welt und läßt uns von ihr vernichten? Warum schützt du uns nicht vor ihrer Gier, ihrer Gewalt? Du könntest es doch, nicht wahr? Du bist doch groß und mächtig, du hältst doch alles in deinen Händen. Du willst barmherzig sein, aber du begnadigst keinen, keinen einzigen. Du läßt sie alle durch das Chaos gehen, und wenn du sie zerstört hast, dann erst werden sie erlöst.

Durch dich sind wir alle Opfer und Gefangene, ohne Ausnahme.

Später, als alle gegangen waren, blieb sie noch mit Elizabeth im Garten, sie saßen auf einem niedrigen Steinmäuerchen, und um sie herum war schon der Sommerabend mit seinen Düften, dem sanften Graublau, den leuchtenden Streifen im Westen, der Sanftmut, die nur ein Sommerabend besitzt.

Beide waren sehr schweigsam, und auf Helena ging etwas von der Ruhe über, die Elizabeth in ihrer tiefen Religiosität ausstrahlte.

Da tönte aus dem Haus ein Schrei, so daß sie beide heftig zusammenzuckten.

«Das war Janets Stimme!» rief Helena erschrocken.

Sie sprangen auf und liefen so schnell sie konnten durch die Pforte in den Innenhof und kamen gerade noch rechtzeitig, um Janet durch das Haupttor und den Berg hinunter laufen zu sehen.

«Sie wird sich die Beine brechen», sagte Elizabeth, «warum, um Himmels willen, rennt sie denn so?»

Im selben Augenblick kamen Catherine und Adeline aus dem Haus.

«William!» riefen beide gleichzeitig. «William kommt, er kommt den Hügel herauf!»

«William?»

In Helenas Ohren begann es zu rauschen. Wenn William kam, dann kam vielleicht auch ... sie wandte sich um, raffte ihre Röcke und stürzte so schnell sie konnte hinter Janet her, stolperte, rappelte sich wieder hoch, getrieben von den in ihrem Kopf rhythmisch hämmernden Gedanken: Jimmy, vielleicht kommt Jimmy! Sie war so besessen von der Vorstellung, daß Jimmy da sein würde, daß sie gar nicht auf die Idee kam, die anderen zu fragen, ob sie ihn gesehen hatten. Sie rannte nur geradeaus, und erst am Tor blieb sie heftig atmend stehen. Sie sah Janet den Berg heraufkommen. Neben ihr ging William, sein Pferd am Zügel, mit dem anderen Arm Janet umschlingend. Die beiden waren allein.

Ein entsetzlicher, undenkbarer Verdacht stieg in ihr auf, wurde aber sofort beiseite geschoben. Es konnte nicht sein, niemals. Es gab sicher eine vernünftige Erklärung. William hatte Urlaub, Jimmy nicht. Es wäre doch ein seltsamer Zufall gewesen, wenn man sie beide gleichzeitig vom Heer heimgeschickt hätte.

Sie lachte auf, weil sie so dumm gewesen war, zu glauben, William brächte ihr Jimmy: ein kindischer, vorschneller Gedanke.

Sie wartete, bis die beiden herangekommen waren, dann streckte sie William die Hand entgegen.

«O William, ich freue mich so, daß du hier bist», sagte sie und dachte gleichzeitig: Mein Gott, sieht er elend aus. Die zerfetzte Kleidung, der struppige Bart, das zerzauste Haar schnitten ihr ins Herz. Als er ein trockenes Husten hören ließ, wußte sie, daß er krank war.

«Wie geht es Jimmy?» fragte sie. «Warum ist er nicht mitgekommen?»

«Helena ...» begann William, «Jimmy, er ...» Er brach ab und schwieg, sein Gesicht zuckte.

Das Schweigen schien endlos, stieg an, verdichtete sich, umgab sie. Es kam auf sie zu, bedrängte sie wie Nebel. Tausend Stimmen hatte dieses Schweigen, sie schwollen an, lauter und lauter, bis sie schrien, eine einzige Gewißheit schrien.

«Nein», murmelte sie, «nein, o nein, nein ...» Sie wiederholte das Wort immer wieder, sinnlos plappernd: «Nein, nein, nein ...»

«Helena», sagte William, und sie dachte: das hat er doch schon einmal gesagt, wiederholt sich jetzt alles, aber rückwärts? «Helena, oh, bitte sei tapfer. Er ist ... Jimmy ... ist bei Marston Moor gefallen.»

16

In der ersten Zeit war Helena wie betäubt und nahezu unfähig, zu begreifen, was geschehen war. Ob sie aß, sich in ihrem Bett herumwälzte oder ruhelos am Strand hin und her ging, immer hämmerte es in ihrem Kopf: Es kann nicht sein, es kann nicht sein!

Es konnte auch nicht sein. Jimmy, ihr strahlender, liebevoller Jimmy – es war einfach unmöglich, sich vorzustellen, daß er nun irgendwo unter der Erde eines Schlachtfelds lag, blutig, mit zerfetzten Kleidern um einen leblosen, kalten Leib. Jimmy mußte leben, sich bewegen und atmen, weil er so schön war, so voller Kraft, Vertrauen und Freundlichkeit. Er hatte das Leben und die Menschen geliebt, und nun hatten ihn eben diese Menschen um sein Leben gebracht, nicht aus Grausamkeit, sondern weil sie glaubten, nur auf diese Weise ihre Ansichten durchsetzen zu können.

Natürlich war die Bestürzung über Lord Golbrookes Tod auch bei der Dienerschaft sehr groß. Nacheinander erschienen die Bediensteten bei Helena, um ihrem Mitgefühl Ausdruck zu verleihen. Besonders getroffen war Arthur. Sein Gesicht war ganz eingefallen vor Kummer, als er vor Helena stand und verlegen seinen Hut in den Händen drehte.

«Das mit Seiner Lordschaft tut mir sehr leid, Mylady», murmelte er, «wirklich, er war so ein guter, so ein wirklich guter Mensch, Mylady!»

«Danke, Arthur. Ich weiß, daß er dich sehr schätzte.»

Arthurs runzliges Gesicht leuchtete auf. «Das ist nett, Mylady, daß Sie das sagen. Wirklich nett, wirklich. Wiedersehen, Mylady.» Dann schlurfte er zur Tür hinaus, ein alter, gebeugter Mann.

Es war mehr als nur Jimmys Tod, was Helena so verzweifeln ließ. Vielmehr war es die Schuld, die sie mit sich herumtrug. Ich habe Jimmy nicht geliebt, sondern ihn nur gern gehabt, und ich habe es ihn spüren lassen, sagte sie sich hundertmal am Tag, noch heute sehe ich seine Blicke, spüre ich seine Unfähigkeit, zu begreifen, warum ich plötzlich kalt und hart gegen ihn wurde. Er hat mir vertraut, doch ich habe ihn betrogen, habe einen anderen Mann geküßt. Für diese Sünde werde ich nun bestraft. Ich hatte den Wunsch, es möge Jimmy nicht geben, weil er mir und Alexander im Wege stand, und jetzt hat Gott auf so schreckliche Weise meinen Wunsch erfüllt. Mein ganzes Leben lang werde ich das mit mir tragen müssen.

Helena aß nur noch wenig und schlief selten; sie wurde immer bleicher und magerer. Sie hatte keinen Willen mehr, zu essen oder zu trinken. Nur Jimmys Gesicht schwebte vor ihr, immer, allgegenwärtig. Seine Augen sahen sie so traurig an, als ahnten sie die Last, die sie herumschleppte.

Doch dann, an einem Abend im Juli, wich die entsetzliche Starre, die Helena gefangenhielt. In ihrem Zimmer war es, am weitgeöffneten Fenster, das den Blick auf das glitzernde, leuchtende Meer freigab.

Wieder war es Elizabeth, die neben ihr saß und den Arm um sie gelegt hatte. Sie waren ganz ruhig. Beide sahen hinaus auf das bezaubernde Schauspiel eines Sonnenuntergangs. Da wandte Helena sich plötzlich um und schlang ihre Arme um Elizabeths Hals. Ihr ganzer Körper zitterte vor Schluchzen, als werde er zerrissen von dem Beben in ihm.

«O Elizabeth», stieß Helena hervor, «ich bin schuld an seinem Tod, ich ganz allein. Ich habe so schwer gesündigt, und nun rächt sich Gott, indem er ihn mir weggenommen hat. Ich habe das doch nie gewollt, glaubst du mir? Nie, nie, nie habe ich das gewollt!» Sie weinte wie ein kleines Kind.

Elizabeth wußte nicht, wovon Helena sprach, doch sie begriff ihren tiefen Kummer. Beruhigend strich sie Helena über den Kopf.

«Du redest von Schuld», sagte sie leise, «ich weiß nicht, was für eine Schuld das ist, aber du sollst es mir auch gar nicht sagen. Es mag eine Schuld geben, aber eines gibt es nicht ...» Sie hob Helenas Gesicht zu sich auf. «Es gibt keine Rache, die von Gott kommt. Niemals! Verstehst du?»

«Ja, aber ...»

«Hör mir zu. Gott rächt sich nicht. Die Pfarrer predigen oft von dieser Rache, aber das ist falsch. Es gibt sie nicht. Gott liebt nur, und liebt und liebt, aber er ist keiner niedrigen Gefühle, zu denen auch Rache zählt, fähig.»

«Woher weißt du das so sicher?»

Elizabeth schwieg kurz. «Dieses Wissen», antwortete sie dann, «kann ich nicht erklären. Es gibt keine Beweise, die ich dir oder mir geben könnte. Es ist vielmehr eine Sicherheit in mir, ich kann dir von ihr erzählen, aber du kannst sie nur glauben, nie beweisen.»

Helena sah sie noch etwas zweifelnd an. Sie wußte nicht, ob sie das alles glauben konnte, aber es klang so wunderbar tröstend. Und so lehnte sie sich einfach an Elizabeth und fand Ruhe und Vergessen in ihren weichen und doch so sicheren und starken Armen.

Über all diesen Ereignissen hatte kaum jemand in Charity Hill daran gedacht, den Verlauf des Kriegs weiter zu verfolgen, nun wurden sie plötzlich und sehr nachdrücklich daran erinnert.

Arthur, der nach Fowey gefahren war, kam aufgeregt zurück und konnte vor Erregung kaum sprechen.

«Die Rebellen sind in Devon!» stieß er schließlich hervor. «In Tiverton. Prinz Maurice und General Grenville halten Kriegsrat in Okehampton.»

«Die Rebellen in Devon?» fragte Adeline schrill. «Unter wessen Kommando?»

«Graf Essex, Mylady.»

«Dann können sie jederzeit in Cornwall einfallen!» rief Helena. «Mein Gott, was geschieht, wenn sie nicht aufgehalten werden können?»

«Ich reite nach Fowey», meinte William entschlossen, «vielleicht kann ich noch mehr erfahren.»

Es war nicht viel, was er erfuhr. Prinz Maurice, der die Westarmee befehligte, hatte dringend neue Kavallerietruppen verlangt, doch wurde er nicht erhört. Zu allem Überfluß hatte er sich nach Exeter zurückziehen müssen.

Die Nachrichten wurden immer schlechter, in diesen letzten, heißen Julitagen des Jahres 1644. General Grenville hob die Belagerung von Plymouth auf und Graf Essex erreichte Tavistock, nur noch wenige Meilen vom Tamar entfernt.

In Fowey wurde beschlossen, alle Männer und Waffen, die es in Cornwall gab, aufzutreiben, damit sie halfen, Cornwall zu verteidigen. Janet wurde bleich, als sie davon hörte.

«Du wirst doch nicht gehen, William?» fragte sie eindringlich. «Du bist noch krank, denk daran!»

«Doch, Janet, ich muß mitkämpfen», antwortete William. Er stand vor dem Kamin in seinem Zimmer und hielt sein großes, glänzendes Schwert in der Hand. Prüfend strich er über die Schneide.

«Aber sie können dich doch nicht zwingen!»

«Nein, das nicht. Aber ich selbst fühle, daß es meine Pflicht ist.»

«Du kannst nicht kämpfen! Du bist viel zu schwach.»

Janets Stimme klang verzweifelt. Sie saß auf dem Bett, die langen blonden Haare gelöst, eine Bürste in der Hand, die dunklen Augen weit aufgerissen. Sie tat William so leid, daß er sie am liebsten in die Arme genommen und ihr versichert hätte, er werde nicht kämpfen. Doch er durfte dieser augenblicklichen Schwäche nicht nachgeben.

«Ich bin noch nicht ganz gesund, das ist wahr», antwortete er, «aber ich bin auch nicht so krank, als daß ich mit gutem Gewissen zu Hause bleiben könnte. Ich habe in den letzten Wochen viel geübt, und ich kann jetzt meinen linken Arm beinahe so gut wie früher bewegen.» Zum Beweis hob er sein Schwert mit der linken Hand und schwang es kraftvoll durch die Luft. «Siehst du?» sagte er scherzend. «Das war eben Graf Essex' Kopf!»

Gleich darauf bedauerte er seine Worte, denn Janet wurde, wenn das überhaupt möglich war, um einige Schattierungen blasser.

«Hör zu», sagte er, «du mußt jetzt tapfer sein, mein Schatz. Ich kann und will mich nicht drücken, weil ich sonst jede Selbstachtung verlieren würde. Und du darfst es auch nicht wollen. Dieser Krieg ist entsetzlich, aber wir entgehen ihm nicht, indem wir einfach die Augen schließen. Wenn jeder so dächte wie du, hätte Essex ein verdammt leichtes Spiel. Und wir wollen es ihm so schwer wie möglich machen, nicht?»

Janet nickte, durch seine ruhige Stimme etwas getröstet.

«Jetzt weine nicht mehr», beruhigte sie William, «da ich morgen schon losreiten muß, ist das unsere letzte Nacht.»

«Es tut mir leid, daß ich so dumm geredet habe. Natürlich mußt du gehen. Aber es ist so schrecklich, so ...»

«Sei ruhig, Liebes.» Damit löschte William die Kerze, die neben dem Bett stand. Er beugte sich über Janet und küßte sie: «Denk jetzt nicht an morgen ...»

Am nächsten Morgen ritten die wenigen Männer los, die bisher zurückgeblieben waren.

Helena traten die Tränen in die Augen, als sie ihnen nachsah, wie sie mit teils finsteren, teils angstvollen Gesichtern davonritten, unzulänglich bewaffnet, in ärmlichen Kleidern, auf schwerfälligen Pferden. Wie viele von ihnen mochten zurückkommen?

Die Zeit verrann, und niemand erfuhr, was geschah. Fowey war zu weit von Charity Hill entfernt, und da kaum noch Besuche gemacht wurden, wurden auch keine Nachrichten übermittelt. Sie hatten nicht die geringste Ahnung, was draußen vor sich ging, und die Spannung wuchs täglich.

«Ich werde noch verrückt, wenn ich nicht bald etwas erfahre!» begehrte Helena auf, eine Woche nachdem William fortgeritten war. «Irgend jemand muß nach Fowey reiten und fragen, wie es mit den Kämpfen steht.»

«Wer wird das schon freiwillig tun?» meinte Catherine.

«Es ist ein weiter Weg, und wer weiß, welche Gefahren dort lauern!»

Sie schwiegen und wünschten sich alle Arthur herbei, der früher so treu solche Dienste für sie erledigt hatte und nun mit William fort war, um für Seine Majestät zu kämpfen.

Schließlich sprang Helena auf. «Ich werde jetzt gehen», rief sie, «ich halte es hier nicht mehr aus. Wenn mir irgend etwas passiert, ist es schlimm, aber immer noch besser, als hier zu sitzen und zu warten und nichts zu wissen!»

Sie sattelte Diamond und ritt langsam los. Regen schlug ihr ins Gesicht, und die nassen Zweige, die sie berührte, tropften ihr Wasser in Kragen und Ausschnitt. Zum Glück war der Boden von der wochenlangen Hitze so trocken, daß er, zumindest vorläufig, nicht verschlammen konnte.

Ach, lieber Gott, halte für mich eine gute Nachricht bereit, betete sie leise, die Rebellen können von mir aus überfallen, wen sie wollen, aber nicht Cornwall!

Das war natürlich kein sehr christlicher Wunsch, aber das machte Helena im Augenblick keine Gewissensbisse. Jede andere Bitte wäre ohnehin nur Heuchelei gewesen.

Endlich erreichte sie, völlig durchnäßt und erschöpft, die Stadt. Zunächst schien es ihr, als sei alles wie immer, doch beim Näherkommen stieß sie einen Laut der Überraschung aus: Wagen, überall Wagen, beladen mit allem möglichen Hausrat, teils von Pferden, teils von Menschen gezogen, bewegten sich in langen Zügen aus der Stadt. Die Leute nahmen keine Rücksicht auf Wind und Wetter, sie stolperten, mit Kisten und Kindern im Arm, vorwärts. Vornehme Damen, die noch nie im Leben bei solchem Wetter das Haus verlassen hatten, saßen nun in wild rüttelnden Kutschen, ohne an ihre zarten Knochen zu denken.

Helena lenkte ihr Pferd mühsam zwischen den vielen ihr entgegenkommenden Gefährten hindurch.

«Was ist denn los?» rief sie in das Geschrei hinein. «Wo wollt ihr denn bloß alle hin?»

Ein älterer Mann, der gerade seine kleine Tochter in einen Karren setzte, sah sie erstaunt an.

«General Grenville ist bei Newbridge geschlagen worden!» sagte er. «Essex ist schon fast in Bodmin!» Dann wandte er sich wieder um und fuhr fort, sein Hab und Gut zu verstauen.

Die kurze Auskunft reichte, um Helena in panischen Schrecken zu versetzen. Essex in Bodmin! Sie trieb Diamond vorwärts, jetzt rücksichtslos durch die Menge hindurch.

Sie zügelte ihr Pferd vor Mrs. Thompsons Haus und wollte eben hineingehen, als ihre Freundin schon herausgerannt kam.

«Lassen Sie um Gottes willen nicht das Pferd allein stehen!» schrie sie. «Es ist sonst innerhalb von zwei Minuten gestohlen!»

«Daran habe ich nicht gedacht», antwortete Helena, «o Mrs. Thompson, ist es wahr? Ist Essex schon in Bodmin?»

«Man sagt es. Er stößt offensichtlich auf nicht allzuviel Widerstand.»

«Aber dann wird er ja wirklich bald hier sein!»

Mrs. Thompson rümpfte verächtlich die Nase. «Pah», sagte sie, «und wenn sämtliche Rebellenführer auf einmal in Fowey einfielen, ich würde niemals hier fortgehen! Was denken sich die anderen denn? Sie wollen nach Truro? Ha, sie werden dort kein freies Zimmer mehr finden und im Freien kampieren müssen. Wenn sie bei dem Wetter überhaupt vorwärts kommen.»

Das leuchtete Helena ein. Dennoch war sie unschlüssig. «Aber ich habe gehört, eine feindliche Besetzung müsse noch schlimmer sein. Die Soldaten rauben und morden und plündern!» wandte sie angstvoll ein.

Mrs. Thompson blieb standhaft. «Dieses Haus haben die Vorfahren meines Mannes mit ihren eigenen Händen gebaut. Hier haben wir gelebt, hier habe ich meine Kinder, auch Neville, Gott sei ihm gnädig, zur Welt gebracht. Nein, ich werde mein Haus nicht ohne Schutz diesen Räubern überlassen!»

«Vielleicht haben Sie recht», meinte Helena, «ich weiß noch nicht, ob wir Charity Hill verlassen werden, aber ich glaube, wir werden bleiben. Ich bin es dem Andenken meines Mannes schuldig, seinen Besitz zu verteidigen.»

«Gott mit Ihnen, Lady Golbrooke», sagte Mrs. Thompson herzlich, «wir werden schon durchhalten. Ewig kann dieser elende Krieg auch nicht dauern.»

«Und wenn er vorüber ist», ergänzte Helena, «wird wieder alles wie früher.»

«Nicht ganz. Es werden Lücken bleiben ...»

Beide schwiegen eine Weile und hingen ihren Gedanken nach. Dann riß Helena sich zusammen.

«Ich muß zurück und den anderen Bescheid geben», sagte sie, «auf Wiedersehen, Mrs. Thompson, und viel Glück!»

Die beiden Frauen küßten und umarmten sich, dann stieg Helena wieder auf ihr Pferd und kämpfte sich durch die überfüllten Straßen.

Als sie in Charity Hill ankam, rannten ihr die anderen schon entgegen.

«General Grenville ist geschlagen worden und Graf Essex ist auf dem Weg nach Bodmin!» rief sie ihnen zu.

Ein einziger Aufschrei folgte ihren Worten: «Was?!»

«Ja, es stimmt. Fast die ganze Stadt ist auf den Beinen, sie wollen alle vor den Feinden fliehen.»

«Fliehen? Wohin denn?»

«Nach Truro.»

«Und bist du sicher, daß Essex kommt?»

«Ich glaube, die Leute sind sicher, sonst würden sie nicht alles im Stich lassen. Mrs. Thompson bleibt übrigens.»

«Jetzt gehen wir alle erst einmal ins Haus», bestimmte Elizabeth, ruhig wie immer, «wir müssen beraten, was zu tun ist.»

«Aber das ist doch gar keine Frage!» rief Catherine. «Natürlich müssen wir so schnell wie möglich fort!»

«Sie können ja gehen», erwiderte Adeline giftig, «aber wenn Sie glauben, ich ließe meinen Besitz zurück, dann haben Sie sich getäuscht!»

«Von Ihrem Besitz wird so oder so nicht viel übrigbleiben.»

«Das werden wir ja sehen!»

Heftig streitend begaben sie sich in den Salon. Helena sonderte sich von den anderen ab und lief rasch in ihr Zimmer, um sich trokkene Sachen anzuziehen.

Im Wohnzimmer gingen inzwischen die Wogen hoch. Catherine wollte unbedingt fliehen, Adeline und Janet, in seltener Eintracht, bestanden darauf zu bleiben. Elizabeth saß als Friedensrichterin in der Mitte und besänftigte die erhitzten Gemüter.

«Ganz gleich, wofür wir uns entscheiden», meinte Janet, «wir müssen es schnell tun. Die Feinde werden mit ihrem Angriff nicht warten, bis wir zu einer vernünftigen Lösung gekommen sind.»

«Meiner Ansicht nach müssen wir unbedingt fort», beharrte Catherine, «wir können keine Belagerung überstehen.»

«Und warum nicht?» fragte Adeline.

«Weil unsere Vorräte bei sparsamster Einteilung für gerade vier Wochen reichen.»

«Dann gehen Sie doch!»

«Wir sollten alle gehen!» behauptete Catherine.

Helena, die soeben eingetreten war, unterbrach sie. «Es wäre unvernünftig zu gehen», sagte sie. «Alle Wege sind überfüllt von Menschen. Viele werden die Gelegenheit nutzen, die Reisenden zu berauben und zu bestehlen.»

Alle verstummten und sahen sie an.

«Außerdem werden wir kein freies Zimmer in Truro finden. Wenn wir überhaupt dort ankämen.»

«Du hast recht», sagte Catherine leise.

«Dann ist also diese Frage geklärt», stellte Janet erleichtert fest.

«Ich werde hinausgehen und das Tor schließen lassen», bot Helena an, «ich beeile mich.»

Im Haus waren schon alle dabei, Wertgegenstände zu verstecken. Es wurde kaum gesprochen, mit bleichen, verzerrten Gesichtern hasteten die Frauen umher, in einer bedrückenden, angespannten Lautlosigkeit. Wie Helena befürchtete, gerieten die jüngeren Dienstmädchen in Panik.

«Ich will fort!» schrie Fairy, die Jüngste. «Laßt mich fort, ich geh nach Truro!»

Helena packte sie an den Schultern. «Wir können dich natürlich nicht festhalten», sagte sie, «aber wenn du klug bist, dann bleibst du. Die Straßen sind geradezu verstopft mit Flüchtlingen, und das sind nicht immer anständige Menschen.»

Fairy biß sich angstvoll auf die Lippen.

Helena ließ sie stehen und hastete die Treppe hinauf. «Molly!» schrie sie, «wir müssen meinen Schmuck verstecken!»

«Ja, Mylady, ich bin schon dabei.»

Helena rannte wieder hinunter. Mit vereinten Kräften hängten sie die wertvollsten Bilder ab, nur das von Charity Golbrooke. mußte an seinem Platz bleiben, da es zu schwer war.

Den ganzen Tag liefen sie hin und her, und am Abend sank Helena wie erschlagen in ihr Bett. Sie schlief nur unruhig. Der Schweiß trat ihr auf die Stirn, alle Muskeln schmerzten.

«Nein!» schrie sie. «Nein! Alexander, hilf mir!»

«Ganz ruhig.» Wie ein Schatten erschien Molly neben ihr, im langen weißen Nachthemd mit Spitzenhaube auf dem Kopf. Sie richtete Helena auf.

«O Molly!» schluchzte Helena. «Ich habe solche entsetzliche Angst!»

«Sie haben schlecht geträumt. Es wird alles gut werden.» Molly beherrschte ihre Neugier, zu fragen, wer Alexander sei. Erst mußte sie die zitternde junge Frau beruhigen.

Helena lehnte sich in ihre Kissen zurück. «Mir ist schlecht», klagte sie, «und mir ist so heiß.»

«Es geht uns allen nicht gut in dieser Nacht», tröstete Molly. Sie strich Helena sanft über den Kopf, bis diese eingeschlafen war.

Das Frühstück am nächsten Morgen wurde in düsterer Stimmung eingenommen. Kaum einer hatte richtig geschlafen, alle sahen bleich und übernächtig aus. Catherine verlor sogar mit ihrem Liebling Cathy die Geduld. Als die Kleine auf ihren Schoß klettern und von ihrem Teller naschen wollte, fuhr sie sie heftig an.

«Ja, jetzt bleibt uns nur noch zu warten übrig», seufzte Janet.

Warten – das elende Wort, das sie seit Beginn dieses Kriegs folterte. Sie hatten es alle miteinander so satt, die ständige Angst, die entsetzliche Nervenanspannung.

Der Vormittag verlief quälend langsam. Niemand hatte am Mittag Hunger, alle liefen nur ziellos hin und her und lauschten nach draußen. Es war totenstill und drückend heiß. Nur einige Bienen summten satt und schwer.

Sie saßen alle im Wohnzimmer und schwiegen. Es war nun schon Spätnachmittag, und die Sonne stand hoch über dem Horizont.

Plötzlich hob Janet den Kopf. «Seid mal ruhig!»
«Was ist denn?» fragte Catherine.
«Hört ihr nichts?»
Alle lauschten.
«Doch, ich höre jetzt auch irgend etwas», stimmte Helena zu. Ganz in der Ferne glaubte sie ein unbekanntes Geräusch zu vernehmen.
«Herrgott, sagt doch, was ist es?» stöhnte Adeline.
Im selben Moment hörte sie es selber. Ein dumpfes Dröhnen, das näher und näher kam, Trommeln, Rufe.
Catherine war bleich wie eine Wand geworden. «Das sind sie», sagte sie.

17

Als der Rebellentrupp das Tor erreichte, verlor Adeline die Nerven.
«Bitte, öffne doch einer das Tor!» flehte sie. «Wir müssen ja doch irgendwann aufgeben!»
«Das hätten Sie sich früher überlegen müssen!» fauchte Catherine. Sie war so schneeweiß im Gesicht wie eine Tote.
«Wir sollten sie nicht reizen», sagte Helena.
«Mach bitte auf, Helena!» bat Adeline. «Bitte, ich ertrage ihr Geschrei nicht.»
Die Rufe von draußen waren immer lauter geworden.
«Na schön, ich gehe», erwiderte Helena. Sie hatte entsetzliche Angst, aber sie nahm sich gewaltsam zusammen, denn sie sah, daß sie von den anderen, die wie erstarrt waren, keine Hilfe erwarten konnte. Sie raffte ihre Röcke und lief in den Hof. Von außen hämmerte jemand gegen das Tor.
«Aufmachen!» verlangte eine Stimme.
Helena hob ächzend die beiden schweren Balken herab und zerrte sie zur Seite. Quietschend öffnete sich das Tor.
Sofort drängten die Reiter herein. Es waren sehr viele und der Hof war sofort schwarz von Soldaten, alle mit harten, müden Gesichtern und kurzgeschorenen Haaren unter den Helmen. Die Pferde wurden von ihnen in den hinteren Garten geführt, um zu

grasen. In Sekundenschnelle verwandelten ihre harten Hufe Wiese und Beete in niedergetrampelte Erde.

Helena drückte sich zwischen den Soldaten ins Haus. Die übrigen Bewohner standen dichtgedrängt in der Halle und sahen ihr angstvoll entgegen.

«Sind sie da?» fragte Janet leise.

«Sie zertrampeln unseren Garten», erwiderte Helena bitter.

Sie mußten nur kurze Zeit warten, dann klopfte es an die Tür und mehrere Offiziere traten ein. Sie sahen erschöpft aus, aber die Augen blickten hellwach. Der erste schien der Kommandant dieser Einheit zu sein. Er war sehr groß, kräftig gebaut und hatte einen federnden Gang. Er grüßte kurz, dann sah er sich im Raum um.

«Wer ist der Hausherr?» fragte er.

«Lord Golbrooke ist gefallen», antwortete Adeline mit schwankender Stimme.

«Haben Sie Soldaten im Haus?»

«Nein.»

«Wir werden uns umsehen.» Er wandte sich an einen Offizier. «Geben Sie Befehl, das Haus zu durchsuchen.»

«Jawohl, Oberst.» Der Leutnant verschwand.

Die Soldaten richteten eine ungeheuere Verheerung im ganzen Haus an. Es gab keinen Schrank, keine Truhe, die sie nicht durchwühlten und deren Inhalt sie nicht quer durch das Zimmer zerstreuten. Sie rissen Wandbehänge herunter, zerschlugen Fenster, zerschnitten Kleider und Polster. Sie drangen in die Küche ein und beschlagnahmten sämtliche Vorräte. Mit ihren Stiefeln trampelten sie über Teppiche und Fußbodenbretter, ihre Hände rissen rücksichtslos die wertvollen Bücher aus den Regalen.

An diesem Abend saßen sie alle in Elizabeths Zimmer und beobachteten den klaren blaugrauen Himmel. Die Wiese unter ihnen war schwarz von Soldaten, Pferden und Zelten. Überall brannten kleine Feuer, deren Schein sich unheilvoll in den Fensterscheiben spiegelte.

Den fünf Frauen und den vier Kindern waren nur zwei Zimmer zu ihrer Verfügung geblieben, alle übrigen hatten die Offiziere für sich beschlagnahmt. Helena fand die Vorstellung, daß in ihrem Bett heute abend Oberst Chandler schlafen würde, beinahe komisch.

Gegen acht Uhr trat ein kleiner, dürrer Soldat ins Zimmer. Auf einem Tablett balancierte er eine große Schüssel, in der einige Löffel steckten. Er stellte sie wortlos ab und verschwand wieder.

«Du lieber Himmel!» sagte Helena, als sie den Inhalt betrachtete. «Ist das alles, was wir bekommen?»

In einer wäßrigen Flüssigkeit schwammen einige Brotbrocken.

«Meinen Teil könnt ihr haben», stöhnte Adeline, «ich werde nie wieder etwas essen!»

«Gebt zuerst den Kindern», bestimmte Elizabeth, «sie sind alle sehr hungrig.»

Das Frühstück am nächsten Morgen fiel aus, ebenso wie das Mittagessen. Offensichtlich reichten die Vorräte kaum, um alle Soldaten zu ernähren, denn immer wieder hörten sie das verzweifelte Brüllen von Tieren, die geschlachtet wurden. Den ganzen Tag brannten Feuer im Garten, und der Duft der Blumen mischte sich mit dem Geruch gegrillten Fleischs.

Am Abend bekamen die Gefangenen dieselbe Wassersuppe wie am Tag zuvor, nur war jetzt das Brot noch sparsamer hineingebrockt worden. Inzwischen war der Hunger quälend geworden, wie ein nagender, kneifender Krebs in ihren Mägen. Die Kinder jammerten, besonders Carolyn verlangte immer wieder nach Milch. Als der dürre Soldat wieder kam, um das Tablett zu holen, sprach Janet ihn darauf an.

«Unsere Kinder müssen Milch haben!» begann sie. «Sie sind viel zu klein, um von Wasser und Brot leben zu können. Ich möchte mit Oberst Chandler sprechen.»

«Der wird Ihnen auch nicht helfen können, Mam. Wir haben keine Milch, und er kann sie schließlich nicht herzaubern.»

«Da draußen in den Ställen stehen über hundert Kühe», mischte sich Helena ein, «Sie werden doch wohl in der Lage sein, sie zu melken!»

«In den Ställen *standen* hundert Kühe.» Der Soldat grinste, wobei er zwei Reihen verfaulter Zähne zeigte. «Allerdings jetzt nicht mehr.»

«Wie? Wollen Sie sagen, daß Sie sie alle geschlachtet haben?» fragte Catherine ungläubig.

«Na ja, sind 'ne ganze Menge Leute. Haben verdammt viel Hunger.»

«Denken Sie gar nicht an die Kinder?» empörte sich Adeline. «Sie haben doch nichts mit dem Krieg zu tun und müssen anständig ernährt werden!»

In ihre aufgebrachte Rede mischte sich Cathys wildes Geschrei. Dem Mann wurde dieser geballte Angriff offenbar zuviel. Er verließ fluchtartig das Zimmer und teilte Oberst Chandler mit, die Gefangenen seien aufsässig und beschimpften ihn. Der Oberst erschien daraufhin am nächsten Morgen bei ihnen, um mit ihnen zu reden.

«Ich habe gehört», sagte er, «Sie seien unzufrieden mit dem Essen.»

«Essen nennen Sie das?» sagte Janet. «Wassersuppe mit Brot. Wir brauchen Milch für die Kinder!»

«Ich werde sehen, was sich machen läßt», versprach Oberst Chandler, «aber ich muß Sie bitten, etwas ruhiger zu sein. Und falls Sie empört sind, über die Art, wie Sie behandelt werden – und sicher sind Sie das, ich sehe es Ihnen an –, so sollten Sie wissen, daß Ihre Leute mit unseren Familien auch nicht sanft umgegangen sind. Als ich auf einen Urlaub nach Hause kam, war mein Haus bis auf die Grundmauern abgebrannt und meine Frau kampierte im Freien. Unser Baby war unterdessen in der Kälte erfroren.»

Betroffenes Schweigen folgte seinen Worten, und zum erstenmal dämmerte es ihnen, daß vielleicht nicht nur die Feinde schlecht waren, sondern daß es auch in den eigenen Reihen Männer gab, die sinnlos und brutal zerstörten.

«Ich habe aber eine gute Nachricht für Sie», sagte der Oberst, «Sie dürfen heute nachmittag Ihre Zimmer verlassen und auf der Galerie herumgehen.»

«Danke, Herr Oberst.»

Er ging und überließ die Frauen wieder ihrem düsteren Grübeln.

An diesem Mittag wurde ihnen zum erstenmal etwas anderes als Suppe gebracht, nämlich ein fettes Stück Schweinefleisch für jeden. Als Helena den farblosen, schwabbelnden Speck sah, wurde ihr plötzlich entsetzlich übel. In letzter Sekunde erreichte sie die Waschschüssel. Anschließend hatte sie so weiche Knie, daß sie sich auf das Bett legen mußte.

Der Spaziergang am Nachmittag erwies sich als unerträglich. Es war fast unmöglich, die beißenden, teils haßerfüllten, teils unverschämt vertraulichen Blicke der Soldaten zu ertragen. Obwohl sie alle taten, als bemerkten sie nichts, und scheinbar unbekümmert miteinander plauderten, war jede erleichtert, als sie sich in die Abgeschiedenheit ihrer Zimmer zurückzogen.

Zwei Wochen schlichen quälend langsam dahin. Man konnte nichts anderes tun als aufstehen, herumsitzen und wieder zu Bett gehen. Ab und zu kam ein Gespräch auf, aber sie alle waren schon zu überreizt, als daß eine Unterhaltung in etwas anderem als in einem Streit enden konnte.

Neuigkeiten erfuhren sie selten, nur durch die Dienstmädchen, und das waren dann meist wilde, furchteinflößende Gerüchte. So waren sie beispielsweise davon überzeugt, daß die Feinde das Haus in Flammen aufgehen zu lassen beabsichtigten und danach die Bewohner ins Meer treiben würden, bis sie dort ertranken. Vorher würde man sie auf die entsetzlichste Weise quälen und foltern.

Am Ende der zweiten Woche, als sie alle glaubten, es nicht länger aushalten zu können, wendete sich die Lage plötzlich. Am Morgen versammelten sich große Soldatentrupps und ritten bis zu den Zähnen bewaffnet davon. Die Offiziere brüllten Befehle durch Haus und Hof, rannten Treppen hinauf und hinunter und vermittelten den Eindruck nervöser Hast. Man vergaß sogar, den Gefangenen ihr Frühstück zu bringen, aber heute machte es ihnen nichts aus. Sie hingen an den Fenstern und starrten hinaus, um sich nichts entgehen zu lassen.

«Irgend etwas stimmt da nicht», sagte Helena, «vielleicht werden wir jetzt befreit.»

«Mein Gott, das wäre zu schön!» rief Janet. «Aber wenn sie nun kämpfen, was wird dann aus William?»

«Er wird nicht fallen», tröstete Catherine. Sie war mit neuer Hoffnung erfüllt, ihre Wangen glühten und immer wieder nahm sie eines der Kinder auf den Arm und drückte es an sich.

Gegen Mittag begann es zu regnen. Die dunklen Wolken, die am Morgen noch den Horizont bedeckt hatten, ballten sich immer mehr zu einer grauen, wogenden Masse zusammen. Das Meer bot einen düsteren, unheimlichen Anblick, ein würdiger Hintergrund für die gespenstische Szenerie der unruhigen Soldaten. Plötzlich ertönte ein schriller Trompetenstoß. Sie hörten, wie vorn das Tor geöffnet wurde, dann Pferdegetrappel auf dem Hof, und schon ritt eine große Gruppe von Rebellen in den Garten. Sie sahen selbst aus der Entfernung müde und zerzaust aus. Ihr Kommandant, ein blutjunger Leutnant, sprang vom Pferd und schien einen anderen etwas zu fragen.

«Öffne das Fenster», sagte Janet erregt, «ich will hören, was er sagt!»

Sie öffneten sämtliche Fenster und lehnten sich hinaus. Genau unter ihnen trat jetzt Oberst Chandler an den Leutnant heran, der trotz offensichtlich wilder Erregung militärisch grüßte. Dann jedoch sprudelten die Worte nur so hervor:

«Oberst Chandler, ich muß Ihnen leider melden, daß wir … daß wir bei Braddock Down geschlagen wurden. Wir haben große Verluste. Seine Majestät und Prinz Maurice befinden sich in Lostwithiel und General Grenville kommt von Truro. Oberst, wir … sind hier eingeschlossen.» Den letzten Satz brachte er nur mühsam heraus, als wolle er die bittere Wahrheit nicht aussprechen.

Oben fiel Helena ihrer Tante um den Hals. «Wir werden bald frei sein», jubelte sie, «haben Sie das gehört, Tante Catherine? Sie sind eingeschlossen, sie sitzen in der Falle!»

«Und ihr einziger Ausweg ist das Meer», fiel Janet ein, «die Lage ist aussichtslos für sie!»

Das schien auch Oberst Chandler mehr und mehr klarzuwerden, denn sein Gesicht trug einen düsteren Ausdruck. Dennoch sagte er ruhig: «Ich danke Ihnen für die Meldung, Leutnant. Mit Gottes Hilfe werden wir dennoch hoffentlich zu einem Sieg gelangen.»

«Da könnt ihr nun beten», höhnte Janet leise, «und doch wird euch niemand helfen.»

Sie wollten die Fenster schon wieder schließen, als sie lautes Rufen hörten:

«Öffnet das Tor! Hier sind die Verwundeten!»

Gegen ihren Willen sahen sie hinaus. Karren um Karren rollte über den Hof und in den Garten. Darauf lagen die Verletzten. Sie sahen eingefallene graue Gesichter, zerfetzte Kleidung, abgerissene Gliedmaßen, Blut, notdürftige Verbände. Sie hörten Schreie, entsetzliche, langgezogene Schreie, fast tonloses Wimmern, klagende, schrille Laute, die die Luft zerrissen. Auch Schluchzen drang zu ihnen hinauf, Anklagen und Flüche.

Helena faßte sich an den Hals, der sich plötzlich eng zusammenzog. Sie brachte keinen Ton heraus, und ebensowenig gelang es ihr, ihren Blick abzuwenden. Das also war der wahre Krieg! Keine glänzenden Rüstungen, blitzende Schwerter, tollkühne, starke Männer, die unerschrocken in den Kampf ritten. Sondern nur Elend und Leid, Qual und Tod, grausigste Zerstörung. Nie wieder in ihrem ganzen Leben, das wußte sie, würde sie diese Szenerie vergessen: den niedergetrampelten Garten, die tiefhängenden Wolken, den Sprühregen, die Pferde, die Soldaten und die vielen Verwundeten, die von den Karren geladen und auf den Boden gelegt wurden. Das Bild brannte sich unauslöschlich in ihre Seele ein und würde sie nie verlassen.

Neben sich hörte sie ein Schluchzen und konnte nun endlich den Kopf wenden. Elizabeth war auf einen Stuhl gesunken, ihr ganzer Körper schien sich zu krümmen vor Schmerz und ihre Schultern bebten vor Weinen. Janet, kalkweiß im Gesicht, strich ihr mit der einen Hand über die grauen Haare, mit der anderen hielt sie Catherine umklammert. In diesem Augenblick dachten sie nicht daran, daß es Feinde waren, die da draußen lagen, sondern es waren nur Menschen, mit denen sie Mitleid haben mußten.

Helena rang um ihre Fassung. «Wir müssen doch irgend etwas tun», sagte sie.

Dieser Satz schien Elizabeth aufzurütteln. «Du hast recht», stimmte sie zu, «wir müssen sofort etwas tun.»

«Aber was?» fragte Janet.

«Wir werden ihnen unsere Hilfe anbieten», sagte Elizabeth entschlossen, «sie werden jetzt jeden brauchen.»

Adeline, die teilnahmslos auf dem Bett gelegen hatte, fuhr auf: «Was willst du tun?» fragte sie fassungslos.

«Ich will ihnen helfen.»

«Aber ... es sind doch unsere Feinde!»

«Dennoch werde ich ihnen helfen», erwiderte Elizabeth ruhig, «Christus hat uns gelehrt, auch unsere Feinde zu lieben.»

«Du *liebst* diese Menschen auch noch?»

«Ich liebe sie wie alle Kreaturen Gottes. Sie sind auf dem falschen Weg, aber Gott steht dennoch zu ihnen. Und ich weiß, er will, daß ich ihnen helfe!»

«Wenn du das tust, werde ich nie wieder ein Wort mit dir sprechen», drohte Adeline mit vor Wut schwankender Stimme.

«Das werde ich aushalten können», entgegnete Elizabeth. Sie stand auf und sah sich noch einmal um. «Kommt jemand mit?»

«Ja, ich.» Helena trat zu ihr.

Es war nicht reines Mitleid, das sie bewog, sondern auch Trotz gegen Adeline. Janet schwankte noch zwischen Treue zu ihrer Mutter und Loyalität für Helena, aber schließlich siegte ihr Drang, den Verwundeten zu helfen.

Als die Frauen das Zimmer verließen und durch das Haus gingen, achtete zunächst niemand auf sie. Erst als sie auf den Hof traten, wurde ein Soldat aufmerksam.

«Wo wollen Sie hin?»

«Wir wollen den Verwundeten helfen», erklärte Elizabeth.

Der Soldat sah sie verwundert an. «Ja, also ...» murmelte er. Dann erblickte er Oberst Chandler. «Gehen Sie zu ihm», sagte er erleichtert.

Die Frauen traten an ihn heran und brachten ihr Anliegen vor.

Der Oberst schien zunächst etwas verwirrt, dann sagte er hilflos: «Wir brauchen jeden, den wir haben können. Gehen Sie in das Knechtehaus, dort werden die Verwundeten hingebracht.»

Das Knechtehaus lag gegenüber vom Herrenhaus und war ein etwas heruntergekommenes, enges Gebäude. Als die drei eintraten, blieben sie entsetzt stehen.

Überall in den Fluren und auf den Treppen lagen die Verwundeten, einer neben dem anderen, teils auf dem Boden, teils auf Dekken. Stumpfe Gesichter, schmerzverzerrt, hoffnungslos, um Hilfe flehend, fiebrig, starrten sie an. Der Gestank war grauenvoll, ein Gemisch aus Schweiß, Kot, Blut und Erbrochenem. Die Fliegen hatten sich in Scharen versammelt und krochen über schmutzstarrende Körper und offene Wunden auf der Suche nach Nahrung für ihre dicken schwarzen Körper.

Das Schlimmste war, daß sich offenbar niemand richtig um die Ärmsten zu kümmern schien. Ein paar Soldaten standen hilflos herum, redeten kein Wort, strichen ihren Kameraden dann und wann über die Köpfe und wandten sich ab, um die stumme Klage in ihren Augen nicht sehen zu müssen.

Helena fühlte sich vor Schreck erstarrt, und sie bemerkte, daß es Janet nicht anders ging. Nur Elizabeth ließ sich nicht das geringste anmerken. Mit ruhigem Gesicht, auf dem ein leichtes Lächeln lag, trat sie ein. Sie legte ihre kühle Hand auf die heiße Stirn eines Mannes und sagte:

«Sie fühlen sich schlecht, nicht wahr? Aber wir werden Ihnen helfen.» Zu einem anderen meinte sie: «Die Wunde an Ihrem Bein sieht sehr schlimm aus und tut sicher weh. Aber sie ist in Wirklichkeit ganz harmlos. Sie können völlig ruhig sein.»

Helena sah zu ihrem Erstaunen, wie ihre Worte und ihre sanfte Stimme die Männer aufleben ließen. In die starren Augen trat wieder Hoffnung, und die Blicke aller hingen an ihrem schönen, warmen Gesicht, das so eigenartig unter den grauen Haaren aussah. Manch einer von den Verletzten, der in den letzten Tagen nur Tod und Verwüstung gesehen hatte, wurde nun plötzlich an seine eigene Frau erinnert, die daheim auf ihn wartete, und neuer Lebenswille erfüllte ihn.

Elizabeth wandte sich an einen der Soldaten: «Wir brauchen warmes Wasser», sagte sie, «gehen Sie bitte in die Küche und holen Sie Eimer und Schüsseln. Und bringen Sie alle Leinentücher, die Sie im Haus auftreiben können.»

«Ja, Madam», sagte der Soldat, von ihrer ruhigen Autorität sichtlich verwirrt.

Elizabeth winkte Janet und Helena zu, die in der Tür stehengeblieben waren. «Zuerst müssen wir saubermachen», befahl sie, «wischt den Schmutz fort und reinigt die Verwundeten.»

«Womit sollen wir denn den Schmutz fortwischen?» fragte Helena.

«Oben in den Schränken findet ihr sicher etwas. Für den Fußboden reichen ja irgendwelche Fetzen.»

Helena hob ihren Rock etwas und stieg vorsichtig über die Pfützen von Unrat in ihrem Weg. Sie hatte noch nicht die halbe Strecke zurückgelegt, als sie dieses Kunststück des Balancierens aufgab. Außerdem sah sie, daß Elizabeth sich ganz unbekümmert bewegte und sich überhaupt nicht darum scherte, daß ihr Kleid am Saum schon völlig verdreckt war.

Das Aufwischen erwies sich als eine der größten Überwindungen, die Helena jemals hatte zuwege bringen müssen. Als sie zum erstenmal mit einem winzigen Lappen in eine Lache schleimigen Bluts eintauchen mußte, glaubte sie, auf der Stelle ohnmächtig zu werden. Das wenige Essen der letzten Tage drängte mit aller Gewalt nach oben, und auf ihrer Stirn bildeten sich Schweißperlen. Sie schluckte, fuhr sich mit der Zunge über die völlig ausgetrockneten Lippen und fing dabei den Blick eines Verwundeten auf, der direkt neben ihr lag und dem Tod nahe zu sein schien. Er blutete am Kopf, an den Armen und Beinen ohne Unterlaß, und aus seinem Gesicht war schon jede Farbe gewichen. Dennoch lächelte er! Auf einmal fürchtete sich Helena nicht länger. Es war im Grunde ganz einfach, wenn man es einmal getan hatte.

Die Soldaten schleppten Wasser, saubere Tücher und Branntweinflaschen heran, um die Wunden zu desinfizieren. Es war eine mühevolle Arbeit, die einem schmerzhaft ins Gedächtnis rief, daß man Beine und einen Rücken besaß. Helena hatte längst jedes Gefühl verloren. Sie krempelte die Ärmel hoch, band sich die Haare zurück und begann einen Verletzten nach dem anderen zu versorgen. Sie mußte oftmals erst die angeklebten Kleidungsstücke entfernen, bevor sie an die Wunden herankonnte, und jedesmal, wenn der Betreffende dann schrie, wäre sie am liebsten geflohen. Sie hatte alle Hände voll zu tun, um hervorquellenden Eiter und Blut aufzufangen, Branntwein in die Wunden zu gießen – was mörderische Schreie hervorrief – und gleichzeitig die Fliegen vom Körper des Verwundeten zu verjagen. Und diese verfluchte Hitze! Der Regen hatte längst aufgehört, und die Sonne brannte wieder und dachte nicht daran, endlich unterzugehen. Dennoch arbeiteten sie alle verbissen, und keiner wäre es in den Sinn gekommen, nun aufzugeben. Elizabeth war unermüdlich. Sie lief hin und her, lächelte, tröstete und drückte den Toten die Augen zu. Immer wieder mußten die Soldaten einen gestorbenen Kameraden von seinem Lager heben und hinaustragen, um Platz für einen neuen zu machen.

Seltsamerweise, dachte Helena einmal flüchtig, während sie einem Verletzten den Kopf verband, macht es mir gar nichts aus, die Leute hier sterben zu sehen. Noch vor kurzem hätte sie, wäre ihr eine solche Leistung vorausgesagt worden, den Kopf geschüttelt, fest davon überzeugt, eine solche Strapaze niemals durchzuhalten. Sie wunderte sich etwas, daß sie nun auf einmal so stark war und es sogar ertrug, daß hin und wieder Männer hereingetragen wurden, die buchstäblich nichts mehr auf dem Leib hatten. Sie wandte nicht den Kopf ab, sondern kümmerte sich ebenso schnell um sie wie um alle anderen. Eine seltsame Stumpfheit hatte sich wie ein schützender Mantel um sie gelegt, der vielleicht nachher, wenn alles vorbei war, abfallen würde, aber vorläufig noch da war und sie daran hinderte, die Wirklichkeit in ihrer ganzen Grausamkeit zu erkennen.

Jedesmal, wenn sie neben einem Verletzten gekniet hatte und wieder aufstand, hatte sie Mühe, das Gleichgewicht zu halten, und für einige Sekunden drehte sich alles vor ihr. Sie spürte dann auch kurze, nagende Stiche im Magen, die ihr nachdrücklich zu Bewußtsein führten, daß sie den ganzen Tag noch nichts gegessen und seit Wochen keine nahrhafte Mahlzeit zu sich genommen hatte.

Gegen Abend endlich wurde es etwas kühler. Helena streckte ihren strapazierten Körper und rieb sich mit der Hand das schmerzende Genick. Ihr Kleid klebte ihr feucht am Leib, und auch die Haare waren naß und schwer, so daß sie sich genau vorstellen konnte, wie sie aussah. Elizabeth legte ihr den Arm um die Schulter.

«Geh in dein Zimmer und ruhe dich aus», sagte sie freundlich, «du kannst ja später wiederkommen.»

«Du legst dich aber auch hin?»

«Nein, ich bleibe noch hier. Aber du mußt eine Pause machen, dann bist du hinterher viel nützlicher. Janet ist auch schon gegangen.»

Helena blickte sich um und sah, daß Janet verschwunden war.

«Sie sah aus, als werde sie jede Minute ohnmächtig», erklärte Elizabeth. Sie selbst ließ sich keine Schwäche anmerken, nur unter ihren Augen hatten sich dunkle Ringe gebildet und die Finger zitterten leicht.

Helena fühlte sich etwas beschämt, daß sie sie allein ließ, aber sie war zu erschöpft, als daß sie ihren Willen noch hätte beeinflussen können. Ihr Kopf war völlig leer, alle Gedanken endeten in ihrem Zimmer auf ihrem Bett. Sie wollte gerade aus dem stickigen Raum in die kühl ihre Schläfen umfächelnde Abendluft treten, als ein schwacher Ruf sie zurückhielt.

«Madam?»

Einen Augenblick lang war sie versucht, sich taub zu stellen und weiterzugehen, aber sie wußte, daß sie dann die ganze Nacht keine Ruhe finden würde. Mit einiger Anstrengung drehte sie sich um.

«Ja?»

Es war ein sehr junger Mann, der sie gerufen hatte. Er lag auf einem Haufen Stroh in der Ecke, und selbst ein unerfahrener Mensch wie Helena konnte sehen, daß er nicht mehr lange leben würde. Ein Schwerthieb hatte ihm beinahe den Arm abgetrennt, und da seine Kameraden ihn zunächst für tot gehalten hatten, war er zu lange blutend auf dem Schlachtfeld liegengeblieben, als daß er jetzt noch gerettet werden konnte. Um sein bleiches Gesicht mit den fiebrigen dunklen Augen rankte sich ein wochenalter Bart wie ein finsteres Gestrüpp.

«Was ist?» fragte Helena, während sie näher herantrat und sich neben sein Lager kniete.

«Ich wollte Ihnen danken, Mam», sagte der Soldat leise, «es ist nicht selbstverständlich, was Sie tun.»

Helena fühlte sich etwas verlegen, zumal sie ja ursprünglich auch hatte helfen wollen, um Adeline zu ärgern.

«Es war Elizabeth, die das vorschlug», sagte sie, «Sie müssen sich bei ihr bedanken.»

«Elizabeth? Die Frau in dem grauen Kleid?»

«Ja. Sie ist meine Cousine.»

«Sie hat den ganzen Tag viel für uns getan», stimmte der Soldat zu, «aber ich wollte mich dennoch bei Ihnen bedanken.»

Helena sah ihn fragend an.

«Ich habe bemerkt, daß es Ihnen nicht leichtfiel», fuhr er fort, «und daß es Ihnen schwer wurde, sich zu überwinden. Sie taten es trotzdem. Das hat mich erstaunt, denn ... nun, ich will nicht aufdringlich sein ... aber Sie tragen Trauer.»

«Mein Mann ist bei Marston Moor gefallen», sagte Helena.

«Dann ist er noch nicht lange tot?»

«Nein.»

Der Soldat ergriff ihre Hand. «Sie hätten durchaus das Recht, uns zu hassen», sagte er, «denn der Verlust Ihres Gatten hat Sie sicher sehr getroffen. Dennoch helfen Sie uns, Ihren Feinden, die Ihr Haus besetzt und geplündert und Sie als Gefangene gehalten haben.»

«Als ich heute mittag hierherkam», erwiderte Helena, «geschah das nicht nur aus Mitleid. Vielmehr war ein Streit daran schuld, den ich Ihnen jetzt nicht in allen Einzelheiten schildern möchte.

Aber inzwischen glaube ich, daß das, was ich ... was wir getan haben, einen tieferen Sinn hat.»

«Einen tieferen Sinn als nur den des Helfens aus Mitleid?»

«Ja. Sehen Sie», fuhr Helena fort, «in diesem wie in jedem anderen Krieg lebt jeder nur nach den Gesetzen der Rache. Der eine kämpft, der andere übt Vergeltung. Dann rächt sich der erste wieder ... es ist ein Kreislauf, der erst dann enden kann, wenn einer unterliegt. Und was wir nun getan haben – und das kommt mir auch eben erst zu Bewußtsein – ist, daß wir diesem Kreislauf entgegengingen. Wir haben nicht gesagt: das sind unsere Feinde, die dort liegen, sondern es sind Menschen wie wir auch. Elizabeth war es, die uns das klarmachte. Und wir haben damit vielleicht etwas geändert. Ich meine nicht, daß der Krieg nun aufhört oder anders verläuft. Aber es war für kurze Zeit eine Gegenströmung da. Und es sind nicht nur Elizabeth, Janet und ich, die den Gesetzen des Kriegs zuwider handelten, sondern es gibt sicher in ganz England Menschen, die das tun. Das aber bedeutet, daß es noch Hoffnung gibt. Was ich sagen will ist –» sie suchte etwas verzweifelt nach Worten, – «wenn sich die Zahl der Menschen, die erkennen, daß die Rache sinnlos ist, mehr und mehr vergrößert, wird es vielleicht eines Tages keine Kriege mehr geben.» Sie hielt inne und sah ihn an. «Ich weiß nicht, ob ich mich klar ausgedrückt habe», sagte sie.

«Doch, Madam, das haben Sie. Sie sind eine sehr nachdenkliche Frau. Wenn das, was Sie mir eben gesagt haben, von allen Menschen verstanden würde, gäbe es tatsächlich keine Kriege mehr. Nur – wenn es nicht von allen verstanden würde, bräche ein goldenes Zeitalter für Diktatoren an.»

«Sie meinen, die Zurückhaltung und Friedlichkeit einiger Menschen würde von anderen skrupellos ausgenutzt?»

«Ja, das wollte ich damit sagen. Wenn alle die, die jetzt kämpfen, ihre Waffen niederlegten und das Kämpfen verweigerten, gäbe es keinen Widerstand mehr gegen die, die es nicht täten. Eine solche Haltung legt immer den Grundstein für Machtmißbrauch und Diktatur. Im Nu wäre die Welt von ein paar skrupellosen Männern erobert, die ihre Ansichten all den verteidigungsunwilligen Menschen aufzwingen und sie langsam seelisch und geistig vernichten würden.»

«Das bedeutet also», sagte Helena, «der Wille zur Gewaltlosigkeit müßte bei allen der gleiche sein.»

«Ja.»

«Aber wann wird das sein?»

«Wahrscheinlich nie. Fragen Sie mich nicht warum, aber der Trieb zum Töten, zum Herrschen, zur Grausamkeit ist in den Menschen und wird sich nie ausrotten lassen. Wir können ihn vielleicht durch unsere Kultur unterdrücken, nie aber völlig vernichten.»

«Ja», sagte Helena leise, «ich verstehe, was Sie meinen.»

Der Soldat lächelte. «Eigentlich wollte ich mit Ihnen gar nicht über so schwierige Dinge sprechen», sagte er, «ich wollte mich ja nur bedanken.» Nach einer Weile fuhr er fort: «Ich werde nicht mehr lange leben. Würden Sie heute nacht für mich beten?»

«Aber Sie werden nicht sterben!»

«Sie wissen es genausogut wie ich. Sie brauchen sich und mir nichts vorzumachen.» Er zog einen goldenen Ring vom Finger und legte ihn in Helenas Hände. «Dies ist mein Trauring», sagte er, «ich möchte ihn Ihnen schenken.»

«Aber nein», wehrte Helena ab, «wir haben gerne geholfen. Sie brauchen dafür nicht ... bezahlen!»

«Bitte, nehmen Sie ihn. Sie machen mich glücklich damit. Und nun gehen Sie ruhig. Ich werde schlafen.» Er schloß die Augen.

Helena erhob sich und verließ den Raum. Erst draußen kam ihr zu Bewußtsein, daß es ein Feind gewesen war, mit dem sie so ruhig und vernünftig über die Unsinnigkeit und zugleich Unausweichlichkeit aller Kriege gesprochen hatte.

Am nächsten Morgen wurden die Verwundeten zum Strand geschafft, wo Boote lagen, um sie fortzubringen. Elizabeth protestierte heftig.

«Für die meisten ist das lebensgefährlich», sagte sie zu Oberst Chandler, «wenn Sie sie jetzt in diese schwankenden Boote bringen, war alle unsere Arbeit umsonst.»

«Madam, wir sind vielleicht morgen schon völlig besiegt», sagte Oberst Chandler, vor Übernächtigung und Furcht grau im Gesicht, «wir können dann keine Rücksicht mehr auf die Verletzten nehmen!»

«Lassen Sie sie auf Charity Hill», sagte Elizabeth, «hier wird ihnen nichts geschehen.»

«Nichts geschehen? Wenn General Grenville hierherkommt, dann Gnade Gott jedem seiner Feinde, den er findet. Er hängt sie alle auf, ob sie halbtot sind, spielt keine Rolle.»

Helena lief bei diesen Worten ein Schauer über den Rücken.

«Außerdem», fuhr der Oberst fort, «können Sie sie gar nicht ernähren.»

Das war richtig. Auf Charity Hill lebte kein Tier mehr, jeder Grashalm, jedes Korn war niedergetrampelt. Sogar die Obstbäume standen nicht mehr. Die Golbrookes konnten froh sein, wenn sie sich selbst am Leben hielten. Elizabeth mußte nachgeben. Sie rang um ihre Fassung, als die Verletzten nacheinander hinausgetragen wurden, und bei beinahe jedem wußte sie, daß er es nicht überleben würde. Der Soldat, der Helena seinen Ring gegeben hatte, war schon in der Nacht gestorben, wie er es vorausgesagt hatte, und seine Leiche wurde nun im ehemaligen Obstgarten begraben.

Am Nachmittag kam ein Bote und überbrachte Oberst Chandler den Befehl von General Skippon, seine Truppen nach Lostwithiel marschieren zu lassen. Oberst Chandler wurde bei dieser Nachricht noch bleicher, denn er ahnte, daß es zum letzten Gefecht ging. Janet, die das zufällig gehört hatte – es bestand nun eine stillschweigende Übereinkunft, daß die Gefangenen sich überall auf dem Gut frei bewegen durften –, teilte es Catherine und Helena mit. Helena bemerkte zunächst nichts, aber Catherine wurde ganz aufgeregt.

«General Skippon!» rief sie. «Ich wußte nicht, daß er auch hier ist! David ist doch in seinem Regiment!»

«Du lieber Gott, das habe ich ganz vergessen», sagte Helena erschrocken. Ihr fiel ein, was Oberst Chandler am Morgen über General Grenville gesagt hatte.

«Was ist denn mit David?» fragte Janet.

Sie erzählten es ihr und nahmen ihr das Versprechen ab, Adeline nichts davon zu sagen.

«Oberst Chandler sagt», berichtete Janet später, «er hoffe, Graf Essex werde sich ergeben, damit nicht so viele sterben müßten.»

«Was geschieht mit einer Armee, die sich ergibt?» fragte Adeline.

«Ich glaube, ein Soldat, der sich ergeben hat, darf nicht getötet werden», sagte Helena, «er ist dann wohl ein Gefangener.»

Düsteres Schweigen folgte ihren Worten, das erst von einem Klopfen an der Tür unterbrochen wurde.

Es war Oberst Chandler.

«Ich wollte Ihnen nur mitteilen, daß mein Regiment nun abzieht», sagte er, «und ich will Ihnen sagen, daß Sie uns tief beschämt haben. Ich hoffe, daß Charity Hill bald wieder in seinem ursprünglichen Zustand ist. Es tut uns leid.»

Helena konnte ermessen, was eine solche Entschuldigung eines hohen Offiziers bedeutete. Es war ihm sicher nicht leichtgefallen, diese Worte auszusprechen.

Die Frauen beobachteten vom Fenster aus den Abzug der Rebellenarmee. Zum letztenmal hörten sie den scharfen Ton des Horns, zum letztenmal sahen sie, wie die Soldaten sich in langen Reihen aufstellten. Irgendeine Stimme brüllte Befehle, die Reiter stiegen auf ihre Pferde. Der gepflasterte Hof dröhnte von den vielen Schritten, die ihn durchquerten. Dann marschierten sie den Berg hinunter, rasch, herausfordernd und so, als gingen sie einem Sieg entgegen.

«Jetzt sind sie fort», sagte Janet leise.

Helena verließ das Zimmer. Sie ging die Treppe hinunter, deren Geländer an einigen Stellen herausgebrochen war, und durchquerte die Halle mit ihrer zerstörten Täfelung und den zerschnittenen Gemälden.

Draußen lag der Garten schweigend in der Nachmittagshitze. Überall befanden sich noch die Feuerstellen, wo die Soldaten ihre Feuer gemacht hatten, überall waren Stiefelabdrücke in der staubigen Erde zu sehen. Es gab keine Blumen und kein Gras mehr, auch die Bäume, die einst so schöne schattige Alleen gebildet hatten, waren gefällt, hier und da lagen ihre Äste noch über den Boden verstreut ... Helena stolperte plötzlich und entdeckte zu ihren Füßen einen kleinen grünen Apfel. Bei seinem Anblick überkam sie das Gefühl des Hungers so stark, daß sie hineinbiß. Zwar schossen ihr wegen des sauren Geschmacks die Tränen in die Augen, aber das machte nichts. Es machte ihr überhaupt nichts mehr etwas aus. Ihr Kopf und ihr Körper waren leer. Teilnahmslos starrte sie über die Verwüstung, über die kahlen Felder, auf denen kein Getreide mehr wogte, und über die leeren Wiesen, auf denen keine Blumen mehr wuchsen. Ein Bild der Zerstörung. Und nur die Bienen, unermüdlich und unverdrossen, summten durch die klare Luft und genossen die Strahlen der warmen Sonne auf ihren kleinen, pelzigen Körpern.

18

NATÜRLICH MUSSTEN DIE REBELLEN sich ergeben. Zusammengedrängt auf einem kleinen Landstrich, auf dem es keine Nahrung mehr gab, auf allen Seiten von Feinden umschlossen, ohne Boote, um über das Meer zu entkommen, hatten sie keine Chance, lange Widerstand zu leisten. Die Generäle waren einsichtsvoll genug, weiteres Blutvergießen zu vermeiden. Der Earl of Essex floh mit einem kleinen Boot nach Plymouth, General Skippon ergab sich mit seinem Regiment und bekam freien Abzug gewährleistet. Nur einer kleinen Gruppe Soldaten gelang es, die feindlichen Linien zu durchbrechen und nach Devon zu fliehen.

Sie erfuhren das von William, der, nach zwei Tagen bangem Warten und ständigem Lauschen auf lauten Kanonendonner und rasselnde Trommeln, endlich von ihnen erblickt und stürmisch empfangen wurde.

Er war tief bestürzt, als er Charity Hill sah, das er als das schönste Gut in Cornwall gekannt hatte, aber es erleichterte ihn, daß seine Mauern noch standen. Viele andere Häuser waren von den Rebellen noch rasch in Brand gesteckt worden, ehe sie sich ergaben, und er hatte befürchtet, auch Charity Hill nur noch als rauchende Ruine zu finden. Hier hatten sie wenigstens ein Dach über dem Kopf und ein sicheres Haus, aber Gärten und Felder lagen gleich einer Wüste in der heißen Sonne. Von diesem Schlag würde Charity Hill sich in vielen Jahren noch nicht erholt haben.

Die fehlende Nahrung wurde zu einem immer dringenderen Problem. Drei Tage nachdem die Rebellen sich ergeben hatten, war das letzte Stück Brot, das Helena in der Speisekammer aufgestöbert hatte, verbraucht. Im ganzen Haus war nichts Eßbares mehr zu finden. Helena teilte es den anderen mit.

«Wir müssen zu den Pächtern und Arbeitern, die noch hier sind», sagte sie, «wir müssen nachsehen, ob es noch ungeerntete Felder gibt. Wir werden sonst ganz einfach verhungern.»

«Aber jetzt sind doch unsere Soldaten da», erwiderte Catherine, «sie werden schon etwas bringen.»

Helena lachte bitter. «Die sind froh, wenn sie selbst etwas finden. Bitte, helft mir.»

«Ich kann nicht», murmelte Adeline, die wie gewöhnlich auf ihrem Bett lag.

Die Gleichgültigkeit ihrer Familie machte Helena rasend. Worauf warteten sie? Darauf, daß ein Wunder geschah und Elizabeth, wie Moses, durch ihre Gebete Brot vom Himmel regnen ließ? O Gott, merkten sie denn nicht, daß ihnen niemand helfen konnte?

«Wenn ihr für euch selbst nichts tun wollt», sagte sie beherrscht, «dann denkt doch wenigstens an die Kinder. Sie haben seit Wochen keine anständige Mahlzeit gehabt!»

«Helena, es ist so entsetzlich heiß», klagte Catherine, «und ich bin doch so erschöpft.»

«Aber was glauben Sie denn, wovon wir in den nächsten Wochen leben sollen?»

«Wir haben doch Geld. Wir könnten in Fowey ...»

«Einkaufen? Das ist wirklich zum Lachen! Die Stadt ist so leergeplündert, daß nicht einmal eine Fliege dort etwas finden könnte!»

«Wo ist denn Elizabeth?» fragte Adeline.

«Sie schläft. Und sie ist die einzige, die das Recht darauf hat. Sie hat nächtelang für die Verwundeten gesorgt. Ich sehe schon», Helena öffnete die Tür, «ihr wollt nichts tun. Dann gehe ich eben allein!» Sie schlug die Tür hinter sich zu und ging in ihr Zimmer. Dort zog sie ihr schwarzes, hochgeschlossenes Trauerkleid aus.

«Verzeih mir, Jimmy», murmelte sie leise, «aber die Hitze ...» Sie fand ein rosafarbenes Kleid im Schrank, das für solch einen Tag weit mehr geeignet war, und zog es an. Sie steckte die Haare auf, stülpte einen Strohhut auf den Kopf und ergriff einen großen Korb. Dann verließ sie das Haus.

Draußen brannte die Sonne gnadenlos von einem strahlendblauen Himmel, auf dem sich weit und breit keine Wolke blicken ließ. Es war ein Tag, um am Meer spazierenzugehen oder unter schattigen Bäumen im Garten, aber kein Tag, um in den Trümmern einer Schlacht nach überlebenden Resten der Vergangenheit zu suchen.

Helena marschierte quer durch den Park, durch ein Holztor hindurch und den Hügel hinunter. Sie konnte nicht reiten, denn neben dem uralten Diamond war ihnen nur ein einziges Pferd geblieben und dieses lahmte. Dem letzten Wagen, den sie besaßen, war eine Achse gebrochen, und es gab im Augenblick weder jemanden, der ihn hätte reparieren können, noch ein Pferd, um ihn zu ziehen. So mußte Helena zu Fuß gehen, und das beschämte sie, obwohl sie wußte, daß sie keine Scham zu empfinden brauchte. Es war so heiß, daß es ihr beinahe den Atem nahm, und immer wieder mußte sie stehenbleiben, um Luft zu holen. Nach einer Weile entschloß sie sich, die Ärmel ihres Kleides hochzukrempeln und ihre Schuhe auszuziehen, wenn auch eine Dame beides nicht tat. Sicher waren ihre Arme am Abend entsetzlich verbrannt und ihre Füße grau vor Dreck, aber das war besser, als in der Hitze zu sterben oder wegen der schmerzenden Druckstellen an den Füßen verrückt zu werden.

Den ganzen Nachmittag war Helena unterwegs. Es gab nur wenige Arbeiter auf Charity Hill, die nicht zum Kämpfen fortgegangen waren, und sie alle schienen verzweifelt. Ein einziges Feld war von den Rebellen verschont worden, ein weiteres konnte vielleicht noch von einigem Nutzen sein, aber das würde nicht ausreichen, den Winter zu überstehen.

«Was sollen wir denn nur tun?» fragte eine Bauersfrau hilflos. «Ich habe acht Kinder, und ich weiß nicht, ob mein Mann zurückkehrt.»

«Ich werde einen Weg finden», versprach Helena, «du kannst ganz ruhig sein.»

Aber sie fühlte sich nicht so sicher, wie sie sprach. Wenn nur Jimmy noch lebte oder Randolph zurückkehrte! Sie selbst hatte doch keine Ahnung, wie ein Gut verwaltet wurde, und auch William nicht, soviel Mühe er sich bestimmt geben würde.

Am Abend hatte sie für ihre ganze Familie einen großen Korb mit Gemüse, Brot und etwas Fleisch aufgetrieben und machte sich müde auf den Heimweg. Es war so erniedrigend, bei den Bauern um Nahrung bitten zu müssen. Natürlich, sie alle lebten auf dem Land der Golbrookes, und so gehörte die Ernte nicht ihnen, aber es war dennoch entsetzlich, zu ihnen hinlaufen zu müssen. Alles mußte sie selber machen! Ach, und sie konnte sich dieser neuen Situation einfach nicht so rasch anpassen. Es war alles so schnell und übergangslos geschehen. Noch vor vier Wochen waren sie reich gewesen, hatten genug zu essen und zu trinken gehabt und schöne Kleider zum Anziehen. Dann waren die Feinde wie eine Plage über sie hergefallen, waren kurz geblieben, und als sie wieder verschwanden, hinterließen sie einen zerstörten, geplünderten, niedergetrampelten Landstrich, dessen Bewohner auf ihrem Geld saßen, ohne sich etwas davon kaufen zu können.

Als Helena in der Dämmerung Charity Hill erreichte, langte mit ihr zugleich ein Reiter an, in dem sie zu ihrem Erstaunen Thomas Connor, ihren Jugendfreund aus London, erkannte. Er sah sie sofort und brachte sein Pferd neben ihr zum Halten.

«Sei gegrüßt, liebste Helena!» sagte er, während er absprang. «Was sagst du dazu, mich hier zu sehen?»

Helena hatte sich von ihrer ersten Überraschung erholt. «Thomas!» rief sie freudig. «Was, um alles in der Welt, tust du denn hier?»

«Ich bin in Lord Gorings Regiment», erklärte Thomas, «und da mich die Wirren des Krieges nun mal nach Cornwall verschlagen haben, wollte ich die günstige Gelegenheit nicht versäumen, dich zu besuchen.»

«Ich mußte soeben das Abendessen für meine Familie zusammensuchen. Wenn du willst, bist du gerne eingeladen, mitzuessen. Komm ins Haus!»

«Halt, warte», er hielt sie am Arm fest und lachte, «mein Preis!»

«Dein Preis?»

«Weißt du nicht mehr, unsere Wette? Der Gewinner sollte einen Kuß von dir bekommen und der Gewinner bin ich. Der König hat das Parlament nicht aufgelöst!»

«Ach, die Wette!» Helena lachte nun auch. Thomas war wirklich genauso charmant und lustig wie früher. Sie reckte sich und küßte seine rauhe, unrasierte Wange. «In Ordnung?»

«Wundervoll!» Er schloß genießerisch die Augen. «Jetzt können wir hineingehen und vor deinen Gemahl treten, falls er da ist.»

Helenas Lächeln verschwand. «Jimmy ist gefallen», sagte sie leise.

«Oh», Thomas war sofort ernst. «Das wußte ich nicht, Helena», sagte er entschuldigend, «es tut mir leid. Ich habe an so etwas überhaupt nicht gedacht, weil du auch keine Trauer trägst. Ich hätte sonst nicht ... dieser Kuß ...»

«Aber das ist doch nicht schlimm. Du konntest es nicht wissen. Weißt du, es war den ganzen Tag in dem schwarzen Kleid so entsetzlich heiß, daß ich es einfach nicht aushielt. Komm jetzt mit ins Haus!»

An der Tür kam ihnen Janet entgegen, die ihre Stimmen gehört hatte. Sie war außer sich vor Erleichterung, Helena zu sehen.

«Wir haben uns schon solche Sorgen gemacht!» rief sie. «William und ich waren heute mittag am Strand, und als wir wiederkamen, erzählte uns Lady Ryan, du seist weggegangen, um etwas zu essen zu besorgen. Wir haben uns dann sofort auch auf den Weg gemacht, aber dich nicht gefunden.»

Helena war dankbar, daß die beiden versucht hatten, ihr zu helfen.

«Ich habe jetzt ungefähr einen Überblick über alle Schäden», sagte sie, «ich erzähle es dir später. Zuerst muß ich dir Thomas vorstellen, Thomas Connor, ein Freund aus Woodlark Park und London. Thomas, meine Schwägerin Lady Janet Smalley!»

Die beiden begrüßten sich freundlich.

Die Köchin bereitete eine Gemüsesuppe zu, in die sie das Fleisch hineinschnitt, und zum erstenmal seit langer Zeit war das Haus wieder von herrlichem Geruch erfüllt. Sie saßen im Eßzimmer, dessen Wände leer aussahen, da Bilder und Teppiche fehlten. Am Kamin waren die Verzierungen herausgebrochen, die schweren Samtvorhänge lagen zerrissen am Boden, und der silberne Kerzenhalter reckte nur noch einen einzigen Arm trübselig in die Luft. Doch er trug eine dicke, duftende Kerze, die einen hellen Schein über den

Tisch warf und das fleckenlose, schimmernde Zinngeschirr beleuchtete, von dem sie aßen. Es war im Garten vergraben gewesen, und die Soldaten hatten es nicht gefunden, und wenn es auch merkwürdig auf dem kahlen Tisch in dem verwüsteten Zimmer aussah, so war es doch ein stolzer Überlebender, ein Trost und ein Triumph.

Während sie aßen, berichtete Thomas von Neuigkeiten, die er erfahren hatte. «Sie wissen sicher, daß General Skippon sich ergeben hat. Er bekommt mit 5000 Mann freien Abzug nach Portsmouth – Grenville hätte sie lieber an den Bäumen gesehen, aber das konnte selbst er sich nicht leisten. Dennoch hängt er jeden Rebellen auf, den er finden kann.»

Helena und Catherine warfen sich einen ängstlichen Blick zu, sie dachten beide an David.

«Grenville ist ein hervorragender Soldat», meinte William, «nichtsdestoweniger ist er ein Schuft. Die meisten seiner Leute fürchten und hassen ihn.»

Eine Stunde später verabschiedete sich Thomas. Er war von seinem Kommandanten nur für wenige Stunden beurlaubt worden.

Als er fortritt, blickte Helena ihm lange nach. Die kurze Zeit, die Thomas hier verbracht hatte, hatte sie zurückversetzt in die sorglose Atmosphäre ihrer frühen Jugend, und nun, da er ging, fühlte sie sich wieder allein gelassen in einer wankenden Welt. Sie wußte, daß es nicht richtig war, sich so an die Vergangenheit zu klammern, aber was sollte sie anderes tun, um nicht an einer trostlosen Gegenwart zu verzweifeln? Die Zukunft, in die sie einst so vertrauensselig geblickt hatte, war zu unsicher und unberechenbar geworden, um auf sie zu hoffen. In diesen Zeiten konnten von einem Tag auf den anderen Dinge geschehen, die unmöglich vorauszusehen waren. Der Blick auf ihr zerstörtes Heim bestätigte diese bittere Erkenntnis.

Am nächsten Morgen teilte William ihnen mit, er werde nach Barnstable gehen und sich der Armee des Prinzen Maurice anschließen, die nach Wiltshire marschieren und sich mit der Armee Prinz Ruperts vereinigen wolle. William sah grau und übernächtig aus, als er das sagte, und Janet, die neben ihm stand und sich an seinen Arm klammerte, hatte rote Augen und ein kalkweißes Gesicht.

Nachdem William fort war, wirkte das Haus leer und ausgestorben. Die Kinder spielten im Garten, Janet hatte sich in ihrem Zimmer eingeschlossen, Adeline lag auf ihrem Bett und Elizabeth las in der Bibel. Catherine war in der Küche, wo sie mit der Köchin die sparsamste Einteilung der Vorräte besprach.

Helena lief wie ein ruheloses Tier durch das Haus und betrachtete all die vielen Spuren, die die Soldaten hinterlassen hatten. Charity Hill würde noch Jahre brauchen, um in seinen alten Zustand zu gelangen, und auch das nur, wenn sie alle ihre ganze Kraft dafür einsetzten. Vorläufig sah es jedoch so aus, als verschlössen die anderen ihre Augen vor den Schwierigkeiten, die sich vor ihnen auftürmten. Es genügte ihnen, daß sie für die nächsten drei Tage etwas zu essen hatten, was im Herbst und Winter aus ihnen werden sollte, bekümmerte sie nicht. Sie waren alle verwöhnte Frauen, denen jede Schwierigkeit im Leben abgenommen worden war, und sie waren nicht bereit, sich den neuen Umständen anzupassen.

19

Am nächsten Vormittag erschien Molly, um Helena zu melden, die Pächter seien aus dem Kampf zurück und warteten in der Halle.

Als Helena zu ihnen ging, erschrak sie, wie wenige nur zurückgekehrt waren. Etwa dreißig Männer waren noch vor wenigen Tagen fortgeritten, nur zwölf von ihnen kamen wieder. Hohlwangig und erschöpft standen sie verlegen vor Helena, die einige Worte des Trostes sprach.

«Geht nach Hause», sagte sie, «eure Familien warten auf euch!»

Die Männer rührten sich nicht, sondern starrten auf den Fußboden.

«Was ist?» fragte Helena. «Wollt ihr noch irgend etwas?»

«Na ja, nun, Mylady ...» Einer der Männer begann zu sprechen, brach jedoch dann ab.

«Ja?»

«Ich meine –» er zuckte hilflos die Achseln – «wohin sollen wir denn gehen, Mylady? Nach Hause? Wir haben gesehen, wie es hier aussieht, da ist für uns nichts mehr zu holen. Die Felder sind kahl, und wir haben nichts zu essen. Wir können nicht bleiben.»

«Was heißt das – ihr könnt nicht bleiben? Wollt ihr alle fort?»

«Wissen Sie, Mylady», mischte sich ein anderer ein, «uns steht ein Winter bevor, der vielleicht sehr lang und hart wird. Wir alle haben Familien. Wir können sie doch nicht verhungern lassen.»

«Aber wo wollt ihr denn hin?»

«Nach Süd-Cornwall vielleicht.»

«Nun», entgegnete Helena heftig, «ihr vergeßt eines: ihr alle habt einen Pachtvertrag, der euch an Charity Hill fesselt und der nur von mir aufgelöst werden kann!»

«Warum wollen Sie uns hierbehalten? Es gibt keine Arbeit für uns!»

«Doch», sagte Helena, «doch, es wird Arbeit für euch geben. Laßt mir 24 Stunden Zeit. Bitte.»

Die Männer sahen sich zweifelnd an.

«Wo wollen Sie Arbeit für uns finden, Mylady?»

«Ich habe einen Plan, und wenn ich ihn durchführen will, brauche ich euch alle. Ich kann euch versichern, daß dann keine Gefahr mehr besteht!»

«In 24 Stunden wissen wir Bescheid?»

«Wahrscheinlich sogar früher.» Helena sah die Männer offen an. «Wenn es nicht klappt», sagte sie, «könnt ihr gehen!»

Nach einigem Zögern stimmten die Männer zu. Sie murmelten ein paar Abschiedsworte und schlurften hinaus.

Helena haßte das, was sie tun wollte, aber sie wußte, daß es keine andere Möglichkeit gab.

An diesem Nachmittag verließen Helena und Janet den Hof in dem offenen Wagen, mit dem früher das Heu von den Feldern geholt worden war. Ihre eigene kleine Kutsche war von den Rebellen zu Feuerholz zerhackt worden, und nun blieb ihnen nichts weiter übrig, als diesen riesigen, ungefederten Wagen zu nehmen.

Janet wußte, was Helena vorhatte, aber sie glaubte nicht an einen Erfolg.

«Du meinst doch nicht im Ernst», sagte sie, während sie sich an ihrem schwankenden Sitz festklammerte, «daß ausgerechnet Bridget uns helfen wird!»

«Freiwillig sicher nicht», erwiderte Helena, «aber für Geld tut sie fast alles.» Sie wies hinter sich auf den Wagen, wo ein in Stoff gewickeltes Paket lag. «Darin ist Schmuck. Ich glaube, der wird sie sehr hilfreich werden lassen.»

Janet wandte sich um und zuckte gleich darauf zusammen. «Weißt du noch?» fragte sie schaudernd. «Dieser Wagen! Auf ihm haben sie damals die Verwundeten gebracht!»

«Glaubst du, das könnte ich jemals vergessen?»

Beide sahen wieder jenen entsetzlichen, langen, heißen Tag vor sich, rochen wieder den bitteren Geruch von Schweiß und Blut, fühlten wieder die unermüdlichen Fliegen auf ihren Körpern.

«Damals habe ich gedacht», sagte Helena, «dieser Tag sei der schlimmste in meinem Leben. Ich dachte, nun würde mich nie wieder etwas erschüttern, aber ich weiß, daß es noch vieles gibt, das ich nicht ertragen könnte.»

«So geht es mir auch. Für mich wäre es das Allerschlimmste, wenn William etwas passieren würde. Ich weiß nicht, ob ich das überleben könnte.»

«Natürlich könntest du das. Du müßtest weiterleben, für Annabella und Carolyn!»

Inzwischen hatten sie das unmittelbare Gebiet um Charity Hill verlassen und einen dichten, tiefen Wald durchquert. Dieser Wald bildete die Grenze zwischen Charity Hill und Ivy Castle, dem Besitz der Cashs. Hinter dem Wald war nur wenig zerstört worden, hier wuchsen blühende Wiesen, wogten Kornfelder, sah man arbeitende Menschen, dicke Pferde und beladene Erntewagen. Helena wußte, daß die weitgehende Unversehrtheit Ivy Castles darauf zurückzuführen war, daß hier nur eine winzig kleine Truppe gehaust hatte. Es war, wie sie grimmig dachte, wirklich eine Ungerechtigkeit des Himmels, daß immer die Bösen und Niedrigen das meiste Glück hatten.

Nach einiger Zeit erreichten sie Ivy Castle, dessen hochtrabender Name nur schlecht zu dem kleinen, unordentlichen Hof paßte. Er lag in einer grünen Talmulde, von Wald und Feldern umgeben, und in einem weniger verschlampten und heruntergekommenen Zustand hätte er sicher idyllisch gewirkt. Auf dem gepflasterten Hof türmte sich ein hoher, stinkender Misthaufen, daneben hatte jemand einen Abfalleimer ausgekippt, in dem ein paar Schweine grunzend herumwühlten. An den Fenstern hockten die Dienstmädchen mit weit aufgerissenen Augen und Mündern und starrten die Ankommenden mit unverhohlener Neugierde an.

Helena hielt den Wagen direkt vor der Eingangstür des Hauses, und sie und Janet kletterten, vorsichtig in die Speichen der großen Räder tretend, hinaus. Sie wollten gerade anklopfen, als die Tür aufgerissen wurde und Bridget erschien. Nach einem kurzen Moment des Staunens besann sie sich sofort auf ihre Rolle als liebende Freundin und umarmte erst Helena, dann Janet mit einem lauten Jubelschrei.

«Wie schön, daß wir uns so schnell wiedersehen!» rief sie. «Kommen Sie ins Haus!» Eifrig schnatternd ging sie vor den beiden her.

Es war ein altes Haus, und es hätte sehr hübsch sein können, doch Bridget hatte es fertiggebracht, es in dem einen Jahr, das sie hier lebte, völlig zu verschandeln.

«Bevor ich hierherkam», erklärte sie, «war dieses Haus trüb und farblos. Das erste, was ich in meiner Ehe von George verlangte, war eine völlig neue Einrichtung. Natürlich stimmte er sofort zu, nun ja, für ihn ist es sowieso gleich, wie das Haus eingerichtet ist, er sieht es nicht. Und nun – was habe ich daraus gemacht?» Sie blickte selbstzufrieden um sich.

«Sie haben es sicher sehr verändert», meinte Helena vorsichtig.

«Nicht wahr? Ich finde, es hat jetzt eine ganz eigene Atmosphäre. Man kann sagen, es atmet meine Persönlichkeit aus ihm.»

«Ganz ohne Zweifel. Das Haus ist wie Sie, Mrs. Cash, und Sie sind wie das Haus», lächelte Janet.

Sie waren inzwischen im Wohnzimmer angelangt, und Bridget nötigte ihre Gäste, Platz zu nehmen.

«Ich werde das Mädchen beauftragen, uns etwas zu trinken zu bringen», sagte sie, doch ehe sie ihren Vorsatz in die Tat umsetzen konnte, griff Helena ein.

«Danke, Bridget», sagte sie, «aber das ist nicht nötig. Wir sind nur kurz hier und zudem rein geschäftlich.»

«Geschäftlich?» Bridget legte ihre Stirn in Falten. «Wie soll ich das verstehen?»

«Zunächst einmal wäre es vielleicht gut, wenn auch Mr. Cash an unserem Gespräch teilnähme. Es ist schließlich sein Besitz.»

«Oh, ich allein habe die Verwaltung. Das haben wir so beschlossen!»

«Nun gut. Setzen Sie sich bitte und hören Sie zu.» Helena streifte langsam ihre Handschuhe von den Fingern und legte sie auf den Tisch, um Zeit zu gewinnen. Sie mußte sich auf das, was sie jetzt sagen wollte, völlig konzentrieren, es durfte kein Wort zuviel und keines zuwenig gesprochen werden. «Sie wissen», fuhr sie fort, «daß wir auf Charity Hill im Moment nicht gerade im Überfluß leben.»

«Ach!»

«Ein besonders großer Rebellentrupp hatte uns mehrere Tage besetzt, und natürlich mußten sich die Soldaten in der Zwischenzeit ernähren. Von unserer Ernte ist nicht mehr viel übrig.»

In Bridgets Augen glomm Verstehen auf. Sie neigte sich ein wenig nach vorne, unverhohlenes Interesse auf dem Gesicht.

«Das heißt, Sie möchten, daß ich Sie unterstütze?» fragte sie.

«Wir wollen nichts geschenkt», erwiderte Helena, «ich möchte nur einen Handel. Als ich hierherfuhr, habe ich Ihre Felder gesehen. Sie sind mit der Ernte weit im Rückstand und ...»

«Wir ...»

«Bitte, lassen Sie mich ausreden. Vermutlich sind auch von Ihren Leuten viele nicht zurückgekehrt, was bedeutet, daß Sie die Ernte niemals rechtzeitig werden einbringen können.»

«Warum sagen Sie mir das alles?»

«Ich will nur, daß Sie die Situation klar durchschauen. Und nun zu meinem Vorschlag: Sie überlassen die Äcker nördlich von Ivy Castle, zwischen dem Wald und dem Bach, meinen Leuten zur Ernte. Sie bekommen dafür 50 Pfund.»

Bridget konnte nicht verhindern, daß ihr ein Ausruf der Überraschung entrann. Sie faßte sich jedoch schnell wieder.

«50 Pfund?» fragte sie. «Mit Geld kann man im Moment nicht viel anfangen!»

«Ich spreche nicht von Geld», antwortete Helena. Sie zog den Beutel hervor und legte ihn auf den Tisch. «Hier drinnen befinden sich ein Armband und zwei Ohrringe im Wert von 50 Pfund.»

Bridget griff danach und öffnete es. Vor Staunen ließ sie den Mund offenstehen.

«Hm», machte sie nachdenklich.

Helena konnte ihre Erregung kaum noch verbergen. «Was ist?» fragte sie mit mühsam erzwungener Ruhe. «Gehen Sie auf meinen Vorschlag ein?»

«Ja, also ...» sagte Bridget langsam.

Sie wußte längst, daß sie annehmen würde, gleichzeitig überlegte sie aber auch, ob sie hier nicht noch mehr herausholen könnte. Mit untrüglichem Scharfsinn hatte sie längst erkannt, daß sich Helena in einer schier ausweglosen Lage befand und nur durch eiserne Selbstbeherrschung ihre Haltung bewahrte. Bridget beobachtete sie unter halbgesenkten Lidern hervor. Ihre von der Sonne verbrannten Hände waren ruhelos, ihre Füße wechselten ständig ihre Lage. Ohne Zweifel stand jetzt viel für sie auf dem Spiel. Bridget war entschlossen, sich diese Chance nicht entgehen zu lassen.

«Im Grunde wäre ich einverstanden», sagte sie.

Helena atmete kaum hörbar auf.

«Allerdings», fuhr Bridget nach einer kurzen Pause fort, «ist es für mich ein Verlust. Bei der derzeitigen Lage könnte ich das Getreide für den dreifachen Preis verkaufen.»

«Was wollen Sie?» fragte Helena.

«Oh, bitte ...» Bridget hob beschwörend die Hände. «Sie sind meine Freundin und, glauben Sie mir, ich würde Ihnen meinen ganzen Besitz mit Freude schenken, wenn –» an dieser Stelle seufzte sie tief und übertrieben – «ja, wenn nicht auch ich Rücksichten zu nehmen hätte. Auf George und auf jenes kleine Wesen, das ich sicher unter meinem Herzen trage ...»

Sie hielt inne und wartete auf irgendeine Entgegnung, doch es kam keine. Helenas Augen sahen sie nur kühl und konzentriert an und schienen zu sagen: Sprich nur, Bridget, sprich! Breite deine ganze schmutzige Gier vor uns aus, ich werde dir mit keinem Wort entgegenkommen!

«Nun, also», sagte Bridget schließlich, «natürlich will ich Ihnen helfen. Ich mache Ihnen einen Vorschlag: Ihre Leute dürfen die von Ihnen benannten Felder abernten und dafür überschreiben Sie mir einen Teil des zu Charity Hill gehörenden Landes!»

Helena und Janet schnappten gleichzeitig nach Luft.

«Was?» fragte Janet, gleichermaßen fassungslos und empört.

«Ich verlange nicht mehr als mir zusteht», entgegnete Bridget. «Lady Smalley, Sie sollten eigentlich wissen, daß das Land, das direkt an unser Gebiet anschließt, bis hin zu dem kleinen See noch unter Heinrich VIII. im Besitz der Cashs war.»

«Das ist wahr», gab Janet widerstrebend zu, «aber meine Familie hat es ehrlich erworben.»

«Zu einem Spottpreis!» höhnte Bridget. «George hat mir alles genau erklärt, und Sie können es, wenn Sie wollen, auch in der Familienchronik nachlesen. Die Cashs hatten damals eine schlechte Ernte und mußten verkaufen, und die Golbrookes diktierten die Preise. Im Grunde war es Diebstahl!»

«Bitte, beleidigen Sie nicht meine Familie!» rief Janet aufgebracht. «Das ist alles über hundert Jahre her, und das betreffende Land gehört inzwischen voll und ganz zu Charity Hill!»

«Reg dich nicht auf», beschwichtigte Helena leise ihre Schwägerin. Sie wandte sich an Bridget. «Vermutlich wissen Sie längst, daß uns nichts anderes übrigbleibt, als auf Ihre Forderungen einzugehen. Bitte holen Sie Papier und Tinte, damit wir einen Vertrag aufsetzen können.»

Bridget verschwand.

Kaum hatte sie das Zimmer verlassen, als Janet Helena anfuhr: «Bist du verrückt geworden? Du kannst ihr doch nicht nachgeben!»

«Und was soll ich sonst tun? Sei froh, daß sie nicht noch mehr verlangt!»

Janet ballte wütend die Fäuste.

«Irgendwann werden wir unser Land vielleicht wiederbekommen», murmelte Helena, «ich wünschte ...»

Bridget betrat den Raum. Auf ihrem Gesicht lag heitere Freundlichkeit. «So», sagte sie, «jetzt machen wir den Vertrag und dann müssen Sie doch noch etwas trinken. Ich habe dem Hausmädchen schon Anweisungen gegeben.»

«Ich denke, dazu werden wir keine Zeit mehr haben», entgegnete Helena. Sie nahm die Papiere. «Ich schreibe den Vertrag zweimal und jeder kriegt eine Ausfertigung.» Sie schrieb sorgfältig den Text:

«Ich, Lady Helena Golbrooke, erhalte am 5. September des Jahres 1644 von Mrs. Bridget Cash die Genehmigung, die zu Ivy Castle gehörenden Felder zwischen dem Bach und dem Wald, der das Gut von Charity Hill trennt, von meinen Arbeitern vollständig abernten zu lassen und die Ernte ohne Ausnahme in meinen Besitz zu bringen. Als Gegenleistung erhält Mrs. Bridget Cash das zu Charity Hill gehörende Land von der Grenze bis zum Lerroway-See sowie ein Armband und ein Paar Ohrringe im Wert von 50 Pfund. Ivy Castle, den 5. September A.D. 1644.»

20

Im Herbst des Jahres 1644 brandeten hitzige Kämpfe innerhalb des Parlaments. General Manchester, der es im August abgelehnt hatte, dem im Süden so heftig bedrängten Earl of Essex zur Hilfe zu kommen, mußte sich schwere Vorwürfe von General Cromwell gefallen lassen. Diese verstärkten sich noch, als er Ende Oktober in der Schlacht von Newbury die Chance verpatzte, den König in einem vernichtenden Angriff zu schlagen. Es gelang Charles, sich nach Dennington Castle zurückzuziehen und die Stadt dann an Prinz Rupert abzugeben. So war das große Gebiet von Dennington bis Bristol in royalistischer Hand.

In London lieferten sich Cromwell und Manchester heftige Debatten. Cromwell, davon überzeugt, daß das ganze Militärwesen untauglich sei, verlangte, daß kein Mitglied des Parlaments während des Kriegs eine Stellung im Heer bekleiden dürfe.

Nach zehntägigen Verhandlungen wurde sein Vorschlag, die sogenannte Selbstentsagungsakte, tatsächlich angenommen, alle Presbyterianer-Generale waren ihrer Ämter enthoben.

Die «New Model Army» wurde aufgestellt unter dem Oberbefehlshaber General Fairfax und dem General Sir Philipp Skippon. Am 2. April 1645 verzichtete als erster der Earl of Essex auf sein Amt, ihm folgten die Generale Manchester und Waller und noch einige andere. Zur gleichen Zeit scheiterte in Uxbridge ein letzter Versuch von Vertretern des Königs und des Parlaments, die Uneinigkeiten friedlich zu lösen.

Im Mai desselben Jahres brachte Janet Smalley ihre dritte Tochter zur Welt. Sie nannte das Mädchen Henrietta.

Mittlerweile gingen die Kämpfe weiter. Am 14. Juni erlitten die Royalisten eine entsetzliche Niederlage bei Naseby. In dieser Schlacht fiel Lord Charles Ryan, kurz bevor er wegen seines schlechten Gesundheitszustands nach Hause hatte entlassen werden sollen. Die Rebellen, im Hochgefühl ihres Triumphs, marschierten nach Süden. Sie zwangen Lord Goring, Taunton, das er bisher tapfer gehalten hatte, aufzugeben, und der General zog sich in einen schwer angreifbaren Engpaß bei Langport zurück. Dennoch konnte er der erdrückenden Übermacht nicht standhalten, gab schließlich auf und floh nach Frankreich.

General Lord Hopton versuchte das Unmögliche, den Feind über den Tamar zurückzutreiben, doch nach zwei Tagen des erbitterten, blutigen Kampfes befand er sich selbst mit seiner Armee im Rückzug. Im Februar 1646 nahm Fairfax Launceston, im März fiel er in Bodmin ein. Der Prince of Wales floh mit einem Schiff, und Lord Hopton unterzeichnete mit General Fairfax einen Vertrag, in dem er sich endgültig ergab. Cornwall war in der Hand des Feindes.

Bis in den Herbst 1646 gab es letzte verzweifelte Widerstandskämpfe der Royalisten, an denen auch William Smalley teilnahm. Doch konnte sich niemand lange der feindlichen Übermacht widersetzen. Sie alle mußten nach einiger Zeit kapitulieren, und schließlich, im Winter, kehrte William nach Charity Hill zurück. Für Janet war damit der Krieg zu Ende. Alle noch kommenden Entbehrungen würde sie leicht ertragen, nun da sie wieder mit dem Mann, den sie liebte, vereint war.

Und die Entbehrungen waren hart. Die neuen Machthaber ließen all ihren Zorn über den Krieg an den Menschen in Cornwall aus. Jeder, der ein Gut besaß und auf royalistischer Seite gekämpft hatte, mußte hohe Abgaben leisten, und wenn ihm das nicht gelang, wurde ihm der Besitz fortgenommen.

Das Jahr 1647 brach schon so düster an, wie es auch schließlich ganz verlaufen sollte. Es gab keine Freiheit mehr, und die Menschen hatten unter den starren Sitten der Puritaner zu leiden. Freunde mißtrauten einander, Leute, die früher gute Nachbarn gewesen waren, gingen einander nun aus dem Weg, denn die Gefahr, wegen einer Kleinigkeit denunziert zu werden, war groß. Wie überall gab es auch hier Leute, die die neue Situation für sich auszunutzen verstanden und hofften, an der Niederlage anderer reich zu werden.

Doch im Herbst dieses Jahres tauchten wieder und wieder Gerüchte auf, das Volk von Cornwall werde sich noch einmal zu einem letzten Aufstand erheben, und wer genau hinsah, konnte erkennen, daß an jeder Straßenecke Informationen weitergegeben wurden, und manchmal, in dunklen Nächten, huschten schwarze Gestalten von Haus zu Haus und wurden leise durch die Hintertür eingelassen.

Die Zeit des Krieges war noch nicht vorüber.

Zweites Buch

I

AN EINEM KÜHLEN, regnerischen Novembertag des Jahres 1647 saß Helena Golbrooke in ihrem Zimmer dicht an den steinernen Ofen gelehnt und kritzelte mit zerfurchter Stirn endlose Zahlenreihen auf ein Papier. Hin und wieder ließ sie die Feder sinken, hob den Kopf und sah zum Fenster, dessen kleiner rechteckiger Rahmen nur den Blick auf ein winziges Stück Himmel mit zerfetzten Wolken freigab. Der Wind und das Meer ergaben ein schauriges Heulen. Sicher würde es bald zu schneien beginnen.

Es war so kalt in diesem Herbst! Helena zog fröstelnd die Schultern hoch. Sie hatte sich seit Jahren keine neuen Kleider mehr kaufen können, und dieses, das sie heute trug, war das letzte warme, das sie noch besaß. Es war schon an ein paar Dutzend Stellen gestopft und so oft gewaschen, daß die graue Wolle nur noch ein einziges verfilztes Gestrüpp bildete. Sein einziger Vorzug bestand darin, daß es warm war, doch selbst das genügte nicht für einen Tag wie diesen. Helena hatte noch eine Decke um ihre Schultern gelegt, und sie saß inzwischen so dicht am Feuer, daß die Gefahr bestand, versengt zu werden. Dennoch fror sie bis in die Fingerspitzen, und ein quälendes Kratzen im Hals sagte ihr, daß sie nicht mehr weit von einer Erkältung entfernt war.

Seufzend wandte sie ihren Blick wieder fort vom Fenster auf das Blatt zurück. An den vielen Zahlen sah sie, daß sie, mochte sie noch so viel rechnen, einfach nicht in der Lage sein würde, die geforderten Abgaben zu leisten. Da allgemein bekannt war, daß die Besitzer von Charity Hill für den König gekämpft hatten, war ihnen, wie allen Royalisten in Cornwall, ihr Gut enteignet worden. Sie durften darauf weiterhin wohnen, mußten aber den gesamten Wert in monatlichen Raten abbezahlen. Das bedeutete einen ständigen harten Existenzkampf, und Helena mußte von den Pächtern immer höhere Abgaben fordern. Einige hatten es daraufhin vorgezogen zu gehen, und Helena, in ihrer Not, stellte nun ehemalige Soldaten ein, die Haus und Hof und oftmals ihre Gesundheit verloren hatten und nun verzweifelt nach Arbeit suchten. Ihre Dankbarkeit kannte keine Grenzen, aber sie waren keine guten Arbeitskräfte, sosehr sie sich auch bemühten.

Für diesen Monat mußte wieder ein hoher Betrag aufgetrieben werden. Die Hälfte davon hatte Helena mit viel Mühe zurückgelegt, aber sie wußte nicht, wie sie den Rest beschaffen sollte. Doch sie mußte den vollen Preis bezahlen, sonst wurde er erhöht. Das war nun die neue Freiheit, die das Parlament dem Volk hatte bringen wollen. Sie hatten gegen die angebliche Herrschsucht und Ungerechtigkeit des Königs protestiert und handelten doch weit schlimmer. Sie waren die Sieger und konnten tun und lassen, was sie wollten, während das Volk unter ihnen zu leiden hatte.

Es half nichts, Helena stand auf, zerknüllte das Papier und warf es in den Kamin. Sie mußte nun doch noch etwas Wertvolles verkaufen: ihren Ehering. Es gab genügend habgierige Leute in Fowey, die den hilflosen Gutsbesitzern wertvollen Schmuck für wenig Geld abkauften, weil sie wußten, daß den meisten nichts anderes übrigblieb, als jeden Betrag zu akzeptieren. Helena hatte sich immer gescheut, ihren Trauring fortzugeben, aber nun, da es der letzte Ausweg war, bedeutete es für sie nicht den Zusammenbruch der Welt. Der Ring war ein Symbol, mehr nicht, und sie gab ihn für Charity Hill. Jimmy hätte es auch so gewollt. Ihre einzige Sorge war, was danach werden sollte. Vielleicht würde Janet ihren Ring opfern.

Helena zog die Decke fester um ihre Schultern und trat an das Fenster. Im selben Moment wurde die Tür aufgerissen und Francis stürmte hinein.

Er war fast fünf Jahre alt, groß für sein Alter und von jener zähen, kräftigen Magerkeit, die alle Kinder aufweisen, die vorwiegend im Freien herumtoben. Seine dunkelbraunen Haare hingen ihm zerzaust um den Kopf herum, die Wangen glühten trotz der bitteren Kälte, und seine goldfarbenen Augen, die genauso waren wie die Jimmys, funkelten vor Lebendigkeit. In der Hand hielt er ein hölzernes Schwert.

«Mutter!» rief er aufgeregt. «Dürfen Denis und ich zu Bridget Cash gehen?»

Helena drehte sich zu ihm um. «Warum wollt ihr zu Bridget?» fragte sie.

«Sie war gestern bei meinem Vater», antwortete Denis, Francis' Freund aus Fowey, «sie hat erzählt, daß ihr Hund Junge hat, und sie hat gesagt, daß wir kommen und sie anschauen dürfen.»

Helena zögerte. Sie mochte Bridget gar nicht.

«Wie wollt ihr hinkommen?»

«Zu Fuß!»

«Nun gut.» Es fiel Helena schwer, Francis eine Bitte abzuschlagen. Wenn er sie so erwartungsvoll ansah wie eben, mußte sie nachgeben.

«Oh, danke!» rief Francis begeistert. «Komm, Denis!» Die beiden stürmten nacheinander hinaus.

Es ist merkwürdig, dachte Helena, wie anders sich Francis entwikkelt hat als Cathy.

Cathy war nun vier Jahre alt, aber anstatt mit zunehmendem Alter freundlicher zu werden, ließ sie ihren Launen inzwischen völlig freien Lauf. Sie war sehr hübsch, besaß lange, blonde Locken und Augen wie Bernstein, und sie konnte so süß lächeln, daß alle Menschen von ihr hingerissen waren. Selbst Adeline taute in ihrer Gegenwart auf, mochte sie sich auch noch so ungezogen benehmen. Helena war inzwischen oft sehr hart mit ihr, denn das ewige Gequengel zerrte an ihren Nerven. Doch wenn sie sie einmal angeschrien hatte, lief sie sofort zu Catherine oder Elizabeth und ließ sich von ihnen trösten, so daß jeder Erziehungsversuch nutzlos war. Sicher würde sie einmal sehr eingebildet und eitel sein – Eigenschaften, die nicht in Helenas Sinn waren. Zu Cathy gehörten große Schlösser mit eleganten Damen und Herren, Bälle, Musik, Kerzen und unbeschwerte, leichtlebige Fröhlichkeit. Sie war nicht geschaffen für ein altes graues Haus am Meer, in dem ärmlich gekleidete Menschen mit sorgenvollen Gesichtern herumliefen und um jede Münze kämpften.

Aber ich, fragte sich Helena, bin ich denn dafür geschaffen? Meine Zukunft sah doch weiß Gott anders aus!

Sie trat vor den Spiegel und betrachtete sich von oben bis unten. Sie war zu mager und zu blaß und ihr Gesicht wirkte eingefallen und streng. Außerdem hatte sie sich schon lange nicht mehr die Mühe gemacht, ihre Haare ausgiebig zu frisieren. Nein, sie war nicht mehr attraktiv. Wie gut, daß Alexander sie so nicht sah!

Ein Klopfen an der Tür riß Helena aus ihren Gedanken.

«Herein», rief sie.

Es war William. Er sah müde aus und alt, seine einst geraden Schultern waren ein wenig nach vorn gezogen. Der Krieg mit seinen vielen grausamen Kämpfen hatte ihn viel Kraft gekostet, außerdem quälte ihn die Sehnsucht nach seinem Schiff und dem Meer. Am liebsten wäre er sofort nach Plymouth zurückgekehrt, aber er wußte, daß er Helena nun nicht im Stich lassen durfte, da sie in so großer Bedrängnis war.

«Hast du einen Moment Zeit?» fragte er jetzt, nachdem er eingetreten war.

«Natürlich, was ist denn?»

William schien unsicher zu sein, als wisse er nicht, wie er sein Anliegen formulieren solle. Er ging durch das Zimmer und lehnte sich gegen die Fensterbank. Helena, die auf dem Bett saß, beobachtete ihn mißtrauisch.

«Helena, ich muß dir etwas sagen», begann er schließlich, «wir werden heute abend Besuch bekommen.»

Helena wußte sofort, daß es sich nicht um einen alltäglichen Besuch handeln konnte. Es mußte etwas Außergewöhnliches sein.

«Wer ist es denn?» fragte sie.

William zögerte. «Du kennst die Männer nicht, aber das macht nichts, sie wollen ohnehin nur zu mir.»

«Warum erzählst du mir das?»

«Weil ich nach einigen Überlegungen zu dem Schluß gekommen bin, daß du ein Recht hast, zu erfahren, weshalb sie kommen.»

Helena bemerkte, wie das alte Gefühl der Angst in ihr aufstieg.

«Was wollen die Männer?» fragte sie mit gepreßter Stimme.

«Es sind Soldaten», antwortete William, «und sie kommen hier zusammen, um über den Aufstand zu sprechen.»

Helena stieß einen erschreckten Schrei aus. «Wissen sie nicht, wie gefährlich das ist?» fragte sie entsetzt.

«Pst», William legte warnend den Finger auf den Mund, «du bist die einzige in diesem Haus, die etwas weiß!»

Helena stellte sich vor William hin und schüttelte den Kopf. «Nein!» sagte sie bestimmt.

William starrte sie an. «Was heißt das?»

«Es kommt nicht in Frage. Den Aufstand können sie machen wann, wie und wo sie wollen. Und es ist mir auch gleich, wo sie darüber sprechen. Aber nicht hier!»

«Aber Helena», William packte sie beschwörend am Arm, «so kenne ich dich überhaupt nicht! Du warst nie so eigennützig!»

«Eigennützig!» Helena lachte freudlos. «Soll ich dir sagen, was ich seit Monaten tue?» Sie ging zu dem Schrank, öffnete eine Schublade und zog einen Stapel Papiere hervor, den sie William vor die Nase hielt. «Hier! Meine Rechnungen! Und hier alles, was ich von meinem Eigentum verkauft habe, um sie bezahlen zu können! Und hier das lächerliche Geld, das ich dafür bekommen habe!» Wütend warf sie die Papiere auf den Boden. «Ich tue alles, um Charity Hill zu erhalten! Ich rechne und rechne, verkaufe meinen Schmuck und fahre zu den widerwärtigen Händlern und lasse mich demütigen. Ich tue alles, damit wir überleben können. Und meinst du, ich ließe mir das von dir aufs Spiel setzen? Nein, dieses Risiko ist mir zu hoch!»

«Helena, ich verstehe dich ja. Aber willst du das immer so weiter machen? Immer unfrei sein?»

«Ja, meinst du denn im Ernst, euer Aufstand hätte Erfolg?» schrie Helena. «Ihr werdet niedergeschlagen werden, weil die anderen in der Übermacht sind! Habt ihr das denn immer noch nicht begriffen? Wie viele Opfer muß es denn noch geben, bevor ihr merkt, daß der Kampf aussichtslos ist?»

«Wir werden nicht unterliegen.» William dämpfte seine Stimme. «Der Prince of Wales wird mit einer Streitmacht aus Frankreich zu unserer Hilfe kommen!»

«Gut, gut. Macht, was immer ihr wollt. Aber ich habe es satt. Ich will meine Abgaben zahlen und in Frieden gelassen werden.»

William seufzte. «Es ist zu spät. Ich kann ihnen nicht mehr mitteilen, daß sie nicht kommen können. Ich hätte es dir nicht sagen sollen!»

«Nein.»

«Aber ich dachte, du würdest mich verstehen. Bei den anderen wußte ich sofort ...»

«Ja, auf die hast du Rücksicht genommen. Auf die zarte Janet, auf Elizabeth, Catherine, Adeline! Aber mir konntest du es sagen, ich halte es schon aus! Ich bin ja stark und tapfer und mutig! Mein Gott, ist es dir nie in den Sinn gekommen, daß auch ich einmal ohne Sorgen sein will, daß ich mich anlehnen will, daß ...» Helena konnte nicht weitersprechen, denn die lange zurückgehaltenen Tränen brachen plötzlich hervor. Sie machte keinen Versuch, sie zurückzuhalten.

William war zutiefst betroffen. Mit einer hilflosen Gebärde legte er den Arm um ihre Schultern. «Bitte, Helena», bat er, «wein doch nicht! Ich hatte keine Ahnung, daß du dich so elend fühlst. Ich dachte, die Aussicht auf den Aufstand würde dich begeistern!»

Helena zog ihr Taschentuch hervor und wischte sich über die Augen. «Früher», sagte sie, «da hätte es mich vielleicht begeistert. Aber jetzt – ich fühle mich so leer und kraftlos! Es ist soviel Zeit vergangen, so viele Jahre, die mich zermürbt haben. Ich habe keine Hoffnung mehr, verstehst du, irgend etwas, worauf ich mich freuen, woran ich glauben könnte!»

Sie schwieg und sah zum Fenster hinaus. Der Himmel glich einem bewegten grauen Meer, der heulende Wind zerrte in den geballten, dichten Wolken. Ein einsamer schwarzer Vogel kämpfte mit wilden Flügelschlägen gegen den Sturm. In diesem Moment erschien er Helena wie ein Sinnbild ihrer selbst. Ein immerwährender Kampf gegen mächtigere, stärkere Gewalten, verzweifeltes Ringen, sinnloses, kräftezehrendes Flügelschlagen.

Müde stand Helena auf. «Laß sie kommen», sagte sie mit einem resignierten Ton in der Stimme, «vielleicht hast du recht und wir gewinnen!»

William sah sie forschend an. «Es scheint nicht so, als ob du dich über einen Sieg sehr freuen würdest», meinte er.

Helena antwortete nicht, da sie Angst hatte, wieder in Tränen auszubrechen.

«Es wird alles gut werden», tröstete William, «du mußt nur ganz ruhig bleiben.»

Sie nickte, nun wieder ganz gefaßt. «Woher weißt du, daß sie heute kommen wollen?» fragte sie.

William zog einen zusammengefalteten Zettel hervor, auf dem eine kurze Nachricht stand, unterschrieben mit den Buchstaben A. T.

«Was», fragte Helena mit belegter Stimme, «bedeutet A. T.?»

William nahm ihr den Brief aus der Hand und warf ihn in das Feuer.

«Alexander Tate», antwortete er gleichgültig, «er ist einer der Anführer.» Dann bemerkte er, daß Helena weiß wie eine Wand geworden war und ihn aus riesigen Augen fassungslos anstarrte. «Ist irgend etwas?» fragte er erschrocken. «Kennst du Alexander?»

«Er war früher öfter hier. Er war ein guter Freund Jimmys!»

«Oh, das wußte ich gar nicht. Vermutlich hat er deshalb Charity Hill als Treffpunkt gewählt, weil er sich hier auskennt.»

Nein, o nein, nicht deswegen, jubelte eine Stimme in Helena, ganz allein wegen mir kommt er hierher!

Ihre Wangen bekamen wieder Farbe, ihre Augen begannen zu glitzern. «Oh, vielleicht sind sie nun die längste Zeit die Herren gewesen», rief sie übermütig, «sie werden laufen wie die Hasen vor dem Fuchs!»

«Endlich erwacht wieder dein Kampfgeist», lobte William.

Er war ein klein wenig verwundert über den plötzlichen Stimmungswandel, aber er entschloß sich, nicht zu fragen. Unter keinen Umständen durfte er ihre gute Laune aufs Spiel setzen. Wahrscheinlich hatte Alexander sie an Jimmy erinnert, und sie fühlte sich wieder verpflichtet, sein Land zu verteidigen.

«Ich gehe jetzt zu Janet», sagte er und trat zur Tür hinaus. Doch bevor er sie schließen konnte, hielt ihn Helena noch einmal zurück.

«William, wann kommen die Männer?»

«Tief in der Nacht. Wenn alle schlafen.»

«Danke.»

William verschwand. Helena ließ sich schwer auf ihr Bett fallen. Sie legte den Kopf weit zurück und streckte die Arme nach hinten.

Alexander kam! Ihr Alexander! Heute nacht würde er hier sein, in diesem Haus, zum erstenmal seit vier Jahren wieder in ihrer Nähe.

Helena setzte sich auf. Ihr Herz klopfte und ihr Gesicht glühte. Vorbei war die Lethargie, die auf ihr gelegen hatte. Sie hatte wieder ein Ziel und etwas, wofür sie leben konnte. Aber natürlich mußte sie schön sein!

Den Rest des Nachmittags verbrachte Helena mit intensiven Vorbereitungen, bis sie nicht mehr hungrig und müde aussah, sondern jung und strahlend, fast wie in vergangenen Zeiten. Freilich war das dunkelblaue Seidenkleid nicht mehr neu, und kritische Augen hätten hier und da eine brüchige Stelle gefunden, aber es besaß eine wundervolle Farbe, die das Blau von Helenas Augen verstärkte. Obwohl dieses Kleid viel leichter war als das, das sie zuvor getragen hatte, fror sie nicht mehr. Die Freude wärmte ihren Körper, trieb Farbe in ihre Wangen, machte ihre Bewegungen leichter.

Den anderen fiel diese Veränderung natürlich sofort auf. Als Helena am späten Nachmittag in den Salon hinunterkam, sperrte ihre Familie vor Staunen Mund und Nase auf. Janet, die gerade eine Decke bestickte, hielt inne und sah ihre Schwägerin fast ungläubig an.

«Aber Helena!» rief sie. «Was ist denn?»

«Nichts», antwortete Helena vergnügt. Ihren Auftritt genießend, schritt sie beschwingt zu einem Sessel, setzte sich und strich ihr Kleid glatt. «Ich dachte nur», fuhr sie fort, «daß die schlechten Zeiten eigentlich kein Grund sind, sich nicht hin und wieder hübsch zu machen!»

Janet, die in ihrer Seligkeit über Williams Anwesenheit die ganze Zeit unter Helenas bedrücktem Wesen gelitten hatte, umarmte sie stürmisch.

«Du hast recht», sagte sie, «schließlich sind wir noch immer schöne junge Frauen!»

William lächelte amüsiert.

Der Abend verging langsam und schleichend. Die Dunkelheit war früh hereingebrochen und noch immer schlug der Regen gegen die Fensterscheiben. Weder ein Stern noch der Mond waren im undurchdringlichen Nebel zu sehen, und als Helena einmal das Fenster ihres Zimmers öffnete, glaubte sie, die schweren, feuchten Schleier geradezu mit den Händen greifen zu können.

«Als wolle er das Haus zerdrücken», sagte sie leise zu sich selbst und schauderte bei dem Gedanken, daß irgendwo eine Gruppe Reiter durch diese kalte Nacht ritt, mit dem Nebel kämpfend, der ihnen in die Gesichter schlug. Trotz seiner Düsternis bot der Nebel jedoch auch Schutz vor den Feinden, und Alexander war vermutlich dankbar für ihn. Sie schloß das Fenster und ging langsam im Zimmer auf und ab. Schließlich erschien Molly.

«Wenn Mylady jetzt zu Bett gehen wollen», sagte sie hoffnungsvoll, «würde ich gerne beim Auskleiden behilflich sein.»

Helena blieb stehen. «Danke, Molly», antwortete sie, «aber ich glaube nicht, daß ich im Moment schlafen kann. Ich bin unruhig, vielleicht wegen des entsetzlichen Nebels.»

«Ja, er ist bedrohlich, nicht?» stimmte Molly ihr zu. «Aber ich bin sicher, daß Sie im Bett Ihre Ruhe finden würden, Mylady. Ich kann Ihnen auch noch einen schönen, heißen Stein hineinlegen!»

Helena schüttelte den Kopf. «Nein, jetzt nicht. Leg du dich ruhig schon schlafen, Molly. Ich brauche dich heute abend nicht mehr!»

«Wann kommt er nur endlich?» murmelte sie vor sich hin. Wenn sie sich nur mit irgend jemandem unterhalten könnte, und wenn es nur Adeline wäre. Nichts war so unerträglich, wie untätig zu warten, daß die Zeit verrann.

Erst kurz nach Mitternacht war plötzlich ein Geräusch zu hören: Das leise Quietschen des Tores und gedämpftes Hufgetrappel klangen herauf. Helena schrak zusammen. Sie stand auf, eilte lautlos zur Tür und öffnete sie.

Mit angehaltenem Atem schlich sie über den Gang bis zu dem hölzernen Geländer, das die Galerie umschloß. Sie ließ sich auf den Boden sinken und spähte dann vorsichtig durch die Gitterstäbe in die Halle.

Dort standen, beleuchtet vom Licht dreier Kerzen, sechs Männer, einer von ihnen war William, einer Alexander. Sie sprachen zu leise, als daß Helena etwas hätte verstehen können, aber zweifellos debattierten sie über irgend etwas. Einer von ihnen, ein kleiner, runder Mann, hob etwas die Stimme.

«Das bedeutet, daß wir auf eine Nachricht von Grenville warten müssen», sagte er, «vorher ist jedes Gespräch sinnlos. Wir wußten das bereits – weswegen wir nun hier sind, hat nur einen Grund. Sir William, könnten wir heute nacht hier schlafen? Einige von uns haben seit Ewigkeiten kein Bett mehr gesehen.»

William sagte etwas, was Helena nicht verstehen konnte. Nach einer Weile meinte der kleine Mann wieder:

«Oberst Tate hat es von uns allen am nötigsten. Er sollte, wenn es geht, ein eigenes Zimmer bekommen.»

«Unsinn, Cartney», erwiderte Alexander ungeduldig, «ich bin noch ganz gut auf den Beinen!»

«Ehrlich gesagt, Oberst», mischte sich William ein, «sehen Sie aus wie eine Leiche. Sie sollten sich wirklich nach oben begeben und schlafen. Ich werde Sie und die anderen bei Morgengrauen wekken.»

Alexander schien schließlich zuzustimmen, denn William und die übrigen Männer gingen gleich darauf in den Salon, während Alexander die Treppe hinaufstieg, vorsichtig die knarrenden Bretter überschreitend. Er konnte Helena nicht sehen, die zusammengekauert hinter dem Geländer saß, sondern ging an der anderen Seite an ihr vorüber und verschwand in dem Zimmer, das er jedesmal bewohnt hatte, wenn er in Charity Hill war. Die Tür schloß sich hinter ihm und nur ein schwacher Lichtschein schimmerte durch den Spalt am Boden hindurch. Helena erhob sich langsam, äußerlich ruhig, innerlich zitternd.

Ohne lange nachzudenken, lief sie durch die Dunkelheit auf den schmalen Streifen hellen Lichts zu, der ihr durch die Finsternis entgegenleuchtete. Ganz leise nur war das Tappen ihrer Füße und das Rascheln ihres Kleides zu vernehmen.

2

Alexander stand am Fenster, als Helena das Zimmer betrat, und sah hinaus in den Nebel, der von einem immer stärker werdenden Sturm in Fetzen gerissen und auseinandergetrieben wurde. Er hatte seinen schwarzen Umhang abgelegt und stand in einem weißen Hemd, schwarzer Hose und schwarzen Stiefeln vor ihr, die Schultern kamen ihr noch breiter, die Hüften noch schmaler als sonst vor. Seine Haare waren kurz geschnitten und an den Schläfen grau geworden.

Als er sich umwandte, sah sie die kantigen Linien in seinem Gesicht, die um vieles schärfer schienen als früher, die hohen Knochen über den eingefallenen Wangen, den Mund, der nur noch ein gerader, gepreßter Strich war – entschlossen, unnachgiebig und hart. Und doch nahm Helena etwas in diesem Gesicht wahr, etwas, das vielleicht nur den Menschen sichtbar wurde, die diesen Mann liebten:

Die Augen, schmal und lang, hellgrau mit einem dunklen Rand um die Iris, klar und offen, voller Ehrlichkeit gegen sich und die Welt; Augen, ohne die Spur von Sentimentalität, aber voller Güte, Humor und Verständnis.

Plötzlich war in Helena ein heftiges Verlangen, auf ihn zuzustürzen und in seine Arme zu fallen, sich an die starken Schultern zu lehnen und alles Schwere und Bedrückende der letzten Jahre zu vergessen. Sie war des Kämpfens so müde, der Einsamkeit so überdrüssig, sie wollte alle Schwierigkeiten und sich selbst in die Hände eines anderen legen und sich nur noch beschützt und sicher fühlen, abgeschirmt gegen alle Gefahren, die überall in dieser gräßlichen Welt auf sie lauerten.

Natürlich tat sie es nicht, denn die Trennung war zu lange gewesen, als daß nicht eine gewisse Hemmung zwischen ihnen bestanden hätte. Sie schloß leise die Tür hinter sich und blieb mitten im Raum stehen. Alexander hatte sich zu ihr umgewandt, auf seinem Gesicht war freudiges Erstaunen zu lesen.

«Helena», sagte er, «du bist noch auf?»

«Ich bin wach geblieben», erwiderte sie, «ich wußte, daß du kommen würdest.»

Alexander wirkte überrascht. «Ich dachte, Sir William wollte es niemandem erzählen?»

«Doch, mich hat er eingeweiht.» Helena schwieg. Dann fuhr sie fort: «Wenn ich nun nicht gekommen wäre, wärst du dann wieder gegangen, ohne mich zu begrüßen?»

«Oh, ich glaube nicht, daß ich es gewagt hätte, dich um diese Zeit aus deinen Träumen zu schrecken. Womöglich hättest du geglaubt, Gespenster zu sehen und wärst in wildes Geschrei ausgebrochen!»

Der Humor in seiner Stimme und sein Lächeln konnten nicht darüber hinwegtäuschen, daß er elend aussah. Er mußte völlig übermüdet sein. Gleichzeitig ging aber auch eine wache Nervosität von ihm aus.

«Du solltest dich hinlegen», sagte sie sanft, «wenn du willst, gehe ich gleich wieder!»

«Nein, bleib hier.» Alexander ging auf sie zu und nahm ihren Arm. «Ich halte es für ausgeschlossen, daß ich jetzt schlafen kann, obwohl ich deswegen hier heraufgeschickt wurde. Aber ich bin zu unruhig im Augenblick und in Gedanken immer mit dem Aufstand beschäftigt!»

Helena war seinen Worten kaum gefolgt, denn die Tatsache, daß er dicht vor ihr stand, raubte ihr fast die Sinne. Es schmerzte sie, daß er so leichthin von gänzlich unwichtigen Dingen sprach.

«Alexander», sagte sie mit leiser Stimme, «weißt du, daß es vier Jahre her sind, seit wir uns zum letztenmal gesehen haben?»

«Vier Jahre schon? Es ist merkwürdig, aber da draußen verliert man jedes Zeitgefühl.» Alexander lehnte sich gegen den Tisch, der mitten im Zimmer stand. «Willst du dich nicht setzen?» fragte er.

Helena nahm auf der Fensterbank Platz.

«Wußtest du, daß Jimmy gefallen ist?»

«Sir William hat es mir vor einigen Tagen erzählt.»

«Vor einigen Tagen? Wie lange bist du denn schon in dieser Gegend?»

«Seit etwa einer Woche. Wir haben uns immer bei einem unserer Anhänger getroffen, aber es wurde zu gefährlich, weil seine Nachbarn schon mißtrauisch wurden. So kamen wir dann auf Charity Hill.» Nach einer kurzen Pause fuhr er fort: «Es tut mir sehr leid, daß Jimmy nicht mehr lebt. Ich konnte es zuerst kaum fassen. Es muß ein furchtbarer Schock für dich gewesen sein.» Das war teils Frage, teils Feststellung.

Helena blickte ihn offen an. «Es war ein Schock», antwortete sie, «und ich war zunächst wie gelähmt. Aber es war nicht so, daß ich glaubte, nicht weiterleben zu können.»

«Ja», sagte Alexander, «ich weiß. Es war vor drei Jahren, nicht?»

«Ja, 1644. Als ich es erfuhr, hatte Elizabeth gerade Geburtstag. Ich kann mich noch genau erinnern, es war Abend, wir erlebten einen wunderschönen Sonnenuntergang, überall blühten die schönsten Blumen – und dann erschien plötzlich William. Als ich sein Gesicht sah, wußte ich sofort alles, jedenfalls jetzt weiß ich, daß ich es wußte. Damals weigerte ich mich, es zu begreifen!»

Alexander sah sie nachdenklich an. «Du hast dich verändert seitdem», meinte er.

«Ich bin älter geworden.»

«Das ist es nicht, was ich meine. Du hast einen anderen Gesichtsausdruck bekommen. Ernster und überlegter.»

«Du bist sehr höflich. Aber ich sehe älter aus. Und nicht besonders gut!»

«Aber Helena ...» Alexander lächelte.

Helena stand auf und ging auf ihn zu. Er griff nach ihren Händen und zog sie näher an sich. Sie lehnte ihren Kopf an seine Brust.

«Liebster», flüsterte sie, «hast du an mich gedacht in den vier Jahren?»

«Aber ja, wenn die Gefechte nicht allzu heftig tobten ...»

«Bitte sei ernst! Hat es in dieser Zeit irgendwann auch ... eine andere Frau für dich gegeben?»

«Helena», seine Stimme war sanft und ohne jeden Spott, «seit ich dich kenne, hat mich keine Frau dieser Erde je wieder gereizt.»

«Und bevor du mich kanntest?»

«Sie sind alle unwichtig. Ich habe keine so geliebt wie dich.»

Sie atmete auf, innerlich wenigstens. Eine Weile schwiegen sie und lauschten auf das Heulen des Sturms, der immer stärker wurde. Es schien Helena, als wolle Alexander ihr etwas sagen, was ihm schwerfiel, als ringe er mit sich und irgendeiner Scheu. Schließlich sagte er:

«Als ich vorhin erzählte, wir hätten uns für Charity Hill als neuen Treffpunkt entschieden, so stimmte das nicht ganz. Ich selbst habe mich dafür entschieden.»

«Du?»

«Da wir immer nur nachts und heimlich kommen können, dachte ich nicht, daß ich dich so schnell sehen würde. Aber ich hoffte, ich würde dich irgendwann treffen.»

«Und nun bin ich gleich gekommen!»

«Ja, und das ist gut so. Aber dadurch zwingst du mich, dir jetzt zu sagen, was ich gern noch etwas aufgeschoben hätte, weil ich nicht weiß, wie ich es sagen soll.» Alexander zögerte, dann fragte er entschlossen: «Ich will wissen, Helena, ob du mich heiraten würdest?»

Helena wich einige Schritte zurück, weil es ihr unmöglich war, ruhig stehenzubleiben. Seit Jahren hatte sie auf diesen Moment gewartet, sich ihn in den schillerndsten Farben ausgemalt, und nun geschah es also hier, in dem kleinen Zimmer, in dem eine einzige Kerze ein schwaches Licht verbreitete.

«Ach, Alexander», murmelte sie, in diesem Augenblick völlig unfähig zu irgendeiner Koketterie, «ich habe mir so lange schon gewünscht, daß du mich das fragst!»

«Ist das eine Zustimmung?»

Sie sah ihn strahlend an, der Bann des Unwirklichen war gebrochen. «Nimm es so, wie es dir am liebsten ist», sagte sie.

Alexander küßte sie sanft. «Ich weiß, wie es mir am liebsten ist», antwortete er.

Helena legte die Arme um seinen Hals, und abermals küßte er sie. Auf einmal kam ein großer Friede über sie, der alle Rastlosigkeit und Spannung der vergangenen Jahre vergessen ließ. Sie war nicht mehr unruhig, nicht länger gejagt, sondern fühlte sich geborgen und beschützt.

«Wann heiraten wir?» fragte sie nach einer Weile.

«Das wird nicht so bald möglich sein», antwortete Alexander, «aus zwei Gründen möchte ich es noch aufschieben: erstens muß der Aufstand vorüber sein, so oder so, und zweitens können wir im Moment auch gar nicht offiziell getraut werden, weil niemand wissen darf, daß ich hier bin.»

«Ist die Sache so gefährlich?»

«Sie ist nicht gefährlich, solange niemand Verdacht schöpft», erklärte Alexander, «im Grunde kann gar nichts passieren. Und sobald alles vorbei ist, heiraten wir.»

Helena wußte, daß er nur so sprach, um sie zu beruhigen, daß der Aufstand keineswegs gefahrlos war, daß es im Gegenteil nun um Leben und Tod ging. Ebenso war ihr aber auch klar, daß weder sie noch irgendeine Macht dieser Erde Alexander von seinem Vorhaben würden abbringen können.

Sie griff nach einer Kerze. «Ich werde jetzt gehen», sagte sie, «du mußt schlafen.»

«Ich bin längst nicht mehr müde», erwiderte Alexander.

Als Helena an der Tür stand, rief er sie noch einmal. Sie wandte sich um.

«Was ist?»

«Möchtest du hierbleiben heute nacht?» fragte er.

Helena bemerkte, wie ihr Herz schneller zu schlagen begann. Sie war so völlig unvorbereitet getroffen, daß sie nichts erwidern konnte. Sie hoffte, Alexander werde noch etwas sagen, aber er blickte sie nur an.

Vorsichtig stellte sie ihre Kerze ab und ging auf ihn zu. Es war ihr völlig gleichgültig, ob jetzt jemand ihr Handeln verwerflich finden konnte oder nicht. Er fühlte dasselbe wie sie, und so war es entweder nicht schlimm oder er war ebenso schlecht wie sie. Und schließlich, dachte sie, ist er ja auch das einzige, was ich auf dieser Welt will. Nur ihn und nichts sonst!

Es war eine atemberaubende Zeit, die nun folgte. Ruhelose Anspannung, nervöse Furcht, Triumph und Niedergeschlagenheit wechselten einander ab. Fast kein Haus mehr in Cornwall, in dem keine Waffen versteckt waren, keine Nacht mehr, in der sich nicht schwarzgekleidete Männer auf flinken Pferden irgendwo in tiefen Wäldern trafen. Die ganze Grafschaft schien zu vibrieren vor Erregung, an jeder Ecke konnte man es spüren, es in jedem Gesicht lesen. Die überwiegende Mehrheit der Menschen in Cornwall waren Royalisten, viele hatten einen geliebten Verwandten bei den Kämpfen verloren und waren nun besiegt, niedergedrückt von ihren eigenen Landsleuten, arm, gedemütigt, den Launen der Sieger hilflos ausgesetzt. Ganz gleich, wie sie das neue Leben angenommen hatten, ob in ohnmächtigem Zorn oder in schweigender Ergebenheit, die neue Hoffnung steckte sie alle an. Vielleicht würde man siegen und war dann frei.

Helena sah Alexander nicht sehr häufig, höchstens einmal in der Woche. Und dies war dann nur nachts, wenn er sich mit den anderen in Charity Hill traf und über den Aufstand sprach. Zunächst war er mit aller Heftigkeit dagegen gewesen, daß Helena an diesen Gesprächen teilnahm, aber schließlich hatte sie es doch mit zäher Beharrlichkeit durchgesetzt.

Sie erlebte hier einen ganz anderen Alexander, als den, den sie bisher kannte. Sie hatte ihn immer als ernsten, zurückhaltenden Menschen gesehen, doch nun war er mit einemmal lebhaft, fast ungestüm, begeisterungsfähig. Wenn er beim Schein einer Kerze in dem dunklen Zimmer stand, Schlachtpläne entwarf und neue Strategien, mit gedämpfter, rauher Stimme sprach, dann leuchteten seine Augen, funkelten, sprühten vor Leben. Er war durch und durch Soldat, das wurde Helena immer klarer, und sie war etwas unsicher, ob sie sich darüber freuen sollte. Jedesmal, wenn er von dem Aufstand sprach, mußte sie an die vielen denken, die dabei ihr Leben verlieren würden, und merkwürdigerweise schloß sie in diese Überlegungen die Feinde mit ein. Noch zu Beginn des Kriegs hatte sie nur an die eigenen Männer gedacht und sich die Feinde unbewußt drohend und teuflisch vorgestellt, ohne Anspruch auf Mitleid. Aber je länger der Krieg dauerte und je mehr sie das Elend auf beiden Seiten kennenlernte, desto weniger konnte sie dieses einseitige Denken aufrechterhalten.

Der Winter verlief voller Aufregung und Spannung, und bald konzentrierten sich alle Gedanken auf den bevorstehenden Aufstand. Immer neue Pläne entstanden, alte wurden umgestellt, fremde Menschen tauchten auf, und solche, deren Namen im Krieg wichtige Rollen gespielt hatten und nun lange vergessen waren.

Alexander und Helena hatten nur selten Gelegenheit, allein zu sein. Doch hin und wieder war es möglich, noch eine Stunde beieinander zu bleiben, und dann saßen sie in dem kleinen Zimmer, in dem sie sich auch zum erstenmal nach Jimmys Tod getroffen hatten, und sprachen von der Zeit nach dem Aufstand. Es war noch nicht entschieden, wo sie dann leben wollten, ob in Charity Hill oder in Broom Lawn, Alexanders Gut bei Kent, aber Helena wußte, daß Alexander seinen eigenen Besitz vorziehen würde, und auch ihr war es lieber so. Mit Charity Hill waren zu viele Dinge verbunden, die sie vergessen wollte, und dem Andenken an Jimmy würde es keinen Abbruch tun.

«Nur noch wenige Wochen und wir sind für immer zusammen», sagte Alexander eines Abends.

«Ach, das wäre wunderschön.» Helena trat neben ihn. «Wirst du dann nie wieder kämpfen?»

«Wenn der König mich braucht, muß ich es natürlich tun», erwiderte Alexander, «aber ich fürchte, er wird nicht mehr lange die Macht in diesem Land haben. Und für das Parlament werde ich nie kämpfen!»

«Wie?» fragte Helena aufgeschreckt. «Wie meinst du das: der König wird nicht mehr lange die Macht haben?»

«Hast du es noch nicht bemerkt, Helena? Die Royalisten sind im Grunde schon besiegt. Wir haben verloren, und der König wird sich mit seinen Gegnern friedlich einigen oder das Land verlassen müssen!»

«Aber wozu dann der Aufstand? Wenn wir doch die Verlierer sind?»

«Wenn wir ihn gewinnen, wird uns das wenigstens eine kurze Zeit Freiheit bringen», erklärte Alexander, «und dann ... dann wissen wir doch, daß wir uns verteidigt und nicht kampflos ergeben haben. Der Friede ist das Wichtigste auf der Welt, aber wir dürfen niemals zulassen, daß unser Friedenswille von skrupellosen Menschen ausgenutzt wird!»

«Was du sagst, Alexander, habe ich schon einmal gehört. Vor vier Jahren, von einem sterbenden Soldaten, der übrigens ein Rebell war. Er sagte, man dürfe nicht die Waffen strecken vor dem Bösen, weil es sonst bald die Welt beherrschen würde. Aber was ist das Böse, wer entscheidet, was böse ist und was nicht? Es ist nicht immer klar zu sehen. Und ein Krieg ist etwas so Furchtbares, Grausames, daß sich alles in mir gegen ihn sträubt!»

«Das ist ganz natürlich, und glaub mir, Helena, mir geht es genauso und vielen anderen auch. Wir wissen oft nicht, was das Böse ist, wir können nur auf unser inneres Gefühl dafür vertrauen. Auch wir sind voller Zweifel und Unsicherheiten.»

Helena seufzte schwer. «Warum gibt es auf nichts eine endgültige Antwort, bei der man sicher ist, daß sie stimmt», murmelte sie, «warum ist man immer so unsicher, ob man das Richtige tut?»

«Vielleicht ist das gut so», sagte Alexander, «wir kämpfen, aber wir sind immerzu im Zweifel, ob das richtig ist. Ich glaube, wirklich gefährlich sind nur die Menschen, die von dem, was sie tun, als das einzig Richtige überzeugt sind!»

Helena fühlte sich mit einemmal ruhig und sicher. Alexander, das wußte sie jetzt, war nicht kalt und brutal, sondern er war ein Mann, der verteidigen wollte, woran er glaubte, ohne sich dabei für vollkommen zu halten. Sie spürte in diesem Moment eine so heftige Liebe zu ihm, daß es ihr das Herz zusammendrückte. Sie sah zu ihm auf, und er mußte es in ihren Augen lesen, denn er zog sie plötzlich an sich und küßte sie. Die Sicherheit, die Helena empfand, als er sie in seinen Armen hielt, war so überwältigend, daß sie sich am liebsten nie wieder von ihm gelöst hätte, doch sie mußte es tun. Als er in dieser Nacht ging, weinte sie vor innerer Erregtheit, und doch war diese eigenartige Mischung aus höchstem Glück und tiefem Schmerz das herrlichste Gefühl, das sie jemals empfunden hatte.

3

AM 13. MAI sollte der Aufstand losbrechen, und am 5. Mai kam Alexander zum letztenmal zu Helena. Es war tiefe Nacht und ein klarer, leuchtender Mond stand am Himmel. Helenas Hände waren so kalt wie die Felsen, wenn das Meer über sie gegangen ist, als sie Alexander zuhörte.

«Ich werde vor dem 13. Mai nicht mehr kommen», sagte er, «wir waren schon zu oft in Charity Hill, und man sollte denselben Treffpunkt nie zu lange benutzen.»

«Ja, ich verstehe das.»

«Du mußt Vertrauen haben, Helena. Ich komme zu dir zurück!»

«Wenn dir inzwischen nichts passiert ...»

«Ich glaube fest daran, daß ich nicht sterbe. Bitte, Helena, mach es mir nicht schwer!»

Sie sah ihn an, die Augen voller Tränen. «Ich will es dir nicht schwermachen, Alexander. Aber es ist so ungerecht. Manche Menschen erleben vielleicht in ihrem ganzen Leben keinen Krieg, und ich ... ich komme niemals zur Ruhe!» Sie biß sich fest auf die Lippe, konnte aber nicht verhindern, daß sich eine Träne löste und über ihre Wange rollte.

Alexander fing sie auf und wischte sie fort. «Nicht weinen», bat er sie, «ich könnte es nicht ertragen!»

Helena riß sich zusammen. Gestattete sie sich einmal zu weinen, so fand sie kein Ende. Und sie durfte es nicht, nicht jetzt! Später, wenn Alexander gegangen war, konnte sie in ihrem Zimmer den Tränen freien Lauf lassen, so lange sie wollte, aber nun mußte sie stark sein und tapfer, damit Alexanders klare Sinne, die er jetzt brauchte, nicht durch Kummer um sie getrübt wurden. Ach, daß sie sich niemals gehenlassen durfte, in dieser schweren Zeit, in der sie es doch so gern getan hätte! Sie lächelte ihn an, die Augen noch feucht von Tränen und mit einem so tiefen Schmerz darin, daß es Alexander beinahe das Herz brach. Wie er sie so sah, so tapfer und hilflos, hätte er ihr am liebsten gesagt, er werde bei ihr bleiben und sie niemals verlassen, doch er mußte nun ebenso stark sein wie sie. Er kämpfte ja für ihrer beider Zukunft in einem freien Land, und um diese Zukunft war es schlecht bestellt, wenn sie die neue Herrschaft bedingungslos hinnahmen. Es gab keinen anderen Weg für sie beide, mochte er noch so bitter sein.

Nachdem Alexander sich von ihr verabschiedet hatte, ging Helena in ihr Zimmer zurück, aber seltsamerweise kamen ihr hier keine Tränen mehr. Eine fast ergebene Ruhe breitete sich über ihr Gemüt, ihr Herz schlug gleichmäßig wie eh und je, ihre Hände lagen still auf der Fensterbank. Es war, als hätte ihr Körper jedes Gefühl verbannt, als wolle er sie schützen vor der Grausamkeit der Geschehnisse. Wenn es vorüber war, dann konnte sie weiterleben, aber noch mußte sie gegen Furcht und Verzweiflung kämpfen und durfte sie nicht übermächtig in sich werden lassen.

«Lebt wie immer», hatte Alexander gesagt, «laßt euch nichts anmerken. Seid nicht hochmütig gegen die Feinde, denn sie haben ein sehr feines Gefühl für so etwas!»

Als Helena an diesem klaren Maimorgen aufstand, war sie fest entschlossen, das beste Schauspiel zu liefern, das sie je gegeben hatte. Was an ihr lag sollte geschehen, um den Kampf zu unterstützen, und wenn es auch nur darum ging, so normal zu sein wie immer. Sie mußte heute nach Fowey und die monatlichen Abgaben zahlen, und obwohl sie heftigen Widerwillen gegen diese Demütigungen empfand, würde sie sich überwinden. Sie würde stolz sein, aber nicht unverschämt, sie würde die dumme Arroganz dieser Leute ertragen, äußerlich gebrochen, innerlich voller Triumph. Sollten sie nur herablassend und hinterhältig zu ihr sein, sie wußte, daß sie nicht mehr lange lachten! Helena hatte sich fertig angezogen und gekämmt, warf noch einen kurzen Blick in den Spiegel und verließ das Zimmer. Auf dem Gang traf sie Prudence, die mit einem Tablett voller Speisen aus der anderen Richtung kam.

«Wo willst du denn damit hin?» fragte Helena, ohne allzu großes Interesse.

Prudence schnaubte. «Ich war bei Lady Ryan», erwiderte sie, «weil sie nicht zum Frühstück kommen wollte. Aber essen will sie auch nichts!»

«Ist sie krank?»

«Schon möglich. Sie hat vorgestern nichts gegessen und gestern den ganzen Tag nichts.» Es lag ein vorwurfsvoller Ton in Prudences Stimme, der Helena schuldbewußt daran denken ließ, daß sie sich in den letzten Tagen um niemanden im Haus gekümmert hatte. Wenn es ihrer Tante wirklich schlechtging, so war ihr das völlig entgangen. Sie mußte sofort nach ihr sehen.

«Gib mir das Tablett, Prudence», sagte sie, «ich werde mich selbst darum kümmern.»

«Sie werden keinen Erfolg haben. Mylady hat es ja versucht, aber sie sagt, ihr werde ganz schlecht davon.»

«Ich werde es jedenfalls probieren.» Helena nahm das Tablett und begab sich in das Zimmer ihrer Tante.

Bei ihrem Eintritt blickte Catherine, die leicht geschlafen hatte, auf und lächelte. Helena war entsetzt über das eingefallene Gesicht und die merkwürdig bleiche Farbe der Haut. Warum hatte sie das nicht früher bemerkt, so etwas kam doch nicht über Nacht! Jemandem, der so aussah, mußte es schon seit längerer Zeit sehr schlechtgehen, und hätte sie auch nur einmal eine Minute nicht an sich selber gedacht, hätte sie es früher gesehen. Sie stellte das Tablett auf die Kommode, eilte zum Bett ihrer Tante und ließ sich daneben auf den Knien nieder. Ihre Hände griffen nach denen Catherines.

«Tante Catherine», sagte sie erschrocken, «fühlen Sie sich sehr schlecht?»

Catherine lächelte beruhigend. «Es ist nur eine Schwäche», antwortete sie, «bestimmt nichts Ernstes.»

«Wie lange dauert das schon?»

«Ach, eigentlich bereits längere Zeit. Schon in den letzten Monaten fühlte ich mich schwach und matt. Aber vor zwei Tagen kam noch eine heftige Übelkeit hinzu.»

Helena strich ihr sanft über die Stirn. Niemals zuvor war ihr so deutlich bewußt gewesen, wie sehr sie diese zarte Gestalt mit dem gütigen Gesicht liebte und brauchte. Es war ihr unvorstellbar, daß Catherine plötzlich nicht mehr da sein, ihr neues Leben mit Alexander nicht mehr mitansehen könnte. Aber ihre Gedanken waren ja unsinnig. Helena schalt sich selbst hysterisch. Nur weil es Catherine augenblicklich schlechtging, brauchte sie noch lange nicht zu sterben. Jeder Mensch war einmal krank, und bei vielen sah es ernst aus, aber sie überlebten es dennoch. Und Catherine war zwar immer zart, aber auch gesund gewesen, wieso sollte man nun gleich das Schlimmste denken?

«Erzähl mir von Alexander», unterbrach Catherine Helenas Gedanken, «liebst du ihn sehr?»

Helena nickte. «Sehr», erwiderte sie, «so sehr, daß es beinahe weh tut. Dieses Gefühl ist so stark, daß sich alles im Körper zusammenzieht und schmerzt, aber es ist ein wunderbarer, eigentümlicher Schmerz.»

«Ja, ich weiß, was du meinst», sagte Catherine wehmütig, «ein seltsames Gefühl, aber so unvorstellbar schön, daß man es ewig bewahren möchte!»

Helena betrachtete ihre Tante nachdenklich. «Haben Sie Onkel Charles auch so geliebt?» fragte sie.

Um Catherines Mund zuckte es. «Charles», sagte sie mit abwesendem Blick, «ja, das habe ich wohl!» Sie schwieg und Helena sah in ihren Augen einen fremden Blick, als denke sie an etwas sehr weit Zurückliegendes. Dann schien sie plötzlich in die Gegenwart zurückzukehren. Ihre schmale Hand nahm Helenas Arm. «Wir wollen nicht von Charles und mir sprechen», meinte sie, «sondern von dir und Alexander. Wann werdet ihr heiraten?»

«Das steht noch nicht ganz fest.» Helena zögerte etwas, weil sie nicht sicher war, ob Catherine von Alexanders zeitweiliger Beschäftigung wissen durfte. Alexander hatte gemeint, es sollten so wenige wie möglich eingeweiht werden. Also sagte sie nur unbestimmt: «Er hat noch ein paar wichtige Geschäfte zu erledigen. Aber im nächsten Monat wird es soweit sein.»

«Und wo wollt ihr leben?»

«Wahrscheinlich in Broom Lawn, Alexanders Gut. Sie kommen natürlich mit, wenn Sie nicht nach London gehen oder hierbleiben möchten. Ich weiß allerdings nicht, was aus Charity Hill werden soll, denn William und Janet gehen fort, Adeline ist recht alt und Elizabeth – es wäre so gut, wenn sie heiraten und hier wohnen würde!»

«Sie wird nicht mehr heiraten», sagte Catherine überzeugt, «sie hat Daniel O'Bowley so geliebt, wie ich es fast noch nie erlebt habe. Sie wird keinen mehr wollen!»

«Da haben Sie recht», gab Helena zu, «ich werde versuchen, Alan oder David für Charity Hill zu gewinnen, denn verkaufen will ich es um keinen Preis!»

«David – Alan! Wissen wir denn, ob sie noch leben? Seit Jahren haben wir keine Nachricht von ihnen, vielleicht sind sie tot oder gefangen.»

«Daran dürfen Sie jetzt nicht denken. Bevor Sie anfangen, sich Sorgen zu machen, müssen Sie erst gesund werden.» Helena stand auf und holte das Tablett. «Bitte versuchen Sie, etwas zu essen», bat sie.

Catherine schüttelte den Kopf. «Ich kann nicht», murmelte sie, «ich kann nicht. Ich habe es versucht. Aber mir wird schlecht davon!»

«Sie müssen doch etwas essen, wenn Sie gesund werden wollen», hielt Helena ihr vor.

«Nein, bitte, zwing mich nicht. Ich fürchte, ich könnte nichts bei mir behalten!»

Helena gab es auf. Sie war sehr besorgt, beschloß aber, es ihrer Tante nicht zu zeigen. Sie durfte sich jetzt nicht aufregen.

Fowey hatte sich sehr verändert, weniger äußerlich, obwohl die Häuser und Straßen ärmlicher wirkten als früher, sondern vielmehr in seiner Atmosphäre. Noch vor wenigen Jahren war es ein lebhaftes, gemütliches Küstenstädtchen gewesen mit fröhlichen Bewohnern, die bunte und glanzvolle Feste liebten, die eigensinnig waren und unabhängig, stolz und liebenswürdig. Nun aber wurden sie niedergedrückt von der eisernen Faust ihrer Feinde, von deren unbarmherziger, gnadenloser Religion, die Gott zur Ehre dienen sollte, die aber Christus, wäre er noch einmal über diese Erde gewandelt, entsetzt sein Haupt hätte verhüllen lassen. Kein Wort mehr von Milde und Vergebung, von Liebe und Gnade! Alles Fröhliche war des Teufels, jedes laute Lachen eine Sünde. Schwarzgekleidete Männer predigten von den entsetzlichen Strafen des Allmächtigen für die Sünder, forderten zur Buße auf und rieten zur Vernichtung des Bösen. Und wie sie es vernichteten! Noch niemals hatten so viele Unschuldige in den feuchten Kerkern unter grausamen Foltern gelitten, noch niemals zuvor wurden so viele als Hexen und Teufel verdächtigte Menschen verbrannt, gesteinigt und an den Pranger gestellt. Und immer war das Kreuz dabei, mit dem bleichen Christus daran, dessen Kopf tief auf der Brust lag, als könne er das Leid um ihn herum nicht sehen, als erlitte er mit jedem der Gemordeten gemeinsam den Tod.

Die Menschen Cornwalls hatten sich zumindest äußerlich der Gewalt ergeben. Sie trugen dunkle Kleider, kämmten sich die Lokken aus den Haaren, legten Schleifen und falsche Wimpern ab und gingen zur Kirche, wann immer es ihnen befohlen war. Es gab keine Theater mehr, keine Wettspiele, keine prunkvollen Kleider. Und auch die Hoffnung auf ein Ende der entsetzlichen Knechtschaft schwand von Tag zu Tag. Der König befand sich, seit er im November 1647 aus Hampton Court geflohen war, wo er wie ein Gefangener lebte, auf der Insel *Wight*, als Gast des Gouverneurs Oberst Hammond. Hammond war zwar auf der Seite des Parlaments, doch er hatte sich nie völlig von seinem König lösen können und gewährte ihm nun Aufenthalt in seinem Schloß Carisbrook, sichtlich hin und her gerissen zwischen Treue zu seiner Überzeugung und Verpflichtung gegen den einstigen Herrscher. Charles versuchte, von der Insel aus die Schotten für sich zu gewinnen, um sie in England einfallen und ihn an seinen alten Platz bringen zu lassen, doch der Plan mißlang. Das Parlament verhängte, kaum daß es davon erfuhr, den Verteidigungszustand über Wight, verstärkte alle Wachen und ließ keine Nachrichten von oder für Charles mehr durch die Absperrungen. Jeder, der künftig einen Brief von ihm empfangen oder an ihn absenden würde, sollte des Hochverrats angeklagt werden. Auf diese Weise lebte der König wie ein Gefangener, frei zwar auf der Insel und in aller Bequemlichkeit, aber getrennt von seinem Heer und seinen Getreuen. Seine moralische Unterstützung, die alle, die für ihn kämpften, aufrechtgehalten hatte, fehlte nun, und das ließ Kummer und Ergebenheit über die Menschen hereinbrechen.

Wir haben ihn niemals so nötig gebraucht wie jetzt, dachte Helena, als sie in Fowey vor dem Haus stand, in dem die Abgaben gezahlt werden mußten, aber vielleicht wird ein Sieg in Cornwall auch ihn zu neuen Taten anspornen und er wird ganz England befreien!

Sie mußte schlucken, als sie jetzt, gefolgt von Janet, die Stufen zu dem Haus emporstieg, und obwohl es ein ungewöhnlich warmer Maitag war, fröstelte und fror sie bis ins Innerste. Ihre Hand umklammerte das kleine Täschchen mit dem mühsam erkämpften Geld, das über Charity Hills Schicksal entschied.

«Gott, wie ich das hasse», sagte Janet, «hoffentlich ist heute nicht Mr. Swarthout da, er ist der schlimmste von allen!»

«Er ist da, verlaß dich darauf», antwortete Helena.

Sie nahm allen Mut zusammen und klopfte an.

Von innen tönte eine gleichgültige Stimme: «Herein!»

Sie öffneten die Tür und traten ein.

Sie kamen in das ehemalige Wohnzimmer, von dessen einstiger Gemütlichkeit nichts mehr geblieben war. Am Fenster stand ein Schreibtisch mit einem Stuhl, daneben an der Wand hing ein schwarzes Kreuz. Der Fußboden bestand aus weißgescheuerten Brettern, die von keinem Teppich bedeckt wurden und kalt und sauber in der Sonne lagen.

Hinter dem Schreibtisch saß Mr. Swarthout, und wenn es je den Puritanismus und die Selbstgerechtigkeit als Person gegeben hatte, dann war es dieser Mann, der streng und aufrecht auf seinem Stuhl saß und ihnen aus undurchdringlichen blauen Augen entgegensah. Er veränderte keine Miene. Er bot ihnen auch keinen Platz an, sondern sah ihnen nur stumm entgegen.

«Guten Tag, Mr. Swarthout», sagte Helena, so höflich, wie sie es nur eben vermochte, «wir kommen, um die Abgaben zu bezahlen.»

«Name?»

«Lady Helena Golbrooke von Charity Hill.»

Mr. Swarthout zog zischend Luft ein und notierte die Angaben in seinem dicken Buch.

Helenas Finger umklammerten ihr Geldtäschchen, so fest, daß die Handknöchel weiß hervortraten. Wenn er nur aufhörte mit diesem pfeifenden Atem! Der Haß in ihr war in diesem Augenblick so groß, daß sie kaum wußte, wie sie ruhig stehenbleiben sollte. Dann dachte sie an Alexander, und der Krampf löste sich etwas. Sie durfte jetzt nichts mehr riskieren, sie konnte bald ihre Rache haben, bald, bald, bald …

«Geben Sie mir das Geld», sagte Mr. Swarthout. Helena holte das Geld aus der Tasche und legte es auf den Tisch. Er zählte mit steinernem Gesicht, dann fuhr er fort: «Ab nächsten Monat werden wir den Betrag erhöhen.»

«Was?!»

Er sah sie kalt an.

«Aber, hören Sie doch, Mr. Swarthout, wir können nicht noch mehr bezahlen», flehte Helena in gut gespielter Verzweiflung. Nur jetzt nicht leichtfertig werden und ihm hohnlachend zurufen: Oh, Mr. Swarthout, das können Sie getrost vergessen! Im nächsten Monat sind wir wieder die Herren in Cornwall, und Sie schmachten in einem Kerker!

So schwer es auch fiel, nun mußte sie ihren Teil zum Gelingen des Kampfs beitragen. Es ging um ein Leben in Freiheit oder in erniedrigendster Knechtschaft, und nur das war wichtig.

«Wenn Sie es nicht bezahlen», erwiderte Mr. Swarthout mit einem saugenden Luftholen, «werden wir Charity Hill konfiszieren!»

Janet stieß einen erschreckten Laut aus, während Helena mit zusammengebissenen Zähnen sagte: «Wir werden zahlen, und wenn es uns unser letztes Geld kostet, verlassen Sie sich darauf!»

«Es ist mir gleichgültig, ob Sie zahlen oder nicht, ich werde dann nur die Konsequenzen daraus ziehen!»

Er reichte Helena einen Zettel, auf dem in seiner gestochenen Handschrift die ordnungsgemäße Übergabe des Geldes am 6. Mai A. D. 1648 bestätigt wurde. Sie nahm ihn mit einer Gebärde, die alle Verachtung für den armseligen Puritaner ausdrückte, und schickte sich an, grußlos das Zimmer zu verlassen, wie sie es immer getan hatte. Auf halbem Weg jedoch hielt sie plötzlich seine Stimme zurück.

«Einen Moment!»

Helena wandte sich um, und auch Janet, die schon an der Tür war, blieb stehen. Mr. Swarthout war aufgestanden und lehnte sich halb nach vorn, in seinem Gesicht nun nicht mehr die kühle Gleichgültigkeit, sondern offene Entrüstung.

«Streichen Sie doch mal Ihr Haar zurück», verlangte er.

Helena blickte ihn fassungslos an. «Wie bitte?» fragte sie, um sich zu überzeugen, daß sie auch richtig gehört hatte.

«Streichen Sie Ihr Haar zurück!» wiederholte Mr. Swarthout.

Helena, noch immer verwirrt, kam seiner Aufforderung mit unsicherer Gebärde nach. Sie verstand nicht, worauf das hinauslief, aber sie spürte instinktiv eine Gefahr, die sie veranlaßte, gefügig zu sein.

Mr. Swarthout schnappte nach Luft, diesmal ernsthaft in der Gefahr, zu ersticken. «Was», stieß er hervor, «ist das?»

«Bitte, was denn?»

«Das … an Ihren Ohren!»

«An meinen …» Helena stockte. Er mußte ihre Ohrringe meinen!

«Ziehen Sie das sofort aus!»

Es waren etwas auffällige Ohrringe, das stimmte, und eigentlich eher für einen Ball geeignet als für einen gewöhnlichen Werktag, aus purem Gold mit kleinen, ungeschliffenen Diamantsplittern. Aber Helena trug sie fast immer, weil sie Jimmys letztes Geschenk an sie waren, bevor er gefallen war. Niemals wäre sie auf den Gedanken gekommen, sie könnten sie in eine solche Situation bringen.

«Warum?» fragte sie. «Warum soll ich sie ausziehen?»

Mr. Swarthout hatte sich nun wieder völlig unter Kontrolle. Er stand aufrecht vor ihr, stolz und selbstgerecht, und holte zischend Luft durch sein kleines Mundloch.

«Weil das Teufelszeug ist», sagte er, «und nicht zum Wohlgefallen unseres Herren!»

Später dachte Helena oft, daß sie einen Schutzengel zur Seite gehabt haben müsse, der sie davor bewahrt hatte, zu schreien und sich auf diesen Mann zu stürzen. Sie tat nichts dergleichen, nur ein paar Tränen traten aus ihren Augen und rollten langsam ihre Wangen hinunter.

Alexander, dachte sie, während sie mit zitternden Händen, über die sie jede Kontrolle verloren zu haben schien, die Ohrringe löste, Alexander, bevor man heiratet, verspricht man sich immer eine ganze Menge, aber von dir will ich nur eines: Schütze mich mein ganzes Leben lang vor Menschen wie Mr. Swarthout, laß mich nie wieder in eine Situation wie diese kommen, wenn du es verhindern kannst, bitte, ich will nie wieder so etwas erleben!

Ihre Hände umklammerten die Ohrringe so fest, als wollten sie sie zerdrücken. Ihr schwindelte, in ihrem Kopf drehte sich alles, weil in ihr so entsetzlicher Haß brannte, weil sie sich noch nie so ausgeliefert gefühlt hatte, ausgeliefert an die Schikanen eines alten kleinen Mannes. Nicht einmal als Charity Hill von den feindlichen Truppen besetzt gewesen war, hatte sie das empfunden, was sie jetzt empfand.

Als sie das Zimmer verließ, spürte sie zum erstenmal in ihrem Leben den tiefen, schrecklichen Haß, der die Menschen zum Töten befähigt. In diesem Moment sah sie Mr. Swarthout sinnbildlich für die Feinde, die sie ausnahmslos haßte, ohne sie noch als verschiedene Menschen, gute und böse, zu betrachten. Sie verstand Alexander und alle Soldaten, die mit blitzenden Schwertern in die Schlacht ritten und rücksichtslos erschlugen, was immer ihnen in den Weg kam.

«Die Poesie der Alten …

... war die des Besitzes, die unsrige ist die der Sehnsucht.» August Wilhelm Schlegels romantische Weltsicht hat die Jahre nicht unangefochten überdauert; schon in der nächsten Epoche waren die Menschen wieder realistisch. Voller Sehnsucht sind viele von uns heute wieder, aber wir wissen auch den Besitz zu schätzen. Ein steter Wandel, wie man sieht. Was aber bleibt, sind Poesie und wahre Werte.

4

Es war ruhig auf Charity Hill, so ruhig, daß man nur das Zwitschern der Vögel und von fern das Brausen des Meeres hören konnte. Die Sonne schien warm, aus saftigem grünem Gras sprossen zarte Vergißmeinnicht hervor, die Tulpen blühten und alle Büsche und Bäume waren mit schaumigen Blüten besetzt.

Helena saß auf einem niedrigen Steinmäuerchen im Garten und blickte gedankenverloren auf ihre kleine Tochter, die zu ihren Füßen spielte. Cathy war jetzt fünf Jahre alt und sah aus wie eine kleine Prinzessin, zart und fein, mit einem winzigen Stupsnäschen und in der Sonne goldschimmerndem Haar. Sie beschäftigte sich sehr intensiv mit ihrer Puppe, die sie Emerald getauft hatte, denn Helena hatte ihr erzählt, daß sie eine Tante mit diesem Namen habe, die ebenso grüne Augen wie die Puppe besäße. Cathy gefiel das, und sie schleppte Emerald überall mit sich hin und unterhielt sich stundenlang mit ihr, schimpfte und lobte sie, gab ihr zu essen und zu trinken und brachte sie jeden Abend zu einer bestimmten Zeit zu Bett.

Im Augenblick jedoch sang sie ihr ein Kinderlied vor, das Helena ihr kürzlich beigebracht hatte. Sie hatte ein hübsches Stimmchen, das bei den hohen Tönen allerdings dazu neigte, schrill zu werden. Trotz ihrer Sorge mußte Helena lächeln. Heute war der 12. Mai, heute oder morgen sollte der Aufstand losbrechen, genau hatte es Alexander ihr nicht sagen können. Der Prince of Wales würde, von der französischen Flotte unterstützt, die Scilly-Inseln besetzen, gleichzeitig mit dem Aufstand der Royalisten im Innern Cornwalls sollte von außen eine Truppe unter dem Kommando General Hoptons einfallen. Das Vorhaben war genauestens ausgearbeitet, jeder einzelne Schritt der verantwortlichen Offiziere geplant worden, aber dennoch hing alles davon ab, daß die Feinde die Verschwörung keine Sekunde zu früh entdeckten. Die ganze Taktik des Aufstands beruhte darauf, den Gegner zu überraschen, auf jener uralten Kriegslist also, die schon oft die zahlenmäßig unterlegene Truppe als Sieger aus einer Schlacht hatte hervorgehen lassen.

Helena wußte nicht, was Alexander wann und an welchem Ort zu tun hatte, denn er war der Meinung gewesen, es sei besser, sie wisse nicht zuviel.

«Wenn jemand nach mir fragt», hatte er gesagt, «solltest du ganz unbefangen und arglos antworten können. Schon die kleinste Unsicherheit in deiner Stimme könnte dich verraten!»

Helena bezweifelte, daß sie, selbst wenn sie keine Information besaß, ruhig würde antworten können, aber aus einem anderen Grund war es ihr lieb, nicht zuviel zu wissen: Nun brauchte sie nicht, sobald während des Aufstands von einer Schlacht gesprochen wurde, die irgendwo tobte, mit klopfendem Herzen denken: Da ist Alexander dabei und er wird fallen! Sie wußte nie, wo er war, und wenn dies auch im Grunde ein Augenverschließen vor der Wirklichkeit bedeutete, machte es sie ruhiger.

Am Nachmittag dieses Tages erfuhr sie, daß alle Hoffnungen vergeblich, daß monatelanges Pläneschmieden umsonst gewesen war. Man hatte die Rebellen verraten. Entweder war es jemand aus den eigenen Reihen gewesen oder ein Außenstehender, der die Verschwörung zufällig entdeckt hatte – sie wußten es nicht und würden es wahrscheinlich nie wissen. Es war ein Bauer, der nahe bei Fowey wohnte und einer ihrer Verbündeten gewesen war, der vorbeikam und ihnen mitteilte, der Plan sei vereitelt, überall würden Menschen verhaftet, die Straßen wimmelten von Soldaten des Generals Waller. Auf Helenas ängstliche Frage, ob er etwas über das Schicksal von Oberst Tate und Sir William wisse, schüttelte er bedauernd den Kopf.

«In diesem Durcheinander weiß keiner etwas vom anderen, Mylady», sagte er, «ich habe auch keine Ahnung, was aus meinen Söhnen geworden ist!»

«Ja, natürlich», murmelte Helena, «ich wünsche das Beste für Sie und uns.»

Er verabschiedete sich mit der Warnung, daß sicher bald auch hierher feindliche Soldaten kommen würden, um nach Verschwörern zu suchen.

Tatsächlich kamen sie, wie ein wütender, angriffslustiger Hornissenschwarm, angeführt von einem jungen, unverschämten Major, der Helena kurze, harte Fragen stellte. Sie beantwortete sie so ruhig wie möglich, ständig daran denkend, daß man sie schon als Kind bei jeder Unwahrheit ertappt hatte.

Nein, es lebte kein Mann im Haus, außer dem alten Arthur natürlich und den Knechten im gegenüberliegenden Gebäude, aber die waren den ganzen Tag auf den Feldern. Doch, Lady Smalley war verheiratet, aber ihr Mann befand sich derzeit in Plymouth, er war Kapitän. Sie selbst war verwitwet, schon seit vier Jahren. Abgaben? Die zahlten sie pünktlich, er konnte Mr. Swarthout gern fragen, der würde es bestätigen. Etwas Verdächtiges hatten sie nicht bemerkt, sie hatten ja von dem ganzen Aufstand nichts gewußt, wie sollten sie da auf etwas achten?

Der Major war höchst unzufrieden nach dieser Befragung, er hatte nicht gehört, was er hatte hören wollen, war auf harmloseste Unschuld gestoßen, und wußte doch, daß es in ganz Cornwall keine Familie gab, die nichts von der Verschwörung geahnt hatte. Er befahl seinen Soldaten, das Haus, die Ställe und den Garten nach Feinden zu durchsuchen, und wieder einmal trampelten Dutzende von Männern die Treppen hinauf und hinunter, stürmten in jedes Zimmer und kehrten das Unterste zuoberst.

Die Beseitigung der angerichteten Unordnung auf Charity Hill nahm alle so in Anspruch, daß keiner allzu lange ins Grübeln versinken konnte. Helena und Janet dachten natürlich dennoch an nichts anderes als an Alexander und William, aber sie hätten sich wesentlich elender gefühlt, wenn sie untätig in ihren Zimmern gesessen hätten. Ein großer Trost für beide war Elizabeth, deren ruhiges, starkes Wesen einen Halt bedeutete für jeden, der Kummer hatte. Selbst Adeline machte einige Male teilnehmende Bemerkungen und fand sich auch bereit, sich zu der kranken Catherine zu setzen, solange die anderen aufräumten. Die Stimmung war friedlich; wie immer schienen sie zusammenzurücken, wenn von außen Gefahr drohte.

Aber der Abend kam, die Sonne ging unter, die Welt tauchte langsam in zarte blaugraue Schleier, und unzählige goldene Sterne blitzten am Himmel auf, der wie in jeder klaren Nacht so hoch und weit und mächtig schien, als sei er ein unendliches, hohes Zelt.

Helena lag auf ihrem Bett, die Arme unter dem Kopf verschränkt, und sah hinaus in die schweigende Nacht. Viele Gedanken waren in ihr, unruhige, ängstigende Gedanken über sich und über ihr Schicksal. Wie oft hatte sie schon so auf dem Bett gelegen und hinaus in die Sterne gesehen, hier, in London und in Woodlark Park. Ihr Bett mußte immer so stehen, daß sie das Fenster vor sich hatte. Ob Alexander die Sterne auch so liebte? Es müßte schön sein, jetzt in seinen Armen zu liegen und gemeinsam die Bahnen der Gestirne zu verfolgen. Sie seufzte und schlief bald ein.

Ein seltsames Prasseln weckte sie wenig später. Sie blickte zum Fenster, und genau in diesem Augenblick flog ein Hagel von kleinen Steinchen gegen die Scheibe, der das Geräusch erzeugte, das sie ständig gehört hatte. Sie erstarrte vor Schreck, und ihr erster Impuls war, aus dem Zimmer zu laufen und sich zu Catherine und Elizabeth zu flüchten, denn der Gedanke, daß dort unten irgend jemand stand, den sie nicht kannte, erfüllte sie mit Panik. Doch schon in der nächsten Sekunde durchfuhr es sie: Alexander! Es war

Alexander, der zurückgekommen war und nicht wagte, am Tor zu klopfen, da er nicht sicher sein konnte, daß sich keine Feinde im Haus befanden.

Mit einem einzigen Satz sprang Helena aus dem Bett zum Fenster. Sie riß die Fensterflügel auf und lehnte sich hinaus.

Die Nacht war hell und klar, und sie erkannte sofort Alexander, der dort unten stand und angestrengt heraufblickte.

«Helena», flüsterte er, «bist du es?»

«O Alexander, ja! Ich ...»

«Gott sei Dank, ich war mir nicht ganz sicher, ob das dein Fenster ist! Seid ihr allein?»

«Ja! Ich komme sofort an die Hintertür und laß dich herein. Warte eine Sekunde!»

«Beeil dich! Hier ist noch jemand, den du gut kennst!»

Helena lief durch das Zimmer, öffnete die Tür und sauste die Treppe hinunter. Sie trug weder Schuhe noch einen Morgenrock, aber um nichts in der Welt hätte sie jetzt auch nur die geringste Verzögerung ertragen.

Der Riegel an der Tür war schwer zu bewegen, aber schließlich gelang es ihr. Sie trat einen Schritt hinaus und lag in Alexanders Armen, ihr Gesicht, über das die Tränen nur so strömten, fest an seine Schulter gepreßt. Von ferne vernahm sie seine beruhigende Stimme, ohne die Worte zu verstehen, doch als ihr Schluchzen leiser wurde, hörte sie, wie er sagte:

«Helena, sieh doch, wen ich dir noch mitgebracht habe!»

Sie trat einen Schritt zurück, wandte ihren Kopf und stieß ein leises, ungläubiges «Oh» aus.

Denn vor ihr stand Alan!

«Ich habe dir doch gesagt, daß ich wiederkomme», sagte Alexander, «und wenn ich ... Au!»

Sie waren im Salon, und Helena tropfte soeben etwas Branntwein in eine quer über Alexanders rechte Gesichtshälfte verlaufende Schwertwunde.

«Bitte, entschuldige», sagte sie.

«Ich werde es schon aushalten», meinte Alexander, «zumindest tröstet mich der Gedanke, daß der Kerl, dem ich das zu verdanken habe, auch nicht besser aussieht!»

«Das kann man wohl sagen.» Alan, der an der Tür lehnte, lachte. «Er hatte wohl nicht mit ganz soviel Widerstandskraft Ihrerseits gerechnet!»

«Es ist nicht gut, mich zu unterschätzen. Immerhin muß ich zugeben, daß ich den anderen auch unterschätzt habe!»

«Wo warst du die lange Zeit, Alan?» fragte Helena, während sie begann, Alexander einen kunstvollen Verband anzulegen. «Weißt du, daß wir zum letztenmal 1641 von dir gehört haben?»

«Ich habe euch öfter geschrieben», sagte Alan, «aber die Briefe sind wohl in den allgemeinen Kriegswirren untergegangen.»

«In welchem Regiment waren Sie?» erkundigte sich Alexander.

«Bei Prinz Rupert. Jetzt zuletzt bei Ihnen, Oberst.»

«Lassen Sie den Oberst weg. Schließlich gedenken Ihre Cousine und ich zu heiraten.»

Er hatte das Alan wohl schon auf dem Weg nach Charity Hill erzählt, denn dieser war nicht erstaunt. Er wollte etwas sagen, aber Helena kam ihm zuvor.

«Bei Prinz Rupert?» fragte sie. «Weißt du etwas über Randolph?»

Alan schien bestürzt. «Wißt ihr es nicht? Er ist 1645 bei Naseby gefallen. Es tut mir leid, daß ich dir das nun so unvermutet sage, Helena.»

«Wir haben es uns schon gedacht. Und David? Hast du von ihm etwas gehört?»

«O ja», sagte Alan grimmig, «er sitzt in London in irgendeiner sicheren Verwaltungsstelle, gestützt vom Parlament. Man hat ihm einen Arm abgenommen!»

«Das ist ja schrecklich!» rief Helena entsetzt. «Armer David! Ich wünschte, ich könnte ihm helfen!»

«Nun ja», meinte Alan recht herzlos, «abgesehen davon, daß er geholfen hat, unser Land in ein Chaos zu stürzen, die Menschen unfrei und den König rechtlos zu machen, ist er ein hochanständiger Kerl!»

«Wie kannst du nur so von deinem eigenen Bruder sprechen? Er hat nicht gewußt, was er tut!»

«Das sagen sie alle hinterher», behauptete Alexander, «immer, wenn es Menschen gelungen ist, mit ungeheurem Aufwand eine Sache restlos schlechtzumachen, heben sie hilflos die Arme und beteuern, das ja nicht geahnt zu haben.» Er sah, daß Helena unglücklich dreinblickte, und strich ihr rasch über die Hand. «Natürlich verstehe ich dich», sagte er weich, «er ist dein Cousin, und du hast ihn gerne. Die ganze Situation ist verteufelt schwierig!»

Helena legte die Arme um seinen Hals und küßte ihn mitten auf den Mund, ungeachtet der Tatsache, daß Alan noch im Raum stand. Dann richtete sie sich auf.

«Dein Verband sitzt jetzt fest. Du siehst natürlich etwas grotesk aus, immerhin aber dennoch sehr heldenhaft!»

«Danke für deine letzte rettende Bemerkung», erwiderte Alexander und befühlte vorsichtig das Kunstwerk, «denn du wirst zugeben müssen, daß es für einen Mann ziemlich niederschmetternd ist, erst im Kampf verwundet zu werden und sich dann von seiner Verlobten als grotesk bezeichnen zu lassen!»

«Oh, das tut mir leid! Wenn ich könnte, würde ich Ihnen für Ihre Tapferkeit einen Orden verleihen, Herr Oberst», lachte Helena. «Soll ich dich in dein Zimmer bringen, Alexander, oder willst du hier schlafen?»

«Ich glaube, lieber hier unten. Mein Kopf fühlt sich nicht so an, als ob er jetzt gern eine Treppe hinaufgetragen würde.» Er legte sich auf das Sofa, und ehe Helena das Zimmer hatte verlassen können, war er fest eingeschlafen. Sie dachte, daß die Dienstboten, wenn sie morgen früh den Raum betreten würden, sicher einen Todesschreck bekämen, wenn sie einen bärtigen, schmutzigen Mann dort vorfänden, und sie beschloß daher, Molly zu ihnen zu schicken, um ihnen das Betreten des Raums zu untersagen.

Dann ging sie gemeinsam mit Alan die Treppe hinauf und zeigte ihm sein Zimmer. Er bat sie, noch einen Moment zu ihm zu kommen, da er ihr etwas Wichtiges zu erzählen habe. Neugierig folgte Helena der Aufforderung.

Alan schloß sorgfältig die Tür und begann sofort: «Du hast dich sicher gefragt, wo ich die ganze Zeit steckte. Ich weiß jetzt, daß es nicht richtig war, euch so lange im Ungewissen zu lassen – denn daß Briefe eine recht unsichere Nachrichtenübermittlung sind, wußte ich. Aber es ist soviel geschehen, daß ich ... nun, es ist nämlich so ... ich habe geheiratet!»

Helena fuhr auf. «Geheiratet?» rief sie. «Wann? Wen?»

«Leise», mahnte Alan, «du weckst das ganze Haus!»

«Wer ist es?»

«Sie heißt Amalia Olney, vielmehr, jetzt heißt sie natürlich Amalia Ryan. Sie stammt aus Davantry, das ist etwa in der Gegend von Oxford.»

Er ging um den Tisch herum und setzte sich auf das Fensterbrett. «Es war vor drei Jahren, 1645, kurz nach Naseby, als ich plötzlich erkrankte. Fieber, Husten, Stiche im Herzen ... alles, was du dir denken kannst. Ich war unfähig, auch nur wenige Minuten hintereinander zu reiten, ohne stehenzubleiben, und drohte ständig, vom Pferd zu rutschen. Mein Kommandant und die Kameraden waren ratlos und beschlossen schließlich, mich zu einem nahe gelegenen Gut zu bringen. Die Besitzer hießen Olney!»

«Ah so», meinte Helena, «ich glaube, ich kenne den Rest der Geschichte!»

«Ja, vermutlich hast du recht. Lord und Lady Olney haben nämlich zwei Töchter, Louisa, die Ältere, und Amalia. Amalia und ich verliebten uns ineinander und heirateten im Oktober 1645. Danach sollte ich zum Heer zurück, aber die Krankheit hat ihre Spuren an meinen Lungen hinterlassen. Schon bald bekam ich bei der geringsten Anstrengung keine Luft mehr. Man entließ mich.» Alan sah zu Boden. «Anfangs war es hart», fuhr er fort, «ich kam mir minderwertig vor, schämte mich vor Amalia und ihren Eltern. Unsere Ehe geriet sogar in Gefahr, aber Amalia richtete mich wieder auf, gab mir mein Selbstbewußtsein zurück. Sie ist eine wunderbare Frau. Gemeinsam gingen wir nach Woodlark Park, und dort wurden unsere Töchter Rebecca und nun vor einigen Monaten noch Juliett geboren.»

«O Alan, und wir haben nichts geahnt.» Helena lief zu ihm und küßte ihn. «Wenn ich das alles gewußt hätte! Ich kann mir gar nicht vorstellen, daß du verheiratet bist. Warum hast du Amalia nicht mitgebracht?»

«Ich bin ja nicht zu meinem Vergnügen hier! Mich besuchte kürzlich ein alter Freund aus St. Ives und erzählte mir von dem geplanten Aufstand. Nach einigem Überlegen entschloß ich mich, daran teilzunehmen.»

«Warum?»

«Aus zwei Gründen», antwortete Alan, «zum einen war es Rache. Ich wollte noch einmal kämpfen, gegen die Leute, deren Krieg das Leben meines Vaters gekostet hat. Du weißt, daß er bei Naseby gefallen ist? Er starb direkt neben mir, und ich konnte ihm nicht helfen und ich kann das nicht vergessen. Zum zweiten ging es um mein Selbstwertgefühl. Ich hatte so darunter gelitten, aus der Armee entlassen zu sein. Verstehst du das?»

«Nicht ganz», sagte Helena ehrlich, «ich verstehe weder die Männer, die aus Leidenschaft kämpfen, noch die, die es um ihres Selbstbewußtseins willen tun. Ich habe eine fürchterliche Angst vor dem Krieg, aber andererseits sehe ich ein, daß man sich verteidigen muß und ... ach, ich finde ja doch nie eine Lösung!»

«Auf jeden Fall», meinte Alan, «war es keine sehr gute Idee, ausgerechnet hier mein Selbstbewußtsein wiederherstellen zu wollen. Immerhin haben wir verloren!»

«Besteht gar keine Hoffnung mehr?»

Er schüttelte den Kopf. «Keine. Die anderen sind in der Überzahl. Nur ein Überraschungsangriff hätte uns den Sieg bringen können, und das wurde zunichte gemacht. Mag sein, daß an einzelnen Stellen in Cornwall noch gekämpft wird, aber das ist aussichtslos!»

«Ich bin nur froh, daß dir und Alexander nichts geschehen ist», sagte Helena, «ich war so unruhig!»

«Oh, es war schon recht knapp für uns. Ich ritt mit Oberst Tate in Richtung Süden, als wir von einem Boten gewarnt wurden, daß wir verraten worden seien. Wir beschlossen, den Weg abzubrechen und nach Westen zu reiten, zu einem Ort, wo sich mehrere Leute von uns sammeln wollten. Die hofften wir warnen zu können, doch wir kamen zu spät. Es wimmelte bereits von Feinden, und wir konnten uns selbst gerade noch in Sicherheit bringen. Dabei erhielt der Oberst seine Verletzung.» Alan hielt inne. «Er ist ein sehr mutiger Mann», fuhr er dann fort, «ich bin froh, daß du ihn heiratest!»

«Das bin ich auch. Ich kann es kaum noch erwarten!» Helena stand auf. «Ich glaube, du mußt jetzt schlafen», sagte sie bestimmt, «träume von Amalia!»

«Darauf kannst du dich verlassen. Ich sehe sie ständig vor mir.» Er wartete, bis seine Cousine das Zimmer verlassen hatte, dann legte er sich hin, löschte die Kerze und schlief, wie vor ihm Alexander, sofort ein.

5

Wie krank Catherine war zeigte sich am nächsten Morgen, als Helena, nachdem sie sie gut vorbereitet hatte, Alan zu ihr ins Zimmer führte. Obwohl sie sich sichtlich freute, war sie zu schwach, um große Begeisterung zu zeigen, und es schien fast, als hoffe sie, er werde den Raum schnell wieder verlassen, damit sie weiterschlafen konnte. Womöglich war sie sich in dem merkwürdigen Zustand zwischen Wachen und Schlafen, in dem sie sich befand, gar nicht sicher, ob ihr Sohn wirklich vor ihr stand, oder ob das Trugbild eines wirren Traums sie narrte. Mit einer mühsamen Bewegung reichte sie ihm die Hand und murmelte etwas Unverständliches.

Alan war erschüttert. Da er das Gefühl hatte, seine Anwesenheit strenge Catherine nur an, verließ er rasch wieder das Zimmer. Draußen redete er eindringlich auf Helena ein.

«Sie braucht unbedingt einen Arzt!» sagte er. «Ich weiß nicht, was sie hat, aber es ist auf keinen Fall harmlos. Wie lange hat sie denn schon nichts gegessen?»

«Sie ißt jeden Tag etwas, aber nur wenig und ganz leichte Sachen», antwortete Helena. Sie sah blaß und besorgt aus, denn so elend wie an diesem Morgen hatte sie Catherine noch nie erlebt. «Wir hätten schon längst einen Arzt geholt, wenn sie sich nicht so hartnäckig gesträubt hätte. Sie weinte fast, als wir sie überreden wollten.»

«Dennoch müßt ihr es tun! Ich mache mir große Sorgen.» Alan zögerte kurz, dann sagte er: «Meinst du, ich sollte unter diesen Umständen doch hierbleiben? Eigentlich wollte ich ja sofort nach Woodlark Park zurück, aber ...»

Helena berührte leicht seinen Arm. «Wenn du es riskieren willst, jetzt über die Grenzen Cornwalls zu gehen», sagte sie, «dann tu es. Ich weiß, was Amalia durchmacht, bevor du nicht zurückkehrst, und was sollte deine Anwesenheit hier nützen? Du kannst gar nichts tun!»

Alans Gesicht erhellte sich. «Ist es nicht sehr egoistisch?» fragte er zweifelnd. «Kann ich dich in dieser Situation allein lassen?»

«Ich bin doch nicht allein! Ich habe Alexander und Janet, Elizabeth, Adeline ... Geh nur! Catherine wird bald wieder gesund sein!»

«Ich danke dir für deine beruhigenden Worte, Helena», erwiderte er, «wäre Amalia nicht, so bliebe ich. Ich werde durch Fowey reiten und den Doktor zu euch schicken!»

Helena nannte ihm die Adresse Dr. Marchs. Sie ermahnte Alan, sehr vorsichtig zu sein, und begleitete ihn dann bis zum Tor. Zum Abschied küßte er sie.

«Ich bin sehr froh, daß ich dich wieder einmal gesehen habe», sagte er zärtlich, «weißt du, nach Amalia und Mutter mag ich dich am liebsten!»

«Ach, Alan», Helena schlang ihre Arme um seinen Hals, «immer wenn ich dich sehe, muß ich an früher denken. Es waren wunderschöne Jahre der Sicherheit, des Glücks und der Gleichmäßigkeit. Merkwürdigerweise weiß ich erst jetzt, wie glücklich ich war! Damals schien es völlig selbstverständlich.»

«Eine der großen Tragödien der Menschheit», erwiderte Alan, «die Vertreibung aus dem Paradies und das erst darauf folgende Begreifen. Es war zu allen Zeiten so.»

Er stieg auf sein Pferd, lächelte Helena noch einmal zu und galoppierte mit wehenden Haaren und fliegendem Mantel davon. Sie sah ihm nach, und ihr wurde stark bewußt, wie ähnlich sein Charakter, seine ganze Art, selbst seine Bewegungen Jimmy waren. Sie waren sehr gute Freunde gewesen ... was mußte Alan bei der Nachricht vom Tode dieses Freundes empfunden haben? Sie hatten nicht darüber gesprochen, so wie sie, außer ihrer letzten Bemerkung, die ganze Vergangenheit unerwähnt gelassen hatten. Nur Gegenwart und Zukunft schienen Alan zu interessieren: Amalia, Alexander, Catherines Krankheit. Hatte er alles Frühere vergessen? Wie merkwürdig sein Satz über die Tragödie der Menschheit geklungen hatte, leicht hingesagt einerseits, andererseits von schmerzlichem Gefühl durchdrungen. Als hätte er gewaltsam mit der Vergangenheit abgeschlossen, als liege ihm nur noch daran, der Zukunft das Beste abzugewinnen.

Als Helena ins Haus zurückging, war sie so unglücklich wie lange nicht mehr. Wollten sie denn alle um sie herum vergessen? War sie die einzige, die sich festklammerte an das Gewesene?

Alexander war aufgestanden und fertig angezogen, als Helena das Wohnzimmer betrat. Er lehnte am Kamin, ein Glas Branntwein in der einen, ein Buch in der anderen Hand, und sein Gesicht drückte sichtbar Erleichterung aus, als er Helena erblickte.

«Dem Himmel sei Dank, daß endlich jemand kommt», sagte er, «ich war nahe daran, das Zimmer zu verlassen, aber ich dachte, es könnte dir vielleicht nicht recht sein!»

«Ja, es ist besser, wenn dich von den Dienstboten niemand sieht», antwortete Helena, «ich werde dich nachher in Mollys Zimmer bringen, unser ideales Versteck. Wie geht es deinem Kopf? Du hast den Verband nicht mehr an!»

«Es geht viel besser. Ich spüre fast nichts mehr.» Alexander leerte sein Glas in einem Zug und legte das Buch fort. «Ich hoffe», sagte er, «du bist mir nicht böse, daß ich nun bereits am frühen Morgen nach Alkohol rieche, aber ich versichere dir, daß es keine Angewohnheit von mir ist!»

«Das ist außerordentlich beruhigend. Aber das Laster des Trinkens traue ich dir ohnehin nicht zu», erwiderte Helena. Sie trat einen Schritt zurück und betrachtete ihn. «Weißt du, ohne daß ich dich beleidigen will, muß ich sagen, daß du vielleicht ein Bad nehmen solltest. Du siehst etwas ... mitgenommen aus!»

Alexander sah an seiner schmutzstarrenden Kleidung hinunter, fuhr sich über sein mit grauen Bartstoppeln bedecktes Kinn und lachte. «Ein Bad wäre, glaube ich, genau das richtige», meinte er, «vorläufig sollte ich vielleicht darauf verzichten, dich in die Arme zu nehmen?»

«Glaubst du, daß mich das bißchen Schmutz erschreckt?»

Er lächelte, trat auf sie zu und schloß sie in die Arme. Während er sie küßte, nahm Helena den von ihm ausgehenden Duft nach Alkohol, gemischt mit Tabak und Leder, wahr, fühlte die kurzen, harten Bartstoppeln über ihre Wangen kratzen und dachte, daß ein Mann, der direkt aus der Wildnis zu kommen schien, das Herrlichste auf der Welt war, tausendmal anziehender als jeder Londoner Geck mit Schnallenschuhen und gepuderter Perücke, hinreißender als eine ganze Armee schwarzlockiger Robin Arnothys – einfach überwältigend und so aufregend, daß man sich fast schämen mußte. Sie seufzte tief vor Glück, und für einen Augenblick drehte sich die Zeit zurück, und es war ein Sommernachmittag vor fünf Jahren. Sie saß neben Bridget in Mrs. Thompsons Haus, es war bei der Gesellschaft, bei der sie Alexander wiedergetroffen hatte, und sie hörte Bridget verschämt flüstern:

«Ist er nicht wunderbar? Wie es wohl ist, wenn er einen küßt?»

Damals war sie ängstlich gewesen, unsicher, gereizt, ohne Hoffnung, ihn jemals zu besitzen, und nun hatte sie ihn, stand der Erfüllung aller Wünsche und Träume der vergangenen Jahre gegenüber. Sie stellte sich Bridgets kuhäugigen Blick vor, wenn sie sie jetzt sehen könnte, und mußte unwillkürlich kichern. Alexander ließ sie los und sah erstaunt auf sie herunter.

«Was ist denn so komisch?» fragte er. «Kitzelt dich mein Bart?»

«Er ist zumindest recht ungewohnt», entgegnete Helena, «wir sollten jetzt wirklich nach oben gehen. Der Doktor muß bald kommen, und dann mußt du schon in deinem Zimmer sein.»

«Der Doktor? Wegen Lady Ryan?»

«Es geht ihr heute früh ziemlich schlecht. Alan meinte, wir sollten unbedingt einen Arzt holen, auch wenn sie sich sträubt. Er ist übrigens schon wieder auf dem Weg nach Yorkshire!»

«Ich wußte gar nicht, daß es so ernst ist», murmelte Alexander bestürzt, «du mußt bei ihr bleiben. Kümmere dich bitte nicht um mich!»

Helena nickte. Sie ergriff seine Hand, und nachdem sie sich in der Halle umgeschaut hatten, liefen sie rasch nach oben.

Molly stellte ihr kleines Zimmer sofort zur Verfügung und versprach außerdem, sich um eine Wanne und heißes Wasser zu kümmern. Noch während sie mit Helena sprach, waren auf dem Hof Räderrollen und Pferdeschnauben zu hören, die die Ankunft des Arztes anzeigten. Helena verabschiedete sich von Alexander und ging hinunter.

Nachdem Dr. March Catherine lange untersucht hatte, teilte er Helena mit, er stehe vor einem Rätsel.

«Lady Ryan muß in erster Linie bei Kräften bleiben. Versuchen Sie, sie zum Essen zu bewegen, möglichst etwas Fettfreies, dann widersteht es ihr vielleicht weniger! Ansonsten ...» Er hob bedauernd die Schultern.

«Ich danke Ihnen, daß Sie gekommen sind», sagte Helena. Sie begleitete ihn bis zu seiner Kutsche, half ihm beim Einsteigen, da er schon etwas gebrechlich war. Dann kehrte sie schweren Herzens ins Haus zurück. Konnte es denn sein, daß Catherine starb?

Catherine ging es von Tag zu Tag schlechter.

Ihre Tage verbrachte Helena von nun an am Krankenbett Catherines, die täglich schwächer wurde. Erst abends ging sie hinaus in den Garten, teils um ein paar Stunden auszuspannen, teils auch, weil ihre Leidenschaft für Sonnenuntergänge sie unwiderstehlich hinauszog. Auch war es die einzige Zeit am Tag, zu der Alexander hinaus konnte, denn obwohl seit Wochen keine feindliche Truppe mehr nach Charity Hill gekommen war, war die Gefahr noch nicht gebannt. Tagsüber mußte Alexander in Mollys Zimmer bleiben, denn nicht alle Dienstboten waren eingeweiht. Im Stall stand immer ein gesatteltes Pferd bereit, mit dem er notfalls hätte fliehen können, obwohl eine Flucht ziemlich sinnlos war, da es in ganz Cornwall im Augenblick keine Straße und keinen noch so unbedeutenden Weg gab, der nicht auf das schärfste bewacht wurde. Und es war immerhin möglich, daß irgendein Wachtposten Alexander als einen Anführer der Aufständischen erkannte.

So mußte er sein Leben auf einen winzig kleinen Raum beschränken, und obwohl er nie klagte, wußte Helena, daß er sich tödlich langweilte. Da sie ständig mit Catherine beschäftigt war, wurde ihm nur hin und wieder von William Gesellschaft geleistet, der inzwischen ebenfalls unversehrt zurückgekehrt war. Er wurde offensichtlich nicht gesucht, denn bei seiner Rückkehr hatte er zwei Wegkontrollen passieren müssen und war widerstandslos vorbeigelassen worden. Er wußte allerdings nicht, ob man nach Alexander fahndete.

An einem dieser Abende im Garten sprach sie mit Alexander über die Zukunft, die sie aus Charity Hill fortführen würde. Sie saßen am Rand eines großen Erdbeerbeetes, pflückten dicke dunkelrote Erdbeeren und schoben sie in den Mund, wo sie süß und saftig auf der Zunge zergingen. Als Helena das Gefühl hatte, daß nichts mehr in sie hineingehen würde, lehnte sie sich ins Gras zurück, das frisch geschnitten war und jenen unverwechselbaren Geruch nach Heu, Erde und Sommer besaß. Keine Wolke war am lichtblauen Abendhimmel zu sehen. Aus Fowey klangen die Kirchenglocken durch die klare Luft herüber. Helena seufzte leise.

«Weißt du», sagte sie, «ich werde Charity Hill vermissen!»

Alexander blickte sie betroffen an. «Vor kurzem wolltest du noch ganz gerne fort!»

«Ja, natürlich. Eigentlich möchte ich gar nicht hierbleiben, wegen der Erinnerungen. Aber wir dürfen es nie verkaufen, Alexander!»

«Natürlich nicht, mein Schatz.» Alexander schob sich zu ihr hin und steckte ihr eine Erdbeere in den Mund.

«O Gott», lachte Helena stöhnend, «ich platze gleich! Ich glaube, ich habe in meinem Leben noch nie so viele Erdbeeren gegessen!» Sie rollte sich zur Seite, legte den Kopf auf die verschränkten Arme und beobachtete Alexander, der weiterpflückte. «Wahrscheinlich ist es immer so», meinte sie, «wenn man sich an etwas gewöhnt und es liebgewonnen hat, möchte man sich nicht davon trennen. Ich weiß noch, als ich Jimmy heiratete und hierherkam, glaubte ich zu vergehen vor Sehnsucht nach London und Woodlark Park. Jetzt geht es mir so mit Charity Hill!»

«Broom Lawn ist sehr schön», sagte Alexander, «vermutlich ist es etwas verwahrlost, wenn wir ankommen, aber es wird schnell wie früher sein. Du wirst es mögen!»

«Sicher. Und Charity Hill verliere ich ja nicht!»

«Du mußt es sogar behalten. Schließlich ist es Jimmys Hinterlassenschaft an Francis.»

Und Broom Lawn geht an unsere Kinder, dachte Helena. Unsere Kinder – das klang so herrlich! Sie stellte sich lauter kleine, krabbelnde Wesen vor, die einmal aussehen würden wie Alexander.

«Weißt du schon, wer Charity Hill verwalten wird, bis Francis erwachsen ist?» fragte Alexander.

«Nein, ich habe noch keine genaue Vorstellung», antwortete Helena, «es muß jemand sein, dem wir wirklich vertrauen. Am liebsten wäre mir einer unserer Pächter. Sie haben immer schwer für uns gearbeitet, und es muß herrlich für sie sein, hier in dem schönen großen Haus zu wohnen!» Natürlich, dachte sie, würden sie es nicht einfach haben, denn Charity Hill mußte die hohen Abgaben an die «Kommission für Cornwall» zahlen. Noch immer überkam Helena grimmige Wut, wenn sie an Mr. Swarthout dachte, als er ihr die Erhöhung der Abgaben mitteilte. Es war entsetzlich schwer für sie gewesen, sie für den Monat Juni zusammenzubekommen, und nur durch größte Sparsamkeit war es ihnen gelungen, sie zu zahlen.

«Wir werden schon jemanden finden», sagte Alexander.

«Ja, ganz bestimmt», antwortete Helena schläfrig. Sie war müde und satt und die sanfte Luft hatte etwas Betäubendes.

Alexander stand entschlossen auf. «Bevor du einschläfst, Liebling», sagte er, «gehen wir lieber zu den Himbeeren. Sie sollen ganz reif sein!»

«Aber Alexander, ich kann doch nichts mehr essen», protestierte Helena schwach, «ich ...»

Aber er hatte sie an der Hand gepackt und einfach hochgezogen. Einen Moment lehnte sie sich an ihn und ließ den Blick schweifen. Diese reifen roten Beeren, der schiefe alte Zaun, an dessen Pfählen Gras und Löwenzahn wuchsen – bestimmt würde es ihn auch in Broom Lawn geben. Und sie konnte dann hingehen, lange nach Sonnenuntergang, und seine Wärme fühlen. Es war so unsinnig, aber es würde sie an Charity Hill erinnern und an die Menschen, mit denen sie hier gelebt hatte. Und wenn sie wirklich einmal traurig war, dann würde sie dies wieder glücklich machen.

6

Es war ein sehr heisser Nachmittag im Juli. Janet, die gerade von einem kurzen Gang durch den Park in das Haus zurückkehrte, schwitzte so, daß sie glaubte, in alle Himmelsrichtungen zerfließen zu müssen. Wahrscheinlich lag es auch daran, daß sie schon so fürchterlich dick war und jede Bewegung ihr schwerfiel.

Sie seufzte, als sie die Treppe hinaufstieg. Noch zwei Wochen bis zur Geburt ihres Kindes, zwei Wochen, die sie immer für die schwersten hielt. Überhaupt machte ihr das Kinderkriegen keine Freude, hinterher, ja, wenn sie das Baby glücklich im Arm hielt, aber davor war es eine einzige Schinderei. Fett wurde man und häßlich, war unglücklich und glaubte ständig, die Welt werde untergehen.

Ich werde William sagen, daß ich keine Kinder mehr bekommen möchte, dachte sie, er wird sicher Verständnis dafür haben.

Ohnehin würde William nur noch selten bei ihr sein. Nachdem das Parlament ihm wegen seiner Königstreue die «Silverbird» für einige Zeit weggenommen hatte, hatte es sie ihm nun zurückgegeben, da es viel zuwenig gute Kapitäne gab. Ab Ende September sollte er wieder für die Ostindische Handelskompanie segeln. William, der schon geglaubt hatte, sein Schiff nie wiederzusehen, zumindest nicht als Kapitän, war nun außer sich vor Glück und konnte es kaum erwarten, Charity Hill und dem ganzen Festland den Rükken zu kehren. Sobald das Kind da war, wollte er nach Plymouth und das Laden beaufsichtigen.

Janet überlegte bereits die ganze Zeit, ob sie in Charity Hill bleiben oder in ihre alte Wohnung zurückkehren sollte. Einerseits war ihr nicht ganz wohl bei dem Gedanken, mit einem fremden Aufseherpaar zusammenzuwohnen, andererseits haßte sie Plymouth. Aber wenn alle hier fortgingen ...

Ich könnte mit Mutter bei Onkel Joseph leben, überlegte Janet, aber er ist ein so unvorstellbar gräßlicher Schulmeister. Und ich kann mich auch schlecht Helena aufdrängen, überhaupt kann ich mit vier Kindern nur im Notfall zu einer fremden Familie gehen, sonst wäre das eine Zumutung! Ich werde wohl doch in Plymouth bleiben, denn hier wird es zu einsam sein.

Sie hatte den oberen Flur erreicht und traf auf Elizabeth, die soeben aus Catherines Zimmer trat. Ihr Gesicht wirkte etwas entspannter als sonst.

«Wie geht es Lady Ryan?» fragte Janet, beinahe schon routiniert.

Elizabeth lächelte. «Besser, glaube ich. Sie hatte den ganzen Tag über fast keine Schmerzen und hat sogar etwas gegessen.»

«Oh, das ist ja herrlich!» rief Janet. «Ich habe immer gesagt, sie wird gesund. Wo ist denn Helena? Sie freut sich sicher auch!»

«Sie ist natürlich sehr erleichtert. Jetzt ist sie gerade bei Oberst Tate.»

Elizabeth nickte Janet noch einmal zu und lief dann eilig die Treppe hinunter, vermutlich um irgend etwas für ihre Mutter zu holen. Janet, die in der letzten Zeit entsetzlich empfindlich war, fühlte sich übergangen. Niemand fragte, wie es ihr gehe, alle waren mit anderen Dingen beschäftigt. Natürlich war Catherines Krankheit wichtiger, aber immerhin hätte Elizabeth ja auch einen Moment an sie denken können. Aber sie existierte nicht, wurde von niemandem geliebt!

Janet hatte plötzlich das starke Bedürfnis zu weinen. Rasch ging sie in ihr Zimmer, stützte sich auf die Fensterbank und wartete auf die Tränen. Sie kamen nicht, sosehr sie sich auch bemühte. Es wäre so schön gewesen, nachher mit verweintem Gesicht zum Abendessen zu erscheinen, notdürftig mit Puder bedeckt, unter dem doch die Spuren heißer Tränen zu sehen waren, und auf die besorgten Blicke und aufgeregten Fragen der anderen nur mit einem wehmutsvollen Blick aus dem Fenster zu reagieren. Bei dieser Vorstellung mußte sie lachen.

«Lieber Himmel, Lady Smalley», spottete sie laut, «wie alt sind Sie eigentlich? 24 Jahre? Nun, ich muß sagen, da könnte man vernünftiger sein!»

Ein Geräusch hinter ihr ließ sie herumfahren. William war hereingekommen und schloß leise die Tür hinter sich. Als er sich zu ihr umwandte, sah sie, daß er lächelte.

«Was ist los?» fragte sie neugierig. William ging zum Bett und warf sich darauf, wobei er die Füße mit den hohen Reitstiefeln über der Lehne am Fußende kreuzte.

«Als ich eben hereinkam», sagte er, «sahst du von der Seite aus wie jemand, der gerade zum Schafott geführt wird oder so ähnlich. Tieftragisch jedenfalls!»

«Tieftragisch, das ist das richtige Wort», murmelte Janet. Sie trat vor den Spiegel, sah sich von oben bis unten an und wandte sich dann ihrem Mann zu, der sie auf dem Bett liegend beobachtete. «Findest du mich noch schön, William?» fragte sie.

William richtete sich auf. «Natürlich, Liebling», sagte er erstaunt, «du bist jung und schön, genau wie damals, als ich dich kennenlernte!»

«Etwas schlanker werde ich wohl gewesen sein, oder?»

Der aggressive Ton in ihrer Stimme machte ihn stutzig. Sie war offenbar äußerst schlecht gelaunt.

«Deine augenblickliche Figur ist doch nur vorübergehend», sagte er beruhigend, «sobald das Baby da ist, ist alles wie früher.»

«Dieses verflixte Baby!» Janet zerknüllte wütend ein Taschentuch in der Hand und warf es auf den Boden. «Ich habe es satt, dauernd Kinder zu kriegen! Es ist das Abscheulichste, was du dir nur denken kannst. Helena hat das auch einmal gesagt!»

«Das denkst du jetzt. Wenn du es erst hast ...»

«Nein, William. Es war das letzte Mal!» Sie sah ihn entschlossen an und sagte: «Ich will nie wieder ein Kind bekommen! Nie wieder! Und ich möchte, daß du das respektierst.»

«Liebste, darüber können wir später sprechen. Du bist jetzt in einer sehr schlechten Verfassung», erwiderte William geduldig, «komm, setz dich zu mir und wir reden über etwas anderes!»

Janet blieb stehen, erschöpft und resigniert. Es war zwecklos, mit einem Mann über solche Dinge sprechen zu wollen, er würde sie nie verstehen. Männer, jedenfalls die, die sie kannte, stellten sich entsetzlich mit einer schwangeren Frau an, umsorgten sie von früh bis spät, fragten sie, wie es ihr gehe, waren ständig damit beschäftigt, die ausgefallensten Leckereien für sie herbeizuschaffen – anstatt daß sie einmal etwas Konkretes taten, um eine Schwangerschaft zu verhindern. Ihr selbst hätte es inzwischen hundertmal gereicht, von cinem Mann geküßt zu werden und feurige Worte über ihre Schönheit zu hören, aber Männer wollten immer jene unselige Leidenschaft stillen, die sie in diese Situation brachte.

William, der Janets wechselndes Mienenspiel beobachtet hatte, lächelte ihr ermunternd zu, und tatsächlich brachte sie es fertig, zurückzulächeln und sich etwas leichter zu fühlen. Hauptsächlich deshalb, weil er so gut aussah, so daß es ihr schwerfiel, hart und bockig zu bleiben. Er war natürlich älter geworden in den langen Kriegsjahren und hatte schon graue Fäden in den dunklen Haaren, aber er war noch ebenso schlank und kräftig wie früher, und seine Haut besaß dieselbe Bräune wie damals, als er zur See fuhr. Es war ihr einfach unmöglich, böse auf ihn zu sein.

«Weißt du, William», sagte sie, während sie nach ihrer Bürste griff und begann, sich die Haare zu kämmen, «ich habe mir überlegt, daß ich am liebsten in Plymouth wohnen würde, wenn du weg bist, denn hier wäre ich ganz allein. Meinst du, wir bekommen unsere alte Wohnung?»

Sie hörte, wie William aufstand, und sah im Spiegel, daß er zum Fenster ging.

«Was ist denn?» fragte sie erstaunt. «Warum antwortest du nicht?»

Er schien mit sich zu ringen, bevor er sprach. «Janet ...» begann er zögernd, «ich muß dir etwas sagen.»

«Ja?»

«Ich ... ich möchte, daß du mit nach Indien kommst und dort lebst!»

Janet fuhr mit einem Ruck herum und starrte ihn fassungslos an. «Was soll ich? Im Urwald leben?»

«Aber Liebling», William lachte gezwungen, «es gibt dort eine englische Kolonie in Madras, in der nur Europäer wohnen. Und zwar in wunderschönen Häusern, nicht in Strohhütten oder was immer du dir vorstellst!»

«William, das kann doch nicht dein Ernst sein! Was soll ich denn in diesem schrecklichen Land, wo ich niemanden kenne? Ich will hier in England bleiben, es ist doch meine Heimat!» Sie war den Tränen nahe vor Schrecken und fand die ganze Situation entsetzlich unwirklich.

«Janet, Indien ist wunderschön. Es ist viel wärmer und bunter als hier und sehr geheimnisvoll. Du mußt nichts von der gewohnten Zerstreuung entbehren, denn innerhalb der Kolonie herrscht ein reges gesellschaftliches Leben und ...»

Sie hörte kaum zu, als er weitersprach, denn nichts hätte sie von Indiens Vorzügen überzeugen können.

«Warum?» fragte sie. «Warum soll ich nach Indien?»

«Ach, verstehst du denn nicht? Der Krieg ist vorüber und alles wird so sein wie früher. Ich bin ständig unterwegs, und du bleibst allein zurück. In kurzer Zeit sind wir so reizbar wie einst!»

«Aber warum soll ich in Indien auf dich warten und nicht hier?»

«Indien wird zunächst etwas Neues für dich sein und dir etwas Zerstreuung bieten. Später kannst du mich vielleicht öfter begleiten und dann abwechselnd in Indien und in England leben.»

Janet ließ sich auf einen Stuhl fallen und seufzte. «Auf den Gedanken, du könntest deine Reisen einschränken, kommst du nicht», sagte sie bitter, «das würdest du nie für mich tun!»

«Nein. Das kann ich nicht.»

«Und Indien erscheint dir sicherer. In einer so kleinen Gemeinschaft kann ich nicht auf dumme Gedanken kommen und muß mich auch bei Streitereien zurückhalten, damit nicht alle es mitbekommen. Das hast du dir gut ausgedacht!»

«Ich verstehe dich nicht ganz, Janet. Es gab eine Zeit, da hättest du alles getan, damit unsere Ehe bestehen bleibt.»

Janet senkte die Augen.

William sprach weiter, sehr sachlich jetzt und offenbar entschlossen, das Thema so rasch wie möglich zu beenden.

«Wir werden natürlich warten, bis das Baby da ist. Es kommt Anfang August, wenn wir im September lossegeln, kannst du dich noch fast zwei Monate erholen. Falls es dir bis dahin noch nicht gutgeht, können wir es vielleicht um vier Wochen verschieben!» Seine Stimme klang ruhig und völlig normal, und nur wer ihn lange kannte, hörte die leise Schärfe, die in den Sätzen mitschwang und die besagte: Es ist alles geplant und jeder Widerspruch zwecklos!

Janet kannte diesen Ton genau, und ihre Hilflosigkeit machte sie wütend. Er behandelte sie wie ein kleines Kind, mit dem er nach Belieben verfahren konnte. Verletzt schwieg sie.

Natürlich war auch Janets viertes Kind, das am 3. August geboren wurde, ein Mädchen, und der leichte Spott in den Stimmen derer, die William zu seinem Nachwuchs gratulierten, war nicht zu überhören. Er nahm es sehr gefaßt hin, zumal die Kleine ausgesprochen hübsch war, wie jeder zugeben mußte. Janet, die, allen Launen der vergangenen Wochen zum Trotz, wie üblich, wenn sie ein Kind bekommen hatte, vor Rührung außer sich war, zwang jeden einzelnen, sich das Wundergeschöpf anzusehen und zu loben. Ihre ständige Frage war: «Ist sie nicht wunderschön?», und die anderen beteuerten sofort, dies sei das bezauberndste Kind, das sie je gesehen hätten.

Das kleine Mädchen wurde auf den Namen Judith getauft, und zwar schon zwei Wochen nach der Geburt. William drängte darauf, denn er wollte so schnell wie möglich mit seiner Familie nach Plymouth abreisen, um das Laden seines Schiffes zu überwachen. Bereits am 27. September sollte die Fahrt beginnen, und es waren noch unzählige Dinge zu erledigen.

In Janet war die anfängliche Verzweiflung Ergebenheit gewichen. Sie nahm die Entscheidung Williams hin, teils, weil sie eingesehen hatte, daß es zwecklos war, darüber streiten zu wollen und weil sie, wenn sie ganz ehrlich war, zugeben mußte, daß sie William verstand. Wenn er diese Sicherheit brauchte – er sollte sie haben. Irgendwann würde sie nach England zurückkehren können.

Was Janet vor sich selber kaum zugeben mochte war die Tatsache, daß dieses Abenteuer sie ein klein wenig zu reizen begonnen hatte. Nicht daß sie plötzlich Sehnsucht nach diesem unzivilisierten Land jenseits der Meere empfand, aber die Vorstellung, daß sie als erste in ihrer Familie eine so weite Reise unternahm, war verlockend. Zumal die anderen, besonders Helena, ganz offen Neid und Bewunderung zeigten.

«Indien muß traumhaft sein», sagte sie, «stell dir vor, ein Land, in dem immer die Sonne scheint. Du hast wirklich Glück!»

«Nun ja», meinte Janet bescheiden, «es ist mal etwas anderes!»

«Etwas anderes!» rief Helena. «Es ist das größte Abenteuer deines Lebens. Ein paar Jahre lebst du in Indien, und wenn es dir nicht mehr gefällt, kommst du zurück!»

Janet nickte und verschwieg, daß die Lage nicht so einfach war.

«Natürlich», fuhr Helena fort, «finde ich es traurig, daß du jetzt so weit weg von mir bist. Wir haben so viel zusammen erlebt!»

«Ja, wirklich. Wir leben seit sieben Jahren zusammen, unterbrochen von dem einen Jahr, in dem ich in Plymouth war. Und es war eine schwierige Zeit!»

«Den ganzen Krieg lang. Schreckensmeldungen, das Warten auf Nachrichten, Anrücken der Feinde, Besetzung ... ich glaube, wenn man das zusammen durchlebt, verbindet es weit mehr als alles andere.»

Janet ließ das Kleid, das sie gerade in eine Kiste packen wollte, zu Boden sinken und setzte sich neben Helena auf das Bett.

«Ich erinnere mich genau an den Tag», sagte sie, «an dem du hier ankamst. Du standest neben Jimmy in der Halle in einem wunderschönen Londoner Kleid und sahst so hilflos, so rührend jung aus!»

«Jung! Sag mir, Janet, bin ich viel älter geworden? Äußerlich?»

Janet betrachtete sie kritisch. «Ja, das bist du», erwiderte sie ehrlich, «du siehst nicht alt aus, wenn du das meinst, aber reifer, strenger vielleicht. Dein Gesicht hat nicht mehr den unschuldigen, offenen Ausdruck, der mich damals so anzog.»

«Ich hatte entsetzliche Angst», sagte Helena, «du warst die einzige, zu der ich gleich Vertrauen faßte.»

«Ich mochte dich sofort. Und ich wußte, daß harte Zeiten auf dich zukamen. Adeline war vom ersten Augenblick gegen dich eingestellt, das hatte und hat nichts mit deiner Person zu tun, es wäre bei jeder Frau, die Jimmy geheiratet hätte, dasselbe gewesen. Sie ist krankhaft eifersüchtig.»

«Sie hatte Angst, euch zu verlieren!»

«Und nun hat sie doch so viel verloren ... Vater, Jimmy, Randolph. Nur ich lebe noch, und ich verlasse sie auch. Sie ist eine alte, einsame Frau, die ihr ganzes Leben damit verbracht hat, andere unter ihre Herrschaft zu zwingen und unglücklich zu machen», sagte Janet bitter. Dann wurde ihr Blick wieder weich, ihre Hände griffen nach denen Helenas. «Wir dürfen einander nie vergessen», bat sie, «versprich mir, Helena, daß du mich nie vergißt!»

«Aber Janet, das könnte ich gar nicht!» rief Helena. «Du bist die beste Freundin, die ich je hatte, ja, du bedeutest mir fast mehr als Sarah Mallory, meine Freundin in London. Mit Sarah habe ich eine sehr schöne, sehr leichte Zeit verbracht, mit dir harte, entbehrungsreiche Jahre. Ich kenne dich besser, und ich habe großes Vertrauen zu dir!»

«Ich wünschte, wir müßten uns nicht trennen», sagte Janet heftig, «ich will, daß alles so bleibt, wie es ist. Du sollst nicht nach Kent, ich will nicht nach Indien! Ich will ...» Ihre Stimme brach.

«Nicht weinen, Janet», flehte Helena, «nicht weinen, sonst ...»

Doch da weinte sie selbst schon, fast lautlos rollten die Tränen über ihre Wangen, während sie Janet an sich zog und fest umklammerte. So saßen sie nebeneinander, ohne der verrinnenden Zeit zu gedenken, und fühlten beide den entsetzlichen, brennenden Schmerz des Abschieds, der ihnen beinahe körperlich weh tat, der so unausweichlich und ebenso unerbittlich war und der für sie beide einen großen Abschnitt ihres Lebens beendete.

Am 10. September war es soweit. Schon war die Luft klarer und kühler, der Himmel blauer, die Spitzen der Blätter rot und gelb gefärbt, als sich Janet, in einem neuen grünen Kleid so jung und hübsch wie lange nicht mehr anzusehen, weinend aus den Armen ihrer Familie lösen mußte, als sie ihre Mutter umklammerte und wohl zum erstenmal ein tieferes Gefühl für sie empfand, als sie, ihr jüngstes Kind auf dem Arm, hinaustrat aus dem düsteren alten Haus, das für sie immer Gefängnis und Schutz zugleich bedeutet hatte. Klein war die Zahl derer geworden, von denen sie nun Abschied nehmen mußte, ihr Vater lebte nicht mehr, auch Jimmy und Randolph waren tot. Andere Menschen waren in die Familie gekommen; Helena, Elizabeth, Catherine, Alexander ... Letzteren beiden hatte Janet im Haus Lebewohl gesagt, Catherine, die noch immer bleich und elend im Bett lag, und Alexander, der sein Zimmer am Tag nicht verlassen durfte.

Nun stand sie im Hof, umringt von den Kindern, die sich vor Aufregung noch ungezogener als sonst benahmen. Henrietta setzte sich mit ihrem frischgewaschenen Kleid in eine dreckige Pfütze, Carolyn band Annabella mit ihren Zopfschleifen heimlich an einem Pfosten fest, und diese verlor bei der Entdeckung dieser Untat zum erstenmal die Beherrschung und schlug nach ihrer kleinen Schwester. Francis fühlte sich zu ihrer Verteidigung berufen und trat Annabella an ihr Schienbein, Cathy brüllte dazu. In diesen Lärm mischte sich das Schluchzen von Molly und Lilian, der beiden Dienstmädchen, die Freundinnen geworden waren und sich nun ebenfalls trennen mußten. Doch am härtesten war der Abschied zwischen Janet und Helena. Bis zur letzten Minute hielten sie einander umschlungen, Janet weinend, Helena wie erstarrt, ohne Tränen, bis William sie sanft voneinander trennte und Janet beim Einsteigen in die Kutsche half. Sie lehnte sich nicht mehr hinaus, als die Pferde anzogen, und nur die Taschentücher der Kinder flatterten aus den Fenstern, wie Möwen, die mit den Flügeln schlagen.

Der dritte Tag nach Janets Abreise brachte Helena einen zweiten Abschied, der zwar nicht endgültig und weniger schmerzlich war, aber dennoch heftig von ihr beklagt wurde. Alexander war es, der fort wollte, und es schien aussichtslos, ihn zurückhalten zu wollen.

«Ich muß mich vergewissern, daß in Broom Lawn alles in Ordnung ist», erklärte er Helena, «und zwar bevor ich dich dorthin bringe. Ich bin mit einemmal sehr unruhig. Möglich, daß ich schon längst nicht mehr der Besitzer bin!»

«Aber sie dürfen es dir nicht wegnehmen», empörte sich Helena, «der König ist immer noch der Herr im Lande!»

Alexander stieß einen verächtlichen Laut aus. «Er ist ein Gefangener, und vermutlich wird er entweder das Land verlassen oder sich anpassen müssen. Für den Augenblick sind es die Parlamentarier, die die Herrschaft haben!»

Für Helenas Verständnis war es schier ungeheuerlich, daß irgendeine weltliche Macht sich das Recht nahm, die Macht des Königs einzuschränken, aber sie mußte einsehen, daß Alexander mit dem, was er sagte, recht hatte. Noch immer lebte Charles als Gefangener des Oberst Hammond auf der Insel Wight, und Oliver Cromwell hatte alles getan, um eine Flucht zu verhindern. Helenas Verstand jedoch weigerte sich, zu begreifen, was alle anderen längst begriffen hatten, daß nämlich die Sache der Royalisten verloren, daß die Opfer vergebens gewesen waren. Was immer die Zukunft bringen mochte, für den Augenblick waren der König und seine Anhänger geschlagen.

Am 13. September verließ Alexander bei Nacht Charity Hill, gehüllt in einen schwarzen Mantel, das Gesicht von einer Maske verborgen. Er mußte die Grenzen der Grafschaft heimlich überqueren und konnte nur so hoffen, nicht gefaßt zu werden.

7

Am 27. September 1648 starb Catherine. Es war ein schwerer, qualvoller Tod, und obwohl alle damit gerechnet hatten, traf es sie doch schließlich ganz unvorbereitet.

Helena war in Fowey gewesen, um die Abgaben zu zahlen, was recht lange gedauert hatte, und als sie zurückkam, war das Entsetzliche bereits geschehen. Elizabeth geleitete sie hinauf in Catherines Zimmer, wo die Tote auf dem Bett lag. Niemand wollte genau berichten, wie sie gestorben war, aber es verlangte Helena auch nicht danach, es zu wissen. Sie kniete neben ihrer Tante nieder, und als sie sich irgendwann wieder erhob, wußte sie nicht, wieviel Zeit vergangen war. Es schien ihr, als habe sie ewig das schöne, friedliche Gesicht angesehen, aus dem der Schmerz des letzten schweren Todeskampfes mehr und mehr wich. Wie schlafend sah sie aus, und sehr jung. Die blonden Haare lagen offen um ihren Kopf, die dunklen Wimpern ruhten schwer auf den Augen. Elizabeth hatte ihr die Hände gefaltet, darin hielt sie einige herbstliche Zweige, auf die nun die Strahlen der untergehenden Sonne durch das Fenster fielen und sie golden färbten.

Wie bei Jimmys Tod waren Helenas Gefühle wie betäubt. Später, viel später würde die Verzweiflung über sie hereinbrechen und sie in eine schwarze, wirbelnde Tiefe stürzen. Aber jetzt fühlte sie sich ruhig.

Sie ging hinaus aus dem Zimmer und durch die Halle in den Garten. Sie mußte allein sein, und sie wußte, daß sie es nirgendwo so gut konnte wie hier. Tief atmete sie die reine Luft.

Helena schritt langsam über das Gras. Der Wind spielte in ihren Haaren, fegte kühl über ihr Gesicht. Gebannt sah sie in die wogenden Äste der Bäume, an denen Blätter wie Goldstücke gegeneinander schlugen, sie blickte auf die gebogenen Halme zu ihren Füßen. Der stürmische Abend, das herbstliche Sterben – sie würde es nie vergessen. Ja, auch dies war ein Sterben, und so schwer, denn Reichtum, Kraft und Fülle dieser Natur schienen wie ein Aufbegehren, ein verzweifelter Widerstand gegen den Tod, der sie grau und leer mit Nebelschleiern bedecken würde.

Und in diesem Moment, da ihr das bewußt wurde, fiel der Panzer von Helena ab. Ein wilder Schmerz durchzuckte sie – aber zugleich ein unaussprechliches Gefühl, das alle Gefühle des Menschen in sich barg, so heftig, so unmittelbar, daß ihr für Sekunden schwindelte.

Sie klammerte sich an den Stamm eines Baumes.

Ich lebe, dachte sie, ich lebe und es ist unvorstellbar schön! O Gott, ich danke dir, daß ich lebe, ich danke dir, daß ich sterben werde. Ich danke dir, daß Catherine es durfte!

Sie wurde von dem verlangenden Wunsch getrieben, auszudrükken, was sie empfand, und wußte doch, daß keine Beschreibung dem gerecht werden konnte. Niemals zuvor hatte sie ihr Leben, ihr Dasein, das göttliche Wunder ihrer Existenz mehr geliebt als in diesem Augenblick, der ihr Tod und Vergehen unbarmherzig vor Augen hielt und in dem doch die Welt in höchster und vollkommenster Schönheit ihre Ewigkeit bewies.

Catherine war tot, aber ihr Tod war die Sicherheit dafür, daß Gott die Kreatur mit einbezog in seine Schöpfung, daß sie Teil darin sein und in ihr leben durfte. Sie stand nicht abseits von ihr, sie war in ihr, lebte und starb, in ewigem Kreislauf.

Leid und Trauer um Catherine, um alle Toten, die sie hingab, würden Helena einholen. Sie würde einmal vor ihrem eigenen Tod stehen, in Angst vielleicht. Aber dieser Abend, dieser stürmische, geheimnisvolle und doch so klare Septemberabend war in ihr für alle Zeit. Sie ging weiter, und Friede kam über sie.

Die Blätter fielen schon und die Tage wurden kurz, als Alexander zurückkehrte, wütend, niedergeschlagen und mit dem verzweifelten Aufbegehren des Rechtlosen.

Broom Lawn war nicht länger sein, sondern gehörte einem emporgekommenen Parlamentarier, der Alexander beinahe hinausgeworfen hätte, als er erschien. Er habe das Gut vernachlässigt, wurde ihm erklärt, außerdem, ein Offizier des Königs sei ein Staatsfeind und daher gesondert zu behandeln. Er könne froh sein, sich noch auf freiem Fuß zu bewegen.

Alexanders Zorn hatte sich schon in Resignation gewandelt, als er Helena wieder gegenüberstand. Sie erschrak über seinen fremden Gesichtsausdruck, über die Leere in seinen Augen, den müden Zug um den Mund. Sie ahnte, daß Alexander nicht die Situation, in der sich die besiegten Royalisten befanden, hinnehmen und verwinden würde. Sie selbst wollte nichts weiter haben als Ruhe und Behaglichkeit, mit ganzem Herzen sehnte sie sich nach dem sicheren Wohlstand des in festen Bahnen verlaufenden früheren Lebens. Sie würde sich nicht auflehnen, sondern alles tun, um sich in den neuen Verhältnissen einen friedlichen Platz zu schaffen.

Alexander war anders. Freiheit und Würde waren mehr als nur Begriffe, es waren Leitlinien seines Lebens für ihn. Er hatte in diesem Krieg gekämpft aus der tiefen Gewißheit heraus, gegen die Feinde von Menschlichkeit und Achtung zu kämpfen, und so war die Niederlage mehr als nur eine Demütigung, sie war der Verlust dessen, woran er glaubte.

Helena hatte zunächst gedacht, er werde daran zerbrechen. Doch etwas sagte ihr, daß Alexanders Wille noch nicht zerstört war: Er war geschlagen und zog sich weit zurück; doch war er gestärkt, dann kehrte er wieder und nahm den Kampf mit unerbittlicher Härte abermals auf. Wann das sein würde, konnte niemand sagen, aber es würde der Tag kommen, da sich Männer wie Alexander sammelten, um aufzubegehren gegen das, was mit England geschah.

Vorerst war Helena beinahe erleichtert, daß sie in Charity Hill blieben. Mehr als sie selbst je gewußt hatte, hing sie an dem alten Haus in der herben, wilden Landschaft am Meer, mit dem sich soviel von ihrem eigenen Schicksal verband. Mit einemmal war es ihr rätselhaft, wie sie sich jemals davon hätte trennen können. Es mußte wunderbar sein, hier mit Alexander zu leben, geschützt von den hohen Mauern und von ihm, der nun alle Sorgen um den ständigen Existenzkampf von ihren Schultern nehmen konnte. Natürlich mußten sie nun auch schnell heiraten.

Der Hochzeitstermin wurde auf den 16. Oktober festgesetzt. Nur wenige Gäste würden kommen, denn der Krieg hatte tiefe Lükken in die Reihen der Freunde gerissen, und es war ohnehin niemandem nach großen Feiern zumute.

Dann kam der 7. Oktober, und dieser Tag brachte eine schicksalhafte Wende, so schwer und nachhaltig, daß Helena später oft überlegte, ob sie das nicht habe voraussehen, wenigstens habe ahnen können. Doch es traf sie unvorbereitet und ohne Warnung.

Der Tag war kalt und grau wie die vorangegangenen auch. Immer wieder begann es leicht zu regnen, und als es dunkler wurde, verdichtete sich der Nebel zu einer weißen Wand. Das Meer toste und der Wind verstärkte sich, die Welt versank in einer unheimlichen Dunkelheit.

Helena und Alexander waren ausgeritten und kehrten am späten Nachmittag müde und durchfroren zurück. Sie übergaben ihre Pferde Arthur und gingen nebeneinander über den Hof.

«Das erste, was ich jetzt tue», sagte Helena, «ist, mich mit einem heißen Tee in mein Zimmer vor den Kamin zu setzen und die Füße in heißes Wasser zu stellen.»

«Ist dir so kalt?» fragte Alexander belustigt. «Du hättest das Leben in einem Soldatenlager erleben müssen. Seitdem scheint mir nichts mehr kalt zu sein.»

Helena schauderte. «So ein Lager würde mich umbringen», murmelte sie, «wie gut, daß ... oh, Vorsicht! Was ist das?»

Aus dem Nebel, der inzwischen so dicht war, daß man kaum noch einen Schritt weit sehen konnte, tauchte urplötzlich ein Wagen auf, der offenbar mitten auf dem Hof stand.

«Das ist doch nicht unserer?» fragte Alexander stirnrunzelnd. «Nein, aber er kommt mir auch sonst nicht bekannt vor. Wem mag er gehören?»

«Ich weiß nicht. Ach Gott, jetzt auch noch Gäste! Ich bin todmüde!»

«Wir können es nicht ändern. Ich möchte nur gern wissen, wer es ist!»

Alexander beschleunigte seine Schritte, so daß Helena kaum noch mitkam. Als sie an die Haustür klopften, wurde ihnen von Elizabeth geöffnet.

«Wer ist zu Besuch?» fragte Helena sofort mit gedämpfter Stimme.

Elizabeth blickte sie verstört an. «Es ist schrecklich», flüsterte sie, «Thérèse ist gekommen, mit einem gräßlichen Mann. Sie wollen dich sprechen!»

«Wer ist denn Thérèse?» fragten Helena und Alexander gleichzeitig.

«Erinnerst du dich nicht, Helena? Thérèse ist das Mädchen aus dem Schneidersalon der Madame Liniér in London. Du müßtest sie noch kennen, wir haben dort fast alle unsere Kleider machen lassen!»

«Mein Gott, ja, ich weiß!» rief Helena. «Natürlich – Thérèse!» Sie wandte sich an Alexander. «Ein recht einfaches Mädchen», erklärte sie, «sie konnte nicht bis drei zählen. Ich glaube, sie war damals eine überzeugte Anhängerin des Parlaments. Was kann sie nur wollen?»

Sie legte ihren Umhang und ihren Schal ab und trat, gefolgt von Alexander, der sehr besorgt aussah, in das Wohnzimmer.

Thérèse saß auf dem Sofa und sah noch ganz genauso aus wie vor sieben Jahren. Das Gesicht mit den wachen, heimtückischen Augen und den herabgezogenen Mundwinkeln war vielleicht noch etwas verschlagener als früher, die Haare, die sie einst in eleganten Löckchen getragen hatte, waren nun schlicht gescheitelt und zurückgekämmt, wie es sich für eine sittsame Frau gehörte. Sie hatte ein einfaches graues Kleid an, und es war offensichtlich, daß sie äußerlich auf die Seite derer getreten war, die jetzt die Macht in England hatten und von denen sie sich ein gutes Leben erhoffte.

In dem Sessel ihr gegenüber saß ein Mann, dem es noch schwerer als Thérèse gelang, seinen wahren Charakter hinter dem schützenden Grau des Puritaners zu verbergen. Sein dickes, aufgedunsenes, großporiges Gesicht wies ihn als Trinker aus, der unförmige, weiche Körper, der in dem breiten Sessel kaum Platz fand, zeigte, daß er ein faules Leben im Überfluß führte. Der Ausdruck seiner hervorquellenden Augen schließlich schien Helena der widerlichste, den sie je gesehen hatte. So sah nur jemand aus, der in den niedrigsten Ausschweifungen lebte.

Er stand nicht auf, als sie eintraten, sondern grinste Helena nur vertraulich, Alexander ausgesprochen unverschämt an. Thérèse ließ ein verachtungsvolles «Oh, Miss Calvy!» vernehmen.

«Lady Golbrooke, bitte», erwiderte Helena mühsam. Sie lächelte gequält. «Wie schön, Sie wiederzusehen, Thérèse!»

«Mrs. Corb, seit einiger Zeit. Das dort ist mein Mann, Adam Corb.»

Mr. Corb grinste noch immer.

«Setzen Sie sich doch, Lady Golbrooke», sagte er mit einer schmierigen Stimme, «und Sie auch, Lord Golbrooke!»

«Ich bin nicht Lord Golbrooke. Mein Name ist Alexander Tate.»

«Oh.» Thérèse zog eine Augenbraue hoch und betrachtete Helena kühl. «Sie leben zusammen?» fragte sie mit gespieltem Abscheu in der Stimme.

«Oberst Tate und ich werden heiraten», erwiderte Helena kalt und ließ sich auf einem Stuhl nieder, «Lord Golbrooke ist im Krieg gefallen.»

«Das tut uns aber leid», flötete Mr. Corb, «kommen Sie, Oberst, setzen Sie sich.»

«Danke, ich stehe lieber. Weshalb sind Sie gekommen?»

«Man wird doch eine alte Freundin besuchen dürfen», sagte Mr. Corb, «nicht wahr, liebe Lady Golbrooke?»

«Ich kenne Sie nicht. Ich kenne nur Ihre Frau, und das ist schon lange her.»

Es fiel Helena schwer, höflich zu bleiben, und sie sah, daß es Alexander ebenso ging. Auch Thérèse bemerkte es.

«Sag ihnen, weshalb wir hier sind», zischte sie ihrem Mann zu, «sie sollen es gleich wissen!»

Der Ausdruck in ihren Augen machte Helena angst. Sie dachte zurück an einen Tag im Mai 1641, als sie mit Sarah in Madame Liniérs Salon stand und eine Bemerkung über das Parlament machte. Thérèse hatte sie gehört, und damals war in ihren Augen der gleiche Haß, die gleiche nackte Brutalität gewesen.

«Als wollte sie uns ermorden», hatte Sarah gesagt und gelacht. Derselbe Gedanke kam Helena heute auch, aber sie lachte nicht. Furcht schnürte ihr die Kehle zu.

Alexander, dachte sie, warum bist du so ruhig? Spürst du nicht, daß eine schreckliche Gefahr auf uns zukommt? Sie ist schon greifbar, sie ist schon im Raum ...

«Es ist eine bedauerliche Mitteilung, die wir zu machen haben», begann Mr. Corb, «wollen wir nicht zuvor etwas trinken?»

Die Frage war an Alexander gerichtet und wurde begleitet von einem eindeutigen Blick zu der halbvollen Weinflasche, die auf dem Regal stand. Dabei sah Mr. Corb nicht so aus, als habe er den heutigen Tag bisher in Enthaltsamkeit verbracht, im Gegenteil schien er dem Alkohol schon reichlich zugesprochen zu haben.

«Ich glaube, Sie sagen uns zuerst, was Sie hierherführt», erwiderte Alexander höflich, aber mit jener eiskalten, entschlossenen Schärfe in der Stimme, wie sie nur ein Offizier zustande bringt.

Mr. Corbs Gesicht, das bisher von einer Maske falscher Freundlichkeit bedeckt gewesen war, veränderte sich schlagartig. In die schwimmenden Augen trat Grausamkeit. Er lehnte sich ein Stück vor und sagte: «Sie werden nicht mehr lange in der Lage sein, mir in diesem Haus Dinge anzubieten oder zu verweigern. Genauer gesagt: Von nun an werde ich die Rolle des Gastgebers in Charity Hill spielen. Denn es gehört mir!» Den letzten Satz stieß er zischend hervor, unfähig, noch länger seine Erregung zu verbergen. Dann sank er zurück in den Sessel und streckte die fetten, krummen Beine weit von sich.

Helena konnte keinen Ton hervorbringen. Sie saß nur und starrte, daß sich die Augen mit Tränen füllten und schmerzten. Mit der einen Hand griff sie sich an die pochende Kehle, mit der anderen umklammerte sie die Lehne ihres Stuhls, weil ihr schwindelte. Sie hätte schreien mögen vor Entsetzen, denn in ihr war keine Hoffnung, die Sache möge sich als leer herausstellen. Sie spürte, es war wahr.

«Können Sie diese Behauptung in irgendeiner Weise belegen?» fragte Alexander.

«Das kann ich, Oberst, das kann ich.» Corb schob seine Hand in die Hosentasche und zog ein gefaltetes, schmuddeliges Papier hervor. Er reichte es an Alexander. «Unterzeichnet von der ‹Kommission für Cornwall›, schwarz auf weiß!»

«Was steht dort, Alexander?» fragte Helena mit heiserer Stimme.

«Das ist unmöglich», sagte Alexander, «hier steht, im letzten Monat hätten drei Pfund an den Abgaben gefehlt und seien auch nicht in der vorgeschriebenen Frist eingezahlt worden.» Er wandte sich an Helena. «Du sagtest doch, du hättest den letzten Monat vollständig gezahlt?»

«Das habe ich auch. Ich weiß es genau. Ich habe die genaue verlangte Summe zu Mr. Swarthout gebracht!»

«Pech», mischte sich Mr. Corb ein, nun wieder behaglich grinsend, «denn die Abgaben für ein Gut in der Größe von Charity Hill betrugen im September 3 Pfund mehr als früher!»

Thérèse ließ ein glucksendes Geräusch hören. «Sie hätten sich etwas weniger mit Ihrem zukünftigen Gatten als mit der Wirklichkeit beschäftigen sollen, Lady Golbrooke», sagte sie lachend.

«Das kann nicht sein», murmelte Helena verwirrt, «mir hat niemand etwas von der Abgabenerhöhung gesagt!»

«Nun, es stand jedenfalls auf einem Zettel, der im Vorraum des Amtszimmers der Kommission hing», erklärte Thérèse von oben herab, «wie gesagt, mit etwas mehr Aufmerksamkeit ...»

«Alexander», begann Helena hilflos, aber da er merkte, daß in ihrer Stimme Tränen mitschwangen, brachte er sie mit einem unmerklichen Kopfschütteln zum Schweigen. Er wollte etwas zu Mr. Corb sagen, aber in diesem Augenblick erhob sich Thérèse. Ihr kleines, boshaftes Gesicht glühte vor Triumph und ihre Stimme bebte geradezu.

«Lady Golbrooke», sagte sie, «Sie werden jetzt wohl nach London zurückgehen, nicht? Falls Sie dort in Geldschwierigkeiten kommen ... bei Madame Liniér ist ein Platz frei für Sie! Ist es nicht merkwürdig? Wie gerecht das Leben doch ist! Nun haben wir unsere Rollen getauscht. Die vornehme, schöne Miss Galvy als Londoner Ladenmädchen und die schreckliche, ungehobelte Thérèse als Herrin auf Charity Hill! Und nur, weil Sie auf der falschen Seite standen!»

Helena fühlte, wie ein dunkler Rausch über sie kam, ein Gefühl wirbelnder Ohnmacht, hilfloser Wut, tiefster, verzweifeltster Angst. Sie war unfähig, noch länger die Kontrolle über Körper und Geist zu halten, unfähig, noch länger die Beherrschung zu wahren. Sie sprang auf und stürzte sich auf Thérèse, die in diesem Moment nicht nur Thérèse für sie war, sondern auch Mr. Swarthout und seine

Genossen, alle Puritaner, alle ihre Feinde auf dieser Erde. Wie eine Katze krallte sie ihre Fingernägel in das Gesicht der anderen, zerrte an ihren Haaren. Thérèse schrie auf und begann wild um sich zu schlagen. Sie biß und trat, aber Helena spürte es nicht. Wieder und wieder schlug sie ihre Nägel in das verzerrte Gesicht vor ihr, sah die blutenden Kratzwunden und bemerkte nicht die Verletzungen, die Thérèse ihr zufügte. Ihr Herz hämmerte, sie keuchte laut, weit entfernt hörte sie Thérèses Schreie, Mr. Corbs Flüche und Alexanders Stimme: «Hört auf! Hört sofort auf!»

Sie fühlte sich von zwei Händen gepackt und fortgezogen, aber es dauerte noch eine Weile, bis es Alexander gelang, sie von Thérèse zu lösen. Er zerrte sie mit sich fort, bis sie in einem sicheren Abstand waren, hielt sie aber vorsichtshalber immer noch fest.

«Bist du verrückt geworden?» fuhr er sie an. «So änderst du doch nichts!»

Die Frauen standen einander gegenüber. Beide boten einen furchtbaren Anblick, sie hatten zerzauste Haare, zerrissene Kleider, zerkratzte Arme und Gesichter. Sie atmeten rasch und sahen sich an, dann wandte Thérèse sich ab und stürzte in Mr. Corbs Arme.

«O Adam», schluchzte sie, «sieh nur, was diese Person getan hat!»

«Nicht weinen, Schätzchen», sagte Mr. Corb, «das wird sie nicht noch einmal tun, das verspreche ich dir!»

«Verlassen Sie bitte das Haus!» sagte Alexander kalt.

«Oho!» rief Mr. Corb. «Wie kommen Sie dazu, mich aus meinem Haus zu weisen?»

«Glauben Sie im Ernst, dieser Zettel reichte aus, Ihnen Charity Hill zu übergeben?» fragte Alexander. «Ich werde selbst mit den verantwortlichen Personen sprechen.»

«Dort werden Sie auch nichts anderes erfahren!»

«Das ist möglich. Aber bis dahin ist Charity Hill nicht Ihr Eigentum, und ich muß Sie ersuchen, es umgehend zu verlassen!» Er ließ Helena los. «Würdest du bitte nach Molly läuten?» fragte er. «Sie soll unsere Gäste hinausbegleiten.»

«Nicht nötig!» rief Mr. Corb. «Wir finden unseren Weg allein. Komm, Thérèse! Aber wir sind bald wieder da und dann für immer!» Die beiden verließen nacheinander den Raum.

Helena war in einen Sessel gesunken und strich sich mit einer müden Bewegung die Haare aus der Stirn.

«Es tut mir leid», sagte sie, «ich weiß nicht, was über mich gekommen ist.»

«Ich verstehe dich ja.» Alexander setzte sich neben sie auf die Sessellehne und zog sie an sich. «Ich hätte gern dasselbe mit Mr. Corb getan. Aber es nützt uns nicht, es macht alles nur schlimmer!» Er bemerkte, daß Helena fast in Tränen ausbrach. «Weißt du», sagte er, «ich gönne es dieser Thérèse. Es tut mir nur leid, daß dein Gesicht auch soviel abbekommen hat!»

«Oh, Himmel, ja.» Helena fuhr sich über die Wange und betrachtete dann das Blut an ihren Fingerspitzen. «Ich muß schrecklich aussehen.»

«Auf jeden Fall wirkst du sehr kriegerisch. Tut es weh?»

«Ein bißchen. Es brennt etwas. Aber es ist nicht schlimm!»

Merkwürdig, dachte sie, hier sitzen wir nun und sprechen über die paar Kratzer in meinem Gesicht, weil keiner es wagt, darüber zu reden, was geschehen ist. Wir denken nur daran, aber wir wagen nicht, es auszusprechen.

«Alexander», sagte sie leise, «können sie uns Charity Hill fortnehmen?»

Er schien unschlüssig, was er antworten sollte, dann sagte er: «Liebling, ich kann dir keine falschen Hoffnungen machen. Ich fürchte, sie können es!»

«O mein Gott!» stieß Helena hervor. «Warum ... warum habe ich nur nicht gewußt, wieviel ich zahlen muß!»

«Du kannst nichts dafür», sagte Alexander, «es war ein abgekartetes Spiel. Sie haben dir nichts gesagt, aber sie werden sich damit herausreden, daß die Änderung des Betrags für jeden sichtbar angeschlagen war!»

«Und das war sie sicher auch», stöhnte Helena verzweifelt, «nur ich bin wieder halb blind herumgelaufen und in ihre Falle gegangen!»

«Früher oder später wäre es sowieso geschehen. Sie wollten Charity Hill, und sie hätten es bekommen, selbst wenn dieser Plan nicht geklappt hätte. Wir hatten keine Chance!»

«Ausgerechnet Thérèse! Und dieser entsetzliche Mann! Er ist so fett und ordinär. Ich bin sicher, er trinkt!»

«O ja, bestimmt. Aber genau das wird noch einmal sein Verderben sein. Er ist kein Puritaner, sosehr er sich auch bemüht, diese Rolle zu spielen, und irgendwann werden die anderen es merken. Dann verliert er Charity Hill wieder!»

«Aber bis dahin richtet er es zugrunde! Ach, Alexander, ich kann es nicht verlassen. Nicht auf diese Weise!» Aus Helenas Augen stürzten die Tränen nur so hervor. «Ich liebe Charity Hill so», schluchzte sie, «ich liebe es so sehr, wie du es dir gar nicht vorstellen kannst. Es bedeutet soviel für mich. Hier habe ich so lange gelebt, hier wurden meine Kinder geboren. Den ganzen entsetzlichen Krieg über war ich hier und es hat mich beschützt. Ich kann nicht fort, ich kann einfach nicht!»

Sie war aufgestanden und ein paar Schritte im Zimmer umhergegangen. Alexander erhob sich ebenfalls und hielt sie fest. Seine Nähe beruhigte sie ein wenig.

«Ich erinnere mich an einen Sommerabend am Meer», sagte er, «an dem du bereit warst, deine Heimat, deinen Mann und deine Kinder auf der Stelle zu verlassen und mit mir fortzugehen, ‹ganz gleich wohin›, das waren deine Worte. Weißt du es noch?»

«Ja», flüsterte sie.

Seine Hände, die um ihren Körper geschlungen waren, wurden härter. Noch niemals zuvor hatte er sie so umarmt, so besitzergreifend und schmerzhaft. Instinktiv ahnte sie, daß er sie in diesem Moment losreißen wollte von ihrem früheren Leben, von Charity Hill, weil es sie noch mit Jimmy verband. Alexander war nicht der Mann, der eine Frau auch nur in Gedanken mit einem anderen teilte. Er hatte zurückgestanden, kühl und gelassen, aber nun, da sie ihm gehörte, wollte er sie ganz, mit Leib und Seele.

«Selbst wenn du Charity Hill verläßt, bist du immer noch bei mir», sagte er leise.

Sie konnte sein Gesicht kaum erkennen, denn im Zimmer war es inzwischen ganz dunkel geworden und die einzige Kerze beinahe abgebrannt. Sie fühlte nur seine Nähe, seine wunderbare, beschützende Kraft. Sie dachte an eine Nacht, die nun schon lange zurücklag, eine Nacht, in der sie alle Skrupel beiseite geschoben hatte mit dem festen Gedanken: Ich will ja nur ihn. Nichts sonst. Und dies war noch heute so. Hier in seinen Armen wußte sie, daß sie den Abschied von Charity Hill ertragen konnte, den Abschied von allem, was sie geliebt hatte, daß die Welt untergehen und das Jüngste Gericht über sie hereinbrechen mochte – aber nie würde sie es aushalten, nicht mehr von ihm geküßt zu werden, nicht mehr seine Augen zu sehen, sich nicht mehr gegen seine Schultern zu lehnen.

Als er sie losließ, lächelte sie ihn an, und sie sah an seinem Gesicht, daß er verstand, was sie fühlte.

Er trat zum Kamin, zog einen brennenden Span heraus und zündete einige Kerzen im Zimmer an, so daß es hell wurde. Dann nahm er die Weinflasche und schenkte sich etwas in einen Becher.

«Möchtest du auch?» fragte er.

Sie schüttelte den Kopf und beobachtete, wie er den Wein mit einem Zug hinunterkippte.

«Ich gehe zu Bett», sagte sie, «morgen früh müssen wir Elizabeth und Adeline beibringen, was geschehen ist.»

«Mein Gott, ja», murmelte Alexander, «wir müssen auch die Hochzeitsgäste ausladen. Wir werden keine Zeit für eine Hochzeit haben.»

«Alexander!»

«Liebling, wir heiraten in London. Darauf kommt es doch nicht mehr an!»

«Du rechnest also fest damit, daß wir gehen müssen?»

Er nahm noch einen Schluck Wein, bevor er antwortete: «Wie ich sagte, ich habe nicht viel Hoffnung. Aber in London werden wir wohnen können.»

«Lieber Himmel», flüsterte Helena.

Alexander sah sie mitleidig, aber wie ihr schien auch etwas fremd an. «Du wirst es ertragen», sagte er, «es könnte dir wesentlich Schlimmeres zustoßen.»

«Ja», murmelte sie, «das stimmt.» Sie wandte sich zur Tür. «Gute Nacht, Alexander.»

«Gute Nacht.»

Sie verließ das Zimmer und stieg ruhig die Treppe hinauf, aber als sie oben in ihrem Bett lag, weinte sie, nicht so sehr um den Verlust, als um der Ungerechtigkeit und der Demütigung willen, die ihr von diesen Menschen, den Siegern dieses Kriegs angetan wurden. Erst tief in der Nacht schlief sie erschöpft ein.

Obwohl Alexander von einer Behörde zur andern ging, mit Sekretären, Beamten, Offizieren verhandelte, schimpfte, bat, argumentierte, konnte er nichts erreichen. Im Gegenteil, die meisten, mit denen er sprach, schienen noch Gefallen daran zu finden, besonders herablassend und unnachgiebig gegen Oberst Tate zu sein, dessen Name nur zu bekannt war. Lady Golbrooke, so sagten sie, sei nicht in der Lage gewesen, die Abgaben zu zahlen, sie habe vorher gewußt, welche Konsequenzen das nach sich ziehen würde.

Nach endlosen Versuchen kehrte Alexander nach Charity Hill zurück, warf seinen Hut auf den Tisch und sagte: «Es reicht. Ich habe mich genug demütigen lassen. Wir können nichts ändern, wir sollten nun versuchen, es wenigstens mit Würde zu tragen.»

In fieberhafter Eile begannen sie ihre Sachen zu packen. Die Möbel durften sie nicht mitnehmen, aber Helena verstaute alle ihre

Kleider und ihre liebsten Bücher aus der Bibliothek. Sie verpackte auch Teile des alten Silbergeschirrs, einige Kerzenhalter und Vorhänge, ihren Schmuck, soweit er noch vorhanden war, und die vielen kleinen Geschenke, die sie vor sieben Jahren zur Hochzeit bekommen hatte. Am 11. Oktober mußten sie fort, und sie entschlossen sich, schon in der Nacht aufzubrechen, um keinesfalls mehr mit Thérèse und Mr. Corb zusammenzutreffen. Die Kutsche sollte von Faith und Diamond gezogen werden und von zwei weiteren Pferden, die Alexander gekauft hatte. Natürlich konnten sie sich das eigentlich nicht leisten, denn wer wußte, was Alexander von seinem früheren Besitz in London noch vorfinden würde, aber der Wagen hätte unmöglich nur von zwei Pferden gezogen werden können. Schließlich waren sie acht Personen: Helena, Alexander, Adeline, Elizabeth, Francis, Cathy, Molly und Prudence, dazu Arthur als Kutscher.

Ursprünglich hatten sie vorgehabt, auf direktem Weg nach London zu fahren, von wo aus Elizabeth sich nach Yorkshire und Adeline nach Oxford begeben wollten. Helena und Alexander hofften, Alexanders einstige Wohnung oder sogar das Haus der Ryans noch vorzufinden, und zwar im Besitz seiner früheren Bewohner. Sonst mußten sie versuchen, eine andere Bleibe zu finden.

Inzwischen war Helena der Einfall gekommen, auf der Reise einen Abstecher nach Torrington zu machen, um Emerald zu besuchen. Sie hatte Sehnsucht nach ihrer Cousine, die sie seit deren Heirat nicht mehr gesehen hatte, auch brannte sie darauf, zu erfahren, wie sich ihr Schicksal seit damals gestaltet hatte. Emerald hatte zwar hin und wieder geschrieben, aber ihre Briefe waren so nichtssagend und kurz, daß Helena kaum etwas wußte. Eine Tatsache immerhin hatte sie herauslesen können: Der alte Earl of Kensborough gehörte zu jenen Männern, die schwierige Zeiten in völliger Neutralität zu überstehen wissen, und offenbar waren er und seine Familie unbeschadet aus dem Bürgerkrieg hervorgegangen. Sollte sich dies bestätigen, so hatte Helena vor, ihre Cousine zu bitten, Francis und Cathy für einige Zeit zu sich zu nehmen, wenigstens so lange, bis sie und Alexander eine sichere Existenz besaßen. Helena befürchtete nämlich, daß sie in London keineswegs alles so wie früher vorfinden würden und daß ihnen möglicherweise einige harte Kämpfe bevorstanden.

So kam der 11. Oktober. Wie um Helena den Abschied besonders schwerzumachen, verschwanden an diesem Tag wie durch Zauberhand Kälte, Regen und Nebel, und ein herrlicher, klarer Oktobertag zeigte sich in seiner ganzen goldenen, farbenreichen Pracht. Niemals zuvor waren Helena das Meer so durchsichtig, der Himmel so blau, die Farben der Bäume so leuchtend erschienen. Sie stand den ganzen Tag durch, aber gegen Abend, als alles gepackt war und es nichts mehr zu tun gab, berührte sie Alexanders Arm und sagte:

«Ich möchte heute nicht schlafen, Alexander. Ich möchte noch einmal über die Wiesen, zu den Klippen und an das Meer. Kommst du mit?»

Er nickte, und sie gingen gemeinsam hinaus in den Abend, sahen den blaßblauen Himmel, rötlich überhaucht noch von der früh untergegangenen Sonne, sie schritten weiter in die einfallende Dunkelheit, spürten die Kälte auf den Gesichtern, sahen ihren Atem als weißen Dampf, streiften mit den Köpfen feuchtes Laub, liefen über einen raschelnden Teppich; sie bemerkten Rehe, die wie dunkle Elfen aus dem Wald hinaus auf die Wiesen kamen, sie stiegen über Klippen hinab an das Ufer des Meeres.

Sie beobachteten die schwarzen Wellen, erkannten keinen Unterschied zwischen Himmel und Wasser, sie konnten nur die Sterne sehen und den Mond, silbrig funkelnd, ein Licht spendend, das schöner war als Tag und Sonne es jemals hervorbringen können.

Und all die Zeit über schwoll der Schmerz in Helena an, so groß, bis er nicht mehr zu fassen schien, aber zugleich war da wieder das eigenartige Gefühl, wie damals, als Catherine starb. Sie konnte es nicht verstehen und nicht begreifen, und so lief sie weiter und weiter, bis der Morgen im Osten über dem Meer schon graute und sie zurückkehren mußten.

Sie weckten Adeline, Elizabeth und die Kinder, riefen die Dienstboten, und dann, ohne daß irgendeiner etwas sprach, setzte sich der Wagen in Bewegung. Helena sah sich nicht noch einmal um. Die durchwachte, beinahe durchtobte Nacht tat ihre Wirkung, erschöpft fiel sie in tiefen Schlaf.

8

Die Reise war recht mühselig, denn schon am Morgen des zweiten Tages setzte der Regen wieder ein und durchweichte im Nu die Straßen. Mehr als einmal blieb ihre Kutsche im Schlamm stekken, und sie mußten alle aussteigen und in Nässe und Kälte versuchen, die Räder zu befreien. Ihre nassen Kleider trockneten dann jedesmal am Körper, und schon bald begann die kleine Cathy zu niesen, und Elizabeth und Adeline klagten über Halsschmerzen. Helena selbst fühlte sich ein wenig unwohl im Kopf und an allen Gliedern, aber es war erträglich. Charity Hill so verlassen zu müssen, würde sie nie ganz verwinden, aber auf eine sonderbare Art fühlte sie sich gerade jetzt belebt und spürte erwachende Abenteuerlust in sich aufsteigen. Es war seit 1641 das erste Mal, daß sie Fowey und Cornwall verließ, und nun bemerkte sie, daß sie noch jung war und Menschen und Städte sehen wollte. Und es ging ja zurück nach London, der Stadt ihrer Kindheit und Jugend, und wer würde keine Sehnsucht nach seiner ersten Heimat empfinden? Vielleicht, dachte Helena, treffe ich Sarah und Thomas und alle anderen. Und David, von dem sie seit langer Zeit nichts mehr gehört hatte. Alexander hatte zunächst Befürchtungen gehegt, sie könnten einem Raubüberfall zum Opfer fallen, was angesichts der Tatsache, daß sie beinahe ihre ganze bewegliche Habe mit sich führten, einer Katastrophe gleichgekommen wäre. Aber bald bemerkte er, daß diese Sorge grundlos gewesen war. Es waren auf allen Straßen so viele Soldaten postiert, die jeden Durchreisenden auf das schärfste kontrollierten, so daß kaum etwas passieren konnte.

«Wir müßten ihnen dankbar sein», meinte Alexander einmal, «welch eine Ironie!»

Sie legten ihren Weg langsam zurück und übernachteten in zahllosen kleinen Gasthäusern, die Helena zum Teil noch von ihrer ersten Reise, sieben Jahre zuvor, kannte. Damals allerdings hatten sie sich die besten Räume leisten können, diesmal mußten sie sparen und mit bescheideneren Unterkünften vorliebnehmen.

Sie kamen nach Okehampton in Devon und wechselten nun in nördliche Richtung auf Torrington zu. Das Wetter hatte sich gebessert, aber außer Alexander, Molly und Arthur waren sie alle schrecklich erkältet oder verspürten zumindest Anzeichen einer Erkrankung. Die kleine Cathy glühte vor Fieber, und Helena war in äußerster Besorgnis. Sie hielt das Mädchen fortwährend im Schoß und wickelte es wieder und wieder in Decken, sooft es sich freizustrampeln versuchte. Sie strich ihm die schweißnassen Haare aus der Stirn, summte leise, und wann immer jemand sie zu überreden suchte, das Kind für eine Stunde einem anderen anzuvertrauen und sich auszuruhen, lehnte sie ab. Sie sprach es niemals aus, aber bei sich dachte sie:

Sie haben mir Charity Hill genommen, und vielleicht werde ich das irgendwann verzeihen können. Aber wenn Cathy stirbt, weil sie sie in diese Kälte gejagt haben, dann werde ich sie rächen, und wenn ich dabei umkomme!

Schließlich langten sie in Torrington an und hatten nur noch wenige Meilen bis Kensborough Park, das zwischen Torrington und Heronscombe lag.

Elizabeth war etwas ängstlich, was ihre Schwester zu diesem zahlreichen Logierbesuch sagen würde, zumal beinahe alle krank waren. Aber Helena beruhigte sie. Sicher würde Emerald froh sein, ihre Familie nach den langen Jahren wiederzusehen, und außerdem mußten sie doch Frederic, Emeralds fünfjährigen Sohn, kennenlernen. Die tragischen Umstände um diesen Sohn verschwieg Helena.

Die Gegend war, obwohl noch einige Meilen vom Meer entfernt, recht rauh, wie die ganze englische Westküste, weit weniger lieblich als die Landschaft um Fowey, aber von einem eigenen, fesselnden Reiz. Auch brach jetzt die Sonne durch und schien auf die schon schwer gezausten, fast ganz entblätterten Bäume und auf das hohe, nasse Gras rechts und links des Weges.

«Ich kann das Meer riechen», sagte Helena, «der Wind treibt den Geruch hier viel weiter ins Land als im Osten. Man merkt, daß er endlose Meilen ungehindert über offene See toben kann.»

«Ich finde es hier nicht sehr schön», bemerkte Adeline, «seht nur, da vorn beginnt ein ganz finsterer Wald. Ob man durch ihn überhaupt fahren kann?»

«Ja, da ist ein Weg», Alexander lehnte sich weit hinaus, «und ein Gatter. Womöglich gehört das schon zu Kensborough Park.»

In diesem Augenblick hielt Arthur und kletterte von seinem Kutschbock. «Ich muß das Tor öffnen», erklärte er, «scheint, daß hier das Grundstück beginnt!»

Himmel, schoß es Helena durch den Kopf, wie muß es Emerald zumute gewesen sein, als sie hier ankam! Sie muß geglaubt haben, von aller Welt abgeschnitten worden zu sein. Das ist ja der finsterste, entsetzlichste, unheimlichste Wald, den ich je gesehen habe!

In der Tat war es so dunkel auf dem engen Weg, daß sie einander kaum erkennen konnten. Die Kutsche rumpelte und schwankte, dumpf schlugen Äste gegen Dach und Fenster. Sie hörten Arthur fluchen und die Pferde nervös schnauben, während sie selbst sich angstvoll umklammerten.

«Wie gräßlich!» rief Adeline. «Wie hält es das Mädchen hier bloß aus?»

«Vielleicht wird es noch anders», murmelte Helena, «aber wenn ich hier Tag für Tag hindurch müßte, bekäme ich Alpträume!»

«Es ist gleich vorüber», beruhigte Alexander, «da vorne wird es hell.»

«Alle Knochen tun mir weh», klagte Molly, «und ich bin müde und hungrig und schmutzig und ...»

«Wir sind es alle», erwiderte Elizabeth mit ihrer gelassenen Stimme, «ach, ich freue mich, Emerald wiederzusehen!»

Der Wald öffnete sich, aber nur, um Raum freizugeben auf eine große Lichtung, die in einigem Abstand wieder von Wald umgeben war. In der Mitte stand ein riesengroßes graues Steinungetüm, einem rechteckigen Klotz gleich, und nur die geraden Fensterreihen und das Dach wiesen es als Haus aus. Ringsherum befanden sich schmale, geometrisch angeordnete Kieswege, auf den sauber geschnittenen Rasenflächen dazwischen wuchsen einige Büsche und Blumen, die jetzt mißmutig und kahl ihre tropfenden Zweige hängen ließen. Eine merkwürdige Stimmung lag über dieser Einsamkeit; es sah menschenleer und bewohnt zugleich aus. Aber sie hörten keinen Laut.

«Da vorn ist das Tor», sagte Elizabeth beinahe flüsternd, «ich nehme an, es führt auf einen Innenhof.»

«Ich klopfe an», sagte Alexander.

Er sprang aus dem Wagen, ging auf das Tor zu und betätigte den schweren Eisenklopfer. Eine Weile geschah nichts, dann wurde vorsichtig geöffnet. Die gespannt zusehenden Frauen beobachteten, wie Alexander irgend etwas sagte, vermutlich erklärte er, wer sie waren und was sie wollten. Daraufhin wurde wieder geschlossen, um gleich erneut und diesmal ganz geöffnet zu werden. Alexander gab Arthur ein Zeichen, dieser trieb die Pferde an, und sie rollten in den großen, quadratischen Innenhof, dessen Wände ringsum ebenso aussahen wie von außen: grau, mit endlosen Reihen gleichfalls quadratischen Fenstern.

Sie hielten. Alexander öffnete die Tür und half ihnen nacheinander hinaus.

Ein alter Mann, der mit Alexander am Tor verhandelt hatte, starrte sie an und sagte dann: «Ihre Gnaden kommen sofort!»

Helena stand da, im wieder einsetzenden Regen, ihr fiebergeschütteltes Kind im Arm, und sah sich um, die ganzen trostlosen Mauern entlang. Ihr Blick blieb an einer schmalen Gestalt hängen, die soeben aus dem Haus trat und auf sie zukam. Sie stieß einen erschreckten, leisen Laut aus und hörte, daß neben ihr Elizabeth und Prudence das gleiche taten.

Aber nein, dachte sie, das ist doch nicht Emerald! Dieses Gespenst, dieses Wrack von einer Frau ist doch nicht unsere süße, hübsche Emerald, die mit ihren Augen jeden Mann vor sich in die Knie sinken lassen kann, die lacht und schmollt und so ungezogen ist, daß man sie umbringen könnte, und die einen dann doch schmeichelnd zu becircen versteht. Nein, das ist sie nicht, niemals!

Aber sie war es. Sie trug ein dunkelblaues Samtkleid, das ihre magere Figur eng umschloß und bis unter das Kinn geschlossen war. Die schönen Haare waren locker zurückgekämmt, aus ihnen sah ein bleiches, starres Gesicht mit weit aufgerissenen Augen, die keinen Glanz besaßen. Sie verzog den von tiefen Falten umgebenen Mund zu einem zuckenden Lächeln, das sofort wieder zusammenbrach.

Zum erstenmal seit Cathy erkrankt war, legte Helena sie einer anderen, Molly, in den Arm. Sie hob in einer hilflosen Geste die Hände, und dann, zu ihrer und aller anderer Entsetzen, stürzte Emerald sich in ihre Arme und begann wild und hemmungslos zu schluchzen, so als flößen die Tränen von Jahren, sich immer wieder erneuernd, aus ihr heraus.

Noch lange sah Helena später diese Szene vor sich. Alexanders erschrecktes, Elizabeths gequältes, der anderen fassungsloses Gesicht, den Regen, das graue Haus. Wieder sah sie sich selbst, die Augen über den Kopf der weinenden Emerald erhoben, den Earl in der offenen Haustür erblickend, wie er ihnen, die Situation keinen Augenblick erfassend, freundlich zulächelte. Sie erinnerte sich, daß sie Alexander zuflüsterte, sie sollten alle ins Haus gehen, die Kinder zu Bett bringen und dem Earl irgend etwas erzählen. Alexander nickte verständnisvoll und beförderte die Reisenden mit vollendeter Eleganz ins Haus, während Helena draußen stehenblieb und ihrer Cousine wieder und wieder über die Haare strich. Es dauerte lange, bis sie sich beruhigt hatte und zusammen mit Helena ins Haus gehen konnte.

«Wir haben unser Wiedersehen etwas länger ausgedehnt», erklärte sie, «es tut mir leid.» Vor Alexander blieb sie etwas unsicher stehen.

«Oberst Alexander Tate – meine Cousine Emerald», sagte Helena rasch, «Alexander und ich werden heiraten, Emerald.»

«Oh, wie schön. Ich freue mich für dich.» Sie ließ sich von Alexander die Hand küssen, dann setzte sie sich auf einen Stuhl und starrte vor sich hin. Der Earl strahlte zahnlos in die Runde.

«Es ist sehr selten, daß wir so viel Besuch haben», sagte er, «Kensborough Park liegt etwas abseits. Ich hörte, Sie wollen sich in London niederlassen, Lady Golbrooke?»

«Ja, wir hoffen, dort eine Wohnung zu finden. Es soll schwierig sein im Moment, weil viele verarmte oder enteignete Adelige in die Stadt drängen.»

«Es wird eng dort werden», murmelte der Earl, «ich bin froh, hier in der Stille zu sein. Die Countess und ich leben ganz zurückgezogen, wir sind einander genug!»

Helena sah, daß Emerald zusammenzuckte und sich hart auf die Unterlippe biß. Gleichzeitig war ein kurzes Blitzen in den sonst starren Augen.

«Sie scheinen hier vom Krieg weitgehend verschont geblieben zu sein, Sir», begann Alexander die Unterhaltung, «Ihr Haus sieht nicht so aus, als sei es der Schauplatz wilder Kämpfe gewesen!»

«Aber nein, der Krieg existierte nicht für uns. Wir verbrachten ihn sehr komfortabel in unserer Einsiedelei», erklärte der Earl lächelnd.

Wahrscheinlich hatte er tatsächlich nicht viel mitbekommen, und sicherlich war sein ganzes Leben in dieser Abgeschlossenheit von der Welt verlaufen. Auch schienen ihn weder Krieg noch Politik sonderlich zu interessieren, denn er wechselte sofort das Thema.

«Ein gutes Jahr ist es gewesen», bemerkte er, «warm und dabei nicht zu trocken. Wir hatten viel Obst. Sie auch, Oberst?»

«Ich ... nun, wir ...» begann Alexander hilflos, denn ihm hatte dieses Jahr kaum Zeit gelassen, über Obst nachzudenken.

Helena kam ihm sofort zur Hilfe. «1644 war Charity Hill von den Feinden besetzt», erklärte sie, «damals wurden so viele Bäume abgeholzt, daß uns kaum etwas geblieben ist.»

«Meine Bäume müssen Sie unbedingt sehen. Natürlich sind sie jetzt kahl, aber schon die kräftigen Stämme sind eines Blickes wert.»

«Gerne, Sir. Vielen Dank», sagte Alexander mit eisiger Höflichkeit.

«Jeden Abend», fuhr der Earl fort, «machen die Countess und ich einen Rundgang durch den Park, und ich erkläre ihr viel über unsere Pflanzen. Nicht wahr?»

Emerald stand abrupt auf, ihr Gesicht war schneeweiß, die Stimme heiser. «Ich gehe schlafen», sagte sie, «bitte, entschuldigt mich!»

«Aber was ist denn das für ein Benehmen!» rief ihr Mann entsetzt. «Entschuldige dich bitte bei unseren Gästen.»

«Wir sind alle müde», sagte Elizabeth. Sie sah gequält und unglücklich aus. Es brach ihr beinahe das Herz, ihre einst so blühende Schwester so zu sehen. Sie zermarterte sich den Kopf, wie das hatte geschehen können. Sie hatte ihn doch einstmals aus Zuneigung geheiratet?

«Nun, wenn Sie alle schlafen gehen wollen ...» sagte der Earl, dem es gar nicht in den Sinn kam, wie es auf die Verwandtschaft seiner Frau wirken mußte, wenn er sie so zurechtwies. «Aber warten Sie noch etwas. Erst müssen Sie den Stolz des Hauses sehen – meinen Sohn und Erben Frederic Linford, der 22. Earl of Kensborough!» Er sah Emerald an. «Hol ihn bitte!»

Sie verließ wortlos das Zimmer.

Jetzt bekomme ich ihn also zu sehen, dachte Helena, die Ursache für das alles hier. Oh, bitte, lieber Gott, laß ihn nicht wie Arnothy aussehen!

Sie war kaum davon überzeugt, daß dieser Gedanke erhört wurde, aber als Emerald nun zurückkam, weiteten sich ihre Augen, denn das hätte sie nicht für möglich gehalten. Das kann nicht wahr sein, dachte sie. Das Kind, das dort in der Tür stand, war Arnothy wie aus dem Gesicht geschnitten.

Der Junge war groß für sein Alter und kräftig, mit geschmeidigen Bewegungen und einem raschen, beinahe gehetzten Blick in den dunklen Augen. Die schwarzen Haare lagen in wirren Locken um den schmalen Kopf und liefen in einem spitzen Ansatz in die Stirn. Von Kopf bis Fuß glich er seinem Vater, nur wirkte er weicher und verletzlicher.

Verschämt senkte er die langen schwarzen Wimpern. Emerald legte mit einer schützenden Bewegung den Arm um ihn.

«Die vielen Menschen ängstigen ihn», sagte sie entschuldigend.

Alexander erhob sich. «Es ist schon spät», sagte er, «und wir haben einen langen Tag hinter uns. Ich glaube, wir würden alle gern schlafen gehen.»

«O ja», erwiderte Emerald schnell, «das Mädchen wird Ihnen Ihre Zimmer zeigen!»

Nach einigen Tagen brachen die Reisenden wieder auf, nun schon kleiner in ihrer Zahl als zuvor. Francis und Cathy blieben bei Emerald zurück, bis Helena und Alexander in London eine Wohnung gefunden hatten. Dazu Molly, um Emerald bei der nun vermehrten Arbeit zu helfen. Das Wetter war trocken und klar, und so kamen sie gut voran. Helena allerdings fühlte sich elend und matt. Ihr Kopf schmerzte ständig, im Spiegel sah sie blaß und müde aus.

Sicher habe ich mich bei Cathy angesteckt, dachte sie besorgt. Ihrer Tochter war es zum Zeitpunkt von Helenas Abreise schon wieder viel besser gegangen, Helena dafür um so schlechter.

Sie waren schon nicht mehr weit von London entfernt, als Helena morgens mit brennender Stirn und starken Halsschmerzen erwachte. Nur undeutlich nahm sie ihre Umgebung wahr, stand schwankend auf und war später im Schankraum des Wirtshauses kaum in der Lage, den anderen einen guten Morgen zu wünschen, so heiser war ihre Stimme. Als Alexander sie sah, war er sofort dafür, mit der Weiterreise zu warten, aber Helena, die davon überzeugt war, in diesem Haus wimmle es von Ratten und Wanzen, drängte zum Aufbruch. Sie war die dreckigen, lauten Gasthäuser entsetzlich leid, und ihr einziger Wunsch war es, in einer eigenen, noch so kleinen Wohnung zu wohnen, ihr Gepäck endgültig auszupacken und alle Kleider waschen zu können. So fuhren sie weiter, durch jetzt wieder grau und trüb wallendes Novemberwetter, Helena zumeist in einer Ecke liegend und ihre Umgebung kaum wahrnehmend. Und endlich, im November 1648 erreichten sie die Stadt von Helenas Kindheit, die sie sieben Jahre zuvor als junge Frau an der Seite Lord James Golbrookes verlassen und seitdem nicht mehr gesehen hatte.

9

Es war schon spätabends und stockdunkel, als die Kutsche mit den letzten zwei Insassen, nämlich Helena und Alexander, vor einem großen Haus in der vornehmen King's Street hielt.

Am Nachmittag hatten sie Adeline und Elizabeth zusammen mit Prudence bei Verwandten Adelines abgesetzt. Die beiden Frauen wollten später von dort aus weiterreisen, Prudence sollte sich eine neue Stellung suchen. Der Abschied war schmerzlich, zumindest für Elizabeth und Prudence. Adeline wirkte kühl und reserviert, und Helena, die jene Verwandte wegen ihres Zustands nicht bei sich aufnehmen wollten, da sie die Ansteckung fürchteten, fühlte sich zu elend, um noch viel zu empfinden. Vielleicht war das gut für sie, denn sie ertrug Abschiede nur sehr schwer.

Sie fuhren dann weiter, quer durch London hindurch bis zur

Drury Lane. Doch in dem schönen alten Haus der Ryans wohnten andere Menschen, schwarzgekleidete Puritaner, die Alexander mißtrauisch und feindselig betrachteten. Alexander fragte nach David Ryan, der sich als einziger der Familie in London aufhielt, aber sie wußten nichts von ihm. Alexander fluchte unterdrückt, als er das Haus verließ. Er wollte die kranke Helena nicht in ein Gasthaus bringen und der Pflege einer fremden Wirtin überlassen, aber er scheute auch davor zurück, sie mit in seine Wohnung zu nehmen. Sie waren noch nicht verheiratet, und er kannte das Gerede der Leute. So kehrte er in die Kutsche zurück und sagte vorsichtig:

«Helena, du kannst nicht in euer Haus. Kennst du andere Leute, die dich aufnehmen würden?»

Helena öffnete halb ihre heißen, trockenen Augen. «Nein», flüsterte sie halblaut, «niemanden.»

Es hatte zu regnen begonnen. Helenas Atem ging schwer und rasselnd. Alexander strich ihr sacht über die heißen Wangen.

«Arme Helena», flüsterte er, «du bist zu krank, als daß ich dich noch lange umherfahren könnte. Es bleibt nichts anderes übrig, als daß du mit zu mir kommst.»

Er nannte dem Kutscher seine Adresse, und sie fuhren weiter. Alexander hoffte, daß seine Wirtin die Wohnung, die er immer in London bewohnte, freigehalten hatte. Sonst blieb wirklich nur noch ein Gasthaus.

Tatsächlich war die Wirtin noch wach und stieß einen Entzückensruf nach dem andern aus, als sie Alexander sah. Sie war eine rundliche kleine Frau mit lockigen grauen Haaren und dunklen Augen und hieß Mrs. Maggett. Ihr Mann war schon lange tot, und so vermietete sie immer einige Zimmer ihres Hauses, um nicht ganz allein zu sein. Natürlich lagen, der Schicklichkeit wegen, diese Zimmer ganz oben unter dem Dach, hatten einen eigenen Eingang und waren nicht mit den übrigen Räumen verbunden.

«Mrs. Maggett», sagte Alexander, als sich der Begrüßungssturm etwas gelegt hatte, «haben Sie die Zimmer noch frei?»

«Oh, Oberst Tate, es ist ein solches Glück», rief Mrs. Maggett, «die Zimmer waren über lange Zeit hinweg vermietet, aber vor zwei Wochen wurden sie frei. Sie können sofort einziehen!»

«Vielen Dank. Ich bin wirklich erleichtert, denn ich könnte kaum noch etwas anderes suchen. Wissen Sie, ich bin nicht allein.» Er deutete in den Wagen.

Mrs. Maggett spähte hinein und stieß einen Schreckensruf aus. «Die ist ja schwer krank, o mein Gott», sagte sie, «ist sie Ihre Frau?»

«Nicht ganz», erklärte Alexander, «wir sind noch nicht verheiratet, werden es aber bald sein.»

Mrs. Maggetts Augen verengten sich. «Sie sind nicht verheiratet?» fragte sie.

Alexander seufzte. «Fast verheiratet», wiederholte er.

«Fast ist so gut wie nicht», schnaubte Mrs. Maggett. Sie war eine Frau, für die Begriffe wie Anstand und Moral große Bedeutung hatten und die in ihrem Haus immer auf gute Sitten bedacht war. «Die junge Dame kommt in meine Wohnung», erklärte sie energisch, «heben Sie sie aus dem Wagen, Oberst!»

Alexander tat, was sie befahl. Er nahm Helena, die willenlos alles mit sich geschehen ließ, auf die Arme und trug sie die Treppen hinauf in Mrs. Maggetts Wohnung, wo er sie auf das breite Sofa im Wohnzimmer legte. Sie regte sich etwas, öffnete die Augen und lächelte.

«Alexander», flüsterte sie.

Er ergriff ihre Hand. «Wir sind zu Hause, mein Liebling», sagte er leise.

Helena schloß ihre Augen wieder, ihr Kopf sank zurück und ihr Körper entspannte sich.

«Gehen Sie jetzt», sagte Mrs. Maggett, «bringen Sie das Gepäck der Dame und stellen Sie es vor die Tür. Wie heißt sie übrigens?»

«Helena Golbrooke. Lady Helena Golbrooke. Sie ist Witwe.»

«Sie ist sicher eine hübsche Frau, nur sieht sie jetzt sehr krank aus. Ich glaube, ich werde sie gern haben.»

Alexander wandte sich zum Gehen. «Haben Sie vielen Dank für Ihre Hilfe, Mrs. Maggett», sagte er, «wir werden es Ihnen nie vergessen.»

«Nun gehen Sie. Ich kümmere mich um alles.»

Die nächsten Tage verbrachte Helena in einem Dämmerzustand zwischen Traum und Wachen. Nur durch einen dichten Vorhang hindurch sah und hörte sie Mrs. Maggett, kaum begriff sie, was um sie herum geschah. Hin und wieder war es ihr, als sei Alexander da und blicke sie besorgt an, und wenn sie den Novemberregen am Fenster hörte, kam ihr zu Bewußtsein, daß sie in London war. Meistens aber glaubte sie sich noch in Charity Hill, dann rief sie die Namen der Menschen dort, rief nach Catherine, nach Janet, nach Elizabeth und – was Mrs. Maggett sehr irritierte – nach Jimmy.

Erst allmählich kehrte die Wirklichkeit zurück. Als Helena eines Morgens die Augen aufschlug, erkannte sie klar und deutlich die Zimmereinrichtung. Verwundert setzte sie sich auf. Durch die Fensterscheibe hindurch sah sie das Fachwerk eines anderen Hauses, in der linken oberen Ecke sogar ein Stück grauen Novemberhimmel. Deutlich konnte sie Räderrasseln hören, dazu Hufgetrappel und schreiende, fluchende, lachende Stimmen. London! Sie war in London. Mit einem Satz wollte sie aus dem Bett springen, doch sofort knickten ihre Beine unter ihr zusammen und vor ihren Augen wurde es schwarz. Sie fühlte sich mit einemmal entsetzlich schwach und verspürte außerdem nagenden Hunger. Langsam kroch sie in ihr Bett zurück und versuchte, sich die letzten Tage ins Gedächtnis zurückzurufen. Undeutlich hatte sie die Erinnerung an eine freundliche, grauhaarige Frau, die sich um sie kümmerte. Aber wo war Alexander? Vor Schwäche und Unsicherheit schossen ihr die Tränen in die Augen.

«Alexander», schluchzte sie.

Die Tür öffnete sich und Mrs. Maggett stürmte herein. «Was ist?» rief sie. «Wie fühlen Sie sich?»

Helena hörte sofort auf zu weinen und versuchte rasch, die Tränen fortzuwischen. Sie kam sich sehr kindisch vor. «Ich fühle mich sehr gut», sagte sie, «aber ich weiß nicht, wo ich genau bin!»

«Sie sind in London. Und ich bin die Wirtin dieses Hauses, Mrs. Maggett. Oberst Tate lebt hier.» Sie legte die Hand auf Helenas Stirn und strahlte gleich darauf. «Sie haben kein Fieber mehr, Lady Golbrooke! Und auch sonst sehen Sie besser aus. Haben Sie Hunger?»

«Schrecklichen Hunger!»

Mrs. Maggett strahlte noch mehr. «Ich mache Ihnen sofort Ihr Frühstück», versprach sie.

Helena hielt sie zurück. «Kann Alexander zu mir kommen?» fragte sie.

«Heute abend», erwiderte Mrs. Maggett, «jetzt ist er schon fort, um zu arbeiten.»

«Arbeiten? Wo denn?»

«Im Hafen. Er hilft Schiffe entladen. Es ist schrecklich, aber was soll er anderes tun?»

Helena starrte sie entsetzt an. «Er arbeitet im Hafen?» fragte sie ungläubig. «Das ist doch unmöglich. Ich meine, das kann er doch nicht tun!»

«Er hat nichts mehr. Das geht jetzt vielen so!» Mrs. Maggett verschwand durch die Tür.

Helena griff sich an den schmerzenden Kopf. Sie konnte sich das eben Gehörte kaum vorstellen. Alexander, der im Hafen arbeitete. Er, ein hoher Offizier des Königs, unter lärmenden, fluchenden

Matrosen, schwitzend, dreckig, angebrüllt von hochmütigen Kapitänen. Er, so tapfer und edel, zwischen diesen Menschen. Ach, sie mochte keinen Moment darüber nachdenken.

Am Abend endlich erschien er. Er hatte schon an der Tür von Mrs. Maggett erfahren, daß es Helena besser ging, und eilte nun in das Wohnzimmer. Helena saß aufrecht an einen Stapel Kissen gelehnt und strahlte ihm entgegen. Er ließ sich neben sie auf den Boden fallen, ergriff ihre Hände und küßte sie.

«Endlich», sagte er, «endlich bist du wieder gesund!»

Helenas Blick hing wie gebannt an ihm, eine solch grenzenlose, verliebte Zärtlichkeit in den Augen, daß Mrs. Maggett, die an der Tür heimlich die Szene beobachtete, mehrmals schlucken mußte. Welch ein schönes Paar!

Helena hatte ihre rechte Hand aus Alexanders Griff befreit und strich ihm über die Haare. Sie waren so dicht und dunkel und rauh, nicht hell und weich wie Jimmys. Und auch sonst – alles an ihm schien so verwildert. Es schnitt Helena ins Herz, zu sehen, daß seine Kleidung an vielen Stellen zerrissen und dreckig war.

«Alexander, was tust du den ganzen Tag?» fragte sie leise.

Alexander blickte zu ihr auf. «Ich verrichte nützliche Arbeit», antwortete er lächelnd, «ich helfe im Hafen Schiffe zu entladen!»

«Ach», machte Helena.

Alexander drückte schnell ihre Hand. «Es kränkt mich nicht», sagte er fest, «laß es dich auch nicht kränken!»

«Aber Alexander, das ist ... ich meine, du gehörst nicht zu denen, die ... da am Hafen herumlaufen!»

«Es sind Menschen. Gute und schlechte. Ich habe Freunde dort gefunden und Feinde und solche, die mir gleichgültig sind.»

«Aber auch die Freunde ... sie unterscheiden sich doch von dir, in Geist, Bildung und Erziehung.»

«Ja, möglich», erwiderte Alexander nachdenklich, «aber wer weiß, wie manche von ihnen an Geist und Bildung wären, wenn sie meine Privilegien einer reichen und vornehmen Geburt gehabt hätten?» Er sah Helenas zweifelnden Blick. «Helena», sagte er eindringlich, «die Zeiten sind anders geworden. Du wirst von nun an mit diesen Leuten sehr viel mehr zu tun haben. Es wird dir nichts anderes übrigbleiben, als in ihnen Menschen zu sehen, die ebensolche Gefühle und Stimmungen haben wie du und ich und alle, mit denen wir früher zu tun hatten. Sie sind wie sie, manchmal schlechter, oft aber auch viel, viel besser!»

«Ich möchte es ja», murmelte Helena, «ich will es. Ich werde es schaffen, Alexander. Es ist nur so ... neu!»

«Natürlich wirst du es schaffen», sagte Alexander zärtlich, «du, die du so sanft und voller Güte bist, du hast es bisher gekonnt, und nun, da es ernst wird, wirst du es auch können!»

Helena lächelte dankbar. Sie kuschelte sich tiefer in ihre Kissen. «Alexander, wann werden wir heiraten?» fragte sie.

«Bald», meinte Alexander, «aber du sollst erst wirklich erholt sein. Wie wäre es mit dem 22. November?»

Helena überlegte kurz. «Gut», sagte sie dann, «22 ist eine schöne Zahl. Wenn bloß nicht wieder etwas dazwischenkommt!»

Alexander erklärte, diesmal werde er jeden Widerstand rücksichtslos beiseite schieben. Er sprach noch weiter, stellte aber plötzlich fest, daß Helena eingeschlafen war. Er küßte leicht ihre Wange und verließ das Zimmer.

Helenas Gesundung schritt nun rasch voran. Sie stand bald auf, half Mrs. Maggett bei allerlei Hausarbeiten, begleitete sie zum Einkaufen und machte mit ihr ein paar Spaziergänge. London wieder zu entdecken, die vertrauten Straßen und Plätze, die sie einst so selbstverständlich genommen und geliebt hatte, war ein eigenartiges Gefühl, Freude, nicht frei von Schmerz, aber auch Schmerz, der eines gewissen Glückes nicht entbehrte. Es war alles so anders geworden. Nicht nur ihre eigenen Umstände, unter denen sie hier weilte, allein, ohne ihre Familie, nein, auch die Atmosphäre der Stadt hatte sich geändert. Das war nicht mehr die laute, fröhliche, lasterhafte Stadt der Vorkriegszeit, das war nun eine graue Festung der Puritaner, aus der alles Leben verschwunden schien.

Verdammte Puritaner, dachte Helena oft voll leidenschaftlicher Wut, verdammte, selbstgerechte Puritaner!

Eines brachte sie nicht fertig, obwohl sie es sich jeden Tag von neuem vornahm: zu ihrem eigenen alten Haus in der Drury Lane zu gehen, in dem jetzt, wie Alexander erzählt hatte, andere Menschen wohnten. Sie wußte, daß sie den Anblick dieser vertrauten Stätte ihrer Kindheit und Jugend nicht würde ertragen können.

Später, nahm sie sich vor, etwas später tue ich es. Aber jetzt noch nicht!

Sie sah sich Alexanders Wohnung an, die sehr schön war und einige kostbare Gegenstände enthielt. Es machte ihr Spaß, sich vorzustellen, daß sie hier nun bald leben würde, als Mrs. Helena Tate.

Am Tag vor ihrer Hochzeit, einem sehr verregneten Tag, erschien

Alexander ein wenig später als üblich von seiner Arbeit. Wie immer ging er zuerst in Mrs. Maggetts Wohnung, um Helena zu begrüßen. Diesmal schien er unruhiger als sonst. In der Hand hielt er ein großes, flaches Paket.

Helena, die vor dem Kamin gesessen hatte, lief ihm entgegen. «Alexander!» rief sie. «Wie schön, daß du da bist!»

Er streckte ihr das Paket hin.

«Was ist das?» fragte Helena erstaunt.

«Pack es aus!»

Helena löste mit eifrigen Fingern die Schnüre, hob den Deckel und schob knisterndes Seidenpapier zur Seite. Sie schrie leise auf.

«Alexander!»

Es war ein Kleid! Er hatte ihr ein Kleid geschenkt, ihr erstes neues seit vier Jahren. Atemlos zog sie es aus der Verpackung. Es bestand aus zartem aprikosenfarbenem Samt, der Rock über einem blaßgrünen Unterrock geschlitzt, Arme und Halsausschnitt mit vielen Rü schen besetzt. An der Taille besaß es grüne Stickereien, die sich so zierlich rankten, als seien sie gemalt. Es war ein so wunderschönes Kleid, daß Helena fast die Tränen kamen.

«Gefällt es dir?» fragte Alexander gespannt.

«Ach, Alexander, es ist ... es ist unbeschreiblich! Es ist ein Traum! Wie bist du nur darauf gekommen?»

«Ich wollte, daß du ein wirklich schönes Kleid für unsere Hochzeit hast», erklärte Alexander, «schließlich ist das eine festliche Angelegenheit!»

«Mein Gott!» Helena lief wieder und wieder zum Spiegel, das Kleid an sich gepreßt. Ihre Augen glitzerten. Es war nicht nur das Kleid selbst, was sie so begeisterte und rührte, nein, dies war auch das erste Geschenk, das sie von Alexander bekam, ein Zeichen seiner Liebe.

Vorsichtig legte sie das Kleid über einen Sessel und schlang ihre Arme um Alexanders Hals.

Was auch geschieht, dachte sie, was auch geschieht, ich werde dich lieben so lange ich lebe, und ich werde nur dafür leben!

Am frühen Morgen des 22. November regnete es noch, aber als Helena aufstand, hatte es schon aufgehört. Mrs. Maggett, die aufgeregter war als die Braut, half ihr beim Waschen und Anziehen und frisierte ihr höchst kunstvoll die Haare. Helena fühlte sich wie im Traum. Es schien ihr alles unwirklich, und sie konnte nicht begreifen, daß draußen wie jeden Morgen der Milchkarren vorbeirasselte und die Frauen aus dem gegenüberliegenden Haus ihren üblichen Zank austrugen. Es war ihr, als müsse alle Welt Anteil nehmen an dem, was heute geschah.

Der Samt ihres Kleides war wunderbar weich und glatt, das war später das einzige, dessen sie sich deutlich entsinnen konnte. Alles andere blieb für immer in einem eigenartigen Nebel – die Kirche, Alexander, der ihr vor der Trauung eine goldene Kette mit einem Smaragd schenkte und um den Hals legte, der Pfarrer, der eine schöne, klare Stimme hatte, ihr «Ja», fast atemlos hervorgestoßen, Alexanders ruhige, sichere Antwort.

Diese Minuten mit ihm vor dem Altar, sie waren der Höhepunkt ihres Lebens, Erfüllung und Versprechung zugleich in sich bergend. Nur hierfür hatte sie gelebt, es war ihr, als sei jeder Blick, jeder Atemzug, jedes Lachen und Weinen nur ein Schritt gewesen auf dem Weg zu diesem Augenblick. Die Tränen traten ihr in die Augen, so bewegt war sie, aber zugleich fühlte sie, wie sich Alexanders Finger fester um die ihren schlossen, und spürte seinen Blick. Tiefste Glückseligkeit überkam sie. Klar konnte sie Mrs. Maggetts Gesicht sehen, in dem die Augen gerötet waren. Daneben der alte Kutscher Arthur und Mr. und Mrs. Spencer, ein Ehepaar, das Alexander noch von früher kannte und eingeladen hatte. Mrs. Spencer küßte Helena nach der Trauung immerzu und sagte, sie sehe reizend aus und sie wünsche ihr alles Glück dieser Erde.

Sie verbrachten den ganzen Nachmittag in Mrs. Maggetts Wohnung. Mrs. Maggett und Mrs. Spencer redeten ununterbrochen auf Helena ein und wollten alles über ihre Vergangenheit wissen, über Jimmy, Charity Hill und die Kinder. Helena gab geduldig Auskunft, und ab und zu tauschte sie einen lächelnden Blick mit Alexander. Endlich, am späten Abend, erhob sich Mrs. Maggett und zog Helena an sich.

«Sie sollten jetzt gehen», sagte sie zärtlich, «es ist spät und es war ein langer Tag. Ich wünsche Ihnen noch einmal alles Glück, meine Liebe!»

Auch Mrs. Spencer küßte sie noch einmal, ihr Mann murmelte verlegen vor sich hin und Arthur machte eine ungeschickte Verbeugung.

Alexander und Helena bedankten sich bei allen, besonders bei Mrs. Maggett, dann verließen sie die Wohnung und stiegen die Treppe hinauf. Alexander hatte den Arm um die Taille seiner Frau gelegt, ihr Kopf lehnte an seiner Schulter. Niemals zuvor hatte Helena sich so sicher und beschützt gefühlt.

«Alexander», flüsterte sie, «ich liebe dich. Ich liebe dich so sehr.»

Dies nun, dies war der höchste Augenblick ihres Lebens. Und jede Minute der Qual, die sie seinetwegen erlitten, war aufgewogen und vergessen.

10

Eines Morgens begegnete Helena auf dem ersten Treppenabsatz Mrs. Maggett, die vom Einkaufen zurückkehrte. Aus ihren Augen blitzte wilde Entrüstung.

«Mrs. Tate!» rief sie. «Haben Sie es schon gehört? Man hat den König mit Gewalt aus Newport geholt und nach Hurst Castle gebracht. Oberst Ewer bewacht ihn!»

«Was?» fragte Helena entsetzt.

Oberst Ewer war als fanatischer Hasser der Monarchie bekannt, und bei ihm gab es keine Hoffnung auf Milde, wie es noch bei Oberst Hammond, des Königs letztem Gefangenenwärter, der Fall gewesen war. Und Hurst Castle, diese schaurige, unheilsträchtige Burg! Ganz deutlich wurde es Helena bewußt, in welcher Gefahr der König schwebte. Schon die letzten Wochen hatten genug Aufregung gebracht. Oberst Hammond, von dem man befürchtete, er werde Charles heimlich entfliehen lassen, hatte eine deutliche Warnung von Oliver Cromwell zugesandt bekommen. Zuvor hatte das Parlament in London eine Forderung des Heeres erhalten, den König in einer Gerichtsverhandlung zu verurteilen und neue Parlamentswahlen anzusetzen. Dies wurde abgelehnt, woraufhin das Heer in London einrückte und Whitehall und Westminster besetzte. Oberst Hammond wurde von Wight abberufen, offenbar um, wie sich jetzt herausstellte, den König abholen zu lassen.

«Es ist entsetzlich», sagte Helena, «aber sie werden es doch nicht wagen, den ... König zu verurteilen! Das können sie nicht tun!»

Es war ihr einfach unmöglich, zu glauben, jemand könne es wagen, den König, Herrscher von Gottes Gnaden, wie einen gemeinen Verbrecher vor Gericht zu stellen.

«Diesen Menschen ist nichts mehr heilig», empörte sich Mrs. Maggett, «aber sie werden ihre gerechte Strafe erhalten, da bin ich sicher!»

Zufrieden verschwand sie in ihrer Wohnung. Helena hatte sie im Verdacht, daß sie alle diese Geschehnisse im Innern genoß, weil sie Aufregung und Sensation brachten. Große Furcht um England und seine Zukunft quälten sie sicher nicht.

Obwohl diese Nachrichten beunruhigend waren, vermochten sie nicht das Glück zu zerstören, das sie seit der Heirat mit Alexander empfand. Es war ihr, als sei sie in einem wunderbaren Traum gefangen, der niemals zu Ende gehen konnte.

Tagsüber war Alexander immer fort, aber sie freute sich auf den Moment, da er zurückkehrte. Ihre Begrüßung verlief jedesmal so, als hätten sie sich jahrelang nicht gesehen und müßten nun alles nachholen, was sie seitdem versäumt hatten. Obwohl Alexander von seiner schweren Arbeit immer müde war, zeigte er sich niemals schlecht gelaunt oder mürrisch. Helenas strahlender Anblick, ihre Küsse, ihre zärtlichen Worte belebten ihn und gaben ihm neue Kraft. Während er badete, bereitete sie das Abendessen, das sie nebeneinander auf dem Teppich vor dem Kamin sitzend verzehrten. Sie konnten stundenlang in die Flammen sehen, reden, lachen oder sich auch nur stumm aneinander kuscheln. Neben ihrer starken seelischen Bindung übten sie eine ungeheure körperliche Anziehungskraft aufeinander aus, was Helena dazu verleitete, höchste Vorsicht walten zu lassen. Unter keinen Umständen wollte sie jetzt schon ein Kind, fast eifersüchtig war sie darauf bedacht, ihr Alleinsein mit Alexander von niemandem stören zu lassen. Jeden Abend trank sie unbemerkt einen Becher mit einem bestimmten Kräutergemisch, von dem man behauptete, es verhindere Schwangerschaften. Helena hatte vor einigen Jahren bei einer Gesellschaft in Fowey davon gehört, als eine Dame es flüsternd erzählte. Für alle Fälle hatte sie sich das Rezept gemerkt und wandte es nun an.

Beide, Alexander und Helena, wachten morgens früh auf, und es war wunderbar, dann noch eine Weile in dem warmen Bett wie in einer Burg zu liegen, auf den Winterregen zu lauschen und leise zu flüstern. Helena hätte nie geglaubt, daß es einen Menschen geben könnte, mit dem sie soviel über die verschiedensten Dinge reden konnte. Es gab nichts, was er nicht verstanden hätte, nichts, wo er sie nicht hätte trösten können, und oftmals war es sein Lachen, was sie erleichterte oder glücklich stimmte.

Sie blieb liegen, wenn er schließlich aufstehen mußte, und sah ihm zu, wie er halbbekleidet vor dem Spiegel stand und sich rasierte. Wenn er mit seinen raschen, muskulösen Bewegungen durch das

Zimmer schritt, folgte sie ihm wie gebannt mit ihren Blicken und schrie jedesmal entsetzt auf, wenn er ihr plötzlich die Decke wegzog und sie aus dem Bett hob. Noch im Morgenrock machte sie Feuer im Ofen und bereitete das Frühstück, und wenn er ging, sah sie ihm so lange nach, bis er verschwunden war. Den ganzen Tag über lebte sie in der Erwartung seiner Rückkehr und in der Erinnerung an ihn. Jeder Blick, jedes Lächeln haftete in ihrem Gedächtnis, und was sie auch tat, ob sie einkaufte oder sich mit Mrs. Maggett unterhielt, ein kleiner Teil ihres Ichs war immer mit ihm zusammen. Schon lange bevor er zurückkam, verbrachte sie einige Zeit damit, sich so schön wie möglich zurechtzumachen. Sie badete häufig, wusch ihre Haare und benutzte duftende Parfums, die sie aus Charity Hill mitgebracht hatte und mit denen sie nun sehr sparsam und sorgfältig umging.

Für Helena hätte dieses Leben ewig weitergehen können. Sie hatten kaum Geld, aber da die Wohnung schön war und in einer vornehmen Gegend Londons lag, wurde sie dessen kaum gewahr. Sie konnte sogar vergessen, welche Arbeit Alexander den ganzen Tag über verrichtete, und sie registrierte selten, daß hin und wieder etwas aus der Wohnung verschwand und verkauft wurde. Jeden Gedanken daran, daß es einmal anders sein könnte, hatte sie aus ihrem Denken verbannt.

Es war kurz vor Weihnachten, als sich alles änderte. Der Tag war entsetzlich kalt, ein heftiger Wind heulte und der schwere bleigraue Himmel sah aus, als werde es jeden Moment zu schneien beginnen. Helena fühlte sich müde und verfroren, als sie am späten Nachmittag vom Einkaufen zurück in ihre Wohnung kam. Ihre Stimmung war äußerst niedergedrückt, denn draußen überschlugen sich die Gerüchte, und von mehreren Seiten hatte sie heute gehört, Oberst Harrison sei nach Hurst Castle gesandt worden, um den König nach Windsor zu bringen – das konnte nur Schlimmes bedeuten.

«Die letzte Hoffnung ist, daß er auf der Reise befreit wird!» hatte der Mann, der Eier verkaufte, Helena zugeflüstert. «Wenn das nicht gelingt, dann sei Gott seiner Seele gnädig!»

Helena seufzte, als sie daran dachte. Sie brachte die Lebensmittel in die Küche, zündete im Wohnzimmer das erloschene Feuer wieder an und machte sich dann an die Zubereitung des Abendessens. Trotz allem begann ihr Herz schon wieder lebhafter zu schlagen, wurden ihre Bewegungen rascher in der Erwartung auf Alexander. Als sie seine vertrauten Schritte auf der Treppe hörte, stürzte sie zur Tür und öffnete sie.

«Alexander!» rief sie. «Liebster, wie schön, daß du da bist!»

«Helena!» Er lächelte sie an und nahm sie in die Arme wie immer, aber er schien ihr heute verkrampft und weniger glücklich als sonst.

«Komm herein, du bist ja ganz kalt!»

Sie zog ihn in die Wohnung, nahm ihm den Mantel ab, brachte seine Stiefel fort und erzählte ihm dabei mit zornbebender Stimme all das, was sie heute über das Schicksal des Königs erfahren hatte. Er hörte ihr ernst zu, doch als sie geendet hatte, legte er den Arm um sie und blickte sie bekümmert an.

«Arme Helena», sagte er, «gerade heute muß ich dir auch noch eine unerfreuliche Nachricht bringen.»

Helena sah ihn entsetzt an. «Was ist?» fragte sie angstvoll. «O Alexander, ist irgend etwas Schlimmes geschehen?»

«Nein, es ist nichts auf Leben und Tod, wenn du das denkst», beruhigte er sie sofort, «aber ... ich habe gerade mit Mrs. Maggett gesprochen. Sie machte ein paar vorsichtige, aber unmißverständliche Andeutungen darüber, daß sie uns bisher wenig Miete berechnet hat und daß sie das nicht fortsetzen kann.»

«Heißt das ... daß wir hier fort müssen?»

Alexander nickte. «Ich fürchte es», sagte er, «selbst wenn wir alle Wertgegenstände, die wir besitzen, verkaufen, reicht es nur für wenige Monate.»

«Aber wie kann Mrs. Maggett so etwas tun?» rief Helena außer sich. «Ich hielt sie für unsere Freundin! Diese falsche Person!»

«Sie muß auch leben, Helena. Ihr Mann hat ihr nicht viel hinterlassen und die Miete ist ihr einziges Einkommen!»

«Aber was soll aus uns werden?»

«Wir können auch ohne die Mildtätigkeit anderer leben», erwiderte Alexander fest, «immerhin habe ich eine Arbeit!»

Helena lachte auf. «Eine Arbeit», sagte sie bitter, «du mußt im Dreck herumkriechen und erhältst einen Hungerlohn dafür!»

An seinem Gesichtsausdruck bemerkte sie, daß sie ihn verletzt hatte, aber das erleichterte sie beinahe in der augenblicklichen Situation. Sie wandte sich um und ging in das Wohnzimmer, wo das Feuer schon eine gemütliche Wärme verbreitete. Draußen war es stockfinster, doch als sie nun aus dem Fenster sah, entdeckte sie zarte weiße Flocken, die vom Himmel fielen.

«Alexander!» rief sie. «Es schneit!»

Er trat neben sie, und sie lehnte sich an ihn.

«Es tut mir leid», flüsterte sie, «ich wollte dir nicht weh tun.»

«Schon gut, Kleines», antwortete Alexander, «ich verstehe, daß diese Nachricht zu plötzlich für dich kam. Aber jetzt müssen wir uns damit abfinden.»

Helena sah zu ihm auf. «Aber bitte, Alexander, nicht in die Friars», bat sie leise, «nicht dorthin. Das ertrage ich nicht.»

«Wir werden versuchen, etwas anderes zu finden», versprach Alexander, «aber wenn es nicht anders geht – es könnte auch Schlimmeres geschehen!»

«Ja, ich weiß. Wenn wir getrennt würden ... Aber das wird niemals passieren, nicht wahr?»

«Nicht, wenn ich es verhindern kann, das verspreche ich dir. Aber warum redest du so oft davon? Niemand versucht doch, uns zu trennen!»

«Ich bilde es mir vielleicht ein», sagte Helena, «aber es ist wie eine entsetzliche Ahnung, als ob ... oh, ich kann es nicht erklären. Vielleicht ist es, weil alles so schön ist, weil ich so glücklich mit dir bin und dich so liebe. Ich denke immer, ich müßte für dieses Glück bald bezahlen.»

Alexander küßte sie. «Du darfst das gar nicht denken», meinte er zärtlich, «wir haben sechs Jahre auf dieses Glück gewartet, möglicherweise war das schon die Bezahlung. Und nun ist kein Krieg mehr, was sollte dann noch geschehen?»

Tatsächlich mußten sie nicht in die Friars ziehen, und wenn sich ihr neues Heim auch in Armut und Schmutz nicht sehr von der dortigen Gegend unterschied, so war es doch nicht ein solches Verbrecherviertel. Sie lebten nun nahe dem Tower, in einer engen, düsteren Gasse mit schiefen alten Häusern, deren Bewohner wortkarg und einsilbig waren und sich nicht umeinander kümmerten. Man war zu verbittert, man hatte zu lange im Dreck gelebt, um noch Interesse für irgend etwas zu zeigen, was auf dieser Welt geschah. Hier gab es keinen Sonnenstrahl und keine Hoffnung, man wurde geboren, kämpfte eine harte Jugend lang ums Überleben, zeugte wieder zahlreiche Kinder, von denen nicht einmal die Hälfte heranwuchs, man vegetierte noch ein paar Jahre dahin, bis man schließlich starb. Ob draußen absolutes Königtum oder ein Parlament herrschte, ob ein Bürgerkrieg tobte oder Frieden war – für sie war das alles gleich.

Helena und Alexander zogen am 23. Dezember um, fast genau vier Wochen nach ihrer Hochzeit. Die kleine Wohnung, die nur aus einer Küche und einem Zimmer bestand, lag unter dem Dach eines sehr baufälligen Hauses, das den hochtrabenden und ganz und gar unpassenden Namen «Silvercourt» trug. Es war so schief, daß die

Spitze seines Dachs fast die des gegenüberliegenden Dachs berührte. Auch hier türmte sich allerlei Unrat auf der Straße, doch war der Gestank des kalten Wetters wegen erträglich. Im Sommer jedoch mußte es grauenhaft sein.

Am selben Tag kam König Charles in Windsor an, begleitet von Oberst Harrison, der kurz zuvor einen letzten Befreiungsversuch in den Wäldern Bagshots vereitelt hatte. Noch am gleichen Abend erfuhren Helena und Alexander durch die blitzschnelle mündliche Nachrichtenweitergabe, daß das House of Commons die Verurteilung des Königs gefordert hatte und zu diesem Zweck mehrere Offiziere, darunter Fairfax, Cromwell, Skippon und Harrison, zu Richtern ernannte. Welches Urteil auch immer sie fällen würden, in spätestens einem Monat sollte es vollstreckt werden.

Als sich Helena an diesem Abend vor Weihnachten in der kalten, kahlen Wohnung zu Bett legte, war es ihr, als sehe sie den König vor sich, seinen melancholischen, anklagenden Blick. Auf einmal wußte sie, daß sein Ende nahe war, sie wußte es mit aller Gewißheit. Und mit ihm würde eine Zeit sterben, die Helena alles bedeutete, jene Ära, die ihre Jugend beschirmt, ihren Geist geformt, ihre Seele geprägt hatte. Sie zu verlieren war nun schließlich der Tod aller Träume.

Die ersten Gerichtsverhandlungen im Januar 1649 brachten keinerlei Ergebnisse, da der König jede Aussage verweigerte und sogar zu den Belastungszeugen schwieg, die harte Anschuldigungen gegen ihn vorbrachten. Es schien, als vertraue Charles noch immer auf ein günstiges Schicksal, denn Zeichen der Unterstützung wurden ihm von allen Seiten zuteil. Im ganzen Land kursierten Flugblätter, die den Prozeß verurteilten, in den Kirchen beschworen die Geistlichen das Gericht, Milde walten zu lassen, aus anderen Ländern trafen Gesandtschaften ein, die vor diesem entsetzlichen Rechtsbruch warnten. Im Gerichtssaal, der immer voller Zuschauer war, kam es täglich zu neuen Krawallen wegen der stürmischen Sympathiebekundungen für den König.

Doch Charles verkannte die Entschlossenheit seiner Richter. Diese wußten genau, daß sich die im Augenblick noch kaum gefestigte Macht des Parlaments nur auf das Heer stützte, und dieses verlangte nahezu geschlossen Abrechnung mit dem verhaßten Herrscher. So rasch wie möglich mußte ein Urteil gefällt werden.

Am letzten Verhandlungstag, am 27. Januar, drängten sich Hunderte von Zuschauern im Gerichtssaal, unter ihnen auch Helena, die gegen Alexanders Willen gekommen war. Die Aufregung der vergangenen Wochen war für sie unerträglich gewesen, und es war ganz ausgeschlossen, nun den entscheidenden Moment nicht mitzuerleben.

Die Stimmung im Saal war aggressiv und untergründig hysterisch. Als der König hereingeführt wurde, steigerte sich die Erregung. Helena starrte nach vorn, ihre Hände begannen zu zittern. Da war der Mann, für den so viele gekämpft hatten, für den so viele gestorben waren, dessentwegen man harte und entbehrungsreiche Zeiten durchlitten hatte. Klein, schmal, mit blassem Gesicht stand er vor ihnen. Aber seine Haltung war von ruhiger, aufrechter Würde, und er war der König, er war immer noch der König! Und sie liebten ihn! Er mußte es spüren, die Wärme, und die Verehrung, den leidenschaftlichen Wunsch aller, ihm zu helfen.

Schon nach wenigen Minuten wurde klar, daß das Gericht keine Verzögerung mehr hinzunehmen bereit war. Als Charles, zum erstenmal seit Beginn der Verhandlungen, zu einer Rede ansetzen wollte, wurde er von dem vorsitzenden Richter Bradshaw unterbrochen. Bradshaw erklärte, das Gericht habe von dem ständigen Schweigen des Angeklagten auf ein Schuldgeständnis geschlossen. Er habe nun keine Gelegenheit mehr, zu sprechen, sondern nach einer kurzen Beratung der Richter werde das Urteil verkündet.

Im Zuschauerraum entstand Unruhe. Von überall her waren Zwischenrufe und Unmutsäußerungen zu hören. Der König wurde sehr bleich. Als werde ihm seine Lage jetzt erst wirklich klar, begannen seine Augen zu flackern, seine Hände zu zittern. Als er für die Zeit der Beratung aus dem Saal geführt wurde, begannen die Zuschauer zu toben, das Geschrei stieg an, kein Wort war mehr zu verstehen. Helena wurde rücksichtslos gegen die Absperrung gedrückt, bis sie glaubte, die Besinnung zu verlieren. Die Wachen hatten alle Mühe, die Menge zurückzuhalten. Erst als die Richter und der Angeklagte wiederkamen und das Urteil verlesen werden sollte, trat mit einem Schlag Ruhe ein.

Bradshaw gab einem der Schreiber einen Wink, der daraufhin mit monotoner Stimme die Beschuldigungen gegen den Tyrannen und Verräter Charles Stuart hervorbrachte und schließlich mit den Worten schloß:

«... und wird daher verurteilt zum Tode durch Abtrennen des Hauptes vom Leib!»

Bradshaw, der neuen Aufruhr fürchtete, erhob sich sofort und sagte sachlich: «Dieses Urteil ist Werk und Beschluß des ganzen Gerichtshofs.»

Der König starrte ihn fassungslos an. «Bitte», stammelte er, «bitte, Sir, lassen Sie mich noch etwas sagen.»

«Nach der Urteilsverkündung steht Ihnen das nicht mehr zu!»

«Sir!»

«Es tut mir leid. – Wache, führt den Gefangenen ab!»

«Sir, bitte, lassen Sie mich sprechen!» flehend streckte Charles seine Arme gegen Bradshaw aus. «Beim Allmächtigen ... ich habe das Recht ... ich ... kann nicht schweigen ... Sir, ich flehe Sie an!» Heiser und dünn klang seine Stimme, tiefste Verzweiflung sprach aus seinen Augen.

Helena wurde es heiß und schwindlig, nur schwer konnte sie Luft bekommen. Nicht, dachte sie, nicht, Majestät, betteln Sie nicht bei diesen Menschen! Bewahren Sie Ihre Haltung, bitte, ich kann es nicht ertragen!

Die Frau neben ihr fiel in diesem Moment ohnmächtig zu Boden. Helena nahm es kaum wahr.

Der König wurde von mehreren Soldaten umgeben und aus dem Saal gedrängt. Die Wachen an der Tür sahen ihn höhnisch an, einer spuckte sogar vor ihm aus. Immer wieder riefen sie dumpf und drohend ihre zwei Worte:

«Gerechtigkeit! Vollstreckung!»

Doch plötzlich erhoben sich andere Stimmen, die Stimmen des Volkes. Nicht unkontrolliert und durcheinander wie zuvor, nicht in wüstem, unverständlichem Geschrei, sondern vereinigt, klar und deutlich, immer lauter, leidenschaftlicher:

«Gott schütze Seine Majestät!»

Im Saal und vor dem Saal riefen sie es, wie einen Gruß, ihre wahrsten Gefühle bekennend, sprechender und ergreifender in dieser Schlichtheit als alles andere. Die neuen Machthaber – ja, sie konnten ein Volk unterdrücken, seinen Willen mißachten, aber den Geist in diesem Volk konnten sie niemals bezwingen, niemals unterwerfen, und er würde sie richten, irgendwann, und sei der Tag noch so fern. In den Mundwinkeln des Königs erwachte ein leises, ergebenes, friedliches Lächeln, während er zum letztenmal aus diesem Saal schritt, der Schauplatz eines erschütternden Prozesses gewesen war.

Als Helena an diesem Abend nach Hause kam, war es schon dunkel. Die Luft war bitterkalt und ein schneidender Wind drang durch ihre Kleider bis auf die Haut, ließ ihre Nase beinahe abfrieren und trieb ihr das Wasser in die Augen. Vor dieser mörderischen Kälte, vor dem Hunger und der Müdigkeit verblaßten die Eindrücke des Tages. Das stundenlange Stehen in der Menge, der endlose Prozeß, Bradshaw, der König, die Schreie der aufgeputschten Massen – all dies hatte Helena in einen leichten Rausch versetzt, von dem sie nun ernüchtert erwachte und sich nur elend und krank fühlte. Alle Gedanken richteten sich bloß noch auf ihr Bett und seine behagliche Wärme.

Alexander kam ihr an der Tür entgegen. Er sah besorgt und böse aus.

«Wo, um alles in der Welt, warst du?» fuhr er sie an.

Helena trat an ihm vorbei in die Wohnung und stellte bei einem kurzen Blick in den Spiegel fest, daß sie wie eine Leiche aussah. Müde rieb sie sich die Augen. «Ich war in Westminster», erklärte sie, «der König ist zum Tode verurteilt.»

«Ich weiß. Aber warum mußtest du dorthin gehen? Ich hatte doch ...»

«Um Himmels willen», sagte Helena schärfer als beabsichtigt, «fang jetzt nur keinen Streit an! Ich kann mich kaum noch auf den Beinen halten und bin fast erfroren, und alles, was ich will, ist, endlich in mein Bett zu gehen!»

Sofort tat der Ton ihr leid, denn sie hatte noch niemals so mit ihm gesprochen. Sie legte ihre Hand auf seinen Arm.

«Entschuldige», bat sie leise, «ich bin ungerecht, du hast dir Sorgen gemacht. Es war nur alles so schrecklich ...»

Alexander küßte sie leicht auf die Stirn. «Mir tut es auch leid», sagte er, «ich hätte dich nicht so anzufahren brauchen. Du siehst wirklich sehr blaß aus, geh nur gleich ins Bett. Möchtest du noch etwas essen?»

Sie schüttelte den Kopf. «Nein, danke, ich bin zu müde. Kommst du auch?»

«Ich muß noch einen Brief schreiben. Aber ich komme bald.»

Helena ging langsam ins Schlafzimmer hinüber und begann mit steifen Bewegungen ihr Kleid abzustreifen. Das Zimmer war eiskalt, aber sie war inzwischen so verfroren, daß sie es kaum noch merkte. Als sie alles ausgezogen hatte, zögerte sie einen Moment und trat dann vor den Spiegel. Ihr Körper war sehr schlank, beinahe mager, und sosehr sie ihn auch von allen Seiten betrachtete, stellte sie nirgends eine starke Rundung fest. Dabei gab es seit zwei Wochen das erste Anzeichen einer Schwangerschaft, doch natürlich konnte das auch andere Ursachen haben – die viele Aufregung oder die Kälte. Sie konnte gar nicht schwanger sein, denn ganz abgesehen von dem Verhütungstrank, den sie nach wie vor zu sich nahm, waren ihr Körper und ihre Seele so stark gegen ein Kind eingestellt, daß die Natur ihr dies unmöglich antun konnte. Sie wollte einfach nicht Mutter werden, nicht jetzt!

Vordergründig redete sie sich immer wieder ein, daß sie viel zu arm seien, um ein Kind richtig zu ernähren, aber wenn sie ehrlich war, mußte sie zugeben, daß dies nicht der wahre Grund war. In Wahrheit fürchtete sie, durch die Mutterschaft eine Sittsamkeit zu erlangen, die sie in Alexanders Augen weniger attraktiv machen würde. Sie wollte nicht nur Ehefrau und Mutter seiner Kinder sein, sondern immer begehrte, lockende, verführende Geliebte. Doch schien das eine das andere auszuschließen.

Manchmal fragte sich Helena, ob ihr damaliger Gedanke, Cathy und Francis bei Emerald zu lassen, auch diesem Gefühl entsprungen war. Natürlich war es ein vernünftiger Gedanke gewesen, und wenn sie sich heute in diesem dreckigen Loch umsah, wußte sie, daß sie wieder so handeln würde. Aber ihre wahren Gründe waren es, über die sie nachgrübelte. Hätte sie nicht mehr Kummer empfinden, hätte nicht ein Opfergedanke vorherrschen müssen? O ja, sie liebte ihre Kinder, fühlte Zärtlichkeit und Stolz für sie. Aber Alexander – vielleicht stand er darüber. Die Liebe zu ihm war brennend, qualvoll beinahe, voller Sehnsucht und Schmerz, sie war ihr Leben, ihre Nahrung, ihre Luft zum Atmen. Und manchmal beschlich Helena eine leise Furcht, weil sie ahnte, daß sie sich in ihm verlor, daß nicht nur ihr Glück von ihm abhing, sondern bereits ihre bloße Existenz.

Aber sie wollte nicht darüber nachdenken. Nicht heute abend, denn sie war viel zu müde. Sie starrte in den Spiegel und schlug sich mit der Faust hart gegen den Unterleib.

«Ich will dich nicht!» sagte sie drohend. «Wage bloß nicht, Gestalt anzunehmen, ich will dich ganz einfach nicht!»

Dann schlüpfte sie rasch in ihr Bett, zog die Decke eng um sich, und während langsam kuschelige Wärme ihre Glieder durchzog, fielen ihr auch schon die Augen zu.

Der 30. Januar war ein klarer, frostklirrender Tag, so kalt, daß man glaubte, die Hände frören in den Taschen fest. Helena brauchte an diesem Morgen eine halbe Ewigkeit, bis sie sich entschließen konnte, aufzustehen. Alexander war schon seit einiger Zeit fort. Er hatte allerdings gesagt, er glaube, es werde heute nicht viel mit der Arbeit. Die meisten seien wohl bei der Hinrichtung.

Helena hatte fest vorgehabt, nicht hinzugehen. Sie wußte, daß es sie entsetzlich aufregen und daß das Bild sie noch monatelang verfolgen würde. Doch nachdem sie sich angezogen hatte, wurde sie von einer nervösen Unruhe gepackt. Sie konnte keine Arbeit beginnen, lief von einem Zimmer ins andere und griff schließlich entschlossen nach ihrem Mantel. Sie würde ja doch an nichts anderes denken können, und es war da eine merkwürdige Gewalt, die sie vorantrieb. Sie band sich einen großen schwarzen Schal um den Kopf, zog ihre schwarzen Handschuhe an und verließ die Wohnung.

Draußen war es bitter kalt. Fast wäre sie umgekehrt, doch sie nahm sich zusammen und ging rasch weiter.

Je näher sie dem Palast kam, desto voller wurde es in den Straßen. Überall Menschen – Menschen, wohin man nur blickte. Sie kamen in Scharen von allen Seiten, immer mehr und mehr. Tausende mußten es sein, die herbeieilten, um ihrem König das letzte Geleit zu geben, um Abschied zu nehmen von ihm. Es waren Menschen aller Schichten und Klassen, Arme und Reiche, Adelige und Bauern. Hier standen sie beisammen ohne jede Schranke, hier gab es keine Trennung mehr, sie waren eins in diesen Minuten.

Vor den hohen Fenstern des Bankettsaals von Whitehall war das Schafott errichtet, ein einfaches großes Holzgerüst, auf dessen Mitte der schwarze Block stand mit dem blitzenden Beil, daneben der verhüllte Henker. Und überall Soldaten wie eine eiserne Mauer, stumm, unbeweglich, drohend. Auf einer langen Bank saßen die Mitglieder des Gerichtshofs.

Helenas Mund begann zu zittern. O Gott, der Bankettsaal, die hohen Fenster. Einige Male hatte sie hier getanzt, jung und heiter, unbekümmert und sorglos. Sie sah alles vor sich, den großen Saal mit den Hunderten von Kerzen, die einen leuchtenden Schimmer durch die Fenster in die Nacht sandten, die vielen eleganten, vornehmen Menschen, die schönen jungen Männer, den König, melancholisch schon damals, aber immer freundlich und herzlich gegen seine Gäste. Und seine Frau, Königin Henrietta Maria, ein wenig leichtlebig zwar, aber gütig und warmherzig.

Auch sich selbst sah Helena. Ein lustiges junges Mädchen, das keinen Gedanken an politische Dinge verschwendete, das nur an schöne Kleider und Verehrer und die damit verbundenen Kümmernisse dachte. Oh, wie genau erinnerte sie sich an Earl Straffords Hinrichtung im Mai 1641. Sie hatte nur Angst gehabt, ihre Geburtstagsfeier könne ausfallen, an nichts weiter hatte sie gedacht. Nicht an Krieg, Tod, an das Entsetzliche, was nun geschah. Sie hatte nichts geahnt in seliger Unwissenheit, aber nun hatte sie es erlebt und erlitt es noch immer.

Die Menge betete unablässig. Ein sanftes Gemurmel klang über den weiten Platz, aus Tausenden von Kehlen. Helena konnte nicht beten. Ihr Hals war wie zugeschnürt, ihre Gedanken gelähmt.

«Der König soll schon im Palast sein», sagte der Mann neben ihr, «er spricht wohl mit einem Geistlichen.»

Bei den Soldaten vor den Fenstern entstand Unruhe. Sie bewegten sich etwas – da, der König! Ganz in Schwarz, totenbleich, aber gefaßt trat er durch eines der Fenster hinaus auf das Gerüst. Eine Frau, die vor Helena stand, fiel lautlos in sich zusammen, andere weinten oder sanken in die Knie.

«Helena!» Alexander war neben ihr, seine Hand stützte sie. «Wie gut, daß ich dich gefunden habe. Laß uns gehen.»

«Nein.» Sie starrte hinauf zu dem König, der langsam zu dem Block ging, davor niederkniete. Die Stimmen der Betenden wurden lauter, einige sangen. Immer mehr brachen zusammen.

Der König senkte den Kopf, legte ihn ruhig auf den Block. Er hob die Hände in einer hilflosen Geste – da sauste schon das Beil durch die Luft, durchtrennte den Hals mit einem Schlag.

«Nein!» schrie Helena.

Und mit ihr schrie das ganze Volk. Ein einziger gellender, entsetzter Schrei klang durch die Luft, denn sie alle, alle erlitten den Tod in diesem Moment, fühlten die Wucht der Henkerswaffe und eine entsetzliche Qual.

Helena war es, als schwanke die Welt um sie, als sei der Himmel unten, die Erde oben, in rasendem Kreislauf. Sie fühlte nur Alexanders Arm, der sie umklammerte und festhielt, hörte seine beruhigende Stimme, ohne zu verstehen, was er sagte. Sie sah nicht, wie der Henker den blutigen Kopf des Toten hochhielt und schwenkte, sie hörte nur die erneuten Schreie, die wild waren, gellend und verzweifelt. Im selben Moment war Marschtritt zu vernehmen. Von allen Seiten drangen Soldaten hinzu. Langsam, Schritt für Schritt wich die Menge zurück, stürzte schließlich immer schneller fort, hilflos vor der Gewalt der Herrschenden. Helena fühlte sich mitgezogen, ihrer Sinne noch nicht mächtig und in ihrem Kopf hämmerte bloß ein Gedanke:

Charles Stuart ist tot, er ist tot, er ist tot!

Doch im selben Augenblick hörte sie eine Stimme neben sich, die Stimme eines alten Mannes.

«König Charles I. ist tot!» sagte er leise, und dann triumphierend: «Es lebe König Charles II.!»

Ja, Charles' Sohn lebte, er war in Frankreich in Sicherheit, und er würde kommen eines Tages, er, der rechtmäßige Herrscher Englands. Er würde kommen!

11

MITTE FEBRUAR war Helena endgültig überzeugt, schwanger zu sein, und sie hörte auf, diese Tatsache abzuleugnen. Tagelang brütete sie dumpf vor sich hin, ohne zu irgendeinem Ergebnis zu gelangen. Natürlich wußte sie, daß es Frauen gab, die einem in einer solchen Situation halfen, aber abgesehen davon, daß sie nicht wußte, wie sie mit ihnen zusammentreffen konnte, scheute sie vor diesem Schritt innerlich zurück. Ohne daß sie es gewagt hätte, den Gedanken zu Ende zu denken, hatte sie doch den Wunsch, es werde irgend etwas geschehen, das die Geburt des Kindes verhinderte. Auf jeden Fall, beschloß sie, würde sie Alexander vorläufig nichts erzählen. Nach ihren Berechnungen mußte das Baby im September zur Welt kommen. Es würde also noch einige Zeit dauern, bis man es ihr ansah. So lange wenigstens hatte sie völlige Entscheidungsfreiheit und konnte vielleicht einen Ausweg finden.

Nachdem der erste Schock überwunden war, lief das Leben wieder normal weiter. Alexander ging Tag für Tag zum Hafen, und Helena wartete auf ihn. Sie kaufte ein, kochte, bemühte sich, die beiden Zimmer blitzsauber zu halten, und schwatzte hin und wieder mit den Nachbarn, doch füllte dies ihre Zeit nicht aus. Wenn Alexander da war, dann war sie glücklich über die Stille um sie. Dann fühlte sie sich auf einer kleinen Insel, weit, weit fort von allen Menschen, versunken in die Seligkeit, mit ihm vereint zu sein.

Die Tage ohne ihn waren lang und einsam. Helena spielte immer häufiger mit dem Gedanken, sich auch eine Arbeit zu suchen, doch scheiterte dies jedesmal an der Frage, was sie eigentlich konnte. Sie hatte in ihrer Jugend Französisch und etwas Latein gelernt, außerdem Klavierspielen, Tanzen, Reiten und Zeichnen. Schon bei den Handarbeiten hatte sie ziemlich versagt, auch kochen konnte sie nur mäßig. Eine Stellung als Hausmädchen oder Kammerzofe kam kaum in Frage, außerdem nahm man da nur unverheiratete Frauen. In einem Gasthaus als Küchenhilfe arbeiten? Helena wurde übel, wenn sie nur daran dachte. Ach, wenn sie doch noch ihr schönes großes Haus in der Drury Lane besäße, dann könnte sie dort ein paar Zimmer vermieten!

Eine kurze Abwechslung gab es, als eines Tages Mrs. Maggett bei Helena erschien und ihr zwei Briefe gab, die für sie noch unter der alten Adresse eingetroffen waren. Der eine war von Elizabeth aus Yorkshire, der andere von Emerald.

Elizabeth schrieb, sie sei wohlbehalten bei Alan eingetroffen und dort sehr warmherzig aufgenommen worden. Sie habe sich schon gut eingelebt und verstehe sich wunderbar mit Amalia, Alans reizender Frau. Außerdem lebten auf Woodlark Park nun noch Alans Schwiegereltern Lord und Lady Olney, Amalias Schwester Louisa mit ihrem Mann und zwei alte Cousinen von Lady Olney. «Sie sind alle wunderbar», ging der Brief weiter, «fröhlich und humorvoll und sehr großzügig. Und Alan und Amalia lieben einander so sehr. Ich bin glücklich hier, bist Du es auch in London?»

Helena ließ das Blatt sinken. Elizabeth hatte die Behaglichkeit und Wärme eines alten Landsitzes und einer liebevollen Familie wiedergefunden. Beneidete sie sie darum? Der Brief berichtete weiter, daß Woodlark Park den Krieg weitgehend unbeschadet überstanden habe, da ein hoher Offizier des Parlaments in Yorkshire ein guter Freund des verstorbenen Lords Ryan gewesen sei. Im Gegensatz zu vielen anderen Freundschaften habe diese von den politischen Gegensätzen nicht zerstört werden können.

Mein Gott, dachte Helena neidisch, hätten wir nur auch so einen Freund gehabt!

Emeralds Brief klang anders als der ihrer Schwester, viel trauriger und weniger lebhaft. Sie berichtete über Francis und Cathy, denen es sehr gutgehe und die schnell Freundschaft mit Frederic geschlossen hätten. Sie tobten den ganzen Tag in den Wäldern um Kensborough Park, und nur anfangs habe Cathy manchmal abends nach ihrer Mutter geweint. Sonst seien sie sehr fröhlich und wild.

«Nur ich werde wohl nie wieder glücklich sein», schrieb Emerald, «o Helena, ich fühle mich so alt und krank und hilflos, dabei bin ich erst 25 Jahre alt. Wollt Ihr beide, Du und Alexander, nicht einmal wieder hierher kommen? Euer Besuch war so wunderschön für mich ...»

Helena seufzte etwas. Sie wäre auch gern zu Emerald gefahren oder zu Elizabeth und Alan, aber Alexander konnte es sich nicht leisten, auch nur einen Tag seiner Arbeit fernzubleiben, sonst hätte er sie verloren. Und ohne ihn zu verreisen kam gar nicht in Frage!

Denn wenn er bei ihr war, fühlte sie sich glücklich. Mit ihm zusammen vermochte sie die düstere Wohnung zu vergessen, ihr karges Leben, die entsetzlichen Verluste der Vergangenheit und die zahllosen dunklen Bedrohungen der Zukunft.

Selbst der Königsmord, so grauenvoll er gewesen war, trat vor dem Glück Helenas zurück. Auch alle anderen politischen Ereignisse berührten sie kaum, solange sie sie nicht direkt bedrohten. Königtum und House of Lords waren inzwischen abgeschafft und England ganz offiziell zur Republik geworden. Alle politischen Angelegenheiten wurden von einem Staatsrat erledigt, der aus 41 Mitgliedern, darunter der Earl of Salisbury, Oliver Cromwell und John Bradshaw, bestand. Staatssekretär wurde der Dichter John Milton, der während des Bürgerkriegs leidenschaftlich die Volkssouveränität gepredigt hatte.

Doch die neue Regierung war voller Unsicherheit. Der Aufschrei des englischen Volkes bei der Hinrichtung Charles Stuarts hatte ihnen gezeigt, wie schwankend ihre Macht war. So war es eine natürliche Folge, daß die Staatsgewalt schärfer denn je gegen jeden vorging, der in Verdacht stand, in irgendeiner Weise gegen das Regime zu operieren. Ein Flugblatt, ein unüberlegtes Wort konnte Gefängnis bedeuten. Unzählige Menschen wurden verhaftet, viele hingerichtet. Ein vollkommen organisierter Spitzeldienst erstreckte seinen Terror über das ganze Land, machte die Menschen ängstlich und mißtrauisch, säte Scheu und Argwohn. Falsche Denunzierungen waren ebenso an der Tagesordnung wie überstürzte Fluchten ins Ausland.

Doch für Helena spielte dies alles keine Rolle. Sie glaubte sich endlich sicher vor allen Feinden und Verfolgern und dachte überhaupt nicht daran, wie rasch sich das ändern konnte.

Es war schon gegen Ende April, als Helena Veränderungen in Alexanders Verhalten bemerkte. Er begann, Abend für Abend später nach Hause zu kommen. Es waren keine leichten Verspätungen, sondern es handelte sich immer um Stunden, manchmal um eine oder zwei, oft auch mehr. Er erklärte, es gebe soviel zu tun auf der Werft, und er könne auf diese Weise mehr Geld verdienen. Helena glaubte ihm, doch immer wenn er wieder besonders spät kam, wurde sie von Unruhe und Angst gepackt, lief von einem Fenster zum andern und starrte auf die schwarzen Straßen. In solchen Minuten erwachte ein tiefes Mißtrauen in ihr, dessen sie sich sehr schämte. Aber konnte er wirklich so lange arbeiten? Wenn nicht, was, um alles in der Welt, tat er dann? Sie wußte, daß viele Männer nach der Arbeit durch unzählige Wirtshäuser zogen und sich so lange mit billigem Alkohol betranken, bis keine Faser ihrer Körper mehr nüchtern war, eine Tatsache, die in der großen Stadt London selbst die Puritaner nicht verhindern konnten. Doch Alexander war niemals betrunken, wenn er nach Hause kam, und er roch auch nicht, wie Helena heimlich feststellte, nach fremdem Parfum. Ihr Argwohn war ganz grundlos, sagte sie sich immer wieder, und so stellte sie auch keine Fragen, sondern tat, als sei alles ganz normal. Bis zu jenem Sonntag, an dem sie endgültig bemerkte, daß etwas Unheimliches im Gange war. Sie hatten lange geschlafen und wollten eben aufstehen, als jemand an die Wohnungstür klopfte.

«Du lieber Himmel!» rief Helena erschrocken. «Wer kann denn das jetzt sein?»

«Ich mache auf, Liebling.»

Alexander verschwand in das andere Zimmer. Helena spitzte angestrengt ihre Ohren, konnte aber außer einer undeutlichen Männerstimme nichts hören. Sie verspürte mit einemmal eine unerklärliche Angst.

Alexander kam bald zurück, einen weißen Brief in der Hand. Sein Gesicht war ernst. «Helena, es tut mir wirklich leid», sagte er, «aber ich muß sofort weg.»

«Warum mußt du weg?» fragte Helena erschrocken. «Und wohin?»

«Ich treffe mich mit einigen Leuten», entgegnete Alexander. Er wies auf den Brief. «Man brachte mir gerade die Nachricht, daß ich gleich kommen muß. Bitte, frag nicht weiter, du solltest davon überhaupt nichts wissen.»

«Alexander! Wer sind diese Leute?»

«Helena, bitte! Es sind Freunde von früher. Es ist eine Angelegenheit ... nein, je weniger du weißt, desto besser.»

«Um Gottes willen!» rief Helena. «Was für eine Angelegenheit?» Sie sprang mit einem Satz aus dem Bett, aber gleich darauf wurde ihr entsetzlich schwindlig.

Alexander konnte sie in letzter Sekunde auffangen, bevor sie zu Boden fiel. In seinen Armen lehnend begann sie haltlos zu schluchzen.

«Sag mir, wo du hingehst?» stieß sie hervor. «Sag es mir sofort!»

«Liebste Helena, reg dich doch bitte nicht so auf. Du bist ja ganz weiß. Oh, bitte, hör doch auf zu weinen», bat Alexander hilflos.

Helena schluchzte krampfhaft. «Gehst du zu diesen Leuten auch, wenn du abends angeblich noch arbeitest?» fragte sie.

Alexander nickte. «Ich wollte dich nicht belügen», sagte er, «aber es schien mir einfacher so. Es ist für uns alle viel sicherer, wenn du nicht weißt, worum es geht. Deshalb frag mich bitte nicht weiter, sondern vertraue mir, wenn ich dir sage, daß alles in Ordnung ist und ich sehr gut aufpasse.»

«Du arbeitest gegen die Regierung, nicht wahr?»

Alexander küßte ihren Mund. «Ich komme bald wieder», versprach er, «weine jetzt nicht mehr. Zieh dich an oder geh ins Bett zurück, sonst erkältest du dich.»

Er löste sie sanft aus seinen Armen, griff nach seinem Umhang und verließ mit raschen Schritten die Wohnung. Helena sah ihm wie erstarrt nach, dann warf sie sich mit einer schnellen Bewegung auf ihr Bett, bohrte den Kopf tief in die Kissen und begann hemmungslos zu schluchzen. Sie weinte so sehr, daß es ihren ganzen Körper schüttelte und daß alles um sie herum naß wurde. Nun war alles aus! Man wußte doch, was mit denen, die gegen die neue Regierung waren, geschah! Hatte es jemals so eine Verhaftungs- und Hinrichtungswelle gegeben wie jetzt? Und sie würden auch Alexander erwischen, so wie sie jeden erwischten, und dann verlor sie ihn, nachdem sie beide den Krieg und alle Tücken des Schicksals überstanden hatten.

Sie blieb den ganzen Tag im Bett und weinte, bis sie schließlich erschöpft einschlief.

Sie erwachte davon, daß eine Hand ihre Wange berührte. Es war schon ganz dunkel im Zimmer, und nur schattenhaft erkannte sie Alexander, der sich über sie beugte.

«Alexander!» Sie fuhr auf und schlang ihre Arme um seinen Hals. «Alexander, o liebster Alexander, ich hatte solche Angst!»

«Pst, Kleines. Nicht so laut. Warum hattest du Angst?»

«Weil du etwas entsetzlich Gefährliches tust. Ach, Alexander, ich bin doch nicht dumm, ich weiß doch, was los ist. Du hast dich irgendeiner dieser zahllosen Widerstandsgruppen angeschlossen, die es jetzt überall gibt. Aber weißt du, was geschieht, wenn sie euch entdecken? Ihr werdet alle hingerichtet!»

«Helena, du …» Alexander unterbrach sich und sah sie genauer an. «Hast du geweint?» fragte er.

Sie nickte. Er zog sie näher an sich und strich ihr über die wirren Haare.

«Meine arme Helena», sagte er leise, «es war ein Schock für dich heute früh. Ich wünschte, ich hätte es dir schonender beibringen können.»

«Es wäre immer dasselbe gewesen. Ich kann nicht verstehen, warum du das tust!»

«Helena, diese Leute, die jetzt an der Macht sind, haben den König hingerichtet. Sie unterdrücken das Volk und regieren mit Grausamkeit. Wir können das nicht hinnehmen!»

«Aber du hast schon so viel getan! Du hast für den König viele Jahre gekämpft und dein Leben riskiert. Du warst außerdem einer der Hauptbeteiligten bei dem Aufstand in Cornwall. Jetzt sind wir endlich in Sicherheit, wenn wir auch arm sind. Und nun willst du das wieder aufs Spiel setzen?»

«Wir sind nicht in Sicherheit, denn wir sind unfrei, unserer Rechte beraubt. Ich kann nicht aufhören, mich und mein Volk zu verteidigen. Die Freiheit sollte immer unser höchstes Ideal sein, und dann ist ihre Verteidigung eine Pflicht.»

Helena setzte sich auf und griff nach seiner Hand. «Und ich?» fragte sie atemlos. «Denkst du daran, was aus mir wird, wenn du stirbst? Wie allein ich dann bin? Oder steht die Freiheit so weit über mir, daß nur sie für dich zählt?»

«Helena», sagte Alexander sanft, «weil ich dich so liebe, gewinnt die Freiheit einen ungeheuren Wert. Denn nun verteidige ich sie nicht nur für mich, sondern auch für den Menschen, den ich am meisten auf dieser Erde liebe.»

Helena hörte ihm kaum zu, sie begriff von dem, was er sagte, nur, daß er nicht aufhören würde zu kämpfen, sosehr sie auch flehte. Wut und Verzweiflung überkamen sie.

«O Alexander, du darfst nicht!» schrie sie auf einmal. «Du darfst nicht, hörst du? Nicht jetzt, Alexander, nicht jetzt, nur jetzt laß mich nicht im Stich!»

«Warum? Was meinst du?»

«Ich meine ... ich meine ...» Sie schnappte ein paarmal nach Luft. «Ich ... ich kriege ein Kind, das ist es!»

In seinem erstaunten Gesicht las sie einen Ausdruck des Zweifels, und das machte sie noch wütender.

«Du glaubst mir nicht!» fauchte sie ihn an. «Du denkst, ich erzähle dir das nur, um dich umzustimmen. Aber, bei Gott, es ist wahr, und du wirst dich mit dieser Tatsache abfinden müssen!» Mit zitternden Händen zündete sie die Kerze auf ihrem Nachttisch an, so daß das Zimmer erhellt wurde. Sie stieg aus dem Bett und zerrte ihr weites Nachthemd eng um den Körper. Die Wölbung ihres Leibes war unübersehbar. Mit leisem Triumph in der Stimme sagte sie: «Na?»

Alexander blickte sie fassungslos an. «Du lieber Himmel», sagte er, «im wievielten Monat bist du denn?»

«Fast im fünften.»

«Warum hast du denn nie etwas gesagt?»

«Ach, weil ...» Helena zögerte, dann sagte sie: «Weil ich das verflixte Baby nicht haben wollte.»

Alexander schüttelte irritiert den Kopf. «Warum willst du kein Baby?» fragte er.

«Ach, es geht doch nicht», antwortete Helena, «wir leben so eng hier und haben so wenig Geld – und dann noch ein Wesen, das ernährt werden will. Ich finde es einfach im Moment ... fast verantwortungslos, und wenn ich nur ein sicheres Mittel gewußt hätte ...»

«Ich wußte nichts von deiner ... Abneigung», sagte Alexander, «ich dachte, du wünschtest dir ein Kind!» Er blickte sie an, dann stand er plötzlich auf und umarmte sie. «Liebling», sagte er zärtlich, «du hast mir diese Neuigkeit so sonderbar mitgeteilt, daß ich gar nicht dazu kam, dir dafür zu danken. Denn siehst du, *ich* möchte unser Baby, und es ist mir ganz gleich, ob wir viel Platz hier haben oder wenig und ob unser Geld noch knapper wird. Das spielt alles keine Rolle!»

Helena machte sich aus seiner Umarmung frei und wich einen Schritt zurück. «Aber für mich spielt es eine Rolle», stieß sie hervor, «für mich spielt es eine ganz schrecklich wichtige Rolle. Nicht der Platz und nicht das Geld – zum Teufel damit! Aber dich will ich, und zwar ganz und völlig, für immer und ewig, nur dich allein, und ich will dich mit niemandem teilen, auch nicht mit diesem Kind. Du gehörst nur mir, Alexander, weil ich dich liebe, weil ich dich so schrecklich liebe, daß ich nichts bin ohne dich!» In ihrer Stimme schwang ein Schluchzen, ihre Augen begannen zu glänzen. «Alexander, ich liebe dich», fuhr sie wirr fort, «und ich brauche dich doch. Du darfst dich nicht in Gefahr begeben, denn dann tötest du auch mich. Ich liebe dich so, Alexander, um Himmels willen, ich liebe dich so sehr!» Die Tränen liefen ihr über die Wangen, ohne daß sie es merkte.

Alexander sah hilflos und unglücklich aus. «Ich kann jetzt nicht aufhören», sagte er eindringlich, «diese Sache ist so wichtig, und wir brauchen jeden einzelnen. Auch die anderen Männer haben Familien, und sie tun es dennoch. Ich kann mich jetzt nicht zurückziehen, und ich will es auch nicht!»

Helena stöhnte fast unmerklich auf, ihre Hände ballten sich zu Fäusten. Verschwommen nahte ihr die Erkenntnis, daß Alexander sie niemals, keine Sekunde lang, mit derselben rückhaltlosen Hingabe geliebt hatte wie sie ihn. Immer, immer gab es etwas anderes daneben für ihn, das ihn anzog und seine Leidenschaft weckte. Auch jetzt sprach er von der Freiheit und seiner Pflicht ihr gegenüber und seinem Willen, alle Kraft für sie einzusetzen. Sie aber stand unausweichlich vor der Erkenntnis, ihn immer geteilt zu haben. Und doch, in dem Moment, da sie dies begriff, meinte sie trotz allen Schmerzes, ihn niemals heftiger und verlangender geliebt zu haben. Sie wußte mit einemmal, daß sie dies alles immer geahnt hatte und daß es gerade das war, was sie von Anbeginn so sehr an ihn gefesselt hatte.

Sie bemerkte, daß er sie besorgt musterte, und wagte ein leichtes Lächeln. Auch er lächelte befreit.

«Gott sei Dank», sagte er, «ich fürchtete schon, wir bekämen gleich einen fürchterlichen Streit.»

Helena schlüpfte ins Bett zurück und zog die Decke um sich.

«Dann laß uns jetzt schlafen.»

Sie beugte sich über die Kerze und blies die Flamme aus. Im Halbdunkel konnte sie seine raschen, leichten Bewegungen beobachten. Als er sich neben sie legte, kuschelte sie sich eng an ihn, und schon halb im Einschlafen dachte sie fast unbewußt: Lieber Gott, was immer du mir antun magst, bitte, bitte, nimm mir ihn nicht, nimm mir alles, was du willst, aber nicht ihn!

Obwohl Alexander sich weigerte, Helena das Versteck zu verraten, in dem er sich mit seinen Freunden traf, fand sie es dennoch heraus, indem sie etwas tat, das sie eigentlich verabscheute: sie spionierte ihm nach.

Als er an einem sonnigen Mainachmittag die Wohnung verließ, folgte sie ihm heimlich und sah, wo er hinging. Dann drehte sie sich auf dem Absatz herum und lief nach Hause zurück, wobei sie sich möglichst genau den Weg einprägte.

Ich weiß zwar nicht, ob das richtig war, dachte sie unbehaglich, aber ich habe das Gefühl, es könnte mir noch einmal nützen!

Die Wochen vergingen. Alexander war häufig fort, aber um so mehr lebte Helena von den Stunden ihres Beisammenseins. Immer wieder wurde sie von Ängsten um ihn gequält, immer wieder brauchte sie ihre ganze Willenskraft, um die entsetzlichen Gedanken zu verscheuchen. Es war an einem Abend, schon in der zweiten Maihälfte, Alexander war fort, Helena saß im Wohnzimmer und bestickte eine Decke für ihr Baby. Es war bereits stockfinster draußen, der Regen rauschte wie eine einzige undurchdringliche Mauer vom Himmel, und ab und zu war aus der Ferne Donner zu vernehmen. Helena fühlte sich angenehm müde und entspannt. Es war schwül gewesen den ganzen Tag über, und nun brachte der Regen wohltuende Erleichterung.

Alexander mußte wohl bald kommen. Es war schon sehr spät und sie war so schläfrig! Doch sie mußte wach bleiben, bis er kam, sonst konnte sie ihm nicht öffnen. Und den Riegel unverschlossen zu lassen, wagte sie nicht.

Sie war schon im Begriff, gänzlich einzuschlummern, als lautes, wildes Klopfen an der Tür sie aufschreckte. Sie fuhr hoch und dachte erleichtert: Endlich! Doch im selben Moment durchzuckte sie ein Gefühl der Angst. Warum pochte er so heftig, so drängend?

Sie stolperte zur Tür, riß sie weit auf, bereits ein willkommenheißendes Lächeln auf den Lippen – und erstarrte.

Vor ihr stand Sir Robin Arnothy!

12

Er war so nass wie ein Mensch nur sein konnte. Das Wasser tropfte ihm aus seinem Hut, aus den Haaren, dem Mantel, von den Stiefeln, den Handschuhen, sogar von den Wimpern, aber es war unverkennbar derselbe Sir Robin, den Helena zuletzt vor acht Jahren gesehen hatte. Doch glich er jetzt weniger dem kecken, unverfrorenen Straßenräuber von damals, vielmehr trug sein dunkles Gesicht, dem man immer seine enorme Vorliebe für Wein und Frauen ansah, den Ausdruck gespanntester Entschlossenheit.

Helena starrte ihn entgeistert an, er musterte sie mit einem raschen, abschätzenden Blick, den er wohl ganz routiniert auf jede Frau anwandte. Er schüttelte sich ein wenig, wie eine nasse Katze, dann schob er sich mit einer raschen Bewegung an Helena vorbei in die Wohnung und schloß die Tür. Helena erwachte aus ihrer Betäubung.

«Was wollen Sie hier?» fuhr sie ihn an.

Arnothy machte eine beschwörende Geste. «Pst», flüsterte er, «es darf niemand wissen, daß ich hier bin.» Er vergewisserte sich, daß die Tür zu war, und wandte sich dann wieder an Helena. «Wo ist Ihr Mann?» fragte er ohne Umschweife.

«Was?»

«Sie sind doch inzwischen Mrs. Tate, nicht? Nun, wo ist Oberst Tate?»

Helena war es, als werde ihre Kehle langsam zugeschnürt. Verzweifelt versuchte sie zu schlucken, doch ihr Hals war ganz trocken und die Zunge fühlte sich dick und geschwollen an. O Gott im Himmel, was wußte er? Und was wollte er?

Arnothy bemerkte ihr Entsetzen. «Hören Sie», sagte er, «ich weiß, daß Sie mich für einen elenden Schurken halten, und vielleicht bin ich das auch, und ich werde mich bestimmt später mit Ihnen darüber auseinandersetzen. Aber im Augenblick stehe ich auf Ihrer Seite und muß unbedingt wissen, wo Ihr Mann ist.»

«Warum?»

«Weil er in Gefahr ist. Die Sache ist verraten, und er muß gewarnt werden.»

«Verraten?»

«Um Himmels willen», sagte Arnothy, «versuchen Sie nicht, Zeit zu gewinnen! Wo ist er? Vertrauen Sie mir bitte», bat er sanft, «ich schwöre Ihnen, daß ich zu derselben Widerstandsbewegung gehöre wie Oberst Tate auch.»

Hinter Helenas Stirn jagten sich die Gedanken. Was sollte sie denn bloß tun? Alexander schwebte womöglich wirklich in höchster Gefahr, und sie konnte ihn retten, wenn sie Robin Arnothy den Weg wies. Aber wer sagte ihr, daß das wahr war? Da stand dieser schwarzlockige, braungebrannte Mann, von dem sie niemals etwas anderes als Schlechtes gehört hatte, der auf sonderbare Weise wieder und wieder ihr Leben kreuzte. Ein rücksichtsloser, unbedenklicher Lebemann, der damals zwar auf der Seite des Königs gewesen war, der aber längst zur anderen Partei gewechselt haben konnte, wenn es ihm Geld und andere Vorteile brachte.

Sie stöhnte auf. Sie konnte nicht, sie konnte nicht. Von ihrer Entscheidung hing Alexanders Leben ab, und das auf sich zu nehmen ging über ihre Kräfte. Niemals zuvor war ihr etwas so schmerzhaft grausam und so unwirklich zugleich vorgekommen wie diese Szene an dem regnerischen Maiabend in der dunklen Wohnung.

«Ich kann nicht», flüsterte sie.

Robin machte einen Schritt vorwärts und wollte seine Hand auf ihren Arm legen, doch sie wich zurück. Er biß die Lippen zusammen, dann sagte er leise, aber deutlich: «Mrs. Tate, mit jeder Sekunde, die Sie zögern, gefährden Sie nicht nur das Leben Ihres Mannes, sondern auch das eines Dutzend Männer mehr. Sie sagen mir jetzt den Weg zu dem Versteck oder, so leid es mir tut, die nächsten Minuten werden verdammt unangenehm für Sie!»

«Etwas in seiner Stimme klang sonderbar ehrlich. Helena wußte nicht, was es war und fragte nur:

«Warum sind Sie zu mir gekommen und nicht zu einer der anderen Frauen?»

«Weil Sie mich kennen», erwiderte er ruhig.

Aber ... wollte sie sagen, doch sie stockte, denn in diesem Moment begriff sie, was ihr zunächst widersprüchlich vorgekommen war. Und sie verstand, was sie vorhin an seiner Stimme hatte stutzen lassen. Sie kannte ihn! Und darauf baute er. Denn sie, die immer wieder mit seinen Schurkereien konfrontiert worden war, sie wußte, daß er gewissenlos, rücksichtslos und dabei aufrichtig bis ins Mark war. Skrupellos lachend stand er zu allen seinen Taten; ob er eine Kutsche ausraubte, seine zahllosen Geliebten miteinander betrog oder ein schwangeres Mädchen vor die Tür setzte – er tat es mit unbarmherziger Offenheit.

Ein lang geplanter, mit raffinierter Verstellungskunst ausgeführter Betrug lag nicht in seiner Art, war ihm wahrscheinlich sogar zuwider. Helena schlang sich ein Tuch um die Haare. «Kommen Sie», sagte sie.

Als hätte er nichts anderes erwartet, öffnete Robin die Tür, ließ Helena hinausgehen und folgte ihr lautlos. So leise sie konnten liefen sie die knarrenden Treppen hinunter, schlichen an den Wohnungen der Nachbarn vorüber und schlüpften auf die Straße. Es regnete noch immer ohne Unterlaß, und in den Rinnen hörte man das Wasser gurgeln und rauschen. Helena schauerte.

«Rasch!» drängte Robin. «In welche Richtung?»

«Hier lang.»

Robin rannte beinahe, Helena konnte kaum mithalten. Ihr Körper war schon recht schwerfällig und sie geriet leicht in Atemnot. Robin merkte es.

«Sie bekommen ein Baby, nicht wahr?» sagte er ohne Verlegenheit. «Wollen Sie mir nicht den Weg beschreiben und Sie gehen zurück?»

«Das geht nicht», erwiderte Helena, «ich weiß den Weg nämlich nicht so genau. Ich kann nur versuchen, ihn an bestimmten Häusern, die ich mir gemerkt habe, zu finden.»

«Können Sie es durchhalten?»

«Natürlich. Es ist alles in Ordnung.»

Die Angst verlieh ihr ungeahnte Kräfte. Sie rannte immer schneller, obwohl ihr Atem rasselte, ihre Brust schmerzte und ihre Seiten wie tausend Nadeln stachen. Die Begierde, sich fallen zu lassen und die grausam angetriebenen Lungen auszuruhen, wurde immer stärker. Und zum erstenmal verspürte Helena nun auch eine leise Furcht, wenn sie an ihr Baby dachte. Sie hatte immer gewünscht, es möge etwas eintreten, was die Geburt dieses Kindes verhinderte, und jetzt, da die Gefahr wirklich bestand, erwachte zu ihrem Erstaunen ein mütterlicher Instinkt in ihr, der sie bewog, das ungeborene Leben schützen zu wollen.

Aber stärker als beides, als Schmerzen und Furcht, war die Angst um Alexander. Sie trieb sie vorwärts gegen Regen und Sturm, gegen Dunkelheit und Ohnmacht. Eine namenlose Angst war es, die sie wie ein schwerer Nebel umgab und sie fast zu ersticken drohte. Es durfte nicht zu spät sein, lieber Gott, es durfte nicht zu spät sein! Wirre Gedankenfetzen jagten ihr durch den Kopf, und immer wieder der hämmernde Satz: Es war zu kurz! Wir haben so entsetzlich wenig Zeit gehabt. Viel zuwenig Zeit! Ach, Alexander, liebster Alexander ...

«Ist es noch weit?» fragte Robin neben ihr.

Helena blieb einen kurzen Moment stehen und sah sich um. Bei Dunkelheit schien alles so gleich! Doch sie mußte auf dem richtigen Weg sein, diese Häuser kamen ihr bekannt vor.

«Wir sind gleich da», keuchte sie.

Robin musterte sie besorgt. «Schaffen Sie's noch?»

«Ja, ja.»

Schließlich war das Haus erreicht, dunkel und schweigend, wie schlafend, stand es im unermüdlich herabströmenden Regen. Helena erkannte es sofort wieder. Sie lehnte sich schwer gegen Robin und rang nach Luft.

«Dort ... dort ist es», brachte sie mühsam hervor.

«In Ordnung.» Robin zog sein Schwert. «Sie gehen jetzt zurück», befahl er, «aber schön langsam und unauffällig. Zu Hause verstecken Sie Ihre nassen Kleider und trocknen irgendwie Ihr Haar. Niemand soll erfahren, daß Sie heute nacht draußen waren!»

Ohne eine Antwort abzuwarten, und ohne sich zu vergewissern, ob sie seine Anordnung befolgte, schlich er rasch im Schatten der Häuser über die Straße. Helena blieb einen Moment stehen, verwirrt durch die Tatsache, daß Robin tatsächlich glaubte, sie werde jetzt fortgehen. Sie beobachtete, wie er an die Haustür klopfte und kurz darauf eingelassen wurde. Dann lief sie hinter ihm her, wobei sie versuchte, ihren Atem ein wenig unter Kontrolle zu bringen. Sie mußte wissen, was dort in dem Haus vor sich ging und ob mit Alexander alles in Ordnung war. Es sah alles so ruhig aus, nichts als das gleichmäßige Plätschern des Regens war zu hören und doch schien etwas Bedrohliches in der schwarzen Dunkelheit zu lauern, was ebenso auf Einbildung wie auf sicheren Instinkt zurückzuführen sein konnte. Noch immer war kein Licht hinter den geschlossenen Vorhängen zu sehen, aber vielleicht befanden sich die Männer im Keller oder in einem der nach hinten gelegenen Räume.

Vorsichtig betätigte Helena den Türklopfer. Als sich nichts rührte, klopfte sie noch einmal, diesmal lauter. Es mußte jemand da sein, denn Robin war auch hineingelassen worden, aber womöglich gab es ein Losungswort, das sich nicht kannte. Sie wollte schon aufgeben, da wurde plötzlich mit einem Ruck die Tür aufgerissen, eine Hand packte sie rauh, kaltes Eisen blitzte an ihrem Hals und eine Männerstimme zischte: «Keinen Ton!»

Sie wurde grob hineingezerrt und stieß dabei mit dem Kopf an einen Balken, so daß ihr ein leiser Ausruf des Schmerzes entfuhr. Sofort ließ der Mann sie los, hob eine Laterne und leuchtete ihr ins Gesicht.

«Allmächtiger!» stieß er hervor. «Eine Frau! Wer sind Sie?»

Helena blinzelte geblendet in das helle Licht und erkannte einen großen, schlanken Mann mit unrasierten Wangen und ungekämmten Haaren. Sie glaubte, dieses Gesicht schon einmal gesehen zu haben. Ihr Handgelenk reibend, das noch immer von dem harten Griff brannte, antwortete sie: «Ich bin Mrs. Tate. Ich will zu meinem Mann.»

«Zu Oberst Tate?»

«Ja. Ich habe Sir Robin hergeführt. Er sagte, Sie seien in Gefahr!»

«Kommen Sie.»

Er ging vor ihr her eine steinerne Treppe hinauf, die in mehreren Windungen in den ersten Stock führte. Aus einer der Türen drangen Stimmen. Helena erkannte als Sprecher Sir Robin.

Sie vergaß jede Selbstbeherrschung und stürzte an ihrem verdutzten Führer vorbei, riß die Tür auf und blieb, vor Aufregung bebend, auf der Schwelle stehen.

«Alexander!»

Alle Köpfe flogen herum. Es befanden sich sieben Männer im Raum, einschließlich Sir Robin, der am Kamin stand.

«Sind Sie immer noch da?» fuhr er sie heftig an, im selben Moment, da Alexander fassungslos «Helena!» hervorstieß.

«Wer ist diese Dame?» fragte ein anderer scharf.

«Meine Frau», erwiderte Alexander. Er ging ein paar Schritte auf sie zu. «Ich verstehe nicht ...» begann er.

Robin seufzte. «Ich muß das erklären», unterbrach er, «es war Mrs. Tate, die mich hierherführte. Ich wußte ja nicht, wo das Versteck lag, mußte aber unbedingt herkommen. Natürlich habe ich sie dann nach Hause geschickt, aber ... ganz die liebevolle Gattin mußte sie wohl bleiben», setzte er mit einem Anflug seines alten Spotts hinzu.

«Meine Frau hat Sie hierher geführt?» fragte Alexander ungläubig. «Sie wußte doch gar nicht, wo wir sind!»

Helena wagte nicht, ihn anzublicken. «Doch», sagte sie leise, «ich wußte es. Ich bin dir einmal heimlich gefolgt.»

«Was?»

«Oh, bitte, sei mir nicht böse! Ich mußte einfach wissen, wo du bist! Und siehst du, es war gut ...»

«Du hast dich in große Gefahr gebracht, Helena», sagte Alexander zornig, «ganz abgesehen davon ist ...»

«Für derlei Dinge ist jetzt keine Zeit», unterbrach ein anderer Herr ungeduldig. «Wenn es stimmt, was Arnothy gesagt hat, dann müssen wir so schnell wie möglich von hier verschwinden!»

Alexander, der immer noch an Helenas Verhalten dachte, riß sich zusammen.

«Sie haben recht», stimmte er zu, «wir müssen weg. Ich schlage vor, wir nehmen den hinteren Ausgang, denn es ist nicht auszuschließen, daß vorn bereits Soldaten sind.»

«Immerhin konnten Sir Robin und Mrs. Tate ungehindert in das Haus gelangen», meinte ein anderer.

Alexander schüttelte den Kopf. «Das kann ein Trick sein. Nein, wir versuchen, über den Hof zu entkommen. Falls wir dennoch angegriffen werden ...»

«... verteidigen wir uns bis zum letzten Blutstropfen», vollendete Oberst Flames, der Mann, der Helena hereingelassen hatte.

Alexander warf einen besorgten Blick auf Helena.

«Ihr werden sie nichts tun», sagte Flames, der diesem Blick gefolgt war, «wenn sie sich ruhig verhält.»

«Verdammt», knurrte Alexander, «Helena, du bleibst dicht hinter mir. Wenn es zum Kampf kommen sollte, ziehst du dich aber zurück.»

Helena nickte, sprechen konnte sie nicht. In ihren weitaufgerissenen Augen flackerte die Angst.

Alexander zog sie kurz an sich. «Es wird alles gutgehen», flüsterte er.

«Folgen Sie mir», kommandierte Flames. Gleichzeitig war aus dem Erdgeschoß ein ohrenbetäubendes Krachen zu hören, direkt darauf wildes Geschrei und Fußgetrappel.

«Sie sind ins Haus eingedrungen!» brüllte Alexander. Blitzschnell zog er, wie die anderen auch, sein Schwert und stieß Helena von sich. «Geh dort hinten hin und rühr dich nicht vom Fleck!»

«Aber ...»

«Tu, was ich dir sage!» fuhr er sie an.

Helena wich zurück, bis sie an einen Schrank stieß, dessen Türgriffe sie fest umklammerte. Schon stürzten zwei Dutzend schwerbewaffnete Milizsoldaten in das Zimmer. Ohne eine einzige Sekunde zu zögern, gingen sie auf die Aufständischen los, die sich tapfer verteidigten. Im Nu war der Raum erfüllt von dem häßlichen Klirren der aufeinanderschlagenden Schwerter und den Schreien der Verwundeten. Helena, die noch nie einen Kampf aus der Nähe verfolgt hatte, begann am ganzen Körper zu zittern. Der Schweiß brach ihr aus allen Poren, während ihre Lippen kalt und trocken wurden. Mit letzter Kraft hielt sie sich an den Türgriffen fest, um nicht zu Boden zu sinken.

Alexander kämpfte wie ein wütender Löwe. Er konnte hervorragend mit dem Schwert umgehen und wehrte Stöße ab, die andere niedergezwungen hätten. Drei Soldaten lagen, von ihm tödlich getroffen, auf dem Boden, ein anderer taumelte schwerverletzt und offenbar halb irr vor Schmerzen gegen die Wand.

Aber auch unter den eigenen Leuten gab es bereits zwei Tote und einen Leichtverletzten, der sich noch mit verbissener Kraft gegen seinen Feind wehrte, aber seine Lage war hoffnungslos und die seiner Freunde auch. Die anderen waren zahlenmäßig so weit überlegen, daß es keine Chance gab, den Kampf zu gewinnen.

Helena gewahrte plötzlich Robin Arnothy, der in einer unbeobachteten Minute blitzschnell eines der Fenster öffnete, sich gewandt auf das Sims schwang und absprang. Es ging so rasch, daß niemand von den Kämpfenden etwas bemerkt hatte.

Feigling, dachte Helena kurz voller Abscheu, doch im nächsten Moment schon: Warum tut Alexander nur so etwas nicht? Es ist doch so sinnlos, tapfer zu sein!

Als sie sich umdrehte und Alexander suchte, sah sie, wie ein Soldat ihn mit dem Schwert direkt über dem Herzen traf. Alexander taumelte und stürzte, das Schwert entglitt seiner Hand.

Helena war es, als schwanke die Welt um sie. Sie wollte aufstehen, aber alle Kraft hatte sie verlassen. In ihren Ohren toste es und im Bauch fühlte sie heftige, krampfartige Schmerzen. Ihre Zähne schlugen aufeinander, ihr Mund öffnete sich.

«Alexander!» Es war nur ein krächzender Laut.

Alexander hob langsam und schwer den Kopf. Sein Blick suchte etwas, aber nicht sie. Er blieb an dem Gesicht des Mannes hängen, der ihn getroffen hatte.

O Gott, was geschah mit ihr? Diese Schmerzen, diese entsetzlichen Schmerzen im ganzen Körper! Alexander, Alexander, bleib bei mir! Verlaß mich nicht, denn ich bin nichts ohne dich! Du tötest mich, wenn du stirbst, du nur bist der einzige Sinn meines Lebens! Ich kann nicht leben ohne dich, oh, bitte, Alexander, bleib bei mir! Ich liebe dich so sehr ... ich werde sterben, wenn du mich verläßt ... Alexander, sieh mich an!

Nicht einmal jetzt, nicht einmal in der letzten Minute seines Lebens verleugnete er den Soldaten Seiner Majestät, der er immer mit ganzem Leib und ganzer Seele gewesen war. Zu seinem Widersacher sah er hin, das Gesicht ruhig und furchtlos, mit einem Zug lächelnder Ironie um den Mund. Er sagte etwas, was den anderen vor Wut erbleichen ließ. Dann fiel er zurück, ein Zucken lief durch den Körper, ein kurzer Kampf, dann schied seine Seele von dieser Welt.

13

In derselben Nacht, in der in London der Aufstand einiger Offiziere des Königs so erbarmungslos niedergeschlagen wurde, stand Emerald Countess Kensborough Stunde um Stunde an einem der Flurfenster ihres Schlosses und starrte in die Dunkelheit. Im Nordwesten Devons regnete es nicht, vielmehr war der schwarze Himmel wie schon seit Wochen klar und wolkenlos. Von ferne konnte man das Meer rauschen hören, vermischt mit dem leisen Säuseln der Baumgipfel im Wind. Der Mai war eine wunderbare Jahreszeit hier in Kensborough Park, und ihm würde ein Sommer folgen, golden und warm, wie all die Jahre zuvor. Gleichmäßig ruhig folgten die Jahreszeiten aufeinander. Fern mochte die Welt leben oder zerrinnen, hier blieb sich alles gleich und voller Frieden.

Emerald stieß ein kurzes, hartes Lachen aus. Friede, Ruhe – sie hatte das bis zum Überdruß genossen. Sie war erst 25 Jahre alt und führte das Leben einer alten Frau.

Emerald stöhnte auf wie im Fieber. Sie dachte an Robin, daran, wie das Leben mit ihm hätte sein können. Ihre Fingernägel kratzten über die Fensterscheiben. Sie hatte Wein getrunken und befand sich in einem sonderbar schwebenden Zustand, in dem abwechselnd tiefste Verzweiflung und entrückte Leichtigkeit auf sie zuflossen.

O Gott, wie sie ihre Jugendzeit zurücksehnte! Die Bälle und Ausflüge, die Aufregungen um neue Kleider, das Kokettieren mit den zahlreichen Verehrern. Und ihre erste wahre, einzige, ewige Liebe ... Robin, Robin, Robin!

Emerald wimmerte leise. Es war vorbei, für immer vorbei und verloren, unwiderruflich, für alle Zeiten. Niemals kehrten Jugend, Glück und Liebe zurück. Sie fand sich damit ab, endlich, nach endlosen Jahren.

Natürlich wußte sie, was sie tun mußte. Seit Tagen reifte der Plan in ihr heran, ungewiß noch, aber die ersten Vorbereitungen hatte sie bereits getroffen, als sie heute früh Francis und Cathy mit Molly nach Hause geschickt hatte. Was sie tun wollte, betraf einzig sie selbst, dazu Frederic und Benedict, aber niemanden sonst. So waren ihre Gäste abgereist. Als Adresse hatte Emerald die Mrs. Maggetts angegeben, obwohl sie nicht wußte, ob Helena und Alexander dort noch lebten, aber Mrs. Maggett würde wohl den neuen Wohnsitz kennen und den Reisenden weiterhelfen.

Auch die Dienstboten waren fort. Das eigentliche Gut, die Ställe und Weiden lagen abseits des Hauses, am anderen Ende des weitläufigen Parks, und dort wohnten auch die Arbeiter. Im Haus selbst lebten nur Emeralds Zofe, die Köchin und ein Diener, und diesen war für zwei Tage freigegeben worden, um Verwandte zu besuchen, ein Angebot, das von allen freudig angenommen wurde. Am späten Nachmittag waren sie gegangen, um 7 Uhr wurde Frederic zu Bett gebracht, um 8 Uhr legte sich der Earl nieder, und nun konnte man ihn durch die Tür hindurch laut schnarchen hören. Sonst gab es keinen Laut im ganzen Haus und nichts rührte sich.

Emerald trank noch ein halbes Glas Wein und wankte mit weichen Knien durch die Halle die Treppe hinauf. Mit großerAnstrengung gelangte sie in das zweite Stockwerk, wo sie sofort auf die Tür des Zimmers zuging, in dem der Earl lag, und den äußeren Riegel vorschob. Leise vor sich hin murmelnd schlurfte sie zu einer Fensternische, in der bereits ein von ihr vorbereiteter Holzspan lag, der mit einem ölgetränkten Lappen umwickelt war. Sie ergriff ihn, hielt ihn an die brennende Kerze, die sie trug, und warf ihn gegen das Treppengeländer. Das morsche, trockene Holz fing Feuer und brannte lichterloh. Emerald entzündete noch einige Pfosten und Balken. Im Nu war das ganze Treppenhaus von dichtem Qualm erfüllt, dazwischen knisterte und prasselte es in tausend Funken. In Emeralds Augen glomm ein wilder Schein, ihre ganze Seele befriedigte die zerstörende, fressende Gewalt des Feuers. Noch einmal meinte sie in dem hellen Glanz das junge Mädchen im Kreise seiner Freunde und Verehrer zu sehen, doch bereitete ihr das diesmal keinen Schmerz, vielmehr ein eigenartiges Glücksgefühl. Gebannt stand sie und starrte in das züngelnde Meer und wunderte sich, daß sich bei Benedict und Frederic noch nichts regte.

Inzwischen brannte das Treppenhaus so, daß an kein Durchkommen mehr zu denken war. Emerald sah auch, daß einer der Hauptpfosten, die das Dach stützten, jeden Moment brechen mußte, was eine Lawine von Steinen auslösen würde. Rasch griff sie Frederic, der, wachgeworden, aus dem Zimmer gelaufen kam und in all dem Rauch bereits mühselig atmete, zerrte ihn mit in das nächstgelegene Zimmer. Der Kleine wehrte sich, denn er erkannte, daß ihm Gefahr drohte, doch Emerald hielt ihn eisern umklammert.

«Komm, mein Kleiner», flüsterte sie, «wir wollen doch nicht von den Trümmern erschlagen werden. Laß uns auf den Qualm warten!»

Frederic begann zu weinen.

Plötzlich war die dünne, hohe Stimme seines Vaters hinter der Schlafzimmertür zu hören.

«Emerald!» rief er zittrig. «Emerald, so hilf mir! Hilf mir doch! Bitte, hilf mir!»

Emerald blieb einen Moment stehen, ein sanftes Lächeln breitete sich über ihr Gesicht.

«Benedict», murmelte sie, «er wird verbrennen!»

«Mutter!» weinte Frederic.

Er versuchte, sich loszureißen, aber sie zog ihn mit in eines der Zimmer. Zitternd bohrte er seinen schwarzlockigen Kopf in ihren Schoß. Emerald streichelte ihn liebevoll. Sie zuckte zusammen, als draußen der schwere Dachbalken einstürzte und Steine und Ziegel mit Getöse herabfielen. Schon schlug beißender Qualm in das kleine Zimmer. Emerald begann heftig zu husten. Sie lauschte nach der Stimme des Earl, doch sie war verstummt, vielleicht weil er schon tot war.

Oh, wie ihre Augen bissen und tränten! Und dieses zuckende, sich windende Geschöpf in ihren Armen, sein ersticktes Schluchzen quälte sie. Empfand er nicht die wilde, lebenspendende Kraft des Feuers?

Das Atmen wurde immer mühsamer. Schwer wurde ihr Kopf, schwer ihr Körper. Das Bündel in ihren Händen fiel leblos zu Boden, sie selbst sank in die Tiefen des Sessels zurück. Wie leicht sie war! Und um sie herum ein einziges Singen, lebendiges Singen aus tausend Kehlen. Hitzewellen fluteten über den Körper, reine, wogende Wellen, nur Licht war hier, gleißende, züngelnde Helligkeit. Sie rang nach Luft, heiß bebten die Lungen, hinter schweren, brennenden Lidern sah sie sich selbst und alle Menschen, die sie kannte. Sie winkten ihr, und ihre Gesichter waren übergroß und glasklar, sie lächelten voller Liebe zu ihr, und ihre streichelnden Arme fächelten kühle Luft. Die unbarmherzige Hitze ebbte ab, sanfte Wärme umgab den glühenden Körper, die schmerzende Helligkeit wandelte sich in sonniges Licht. Und inmitten der Flammen sah sie Robin, verklärt und gereinigt von allen Sünden, und er streckte die Arme nach ihr aus, bereit, sie mit sich zu tragen. Noch einmal zuckten die Lungen in verzweifeltem Kampf, zuckte der Körper in rasender Todesangst.

Dann verging aller weltliche Schmerz, alles weltliche Leid, und machte Platz einem neuen und besseren, einem friedlichen und ewigen Leben.

14

Im Prozess gegen Sir Thomas Woolf, Oberst Precord und Helena Tate gab es zwei Todesurteile und eine Gefängnisstrafe, die jedoch nur vorläufig galt und jederzeit ebenfalls in den Tod umgewandelt werden konnte.

Woolf und Precord kamen auf den Henkerblock, denn bei ihnen hatte das Gericht keinerlei Schwierigkeit, ihre führende Mittäterschaft bei den Revolutionären festzustellen und zu beweisen. Als einzige Überlebende des Massakers der Miliztruppen sollten nun auch sie schnellstens von der Bildfläche verschwinden, und so wurden sie still und heimlich im Namen des Volkes ohne Wissen des Volkes hingerichtet. Im Fall der Mitangeklagten Helena Tate lagen die Dinge anders und schienen weitaus schwieriger. Die Richter gelangten zu dem Schluß, daß sie tatsächlich nur Mitwisserin war, niemals aber aktiv am Plan dieser Revolution mitgearbeitet hatte. In keiner der zahllosen in der Wohnung gefundenen Schriftstücke fand sich ihr Name oder auch nur der Hinweis auf die Beteiligung einer weiblichen Person, außerdem hatte Woolf selbst auf der Folter geschworen, Mrs. Tate sei nur dagewesen, weil sie es aus Angst um ihren Mann nicht ausgehalten habe – Sir Robin wurde weder von ihm noch von Helena verraten, dies zu vereinbaren hatten sie in einer unbeobachteten Minute Zeit gehabt.

«Mitwisserschaft», sagte Richter Lawrence, «ist beinahe ebenso schlimm wie Mittäterschaft. Aber eben nicht ganz!»

Man war recht ratlos, bis man entdeckte, daß die junge Frau schwanger war, und das änderte die Lage.

«Niemals werden wir ein unschuldiges Leben töten», sagte Richter Lawrence pathetisch und froh, einen Ausweg gefunden zu haben. Obwohl er als streng und fanatisch galt, rührte ihn auf eine seltsame Weise diese Frau, deren schönes Gesicht einer steinernen Maske glich und in deren Augen eine so wilde Qual, ein so unfaßbarer Schmerz lagen, daß es ihn erschauern ließ.

Er verurteilte sie zu lebenslanger Haft, zumindest vorläufig, nach der Geburt des Kindes würde man weitersehen. Insgeheim wußte er, daß man Helena Tate wohl vergessen würde, denn die Rolle, die sie gespielt hatte, war zu unbedeutend gewesen, als daß sie Aufsehen erregt hätte, und so würde sie bis ans Ende ihrer Tage im Gefängnis bleiben und nicht vor den Scharfrichter geführt werden.

Das Gefängnis, in das Helena gebracht wurde, war ein uralter, steinerner Bau, feucht und stinkend, bedeckt vom Schimmel der Jahrhunderte. Er lag im östlichen Teil Londons, breit und häßlich anzusehen, und jeder, der vorüberging, schauderte bei dem Gedanken an die armen Seelen, die dort hinter den winzigen, vergitterten Fenstern ihr Leben fristeten.

Helena war in ein Verlies im Keller geschleppt worden, das sie mit vier anderen Frauen teilte. Der Raum war eng und klein und besaß kein einziges Fenster; alle Helligkeit kam von ein paar trübe brennenden Talglichtern, die gespenstische Schatten an die Wände warfen. Auf der einen Schmalseite befand sich eine Tür, auf der anderen sowie auf der einen Längsseite liefen steinerne, schmale Bänke entlang, denen gegenüber sich fünf dürftige Strohlager befanden. An den nassen Wänden wuchsen Moos und Pilze, Spinnen und Käfer krochen langsam umher, und immer wieder kamen magere schwarze Ratten zum Angriff aus ihren Löchern in den Raum hervor.

Direkt nach ihrer Festnahme war Helena hierher gebracht worden, kurz zu ihrer Verhandlung gegangen und schließlich an denselben Ort zurückgekehrt. Ihre Mitgefangenen lernten sie zunächst kaum kennen und standen ihr recht hilflos gegenüber, denn die ersten zwei Tage nach ihrer Verhaftung weinte Helena fast ununterbrochen. Man kannte das, die meisten weinten zuerst, aber sie taten es auf eine völlig andere Art. Sie schluchzten und schrien hemmungslos, beinahe hysterisch, klagten ihr Schicksal mit den heftigsten Worten an. Diese Frau aber tat nichts von dem, sie weinte ganz einfach nur, still und beinahe lautlos. Ihr Gesicht war dabei so verzerrt von Kummer, daß es jeden vor Erbarmen schütteln konnte. Sie saß ruhig die ganze Zeit, rührte keinen Bissen an, nippte nur hin und wieder an dem Wasser und wischte sich mit einem spitzenbesäumten Tuch über die eingefallenen Wangen. Auf alle Fragen antwortete sie mit leiser, ruhiger Stimme, immer höflich, aber niemals ging sie aus sich heraus, begann nie frei von sich zu erzählen.

Ohne es zu wissen gewann sie aber durch ihren Schmerz Sympathien, die sie anders nur schwer und mühsam errungen hätte. Denn mit sicherem Instinkt hatten ihre Leidensgenossinnen sofort erkannt, daß Helena eine Dame von Stand war, daß sie trotz des alten, abgetragenen Kleids, ihrer wirren Haare und ihres verschwollenen Gesichts vornehm und hier ganz fehl am Platz war. Die anderen vier Frauen entstammten den niedrigsten Schichten – Tempera saß wegen Diebstahl und Prostitution, Ruby wegen ständiger Trunkenheit, Meg konnte ihre Schulden nicht bezahlen – sie hatte nach Newgate in das Schuldgefängnis kommen sollen, war aber hierher gelangt und vergessen worden – und schließlich Barbara, die ihrem Mann ein Messer ins Herz gestochen hatte und nur deswegen ihren Kopf rettete, weil sie nachweislich in Notwehr gehandelt hatte.

Sie alle waren etwa in Helenas Alter, Tempera etwas jünger, die übrigen älter, aber ausnahmslos sahen sie alt aus, die lange Zeit im Gefängnis hatte aus ihnen menschliche Wracks mit hohlen Wangen und kranken Körpern gemacht. Meg war bereits vier Jahre hier und hatte in der ganzen Zeit keinen Sonnenstrahl mehr zu Gesicht bekommen, sie war dennoch die Ruhigste von allen, während Tempera immer wieder hysterische Anfälle bekam und dann wie eine Furie tobte. Die Gefangenen waren zwar mit einem Eisen um die

Fußknöchel an die Bänke gefesselt, jedoch waren diese Ketten lang genug, so daß sie sich in der ganzen Zelle bewegen konnten.

Nach zwei Tagen weinen und fasten war Helena zu Tode erschöpft und völlig am Ende ihrer Kräfte. Ihr war schwindlig vor Hunger, zugleich würgte es sie beim Anblick von etwas Eßbarem. Sie hatte keine Tränen mehr, und doch war es ihr, als müsse sie weinen bis in alle Ewigkeit. Der Tod Alexanders hatte sie in einen schwarzen Wirbel gerissen, in eine Welt der Dunkelheit und des Schmerzes und dabei völlig unwirklich. Noch immer begriff sie nicht, was geschehen war und wußte es dabei doch mit aller Gewißheit. Sie hatte Alexander vor ihren eigenen Augen sterben sehen, aber ihr Verstand weigerte sich, dies als wahr und unabänderlich hinzunehmen. Es war so unwirklich, so grauenhaft unwirklich. Die Nacht in dem dunklen Haus mit den vielen fremden Männern, der Kampf, Alexanders Tod, ihre Gerichtsverhandlung, dieses finstere Loch mit den schmutzigen Weibern und die harte Stimme der Wärterin – dies waren Dinge, so fremd und fern, daß sie einer Helena Calvy einfach nicht zustoßen konnten.

Aber jetzt war sie allein! Helena blickte sich in dem Verlies um – o Gott, so trostlos allein, und zum allerersten mal in ihrem Leben wirklich auf sich gestellt. Und ohne jede Hoffnung, denn die war mit Alexander gestorben. Sollte sie je aus dem Gefängnis herauskommen, erwartete sie draußen gleichfalls die Hölle. Wie aber sollte sie leben? Helena war wie erstarrt in ihrer Verzweiflung, in dem grausigen Gefühl, nicht leben zu können und zugleich den Körper arbeiten und sie in ihrer Hoffnungslosigkeit erhalten zu sehen. Es gab keine Träume mehr, keine Sehnsüchte. Nichts als Leere war in ihr und um sie, und der Schmerz zu erdrückend, als daß sie hätte schreien können.

Der Tagesablauf im Gefängnis war immer gleich. Morgens bekamen sie etwas Brot und Wasser, alle zwei Tage noch einen Kübel Wasser zum Waschen. Als Helena zum erstenmal die dreckige braune Brühe sah, konnte sie ihren Augen kaum trauen. Wenn sie sich damit wusch, wurde sie ja noch schmutziger als zuvor.

«Nimm nur deinen Anteil», sagte Barbara, die ihr Zögern bemerkte, «du gewöhnst dich daran und auf die Dauer ist es besser als nichts.»

«Aber wo haben die denn dieses Wasser her?» fragte Helena schockiert. «Das sieht ja grauenhaft aus!»

«Vermutlich aus der Spülküche», meinte Ruby leichthin.

Helena wandte sich fast krank vor Ekel ab und legte sich auf ihren

Strohsack, totenbleich und sichtlich mit dem Erbrechen kämpfend. Die anderen blickten sie teils schadenfroh, teils mitleidig an. Jetzt lernte diese feine Dame das Leben kennen, das sich jenseits von Schlössern und Seidenkleidern abspielte, aber andererseits war es natürlich einfach furchtbar für sie, gerade jetzt in anderen Umständen zu sein, und keine hätte mit ihr tauschen mögen.

Helena gewöhnte sich tatsächlich daran, das faulige Wasser zu benutzen. Sie konnte nach einiger Zeit sogar das ekelhafte, speckige Fleisch essen, das sie einmal in der Woche bekamen und ohne das man einfach an Entkräftung gestorben wäre. Es gab ja sonst nur trockenes Brot, und selbst das war so knapp wie nur möglich bemessen. Als sie einmal frisches Stroh bekamen, gelang es ihr, sich den ihr zustehenden Teil mit einiger Unnachgiebigkeit zu ergattern, nachdem sie davor nur ein paar kärgliche Reste bekommen hatte, auf denen sie nicht ohne Schmerzen liegen konnte.

Dieser sonderbare Selbsterhaltungstrieb entwickelte sich ganz von selbst, unbeeinflußt von Geist und Seele. Helena befand sich noch immer in einer Welt der Hoffnungslosigkeit, die keine Zukunft kannte. Wenn sie dasaß und auf den Boden starrte, dann war nur die Vergangenheit in ihr. Mit grausamer Deutlichkeit erlebte sie jede einzelne Minute mit Alexander noch einmal. Die anderen beobachteten oft interessiert, wie ihre Miene aus der Erstarrung in weiche, verträumte Lieblichkeit glitt und in ihren großen Augen ein Leuchten aufglomm.

«Jetzt denkt sie wieder an diesen Mann», meinte Tempera dann spöttisch, und Helena zuckte zusammen und erwachte. Sie grub die Zähne in ihre Lippen und verkrampfte die Hände und fragte sich, wirr und verwundert, warum sie nicht starb, warum sie existieren konnte inmitten dieser höllischen Verzweiflung.

In dem dunklen Loch im tiefen Keller gab es keinen Tag und keine Nacht, keine Jahreszeiten. An den Mahlzeiten und je nachdem, ob ihnen die Wärterin einen «Guten Morgen» oder einen «Guten Abend» wünschte, erkannten sie die Stunden, doch wußten sie nichts über die Welt draußen, ob die Sonne schien oder Regen kam, ob Nebel wallte oder Sturm blies. Helena war aber sicher, daß es Sommer geworden sein mußte. Am 23. Mai war sie verhaftet worden, und sie hatte dann nicht mehr die Tage gezählt, doch wenn sie nun zurückrechnete, mußten sie sich um den 10. Juni befinden.

Einmal, als die Wärterin in die Zelle kam, streifte ihr Rock Helenas Gesicht, und er war ganz warm und roch nach Sonne. Da wußte sie, daß die Welt draußen weiterlebte in Blumen, Duft und Wärme.

Mit einemmal überkam sie eine große, starke Sehnsucht, zum erstenmal seit Alexanders Tod und seit sie hier war. Sommer, die Jahreszeit, die sie immer von neuem beglückte und berauschte, und wenn sie nun den Sommer vor sich sah, so war es der in Charity Hill, der blaue, schaumbedeckte Wellen, herb duftendes Gras, sonnenbeschienene Rinde und warmes, glattes Felsgestein mit sich brachte.

Doch dies war vorbei, für alle Zeit. Denn selbst wenn sie jemals zurückkonnte, so würde es nie wieder dasselbe sein.

Langsam begannen sich die vier Frauen und Helena aneinander zu gewöhnen. Helena stand nicht mehr allein einer geschlossenen Gruppe gegenüber, nachdem die anderen erkannt hatten, daß sie weder arrogant noch überheblich war, sondern offenbar unsicherer und verstörter als jede einzelne von ihnen. Sie schien in einer Welt unendlicher Verzweiflung zu leben und war weit davon entfernt, sich über die anderen erhaben zu fühlen.

Meg, die Älteste, begann, sie ein wenig zu bemuttern. Sie sprach häufig zu ihr, half ihr, wo immer sie konnte, erzählte von sich in einer beruhigenden Art, die durch ihren starken Dialekt noch verstärkt wurde. Helena war dankbar, jemanden zu haben, der sich um sie kümmerte, denn sie fühlte sich entsetzlich schlecht. Sie verspürte häufig einen stechenden Schmerz im Kopf, auch wurde ihr bei der kleinsten zu hastigen Bewegung schwindlig und vor ihren Augen flimmerte es. Und dieses Kind, es war so schwer! Sie konnte nur mühsam Luft holen, denn oft war es, als läge ein Gewicht auf ihrer Brust, als seien ihre Rippen eingequetscht unter der furchtbaren Last. Dazu kam die ständige Übelkeit, was sie auch tat, ihr wurde sofort so grauenhaft schlecht, und sie konnte überhaupt nur wenig Nahrung bei sich behalten.

Jetzt erst begriff Helena, warum manche Frauen bleich wurden, wenn man ihnen sagte, sie seien schwanger. Bisher war Schwangerschaft für sie die einfachste Sache der Welt gewesen. Sie konnte sich nicht erinnern, bei Francis und Cathy ernsthafte Beschwerden gehabt zu haben. Bis zum letzten Tag war sie vergnügt herumspaziert.

Aber jetzt, ausgerechnet jetzt schien es, als habe sich alles gegen sie verschworen. Sie hatte diese Schmerzen seit jener Nacht, als Alexander ermordet wurde, und sie zuvor durch die endlose Dunkelheit und den strömenden Regen gejagt war und geglaubt hatte, sterben zu müssen, wenn sie nicht gleich stehenbleiben könnte. Von da an war es ihr nur noch schlechtgegangen, und sie konnte es sich schon kaum noch vorstellen wie es war, wenn man sich gesund und unbeschwert fühlte.

Auch die anderen machten sich Sorgen um sie.

«Du bist viel zu mager dafür, daß du ein Kind bekommst», sagte Barbara, «man kann ja deine Rippen einzeln zählen!»

«Gib ihr doch von nun an immer etwas von deiner Ration ab», warf Tempera spitz ein. Sie besaß eine scharfe Zunge gegen jedermann, und gerade heute früh hatte sie wieder einen ihrer Anfälle gehabt, die sie in regelmäßigen Abständen bekam. Nur mühsam hatten die anderen sie davon abgehalten, ihren Kopf gegen die Wand zu schlagen, und immer wieder hatte sie geschrien, sie müsse hinaus, zu Luft und Sonne, und dies sei der qualvollste Tod, den man sich denken könne.

Barbara überhörte die Aufforderung. «Dein Baby kann tot geboren werden», warnte sie, «und es ist doch das letzte, was du von diesem Alexander ...»

Helena zuckte zusammen, ihre Augen wurden dunkel.

Noch immer konnte sie seinen Namen nicht hören, ohne daß sich ihr Herz wie in einem Krampf zusammenzog. Meg bemerkte es.

«Laß doch, Barbara», sagte sie, «ich verstehe, daß Helena hier in diesem Dreckloch der Appetit vergeht!»

Die Zeit verstrich und nichts geschah. Draußen lebte der Sommer mit blühenden Linden, duftenden Rosen, wogenden Feldern und glitzerndem Wasser. Die Bauern arbeiteten Tag für Tag auf ihren Feldern, in der Gluthitze wuchs staubiger Löwenzahn, an den Wegrändern und im Schatten der Büsche lagen faul und satt die Tiere und beobachteten schläfrig, was um sie herum geschah.

Nichts von alldem drang in das dunkle Verlies. Nichts war hier als dumpfe Nacht und endlose Einsamkeit. Manchmal glaubte Helena, den Verstand verlieren zu müssen, so wie Tempera es hin und wieder tat, dann wieder keimte in ihr eine wilde Hoffnung, man werde sie begnadigen, wenn erst ihr Kind geboren sei, denn sie hatte doch nichts getan. Aber was sollte sie tun, wenn sie frei war? Wie, um Gottes willen, konnte sie denn leben ohne ihn?

Dabei träumte sie nie von Alexander. Noch niemals hatte sie das getan. Ach, dies war vielleicht das Quälendste, das Erwachen aus tiefstem Schlaf, der Vergessen gebracht hatte. Aber immer und immer wieder kam die Wirklichkeit, kam die jähe Erkenntnis, daß Alexander tot und sie allein war. Daß sie in diesem Kerkerloch saß und langsam von Tag zu Tag starb. Was unterschied sie denn schon noch von den zahllosen räudigen Ratten, die hier herumhuschten? Ihr Haar war filzig, sie stank so abscheulich, daß ihr schlecht davon wurde, am ganzen Körper hatte sie juckende, nässende Ekzeme, und unter dem geöffneten Mieder quoll ihr dicker, schwerer Bauch hervor. Aber nein, so wollte sie nicht denken! Schuldbewußt strich sich Helena über ihren Bauch. Es war Alexanders Kind, das sie trug, und wenn es auch nie Alexander ersetzen konnte, und wenn sie auch seiner Geburt nicht freudig entgegenblickte, weil Alexander sie nicht miterlebte, so mußte sie es doch immer und ewig lieben und beschützen.

Langsam legte sie sich zurück, um ihren Schlaf wiederzufinden, als ein scharfer, kurzer Stich im Rücken sie innehalten ließ. Der Schmerz war so heftig gewesen, daß ihr der Schweiß ausbrach, aber so schnell, wie er gekommen war, verging er auch wieder. Fast meinte Helena, sie hätte ihn sich eingebildet, doch in diesem Moment spürte sie ein drängendes Ziehen im Unterleib, und ein neuer Stich durchzuckte sie. Atemlos vor Entsetzen starrte sie in die Dunkelheit.

«Es kann doch nicht sein, es kann doch nicht sein», murmelte sie tonlos. Sie leckte sich über die trockenen Lippen und richtete sich mühsam auf. Ein Stöhnen entrann ihrem Mund, als eine neue Welle des Schmerzes über sie hereinbrach. Langsam, auf Händen und Knien, kroch sie über den Boden. Es war stockfinster, aber sie wußte ungefähr, wo Megs Lager war. Einmal mußte sie anhalten, um mit gekrümmtem Leib eine neue Attake über sich ergehen zu lassen. Endlich griffen ihre Hände in knisterndes Stroh, dann fühlte sie einen warmen Menschenleib. Sie schüttelte ihn vorsichtig.

«Meg», flüsterte sie, «Meg, wach auf!»

Sie hörte eine leise Bewegung.

«Was ist denn?» erklang Megs verschlafene Stimme.

«Meg, o Meg, du mußt mir helfen. Ich bekomme mein Baby!»

Helena lag ruhig auf ihrem Lager, die geröteten Lider geschlossen, ihre Brust hob und senkte sich gleichmäßig. Sie bot einen verheerenden Anblick, als sei ihr ganzes Gesicht durch die Schmerzen verzerrt worden, aber ein gewisser Friede lag darüber. Vor einer Stunde war ihr Sohn zur Welt gekommen, ein winziges, kaum menschenähnliches Bündel aus Haut und Knochen, und er hatte nicht einmal zehn Minuten gelebt. Meg hatte ihn in Windeseile getauft, mit schmutzigem Wasser aus der Küche, auf den Namen Alexander, weil so sein Vater geheißen hatte. Sie wußte zwar nicht, ob diese Taufe irgendeine Gültigkeit hatte, aber vielleicht erkannte Gott den guten Willen an und nahm die Seele des armen Kindes zu sich auf.

Mrs. Scott, die Wärterin, brachte die Leiche fort, Ruby und Barbara weinten dazu im Chor und Tempera trug noch immer das höhnische Lächeln zur Schau, das sie von Anfang an aufgesetzt hatte. Helena selbst war zu erschöpft, um nach ihrem Kind zu fragen. Sie lag wie tot und fühlte in diesen Minuten nichts als Dankbarkeit dafür, daß die grauenhaften Schmerzen ein Ende genommen hatten.

Mrs. Scott, die zurückgekommen war, beugte sich über Helena und musterte sie sachverständig.

«Sie schafft es», sagte sie, «aber um ihre Schönheit ist es natürlich geschehen!»

«Wie können Sie das sagen!» rief Meg. «Sie wird so schön sein wie früher!»

Helena öffnete die Augen und lächelte leicht. «Wo ist mein Baby?» fragte sie leise.

Einen Moment lang herrschte betroffenes Schweigen, dann neigte Meg sich zu ihr hinab und schlang die Arme um sie.

«Meine Gute», flüsterte sie mit tränenerstickter Stimme.

«Wie rührend», sagte Tempera, «wie rücksichtsvoll und zartfühlend ihr doch alle seid! Niemand wagt es, der jungen Mutter die Wahrheit zu sagen!» Sie erhob sich von ihrem Platz in der Ecke, trat in die Mitte des Raums, stemmte die Arme in die Hüften und sagte: «Dein Baby ist tot, Helena, es ist sofort nach der Geburt gestorben!»

«Was?»

«Es ist tot», wiederholte Tempera, «es war ein kleiner Junge.»

«Wie herzlos du bist, Tempera!» rief Ruby.

Tempera zuckte mit den Schultern. «Nun weiß sie es wenigstens», meinte sie gleichgültig, «von euch hätte es ja doch keine herausgebracht.»

Helena schloß die Augen. Sie war so müde, so entsetzlich müde. Hinter dieser Müdigkeit verblaßte die Nachricht vom Tod ihres Sohnes, verblaßten die Gestalten um sie, der Raum, das ärmliche Strohlager. Die Welt war nur noch Schlaf, tiefer, endloser, tröstender Schlaf. Kräftespendender, lebensvoller Schlaf. Und sie ahnte nicht, wie leicht er sie von dieser Erde hätte fortführen können.

Sie war kränker und schwächer als alle geglaubt hatten. Die Geburt hatte den letzten Anstoß gegeben, aber ihr Körper war schon vorher am Ende gewesen. Sie hatte seit Alexanders Tod kaum gegessen, wenig geschlafen, sich in Grübeln, Tränen und Verzweiflung verzehrt. Nun, da ihre Schwangerschaft vorüber war, fiel die grauenhafte Magerkeit ihres Körpers erst richtig auf. Ihre Haut zeigte eine fahle, gelbliche Blässe, ihre Wangen waren tief eingesunken, die

Augen hatten allen Glanz verloren und sahen stumpf und matt drein. Kurze Zeit nach der Geburt des Kindes bekam sie ein für mehrere Tage anhaltendes Fieber, und immer wieder glaubten Meg und die anderen, nun gehe es mit ihr zu Ende.

Aber tief in ihr schlummerte ein unbezähmbarer Lebenswille. Er hatte nichts mit ihrem Verstand zu tun oder mit einem Gefühl, denn die wollten den Tod und die Vereinigung mit Alexander. Es war vielmehr ein Instinkt, der Trieb, das Leben zu erhalten gegen den Verstand, gegen den Willen, gegen die Vernunft. Und so kämpfte Helena, ohne es zu wollen, zäh und hartnäckig, gegen Krankheit und Tod, kämpfte verbissen um jede Stunde Leben und gab sich zu keiner Sekunde geschlagen.

Und das Leben trug den Sieg davon. Es war schon September geworden, als Helena, auf Meg gestützt, die ersten Schritte durch die Zelle machte. Sie sah aus wie ein Skelett, und ihre Knie waren weich wie Butter, aber schon spürte sie neue Kraft durch ihre Adern strömen und wußte, daß bei allem Leid und Schmerz ihre Jugend sich nicht verleugnen ließ. Sie aß und trank und wusch sich, als sei eine neue Hoffnung in ihr erwacht, die sie mit Leben erfüllte. Zunächst war sie ängstlich gewesen, man werde sie, nun da ihr Kind geboren war, erneut vor den Richter führen, wie man es angekündigt hatte. Doch Meg beruhigte sie: Hätte man dies vor, so wäre es längst geschehen, viel wahrscheinlicher sei es, daß man sie vergessen habe. Das klang tröstlich, zugleich grausig und entsetzlich. Vergessen zu sein in diesem finsteren Loch, lebendig begraben für alle Zeit ... Helena begann nervös zu werden, nach dem ersten Aufschwung nach ihrer Krankheit wurde sie nun zunehmend gereizt und unwillig. Grauenhaft schnell untergrub die Kerkerhaft ihre physischen Kräfte.

15

Eines Morgens erschien überraschend Mrs. Scott und verkündete, Helena werde in eine Einzelzelle übersiedeln. Auf Helenas erschrockene Fragen gab sie keine Antwort, sondern drängte nur, sie solle sich schnell verabschieden und dann kommen.

«Meg, was kann das bedeuten?» fragte Helena, die bleich geworden war und mit den Tränen kämpfte.

«Helena wird nun endlich der Prozeß gemacht!» rief Tempera.

«So ein Unsinn», erwiderte Meg. Sie nahm Helena in die Arme. «Vergiß mich nicht», bat sie, «und sei tapfer. Ich habe ein gutes Gefühl.»

«Aber Meg, ich habe Angst, ich ...»

«Sei ruhig, Tate», befahl Mrs. Scott, «du kannst ja doch nichts ändern. Komm mit!»

Helena löste sich aus Megs Armen, gab Ruby und Barbara die Hand und nach kurzem Zögern auch der überlegen lächelnden Tempera.

«Nun komm schon», drängte Mrs. Scott.

Helena griff nach ihrer Decke, dann hatte sie alles Gepäck beisammen und folgte der Aufseherin. Sie gingen über einen schwach erhellten Gang, an dem sich rechts und links unzählige Türen befanden, stiegen zwei Treppen hinauf und hielten vor einer der Türen. Mrs. Scott zog ihren großen Schlüsselbund hervor, schloß auf und schob Helena in das Halbdunkel einer kleinen Zelle. Helena hatte erwartet, sie werde ihr wieder eine Fußkette umlegen, doch zu ihrem Erstaunen tat Mrs. Scott nichts dergleichen, sondern zog sich sofort zurück und verriegelte die Tür. Ihre Schritte entfernten sich rasch, und dann herrschte wieder vollkommene Stille.

Helena sah sich in dem Verlies um. Es unterschied sich kaum von dem ersten, nur daß es kleiner war und höher, vielleicht sogar auf ebener Erde lag. Genau war dies nicht festzustellen, denn es gab kein Fenster, sondern nur zwei dünne Kerzen, die matt brannten. Helena setzte sich auf das Strohlager, wickelte sich in ihre Decke und starrte düster vor sich hin. Dies war nun das Ende. Allein und für immer in dieser Zelle. Sie wollte weinen, doch sie brachte keine Tränen hervor. Sie fühlte sich wie erstarrt und niemals wieder einer Gefühlsregung fähig.

Zwei Tage vergingen in dumpfem Brüten und verzweifeltem Aufbegehren. Dann, am dritten Tag, spätabends, wurde die Tür aufgeschlossen und ein junges Mädchen erschien auf der Schwelle. Sie eilte lautlos auf Helena zu, die noch nicht hatte schlafen können, und zog sie hoch.

«Folgen Sie mir», flüsterte sie und huschte schon wieder fort. Obwohl Helena nicht begriff, was geschah, nahm sie ihre Decke und folgte dem Mädchen. Die wartete an der Tür, um sie wieder zu verschließen, dann lief sie voraus, einige Gänge entlang, eine Treppe hinunter und wieder hinauf, bis zu einer kleinen Pforte.

Davor saß ein Wächter, der jedoch auf ein Zeichen des Mädchens die Tür öffnete und beide widerstandslos vorbeiließ. Helena trat hinaus – Dunkelheit herrschte, aber frische, kühle Nachtluft schlug ihr entgegen, Luft, frische Luft, zum erstenmal seit über vier Monaten. Helena stand einen Moment still, unfähig sich zu rühren. Schon wurde sie am Arm gepackt.

«Kommen Sie», zischte das Mädchen.

Sie liefen ein Stück an einer Hauswand entlang, bogen in eine Seitengasse, in eine zweite, in eine dritte. Aus dem Schatten eines Hauses löste sich eine Gestalt.

«Lil?»

«Ja, ich bin es. Und hier ist die Frau.»

Lil schob Helena dem Mann zu, der vor ihnen aufgetaucht war, murmelte noch etwas und war dann blitzschnell verschwunden.

«Was ...» begann Helena, doch der Mann machte nur eine warnende Handbewegung.

«Folgen Sie mir», befahl er wie das Mädchen vorher.

Sie ging hinter ihm her um die nächste Ecke, wo eine Kutsche stand. Ihr Führer öffnete eine Tür und half ihr hinein. Dann schwang er sich auf den Kutschbock, und schon zogen die Pferde an. In raschem Trab ging es durch die nächtlich stillen Straßen.

Helena war noch immer verwirrt und konnte kaum begreifen, was geschah. In den letzten Minuten war so viel passiert, daß sie nicht mehr wußte, was sie denken sollte. Offenbar wurde sie befreit, doch von wem? Weder Lil noch diesen Mann kannte sie, hatte sie jemals zuvor gesehen. Wer steckte dahinter? Wer wußte denn von ihrer Gefangennahme? Sie verstand es nicht, und niemand schien es ihr sagen zu wollen. Wohin nur diese unheimliche Fahrt ging! Offenbar fuhren sie durch halb London. Helena schob vorsichtig den Vorhang des einen Fensters zurück und spähte in die Dunkelheit. Schattenhaft konnte sie einige Häuser erkennen, aber nicht ausmachen, in welcher Gegend sie sich befanden. Vielleicht würden sie die Stadt verlassen.

Diese Vermutung erwies sich als richtig, denn schon nach wenigen Minuten hielt die Kutsche, und ein weiterer Blick aus dem Fenster überzeugte Helena, daß sie sich an der Stadtmauer befanden.

Sie hörte die Angeln eines Tors quietschen, und dann rollten sie aus der Stadt hinaus.

In beschleunigtem Tempo ging es vorwärts. Sie mußten den Stadtkern nun schon ein großes Stück hinter sich gelassen haben und noch immer waren sie nicht am Ziel. Helena begann sich immer unsicherer und ängstlicher zu fühlen, fast so, als werde sie gerade entführt. Aber andererseits konnte der, der hierfür verantwortlich war, wer immer es auch sein mochte, nur ihre Rettung im Sinn haben. Wenn sie nur Gewißheit hätte! Fast war sie entschlossen, den Kopf aus dem Fenster zu stecken und den Kutscher zum Anhalten zu bewegen, doch da gerade machte die Kutsche eine scharfe Linkskurve, statt dem weichen Laut der Hufe war starkes Getrappel zu hören, als liefen die Pferde auf Pflastersteinen, und schon hielten sie. Die Tür wurde aufgerissen, der Kutscher reichte Helena die Hand und half ihr beim Aussteigen. Sie erkannte einen großen Hof und ein gewaltiges Haus, das wie ein Prunkschloß vor ihr stand, umgeben von hohen alten Bäumen. Ohne Zweifel war dies einer der zahllosen reichen Herrensitze, wie es sie überall um London herum gab. Auf vielen von ihnen war sie als junges Mädchen zu Gast gewesen, bei Gesellschaften und Bällen, aber diesen hier kannte sie nicht. Nein, an solch ein Haus würde sie sich erinnern, hätte sie es jemals zuvor gesehen.

«Oh, bitte», wandte sie sich an ihren Begleiter, «bitte, wo sind wir hier?»

«Chestnut Court.»

«Und wer wohnt in Chestnut Court?»

«Sir Robin Arnothy!»

«Sir ...» Helena schnappte nach Luft. «Sir Robin?»

Der Mann blickte sie mißtrauisch an. «Sie kennen ihn doch?» fragte er.

«Ja, ja, natürlich. Ich hätte nur nie gedacht, daß er ...»

«Kommen Sie mit. Und seien Sie leise!»

Sie betraten das Haus durch einen kleinen Nebeneingang, der offenbar nicht viel benutzt wurde, denn es war alles ein wenig verstaubt.

Vor einer mit Eichenholzschnitzereien verzierten Tür blieb der Mann stehen und klopfte an. Als ein «Herein» ertönte, öffnete er und ließ Helena eintreten.

Sie stand in einem kleinen Zimmer, das nur aus Holztäfelung, goldgerahmten Gemälden, ledergebundenen Büchern, schimmerndem Zinngeschirr und einem prasselnden Kaminfeuer zu bestehen schien. Aber vor dem Feuer lehnte mit der ganzen Grazie seines geschmeidigen Körpers der Herr über all diesen Reichtum und diese Pracht – Sir Robin Arnothy!

Er lächelte sie an, dann trat er auf sie zu und ergriff ihre beiden Hände. «Willkommen in Chestnut Court», sagte er mit einer charmanten Verbeugung und wandte sich an den noch in der Tür stehenden Mann. «Es ist gut, Edward. Gehen Sie jetzt und packen Sie Ihre Sachen.»

Edward verschwand. Robin wandte seinen Blick wieder zu Helena und musterte sie von oben bis unten. Sie spürte, wie ihr brennende Schamröte in das Gesicht stieg. Sie stand vor ihm dreckig, stinkend, mit öligen Haaren, in denen noch Stroh hing, mager und abgezehrt, in einem überall zerrissenen, nach säuerlichem Schweiß riechenden Kleid. Ausgerechnet Sir Robin mußte sie so sehen. Er merkte natürlich, daß sie sich vor Unbehagen wand, und grinste. Helena mußte etwas sagen.

«Sir Robin», begann sie, «es ist sehr ... sehr nett von Ihnen ...

«Es ist selbstverständlich gewesen, Mrs. Tate.»

«Nein, das war es nicht. Es war so mutig ... und ich danke Ihnen.»

«Es war höchst ehrenvoll für mich», versicherte Robin.

Helena war überzeugt, daß er sich über ihren höflichen Konversationston lustig machte, der nicht zu einer Frau paßte, die vier Monate im Gefängnis gewesen war. Sie errötete abermals.

«Sie haben sich großer Gefahr ausgesetzt ...»

«Sie sollten doch wissen, daß ich die Gefahr liebe und mich ihr aussetze, wo immer sie mir begegnet!» Robin sah sie spöttisch an. «Was ich an Ihnen so schätze, liebe Mrs. Tate», sagte er, «ist, daß Sie in meiner Gegenwart in jeder Situation ganz die kühle englische Lady bleiben!» Dann beugte er sich vor und seine Stimme und sein Gesichtsausdruck waren mit einemmal sanft und gütig. «Helena, es ist vorbei», sagte er, «was auch in all der Zeit geschah, es ist vorbei und Sie sind in Sicherheit. Sie brauchen nicht länger feindselig und mißtrauisch zu sein.»

Er zog sie zu einem breiten Sessel, drückte sie hinein und nahm ihr gegenüber Platz. Helena blickte auf und sah ihn an. Aus ihrem Gesicht waren Kälte und Abneigung gewichen, offen lagen Angst, Dankbarkeit und der Spiegel ihres ganzen Elends in ihren Augen.

«Ich danke Ihnen», sagte sie, und nun war der frostige Ton aus ihrer Stimme verschwunden, «ich danke Ihnen so sehr. Ich hätte es nicht mehr lange ausgehalten. Es war dort ...» Sie brach ab und sah an sich hinunter, als sei ihr Äußeres die treffendste Beschreibung dessen, was sie durchlitten hatte. Dann fügte sie hinzu: «Aber ... warum?»

«Hm», machte Robin. Er stand auf, schenkte Wein in zwei Zinnbecher und reichte ihr einen. «Trinken Sie», befahl er, «es wird Ihnen guttun.»

Tatsächlich wurde es Helena wohler. Wärme rann durch ihren Körper und die Müdigkeit trat zurück.

«Wissen Sie», sagte Robin, «ich glaube, ich habe so etwas wie eine geheime Liebe zu Ihnen.»

«Was?»

«Warum sind Sie so erstaunt? Sie sind eine sehr schöne Frau!»

«Im Moment ...»

«Ja, jetzt nicht, das ist ganz natürlich. Aber bald sind Sie wieder schön, das sehe ich durch all den Schmutz hindurch.»

Seine Stimme, rauh und schmeichelnd, machte sie benommen. Verschwommen dachte sie an die vielen Frauen, die diesem Mann verfallen gewesen waren. Er besaß eine eigenartige Faszination.

«Sie sind verwirrt, Helena», meinte Robin plötzlich, «verwirrt, unsicher und übermüdet. Ich möchte Ihnen jetzt nicht sagen, was ich denke. Aber Sie sind eine sehr besondere Frau. Ich sehe in Ihnen ebensoviel Leidenschaftlichkeit wie Moral, ebensoviel Mut wie Scheu, Lebenslust und Lebensangst.» Er stand auf. «Kommen Sie, Sie müssen schlafen. Auf jeden Fall sind Sie eine der wenigen schönen Frauen, die treu bleiben.»

Ohne daß Helena wußte, weshalb sie ihm das anvertraute, sagte sie leise: «Ich war nicht immer treu.»

«Oh, ja? Sie haben Ihren zweiten Mann bereits geliebt, als Ihr erster noch lebte, nicht wahr?»

Sie zuckte zusammen. «Woher ...?»

«Gar nicht. Ich dachte es mir nur und es scheint zu stimmen. Nun, dann hat Sie zumindest Ihr Gewissen fast zerfleischt?»

«Ja.»

«Auch gut. Eine schöne Frau mit einem Gewissen. Einem puritanischen Gewissen.»

«Ich glaube nicht, daß mein Gewissen puritanisch ist. Das scheint nur Ihnen so, weil Sie gar kein ...» Sie brach ab.

Robin lachte. «Weil ich gar kein Gewissen habe, meinen Sie? Aber liebe Mrs. Tate! Wie kommen Sie denn darauf?»

«Wegen Emerald», erwiderte Helena tapfer.

«Emerald?»

«Ja. Sie haben ihr Leben zerstört!»

«Ach. Und Sie sind nun der Racheengel?»

«Ich ...»

«Meinen Sie nicht, daß die Dame alt genug war, um zu wissen, was sie tat?»

«Man sollte es jedenfalls meinen. Aber offenbar werden manche in bestimmter Beziehung nie alt genug. Und Emerald konnte noch nicht ...»

«Emerald?» unterbrach Robin. «Ich möchte behaupten, daß gerade Emerald keineswegs so unschuldig war, wie Sie glauben.» Er sah Helenas Miene und setzte hinzu: «Von ihrer Mentalität her. Übrigens – da wir gerade von Emerald sprechen. Sie hat Ihre Kinder nach London geschickt, zu dieser Mrs. Maggett.»

«Meine Kinder?»

Robin nickte. «Ich suchte Mrs. Maggett vor einigen Wochen auf. Ich wollte erfahren, was aus Ihnen und Oberst Tate geworden war, und da mir jemand erzählte, sie sei einmal Ihre Wirtin gewesen, hoffte ich, sie könnte mir vielleicht weiterhelfen. Sie konnte es nicht, dafür stürzte sie sich wie eine wütende Hornisse auf mich und erzählte mir, Ihre Kinder seien schon vor langer Zeit bei ihr angekommen, zusammen mit einem Kindermädchen. Das Kindermädchen habe sie fortgeschickt, das arbeite nun woanders, aber die Kinder könne sie ja nicht auf die Straße setzen.»

«Wo sind sie jetzt?»

«Hier bei mir. Ich bat Mrs. Maggett, sie noch eine Weile zu behalten, ich würde ihr alles bezahlen. Vor drei Tagen holte ich sie.»

Helena stand rasch auf. «Wo sind sie?» fragte sie. «Ich möchte sie sehen!»

«Besser nicht, sie schlafen schon. Wenn Sie sie plötzlich aufwekken, gibt es nur Geschrei. Morgen früh sehen Sie sie.» Er sah sie prüfend an. «Verzeihen Sie», sagte er. «aber waren Sie nicht in anderen Umständen, als ich Sie das letzte Mal traf?»

«Das Baby ist kurz nach der Geburt gestorben, es kam zu früh.»

«Das tut mir leid.»

Wieder der weiche Klang in seiner Stimme, die sonst immer frech und ironisch wirkte. Helena fragte sich, wie sie ihn jemals hatte hassen können.

«Ich werde Mrs. Felberry herbeiläuten», sagte Robin. «Sie wird Ihnen Ihr Zimmer zeigen. Mrs. Felberry weiß, daß Sie im Gefängnis waren, aber sie braucht nicht Ihren Namen zu kennen.»

«In Ordnung.»

Helena wollte noch fragen, was denn von nun an mit ihr werden sollte, aber sie war zu müde. Auch öffnete sich bereits die Tür und die Haushälterin Mrs. Felberry erschien.

«Ah, Mrs. Felberry!» rief Robin. «Dies ist meine Cousine Mrs. Killyham. Sie hat Fürchterliches hinter sich, also kümmern Sie sich gut um sie!»

«Natürlich, Sir», versicherte Mrs. Felberry und musterte Helena freundlich. Sie war eine runde gemütvolle Frau mit gescheiten grauen Augen.

«Gute Nacht, liebe Martha!» sagte Robin. Er beugte sich zu ihr hinab und küßte sanft ihre rechte Wange.

Helena schauerte. «Gute Nacht ... Robin», flüsterte sie. Dann folgte sie Mrs. Felberry über eine Treppe hinauf in ein bezauberndes kleines Zimmer. In einer Ecke stand eine mit heißem Wasser gefüllte Wanne. Schon halb im Schlaf ließ sich Helena von Mrs. Felberry baden und ihre Haare waschen, und wie ein Traum erschien ihr das warme, duftende Wasser. Mrs. Felberry behandelte alle wunden Stellen ihres Körpers mit einer kühlen Salbe und verband sie, dann streifte sie ihrem Gast ein weiches, bauschiges Nachthemd über und führte sie zu dem Bett. Im Einschlafen nahm Helena das herrliche Gefühl des glatten Leinens wahr, auf das sie ihren Körper zum erstenmal seit Monaten statt auf Stroh strecken durfte.

16

Helles Sonnenlicht durchflutete den Raum bis in den letzten Winkel, als Helena am nächsten Morgen aufwachte. Einen kurzen Moment lang blickte sie verwundert auf die holzverkleideten Wände, die schönen Teppiche und kostbaren Möbel um sich herum, dann begriff sie, wo sie war, und der gestrige Tag drängte in ihr Gedächtnis. Sie verschränkte die Arme unter ihrem Kopf und dehnte ihren Körper mit wohligem Stöhnen. Der Raum, in dem sie sich befand, erinnerte sie in seiner Behaglichkeit ein wenig an ihr kleines Zimmer, das sie früher in London bewohnt hatte, und zusammen mit der Erinnerung an Mrs. Felberrys liebevolle Fürsorge am vergangenen Abend fühlte sie sich fast wie damals, als sie noch ein junges Mädchen gewesen war. Doch in diesem Moment hörte sie von irgendwoher im Haus quengelnde Kinderstimmen, und dies versetzte sie jäh in die Wirklichkeit. Ihre Kinder waren ja hier! Sie mußte schnell zu ihnen, denn nun verspürte sie grenzenlose Sehnsucht nach ihnen. Mit einem raschen Ruck stieß sie die Bettdecke zurück, sprang aus dem Bett und lief zum Fenster. Seit sie denken konnte, war morgens ihr erster Gang zum Fenster gewesen, und über vier Monate hatte sie es nicht tun können.

Weit öffnete sie die Fensterflügel und lehnte sich hinaus. Warm schien die Sonne, blau war der Himmel. Helenas Blick glitt über sauber geschnittenen Rasen, blühende Rosenbeete, geharkte Kieswege unter mächtigen Kastanienbäumen. Sie hörte Hühner gackern und Pferde wiehern, Stimmen von Menschen und das Surren von Bienen. Ein wundervolles Anwesen, von einer Lieblichkeit, wie man sie nur in diesem Teil Englands fand. Und ein wundervoller Spätsommertag, von so kraftvoller Schönheit, als wolle er einer, die lange wie tot gewesen war, zeigen, wieviel blühendes Leben es noch um sie gab. Helena sah nichts mehr hinter einem Tränenschleier, der sich vor ihre Augen legte. Sie faltete die Hände, aber sie konnte kein Wort hervorbringen. In ihr waren Dankbarkeit, Glück und Liebe und eine neue, erfüllende Kraft. Sie holte tief Atem – und da war mit einem Schlag schwärzeste Finsternis um sie. Ihr Atem stockte, die Verzweiflung drohte sie zu überwältigen.

Alexander, werde ich ewig an dich denken müssen? Wird es nie wieder Minuten reinsten Glücks für mich geben? Werde ich wieder und wieder dem Schmerz erliegen?

Oh, sie durfte sich nicht unterkriegen lassen! Mit Gewalt riß sie sich vom Anblick des Gartens los. Nie wieder Träume im Angesicht vollendeter Schönheit, denn *er* konnte sie nicht mehr teilen, und unweigerlich folgte tiefste Verzweiflung. Doch die durfte keine Macht mehr über sie gewinnen, denn jetzt an der Schwelle zu einem neuen Leben brauchte sie Kraft und Zuversicht. Ihre Gedanken durften sich nur noch mit praktischen Dingen beschäftigen. Sie blickte in den Spiegel.

«Keine Tagträume mehr, Helena», befahl sie streng. Aufmerksam betrachtete sie ihr Bild. Sie hatte noch immer diese sonderbare fahle Gesichtsfarbe, aber sie war wenigstens sauber und ihre Haare nicht strähnig. Nein, ihre Schönheit war noch nicht zerstört!

Als sie sich im Zimmer umsah, bemerkte sie, daß die Holzwanne wieder mit Wasser gefüllt war und daß über einem Stuhl ein Kleid sowie Wäsche und Strümpfe lagen, daneben ein Paar Schuhe. Mrs. Felberry mußte diese Dinge hereingebracht haben, während sie noch schlief.

Sie überlegte, ob sie nach Mrs. Felberry läuten sollte, doch dann beschloß sie, sich allein fertig zu machen. Es würde ein solcher Genuß sein, in dem warmen Wasser zu planschen und sich wie eine Dame anzukleiden, daß sie es so lange wie möglich auskosten wollte, und ein Fremder hätte sie dabei verlegen gemacht. Sie zog das spitzenbesetzte Nachthemd aus und begann sich ausgiebig zu waschen.

Wie herrlich war dieses klare, saubere Wasser, das nach einem wunderbaren Öl duftete. Helena konnte sich kaum davon trennen, so lange hatte sie ihre Begierde danach unterdrücken müssen.

Als sie endlich fertig war, zog sie sich sehr sorgfältig an. Das Kleid war von einem schönen, warmen Rot, das ihrem blassen Gesicht etwas Farbe verlieh. Obwohl es in der Taille sehr eng geschnitten war, schlotterte es wie ein Sack um Helena herum, doch entdeckte sie einen geflochtenen Gürtel aus goldgefärbtem Leder, mit dem sie es zusammenhalten konnte. Die weichen Schuhe hingegen paßten wie angegossen. Zufrieden drehte sie sich vor dem Spiegel. Wieviel besser sie doch schon aussah! Sie bürstete sich über die langen dunklen Haare, ließ sie offen über die Schultern fallen, kniff sich in die Wangen und lächelte.

Dann straffte sie ihre Schultern und verließ das Zimmer. Doch schon bald mußte sie erkennen, daß sie sich in dem verwirrenden Labyrinth der zahllosen Gänge niemals zurechtfinden konnte. Mit einiger Mühe kehrte sie in ihr Zimmer zurück und läutete. Nach wenigen Minuten erschien Mrs. Felberry.

«Aber Mrs. Killyham!» rief sie erstaunt. «Sie sind ja schon angezogen!»

Helena wurde daran erinnert, daß sie ja als Sir Robins Cousine auftrat. Fast hätte sie das vergessen.

«O Mrs. Felberry», sagte sie, «ich habe mich daran gewöhnen müssen, ohne Zofe zu leben, daher habe ich nicht gerufen.»

«Keine Zofe!» rief Mrs. Felberry. «Das ist wirklich schrecklich! Sie Ärmste! Sie müssen soviel gelitten haben! Wie schlecht Sie noch aussehen! Ach ...»

«Würden Sie mich bitte zu meinen Kindern führen?» warf Helena rasch ein.

Mrs. Felberry zögerte. «Sir Robin hat befohlen, Sie gleich zu ihm zu führen, wenn Sie wach sind», meinte sie unsicher.

«Na schön. Dann bringen Sie mich eben zu ihm. Allein kann ich den Weg beim besten Willen nicht finden.»

«Dann darf ich vorausgehen, Madam.»

Mrs. Felberry geleitete sie hinunter in das sogenannte Frühstückszimmer, wie sie sagte. Sie öffnete die Tür.

«Mrs. Killyham, Sir», sagte sie.

Sir Robin erhob sich von dem reichgedeckten Tisch, an dem er gesessen hatte, und ging mit ausgebreiteten Armen auf sie zu.

«Meine liebe Martha!» rief er überschwenglich. «Wie freue ich mich, daß du mir bei dieser Mahlzeit Gesellschaft leistest!»

Er küßte sie auf beide Wangen, und sie hatte das Gefühl, daß er ihre Hilflosigkeit von ganzem Herzen genoß. Diesmal schwankte sie jedoch nicht. Obwohl er in seiner engen schwarzen Hose, den Reitstiefeln und dem weißen, weit offenen Hemd sehr gut aussah, ließ ihn das helle Tageslicht weit weniger attraktiv erscheinen als die flackernden Kerzen vom vergangenen Abend. In der düsteren Beleuchtung war er Helena geheimnisvoll erschienen, er war ihr waghalsiger Retter, ein skrupelloser Abenteurer. Jetzt bemerkte sie, daß Alkohol und Frauen bereits ihre Spuren in seinem Gesicht hinterlassen hatten, es wirkte besonders um den Mund herum in eigenartiger Weise schlaff und verlebt.

«Guten Morgen, Robin», sagte sie leichthin. Nun, da sie ihrer Sinne wieder ganz mächtig war, machte es ihr nichts aus, sein Spiel mitzuspielen. Sie bemerkte sein Erstaunen darüber, und das amüsierte sie.

«Ich hoffe, du hast gut geschlafen, mein Schatz», sagte er.

Helena lächelte strahlend. «Wunderbar, Robin! Nur wahrscheinlich viel zu lange!»

«Aber nein. Für eine Frau bist du sogar erstaunlich früh aufgestanden.»

Helena hatte bereits eine spöttische Bemerkung über seine diesbezüglichen Erfahrungen auf den Lippen, aber da Mrs. Felberry noch anwesend war, schluckte sie sie hinunter. Statt dessen fragte sie: «Kann ich jetzt meine Kinder sehen?»

«Natürlich.» Robin gab Mrs. Felberry einen Wink. «Bringen Sie die Kinder hierher!» Er wandte sich wieder zu Helena. «Bildschöne Kinder sind es», sagte er. «aber besonders Catherine ist ungeheuer trotzig und verwöhnt. Francis ist wild, aber folgsam.» Als sich die Tür hinter Mrs. Felberry geschlossen hatte, fügte er hinzu: «Sie glauben nicht, wie schwer es war, den beiden beizubringen, daß sie für eine Weile Killyham heißen! Ich erklärte ihnen, es handle sich um ein gefährliches Abenteuer, und Francis war sofort in seinem Element. Bei Catherine war es schwieriger. Ich versprach ihr ein grünes Seidenkleid, wenn sie durchhält, und bisher hat sie sich noch kein einziges Mal verplappert.»

Helena mußte lachen. «Sie haben Cathys schwache Seite offenbar sofort erkannt», meinte sie belustigt.

«Das war nicht schwer. Sie ist schon jetzt eine kleine Persönlichkeit, sie wird immer Eleganz lieben und ein Snob sein. Außerdem ist sie bereits verteufelt raffiniert und auf dem besten Wege, eine bestrikkende Schönheit zu werden.» Robin schob sich eine dicke dunkelblaue Pflaume in den Mund. «In zehn Jahren müssen Sie sie vor mir beschützen», fügte er kauend hinzu, «sonst mache ich sie zu meiner Geliebten.»

«Sie sehen Frauen nur unter diesem Aspekt, nicht wahr?»

«Oh, sie wollen unter keinem anderen gesehen werden!»

«Nein?»

«Nein, Mrs. Tate, und Sie wissen das. Sie sind doch gerade eine Frau, die am liebsten als Geliebte gesehen wird. Obwohl Ihre Moral Sie dazu zwingt, möchten Sie weder Ehefrau noch Mutter oder etwas ähnlich Biederes sein, sondern nur die angebetete, schöne, aufregende Geliebte.»

Helena schnappte nach Luft. «Wie können Sie ...» begann sie.

Doch Robin unterbrach sie sofort. «Bitte, nun spielen Sie kein Theater», sagte er, «denn ich habe recht. Warum haben Sie denn beispielsweise Ihre Kinder nicht bei sich behalten, als Sie Alexander Tate heirateten?»

«Unsere Stellung war zu unsicher. Wir lebten in einer entsetzlichen Wohnung. Daher waren die Kinder bei Emerald besser aufgehoben.»

Robin lachte auf. «Das paßte Ihnen ja großartig, was? So viele gute Gründe ... Aber wenn Sie ehrlich sind, dann geben Sie zu, daß Sie vor Alexander Tate nicht die Mutter sein wollten, die ständig damit beschäftigt ist, ihren Kindern die Rotznasen zu putzen.»

«Ach, Sie reden ja Unsinn!»

«Keineswegs. Aber glauben Sie nicht, daß ich Sie wegen dieser Haltung verachte. Im Gegenteil, es beweist eine gute Portion Egoismus in Ihrem Charakter, und dies stimmt mich zuversichtlich, daß Sie sich auch in Frankreich durchsetzen werden.»

«Wo?»

«In Frankreich», wiederholte Robin, «habe ich Ihnen das noch nicht gesagt?»

Helena blickte ihn voller Entsetzen an. «Aber», stammelte sie, «das geht doch nicht. Ich kann doch nicht einfach fort!»

«Nein? Dann verraten Sie mir, was Sie sonst tun wollen! Sie sind nämlich aus dem Gefängnis ausgebrochen und somit in Gefahr, solange Sie in England sind.»

«Ich bin doch kein gefährlicher Verbrecher!» rief Helena. «Ich bin nicht wichtig genug, als daß sie mich lange suchen würden. Ich werde zu meinem Cousin Alan nach Yorkshire gehen, und niemand wird mich finden.»

Robin nahm sich eine weitere Pflaume. «Liebe Mrs. Tate», sagte er gelassen, «es ist durchaus wahrscheinlich, daß man Sie nicht findet. Es ist aber genauso möglich, daß man es doch tut. Und in diesem Fall sind nicht nur Sie überführt, sondern auch eine ganze Reihe anderer Leute. So auch ich!»

«Ich würde Sie doch nicht verraten!»

«Sie sind rührend! Die machen Dinge mit Ihnen, da würden Sie sogar Ihren geliebten Alexander verraten. Und ich habe keine Lust, für den Rest meines Lebens Angst zu haben, daß man Sie findet!»

Helena, die vor Schreck noch blasser als zuvor geworden war, wollte etwas erwidern, aber da gerade öffnete sich die Tür, und Mrs. Felberry trat ein, an jeder Hand ein Kind. Helenas Herz begann zu hämmern. Ihre Kinder! Da waren sie, da standen sie vor ihr, die sie zum letztenmal vor beinahe einem Jahr gesehen hatte. Ein Gefühl tiefster Liebe und Sehnsucht wallte in ihr auf. Sie lief auf sie zu und schloß sie in die Arme, während ihr die Tränen in die Augen traten.

«Francis», flüsterte sie, «Cathy!»

Beide wirkten etwas verlegen, wenn auch glücklich, ihre Mutter wieder zu sehen. Doch ein Jahr ist lang für Kinder, und so war die Mutter ihnen ein wenig fremd geworden, und sie wußten nicht, was sie sagen sollten.

«Mutter», fragte Cathy schließlich, «bleiben wir nun immer zusammen?»

«Ja, mein Liebling.»

«Stimmt es, daß wir nach Frankreich gehen?» wollte Francis wissen.

Helena warf Robin einen unsicheren Blick zu. «Ja, Francis», antwortete sie schließlich, «wir gehen nach Frankreich.»

«Ich möchte aber lieber hierbleiben», murrte Cathy, «und außerdem will ich wieder zu Tante Emerald!»

«Bist du denn lieber bei Emerald als bei mir?» fragte Helena.

Cathy schlang sofort die Arme um sie und schüttelte den Kopf. Sie hat doch ein weiches Herz, dachte Helena gerührt.

«Ich glaube, eure Mutter muß jetzt endlich frühstücken», mischte sich Robin ein. Er rückte Helena höflich einen Stuhl zurecht. «Bitte setz dich.»

«Mutter, wir haben schon gefrühstückt. Können wir hinausgehen?» drängte Francis voller Ungeduld.

«Geht nur», sagte Helena, während sie sich hinsetzte.

Die beiden stoben davon, und auch Mrs. Felberry verließ den Raum. Sofort wandte sich Helena an Robin.

«Wie denken Sie sich das?» fragte sie ernst, «wovon soll ich leben in einem fremden Land mit fremder Sprache?»

«Nun», entgegnete Robin in aller Gemütsruhe und häufte ihr Rühreier auf den Teller, «die Sprache beherrschen Sie doch wohl. Dies gehört ja zur Erziehung einer jungen Dame Ihres Standes.»

«Ich weiß nicht mehr viel.» Helena erinnerte sich längst vergangener Zeiten, als sie mit ihren Cousins und Cousinen sowie Sarah im Salon ihrer Londoner Wohnung saß und der armen Mademoiselle das Leben schwermachte. Sie hatten mit Sicherheit mehr gealbert, als sonst irgend etwas getan.

«Sie werden sich in Frankreich eine Wohnung und eine Arbeit suchen», fuhr Robin fort, «für die erste Zeit werde ich Ihnen Geld geben.»

«Das kann ich doch nicht annehmen», protestierte Helena schwach und nur um die Form zu wahren.

Robin grinste. «Nimm niemals Geld von Männern, Kind», sagte er, «so hat es Ihre Tante Ihnen sicher immer wieder vorgepredigt. Aber erstens kommt es darauf jetzt nicht mehr an, denn ich habe sowieso schon viel für Sie bezahlt, um die Gefängniswärter in London zu bestechen. Und zweitens schulde ich Ihnen noch etwas – von dem Raubüberfall damals, als wir uns zum erstenmal sahen.»

Helena erinnerte sich an das aufregende Erlebnis. Sie war sehr glücklich gewesen, denn es war kurz nach ihrer Hochzeit mit Jimmy und sie stand am Beginn eines neuen Lebensabschnitts.

«Ich würde Ihnen Ihre Saphirkette ja gerne zurückgeben», meinte Robin bedauernd. «doch ich habe sie nicht mehr.» Er schien sich deswegen nicht besonders zu grämen, und so fing auch Helena nicht mehr davon an. Nach einer Weile sagte er: «Ich wünschte wirklich, wir beide könnten gute Freunde werden. Aber Sie verzeihen mir wohl nie, daß ich die arme Emerald habe sitzenlassen?»

«Ich stehe in Ihrer Schuld», entgegnete Helena leise, «es steht mir wohl nicht zu, zu richten.»

«Ah, das ist wieder ganz die englische Lady! Aus jeder Affäre zieht sie sich mit kunstvoll formulierten Sätzen. Ich weiß genau, daß Sie mir deswegen immer böse sein werden ... Helena, ich muß Ihnen etwas sagen. Es geht um Emerald. Aber ... nein, ich sage es Ihnen später.»

«Was denn?»

«Das ist im Moment nicht so wichtig. Wir müssen genau besprechen, wie Sie nach Frankreich kommen.»

Helena wagte einen letzten verzweifelten Versuch. «Bitte», sagte sie, «lassen Sie mich doch in England. Ich weiß gar nicht, was ich in Frankreich machen soll!»

Robin stützte sich mit den Ellbogen auf und lehnte sich ein Stück vor. «Ich denke», sagte er ernst, «daß ich Ihnen klargemacht habe, warum es unumgänglich ist.»

Sie nickte.

Robin lächelte. «Edward wird Sie begleiten. Die Leute, die Sie auf ihrem Schiff mitnehmen, tun das illegal und für viel Geld – Sie können sich also denken, daß es sich nicht gerade um vornehme Menschen handelt. Da ist es gut für Sie, unter männlichem Schutz zu reisen. Außerdem muß Edward sowieso das Land verlassen. Verstehen Sie, Ihre Befreier in London kennen mich nicht, sie haben Anweisungen und Geld erhalten, ohne zu wissen, woher es stammt. Die einzige Verbindung war Edward, und somit ist er ebenfalls eine Gefahr für mich. Er wird Sie also begleiten und dann nach Italien weiterreisen.»

«Sie denken an alles!»

«Ja, nicht wahr?» Robin war sichtlich geschmeichelt. «Leider müssen Sie schon nach dem Frühstück aufbrechen.»

«Nach dem Frühstück?»

«Es tut mir leid. Aber Sie haben einen weiten Weg vor sich.»

Helena begann sich immer elender zu fühlen. Es war seltsam unwirklich, unwirklicher als das Gefängnis, hier in einem schönen englischen Herrenhaus an einem herrlichen englischen Spätsommertag zu sitzen und zu wissen, daß man dieser so geliebten Heimat unfreiwillig den Rücken kehren mußte. Mit der Gewißheit, sie zumindest in den nächsten Jahren nicht sehen zu dürfen. Nur mit aller Gewalt drängte Helena die aufsteigenden Tränen zurück.

Zum Glück ging nun alles so schnell, daß ihr kaum Zeit zum Nachdenken blieb. Sie bekam zwei große Kisten, in die Mrs. Felberry Kleider und Wäsche gepackt hatte, außerdem eine stattliche Anzahl von Gold und Diamanten, die sie überall am Körper aufbewahren sollte. Sie war Mrs. Martha Killyham, auf dem Weg nach Old Fawhill, einem kleinen Ort im Süden von Sussex.

Den Kindern war eingeschärft worden, unterwegs nichts zu sagen und nur ihre Mutter sprechen zu lassen. Francis, der eine Gefahr witterte, bekam glänzende Augen, Cathy mußte ein weiteres Seidenkleid versprochen werden. Insgeheim schwor sich Helena, ihre Tochter niemals wieder in irgendeiner Weise zu bestechen.

Es ging schon gegen Mittag, und die Sonne schien heiß, als sie das Haus verließen.

Als sie vor der Kutsche standen, reichte Helena Sir Robin die Hand. Sie vergewisserte sich, daß niemand zuhörte, und sagte leise:

«Ich danke Ihnen, Robin, von ganzem Herzen!» Weniger aus diesen Worten als aus ihren Augen sprachen ihre tiefe Zuneigung und ihr unendlicher Dank. Sie hatte ihn so verabscheut, aber in diesen Sekunden nahm sie jeden einzelnen bösen Gedanken, den sie gegen ihn gehegt hatte, zurück.

Arnothy sah sie sehr ernst an, dann beugte er sich vor und küßte sie leicht auf die Lippen.

Er kann es nicht lassen, dachte Helena liebevoll. Oh, sie verstand Emerald und all die anderen. Er war faszinierend. Aber sie gab sich keiner Täuschung hin: Hätte er sie als seine Geliebte, er ließe sie nach einiger Zeit ebenso grausam fallen wie alle anderen zuvor. Heute war sie klug genug, das zu erkennen. Aber wenn sie damals als blutjunges, dummes Ding bei ihrer ersten Begegnung mit ihm nicht mit Jimmy verheiratet gewesen wäre, vielleicht wäre sie seinen charmant-unverschämten Aufmerksamkeiten erlegen. Kein Mädchen würde widerstehen, wenn er es umwarb.

Sie stiegen ein, Edward schwang sich auf den Kutschbock, und schon rollten sie über die breite Auffahrt davon. Helena und ihre beiden Kinder sahen noch lange zum Fenster hinaus und winkten, bis das Haus hinter den Kastanienbäumen ihren Blicken entschwunden war.

Die Reise ging schnell voran. Mehrmals rasteten sie, um die Pferde ausruhen zu lassen, und Edward, der anfangs sehr verschlossen gewesen war, taute mehr und mehr auf. Er berichtete, daß Oliver Cromwell seit August mit einer Armee in Irland weile, um dort die Ordnung wiederherzustellen, die sehr vernachlässigt worden war. Man erzählte von ungeheuren Grausamkeiten, mit denen er dort vorging, denn er war nicht gewillt, gegen die irischen Katholiken Gnade walten zu lassen.

«Aber er schämt sich nicht», sagte Edward entrüstet, «halbe Nächte in den Kirchen auf den Knien zu liegen und Gott um Hilfe für seine Taten zu bitten!»

Am späten Abend erreichten sie Old Fawhill, wo sie die Nacht in einem Wirtshaus verbringen und am nächsten Morgen das Schiff besteigen sollten. Die Zimmer waren sehr klein und schmutzig, aber Helena war nun an so viel Schlimmeres gewöhnt, daß sie es fast nicht bemerkte. Sie brachte ihre Kinder zu Bett, die schon auf dem letzten Teil der Reise fest geschlafen hatten, sie selbst öffnete weit das Fenster und lehnte sich hinaus in die kühle Sommernacht, ihre letzte in England. Tief atmete sie die Feuchtigkeit, die aus den Wiesen aufstieg, als schwarze, riesenhafte Schatten schienen ihr die Bäume am westlichen Horizont, der noch von einem lichten Streifen erhellt war und beinahe türkis schimmerte.

Lauter rauschten die Bäume, die gegen den dunklen, hohen Himmel ragten, sanft wehte der Wind in den Ästen, durch das Gras schlich lautlos eine schmale Katze.

Helena stützte den Kopf in die Hände. Sie war müde, vor Nervosität zugleich hellwach.

Was geschieht mit mir, fragte sie sich, ach, Gott, ich halte mein Schicksal nicht mehr in den Händen. Die Dinge geschehen und reißen mich mit fort, und ich kann nichts tun!

Ihr Herz pochte heftig. In ihr war eine Sehnsucht, so stark, daß sie sie zu überwältigen drohte. Ein geheimnisvolles, unbestimmtes Sehnen. Die ferne Welt dort draußen, riesenhaft und fremd, ihr England hier, ihr Carity Hill, und die Menschen, die sie liebte. Wo waren sie? Nein, nein, nicht denken, nicht grübeln. Unweigerlich endeten ihre Gedanken bei ihm. Sie durfte nicht, noch nicht. Zu grausam und zu unerbittlich war der entsetzliche Schmerz. Sie wandte sich ab. Sie mußte jetzt schlafen, um morgen ausgeruht zu sein. Eine harte, ungewisse Zeit lag vor ihr, und bei aller Angst dankte sie Gott dafür, daß sie dies vom Denken abhalten würde.

Schon früh am Morgen brachen sie auf. Das Schiff mit dem klangvollen Namen «Blue Swallow» erwies sich als altersschwaches Monstrum, das bedenklich tief im Wasser lag. Die Mannschaft bestand aus grobschlächtigen, bärtigen Kerlen, von denen Helena keinem einzigen im Dunkeln hätte begegnen mögen. Sie war froh, Edward bei sich zu haben.

Sie stand an der Reling, als die «Blue Swallow» ablegte. Ein sonniger Morgen dämmerte über England herauf, so klar und friedlich, als stehe er über der Zeit mit ihrem Elend und Leid.

Ich werde wiederkommen, dachte Helena bei sich, ich schwöre, ich werde wiederkommen. Dies ist kein Abschied für immer.

Sie wurde aus ihren Gedanken geschreckt durch Edward, der hinter sie getreten war.

«Madam», sagte er leise.

Sie sah auf. «Ja, Edward?»

«Ein Brief, Madam, von Sir Robin. Ich sollte ihn Ihnen geben, sobald wir England verlassen hätten.» Er reichte ihr einen gerollten Brief.

«Danke, Edward.»

Mit einer Verbeugung entfernte er sich.

Der Brief war nur kurz. Robin teilte ihr mit, daß Emerald und ihre Familie im Mai bei einem Brand ihres Schlosses den Tod gefunden hätten. Er schloß mit den Worten: «Ich wagte nicht, es Ihnen selbst zu sagen, da ich weiß, daß Sie mir wegen meines Verhaltens gegen Emerald größte Vorwürfe machen. Doch ich dachte, Sie müßten es wissen, auch wenn es entsetzlich für Sie ist. Robin.»

Feigling, dachte Helena, Feigling!

Sorgfältig rollte sie das Blatt wieder ein. Sie war sehr ruhig, nur ihre Hände zitterten leicht. Schöne, arme Emerald! So verheißungsvoll hatte ihr Leben vor ihr gelegen, so tragisch endete es nun. Doch sie selbst war wie betäubt, verspürte keinen Schmerz. Sie sah auf die Küste, die rötlich angestrahlt wurde von der aufgehenden Sonne. Dann wandte sich sich um und verließ das Deck.

Drittes Buch

I

Wenn Helena später an die Jahre in Frankreich, die sie in Paris verlebte, zurückdachte, dann verstand sie kaum, wie sie es in einem Land hatte aushalten können, das sie so haßte. Hilflos und verzweifelt stand sie in dieser ganz und gar fremden Umgebung, in der nichts vertraut und heimatlich für sie war, in der jeder ihr nur feindselig entgegenzukommen schien. In ihrer quälenden Sehnsucht nach dem verlorenen England begann sie die Sprache und Lebensgewohnheiten der Franzosen unbesehen und ungerecht zu verurteilen und sich immer tiefer in ihre Einsamkeit zu flüchten. Manchmal dachte sie, daß es besser gewesen wäre, im Gefängnis zu bleiben, denn dort wäre sie wahrscheinlich längst gestorben und hätte nicht die Bitterkeit dieses neuen Lebens ertragen müssen. Es kam ihr vor, als seien hundert Jahre vergangen, seit sie mit Alexander so bettelarm und doch so glücklich im häßlichsten Londoner Stadtteil gelebt hatte. Noch viel weiter zurück lag die Erinnerung an Charity Hill mit seinen Bewohnern, an den grausigen Bürgerkrieg und an ihre glanzvolle, heitere Jugend. Die Zeit verklärte die Bilder der Vergangenheit, für Helena verblaßten die Eindrücke der früheren Schrekken und Ängste und zurück blieben Wärme und Geborgenheit, die sie damals trotz allem anderen umgeben hatten. Und Alexander war dagewesen, ob er im Krieg kämpfte oder bei ihr lebte. An ihn hatte sie sich geklammert, ihn hatte sie immer als ihr Schicksal empfunden. Es gab Stunden, in denen sie an ihn mit demselben rasenden Kummer dachte, den sie kurz nach seinem Tod gespürt hatte, aber es gab auch Stunden, in denen sie wütend war auf ihn und auf ihre Liebe zu ihm, weil beide sie das sanfte geordnete Leben gekostet hatten, das in ihren Träumen für sie bereit gewesen war. Ohne ihn hielte sie sich heute noch in England auf, zwar nicht gemeinsam mit Jimmy und nicht in dem alten Schloß in Cornwall, aber doch in ihrer Heimat, bei den Menschen, die sie liebte. Dabei wußte sie, daß sie für nichts in der Welt, nicht einmal für eine sofortige Rückkehr nach England das Erlebnis mit Alexander nicht hätte haben wollen. Trotz Wut, trotz Bitterkeit blieb er das einzige, was sie immer gegen alle Widerstände hatte besitzen wollen, wenn auch seine Kampfeslust sie in diese Situation hatte geraten lassen. Obwohl Helena alles tat, sich gegen die Wirklichkeit in diesem verhaßten Land abzuschirmen, konnte sie sich nicht auf Dauer der Gegenwart verschließen. Francis und Cathy, beide noch jung genug, um alles als spannendes Abenteuer anzusehen, begannen sich in Frankreich einzuleben, die Sprache zu lernen und Freunde zu suchen. Ohne daß sie das selbst richtig begriffen hätten, fühlten sie sich von ihrer Mutter im Stich gelassen, und Helena spürte die Entfremdung, die sich zwischen ihr und den Kindern aufbaute. Schuldbewußt suchte sie sich stärker um die beiden zu kümmern, denn sie wußte, daß sie an ihre Aufgabe als Mutter nicht viel Zeit und Gedanken gewandt hatte. Bei diesem langsamen Auftauchen aus ihren Erinnerungen sah sie sich einem neuen Schrecken gegenüber. Das Geld von Sir Robin, das ihnen lange Schutz und Sicherheit gewährt hatte, neigte sich seinem Ende zu. Helena erlitt einen Schock, als sie sah, wie wenig sie noch besaß. Es blieb ihr gar nichts anderes übrig als von einem Moment zum andern ihr Leben und das ihrer Kinder in die Hand zu nehmen. Sie zog in eine scheußliche, aber billige Wohnung, in der sie fortan nur lichtscheues Gesindel als Nachbarn hatte. Sie suchte sich Arbeit und fand schließlich eine Stelle als Küchenhilfe in einem vornehmen Gasthaus. Hier fing ihr Leben an, immer mehr einem Alptraum zu gleichen. Von ihrer Arbeitgeberin wurde sie herumgehetzt, gedemütigt, beleidigt und beschimpft, von ihren Kolleginnen ihrer ausländischen Herkunft wegen gemieden, von Menschen niedrigsten Charakters verspottet und ausgenutzt. Niemals hätte sie es für möglich gehalten, daß eine Helena Calvy so tief in Schmutz und Elend fallen könnte, es war ihr, als bestehe sie selbst nur noch aus Müdigkeit, Hunger und Kälte, ihr war jeder Tag ein neuer Kampf, von dem sie nicht wußte, ob sie ihn am Abend wohl bestanden haben würde. Helena wagte nie, daran zu denken, was geschehen sollte, wenn sie einmal nicht weiterkonnte, doch natürlich mußte irgendwann genau diese Situation eintreten. Sechs Jahre nachdem sie England verlassen hatte, erkrankte sie an einer Lungenentzündung so heftig, daß es sie beinahe das Leben kostete. Als sie nach vielen Wochen ihr Bett wieder verlassen konnte, hatte sie ihre Arbeit, ihre letzten kärglichen Ersparnisse und jede Kraft verloren.

Sie begriff, daß im Leben nichts unmöglich war. Was sie immer für vollkommen undenkbar gehalten hatte, trat nun ein. Sie beschloß wieder zu heiraten. Sie ging mit einer Raffinesse zu Werke, die sie selbst bei sich nicht vermutet hätte. Mit Hilfe einer alten Kupplerin gelang es ihr, einen ebenso reichen wie angesehenen Mann aus altem Adelsgeschlecht auf sich aufmerksam zu machen. Sie schöpfte ihre Möglichkeiten voll aus, präsentierte sich geschickt in ihrer Rolle als vornehme englische Aristokratin, die durch eine blutige Revolution Geld und Gut und Heimat verloren hatte und sich nun in einem fremden Land tapfer durchs Leben schlug, um sich und ihre beiden Kinder zu erhalten. Antoine Comte de Moville war 47 Jahre alt, seit vielen Jahren Witwer, wegen seines Reichtums, seines Charmes von vielen Frauen begehrt, dabei doch sehr einsam und abweisend. Er lernte Helena kennen, als er mit seinen drei erwachsenen Kindern für kurze Zeit in Paris weilte, und sie war seit langem die erste Frau, die ihn wirklich faszinierte. Es dauerte eine Weile, bis er es sich selber eingestand, daß er sie liebte, und er fragte sich oft, wie und warum es so gekommen war. Helena sah zu elend aus, um noch wirklich schön zu sein, und es machte sie auch nicht reizvoller, daß sie zwei halbwüchsige Kinder bei sich hatte und in einer der verkommensten Gegenden von Paris lebte. Dennoch verliebte sich Antoine heftiger in sie als jemals zuvor in irgendeine Frau. Er begann gleichzeitig ihre Hilflosigkeit und ihre Tapferkeit zu lieben, ihre Scheu und ihr erstes Vertrauen. Daß die vornehme Gesellschaft Frankreichs die Augenbrauen hochzog und seine eigene Tochter Colette vor Entrüstung außer sich war, bestärkte Antoine eher in seinem Entschluß. Am 5. Juli 1656 machte er Helena zur Comtesse de Moville und nahm sie mit auf die bretonische Halbinsel und sein am Meer gelegenes zauberhaftes Schloß.

Die Jahre, die nun folgten, erinnerten Helena in ihrer äußerlichen Leichtigkeit und ihrem Frieden an ihr Leben vor dem Krieg. Das alte rosenbewachsene Schloß beherbergte immer viele Gäste, es wurden Bälle und Ausflüge veranstaltet und jede Gelegenheit zu einer Feier benutzt. Cathy amüsierte sich, und Francis schien glücklich zu sein. Dies zu sehen erleichterte Helena besonders. Doch diese Ehe und diese Jahre waren für sie nichts anderes als ein dankbares Aufatmen nach langem Leiden. Fast ein wenig beunruhigt beobachtete sie, wie Antoines Gefühle immer tiefer und inniger wurden. Sie hatte ihn zwar unbedingt gebraucht, und sie mochte ihn tatsächlich sehr gern, aber dabei hatte sie nie die Hoffnung aufgegeben, eines Tages nach England zurückkehren zu können. Ewig konnte Oliver Cromwell, der inzwischen als Lordprotektor herrschte, nicht leben. Aber selbst wenn einmal wieder ein König England regieren sollte, würde es schwer werden, Frankreich zu verlassen.

Helena begriff, daß Antoine sie wirklich liebte, denn sein Verhalten ihr gegenüber war voller Zärtlichkeit und Fürsorge. Das verstärkte sich noch, als Helena etwa ein Jahr nach der Hochzeit einen Sohn, Victor, zur Welt brachte.

Antoine empfand Glück und Stolz, sein ganzes Leben schien nur noch aus Helena und ihrem kleinen Sohn zu bestehen.

Es war in dieser Zeit, daß Helena begann, abermals in alten unwirklichen Erinnerungen zu leben. Ihre Schuldgefühle gegenüber Antoine brachten sie dazu, aber auch die lebhafte, unbekümmerte Sorglosigkeit, die sich vor ihren Augen abspielte und die in so krassem Gegensatz zu früher Erlebtem stand. Es gab niemand unter den Menschen um sie herum, der ihr bisheriges Leben gekannt oder gar geteilt hätte. Sie wußten doch alle nichts von der wirklichen Helena. Das war ihr auf einmal unerträglich, sie mußte jemanden finden, der sie kannte und vor dem sie sich nicht zu verstellen brauchte. Sie fing an, Briefe zu schreiben, Briefe an Alexander, die sie nie abschickte, die ganz sinnlos waren, ein unbeantwortetes Gespräch mit einem Toten, das nur ihrer eigenen Erleichterung diente. Immer wenn sie allein war, flüchtete sie an ihren Schreibtisch und schrieb voller Hast und Eile Seite um Seite nieder. Sie berichtete von ihrem Leben, von all den vielen Ereignissen eines Tages, von Francis und Cathy, Antoines Kindern und Victor. Sie beschrieb aber auch eigene Gefühle und Empfindungen, sie rief sich Momente der Vergangenheit ins Gedächtnis, wandte Gedanken an die Zukunft und ihre Rückkehr in ein befreites England. Sie erzählte von Antoine, von seiner Güte und Großmut und ihrer eigenen beschämenden Kälte und Untreue. Es kam ihr keinen Moment lang in den Sinn, wie gefährlich sie handelte und wie zwangsläufig sie ein Unheil heraufbeschwor.

Wie leichtsinnig und gedankenlos sie sich verhalten hatte, begriff Helena erst in jener Nacht, als sie einem ganz veränderten und betrunkenen Antoine gegenüberstand, der vor Schmerz und Wut außer sich war. Er hatte die Briefe gefunden, die Briefe eines ganzen Jahres, und er hatte darin alles enthüllt bekommen, was ihm bis dahin von seiner Frau verborgen geblieben war.

Er wußte, daß sein Treffen mit ihr damals in Paris nicht zufällig stattgefunden hatte, er wußte von ihrer Sehnsucht nach England und ihrem Haß auf Frankreich, und er wußte, daß Alexander immer noch der einzige Mann der Welt war, den sie liebte. Es war die schrecklichste Nacht in Helenas Leben. Wie erstarrt vor Schreck stand sie in dem schönen großen Schlafzimmer, das nur von wenigen Kerzen erleuchtet wurde, und blickte auf diesen ihr fremden Mann vor ihr, von dem ein gräßlicher Branntweingeruch ausging.

Sie erkannte den sanften Antoine nicht wieder. Dieser Mann hier sah zerstört aus, wütend, verletzt, hilflos und rachsüchtig. Sie hätte nie gedacht, daß er so laut schreien konnte, daß er sie einmal so in

Angst versetzen würde, daß sie Schritt um Schritt vor ihm zurückwich. Er hielt die Briefe in seinen Händen, während er Anklagen und Beleidigungen gegen Helena schleuderte, und ließ sie kein einziges Mal zu Wort kommen. Er hatte nicht die geringste Ähnlichkeit mehr mit dem höflichen, charmanten Grafen, dessen ruhiges und gelassenes Gesicht bei jedem Menschen Vertrauen erweckte. Und dann schließlich geschah das Furchtbarste, als er die Briefe Helena vor die Füße warf und an ihr vorbei aus dem Zimmer stürzte, hinaus in die stürmische Septembernacht, in der ein heftiger Wind tobte und die Wellen des Meeres aufpeitschte, in der weder Mond noch Sterne die Dunkelheit ein wenig erhellten. Helena erfuhr nie, wie es wirklich geschehen war, ob Antoine zu den Klippen geritten war, in der Absicht, sich von den Felsen hinabzustürzen, oder ob er dort nur ausgerutscht war in seiner Erregtheit und Trunkenheit. Aber die Leute, die ausschwärmten, um ihn zu suchen, fanden ihn nahe am Meer auf einem hervorstehenden Felsen. Er hatte den Sturz natürlich nicht überlebt, nur der Zufall hatte es verhindert, daß seine Leiche weggeschwemmt worden war. In dieser Nacht wurde Helena klar, von welch unbeirrbarem Eigennutz ihr ganzes bisheriges Leben durchzogen war. Sie mußte die Briefe ansehen, die Briefe, diese lächerlichen, sentimentalen Briefe, derentwegen Antoine gestorben war. Sie mußte sich selbst ansehen, jene Frau, die als Helena Calvy losgezogen war, mit strahlenden Augen die Welt zu erobern, und nun vor den Trümmern dessen stand, was sie in ihrem Egoismus zerschlagen hatte. Wie eine Fremde sah sie die junge Helena Calvy, die für sich nur das schönste und beste Leben erträumte.

Aber dann, als sie Jimmy geheiratet hatte und Alexander kennenlernte, da war sie erwachsen, da hatte sie an ihr eigenes Schicksal das anderer gekettet und mußte es mittragen als eine Verpflichtung, der sie sich nicht entziehen durfte. Doch das Kind Helena bestand trotzig und unnachgiebig auf dem eigenen Glück, das durch niemanden auf der Welt eingeschränkt werden durfte. Sie wollte Alexander, und wäre Jimmy nicht gestorben, sie wußte, sie hätte ihm so lange zugesetzt, bis er sie hätte gehen lassen, und wenn sein Herz darüber zerbrochen wäre. Ja, ihn hätte sie zerstört, und Antoine hatte sie wirklich zerstört, und doch waren es die beiden Männer in ihrem Leben, die es nicht verdient hatten, die sie aufrichtig und treu und tief liebten. Alexander mit seiner Ehre, seiner Pflicht, seinem Kampfwillen – ach, an ihn hatte sie ihr Herz gehängt, sich ihm zu Füßen geworfen, und gerade er hatte ihr nie ein Opfer gebracht. Er hatte gewußt, wie allein sie sein würde, wenn ihm etwas zustieße, aber er gab ihrem Flehen nicht nach. Er ließ sie im Stich, und sie vergalt es ihm noch heute mit der hingebungsvollsten Liebe, die sie für niemanden sonst empfand.

Oh, wie felsenfest hatte sie sich eingebildet, eine Dame zu sein, und war es doch zu keiner Minute gewesen. Immer hatte sie geglaubt, gute Manieren und geschliffene Umgangsformen seien alles, was man brauchte, und sie begriff erst jetzt, was die wirklich große Dame ausmachte. Voll Ruhe und Gelassenheit tragen, was das Schicksal brachte und was nicht zu ändern war, Niederlagen mit Würde und Stolz hinnehmen, der Familie und der Welt ein lächelndes Gesicht zeigen, auch wenn man im Innersten Stürme durchlitt.

Aber sie hatte es nie gelernt! Als Alexander starb – du lieber Gott! Hunderte von Frauen hatten in diesem Krieg, Tausende in den Kriegen davor den Mann oder den Liebsten verloren, und sie mußten diesen Schlag verkraften. Doch sie, Helena, selbsternannter Mittelpunkt des Universums und allen Daseins, sie verlangte, daß die Welt stillstand und den Atem anhielt im Angesicht ihrer Trauer.

Und gejammert und geklagt hatte sie all die Zeit, sich verlassen gefühlt von allen Menschen, ausgeliefert an das Schicksal. Sie undankbares, verwöhntes Geschöpf! Immer, immer waren da Menschen gewesen, die für sie sorgten und für sie da waren, nur achtete sie deren Hilfe für gering und unbedeutend.

Oh, sie hätte aufschreien mögen vor Entsetzen über diese Briefe. Mit siebzehn konnte man etwas so Albernes tun, nicht mehr mit 33 Jahren. Da durfte es nicht mehr diese entsetzlich übersteigerten Reaktionen geben, denen sie immer wieder unterlag. Seit sie denken konnte, war es so gewesen, in Freude und Kummer, Glück und Trauer, in Liebe und Haß, maßlos war sie, ihre Gefühle in keiner Weise beherrschend, sondern ihnen ganz und gar ausgeliefert. Und sie steigerte sie so lange, so stetig, bis ein Unglück geschah und sie dastehen mußte und alle Schuld sehen und begreifen.

Für alle Zeit mußte sie diese Schuld allein tragen.

2

Oliver Cromwell war tot, und mit ihm die Kraft, die England all die Jahre hindurch, seit man den König enthauptet hatte, getragen und geführt hatte. Schwer, mit eiserner Hand regierte er das Land. Über Jahre hinweg schon war er krank und zerbrochen, aber als sei er unsterblich, raffte er sich wieder und wieder empor, stand wie ein Felsen und verlor nichts von seiner Energie und seiner Entschlossenheit.

Doch dann, im September 1658, verlosch auch dieser Stern. Ein schweres Fieber befiel den Protektor, verwirrte seinen Geist. Drei Tage und drei Nächte währte der Todeskampf.

Am Morgen des 3. September ließ Cromwell einige Mitglieder des Staatsrats zu sich kommen und teilte ihnen seinen Willen mit, daß sein Sohn Richard ihm im Amt des Protektors folgen solle. Dann versank er wieder in seine Fieberträume, und schließlich, am Nachmittag, starb er sanft und still.

Schwarzverhangen waren nun die Fenster Whitehalls, aber was das Volk befiel war nicht Trauer um den toten Tyrannen, sondern tiefste Angst. Schrecken breitete sich aus, denn wenn auch niemand Cromwell geliebt hatte, so hatte er doch einen Schutz bedeutet, und niemand wußte, was nach ihm kommen sollte. Tief verwurzelt waren noch die grausamen Eindrücke des Kriegs, und alle waren voller Furcht, es werde nun erneut zu Kämpfen kommen.

Richard Cromwell war in keiner Weise geeignet, den Weg, den sein Vater begonnen hatte, fortzusetzen. Schon nach acht Monaten legte er sein Amt nieder.

Im Februar des Jahres 1660 zog der schottische General Monk in London ein und besetzte die Hauptstadt. Er befahl die Zusammensetzung eines neuen Parlaments, das, die starke und immer mehr steigende royalistische Strömung im Volk erkennend, im Mai 1660 Charles Stuart II. zum König ausrief. Im selben Monat zog der Sohn Charles I. triumphierend in London ein. Das ganze Land tobte vor Begeisterung. Wie sehr hatten sie diesen Moment ersehnt! Die furchtbaren Jahre des Bürgerkriegs hatten ganze Familien zerstört, der Rechtsbruch, der begangen wurde, als man den König hinrichtete, hatte das Herz eines jeden Engländers bluten lassen. Lebenslust und Lebensfreude hatte die puritanische Regierung den Engländern rauben wollen – nun aber würden sie sie zurückgewinnen und besser und größer als je zuvor.

Und schon war da nicht mehr nur der Wunsch, das alte Leben

zurückzuerhalten, nein, im Taumel der befreiten Kräfte schwankte die Welle höher und höher. Wie rasend waren sie alle nach dem Leben, und es mußte großartig sein, sittenlos, schreiend, bunt, bewegt, von überwältigender Fülle. Endlich wieder lachen, tanzen, trinken, fluchen, lieben. Und rächen. Oh, furchtbar war die Rache an den Mördern Englands, an den Mördern des Königs. Nur wenige konnten fliehen, nur wenige wurden begnadigt, die meisten richtete man unter dem Jubel des Volkes hin. In wildem Haß verschonte Charles Stuart auch seine toten Feinde nicht. Die Leichen Cromwells, Bradshaws, Iretons wurden aus ihren Gräbern gerissen und öffentlich gevierteilt und enthauptet.

Ein neues England entstand, ein neues Zeitalter begann. König Charles II. lebte es vor. Die Zeit, da ein rauschendes Fest das andere jagte, da Leichtsinn und Frechheit alles waren, da jeder Mann sich öffentlich zu seinen Mätressen bekannte und jede Frau zu ihren Liebhabern. Ein ganzes Volk verfiel der erlösenden Trunkenheit.

Nichts mehr aber hatte dies mit dem alten Leben gemeinsam, wie es vor dem Bürgerkrieg gewesen war. Dies war zusammengebrochen und in seinen Trümmern zugrunde gegangen.

Am 15. März 1661 kehrte Helena nach England zurück. Sie wurde begleitet von zwei Zofen und drei Dienern sowie ihrem drei Jahre alten Sohn Victor.

Die letzten zwei Jahre in Frankreich seit Antoines Tod waren wie in einen seltsamen Dunst getaucht an Helena vorübergezogen. Auf eine merkwürdige Art hatte sie nicht mehr richtig zu der Familie zurückgefunden. Alle waren freundlich zu ihr und behandelten sie zuvorkommend und liebevoll, aber etwas war anders geworden. Vielleicht geschah es, um sie in ihrer Trauer zu schonen, aber Helena schien es, als werde sie mit einemmal nicht mehr gebraucht, als sei sie zu etwas Fremdem geworden.

Es verging einige Zeit, und dann kam jener Morgen im Juni 1660, als Helena aufwachte und ihren Sohn Francis nicht mehr vorfand, statt seiner einen Brief, in dem er ihr mitteilte, er und sein Freund hätten sich als Matrosen anheuern lassen und seien schon auf dem Weg zu den westindischen Inseln.

«Du weißt, Mutter, es war immer mein Traum, zur See zu fahren und Kapitän zu werden», schrieb er, «und nun finde ich, daß es an der Zeit ist, das Leben auf einem Schiff und die fremden Länder kennenzulernen. Ich bitte Dich, sei mir nicht böse! Ich muß jetzt dieses Abenteuer durchführen und bestehen, aber ich werde bald wieder bei Dir sein!»

Ihr Francis! Ja, sie mußte es wohl hinnehmen, daß er sich von ihr löste und eigene Wege ging, sie mußte sich freuen, daß er es kühn und unbeirrt tat. Er war schließlich siebzehn Jahre alt und konnte auf sich selber aufpassen. Aber wie nah war noch die Zeit, da sie selbst so alt gewesen war, wie er heute, und eben dieses Kind erwartete. So klein war er gewesen, und sie so stolz, weil sie diesem krabbelnden, schreienden, schlafenden Wunder seine Wirklichkeit verliehen hatte.

Der Plan reifte nun in ihr, Frankreich zu verlassen. Hier lag nicht mehr ihr Leben, und immer drängender wurde ihre Sehnsucht. Auch hatte sie Verpflichtungen, da waren Charity Hill, Broom Lawn und das Londoner Haus, alles nun wieder in ihrem Besitz. Mitten in die Reisevorbereitungen hinein platzte Cathys plötzliche Verlobung. Ihr Auserwählter war ein reicher, nicht mehr ganz junger Mann aus Paris, ein wenig leichtlebig, charmant und gut aussehend.

«Ich werde Ihre Tochter glücklich machen, Madame», versicherte er, «ich liebe sie sehr, und wir werden ein wunderbares Leben führen!»

Helena sah die beiden liebevoll an. Wie jung sie waren, wie leichtsinnig und wie glücklich. Und vielleicht war es gut so. Cathy würde nicht untergehen, da konnte sie sicher sein. Sie selbst, die sie so sehr unter dem Heimweh gelitten hatte, konnte ihre Tochter nicht zwingen, mit ihr in ein für sie fremdes Land zu gehen. Dies wäre egoistisch von ihr, und außerdem mußte sie sich bei allem mütterlichen Stolz eingestehen, daß Cathy niemals in abgöttischer Liebe an ihr gehangen hatte. So selbstbewußt war sie, so stark, daß sie ihrer Mutter nicht länger bedurfte, auch wenn sie erst sechzehn war. In dem Alter etwa ging ich auch von zu Hause fort, sagte sich Helena, aber es wurde mir dann schwer genug. So wird es Cathy nicht gehen.

Die am Weihnachtsabend des Jahres 1660 gefeierte Hochzeit wurde zu einem der glanzvollsten Ereignisse, die Paris gesehen hatte. Jeder, der in irgendeiner Weise etwas im öffentlichen Leben darstellte, war eingeladen, die berühmtesten und die anrüchigsten Namen prangten auf der Gästeliste. Cathy sah hinreißend schön aus und flirtete mit jedem Mann im Saal.

Noch am Abend begab sich das Paar auf die Reise nach Italien, wo es die nächsten Wochen verleben wollte, und Helena fuhr zurück in das Château Moville, um sich weiter ihren Reisevorbereitungen zu widmen. Es gab einiges zu regeln, besonders wegen der Erbansprüche. Helena wollte am liebsten auf alles verzichten, aber schon aus Rücksicht auf den kleinen Victor durfte sie das nicht tun.

Der Reisetag war ein regnerischer grauer Morgen, die rauhe Landschaft der Bretagne vom Nebel verhüllt, und dennoch fühlte Helena einen leisen Abschiedsschmerz. Sie hatte glückliche Stunden hier gehabt, aber ganz gleich, ob glücklich oder nicht, ein kurzer Teil ihres Lebens war untrennbar mit diesem Land verbunden, und das reichte, daß sie niemals Gleichgültigkeit für es empfinden konnte. Sie stand an der Reling, Victor an der Hand, verwundert, daß sie nicht viel glücklicher war in einem Augenblick, den sie so ersehnt hatte. Ihr war lediglich ein wenig feierlich zumute.

Als sie London erreichten, sah Helena als ersten Heimatboten den Tower. Dann stand sie am Hafen, gestützt auf die Zofe Marie, und sah sich um. Stimmen, Geschrei, Gelächter, Flüche drangen an ihr Ohr, vertraut, so vertraut, als sei es gestern gewesen, daß sie diese Sprache zuletzt gehört hatte.

«Wir sind wirklich in England», sagte sie, «es ist keine Täuschung, wir sind hier!»

«Pardon, Madame?» fragte Marie.

Helena bemerkte, daß sie, ohne nachzudenken, englisch gesprochen hatte.

«Ach, entschuldige, Marie, ich habe nur laut gedacht. Jacques, hol uns eine Kutsche!»

Jacques orderte eine der vielen herumstehenden Kutschen, und während Helena sich schon hineinsetzte, luden die anderen die Gepäckstücke auf.

«Wohin, Madam?» fragte der Kutscher.

Helena lächelte. «In die Drury Lane», sagte sie.

Bei diesen Worten endlich erwachte der freudige ccauer in ihr. Das alte Haus in der Drury Lane, ihr Haus, das sie vor neunzehn Jahren verlassen und seitdem nicht mehr betreten hatte. Fiebernde Ungeduld befiel sie. Das Haus wiedersehen, durch die heimatlichen Räume gehen, ihr Zimmer, vielleicht sogar die Möbel von früher wiederfinden. Noch bedachte sie nicht, daß gerade dies vertraute Haus in seiner Leere, ohne die Stimmen der Familie, quälende Momente heraufbeschwören könnte.

Wie würde sie es finden? Lebten andere Menschen darin oder war es bereits geräumt worden? Notfalls mußten sie in einem Wirtshaus übernachten, aber dann würde sie so bald wie möglich zum König gehen und ihr Eigentum zurückfordern. Helena hing nun am Fenster des langsam durch die Gassen holpernden Wagens. Das alles hier kannte sie, dieses Haus, diesen Baum. Nichts hatte sich geändert. Nicht der alte Brunnen in der King's Street noch der üppige

Efeubewuchs des schönen Hauses am Ende des Strands. Als hätte die Zeit stillgestanden, schien es ihr. Dieser laue Vorfrühlingsabend war wie hundert andere, die sie hier erlebt hatte. Die Luft, der Geruch, die Frauen, die Obst und Blumen feilhielten, all dies unterschied sich überhaupt nicht von früher.

Helena konnte nicht genug sehen, sie hätte schreien mögen und allen erzählen, daß sie dies hier kannte, doch niemand hätte sich dafür interessiert. Die Dienstboten sahen verwirrt und unglücklich drein. Ihnen war alles ganz fremd und neu, und sie wären am liebsten sofort nach Frankreich zurückgekehrt. Der Wagen ratterte um eine Ecke, und sie befanden sich in der Drury Lane. Es war schon ein wenig dämmerig, aber deutlich war jedes Gebäude zu erkennen.

«Jacques, sag dem Kutscher, daß er vier Häuser weiter anhalten soll», befahl Helena.

Sie konnte den Giebel schon sehen und die bunten, runden Glasscheiben des obersten Fensters. Als die Kutsche schließlich stand, wartete sie es nicht ab, daß ihr jemand die Tür öffnete und beim Aussteigen half. Sie sprang hinaus, eilte auf das Haus zu, die steinernen Stufen hinauf. Mit pochendem Herzen stand sie vor derselben Haustür, vor der sie schon als Kind so oft gestanden hatte, und bediente den schweren Türklopfer aus Messing. Vielleicht war überhaupt niemand da, denn alles war so schweigsam, so dunkel. Doch da waren schon langsam schlurfende Schritte zu hören, und die Tür öffnete sich. Eine alte, grauhaarige Frau stand vor Helena. Es war Anne, die frühere Köchin der Ryans.

Beide Frauen standen sich einen Moment wie erstarrt gegenüber, dann sagten beide gleichzeitig:

«Anne!» – «Miss Helena!»

«O Anne, daß ich dich hier finde!» Helena griff mit beiden Händen nach Annes Armen. «Das hätte ich nicht erwartet, aber ich bin ja so froh! Ach, Anne, nun wein doch nicht!»

Anne griff nach ihrer riesigen Schürze und betupfte sich die Augen. «Meine Miss Helena», schluchzte sie, «meine liebe Miss Helena! Daß ich Sie noch einmal wiedersehe in diesem Leben, ach, Gott, daß ich Sie noch einmal wiedersehe! Aber –» sie unterbrach sich erschrocken – «Sie sind ja gar nicht mehr meine kleine Miss Helena! Du lieber Himmel, ich sehe immer noch das junge Mädchen, das uns damals verließ. Sie sind ja längst eine große Dame, nein, welch eine schöne, elegante Dame! Lady Golbrooke, nicht?»

«Mein erster Mann ist im Krieg gefallen, Anne. Madame Lescal heiße ich nun.»

«Madame Lescal?» fragte Anne mißtrauisch. «Das klingt aber nicht englisch!»

«Nein, nein, mein Mann war Franzose. Ich komme aus Frankreich, ich lebte dort zwölf Jahre.»

«Sie haben noch einmal geheiratet?»

«Ja, und davor auch noch einmal. Oh, es ist soviel geschehen, ich werde dir alles später erzählen. Erst einmal ...»

Sie wurde unterbrochen von den Dienstboten, die mit dem Gepäck die Haustür erreichten. Marie führte Victor an der Hand.

«Oh!» rief Anne. «Welch ein entzückendes Kind! Ist das Ihres, Madam? Ein Kind haben Sie schon!»

Helena lachte, weil in Annes Kopf offenbar die Zeitverhältnisse etwas durcheinandergingen. «Anne, ich habe doch vor neunzehn Jahren geheiratet», erklärte sie belustigt, «ich habe schon zwei erwachsene Kinder. Dies ist mein jüngster Sohn, Victor Lescal.»

«Wie hübsch er ist! Guten Tag, Victor!»

Das Kind sah sie verständnislos an.

«Er spricht leider nur französisch», sagte Helena, «und meine Dienstboten auch. Aber du wirst schon mit ihnen zurechtkommen.» Sie wandte sich an Jacques und drückte ihm etwas Geld in die Hand. «Gib das dem Kutscher.»

«Nun kommen Sie aber herein», forderte Anne auf, «ich stehe hier und lasse Sie vor lauter Wiedersehensfreude nicht durch die Tür.»

Helena trat langsam ein und sah sich fast scheu um. Obwohl es sehr düster war, konnte sie erkennen, daß alles genauso aussah wie früher, jedenfalls in dem kleinen Vorraum.

«Es hat sich beinahe nichts geändert», sagte Anne stolz, «die Leute, die hier wohnten, haben zwar viele Sachen in die Rumpelkammer gestellt, aber ich habe alles wieder hervorgesucht!»

«Sogar die alten Bilder sind da!» rief Helena. Sie stand in dem hölzernen, etwas engen Treppenhaus und betrachtete die goldgerahmten Ahnen der Ryans. «Anne, du bist wunderbar. Ich kann gar nicht sagen, wie glücklich es mich macht, das alles so vorzufinden!»

«Ich habe nur meine Pflicht getan», erwiderte Anne, «als Lady Ryan damals London verließ, gab sie mir den Auftrag, das Haus in Ordnung zu halten, bis die Familie zurückkehrt. Und so habe ich auch gehandelt!»

«Aber all die schwierigen Jahre! Der Krieg, die Revolution ... und fremde Leute haben doch hier gewohnt. Was hast du in der Zwischenzeit gemacht?»

«Als die Fremden hierherkamen, haben sie mir angeboten, in ihren Diensten zu bleiben, aber ich habe gesagt: ‹Dies ist Lady Ryans Haus und nur für sie werde ich hier arbeiten.› Dann bin ich gegangen und habe eine andere Stelle in der Nähe Whitehalls gefunden. Jeden Tag bin ich hier vorbeigegangen. Es waren keine schlechten Menschen, Madam, sie waren sogar freundlich zu mir.»

«Aber wie gelang es dir, sie hier wieder herauszubekommen?»

«Das war nicht ich», sagte Anne, während sie die Treppen hinter Helena hinaufzusteigen begann, «der junge Lord Ryan selbst kam nach London, wenige Tage nach dem Einzug des Königs.»

«Alan?»

«Jawohl, Madam. Er sorgte dafür, daß das Haus wieder in den Besitz der Familie Ryan kam. Er traf mich zufällig und bat mich, das Haus zu verwalten, weil er nach Yorkshire zurück mußte. Er lebt nämlich dort, Madam, in Woodlark Park!»

«Ich weiß. Wie geht es ihm?»

«Oh, damals ging es ihm gut. Er ist verheiratet und hat vier Kinder. Er hat mir so viel über die Familie erzählt, alles, was ich nicht wußte. Daß Mylady tot ist ...» In Annes Augen traten Tränen. «Meine gute Mylady», jammerte sie.

Helena strich ihr tröstend über die Haare. «Aber Anne, es ist nun doch schon so lange her», sagte sie, «wir alle müssen darüber hinwegkommen. Was hat Alan denn sonst noch erzählt?»

«Jetzt fällt mir ein, daß er mir gesagt hat, daß Ihr Gatte gefallen ist, Madam. Und er sagte auch, daß Sie einen anderen hätten heiraten wollen, einen Offizier. Aber er war in großer Sorge, weil er nichts über Ihr Schicksal erfahren konnte. Man hatte ihm irgendwo mitgeteilt, Sie seien verhaftet worden, aber der Richter war inzwischen tot, und niemand konnte herausbringen, was aus Ihnen geworden ist. Ich glaube, Lord Ryan dachte, Sie seien tot. Aber ich sagte immer: ‹Sie ist nicht tot. Nicht meine Miss Helena!› Und ich hatte recht!»

«Hat er auch von Elizabeth gesprochen?»

«Ja, von Miss Elizabeth auch. Sie lebt bei ihm in Woodlark Park. Sie ist auch schon lange Witwe. Und Miss Emerald – wußten Sie, daß sie tot ist? Ihr Schloß in Devon brannte eines Nachts ab, und sie und ihre Familie kamen in den Flammen um.»

Helena nickte müde. «Arme Emerald», sagte sie leise, «sie ist betrogen worden um alles, was sie haben wollte. Vielleicht war sie die Unglücklichste von uns allen. Und weißt du etwas von David?»

«O Mam!» Um Annes Mundwinkel zuckte es wieder bedenklich.

«Mr. David Ryan ist auch tot! Er hat sich das Leben genommen, kurz nach der Hinrichtung des Königs, wie Lord Ryan herausfinden konnte. Niemand weiß, warum. Vielleicht weil er als Krüppel lebte.»

«Er ist tot?»

«Man hat ihm einen Arm abgenommen. Irgendwann einmal mußte er durch feindliche Linien fliehen, dabei wurde er verwundet!»

Helena schloß die Augen, weil sie sich so sterbenselend fühlte. David, der Schönste der Familie, jung, stark und stolz, und von ihr geliebt, auch als er sich auf die Seite der Feinde schlug. Nun war er tot, und von der ganzen Familie blieben nur Elizabeth, Alan und sie selbst.

Sie war beinahe wieder daran zu weinen, da aber fiel ihr Blick auf Anne und die übrigen Dienstboten, die sie alle ein wenig unsicher und hilflos ansahen, und auf Victor, der unendlich müde und klein wirkte. Dies alles ließ sie sich stärker fühlen.

«Wir sollten schlafen gehen», sagte sie, «Anne, weise bitte den anderen ihre Schlafräume zu. Victor schläft bei Marie. Ich gehe alleine in mein Zimmer, den Weg finde ich noch. Jacques, bring mir meine Koffer.»

Auch hier in ihrem Zimmer hatte Anne alles so hergerichtet, wie es früher gewesen war. Dieselben Möbel, Teppiche und Vorhänge, sogar derselbe weiße Spitzenüberwurf über dem Bett. Helena zündete die Kerzen an.

Vorsichtig berührte sie das schwere Holz der alten Kommode, hob dann den Blick und sah in den Spiegel darüber. Wie oft hatte sie hier gestanden und hatte sorgfältig ihr Gesicht gemustert. Heute waren ein paar zarte Fältchen um ihre Augen, sie war schmaler und blasser. Vielleicht sogar, dachte sie, in einer bestimmten Weise schöner.

Sie ging zum Fenster und öffnete es. Der Rahmen knarrte und ächzte, wie er es immer schon getan hatte. Ein milder Wind strich in das Zimmer, sanft und voller Frühlingsduft.

Da stand der Kirschbaum, noch nicht blühend, aber bereits mit kleinen, zarten Knospen besetzt. Ihr alter Kirschbaum! Er war noch größer geworden, und seine Äste stießen schon gegen die Hauswand. In seinem unerschütterlichen, festen Dasein aber war er der gleiche geblieben. Er wuchs und blühte, brachte Früchte hervor und ließ seine Blätter wieder welken, im gleichmäßigen, ruhigen Ablauf der Zeiten. Was kümmerte es ihn, was um ihn herum geschah, er sah es, aber er lebte nur in sich selbst.

Aber wir, dachte Helena, wir in unserem ganzen Wissen, unserem Verstand, in Leidenschaften, in Liebe und Haß, wir wanken, kämpfen, zerstören. Doch wir schaffen auch, wir lieben, wir verzeihen. Wir überlassen uns und die Welt niemals ihren eigenen Gesetzen.

Es klopfte an die Tür. Helena schloß das Fenster.

«Herein», rief sie. Es war Jacques mit ihrem Gepäck.

«Soll ich es einfach in das Zimmer stellen, Madame?» fragte er.

«Ja, laß alles stehen. Vielen Dank und gute Nacht!»

«Gute Nacht, Madame!»

Jacques verschwand wieder. Helena fühlte sich mit einemmal sehr müde. Sie zog sich rasch aus und nahm ihren Schmuck ab. Da sie nicht wußte, wo sie ihn hintun sollte, öffnete sie eine der Kommodenschubladen. Sie war angefüllt mit zart duftenden Batisttaschentüchern. Zuoberst lag ein kleiner, völlig vertrockneter Strauß von Rosenknospen, die unter ihrer Berührung zerbröselten.

«Ach, du lieber Gott», sagte Helena leise, «warum denn das auch noch? Nun werde ich doch weinen.»

Die Rosenknospen! Das Bild eines Vorsommertags stieg in Helena auf. Ein warmer, glücklicher Tag mit Jimmy, und er hatte ihr den Strauß geschenkt, sie geküßt und ihr gesagt, wie sehr er sie liebe. Als sie dann geheiratet hatten und nach Cornwall gingen, hatte sie im Trubel des Aufbruchs die Blumen vergessen. Und nun fand sie sie wieder.

Ich sollte nicht weinen, dachte sie, ich sollte an nichts anderes denken als daran, daß ich endlich wieder daheim bin.

Mit einem Seufzer kuschelte Helena sich in ihr Bett und schloß die Augen.

Charles Stuart, der König von England, saß in einem seiner kleinen, prunkvollen Gemächer in Whitehall und starrte etwas mißmutig vor sich hin. Den ganzen Morgen über schon herrschte ein ständiges Kommen und Gehen von Menschen, Männer und Frauen, Arme und Reiche. Sie drängten sich in dichten Schwärmen in den Vorzimmern, und sobald sie vorgelassen wurden, stürzten sie sich auf den König, berichteten von ihrem Schicksal während des Kriegs und danach und baten um Rückgabe ihres Eigentums oder um eine Entschädigung. Nur in wenigen Fällen konnte Charles helfen, aber er brachte es nie fertig, Leute fortzuschicken, sondern versprach ihnen lieber Dinge, die er nicht halten konnte. Dies drückte seine Stimmung. Seine Untertanen zeigten ihm Tag für Tag so deutlich ihre

Liebe und Treue, daß es ihn zutiefst rührte. Mit ihnen allen gemeinsam wollte er glücklich sein und die langen, bitteren Jahre vergessen.

«Samuel», sagte er zu dem Lakai, der eben eintrat, «schick die Leute fort. Für heute habe ich genug.»

«Sehr wohl, Majestät.»

«Wer wäre denn der Nächste gewesen?»

Der Lakai sah auf eine Liste, die er in der Hand hielt. «Madame Lescal Comtesse Moville», las er vor.

Charles blickte auf. «Comtesse Moville?» fragte er.

«Die Dame ist Engländerin, Majestät. Sie sagt, sie sei die Witwe des Oberst Tate.»

«O Samuel, hol sie herein. Die Witwe von Oberst Tate kann ich nicht fortschicken!»

Der Lakai verschwand. Kurz darauf betrat Helena den Raum. Sie wirkte recht nervös, aber sehr beherrscht. Sie war teuer und elegant gekleidet, denn sie wollte nicht so tun, als sei sie arm. Obwohl sie die Hinterlassenschaft Antoines für Victor aufbewahrte, hatte sie einen Teil erhalten, von dem sie für Jahre gut würde leben können.

Charles war aufgestanden, als sie eintrat, und betrachtete sie mit Interesse. Sie ist schön, urteilte er in Gedanken, und traurig. Er lächelte sie an.

Helena ergriff seine ausgestreckte Hand und versank in einen tiefen Knicks. «Majestät», sagte sie, «ich danke Ihnen, daß Sie mich empfangen.»

«Setzen Sie sich doch, Madame!» Charles' Stimmung hatte sich gehoben, wie immer wenn er mit attraktiven Frauen zusammen war, und zudem merkte er, daß er sie beeindruckte, und das gefiel ihm.

Helena, die noch gut den kleinen, etwas unscheinbaren König Charles I. in Erinnerung hatte, war von dessen Sohn tatsächlich überrascht. Er war sehr groß, hatte ein schmales Gesicht und tiefdunkle Augen. Seine Miene trug immer ein wenig den Ausdruck von Überlegenheit und Belustigung. Er hat nicht viel mit seinem Vater gemeinsam, dachte Helena, aber er ist ein wenig zu schön, und er ist weich, vor allem auch sich selbst gegenüber. Oh, ich verstehe nun, warum man von ihm sagt, er sei der König der Frauen!

«Madame», sagte Charles, «ich hörte, Sie seien mit dem verstorbenen Oberst Tate verheiratet gewesen. Darf ich Ihnen sagen, daß er einer der treuesten Diener meines Vaters war? Ich erinnere mich, daß er von ihm oft mit größter Hochachtung sprach.»

Auf all das hätte ich gerne verzichtet, wenn er nur überlebt hätte, dachte Helena, aber laut sagte sie: «Danke, Majestät. Er empfand es als eine Ehre, für den König zu kämpfen.»

«Auch Sie hatten wohl eine schwere Zeit?»

«Ja, ich mußte England 1649 verlassen, kurz nachdem mein Mann ... getötet worden war. Man verdächtigte mich, an dem von ihm und einigen anderen geplanten Aufstand beteiligt gewesen zu sein, und sperrte mich in ein Gefängnis. Glücklicherweise gelang es mir zu fliehen.»

Charles zog die Augenbrauen hoch. «Sie scheinen einige Abenteuer bestanden zu haben», meinte er bewundernd.

Helena lachte. «Es war gar nicht so aufregend», sagte sie, «das alles geschah mit mir, ohne daß ich viel tat.»

Sie schwieg und hoffte, er werde ihr entgegenkommen. Charles spürte das.

«Ich nehme an», sagte er, «daß Ihr Besitz damals enteignet wurde. Wurde er auch zerstört?»

Helena blickte ihn dankbar an. «Nein», erwiderte sie, «meine Güter werden nur von fremden Menschen bewohnt.»

«Das müssen wir natürlich ändern. Wie heißen die Güter?»

«Charity Hill in Cornwall und Broom Lawn in Kent.»

Der König runzelte die Stirn. «Charity Hill?» fragte er. «Den Namen hörte ich bereits. Mir ist, als sei es bereits zurückgefordert.» Er rief nach seinem Sekretär, der bald darauf erschien.

«Das Gut Charity Hill», berichtete er, «wurde bereits im vergangenen Jahr den unrechtmäßigen Bewohnern fortgenommen, auf Betreiben eines gewissen Lord Alan Ryan aus Yorkshire, der nachweisen konnte, daß er der Cousin der Witwe des einstigen Besitzers Lord James Golbrookes ist. Meines Wissens nach hat er einen Verwalter eingesetzt.»

Der König sah Helena fragend an. «Kann das stimmen?»

«Ja, natürlich. Alan ist mein Cousin.»

«Dann ist ja alles in Ordnung. Was das andere Gut betrifft – Broom Lawn in Kent, nicht wahr? – wird mein Sekretär Ihnen eine Vollmacht ausstellen, die Sie sofort wieder zur rechtmäßigen Eigentümerin macht.»

«Vielen Dank, Majestät. Ich habe noch einen Wunsch. Es geht um einige Frauen, die für mich in einer sehr schwierigen Zeit Trost und Hilfe bedeutet haben. Sie waren mit mir im Gefängnis.»

«Dort sind sie sicher nicht mehr. Das Rad hat sich gedreht. Die einstigen Richter sitzen nun selber.»

«Nein, alle vier waren nicht im Zusammenhang mit der Revolution verurteilt, sondern wegen anderer Delikte. Ich möchte, daß man sie befreit. Ich werde für ihre einstigen Vergehen bezahlen. Keine von ihnen darf aber erfahren, daß ich hinter dem allen stehe!»

Der König lächelte.

«Ich werde mich darum kümmern», versprach er, «wenn Sie nachher gehen, geben Sie dem Sekretär im Vorzimmer die Namen.»

«Ich danke Eurer Majestät.» Helena erhob sich. «Vielleicht ist es in der letzten Zeit schon oft gesagt worden», meinte sie, «aber dennoch: ich bin so unendlich froh, daß England wieder einen König hat. Und ich glaube, einen der besten, den es geben kann.»

«Es ist mir eine Ehre, der König solcher Untertanen zu sein!» Charles beugte sich über Helenas Hand.

Der König hat meine Hand geküßt, dachte Helena, das ist ein guter Anfang hier in England!

Aber sie war und blieb ruhelos, selbst als sie schließlich nach Charity Hill reiste. War sie in London in jeder Straße, an jeder Ecke, an jedem Haus auf Erinnerungen gestoßen, um wieviel mehr tat sie es jetzt in dem alten Schloß am Meer! Hier ging die Zeit vorüber, ohne daß sich etwas änderte. Als Helena ankam, war es ein sehr warmer Apriltag, voll blühender Bäume, leise im Wind schaukelnder Blumen, voll Vogelgezwitscher und Duft. Das Haus lag friedlich und ruhig in der Sonne, als seien seine Bewohner am Morgen zu einer Ausfahrt oder zu Besuchen aufgebrochen und kehrten nun am Nachmittag in die schattigen Mauern zurück. Von den einstigen Verwüstungen der Rebellen war nichts mehr zu sehen. Neue Obstbäume waren im Garten gepflanzt worden, Blumen gesät und Kieswege angelegt worden, die Felder waren bestellt, und in den Ställen stand dickes, zufriedenes Vieh.

Der von Alan eingesetzte Verwalter, Mr. Gordon, war sehr stolz, Helena den guten Zustand des Gutes vorführen zu können.

«Alles war ziemlich heruntergekommen», erzählte er, «die letzten Besitzer konnten mit ihren begrenzten Mitteln die Vernachlässigungen ihrer Vorgänger kaum wieder ausgleichen.»

«Wie hießen denn die letzten Besitzer?» unterbrach Helena.

«Mr. und Mrs. Ramley.»

«Ich dachte, sie hießen Corb?»

Mr. Gordon schnaubte verächtlich. «Die sind schon lange fort», sagte er, «Mr. Corb war ständig betrunken, und Mrs. Corb war das liederlichste Geschöpf, das je in Fowey gelebt hat. Man hat ihnen das Gut enteignet.»

«Und es den Ramleys übergeben?»

«Ja. Aber natürlich mußten sie nun auch gehen, da sie Anhänger des Protektors waren. Lord Ryan hat das in die Wege geleitet.»

«Er hatte recht, Sie als Verwalter einzusetzen», sagte Helena, «es ist alles wunderbar in Ordnung.»

«Nun ja, ich habe recht viel gearbeitet», gab Mr. Gordon geschmeichelt zu, «aber ich hatte auch sehr viel Geld zur Verfügung gestellt bekommen.»

«Ich wäre Ihnen dankbar, wenn Sie weiterhin als Verwalter tätig blieben, Mr. Gordon. Sie können mit Ihrer Familie im Haus wohnen bleiben. Ich selbst verstehe nicht viel von Landwirtschaft. Und –» fügte sie leise, mehr zu sich, hinzu – «ich bleibe vielleicht gar nicht lange.»

Es schmerzte, Charity Hill wiederzusehen, wie eine schlecht verheilte Narbe, die aufbrach und zu bluten begann. Helena hatte nicht geglaubt, daß es so schlimm sein würde, durch die vertrauten Räume zu gehen, tausend Dinge zu entdecken, die ihr aus dem Gedächtnis entschwunden waren, die nun aber blitzartig Erinnerungen weckten.

Nicht viel war anders geworden, auch im Innern des Hauses nicht. Einige Wertgegenstände waren verschwunden, wahrscheinlich, wie Helena grimmig dachte, damit sich Thérèse und ihr vornehmer Gatte mit Alkohol hatten eindecken können. Die meisten Möbel standen an denselben Stellen wie früher, die alten Vorhänge und Teppiche waren ebenso vorhanden wie die großen Ahnengemälde. Charity Golbrooke lächelte sanft über dem Kamin in der Eingangshalle, im Gedenken an jene unruhevollen Tage des Bürgerkriegs für immer von einem Riß über ihr Gesicht gezeichnet. Er war nur notdürftig ausgebessert worden, aber obwohl Helena nun die Mittel besaß, um ihn ganz verschwinden zu lassen, tat sie es nicht. Als ein Stück Geschichte, das er war, sollte er bleiben.

Helena zog in ihr früheres Zimmer, über das die französischen Zofen Marie und Lucille die Nasen rümpften. Die Einrichtung entsprach nicht im geringsten der jetzigen Mode, war plump, massiv und gänzlich unfranzösisch. Helena aber wollte nichts ändern. Sie stöberte in den vertrauten Schränken und Truhen und fand ein Paar alte Ballschuhe aus Seide sowie ein Kleid, das sie am Anfang ihrer Ehe gern getragen hatte. Wie altmodisch es jetzt mit seinem breiten Rock und der hohen Taille wirkte!

Die Erinnerungen Charity Hills quälten, und einige Tage genoß es Helena beinahe, ihre Sinne immer neu zu reizen, daß der Kummer sie zu ersticken drohte. Stunden verbrachte sie am Strand. Sie saß auf demselben Felsen, auf dem sie an jenem Abend gesessen hatte, als sie sich mit Alexander traf und ihn anflehte, mit ihr fortzugehen. Sie erinnerte sich, wie sie geglaubt hatte, der Fels müsse einen Glorienschein tragen, weil er all dies gehört hatte, Alexanders Geständnis seiner Liebe zu ihr, ihre Bitten. Sie konnte Alexander genau vor sich sehen und jedes Wort hören, das er gesagt hatte. Die Sehnsucht, die sie dabei empfand, galt neben ihm auch der Zeit, da sie so jung, so verliebt und erfüllt gewesen war. Leidenschaftlich und unbedacht, stürmisch und nur sich selbst sehend. Wenn er heute mit mir hier wäre, dachte sie wehmütig, dann könnten wir diesen Platz gemeinsam sehen und uns all dessen erinnern, was geschehen ist. Wie unendlich glücklich wäre ich dann!

Sie ging auch in das Knechtehaus, und dort kehrte der endlose, heiße Tag zurück, als sie alle hier in Schmutz und Gestank knieten und die stöhnenden, sterbenden Soldaten pflegten. Und die Kammer, in der Molly geschlafen hatte! Ach, und das Wohnzimmer, in dem sie so oft saßen und warteten und ohne Pause stritten. Alexanders Zimmer schließlich, in dem er sie fragte, ob sie ihn heiraten wolle. Alles, alles drängte herbei, so klar und lebendig, als sei es eben erst geschehen.

Sie besuchte den kleinen Familienfriedhof am Ende des Parks. Hier ruhten viele Golbrookes, aber auch Tante Catherine. Und zwei Steine waren da mit den Namen Jimmys und Randolphs, wenn auch die Körper nicht hier, sondern irgendwo in fremder Erde verscharrt lagen.

So ruhig war es hier, so voller Vergangenheit. Irgendwann würden Kinder zwischen den Gräbern spielen, und die Sonnenstrahlen würden auf mit Moos und Efeu bewachsene Steine fallen, auf denen verblichen die Namen der Toten standen. Denn sie waren tot und die alte Zeit auch. Helena mußte vergessen, aber sie wußte, daß sie es hier nicht konnte. Nicht in Charity Hill, das so schicksalhaft für sie gewesen war. Abends, wenn sie in ihrem Zimmer am Fenster saß, wenn der Nebel vom Meer heraufstieg und kalt und feucht das Haus umhüllte, dann war es ihr, als hörte sie die Stimmen derer, die hier gelebt hatten, Janets Lachen, Adelines Schimpfen, Elizabeths Bibelverse und Williams Politik, Francis' Piratengeschrei, Cathys und Carolyns Singen. Dies alles war in den schweren Mauern für immer gefangen.

«Ich werde hier fortgehen», sagte Helena zu Mr. Gordon, «bitte führen Sie alle Geschäfte weiter. Ich werde Geld bei einem Goldschmied in Fowey hinterlegen. Eines Tages wird einer meiner Söhne das Gut übernehmen. Und dann möchte ich, daß Sie nach Kent reisen, nach Broom Lawn, einem weiteren Besitz von mir. Ich habe eine Bescheinigung des Königs sowie einen von mir verfaßten Brief, was Sie beides vorzeigen müssen. Sorgen Sie dafür, daß alles dort an mich zurückgeht, und setzen Sie einen Verwalter Ihres Vertrauens ein.»

Mr. Gordon war in seiner Bedeutung überglücklich und versprach, alles zu vollster Zufriedenheit auszuführen. Helena blieb noch einige Tage. Sie wollte Mrs. Thompson besuchen, aber man teilte ihr mit, die Familie sei irgendwohin fortgegangen. So blieb nur Bridget Cash aus Ivy Castle, und sie zu sehen verspürte Helena nicht das geringste Verlangen. Sie wollte fort von hier, und sie wollte auch nicht nach Broom Lawn. Dort hatte Alexander gelebt, und sie würde es nicht ertragen. Aber nach Yorkshire konnte sie gehen, zu Alan und seiner Familie, zu Elizabeth.

Ende Juli brach sie auf. Sie sah lange zurück zu dem Schloß, das immer kleiner und ferner wurde.

«Du bedeutetest mir viel, Charity Hill», sagte sie leise, «ich war sehr glücklich bei dir, aber nun kann ich es nicht mehr sein.»

Weit lag die Zeit, da sie glaubte, Charity Hill sei ihr Schutzwall gegen die Welt, ihre sichere, tröstende Burg. Heute floh sie aus diesen Mauern, weil sie gerade hier schwächer und trauriger wurde als irgendwo sonst.

Es war eine lange Reise von Cornwall bis in den Norden Englands hinauf, und der Herbst hatte schon begonnen, als Helena in Woodlark Park eintraf. Das große alte Haus empfing sie mit derselben sanften Geborgenheit, die es schon ausgestrahlt hatte, als Helena noch ein kleines Mädchen gewesen war und mit flatternden Schleifen im Haar über die weiten Wiesen getobt war. Ruhig und behäbig lag es eingebettet in die rauhe Landschaft, über die immer wieder die scharfen Nordwinde aus Schottland hereinbrachen, die so häufig vom Nebel verhüllt war.

Noch immer kletterte Efeu die steinernen Fassaden hinauf, noch immer spielten Kinder in dem ungezähmt wuchernden hinteren Teil des Parks, noch immer saßen Mädchen auf der Veranda und ließen sich von jungen Männern den Hof machen. Ein Kommen und Gehen der Generationen, aber unberührt davon blieb die Erde, auf der sie lebten.

Lord Alan Ryan hatte sich in den vielen Jahren verändert. Aus dem schlanken Jüngling von einst war ein stattlicher Herr geworden, ein klein wenig rund und grauhaarig, ein Ebenbild seines Vaters. Er konnte es kaum fassen, Helena wiederzusehen, und diese sah ihn zum erstenmal, seit sie ihn kannte, weinen, als er sie in den Armen hielt.

«Daß du noch lebst», flüsterte er, «meine Süße, daß du noch lebst!»

Die Familie war inzwischen herangekommen, und Alan wandte sich zu ihnen um. «Amalia», sagte er, «komm her. Dies ist meine Cousine Helena, von der ich dir schon so viel erzählt habe.»

Eine zarte blonde Frau, Lady Amalia Ryan, trat vor, nahm Helena in die Arme und küßte sie auf beide Wangen. «Willkommen in Woodlark Park», sagte sie mit weicher Stimme, «ich bin sehr glücklich, dich kennenzulernen.»

Helena faßte von dieser ersten Sekunde an tiefe Zuneigung zu Amalia. Sie war keineswegs attraktiv, aber sie strahlte eine Güte aus, die jeden bezaubern mußte.

Alle vier Kinder waren blond wie ihre Mutter, besaßen aber dazu die körperliche Schönheit der Ryans. Die beiden ältesten Töchter, Rebecca und Juliett, waren vierzehn und dreizehn Jahre alt, dann folgten der elfjährige Charles und der siebenjährige Peter. Sie waren lebhaft und zutraulich und behandelten ihre neue Tante sehr zuvorkommend. Peter ergriff sofort Besitz von Victor und zeigte ihm das Haus und die Ställe, und es störte ihn dabei nicht, daß Victor fast nichts von dem, was er ihm erklärte, verstand.

Fast noch bewegender als das Wiedersehen mit Alan gestaltete sich das mit Elizabeth. Als Helena der kleinen, grauhaarigen Frau gegenüberstand, hatte sie beinahe das Gefühl, zu einer Mutter zurückgekehrt zu sein. Wie früher, wenn sie traurig oder übermütig oder beschämt gewesen war, warf sie sich in Elizabeths Arme.

«Elizabeth», sagte sie, «ich hatte solche Sehnsucht nach dir!»

Elizabeth strich ihr über die Haare und lächelte sanft. Ihre Augen leuchteten, aber einer lauten, jubelnden Freude war sie nicht fähig. In all den Jahren war sie dasselbe in sich gekehrte, in anderen Welten lebende Geschöpf geblieben, zu dem sie nach dem Tod ihres Mannes geworden war.

Die nächsten Tage vergingen schnell. Helena mußte von dem erzählen, was sie erlebt hatte, und die ganze Familie hörte ihr atemlos zu. Natürlich ließ sie einige Einzelheiten fort, so berichtete sie nicht, wie sie die Hochzeit mit Antoine herbeigeführt hatte, und sie sagte auch nichts von dem entsetzlichen Streit vor seinem Tod. Diese Geheimnisse waren für immer in ihr verschlossen.

Es war ein klarer, kühler Herbst, und Helena verbrachte sehr viel Zeit außerhalb des Hauses. Sie ritt mit den Kindern aus oder ging mit Alan, Amalia und Elizabeth spazieren. Die blaugrau herbstliche Luft, der Anblick der abgeernteten Felder, das flaumige Fell der Pferde, die ihren Winterpelz bekamen, all dies war so vertraut, machte ihre Stimmung schwermütig und süß zugleich. Wenn sie mit Alan über die Wiesen streifte, die geliebten Plätze ihrer Kindheit wiedersah, dann wurde ihr Herz so schwer und leicht, ruhig und erregt zugleich.

Alan, hätte sie sagen mögen, merkst du, daß alles wie einst ist? Weißt du noch, wie wir als Kinder spielten, auf diesen weiten Wiesen und in den tiefen Wäldern? Siehst du noch den bleiernen Himmel und den wallenden Nebel über den Stoppelfeldern? Nur blaß war die Sonne, kalt die Luft, Möwen schrien, Harz duftete feucht. Naß war das grüne Moos auf der rauhen Rinde der uralten Eichen, unter denen wir einherschlichen.

Es war ein verlorenes Paradies, dessen Helena gedachte, aber hier, inmitten dieser lauten, fröhlichen Familie, konnte die Trauer sie nicht bezwingen. Lebhaft und voller Frieden war es, wenn sie alle abends um das prasselnde Kaminfeuer saßen und heiße, mit Zimt und Rosinen gefüllte Bratäpfel aßen oder geröstete Kastanien mit Schlagsahne. Wenn Helena in ihrem Bett lag, konnte sie durch die Wand Rebecca und Juliett tuscheln hören, genau wie einst sie selbst und Emerald.

Rebeccas schwärmerisches Stöhnen: «Richard hat die schwärzesten Augen der Welt!», und darauf die neugierige Frage der jüngeren Schwester: «Sag mir, Beck, hat er dich schon einmal geküßt?»

Ja, dies war das Geheimnis Woodlark Parks: Hier wuchs eine neue Generation heran, Menschen, die den Krieg nicht erlebt, die die alte Zeit nicht gekannt hatten, die jetzt lebten und jetzt glücklich waren. Sie hielten jeden Ball für den wichtigsten ihres Lebens, sprachen stundenlang über Kleider und Frisuren, ganze Nächte über ihre Verehrer. Dem allen konnte das Gefühl der Verlorenheit nicht standhalten.

Einige Wochen nach Helenas Eintreffen in Woodlark Park, es war schon Dezember geworden und tiefer Schnee bedeckte das Land, fand sich ein weiterer Gast auf dem Gut ein: Thomas Connor, der Jugendfreund Alans, Elizabeths und Helenas. Er sei geschäftlich in Yorkshire, erklärte er, und er habe sich die Gelegenheit, seine alten

Freunde wiederzutreffen, nicht entgehen lassen wollen. Helena, die ihn zuletzt im Sommer 1644 gesehen hatte, begrüßte ihn stürmisch. Sie genoß sein erst erstauntes, dann begreifendes und schließlich aufstrahlendes Gesicht, als er sie erblickte.

«Du hättest mich kaum erkannt, nicht?» rief sie.

Thomas umarmte sie. «Bei Gott, das ist wirklich Helena», sagte er, «ich kann es nicht glauben! Wie erwachsen du bist und wie schön!»

«Du hast dich auch verändert, Thomas», entgegnete Helena, «du siehst noch besser aus als früher.»

Thomas Connor hatte sich im Gegensatz zu Alan seinen schlanken, muskulösen Körperbau bewahrt. Mit seiner tiefbraunen Haut, den dichten dunklen Haaren, den gewandten Bewegungen wirkte er noch immer sehr jung. Doch der Ausdruck seines Gesichts war anders geworden. Was ihn früher ausgezeichnet hatte, das sorglose Lachen, die leichtsinnige Unbekümmertheit, seine lebensfrohe Lust am Spielen, Fechten und Flirten, dies alles war verschwunden. Er war ernst geworden und schien manchmal tief in Gedanken zu versinken.

«Er hat viel durchgemacht», berichtete Alan Helena am Abend, «sein Vater und seine fünf Brüder sind im Krieg gefallen, seine Mutter vor Gram gestorben. Er heiratete dann, aber schon drei Jahre nach der Hochzeit erlag seine Frau den Pocken. Das einzige Kind, an das er sich nun klammerte, hatte sich angesteckt und starb kurz darauf.»

«Oh, wie schrecklich!» rief Helena mit Tränen in den Augen. «Der arme, arme Thomas! Wie grausam und gnadenlos das Schicksal sein kann!»

Sie kümmerte sich viel um ihn, und sie bemerkte, daß er in ihrer Gegenwart etwas von seiner alten Heiterkeit zurückgewann. Die starke Freundschaft, die sie schon immer füreinander gefühlt hatten, hatte unter der langen Trennung nicht gelitten. Wahrscheinlich, dachte Helena, sieht er in mir dasselbe wie ich in ihm: jemand, der das alles überlebt hat, mit zahllosen Wunden zwar, aber er hat überlebt und ist ein Stück von früher.

Es war an einem kalten Abend Mitte Dezember, als Helena, unruhig von den Ereignissen des Tages, nicht schlafen konnte und noch einmal nach draußen ging. Ein wenig frische Luft würde ihr sicher guttun.

Als sie, in ein großes wollenes Tuch gehüllt, aus dem Haus kam, wirbelten ihr Schneeflocken entgegen, und ein eisiger Wind zerrte an ihren Kleidern. Rasch überquerte sie den Hof, stieß die Stalltür auf und trat mit einem erleichterten Seufzer ein. Hier war es warm und ruhig, nur das sanfte Schnauben und Kauen der Pferde war zu vernehmen. Sogleich entdeckte sie aber auch, daß sie nicht allein war. Eine Laterne brannte, und an einer der Boxen lehnte Thomas.

Er drehte sich um, als sie näher kam. «Helena», sagte er erstaunt, «was tust du denn hier?»

«Ich konnte nicht schlafen und mache noch einen Rundgang.» Sie blieb neben Thomas stehen. «Und was tust du hier?» fragte sie.

«Mir fiel heute früh auf, das Savage lahmte», erwiderte Thomas, «ich wollte jetzt noch einmal nach ihm sehen.»

Beide blickten auf das Pferd.

«Seine Beine sehen ganz in Ordnung aus», meinte Helena.

«Ja. Vielleicht habe ich es mir nur eingebildet.»

«Ich könnte ihn morgen früh reiten und du beobachtest, ob er noch lahmt.»

«Das können wir machen. Es ist sehr nett von dir, Helena.»

Sie schwiegen eine Weile, bis Thomas, der die ganze Zeit etwas unruhig schien, zu sprechen begann.

«Helena», sagte er, «eigentlich wollte ich jetzt noch nichts davon erzählen, aber die Gelegenheit scheint mir günstig, und ich bin mir nun auch endgültig darüber klar geworden, was ich will. Ich möchte fort von England.»

«Fort?» wiederholte Helena ungläubig.

Thomas nickte. «Ich werde alles verkaufen, was ich habe. Von dem Geld kann ich Land in Amerika erwerben und eine Pflanzung aufbauen.»

«Das möchtest du?»

«Schau doch nicht so entsetzt drein! Ich will und muß dieses Land verlassen!»

«Aber warum denn? Fort von England? Freiwillig? Gerade jetzt, wo das Leben hier wieder schön und frei wird, da willst du gehen!»

Thomas sah an ihr vorbei. «Schön?» fragte er bitter. «Ach, Helena, hier kann das Leben nicht mehr schön werden. Ich kann die Menschen nicht vergessen, die ich und die wir alle verloren haben. Ich kann den Krieg nicht vergessen und nicht was vorher war.»

«Aber», sagte Helena, «es ist doch jetzt ein neuer Anfang. Wir haben einen König und wir haben Frieden!»

«Sieh dir den König und seinen Hof an! Eine tanzende, trinkende, verweichlichte Bande!» Er sah Helenas Gesicht. «Entschuldige», lenkte er ein, «so wollte ich es nicht ausdrücken, wenn auch die Verhältnisse in Whitehall einem Jahrmarkt gleichen und an jeder Ecke sich die Mätressen auf die Füße treten. Du weißt», er lächelte etwas, «daß ich dieser Art von Leben früher recht zugetan war. Und das ist es auch nicht, was mich stört und was mich forttreibt.»

«Was ist es dann?»

«Es ist schwer zu erklären. Schau, Helena», Thomas suchte nach Worten, «ich will meinem Leben wieder einen Sinn geben, und den kann ich hier nicht finden. Früher sah ich ihn in einem angenehmen Leben, aber durch den Krieg habe ich gelernt, andere Werte zu erkennen. Siehst du, ich sitze nur noch auf meinen großen alten Gütern, und das Geld fließt mir von allen Seiten zu. Bälle und Gesellschaften und Soupers – das alles füllt mich nicht mehr aus. Ich will nicht länger auf den ererbten Besitztümern meiner Vorfahren sitzen und nichts tun.» Er sah Helena an. «Verstehst du das?»

«Ja», meinte Helena zögernd, «ich glaube schon. Aber ...»

«In Amerika könnte ich mir meinen Traum erfüllen», fuhr Thomas fort, ohne Helenas Einwand zu beachten, «ich könnte mir einen Besitz aufbauen, mit meinen eigenen Händen Stein um Stein eines Hauses aufeinandersetzen, Bäume pflanzen, Felder anlegen. Ich will sehen können, wie alles unter meinen Händen wächst, ich will kämpfen gegen Naturgewalten und gegen Feinde, und ich will mithelfen, dieses herrliche Land aufzubauen!»

«Hör zu, Thomas», sagte Helena, «ich kann genau verstehen, was in dir vorgeht. Die Sehnsucht nach Erfüllung in dieser Weise ... das muß in vielen sein, denn Scharen gehen jetzt nach Amerika, und nicht nur Puritaner, die nun, da Cromwell tot ist, England für sittenlos und verwildert halten. Aber ich habe zwölf Jahre im Exil gelebt, und die ganze Zeit habe ich davon geträumt, zurückzukehren, dieser Traum war es, der mich aufrechterhielt. Nun bin ich da und sehe jemanden, der unter allen Umständen fort will. Ich kann nicht das richtige Verständnis aufbringen.»

«Du sprichst von einem Traum, Helena, und das ist es wahrscheinlich auch. Oder hast du die Wirklichkeit gefunden, die du dir erträumtest? Ich glaube es nämlich nicht. Du kommst ganz offensichtlich nicht zur Ruhe. Du warst in London, wie du mir erzählt hast, dann in Cornwall, nun hier. Nirgends findest du das Glück, das du ersehnst!»

«Du irrst dich», unterbrach Helena, «hier in Woodlark Park bin ich glücklich. Und hier werde ich bleiben.»

Thomas sah sie spöttisch an. «Du hast dich wirklich verändert», sagte er, «es reicht dir, als verwitwete, geduldete Tante bei der Familie deines Cousins zu leben. Ich hätte dich für ehrgeiziger und anspruchsvoller gehalten!»

«Wer erlaubt dir, so mit mir zu reden?» rief Helena zornig.

«Entschuldige. Ich war zu hart, es war unfair. Aber dieses Leben entspricht dir nicht. Stell dir doch nur Amerika vor! Ein Land so groß und weit wie nichts sonst auf der Welt, und man kennt nur den Osten bisher und weiß nicht, was vielleicht noch alles kommt im Westen! Es ist so frei und unberührt und fruchtbar. Und es ist wie England. Ich weiß es von denen, die schon dort waren. Riesige Wälder gibt es, mit Eichen, Buchen, Fichten und Ahornbäumen. Große Wiesen mit üppigem Gras, Klee, Anemonen, Löwenzahn. Klare, sprudelnde Flüsse, tiefe, stille Seen, bewaldete Hügel, Berge, die bis in den Himmel ragen – und die Menschen, die dort hingehen, sie alle wollen fort aus dem alten, staubigen, kranken Europa, sie suchen Freiheit und Glück. Alles, was sie haben sind ihr Mut und ihre Kraft. Überleg dir, ein Land, das von solchen Menschen aufgebaut wird, das aus solchen Träumen entsteht, vielleicht wird es einst zum Hüter von Frieden und Freiheit der ganzen Welt!»

«Du sprichst», sagte Helena, «als wolltest du mich von Amerika überzeugen. Dabei willst du doch hingehen, und ich werde dich nicht aufhalten!»

«Endlich merkst du es», sagte Thomas. Etwas von seinem alten, leichten Charme kehrte zurück, als er nun lächelte und nach Helenas Hand griff. «Glaubst du nicht», fragte er sanft, «daß du mitkommen könntest?»

«Um nicht als geduldete Verwandte hier leben zu müssen?»

«Oh, Himmel, nun bist du mir böse! Es waren so unachtsame Worte von mir, die ich tief bedaure. Kannst du sie nicht vergessen? Nein, Helena, du sollst mitkommen, um nicht hier zu sitzen und etwas zu suchen, das es nicht mehr gibt. Die Menschen, die wir liebten, sind tot und nichts ist mehr von ihnen. Außer uns wird ihrer niemals jemand gedenken. Kennst du den Satz des Dichters Ovid? ‹Wenn von uns überhaupt etwas bleibt außer Namen und Schatten …› Ach, Helena, nichts anderes bleibt nämlich!»

«Namen und Schatten», sagte Helena leise, «ja, von denen, die mit uns waren, ist nur das übrig. Und für uns – für uns bleibt Schuld.»

«Schuld? Gut, Schuld ist ewig. Und Erinnerung. Und beides kann dich zugrunde richten, wenn du dich daran festklammerst. Schuld und Erinnerung bleiben, aber auch Sehnsucht, Helena, nach einem neuen Glück. Deshalb verlaß das Gewesene, bewahre es irgendwo tief in deiner Seele, aber verlaß es!»

«Ach, Thomas ...»

«Komm mit mir, und wir werden alles überwinden. Du mußt doch wissen, was ich für dich empfinde und immer empfand. Du bist reizvoller denn je. In unserer Jugend habe ich dich oberflächlich geliebt und du mich. Aber jetzt ist es tiefer und ernster.»

«Thomas, du bist der beste Freund für mich ...»

«Ich weiß, was du sagen willst. Wir beide sind noch an Menschen gebunden, die wir nicht vergessen können. Aber wenn wir nun heiraten und fortgehen ... ich will dich nicht drängen. Du kannst über alles in Ruhe nachdenken.»

«Ich werde darüber nachdenken», versprach Helena, «gute Nacht, Thomas!»

«Gute Nacht.»

Sie verließ den Stall, ging ins Haus und in ihr Zimmer. Als sie im Bett lag, konnte sie keinen Schlaf finden, so verwirrt und aufgeregt war sie. Es wäre ihr gar nicht in den Sinn gekommen, von Woodlark Park fortzugehen, und erst recht hätte sie nie daran gedacht, noch einmal zu heiraten. Thomas Connor. Ihr Freund aus den Jugendtagen. Ständig hatten sie ein wenig geflirtet, immer waren sie ein wenig verliebt gewesen. Merkwürdig, ihn nun vielleicht zu heiraten. Niemals konnte sie ihn lieben wie sie Alexander geliebt hatte, aber sie empfand mehr für ihn als für Antoine, als sie ihn damals heiratete. Und diese Ehe wäre nicht auf einer Lüge aufgebaut. Sie machten einander nichts vor.

«Wir beide sind an andere Menschen gebunden, die wir nicht vergessen können», hatte Thomas gesagt. War sein Weg, mit der Vergangenheit fertig zu werden, der richtigc? Und war sie auf dem falschen?

Eine geduldete Verwandte. Helena wußte, daß man ihr hier niemals ein solches Gefühl vermitteln würde, daß man sie wahrscheinlich noch nicht einmal als solche ansehen würde.

«Ich hätte dich für ehrgeiziger und anspruchsvoller gehalten.» Der Satz dröhnte in Helenas Ohren. Oh, Thomas hatte es verstanden, sie an einer empfindsamen Stelle zu treffen. Ein Leben lang war sie anspruchsvoll gewesen und oft genug auf Kosten anderer. Nun, da sie es sein könnte, ohne jemanden zu schädigen, da scheute sie zurück. Aber – England verlassen! In dieses unzivilisierte Land

Amerika gehen. Das Gewesene zurücklassen und neu beginnen. Etwas wie eine leise Verlockung stieg in Helena auf, vermischt noch mit Angst und tiefer Verzagtheit.

«Was soll ich tun?» fragte sie sich selbst leise.

Ach, Alexander, dachte sie, was rätst du mir? Du würdest gehen, nicht wahr? Du würdest vielleicht nicht so lange zögern. Aber ich, ich weiß es nicht. Ich weiß es einfach nicht!

3

Im Februar des Jahres 1662 heirateten Helena Lescal und Thomas Connor. Die Hochzeit kam für die Ryans nicht sehr überraschend, wohl aber die Nachricht, das Paar werde nach Amerika gehen.

«Aber Helena, nun bist du gerade hier, da willst du wieder fort», sagte Alan bekümmert und auch Amalia und die Kinder machten traurige Gesichter. Nur Elizabeth, mit der Helena in den letzten Wochen viel gesprochen hatte, lächelte verstehend.

In Helena war mit dem Entschluß, Thomas zu heiraten und mit ihm fortzugehen, ein neues Gefühl erwacht, das schon lange in ihr geschlummert hatte und von Thomas' Worten damals im Pferdestall geweckt worden war. Es glich einer jungen, unbändigen Kraft, einem abenteuerlustigen Mut. In den langen Wochen, da sie immer und immer überlegt hatte, was sie tun sollte, war dieses Gefühl in ihr gewachsen. War dies hier, Woodlark Park und Alans Familie, wirklich das Ende des Wegs? Sie war keine junge Frau mehr, aber sie war nicht zu alt, um zu heiraten und noch einmal eine Familie zu gründen und in ein wildes, großes Land zu gehen. Das war eine Herausforderung, die sie mit einemmal reizte. Eine der ersten sein, die dort lebten und bauten, den Kampf gegen die Gefahren aufnehmen – das konnte den Sinn bedeuten, von dem Thomas gesprochen hatte. Und hatte er nicht recht, wenn er sagte, daß sie hier in England keine Ruhe fand?

Helena sah hinaus auf die hohen Bäume, die kahl in den winterlichen Himmel ragten. Sie liebte dieses Land so sehr, aber sie konnte den Schmerz, der mit ihm verbunden war, nicht loswerden. Vielleicht konnte sie es in dem fernen Amerika.

Natürlich dachte sie auch über ihre Gefühle zu Thomas nach. Er war der beste ihrer Freunde, auch heute noch. Sie hatte ihn einmal auf kindliche Art geliebt, und seine charmante Freundlichkeit, sein attraktives Äußeres faszinierten sie wie früher auch. Sie verstanden und vertrauten einander, kannten sich auch so gut, daß es keine Falschheit zwischen ihnen gab.

Es sind schon Ehen auf schlechteren Grundlagen geschlossen worden, dachte Helena. Es folgten noch Wochen des inneren Kämpfens, in denen ängstliches Zaudern und kühner Abenteuerdrang einander abwechselten. Vielleicht war es dem beginnenden Frühling zu verdanken, daß zuletzt ihr Mut den Sieg davontrug.

«Ich glaube, daß du das richtige tust», sagte Alan ihr am Abend der Hochzeit, «du und Thomas, ihr paßt zusammen. Ich wünsche euch so sehr, daß ihr glücklich werdet.» Nach einer kurzen Pause fügte er hinzu: «Wenn ihr schon früher, als ganz junge Leute geheiratet hättet ... womöglich hättet ihr beide weniger zu leiden gehabt. Aber was nützt es jetzt noch, darüber nachzugrübeln. Wir alle haben unser Schicksal tragen müssen in den letzten Jahren. Ich denke manchmal, wir sind eine verratene Generation. Aber wohl in jedem Krieg ist es die Jugend, die am meisten betrogen wird.»

Es gab noch viel zu tun, bevor Thomas und Helena abreisen konnten. Thomas kümmerte sich um den Verkauf seiner Besitzungen, und Helena mußte dafür sorgen, daß alles, was sie zurückließ, ordnungsgemäß verwaltet wurde. Zum Glück gab es Alan, der weiterhin alles überwachen wollte. Charity Hill und Broom Lawn blieben in den Händen der eingesetzten Verwalter, das Haus in London unter der Obhut der Köchin Anne.

«Sie können ruhig Mieter aufnehmen», sagte Helena zu ihr, als sie im Mai in London eintraf, «sorgen Sie nur dafür, daß alles in Ordnung bleibt.»

«Sie können sich ganz auf mich verlassen, Mam», versprach Anne, «aber, ach, daß Sie weggehen, nein, daß Sie weggehen!»

Helena hatte noch nichts von Francis gehört. Er glaubte wohl immer noch, daß sie in Brest lebte, aber von den Lescals würde er Cathys Adresse bekommen, und von ihr konnte er erfahren, daß Helena in Amerika war und daß es ihm jederzeit möglich war, mit Lord Ryan Verbindung aufzunehmen und sein Erbe in England anzutreten – wann immer er der Seefahrerei müde wäre.

Bereits Anfang Februar hatte Helena Cathy einen langen Brief geschrieben, in dem sie ihr all das auseinandersetzte, und nun, im Juni, erhielt sie die Antwort nach London, wie sie gebeten hatte.

Cathy war erschüttert von dem Plan ihrer Mutter, in die Wildnis zu gehen, aber wie es ihre Art war, widmete sie dieser Frage nur einige Zeilen und schwärmte auf den übrigen Seiten von dem aufregenden, abwechslungsreichen Leben, das sie und Georges in Paris führten.

«Natürlich», schrieb sie zum Schluß, «werde ich dafür sorgen, daß Francis weiß, wohin er sich wenden kann, wenn er zurückkommt. Und, liebste Mutter, ehe ich es vergesse: Wenn alles gutgeht, dann bist Du im November dieses Jahres Großmutter! Ewig Deine Dich liebende Tochter Chathérine!»

«Du lieber Himmel.» Helena ließ den Brief sinken und lachte. «Großmutter! Ich glaube, ich werde es Thomas noch nicht erzählen!»

Sie hatte gerade ihren 38. Geburtstag gefeiert und fühlte sich ohnehin uralt. Immerhin hatte ihr ein Arzt, den sie gleich nach ihrer Ankunft in London aufgesucht hatte, versichert, daß sie trotz ihres Alters noch Kinder haben konnte.

«Sie sind sehr gesund und kräftig, Mrs. Connor», hatte er gesagt, «es bestehen gar keine Schwierigkeiten. Nur werden Sie es natürlich in diesem unzivilisierten Land nicht leicht haben!»

Helena machte sich darum keine Sorgen. Viel unangenehmer war ihr vorläufig der Gedanke an die Überfahrt. Sie fürchtete sich etwas, seekrank zu werden. Doch da es keinen anderen Weg gab, fügte sie sich mit leisem Schauder.

Endlich kam auch Thomas nach London. Die Hochzeit mit Helena und die Aussicht auf eine unbekannte Zukunft hatten ihn um Jahre verjüngt. Er war heiter wie früher, und wenn sie durch die Straßen Londons fuhren, flirtete er hin und wieder mit einer schönen Frau.

Mitte August wollten sie mit der «Sea's Crown» von Plymouth nach Jamestown in Virginia aufbrechen. Schon einige Wochen vorher verließen sie in zwei Kutschen London. Sie waren eine große Gesellschaft: Helena und Thomas, Victor, das französische Mädchen Marie und der Diener Jacques, dazu ein englisches Mädchen, das Helena eingestellt hatte, denn Lucille war nach Frankreich zurückgekehrt. Dazu kamen noch zwei Diener von Thomas.

Sie fuhren durch rauschende Wälder und blühende Wiesen, an sprudelnden Bächen entlang und durch malerische, verträumte Dörfer mit strohgedeckten Häusern.

«England im Sommer ist zauberhaft», sagte Helena, «schöner als alles in der Welt.»

«Bereust du deinen Entschluß?» fragte Thomas.

Helena schüttelte den Kopf.

«Virginia im Sommer ist ebenso schön», sagte Thomas, «und noch tausendmal schöner. Und glaube nicht, es sei langweilig! Es gibt so viele Gesellschaften und Besuche, daß wir froh sein werden, wenn wir unsere Ruhe haben.»

Sie waren noch gar nicht weit von London entfernt, als sich ein Zwischenfall ereignete. Es war an einem sonnigen Morgen, und sie durchquerten gerade einen Wald, als die Kutschen plötzlich hielten und von außen rauhe Stimmen zu vernehmen waren.

«Großer Gott», murmelte Thomas, «Straßenräuber!» Er griff nach seiner Pistole, aber Helena hielt seine Hand fest.

«Nicht», bat sie, «hör nur die vielen Stimmen. Du kannst nichts ausrichten.»

Thomas sah ihr blasses Gesicht und nickte. «Aber der Teufel soll sie alle holen», knurrte er, «wenn sie die doppelte Wand hinter den Sitzen entdecken, sind wir alles los, was wir haben.»

«Nicht alles», widersprach Helena, «der größte Teil meines Vermögens ist in London hinterlegt!»

«Trotzdem, ich ...» Thomas konnte nicht weitersprechen, denn die Tür wurde aufgerissen, und ein bärtiger Mann sah herein.

«Aussteigen!» befahl er kurz.

Zögernd verließen alle Insassen den Wagen. Es war tatsächlich eine sehr große Gruppe Reiter, die die Kutschen umstellt hatte, und alle waren maskiert. Ein Teil von ihnen bewachte die Gefangenen, der andere Teil durchsuchte das Gepäck.

Helena blickte sich nach Victor um und bemerkte erleichtert, daß er friedlich auf Maries Arm saß. Dennoch fühlte sie sich ängstlich und wütend, und sie sah, daß Thomas vor Zorn bebte.

Niederträchtige Kerle, dachte sie, ach, ich gäbe etwas darum, sie alle auf dem Tyburn-Hügel hängen zu sehen!

Einer der maskierten Reiter kam auf sie zugetrabt und blieb vor ihr stehen. Als er zu sprechen begann, weiteten sich Helenas Augen.

«Ich will auf der Stelle in der Hölle schmoren», sagte er, «wenn das nicht Helena Tate ist!»

«Sir Robin!» rief Helena.

Der Reiter nahm die Maske ab, und das lachende Gesicht Robins kam zum Vorschein. «Das ist die großartigste Überraschung meines Lebens, Herzchen!» schrie er. «Ich überfalle eine Kutsche und wieder einmal sitzen Sie darin!»

Thomas sah äußerst überrascht drein.

«Sir Robin», sagte Helena, «dies ist mein Mann, Mr. Thomas Connor. Thomas, das ist Sir Robin. Ich habe ihm viel zu verdanken.»

Robin schwenkte seinen großen Federhut und verbeugte sich dramatisch. «Es ist mir eine Ehre, Mr. und Mrs. Connor», sagte er, «darf ich Sie bitten, die etwas unkonventionelle Art dieses Zusammentreffens zu entschuldigen? Selbstverständlich werde ich Sie als alte Freunde nicht ausrauben.» Er wandte sich an die Männer. «He!» rief er. «Die Sache ist zu Ende. Das sind Freunde von mir. Räumt alles wieder ein! Mr. Connor», sagte er freundlich zu Thomas, «gehen Sie bitte zu den Kutschen und überwachen Sie, daß alles ordnungsgemäß verstaut wird!»

«Helena ...» begann Thomas, aber sie unterbrach ihn:

«Geh ruhig. Ich komme auch gleich.»

Thomas verschwand. Robin sprang von seinem Pferd, griff nach Helenas Arm und führte sie ein Stück fort. Dann blieb er stehen und musterte sie von oben bis unten.

«Ganz die alte Helena», meinte er, «aber in besserem Zustand als das letzte Mal. Sie sind wohl eine reiche Dame?»

«Das bin ich», erwiderte Helena, «schon seit sechs Jahren!»

Robin zog die Augenbrauen hoch. «Dann haben Sie wohl schon in Frankreich Ihr Glück gemacht», sagte er, «sehen Sie, ich wußte, daß Sie sich durchschlagen würden!»

«Ich werde Ihnen immer dankbar sein. Ich weiß nicht, ob ich das Gefängnis überlebt hätte.»

«Ach, keine Ursache. Ich täte alles für Sie.» Robin wies mit einer Kopfbewegung zu Thomas hin. «Ihr dritter Gatte?»

«Mein vierter.»

Robin lachte auf. «Alle Achtung!» rief er. «Sie verbrauchen sie ja in Windeseile!»

Helena sah verletzt aus, und rasch strich er ihr über den Arm.

«Es war nicht so gemeint», beschwichtigte er, «wohin geht denn die Reise?»

«Erst nach Plymouth. Und dann nach Virginia.»

«Nach ... wohin?»

«Virginia. Wir wollen England verlassen.»

«Das ist doch nicht zu glauben», sagte Robin, «meine kleine Helena will fort. Gerade jetzt, da es hier wieder schön wird!»

«Sie meinen, wo Sie wieder ungehindert Kutschen ausrauben können», erwiderte Helena spöttisch.

Tatsächlich blühte seit der Rückkehr des Königs die Straßenräuberei. Es war sogar unter den Damen und Herren, die in Whitehall ein und aus gingen, zu einem großartigen Sport geworden, den sie für den herrlichsten Spaß der Welt hielten.

«Allerdings, die Zeiten sind günstig für mich», gab Robin zu, «aber im Ernst, Helena, Sie wollen doch nicht fort über die Meere?»

«Was kümmert Sie denn das?»

«Sehr viel.» Über sein ironisches, verlebtes, aber noch attraktives Gesicht ging jener seltsame Ausdruck der Güte, den Helena so selten, aber doch immer wieder bei ihm gesehen hatte. «Ich nehme es als ein Zeichen des Schicksals, daß ich Sie hier getroffen habe», sagte er, «Sie wissen doch, daß ich immer eine Vorliebe für Sie hatte.»

«Ach, Sir Robin ...»

Er legte ihr den Finger auf den Mund. «Still, mein Engel. Gehen Sie nicht in dieses schreckliche, öde Land. Kommen Sie mit mir. Wir reiten einfach zusammen fort. Es wird ein wunderbares Abenteuer!»

«Sir Robin, Sie vergessen, daß ich nicht mehr das siebzehnjährige Mädchen bin, das Sie vor 21 Jahren zum erstenmal trafen», entgegnete Helena, «ich bin zu alt, um einfach durchzubrennen, nur um ein Abenteuer zu erleben. Außerdem liebe ich meinen Mann!»

«Aber ich liebe Sie auch!»

Helena schüttelte den Kopf. «O nein», meinte sie, «hätten Sie mich, und würde ich Sie lieben, dann würden Sie mich zerstören. Das tun Sie mit allen Frauen, die Ihnen ausgeliefert sind.»

«Wie weise Sie sprechen, Helena!»

«Ich habe aber recht.»

«Vielleicht.» In Robins Augen kehrte das alte Glitzern zurück. «Und wenn ich nun an gebrochenem Herzen sterbe?» fragte er.

«Das tun Sie nicht», antwortete Helena mitleidslos.

Robin seufzte. «Aber Helena», sagte er leise, «ich glaube wirklich, daß ich Sie nie vergessen werde. Seit dem Tag, da ich Sie das erste Mal sah, habe ich Sie nie vergessen.»

«Ich werde Sie auch nie vergessen, Robin.»

«Wissen Sie denn noch, wie wir uns das erste Mal trafen?»

«Natürlich. Es war in dem alten Gasthaus auf der dunklen Treppe.»

«Und am nächsten Tag überfiel ich Sie. Die Worte, die ich damals zu Ihnen sagte – erinnern Sie sich ihrer noch?»

«Sie sagten so viel.»

«Ich sagte: Sie sind nicht so brav und ehrbar, wie Sie tun. In Wirklichkeit sind Sie anders, das wird sich in bestimmten Situationen zeigen.»

«Ach ja, das sagten Sie.»

Robin ergriff ihre Hand. «Es waren dumme Worte», meinte er, «provozierend von mir hingestreut. Heute sage ich Ihnen: Sie sind eine Dame, immer und vollendet, von Anfang an bis jetzt. Ich meine das im besten Sinne und voller Achtung.»

«Ganz ohne Spott?»

«Ganz ohne Spott!»

Helena lächelte. Sie stellte sich auf die Zehenspitzen und küßte rasch und leicht seinen Mund. Robin erwiderte ihren Kuß.

«Leb wohl, Kleines», flüsterte er zärtlich, «laß dich nicht von den Eingeborenen entführen!»

«Leb wohl, Robin. Paß auf, daß sie dich nicht mal hängen!»

Die Kutschen waren eingeräumt, und die Insassen nahmen wieder Platz.

«Gute Reise!» rief Robin. «Hüten Sie sich vor Straßenräubern!» Er lachte laut auf, schwenkte seinen Hut, rief seinen Männern etwas zu und schon galoppierten sie in einer Staubwolke davon.

Helena sah ihnen nach. Wie damals war es. So schloß sich der Kreis wieder. Am Anfang und am Ende stand Sir Robin, unverwüstlich, unveränderlich. Und was dazwischen lag, mußte nun vergessen werden.

«Laß uns weiterfahren, Thomas», sagte sie, «ich erzähle dir alles über Robin Arnothy.» Nur was er jetzt zum Schluß gesagt hat nicht.

Als sie in Plymouth ankamen, hatte gerade ein günstiger Wind eingesetzt und der Kapitän der «Sea's Crown» meinte, sie könnten schon am nächsten Tag in See stechen. In großer Eile wurde das Gepäck verladen, zahllose Kisten und Koffer, denn in Amerika waren viele Dinge, die zum täglichen Leben gehörten, nur schwer zu bekommen, und es war einfacher, sie aus England mitzubringen.

Am 12. August sollte die Reise beginnen. Es war ein klarer, warmer Morgen, als Helena mit Victor an der Hand das große schneeweiße Segelschiff betrat. Matrosen lärmten, Möwen schrien, Stimmen brüllten Befehle.

«Ich muß mich noch um ein paar Gepäckstücke kümmern, Liebling», sagte Thomas.

Helena nickte und trat an die Reling. Die Sonne schien schon warm und beleuchtete den Hafen mit seinem geschäftigen, bunten Treiben, glitzernd spielten die Wellen.

«Anker lichten!» dröhnte es über das Schiff.

Der Wind griff in die Segel. Langsam, ganz langsam bewegte sich der mächtige Körper, drehte sich halb zur Seite, glitt unmerklich über das Wasser.

«Gute Fahrt!» schrien Menschen vom Hafen, und die Matrosen johlten Unverständliches zurück.

Helenas Blick hing wie gebannt an der Küste. Ihr Herz pochte laut und schwer, und sie mußte sich mit beiden Händen an der Reling festhalten.

Das Land dort im sommerlichen Morgen fesselte ihre Augen, und sie sah es doch vielleicht zum letztenmal. Heute verließ sie es freiwillig, aber der Abschied wurde ihr schwer, denn fast ihr ganzes bisheriges Leben lag hier und so viel ließ sie zurück.

«O England», flüsterte sie leise, unhörbar im lauten Flattern der Segel, im Gekreische der Möwen, «ob ich dich wiedersehe?» Sie trat einen Schritt zurück, und als ob sie sich nicht lösen könnte, schaute sie noch einmal über das Wasser zum Ufer hin.

Ob ich dich wiedersehen will?